btb

Buch

England zur Zeit von Elisabeth I.: Die Regentschaft der Königin ist bedroht von den immer stärker werdenden katholischen Kräften des Landes. Um ihre Herrschaft zu sichern, läßt sie ihre Widersacherin Maria Stuart zum Tode verurteilen. Doch nun zögert die Königin, das Urteil vollstrecken zu lassen, obwohl ihre Minister sie dazu drängen. Ein immer wiederkehrender Alptraum quält Elisabeth, in dem ein Einhorn ihren Bauch durchbohrt. Das Einhorn ist Maria Stuarts Wappentier und symbolisiere Schottland, so sagt man ihr – doch die jungfräuliche Königin hat allen Grund, ihre eigene Deutung des Traums zu verschweigen. Denn das Gerücht von einem Tagebuch, dessen Buchdeckel ein Einhorn ziert, geht um – und es enthält angeblich Informationen, die die Legende von der »jungfräulichen« Königin für immer zunichte machen würden. Eine fieberhafte Suche nach dem geheimnisvollen Tagebuch beginnt: William Davison, Leiter der königlichen Inquisition und glühender Katholikenhasser, setzt alles daran, das Buch in seinen Besitz zu bekommen, um mit Hilfe dieses Druckmittels die Königin zur Vollstreckung des Todesurteils zu zwingen und die Macht im Lande an sich zu reißen. Auch seine katholischen Gegenspieler glauben, mit dem Buch in den Besitz der Macht gelangen zu können. Vor allem aber will die Königin selbst das Buch. Sie beauftragt ihre Hofnärrin, die Zwergin Thomasina, das Tagebuch aufzuspüren...

Autorin

Patricia Finney war erst achtzehn Jahre alt, als sie ihren ersten, umgehend preisgekrönten Roman veröffentlichte. Danach studierte sie in Oxford Geschichte. Heute arbeitet sie als Journalistin und schreibt unter anderem regelmäßig für den *London Evening Standard*.

Patricia Finney

Die Spur
des Einhorns

Roman

Aus dem Englischen
von Krista Thies

btb

Die Originalausgabe erschien 1998 unter dem Titel
»Unicorn's Blood« bei Orion
An imprint of Orion Books Ltd., London

Umwelthinweis:
Alle bedruckten Materialien dieses Taschenbuches
sind chlorfrei und umweltschonend.

btb Taschenbücher erscheinen im Goldmann Verlag,
einem Unternehmen der Verlagsgruppe Bertelsmann.

1. Auflage
Deutsche Erstausgabe Oktober 1999
Copyright © 1998 by Patricia Finney
Copyright © der deutschsprachigen Ausgabe 1999
by Wilhelm Goldmann Verlag, München,
in der Verlagsgruppe Bertelsmann GmbH
Umschlaggestaltung: Design Team München
Umschlagfoto: AKG, Berlin
Satz: IBV Satz- und Datentechnik GmbH, Berlin
KR · Herstellung: Augustin Wiesbeck
Made in Germany
ISBN 3-442-72482-X

*Für meinen Liebling Alexandra,
ohne die dieses Buch wahrscheinlich sehr viel
früher fertig gewesen wäre – aber dann hätte
Pentecost nicht darin vorkommen können.*

VORWORT

Wie ich bereits bei meinem ersten elisabethanischen Thriller vorausgeschickt habe, handelt es sich auch hier um einen Roman und nicht um eine historische Darstellung. Ich habe die geschichtlichen Ereignisse wie ein Skelett oder Baugerüst benutzt, bin jedoch immer, wenn ich Lust dazu hatte, ohne Scheu in die Phantasie gesprungen. Dann verwandelte ich mutmaßliche Theorien in Tatsachen und gewagte Vermutungen in feste Annahmen – obwohl ich immer versucht habe, mich innerhalb der Grenzen dessen zu bewegen, was entsprechend der historischen Überlieferungen möglich gewesen sein kann. Da ich selbst, wenn ich einen historischen Roman lese, immer wissen möchte, wann es sich um Fakten und wann um Erfundenes handelt, habe ich am Ende des Buches eine ausführliche historische Anmerkung hinzugefügt.

Und auch in diesem Buch möchte ich mich wieder von den Meinungen und Vorurteilen meiner Romanfiguren distanzieren, von denen ich einige unangenehm oder abscheulich finde. Aber zu versuchen, die Menschen des elisabethanischen Zeitalters mit einer Art »political correctness« auszustatten, bedeutet, die ärgerliche Sünde des historischen Anachronismus zu begehen – etwas, das ich immer mit allen Mitteln zu vermeiden gesucht habe. Diese Menschen haben ein viel härteres und gefährlicheres Leben geführt als wir, wenn es auch wesentlich einfacher war. Das schließt mit ein, daß ihre Haltung gegenüber Schmerzen oder Tod eine völlig andere war. Und dennoch verbarg sich unter all ihren phantastischen Kostümen, merkwürdigen Ideen und Grillen doch das uns durch Shakespeare so vertraute gespaltene Tier. Wenn wir dann sorgfältig und ohne Vorurteile hinsehen, werden wir feststellen, daß wir gar nicht so anders sind.

Weil ich im Laufe vieler Jahre von so vielen Menschen Hilfe erhalten habe, bin ich zu dem Schluß gekommen, daß es auf jeden Fall höflicher ist, niemandem namentlich meinen Dank auszusprechen. Es wäre nämlich durchaus möglich, daß ich da jemanden vergessen würde. All denen, die geduldig meine gelegentlich recht merkwürdig anmutenden Fragen beantwortet haben, möchte ich meinen aufrichtigsten Dank aussprechen. Und noch weitaus mehr Dankbarkeit schulde ich denen, die mein Buch in Manuskriptform gelesen haben und mir mutig einige Verbesserungen vorschlugen (obwohl ich es ihnen zum damaligen Zeitpunkt kaum gedankt habe). Alle Dummheiten, Fehler und Anachronismen, die jetzt noch darin enthalten sind, gehen natürlich auf mein Konto.

1

Von einer Jungfrau zur Königin aufzusteigen, ist eine Sache. Aber von einer Königin zur Hure, zur Hexe herabgewürdigt zu werden, ist eine andere. Würde man nicht sogar töten, um einer solchen Schande zu entgehen?

Einst war ich eine Königin in England und herrschte im Namen meines Sohnes, Jesus Christus. *Ave Maria* priesen sie mich. *Salve Mater,* so wurde ich besungen.

Jetzt bin ich abgesetzt, von meinem Thron in den Köpfen der Menschen herabgestoßen, nur noch ein verachteter Aberglaube. Wäre ich sterblich, befände ich mich als Bettlerin auf der Straße.

Aber ich bin nicht sterblich. Ich bin Eure Herrin, für immer und ewig, Eure wahre Himmelskönigin, die gebenedeite Jungfrau Maria. Noch immer breite ich meinen dunklen, samtenen Mantel über all meine Kinder aus, über abtrünnige und treue gleichermaßen. Ich schütze Euch vor dem kalten Hauch des Gerichts Eures Gottes.

Bin ich denn nicht der Stern der Meere und der Turm aus Elfenbein, das Tor zum Paradies und die Zuflucht aller Sünder, die Trösterin der Mühseligen und Beladenen, die heiligste und geheimnisvollste Rose? Ich stehe über der Schlange und über dem Mond, ich bin es, die von der Sonne umhüllt wird, und über meinem Haupt erstrahlt ein Diadem aus zwölf Sternen. Ich bin die Engelskönigin, die Königin der Jungfrauen und die Herrscherin über die Hölle ...

2

Also, wo in dieser Geschichte von Einhörnern und Jungfrauen sollen wir anfangen? Am besten, denke ich, im Kopf dieser irdischen Königin, dieser Räuberin meines Throns. Sie liegt friedlich im Dunkeln, auf einem sauberen Leinenkissen, und das Rosenwasser, womit sie das rote Zinnober und die weiße Bleifarbe abgewischt hat, hinterließ auf ihren Schläfen und Wangen den Geist der Gärten. Ihr Haar ist kurz geschnitten und nicht länger von diesem glänzenden Kupferrot, das die Menschen in ihrer Jugend so priesen. Heute versteckt es seinen scheußlichen Farbton, der irgendwo zwischen Grau und Rot anzusiedeln ist, unter einer bestickten Haube. Und ihre Alabasterhaut ist voller Falten und Runzeln und befleckt von den Spuren der Zeit. Wenn sie schläft, entspannt sich ihr Gesicht, und der Ausdruck der Tücke und des staatlichen Ränkespiels fließt dahin, bis es so aussieht, als lugte hinter der runzligen Maske ein Kind hervor.

Ebenso wie irdische Königinnen essen und sich entleeren müssen, träumen sie auch. In ihrem Traum hielt sich Elisabeth gerade in ihrem Audienzsaal auf. Ihr Gewand aus goldenem und schwarzem Samt stützte sie wie Strebepfeiler eine Kirche. Über ihr wölbte sich der Thronhimmel und bildete in ihrem Gemach eine Art Zeltplane, jedenfalls schien es ihr so. Denn in dem Traum war irgend etwas Geheimnisvolles mit dem Dach geschehen. Es war auf einmal verschwunden, so daß nun aus den dunklen, schweren Wolken über ihr der Regen herabfiel. Und wieder war ihr träumendes Herz von dieser allzu vertrauten Furcht erfüllt, die hinter der Schminke auf ihrem Gesicht und den Rätseln in ihren Augen verborgen werden mußte.

Man brachte ihr ein seltsames, zauberhaftes Geschenk. Aus dem Westen des Landes war bereits die Kunde zu ihr gedrungen, daß Sir Francis Drake die Grenzen der Welt überschritten habe und mittlerweile auch wieder zurückgekehrt sei. Und mit sich führte er ein wildes Tier, wie es noch niemals in England gesehen ward, ein Tier, ebenso geheimnisvoll wie die gestreiften Pferde aus Afrika oder der Riesenhirsch von den amerikanischen Kontinenten. Das Tier konnte nur unter großen Mühen und unglaublichen Kosten von Plymouth nach London transportiert werden, entlang der festgestampften Pfade, an deren Rändern sich neugierige Massen drängten, um das Wunder zu bestaunen. Als Zeichen seiner Liebe und Verehrung für die geliebte Königin hatte sich Sir Francis entschlossen, ihr das Einhorn als perfektes Geschenk zum neuen Jahr darzubringen.

Sie war nicht fähig gewesen, das zu verhindern. Wie hätte sie auch? Warum um alles in der Welt sollte sie ein Einhorn fürchten, da sie doch eine Jungfrau war? Tatsächlich sogar jungfräuliche Königin. Deswegen hatte ein Einhorn das passende Geschenk für sie zu sein. Plinius berichtet, daß das Einhorn – obwohl es voller Zorn ist und Löwen mit seinem Horn auf dem Haupt das Herz zu durchbohren vermag –, wenn ein starker Mann es zu einer Jungfrau bringt, sofort seinen Kopf in ihren Schoß legt und gezähmt ist.

So führten also im Traum die starken Männer das Einhorn in den Audienzsaal der Königin. Es schnaubte und wand sich in seinen Seilen, es schwang sein Horn von einer Seite zur anderen, und sein Atem dampfte wegen der Hitze seines Zorns. Und all ihr Gefolge verließ sie, da es Angst vor der Wildheit der Bestie hatte, bis sie schließlich allein unter ihrem Baldachin im Regen stand – denn das mußte sie immer –, um das Tier zu erwarten. Und dann rissen die rotseidenen Stricke, und das Einhorn starrte sie aus verkniffenen Augen an.

Sie war sprachlos. Das Einhorn warf seinen Kopf hoch und trabte einige Schritte vorwärts, während die Regentropfen auf seinen schimmernden, weißen Rücken klatschten und seine Nüstern rot aufflammten, als es ihren Geruch witterte.

Sein wütendes, haßerfülltes Gebrüll ließ den fallenden Regen zu Hagel gefrieren. Es bäumte sich auf, brüllte wieder und begann, heftig mit dem Schwanz peitschend, auf sie loszustürmen. Sein Horn war geradewegs auf ihre Brust gerichtet, und seine silbernen Hufe setzten bereits zum Sprung an...

Sie schrie auf, erschreckt und gedemütigt, und fuhr in ihrem Bett hoch. Mit ihren Armen schlug sie wie wild um sich, und mit den Füßen strampelte sie die Decken weg. Sie schrie und schrie, bis das Mädchen, das neben ihr lag, sich blinzelnd aufsetzte und schüchtern ihre Hand auf die Schulter der Königin legte.

»Eure Majestät«, flüsterte sie, »Eure Majestät?«

Von den Wangen der Königin rannen Tränen herab, sie beugte sich vor und umklammerte keuchend und bebend ihre knochigen Knie. Sanft strich ihr ihre Bettgenossin über den Rücken und preßte mit ihren Fingern die sehnigen Muskeln an Schultern und Nacken, bis das Zittern und Beben nachließ und die Königin wieder atmen konnte. Schließlich wandte sie ihr Gesicht dem Mädchen zu und lächelte ein wenig.

»War es wieder dieser schlimme Traum, Eure Majestät?«

Die Königin nickte und schloß die Augen, während sie zuließ, daß die Hände des Mädchens ihr die Angst aus dem Rücken herauskneteten. Vor den damastenen Bettvorhängen rief eine ihrer Frauen mit unsicherer Stimme, die noch heiser vom Schlaf war:

»Geht es Euch gut, Eure Majestät? Oder habt Ihr Schmerzen?«

»Es geht mir einigermaßen«, antwortete die Königin und versuchte, ihre Schultern zu entspannen, »geh und hol mir etwas gewürzten Wein.«

Hinter den schweren Vorhängen war ein leises Murmeln, man hörte, wie Decken zurückgeschlagen wurden, ein pelzverbrämter Schlafrock umgelegt wurde und Füße auf den Binsenmatten in ihre Pantoffeln fuhren. Die Königin ignorierte das Gemurmel: Wenn sie wach war, warum sollte dann irgend jemand anderer noch schlafen?

Dann öffnete und schloß sich eine Tür, und auf der Geheimen Galerie waren Stimmen zu hören, schlaftrunkene Stimmen, die heftig debattierten.

Im Herzen der Königin machte sich Ärger breit. Schwachsinnige Dummköpfe, warum dachten sie nie daran, daß der irdene Krug bei der Feuerstelle immer voll gefüllt sein mußte? Warum mußten sie ständig in höchster Eile hin- und herrennen, um die Dinge herbeizuschaffen? Gleichgültig, wonach sie verlangte, es war niemals vorhanden.

Schließlich wurde der Bettvorhang ein wenig beiseite geschoben, und Blanche Parrys Gesicht tauchte im Schein einer Kerze auf. Ihre Gelenke knirschten, als sie das Knie beugte und Elisabeth einen silbernen Becher reichte, der mit einer weißen Serviette bedeckt war.

»Hm«, brummte die Königin, »jetzt ist's genug. Bethany, du kannst damit aufhören!«

Sie nahm den Becher und gab die Serviette Bethany Davison, die neben ihr im Gewirr der Decken und Leintücher kniete und mit Parry Blicke tauschte, von denen sie meinte, daß die Königin sie weder sehen noch deuten könne. Die Königin nahm einen Schluck, um ihren Ärger zu verbergen, und der heiße Wein benetzte ihre Zunge. Sie pustete ein wenig und unterdrückte den Drang, Blanche den Becher an den Kopf zu schleudern.

Blanche Parry fielen die verschlafenen Augen fast zu. Sie hielt noch immer den zurückgeschlagenen Bettvorhang fest, so daß ein scharfer Luftzug den Leib der Königin traf. Das Feuer war mit Asche bedeckt, der Raum kalt.

»O Parry, geh um Himmels willen zu Bett«, knurrte die Königin, »ich werde schon alleine zurechtkommen.«

»Danke, Eure Majestät.« Sie hievte sich von ihrem Knie empor und ließ den Vorhang zurückfallen. Noch einmal nippte die Königin vorsichtig an dem Wein: Zuviel Zimt und zuwenig Ingwer und Muskat, dachte sie, aber immerhin war er heiß und süß.

Auch Bethany schauderte vor Kälte. Die Königin trank den Becher bis auf wenige Schlucke aus und reichte ihn dann an sie weiter.

»Der Rest gehört dir«, sagte sie, und das Mädchen trank, was noch übrig war. Zart betupfte sie mit der Serviette zuerst die Lippen der Königin, dann auch die ihren. Gut erzogen, wie sie war, wischte sie das Innere des Bechers aus und stellte ihn anschließend auf das kleine Brett, das in das Kopfteil des Bettes inmitten von hölzernen Trauben, Weinlaub und übermütigen, vergoldeten Cherubinen hineingeschnitzt war.

Die Königin legte sich wieder hin, obwohl die Leintücher mittlerweile eiskalt waren. Bethany stopfte das Bettlaken fest und ordnete die Decken und den gesteppten, pelzgesäumten Überwurf neu. Schließlich legte sie sich neben die Königin. Ihre weichen schwarzen Haare, die sich aus den Flechten gelöst hatten, breiteten sich hinter ihr aus wie ein greifbarer Schatten.

Im Dunkeln kann man nicht sehen, wie schön sie ist, dachte die Königin, wie dunkel und dicht ihre Wimpern die grauen Augen umgeben und wie weiß und weich ihre Haut ist. Tatsächlich war es Bethanys Haut, die sie als erstes wahrgenommen hatte, als ihr das Mädchen zum ersten Mal als mögliche Hofdame vorgeführt wurde – für ein Mädchen zwischen dreizehn und vierzehn ein wahres Wunder. Nicht eine einzige Pockennarbe und auch kein einziger Mitesser. Nein, ihre Haut war zart und glatt, versehen mit einem ganz leichten Flaum, fast wie bei einem Pfirsich, und von so gleichmäßiger Farbe wie geschlagene Sahne. Es hätte sie nicht verwundert, wenn sie nach Milch gerochen hätte. Natürlich roch sie nicht nach Milch, sondern nach Mandeln, Gewürzen und sehr teurem Rosenwasser aus Damaskus. Jemand mußte sie davor gewarnt haben, Moschusduft aufzulegen, den die Königin ebenso verabscheute wie das Sekret der Zibetkatze. Sie hatte damals ein dunkelrotes Gewand aus Samt angehabt, das Stück, was man von ihrem Unterrock aus weißer Seide sah, war mit Regenbögen und Schmetterlingen bestickt. Ihr Haar hatte sie offen getragen, es war lediglich mit einigen Granatsteinen geschmückt, die genau zu den Schmuckstücken paßten, die sie in ihrem Dekolleté trug – und zwar genau zwischen den beiden sanften Hügeln, die einige Höflinge so verwirrten, daß sie nur noch ein Kauderwelsch unverständlicher Verse hervorbrachten. Die Haare dieses Kindes hatten die merkwürdige Eigenschaft, ganz schwarz zu sein, doch war es kein glänzendes Schwarz, dafür waren sie viel zu weich. Vielmehr fiel ihr das Haar wie schwarzer Rauch über den Nacken und Rücken hinab, ein Rauch, der allerdings ohne jede Bewegung war.

Ihr Cousin, der sie an den Hof gebracht hatte, wußte genau, was er tat: Und während die Königin lächelnd sein Angebot prüfte, spürte sie deutlich seine Zufriedenheit, die ihn angesichts ihres Wohlwollens erfüllte. Genau so hatten früher einmal ehrgeizige Männer hübsche, kichernde Geschöpfe an den Hof gebracht, damit ihr Vater sie in Augenschein nähme. Sicher war sie nicht Heinrich VIII. Sie riß sich nicht darum, irgendwelche albernen Gänse weithin bekannt zu machen. Bei ihr herrschten andere Gebote: Sie konnte sich tatsächlich damit brüsten, daß an ihrem Hof die Jungfernschaft eines Mädchens niemals in Gefahr geriet.

Nun, nachdem die Vorhänge wieder fest zugezogen waren und die Luft in der Höhle des Bettes sich wieder erwärmte, verwandelte sich Bethany Davison erneut in ein Rätsel. Alles, was die Königin wahrnahm, waren die Form und der Geruch des Mädchens. Und daß sie noch immer vor Kälte zitterte.

Warum nur? Selbst die dünne Haut der Königin strahlte einige Wärme aus. Zitterte sie etwa aus Furcht? Dies war beileibe keine Hilfe, um sich wieder Morpheus' Armen anzuvertrauen, und außerdem hatte die Königin wenig Lust, sich erneut an die bereits halb verschwundenen Reste ihres Traumes zu erinnern, genauso wie ihr vor der schweren Bürde des Weihnachts-Zeremoniells graute, das sie am Morgen erwartete.

»Komm, Bethany, meine Liebe«, murmelte die Königin, während sie das dunkle Haupt auf ihre Schulter legte und mit ihren Armen und Beinen das Mädchen umfing. »Hab keine Angst. Du bist ein braves Mädchen.«

Für die Königin von England bedeutete es das gleiche Vergnügen, Bethanys Wangen und Schultern zu streicheln, wie ihre Finger über seidigen Samt gleiten zu lassen. Ihre lange, knochige Hand tastete sich zu dem gleichmäßigen Nacken des Mädchens vor, der unter einem mit Smokarbeiten versehenen Hemd verborgen war, zu den Knötchen der schwarzen Stickerei und dann darunter, zu dem sanft gepolsterten Kissen ihres Fleisches. Es erschauerte, als sie ihre Handfläche daran schmiegte, und fühlte sich angenehm warm an.

Hat sich mein Nacken einmal genauso angefühlt, fragte sich die Königin. Sicher war er kleiner und spitzer, denke ich.

Bethany wandte der Königin ihr Gesicht zu, und diese küßte sie auf ihre schwärzlichen Brauen und ihre gerade Nase – die im Augenblick kalt war wie eine Hundeschnauze –, auch auf die wärmeren Wangen und die nur schwach verteidigte Rose ihres Mundes. Und während die Königin sie küßte, glitt ihre andere Hand tiefer und tiefer, bis sie schließlich unter dem Hemd die Konturen von Bethanys verborgenem Kleinod fand und es sanft zu streicheln begann.

Nach einer kleinen Weile lächelte das Mädchen und seufzte tief auf.

3

Irgendwo anders erwachte ein Mann in der stinkenden Dunkelheit und wußte sofort, daß etwas Schreckliches und Geheimnisvolles mit seinen beiden Händen geschehen war. Jede von ihnen sah aus die eine Platte voller Fleisch, riesig und gestaltlos. Sie schienen in schwarzen Flammen zu erglühen, die aus seinen Fingern schossen und seine Handgelenke anschwellen ließen. Anschließend flossen sie seine Arme hinab, um schließlich seinen Kopf wie mit Lanzenstichen zu durchbohren. Von den Steinen unter ihm strömte schmerzhaft die eisige Kälte durch seine Schenkel bis zu den Schultern empor, so daß jeder Teil seines Körpers wie gelähmt erschien. Bis auf seine Hände, die irgendwo vor ihm lagen.

Er versuchte, sich aufzusetzen und die Büchse mit Zunder zu finden, um zu ergründen, was ihm zugestoßen war, und so aus seinem Alptraum zu erwachen.

Doch der schwarze Traum wurde zusehends stärker. Als erstes stieß er mit seinem schmerzenden Kopf gegen ein steinernes Gewölbe, das sich etwa einen Meter über ihm befand. Dann berührte er mit seinen Zehen eine Mauer, die bloß ein paar Zentimeter entfernt war, obwohl er wie eine Katze zusammengerollt und mit angezogenen Knien dalag. Dann war da noch dieses schnarrende Klirren, das Metall auf Metall erzeugte, und an seinen Fußknöcheln und Armen spürte er ein Gewicht, das ihn fast zermalmte.

Erstaunt kniff er die Augen zusammen, ohne etwas sehen zu können. Er versuchte zu verstehen, aber er fühlte sich wie auf Treibsand. Entweder war er gestorben und in einem Vorhof der Hölle gelandet, oder er war im Gefängnis – so weit war die Sache klar. Aber warum? Und wer hatte ihn in Ketten gelegt?

Luft strömte in seine Lungen. Er hielt sie an und stieß sie dann bebend wieder aus.

In seinem Innern fühlte sich dieser Mann wie ein Homunkulus, der alles daran setzt, um seinem Geheimnis auf die Spur zu kommen: Warum war sein Körper in diese steinerne Zelle eingepfercht worden, und wie kam es, daß seine Füße und Arme in Eisen gepreßt waren?

Keine Antwort. Der feste Boden verschwand unter seiner geistigen Bewegung, und so stolperte er in die nächste Frage.

Wer konnte ihm das angetan haben? Wieder keine Antwort, und auch der nächste Schritt führte ihn nicht dorthin, wohin er sollte.

Wie und wann war er überhaupt hierher gekommen? Und auf welche Weise waren seine Handgelenke so schmerzhaft verletzt worden?

Der Homunkulus in seinem Innern begann wie wild mit den Armen zu rudern und suchte nach einem Geländer, an dem er sich festhalten konnte, als er nicht bloß von einer Treppe, sondern vom Rand einer Klippe herabstürzte.

Er hatte nicht die geringste Ahnung, wo er war. Er wußte auch nicht, wie er hieß oder aus welchen Verhältnissen er kam, und er konnte sich nicht an den Namen seines Vaters oder das Gesicht seiner Mutter erinnern.

In dem schwarzen Himmel im Innern seines Schädels hallte die Leere, in der es keine Sterne und keine Lebewesen gab, sondern alles verödet schien. Er war bestohlen worden, all seines geistigen Rüstzeugs beraubt, und alles, was ihm geblieben war, war diese abscheuliche Gegenwart, in der er gefesselt dalag wie ein Schlachtschwein, das auf den Metzger wartete. Er stank wie ein Misthaufen, und zwei riesige, mit Schmerzen gefüllte Blasen lagen dort vor ihm, wo sich eigentlich seine Hände hätten befinden müssen.

Wieder senkte er den Kopf und rang nach Luft. Sein Herz hämmerte, seine Ohren waren an den Stein gequetscht, seine Lippen ein einziger blauer Fleck, auf dem der Geschmack von Metall lag.

»Süßer Jesus«, flüsterte er, wobei er feststellte, daß auch seine Kehle wund war.

Aus der Ferne erklang, laut und unangenehm, ein unregelmäßig verzerrter metallischer Klang.

Ich bin tot und befinde mich in der Hölle, dachte er, was ihn gleichzeitig erschreckte, aber seltsamerweise auch tröstete, denn nun würden von ihm keine weiteren Anstrengungen mehr erwartet. Er war zu Tode erschöpft.

4

Wenn sich eine irdische Königin aus ihrem Bette erhebt, so ist das ein Augenblick von großer Bedeutung. Es muß bereits das Feuer angefacht und die große Kohlenpfanne herbeigeschafft sein, um den Eisblumen an der Innenseite der Fenster den Garaus zu machen. Auch muß ein Morgenrock aus dem Schrank geholt und ans Feuer gehalten werden, und zwar von einer der vielen Hofdamen, die bereits voll angekleidet und für diese Aufgabe bereit ist. Hofdamen, die den Zobelpelz versengen, können damit rechnen, eine gewaltige Ohrfeige zu empfangen, und zwar wegen ihrer Respektlosigkeit gegenüber Seiner Majestät, dem Zaren von Moskau, der die Pelze geschickt hat. Deshalb ist diese Aufgabe außerordentlich gefürchtet.

Blanche Parry und die übrigen Hofdamen, die im Schlafgemach ihren Dienst versehen, haben die Aufgabe, Ihrer Majestät das Frühstück, bestehend aus Brot und Dünnbier, zu bringen und ebenso die beiden roten Schatullen mit den dringenden Papieren. Auch muß der Nachtstuhl bereitstehen, und zwar sauber, leer und nach Lavendelwasser duftend. Gott behüte, daß er röche, denn dann würde Ihre Majestät ihn sofort – und zwar voll – der Hofdame an den Kopf werfen, die die Pflicht hatte, ihn zu entleeren.

Ihre Majestät, Königin Elisabeth, die erste dieses Namens, die selbständig regierte, erwacht offiziell um sieben Uhr in der Früh. Ihre Zofen aber müssen bereits um fünf auf sein, im Dunklen herumtappen und ihre Kleider anziehen, denn keine darf sie vor der Zeit stören, zu der die Bettvorhänge zurückgezogen werden.

Für gewöhnlich ist die Königin am Morgen nicht sehr gut gelaunt. An diesem besonderen Morgen war sie bereits beim ersten Rascheln und dem vorsichtigen Knarren der Dielenbretter aufgewacht. Der Schein des Feuers sowie das Licht einer Kerze drangen durch die Vorhänge und spiegelten sich glitzernd in dem mit Silber durchwirkten Stoff des Baldachins über ihrem kunstvoll gefertigten Prunkbett. Neben ihr schnarchte noch immer Bethany Davison, ihre Bettgenossin, mit der ärgerlichen Unbeschwertheit der Jugend.

Irgendwo in den tiefsten Kellergeschossen ihrer königlichen Seele stampfte das Einhorn und scharrte auf dem Boden, aber sie hatte die Tür verschlossen und einen Riegel davor geschoben, so daß sie sich nur an ihr Entsetzen und die schmachvolle Scham sowie das Einhorn selbst erinnern konnte. Sie kam zu dem Schluß, daß ihre melancholischen Träume durch diese schwachsinnige königliche Hure bewirkt wurden, die schottische Königin, deren Wappen das Einhorn von Schottland zierte. Mit finsterem Blick stierte sie vor sich hin. Die Geräusche all der verstohlenen Vorbereitungen und des leisen Gewispers drangen klar und scharf von außerhalb der Bettvorhänge an ihr Ohr, sie lag auf dem Rücken, starrte zu dem leicht schimmernden Baldachin empor und betete um Geduld. Bethany bewegte sich leicht und murmelte etwas. Es klang so, als flüsterte sie den Namen eines Mannes, was sie besser nicht getan hätte.

Endlich drangen der Duft des frisch gebackenen Weckens aus weißem Mehl und der würzige Geruch des heißen Ales in ihre Nase.

Mary Ratcliffe und Blanche Parry, die erste Kammerfrau und Gebieterin über die Mägde, zogen die Vorhänge zurück, während Katherine, Gräfin von Bedford, mit dem königlichen Morgenrock vor dem Bett kniete.

»Guten Morgen, Eure Majestät. Fröhliche Weihnachten«, erklang es im Chor.

Während die Königin ihre Zähne richtete, bedachte sie alle mit funkelnden Blicken. Sie saß kerzengerade und rieb sich die Arme. »Haben Eure Majestät gut geschlafen?« fragte Mary Ratcliffe, die die unangenehme Eigenschaft besaß, bereits am Morgen putzmunter zu sein.

»Nein, habe ich nicht«, knurrte die Königin. »Und ich komme fast um vor Kälte.«

Die drei tauschten rasche Blicke. Lady Bedford erhob sich und legte der Königin den Morgenrock um die Schultern, während Ratcliffe niederkniete, um ihr die Pantoffeln über die Füße zu streifen, die ebenfalls mit Zobel eingefaßt und mit zwei goldenen, ineinander verschlungenen großen S-Lettern bestickt waren, ihrem Herrschaftssymbol.

»Ratcliffe«, sagte die Königin, »ich habe es Ihnen schon oft gesagt: Gelbbraun steht Ihnen nicht.«

Mary Ratcliffe neigte den Kopf, von der gewohnten schlechten Laune Ihrer Majestät überhaupt nicht betroffen. Dann erhob sie sich anmutig und reichte der Königin ihren Arm, so daß sie sich aus dem Bett erheben konnte. Hinter Elisabeth drehte sich murmelnd Bethany um, die so laut schnarchte, daß es einer Bulldogge würdig gewesen wäre, was in merkwürdigem Widerspruch zu ihrer Schönheit stand.

»Verflucht noch mal, Bethany«, stieß die Königin verärgert zwischen den Zähnen hervor und rüttelte das Mädchen an der Schulter. »Jetzt ist es genug mit diesen widerwärtigen Geräuschen. Du hast mich damit die halbe Nacht wachgehalten.«

Bethany setzte sich auf und schaute völlig verwirrt drein. »Es tut mir leid, Eure Majestät«, sagte sie.

»Der Herr bewahre mich vor einer Bettgenossin, die schnarcht, da kann ich mir gleich einen Ehemann nehmen«, sagte die Königin. Geflissentlich übersah sie Mary Ratcliffes Arm, sprang aus dem Bett und eilte hinüber zu der Kohlen-

21

pfanne, um sich daran die Hände zu wärmen. Hinter sich konnte sie spüren, wie sich die Blicke der anderen trafen. Sie vermochte vorher zu sagen, wie sie bereits eine ganze Armee von Warnungen, Gerüchten und Einschätzungen in Bewegung gesetzt hatte, die sofort den gesamten königlichen Hof erfaßten und, noch ehe sie in der Kapelle angekommen war, bereits den Holzplatz und die Wäscherei erreicht hätten.

Als sie sich auf ihrem geschnitzten Stuhl niederließ, fiel Parry vor ihr auf die Knie, um sie zu fragen, welches Gewand sie am heutigen Tag zu tragen geneigt wäre. Auf ein Schnippen ihrer Finger brachte Ratcliffe das Buch ihres Kleiderbestands herbei, das ihr die Wahl zwischen fünf Kleidern, fünf Röcken und fünf Miedern ließ, die erst kürzlich aus der königlichen Garderobenverwaltung in Blackfriars zusammen mit einer großen Auswahl an Weißwäsche geliefert worden waren.

»Schwarz«, entschied sie, da es ihrer Stimmung am ehesten entsprach und diese Farbe seit dem Tod von Sir Philip Sidney den gesamten Hof überschwemmt hatte. »Mit Silber und Perlen – das französische Gewand ist gut genug dafür, und auch die französische Perücke wird dazu passen.«

Dies setzte erneut eine wirbelnde Aufregung in Gang, da Parry die Befehle sogleich den Kammerfrauen zurief, die in dem Kleinen Privatkabinett hinter der zweiten verriegelten Tür warteten.

Ruhig brachte Lady Bedford die roten Lederschatullen an die Seite ihres Stuhls, der am Feuer stand. Die Königin erbrach die Siegel, nahm die Papierbündel heraus, wärmte ihre Hände und biß vorsichtig in den weißen Wecken, der mit Butter und Käse belegt war. Die Kruste war eindeutig zu hart, aber immerhin war er noch warm.

Während sie aß, las sie die Papiere, die in den Schatullen lagen, flüchtig überflog sie die Aufzeichnungen in Kursivschrift und der Handschrift ihrer Minister, wobei sie leise vor sich hinmurmelte. Gerade war sie damit beschäftigt, sich in das lasterhafte Ränkespiel zu vertiefen, das ihr Minister Walsingham angezettelt hatte. Er hatte mit dieser Intrige im letzten Jahr begonnen, doch hatte sie es erst im Sommer durch die Aufdeckung des Babington-Komplotts herausgefunden, in dem Maria, Königin von Schottland, durch die Briefe von ihrer eigenen Hand klar einer verräterischen Verschwörung gegen Königin Elisabeth überführt werden konnte.

Im Herbst dann hatte Elisabeth etwas getan, das sie inzwischen selbst als einen tödlichen Fehler erkannt hatte. Aus purem Überdruß, aber auch aus Angst, hatte sie zugestimmt, daß ihrer königlichen Cousine der Prozeß gemacht wurde. Elisabeth war im Laufe der Gerichtsverhandlung zunehmend von Grauen erfaßt worden: Wenn man eine regierende Königin vor Gericht stellt, mag Gott allein wissen, wo das endet. Denn, wenn man es bei einer versucht, kann man es ebenso gut bei allen anderen versuchen. Aber sie hatte keine Möglichkeit mehr gesehen, die Sache aufzuhalten. Ihre sehr fähigen und zielstrebigen Ratgeber, die sie alle selbst ausgewählt hatte, hatten in ihrer außerordentlichen Loyalität für sie und ihrer verdammten Religiosität keine Ruhe gegeben, sondern so lange gebohrt und sie durch vernünftige Argumente überzeugt, bis sie sie schließlich da hineinmanövriert hatten.

Natürlich wurde die Königin der Schotten für schuldig befunden. Natürlich wurde sie dazu verurteilt, wegen ihres Verrats an Elisabeth den Tod zu erleiden. Würde sie das endlich zufriedenstellen? Nein, das würde es nicht. Gott verdamme sie alle wegen ihrer schwachsinnigen Kurzsichtigkeit und ihres Fanatismus...

Die Königin legte das letzte Papier nieder und atmete tief durch. Sie würde es nicht zulassen, daß ihr Zorn sie überwältigte. Sie wurde sehr leicht zornig, das hatte sie von ihrem Vater geerbt, aber sie hatte sich dazu gezwungen, dieses Gefühl zu zügeln, es an die Kandare zu nehmen und dafür zu benutzen, ein Königreich zu regieren.

Die Tür zur Geheimen Galerie war noch immer verriegelt,

23

sie wurde von zwei Edelleuten bewacht, die dort, voll angekleidet, die ganze Nacht geschlafen hatten. Ratcliffe hatte inzwischen die zweite Tür zum Kleinen Privatkabinett aufgeschlossen und auch entriegelt, da dort die Kleiderschränke standen. Eine der Hofdamen goß nun heißes Wasser in eine Schüssel, eine andere stand neben ihr und hielt demütig ein Handtuch aus holländischem Leinen. Die Kammerfrauen hatten sich in einer Reihe aufgestellt und trugen die Kleider für den Morgen. Die Königin erhob sich und ging hinter den Wandschirm zu ihrem Leibstuhl. Parry erwartete sie bereits, um den Deckel zu heben und ihr zur Unterhaltung ein Buch mit lateinischen Versen zu reichen. Dann zog sie sich taktvoll zurück.

Wenn Elisabeth Tudor als Junge geboren worden wäre, hätte sie – abgesehen von vielen Dingen, die anders gewesen wären, wie vielleicht die Religion in ihrem Königreich – über einen Diener des Leibstuhls verfügt, der ihr bei ihren Geschäften aufwartete. Sir Anthony Denny, der Leibstuhldiener ihres Vaters, hatte einigen Einfluß gehabt, was die architektonische Gestaltung des königlichen Palastes anbelangte, da Seine Majestät es genoß, während er auf dem Stuhl saß, sich die Pläne des Architekten anzusehen. Elisabeth bevorzugte Gedichte. Parry versah die Dienste des Leibstuhls, genauso wie sie die Roben der Königin beaufsichtigte. Sie bezog aus einem halben Dutzend verschiedener Quellen, die sie tagtäglich mit einem Bulletin über den Zustand der königlichen Gedärme versorgte, zusätzliche Einkünfte. Das war ein Thema für sarkastische Scherze zwischen ihnen beiden.

Die Königin hustete und griff nach einem Wischtuch, das ihr gereicht wurde. Sie erhob sich, und Parry eilte sofort herbei, um den Deckel zu schließen und die Ergebnisse zu beurteilen.

»Du kannst ihnen mitteilen, daß ich unter extremer Verstopfung leide«, äußerte sie scharf.

»Schon wieder, Eure Majestät?« fragte Parry amüsiert.

»Jawohl, schon wieder. Sag ihnen, daß ich voller Galle bin
und wahrscheinlich ein Klistier benötige.«

Parry lächelte und schüttelte den Kopf. »Ihr seid grausam,
Madam!«

»Bei Gott, wenn sie mich schon nicht achten, sollen sie mich
wenigstens fürchten.« Die Gedärme der Königin waren so gesund wie eh und je, aber nur sie, Parry und das Mädchen, das
den Leibstuhl leerte, wußten davon. Inzwischen würde Parry
die Nachricht über den erfolglosen Stuhlgang weitergeben,
was die Mitglieder des Rates erzittern ließ und die Herren
der Geheimen Kammer dazu brachte, sich nur auf Zehenspitzen fortzubewegen, während die Köche der Königlichen Tafel
noch mehr Gerichte mit Pflaumen und getrocknetem Rhabar-
ber zubereiten würden, die sie alle wieder unberührt zurück-
schickte. Es freute sie, sich die Wogen der Bestürzung vorzustellen, die sich von diesem bescheidenen (wenn auch mit
Samt bedeckten) Leibstuhl über den gesamten Hof und von
dort schließlich über ganz London ausbreiteten.

Sie warf ihren Morgenmantel hinter sich, und Bedford ergriff ihn rasch. Dann wusch sie sich in dem warmen Aufguß
von Rosenwasser das Gesicht und die Hände. Schwungvoll
putzte sie ihre Zähne mit einer salzigen Mandelmasse, die sie
auf ein Tuch gestrichen hatte, und zuckte zusammen, als es
weh tat. Noch ein weiterer Zahn auf der rechten Seite machte
ihr zu schaffen. Noch nicht besonders schlimm, außer wenn
sie Konfekt aß. Aber sie hatte das schon einmal erlebt und
konnte vorausahnen, wo es irgendwann im Sommer vermutlich enden würde. Beim Bader nämlich, der, das Gesicht voller Angstschweiß, mit seinen Zangen auf sie wartete. Wenn
er sie in der Vergangenheit aufgesucht hatte, hatte sie ihm jedesmal gedroht, ihn an den Galgen zu bringen, aber kaum,
daß der Schmerz nachgelassen hatte, hatte sie ihn natürlich
immer bis auf den letzten Penny bezahlt.

Die Frauen hielten ein frisches Hemd für sie bereit, während sie das schmutzige zu Boden fallen ließ, und sie hob

die Arme in die Höhe, um in seine Wärme zu schlüpfen. Bei
diesem angewärmten Leinen empfand sie immer das Gefühl
von Falschheit, da die mollige Glut sich so rasch wieder ver-
flüchtigte, ebenso wie das Lächeln der Höflinge, dachte sie
bei sich. Das schwarze Korsett aus Damaszenerstahl mit seinen Querstreben aus Walfischknochen wurde über sie gelegt,
sie streckte ihren Rücken und stand vollkommen still, während sie an die Briefe dachte, die sie gelesen hatte. Bei den
meisten handelte es sich um Petitionen, die darum baten, das
Todesurteil über die Königin der Schotten aufzuheben.

Ratcliffe hatte lange, schlanke Finger und ein Gesicht, das
auf ihrem Hals saß wie eine Lilie auf ihrem Stiel. Geschickt
schlang sie die Spitze aus Seide durch die Öffnungen und zog
fest daran, um das Korsett auszurichten. Elisabeth straffte
ihre Schultern und machte es sich in dem beruhigenden weiblichen Panzer bequem, wie sie es, seitdem sie acht Jahre alt geworden war, an fast jedem Morgen ihres Lebens getan hatte.
In ihrer Jugend war das Korsett sehr eng gewesen und hatte
ihre Figur betont, und sie hatte deswegen Qualen ausgestan-
den. Manchmal nach einer langen Jagd, die den ganzen Tag
dauerte, fanden sich auf ihrer Unterwäsche oder in ihrem
Hemd Spuren von Blut, aber nachdem sie in der Zeit nach
dem Werben des Grafen von Alençon an Gewicht zugenommen hatte, bestand sie nicht mehr darauf, sich der Mode
entsprechend so eng zu schnüren, daß sie kaum mehr atmen konnte. Nicht, daß sie dick war, aber sie sah nicht mehr
so aus, als ob ein Mann sie leicht aufheben und in zwei Teile
brechen könnte, wie kürzlich der Graf von Leicester gesagt
hatte. Sie hatte über seine Bemerkung gelacht und ihn in den
Bauch geboxt, doch er hatte mit keiner Wimper gezuckt und
zufrieden das Knie vor ihr gebeugt.

Dann brachten sie ihr einen rosafarbenen Unterrock aus
Plüsch, der sie wärmen sollte, und befestigten seine Träger
an ihren Schultern, so daß er gut fiel. Wieder kniete Ratcliffe
vor der Königin, die nun auf einem Stuhl saß, streifte ihr zu-

erst die leinenen Socken über die Füße und anschließend die seidenen Strümpfe, die sie mit einem Strumpfband befestigte.

»Welche Schuhe möchtet Ihr, Madam?« fragte Ratcliffe.

Elisabeth legte sich erneut den Morgenrock um ihre Schultern.

»Wie ist das Wetter?«

»Kalt und grau, vielleicht gibt es Schnee.«

»Ist die Themse immer noch zugefroren?«

»Ja, Madam.«

»Verdammt! Dann meine fellbesetzten spanischen Stiefel. Und es wäre besser, wenn sie sauber wären.«

Sie waren sauber und blinkten vom Wachs. Parry legte ihr einen Umhang um die Schultern und kämmte ihr kurzes Haar. Dann brachte sie die Kästen mit der Schminke, schlug ein Ei auf und trennte es vorsichtig, bevor sie den Pinsel in etwas Eiweiß und anschließend in Bleiweiß tauchte.

Lady Bedford stand hinter der Königin und hielt ihr Gesicht so ruhig, daß es geschminkt werden konnte. Währenddessen las sie ihr die Liste der vermeintlichen Bittsteller vor, die sich im Anschluß an die Sitzung des Geheimen Staatsrates zu Mittag des folgenden Tages, dem Tag des Heiligen Stephan, angesagt hatten. Und sie erinnerte die Königin daran, daß sie den Schatzmeister der Hofverwaltung vom Grünen Tuch[*] nach der Sitzung des Geheimen Staatsrates empfangen sollte.

»Um Himmels willen«, stieß die Königin zwischen ihren angespannten Lippen hervor, während Parry ihr etwas Rot auf die Wangen tupfte. »Ist denn dieser Mann von allen guten Geistern verlassen? Streicht ihn von der Liste und verlegt den Termin auf die nächste Woche. Wenn ich ihn nach der Sitzung zu Gesicht bekomme, werde ich ihm bei lebendigem Leib die Haut abziehen.«

---

[*] Anm. d. Ü.: Hofverwaltung vom Grünen Tuch: Staatliche Verwaltungsbehörde, die sich um die praktische Versorgung des Hofes kümmert, z.B. die Organisation der Lebensmittel und des Heizmaterials.

»Jawohl, Eure Majestät«, sagte Bedford, ohne zu lächeln.

Sie mußte niesen, als Parry das geschminkte Antlitz der Königin mit Puder bestäubte. Nun folgte die nächste Etappe des Ankleidens: Bedford packte einen neuen Flandrischen Kragen aus, der fein gefältelt war und aus gesmoktem Leinen bestand. Sie legte ihn um den Hals der Königin, knöpfte ihn an den Rücken und band ihn unter ihren Armen fest. Parry öffnete einen aufklappbaren zylindrischen Fächer und holte daraus einen Reifrock hervor, der wie ein Fächer über ein rundes Gestell aus Leinen gefaltet war. Darüber war ein zweiter versteifter Unterrock angebracht, der einen Einsatz aus rotem Damast hatte, und schließlich das französische Gewand aus dem schwarzen Samt von Lucca. Es hatte einen viereckigen Ausschnitt und war, wie ein Mieder, den gesamten Rücken entlang mit Spitzen besetzt, auf denen silberne Plattstickereien angebracht waren, mit Perlen und glitzernden Plättchen versetzt und mit schwarzem Satin eingefaßt, der mit den feinsten silbernen Mustern bestickt war. Es bedurfte der gemeinsamen Anstrengung von Ratcliffe und Parry, den Reifrock hochzuheben, so daß sie – mit den Armen zuerst – in ihn hineintauchen konnte. Sein Gewicht legte sich wie ein Plattenpanzer auf ihre Schultern, während ihre Frauen ihn rasch festbanden, anknöpften und einhakten. Während Ratcliffe damit beschäftigt war, mit einem kleinen Haken die gefältelten Besätze aus Leinen aus den Ärmeln zu ziehen, und Bedford rasch ein paar Stiche machte, um die Kragenlinie auszurichten, kniff Elisabeth die Augen zusammen, als ihr der mit einem Drahtgestell verstärkte Rebato-Schleier aus feinstem Leinen gebracht wurde, der herzförmig und steif vom Halse abstand.

»Nein«, sagte sie, obwohl sie die Reaktion nicht verstand, denn sie konnte sich nicht mehr erinnern, daß sie in ihrem Traum genauso gekleidet gewesen war. »Ich möchte heute lieber bloß eine kleine Halskrause.«

Sie brachten ihr die Halskrause und banden sie an der Borte ihres hohen spitzenbesetzten Kragens fest. Und dann schließlich setzte ihr Parry die Perücke auf, die Ratcliffe geholt hatte und die mit einer gigantischen Last von Perlen und Juwelen verziert war.

Es amüsierte sie heute, darüber nachzudenken, welche Qualen sie in der Zeit zwischen zwanzig und dreißig wegen ihrer roten Haare auszustehen hatte – all dieses Waschen und Kämmen, das Eindrehen mit den Lockenpapieren und all der übrige ermüdende Firlefanz. Schließlich hatte sie eines Morgens einfach den ganzen Kasten mit den Nadeln, Kämmen und Wässerchen Blanche Parry an den Kopf geworfen und ihr befohlen, den ganzen verdammten Haarwust abzuschneiden.

Damit hatte sie eine ihrer besten Entscheidungen getroffen – von nun an fand das Frisieren in einem Vorzimmer ihrer persönlichen Garderobe statt, und anschließend wurde das Ergebnis zu ihr gebracht und mit schmalen Bändern innerhalb von einer oder zwei Minuten hinten an ihrem Kopf befestigt. Nun kniete Bedford erneut vor ihr und befestigte den Goldgürtel, an dem ein Fächer und ein kleines Etui hingen, das eine Schere, Nadeln, Schlüssel, ein Federmesser, einen Dolch und ihr Siegel enthielt.

»Beim Blute Jesu«, rümpfte sie die Nase, »nehmt den Fächer weg. Was soll ich bei diesem Wetter mit einem Fächer? Bringt mir lieber einen Muff.«

Acht Ringe glitten nun über ihre Finger, zusätzlich zum Krönungsring, den sie wie einen Ehering am dritten Finger ihrer linken Hand trug. Ratcliffe steckte eine Phönix-Brosche an die Brust des Samtmieders, und eine weiterer hing an einer Kette aus Perlen und verschlungenen goldenen S-Lettern, die Parry geholt hatte. Schließlich stellten sie einen mannshohen Spiegel vor ihr auf, und Elisabeth betrachtete sich, während Bethany ihre Schleppe richtete, mit gerunzelter Stirn darin.

»Hm«, sagte sie, und die Frauen entspannten sich sichtlich ein wenig.

Die Uhr zeigte halb neun. Hinter der geschlossenen Tür ihres Zimmers lag die Geheime Galerie, hinter der sich ihre Edelleute in einer Reihe aufgestellt hatten und darauf warteten, sie zur Kapelle zu geleiten, in der die Zeremonie zum Christtag stattfinden sollte.

Sie schaute noch einmal in den Spiegel: die Königin war fertig, obwohl tief, tief darunter noch immer das junge Mädchen verborgen war, das wir alle auch im Erwachsenenalter noch in uns haben. Und dieses Mädchen wollte zurück ins Bett, die Vorhänge zuziehen und sich vor der Welt verstecken.

Die Königin straffte die Schultern und warf einen Blick auf ihre Hofdamen, um festzustellen, ob sie so aussahen, wie sie sollten – warum, um Himmels willen, mußte Ratcliffe mit ihren mausbraunen Haaren und ihrer teigigen Haut darauf bestehen, ein schwarzes, gelb eingefaßtes Kleid zu tragen? ... Auch Bethany war schwarz gekleidet, was ihr, offen gesagt, nicht im geringsten stand ... Dies war wirklich ein betrübliches Weihnachtsfest.

»Kommt«, sagte sie und eilte zur Tür, die von einem der Edelmänner aufgehalten wurde – wenigstens sah er gut aus, da er einer ihrer Carey-Cousins war, die alle kastanienbraune Haare hatten. Er war einer der vielen jüngeren Brüder von Lady Bedford, gekleidet in waldgrünen Samt und schwarzen Damast. Sie lächelte ihm zu, als sie an ihm vorbeiging, um sich das Vergnügen zu gönnen, ihn seine breiten Schultern vor ihr beugen zu sehen. Dann schritt sie weiter zur Galerie, in der sie die übrigen Edelleute erwarteten. Der bronzene Klang der Trompeten echote durch die Galerie und noch darüber hinaus, und wie ein Kontrapunkt dazu erklangen tiefe Stimmen, die ihre Ankunft ankündigten: »Macht Platz für Ihre Majestät, die Königin.«

»Macht den Weg frei für Ihre Majestät, Königin Elisabeth.«
»Macht Platz.«

»Die Königin! Die Königin!«

Verdammt, dachte sie, während sie zwischen den in roten

Samt gewandeten Edelmännern hindurch schritt und sah, als die doppelte Tür zu ihren Privaträumen aufgestoßen wurde, daß sich dahinter eine große Menge aus Bittstellern und anderen Besuchern zum Weihnachtsfest versammelt hatte. Ich bin eine Gefangene der Seide und der Trompeten; nichts von dem, was ich tun muß, will ich wirklich, und nun wollen diese von Gott verlassenen Tölpel mich dazu bringen, meine Cousine hinrichten zu lassen. Christus möge sie alle wegen ihrer Feigheit verrotten lassen, warum erfüllt nicht einer von denen seine Pflicht und bringt dieses schottische Miststück für mich um?

5

Nun bin ich auf meinem Weg nach Ägypten schon viele Male auf einem Feld oder unter einem Heuhaufen aufgewacht, und auch beim Klang von Engelsgesang in einer kalten, zugigen Scheune, wobei mein Sohn aus lauter Freude über ihren himmlischen Glanz zu glucksen und zu lachen begann, obwohl sie sein eigener Glanz weit in den Schatten stellte.

Und diese andere Maria, meine arme Schwiegertochter, wachte einst jeden Morgen in ihrem steinernen Gefängnis vom Klang der Kirchenglocken auf. Noch vor kurzer Zeit lag sie gewöhnlich in tiefster Trunkenheit unter dem Tisch, und ein abgemagertes, in Lumpen gehülltes Kind schmiegte sich auf der Suche nach etwas Wärme fest an sie, während um ihre Köpfe die Branntweinschwaden waberten.

Neuerdings hatte sie die Neigung, in den stillen Stunden der Nacht bei irgendeiner Frau in den Wehen Wache zu halten, weil sie eine Hebamme und Hexe war.

Das ist leider unvermeidlich, o ihr reinen, unschuldigen Männer, die sich so leicht über alles empören – alt und arm zu sein, nicht ohne Grips, und dabei eine Frau, das bedeutet in solch unerbittlichen Zeiten *ipso facto* eine Hexe zu sein.

Auch Marias Gesicht wird im Schlaf sanft und liebreizend, da unsere Seelen nicht altern, wie es unsere Körper tun. Aber damit enden schon alle Ähnlichkeiten mit der Königin. Das Bett der Königin hat Vorhänge aus Gobelin und einen Bettüberwurf aus Zobelpelz für den Winter. Maria hat ein niedriges Bett aus Strohsäcken und Decken ohne Leintücher, in denen es von Flöhen und Läusen nur so wimmelt. Und im Vergleich zu Maria bekommt die Königin ein anständiges Frühstück, während ihres nur aus reinem Branntwein besteht. Und die Toilette der Königin ist die strahlende Spitze eines riesigen Berges der kompliziertesten Anstrengungen. Maria steht in der Früh auf, kratzt sich und zieht die wenigen Bänder fest, die noch an ihrem Korsett übrig sind, und hakt ihr Mieder zu. Dann verweilt sie einen Augenblick, um mit ihren Händen über den blauen Samt zu streichen – selbst Hexen erfreuen sich an blauen Samtkleidern. Dieses hier hatte sie vor langer Zeit von einem ihrer Liebhaber geschenkt bekommen. Obwohl es bereits damals, als sie es bekam, nicht mehr neu gewesen war, besaß sie es noch immer, denn Samt ist fast ebenso haltbar wie Segeltuch. Inzwischen war der Saum zerfetzt, und es hatte neue Ärmel aus braunem, grobgewebtem Tuch, die gestopft, mit Flicken versehen und wieder gestopft waren. Für sie war es zur zweiten Haut geworden, da sie es nie mehr auszog.

An ihren Füßen, die natürlich keine Strümpfe trugen, saßen schlecht sitzende Schuhe, auf ihrem weißen, von vielen Mitbewohnern besiedelten Haar befand sich eine Kappe, um die sie noch einen Schal geschlungen hatte – und damit war das Bild von der Hexe fertig. Wenn allerdings ein Wunder geschehen wäre, das ihre Umgebung verändert und ihre Kleider mit denen der Königin vertauscht hätte ... Nun, dann gäbe es keinen Zweifel daran, daß sie ebenso würdevoll wie die Königin ausgesehen hätte.

Sie besaß keinen kostbaren Spiegel, um sich selbst zu bewundern, sondern nur ein klappriges Fenster, das sich gegen die dunkle Nacht abhob. Als sie früher ins Kloster eingetreten war, hatte sie sich trotz allem sündigerweise an Spiegeln erfreut und sich danach gesehnt, ihr junges Gesicht darin zu erblicken, umrahmt von einem weißen Nonnenschleier und schwarzem Tuch. Damals hatte sie dafür auch ein Fenster benutzt und dann Abbitte geleistet. Sie war einstmals ein Bild der Frömmigkeit, so sehr, daß man darüber hätte weinen mögen.

Durch die Bretterwand direkt neben ihrem Bett konnte sie das rhythmische Stoßen von einem der Gerichtsdiener hören, der früh aufgestanden war, um eine Hure zu bespringen. Zu dieser Zeit lebte sie in einer kleinen Kammer im hinteren Teil des Bordells von Falcon, auch wenn sie dort nur geduldet war. Stillschweigend geduldet. Die anderen litten ihretwegen, während sie an der unausgesprochenen Tatsache litt, daß sie in Kürze heftig leiden und an etwas sterben würde, das wie der Blitz über sie hereinbräche. Julia, eine ihrer Enkeltöchter, die als Stellvertreterin der Bordellwirtin fungierte, Julia entschuldigte Maria immer, wenn sie zuviel Branntwein trank und fluchend über die Freier herfiel oder in den öffentlich zugänglichen Räumen umkippte, furzte und sonst irgend etwas Unangenehmes tat. Manchmal beschwor sie Maria, sich doch anständig zu benehmen, aber die sah in ihr nur immer die fünfjährige Rotznase, die hinter ihrer zerlumpten Mutter herlief, während die sich auf der Straße von Plymouth das Notwendigste erbettelte. Und das sagte sie ihr auch in aller Deutlichkeit.

Julia glaubte, im Falcon ihr Glück gemacht zu haben. Sie staffierte sich als feine Dame aus und putzte und schmückte sich mit Posamenten aus Samt und billigem Atlas. Sie fand, daß Maria sie in eine ziemlich peinliche Lage brachte. Doch verdankte sie ihr auch ihr Leben, denn sie hatte sie im Alter von neun Jahren von der Pest geheilt und ihr so lange Breiumschläge auf die Beulen gelegt, bis diese aufgingen.

Aber Julia mag es nicht, wenn Maria sie an diese Dinge erinnert. Sie zieht es vor, daß die Hexe überhaupt nicht mit ihr spricht. Sie zieht es vor – auch wenn sie das niemals zugäbe –, so zu tun, als würde sie ihre eigene Großmutter überhaupt nicht kennen: »O ja, die Hexe, doch wegen der Sicherheit, Sir, brauchen wir eine Hexe für die Mädchen ... Ja, um ihnen aufzuwarten. Ja, wegen der Sicherheit, Sir. Möchte der Herr vielleicht noch einen Krug Wein? Und die Blonde in Rot? Natürlich, Sir, sie kostet pro Stunde fünfzehn Shilling oder drei Pfund in der Nacht ... O natürlich, Sir, sie ist absolut sauber, fast noch eine Jungfrau.«

Maria spuckt und fletscht die Zähne, aber dann erinnert sie sich an die Pflichten, die sie hat, seit drei Jahren bereits, markiert durch Striche an der Wand, gleichgültig, wie groß auch immer ihr Kater sein mag. Und ächzend und stöhnend kniet sie auf dem modrigen Stroh nieder und schlägt das Zeichen des Kreuzes, während sie die Worte murmelt, die sie noch immer in den Knochen hat: *Ave Maria, gratia plena, Dominus tecum ...*

Normalerweise komme ich dann zu ihr und tröste meine treue Vasallin.

6

Das Weihnachtsfest bei Hof zu begehen bildet für alle, die ihren Platz behaupten wollten, den Gipfel des Ehrgeizes, so daß es nur noch wenig mit der Feier zu Christi Geburt zu tun hatte. Von Morgengrauen an drängen sich die Höflinge im Palast von Westminster und formen sich zu langen Reihen vor dem Palasttor, um eingelassen zu werden. In weitläufigen Schlangen bahnen sie sich ihren Weg zwischen den Gittern, ganz so, wie sich Hirsche und Rehe durch Engpässe hindurchquetschen, um auf dem engen Raum, in dem sie eingepfercht sind, sich wie durch ein Wunder ihren Vorrang zu sichern.

Der Tag beginnt in der königlichen Kapelle mit einem Dankgottesdienst und der Kommunion. Dazu sangen lauthals die lilienweißen Chorknaben der Kapelle – sehr zum Mißfallen der Puritaner. Die Höflinge von hohem Rang, die bei dem Gottesdienst zugelassen waren, widmeten weder den Knaben noch den Gesängen oder Gebeten die geringste Aufmerksamkeit, denn diesem Tag waren so viele Wochen der quälendsten Vorbereitungen vorausgegangen, in denen sie ständig neu die entzückendsten rhetorischen Wendungen aufeinander türmten, so daß am Ende nicht einmal mehr der Priester noch sagen konnte, worum es dabei ging. Die Höflinge, die sich alle mit einem neuen samtenen Wams und einem Mantel aus gemustertem Atlas an den Rand des Bettelstabs gebracht hatten – wobei den Färbern entsprechend den Geboten der Mode sämtliche Bestände an Schwarz und Indigo ausgegangen waren –, wogten wie der Strom der Gezeiten ständig hin und her, ein bewegter Schatten aus aufgeputzten, herumstolzierenden Kakerlaken. Ununterbrochen flüsterten sie miteinander, verbeugten und verneigten sich, wobei sie sich gegenseitig nach ihrem Schneider befragten und über die Schwierigkeiten und die Kosten klagten, für teures Geld eine der Erbinnen zu kaufen, die als Mündel unter Amtsvormundschaft standen. Die meisten von ihnen sind Männer und versuchen verzweifelt, die Aufmerksamkeit der Königin auf sich zu ziehen. Und alle wollen hochgewachsen, elegant und gebildet sein, damit sie an ihnen so viel Gefallen fände wie einst an dem zutiefst gehaßten Sir Walter Raleigh, dem dies, Gott verdamme ihn dafür, gelungen ist und noch immer gelingt.

Die Königin ignoriert all die verzweifelten Anstrengungen. Anstrengung interessiert sie in keinster Weise, da sie viel zuviel von ihr zu sehen bekommt. Sie findet Gefallen an einer Art wilder und witziger Nonchalance, und so nickt sie Sir Walter zu, der sich aus seinem Kirchenstuhl direkt unter ihrem Balkon im Hauptteil der Kapelle mit einer fast übertriebenen Verbeugung dafür bedankt. Raleigh erstrahlt in karmesinrotem Atlas und Samt in derselben Farbe. Das entspricht seiner Art. Wenn alle Welt in schafsähnlicher Ehrfurcht vor der Königin das von ihr bevorzugte Schwarz trägt, muß sich Raleigh natürlich in schockierendes Rot kleiden und wie ein Blutstropfen inmitten eines Feldes von Pech aussehen.

Es ist kaum anzunehmen, daß er das nicht geplant hatte, was sie wiederum köstlich amüsiert.

Danach ergeht sie sich wie eine weltliche Göttin inmitten der Höflinge und nimmt ihre Huldigungen entgegen. Begleitet wird sie von ihrer Leibgarde, den strammen Kadetten aus edelstem Hause, die, alle in Rot gekleidet, von Raleigh, ihrem Kommandanten, angeführt werden. Wahre Horden von Leuten beugen die Knie vor ihr und bewegen sich schwankend im Wind ihrer Herrschaftsgewalt. Sie ist huldvoll und plaudert und lacht. Sie hört sich Bittschriften und Gesuche an, schart die Kinder um sich, die herbeigeholt wurden, um das Wunder Ihrer Majestät zu bestaunen, stimmt leutselig zu, bei einigen Taufen Patin zu sein, bevor sie sich schließlich in ihr Privatkabinett zurückzieht, um etwas Atem zu schöpfen für eine anschließende weitere Runde des Vergnügens. Hier, im Privatkabinett, widmet sie – da sie nun einmal ist, was sie ist – ihre Aufmerksamkeit den Papieren, die in der ständig weiter laufenden Maschinerie ihrer Herrschaft dennoch unterzeichnet werden müssen.

Zu Weihnachten hat allerdings niemand gewagt, ihr einen Befehl zur Folter vorzulegen. Etwa die Hälfte der Vernehmungen von Papisten, die in ihrem Namen von Sir Francis Walsingham und Mr. Davison vorgenommen werden, sind so gesetzmäßig unterschrieben und befohlen. Doch als Reichsverweser haben sie einen weiten Spielraum und nutzen ihn auch. Ihr ist es lieber, offiziell nichts von der winzigen Kerkerzelle Little Ease im Tower zu wissen, in der es kein Licht gibt und keine Luft und es trostlos und kalt ist. Durch die Themse ist sie klamm und feucht, und sie ist so klein, daß ein Mensch in ihr weder stehen noch liegen kann. Wenn Little Ease einen neuen Insassen bekommt, geht das niemanden etwas an außer Mr. Davison und seine Wachsoldaten.

7

Da er genau am Fest des Heiligen Thomas, des Apostels, gefangengenommen und in aller Eile bereits am nächsten Tag – ohne zufriedenstellendes Ergebnis – verhört worden war, befand sich der neue Gast der Königin in einer tiefen Benommenheit, einer Mischung aus Schmerz und Erschöpfung, und wartete auf die Aufmerksamkeiten des Teufels.

Er war in theologischen Dingen nicht besonders bewandert, also kam es ihm auch nicht in den Sinn, eine Klage über seine Sünden anzustimmen, da er sich an nichts erinnern konnte. Selbst in der Hölle ging es ordentlicher zu.

Nein, was ihn von der Überzeugung, bereits tot zu sein, zunehmend abbrachte, war der stetig zunehmende Drang seines Fleisches, das niedrige Bedürfnis, pissen zu müssen.

Nun lag er schon seit einer geraumen Zeit hier, zitternd, krank und fast schwindelig vor Angst und Verwirrung. Er konnte nicht genug Luft bekommen, während sein Herz wie wild schlug und sein Kopf hämmerte. Doch gerade dadurch, daß er nach Luft schnappte, wußte er, daß er noch nicht in der Hölle sein konnte, denn die Toten brauchten keine Luft. Also mußte er am Leben sein.

Und so legte er seine klappernden Zähne an die Ketten, die an ihm zerrten, winkelte seine Ellbogen an und brachte seine Hände so nahe an sein Gesicht, daß er sie sanft mit den Lippen abtasten konnte. Ihre Haut fühlte sich straff an, und seine rauhen Barthaare bohrten sich wie Stacheln in sie hinein.

Obwohl sie vor seinem geistigen Auge riesengroß erschienen, bemerkte er doch, daß seine Hände nur geschwollen waren und nicht zerquetscht. Sie bluteten noch nicht einmal. Mit seinem ganzen Mut und einigem Wimmern war er sogar fähig, sie zu bewegen und die wurstähnlichen Finger zu krümmen. Aber um seine Handgelenke pulsierten zwei geschwollene Armbänder aus seinem Fleisch, in deren Mitte eine Furche lag, die in allen Schattierungen von Blau und Grün schimmerte und ständig näßte. Daher stammte der größte Teil seiner Schmerzen.

Wer immer ihn in Ketten gelegt hatte, auf jeden Fall hatte er gesehen, daß seine Handgelenke zu stark angeschwollen waren, so daß er die Eisen ein wenig höher, fast an den Ellbogen, anbringen mußte. Kein Wunder, daß seine Brust von den so eingeschnürten Schultern schmerzte.

Einige Männer neigen dazu, sich sofort jeder Gewalt und jedem Schrecken zu unterwerfen, er aber versuchte noch einmal, sich an alles zu erinnern. Er schwitzte vor Anstrengung, während sein Geist, wie einst Jakob mit dem Engel des Herrn, mit der Leere kämpfte.

Nichts. Er wußte nichts von sich selbst. Er war ein Mann und kein Mädchen, was ihm immerhin ein wenig Erleichterung verschaffte. Ein Mann und keine Bestie, vielleicht sogar eher ein Kind, war in diesem schmerzenden Körper gefangen, der viel zu groß für ihn zu sein schien. Vielleicht träumte er tatsächlich. Aber wie konnte er schlafen? Seine Hüften und Schultern schmerzten von den unbehauenen Steinen, ebenso sein Kopf – besonders sein Kopf. Sein Rücken war ungeheuer wund und verursachte ihm jedesmal stechende Schmerzen, wenn er ihn anhob. Und seine Hände – nun, wo er wußte, welche Form sie in Wirklichkeit hatten, waren sie zusammengeschrumpft und nicht mehr so unmäßig groß, und eigentlich nur noch eine Quelle des Schmerzes. Er fletschte seine Zähne und versuchte mit verzweifelter Anstrengung, mehr über den Ort herauszufinden, an dem er sich befand.

Doch die häßliche Leere in ihm blieb – wie ein Stumpf bei einer Amputation oder Bäume, die in einem uralten Wald abgeholzt wurden, vielleicht auch ein verlorener Zahn – wie die vertraute Lücke, die er nach dem Verlust eines Milchzahns gespürt hatte.

»Ich bin... mein Name ist...«, sagte er zu sich selbst von Zeit zu Zeit, doch dann hielt er inne. Sein Hals tat ihm weh, und er hatte Magenkrämpfe, was ihm neben der Kakophonie seiner Schmerzen zusätzlich zu schaffen machte.

Er bewegte für eine Weile seine Finger, bis sie sich so anfühlten, als sei jeder einzelne von ihnen ein eigener Ameisenhaufen. Im Zuge seiner Überlegungen kam er zu dem Schluß, daß er vielleicht sogar dankbar dafür sein sollte, die Schmerzen in seinen Händen fühlen zu können. Wären sie völlig taub und abgestorben, würde er sehr viel schlechter dran sein. Doch woher wußte er das alles? Er hatte keine Ahnung, außer daß ihm der Geruch von Wundbrand vertraut war und er sich schrecklich davor fürchtete.

Schließlich schien es, als würden sich seine Finger etwas besser anfühlen. Er bewegte sie auf sein Gesicht zu, denn er wollte sich selbst kennenlernen.

Sein Haar war kurz und lockig, es war völlig wirr und verfilzt, und seine Kopfhaut juckte. Hinter seinen Ohren fühlte er ein vertrautes Krabbeln und zog eine Grimasse.

Um die gestutzten Ränder seines Bartes fühlte er Stoppeln, die etwa zwei oder drei Tage alt waren. Darunter traf er wieder auf ein Rätsel – er trug keine Halskrause, doch war sein Hemd aus feinem Leinen. Und er hatte ein Wams aus Samt an; es war mit Taft eingefaßt und mit geschnitzten Knöpfen aus Edelsteinen und Schlingen zum Schließen versehen. Die Ärmel waren bis zu den Ellbogen hinaufgeschoben, damit seine geschwollenen Handgelenke durchpaßten. Auch die Manschetten waren nicht geschlossen.

Nun war ihm klar, warum er so fror – sein Wams hing offen um ihn herum, aber er konnte es nicht zuknöpfen, dazu waren seine Finger noch zu unbeholfen. Auch hatte er keinen Gürtel umgebunden, was ihn überhaupt nicht wunderte. Und natürlich hatten sie ihm sein Schwert weggenommen.

Der Beobachter in ihm griff sofort den Gedanken des Schwertes auf und wog ihn hin und her.

»Natürlich bin ich von edlem Geblüt, ein Gentleman«, sagte er. »Und was sonst könnte ich noch sein?«

Mit Läusen? vernahm er beißend seine innere Stimme und antwortete sich selbst. Vielleicht. Ohne Schwert, aber mit Läusen, warum denn nicht? Dann unterbrach er diese Gedanken, denn er wußte wirklich nicht, woher er das alles nahm.

»Nichtsdestotrotz«, murmelte er dickköpfig und fuhr, während er die Ellbogen streckte, mit diesen schwierigen Erkundigungen fort. Seine Beinstulpen waren nicht gemustert und bestanden gleichfalls aus wattiertem Samt, und an den Enden waren sie fast noch vollständig an seinem Wams befestigt. Er trug sogar noch seine Innenschuhe, jedoch keine Stiefel mehr.

Doch war nur eine der Schleifen, mit der sein Hosenlatz geschlossen war, zugebunden, und das ziemlich schlecht.

Vorsichtig suchte er nach einem Topf, fand aber nichts anderes als feuchtes Stroh. Das erklärt zumindest, woher der Gestank kommt, sagte sein schlaues inneres Selbst, obwohl ich kaum der einzige Grund dafür sein kann.

Der Rumpf tat ihm in den Seiten weh, so als ob er schwere Gewichte geschleppt hätte, und in seinen Beinen hatte er Krämpfe. Es gab keinen Teil an ihm, der ihm nicht zu verstehen gab, daß er in Mitleidenschaft gezogen war, außerdem war er schrecklich müde. Durch seine gekrümmten Waden tobten heiße Krämpfe. Er wand sich so lange, bis sein Rücken an die Mauer stieß, dann setzte er sich vorsichtig auf, soweit es möglich war, und rückte unter das überhängende steinerne Dach. Wenigstens gab ihm das genügend Raum, um seine Beine auszustrecken, was ihm zumindest ein wenig Erleichterung brachte.

Das ist nicht alles, was mich betrifft, sagte er zu sich selbst, und auch nicht alles, was diese Welt anbelangt. Es werden

irgendwann Leute kommen, wenn ich nur warte und geduldig
bin, um... um...

Doch dann traf es ihn wie ein Faustschlag, als ihm klar
wurde, daß diese Kreaturen, die einen ihrer Mitmenschen in
ein solches Loch sperrten, wohl kaum seine Freunde wären.
Tatsächlich mußte es sich vielmehr um die Kerle handeln, die
ihm seine Handgelenke so zugerichtet hatten.

Da schoß plötzlich aus der Tiefe seines Herzens das Entsetzen empor, so daß sein Atem und alles Denken stockten. Er
preßte seine nutzlosen Hände an sein Gesicht und versuchte,
die beschämenden Tränen mit den Fingerknöcheln zurückzu-
halten.

8

Am Nachmittag des Christtags findet immer im Beisein Ihrer Majestät eine Maskerade statt. Nach dem großen Fest für
all die Bediensteten und das Gesinde, die sich wie die He-
ringe in einem Faß in der Westminster Hall drängen, stellt
diese angeblich eine große Erleichterung für sie dar. Wie in
jedem Jahr war die Kostümierung das Resultat ängstlich be-
dachter Proben, die sich über viele Wochen hingezogen hatten. Als Thema war ein Bienenstock gewählt worden, in dem
es zwei Könige gab – einen rechtmäßigen und einen Usur-
pator. Das alles wurde sehr hübsch von Kindern vorgetragen, die um die Königin herumtanzten, im schwarzen Samt
der Trauerkleidung, der jedoch gelb eingefaßt war, so daß die
Kleinen wie Bienen aussahen, dazu hatten sie Flügel aus zarte-
stem Gewebe angeschnallt, das mit Draht verstärkt war. Und
dann tauchte gerade zur rechten Zeit die Feenkönigin auf, der
es gelang, Frieden zu stiften.

»Eine reizende Parabel«, sagte die Königin etwas spitz, als
sie Beifall klatschte, »obwohl ich unter all den Bienen weder
Drohnen noch Larven sehe.«

Sir Walter lachte sie an. »Vielleicht sind sie in einen anderen Bienenstock umgezogen, Eure Majestät, wo der Honig süßer ist.«

Die Königin schnaubte verächtlich. »Soll aus dieser Parabel vielleicht eine Moral gezogen werden?« fragte sie. Und natürlich wußte sie genau, daß dem so war, denn der Thronräuber war elendiglich hingerichtet worden, während Titania dem wahren König erneut die Krone aufgesetzt hatte.

»Ich fürchte, daß es eine gibt«, sagte Raleigh mit tanzenden Augen. »Wenn Eure Majestät noch nicht allzu tief in Melancholie versunken sind, wäre ich gern bereit, den Sinn für Euch zu analysieren, zumindest soweit ich ihn selbst verstanden habe.«

Die Königin knurrte ein wenig, doch dann lächelte sie und nickte huldvoll Alicia zu, ihrer neuen Ehrenjungfrau, deren Flügel ein wenig steif nach unten hingen, da sie während des Tanzens mit einem anderen Mädchen zusammengestoßen war. Das Kind machte einen Hofknicks und bot unsicher ein Tablett mit Honigkuchen dar. Sie nahm einen davon, biß hinein und zuckte zurück. Sanft reichte ihr Sir Walter einen Kelch Wein, so daß sie ihren Mund säubern konnte, der durch den Kuchen – wenn auch unsichtbar – in Mitleidenschaft gezogen worden war.

»Also, beginnt schon, den Kern zu analysieren, Walter«, brauste sie auf. »Wenn Ihr schon unbedingt wollt.«

»Um es kurz zu machen, sie verlangen unumhüllt, daß Ihr die Königin der Schotten hinrichten sollt«, sagte er, wobei es ihm völlig unwichtig schien, seine Stimme zu senken, die den sanften Klang der westlichen Gegend von England hatte, »und ich komme zu dem Schluß, daß Eure Untertanen im Hinblick auf die Bienenzucht ebenso unwissend sind wie bezüglich Viehwirtschaft, Schafzucht und Takt.«

»Hah!« antwortete die Königin.

9

Ja, ich erinnere mich daran, was meine gläubige Dienerin am Christtag 1586 getan hat. Schon vor dem Morgengrauen saß sie im Besucherzimmer des Falcon am Feuer und aß ihr Frühstück. Sie erschauerte vor Kälte, während die Kirchenglocken durch die eherne Luft von London schallten. Drüben in der Ecke saß die süße Pentecost, ihre Urenkelin, und kümmerte sich keinen Deut um die Betrunkenen, die an der Wand kauerten. Maria hatte vergessen, wie alt das Kind mittlerweile war, da sie es in ihrer Vorstellung oft mit seiner Mutter oder sogar Großmutter verwechselte. Doch war es ein hübsches, kleines Mädchen von ungefähr sechs oder sieben, mit braunen Haaren und einem oval geformten Gesicht, das oft sehr ernst war. Noch war sie keine Schönheit, wofür sich Maria bei mir bedankte. Pentecost schlief im Bett ihrer Urgroßmutter, um es warm zu halten, doch wachte sie gewöhnlich vor ihr auf und ging dann hinunter, um das Feuer herzurichten und anzuzünden. Wir achteten sehr darauf, daß sie sich nützlich machte, Maria und ich, denn Maria hatte große Angst davor, daß die Kleine die Aufmerksamkeit eines Mannes auf sich lenken und sich damit ruinieren würde, wie es ihrer toten Großmutter Magdalena und auch ihrer Mutter, der Tochter Magdalenas, geschehen war, die bei ihrer Geburt gestorben war.

Ihre Tante, die als Stellvertreterin der Bordellwirtin fungierte und die von ihrer Mutter Magdalena den Namen Julia erhalten hatte, hatte Maria bereits angedeutet, daß Pentecost ins Falcon's Chick gehen sollte, wo die Liebhaber von Kindern ständig Ausschau nach frischem Fleisch hielten. Julia selbst war einst dort angelernt worden, im Alter von neun Jahren, und zwar von einem rechtschaffenen Mann, der auch mit Magdalena schlief, so daß sie nichts Merkwürdiges daran fand. Maria wäre lieber gestorben, als ihre süße, kleine Pentecost solchen Männern zu überlassen. Wahrhaftig, eher würde sie die umbringen. Aber Julia... sie verstand in keinster Weise, warum Maria sie ins Gesicht schlug und wie wild anschrie, und war tief beleidigt. Sie war fest davon überzeugt, daß Maria das nur tat, weil sie ewig betrunken und bereits vergreist war. Kein Zweifel, Julias Seele war ebenso in die Mangel genommen worden wie ihre Vagina. Doch die kleine Pentecost war die Letzte aus Marias Sippe, und die Letzte, die unschuldig war. Und so zitterte Maria vor Angst, daß ihre Urenkelin auch durch den Alkohol ruiniert werden könne und damit denselben Pfad einschlüge wie ihre Mutter, Tante und Großmutter und damit in späteren Jahren an der Syphilis oder im Kindbett stürbe. Hätte es in England noch Nonnenklöster gegeben, hätte Maria die Kleine dort hineingesteckt, nur um sie vor diesen wüsten Kerlen zu bewahren. Aber, o weh, die Männer hatten unsere Orte der Zuflucht zerstört.

Nun, mein Herr, wenn Sie die Männer so gesehen hätten, wie ich sie sah, denn sie haben mich auf ihrem Totenbett angefleht und mir ihre Schuld gestanden, nun, dann würden Sie über das, was ich sage, nicht so beleidigt sein. Die Männer erweisen der Jungfrau die Ehre, da sie wissen, wieviel Mitleid und Erbarmen sie nötig haben.

Sie glauben auch, daß mein Sohn, der selbst ein Mann war, weniger Bedarf an ihren Entschuldigungen hat. Um das klarzustellen, es handelt sich dabei um anständige Männer, die Frauen lieben und in ihnen mehr sehen als bloß eine warme, feuchte Stätte ihres Vergnügens, die dummerweise mit Beinen zum Davonlaufen ausgestattet ist. Jedoch ist Maria niemals einem solchen Mann begegnet, und es gab auch keinen Grund, warum es so sein sollte, denn solch eine Chimäre sah sich bestimmt nicht unter den Huren am südlichen Ufer der Themse um.

Nun spielte Pentecost wieder ihr übliches Spiel. Aus den Trümmern ihres ehemaligen Klosters hatte Maria nur die Per-

44

len ihres Rosenkranzes und ein kostbares Bild von mir gerettet. Ich war etwa zwanzig Zentimeter hoch und wunderbar in Elfenbein gearbeitet, mit Sternen gekrönt und stand auf dem Mond. Und wenn jemand die kleine Tür in meinem Bauch öffnete, konnte er das Bildnis meines Sohnes sehen, eines Kindes aus geschnitztem Elfenbein. Die innere Wand seines Verstecks war fein und zierlich mit dem Kreuz seiner Leidensgeschichte auf Golgatha bemalt. Früher einmal hat es viele solcher Darstellungen gegeben, bevor die Reformer sich daran machten, alles zu verbrennen. Dieses Bild war ebenso alt wie das Nonnenkloster selbst, und es war für die Tochter des Mannes geschnitzt worden, der es einst gefunden hatte, und das, als das Mädchen vor zweihundert Jahren gestorben war, der Kapelle gestiftet worden war. Inzwischen hatte das Elfenbein Sprünge bekommen und war abgenutzt und vergilbt, obwohl mein Antlitz noch immer so liebreizend und königlich wie früher aussah. Erst hatte Magdalena, das Kind von Marias Schande, damit gespielt, und dann die Mädchen, die Magdalena geboren hatte, Martha und Julia. Und schließlich kam es, trotz aller Schicksalsschläge wie Hungersnöten und Flucht, zu Pentecost.

Zuerst setzte sie mich auf eine Bank, dann näherte sie sich mit vielen kleinen Knicksen und Verbeugungen. Sie hielt einen kleinen Weinkelch aus Horn in ihren Händen, mit dem sie vorsichtig mein geschnitztes Antlitz berührte, um nichts zu verschütten und mich damit zu besudeln. Dann warf sie sich zu Boden. Schließlich kniete sie vor mir nieder, wie sie es von ihrer Urgroßmutter her kannte, und betete, was diese sie gelehrt hatte. Danach ergriff sie mich, herzte und drückte mich, öffnete meine Tür, um auch das Kind herauszuholen und es zu küssen. Dann legte sie es voller Ehrfurcht wieder zurück und begann, mir ihre Wünsche darzulegen und auch das, was ihr Herz erfreute, und ich lächelte sie an, während sich meine Lippen durch den Wein ein wenig rot färbten. Ich bin die Königin des Himmels, und sie hatte viele Male gebetet, daß ich, wie ich einst zu ihrer Großmutter kam, zu ihr kommen und sie mit meinem Mantel umhüllen solle.

Ihre Großmutter hörte niemals auf das, was sie sagte. Aber sie flehte um ihren unwandelbaren Segen, der schließlich dazu führte, daß sie mich traf, die Königin des Himmels, daß sie mein kleines Mädchen wurde, mein Pflegekind. Es war ihr Traum. Sie hatte aus der Ferne die Königin Elisabeth gesehen, damals bei dem Turnier anläßlich ihrer Thronbesteigung, und wie so viele geriet sie zwischen dieser Königin und mir in Verwirrung. Aber ihre Großmutter wußte das damals noch nicht. Warum auch hätte sie den Äußerungen eines Kindes besonders viel Aufmerksamkeit schenken sollen?

Julia kam voller Eile herein und machte einen großen Wirbel um ihren neuen türkisfarbenen Rock aus Atlas. Sie wagte es, ungeduldig die Stirn zu runzeln, als sie sah, wie Maria auf ihrem Stuhl am Feuer hin- und herschwankte. An ihrem Gürtel hing ein Bund mit Schlüsseln, die Zeichen ihres Amtes, die sie mit der größten Wichtigkeit ausstatteten.

»Großmutter«, sagte sie, ohne auch nur einen Knicks anzudeuten, »was habe ich schon wieder gehört? Du sprichst wieder mit den Jesuiten?« Maria murmelte vor sich hin, ohne sie anzusehen. »Ist das wahr?« fragte sie.

Maria zuckte mit den Achseln und gab keine Antwort. Raschelnd stürzte Julia auf sie zu und schnappte sich die Flasche, die sie in Händen hatte.

»Bist du verrückt?« zischte sie ihrer Großmutter, dieser unverschämten Hexe, direkt ins Gesicht. »Ich habe dir schon letzten Sommer gesagt, was dabei herauskommen wird. Du darfst nicht mit diesen Papistenpredigern sprechen, du mußt dich von ihnen fernhalten.«

Maria zuckte zusammen. »Ich muß meine Beichte ablegen«, murmelte sie. »Ich muß die Absolution für meine Sünden erhalten, bevor ich sterbe.«

Julia spuckte wie der freche Bengel, für den sie sich früher ausgegeben hatte.

46

»Oh, zum Teufel mit deiner Beichte, Großmutter, es ist zu spät dafür. Wenn die Papistenjäger herausfinden, daß du mit einem Priester sprichst, werden sie dich dafür ins Gefängnis werfen. Und was soll aus uns werden?«

»Du kannst dir eine andere Hexe suchen«, sagte Maria, »ich werde sterben. Was für 'ne Freude, nicht wahr? Keine betrunkene alte Großmutter mehr, die ständig predigt, daß du die arme, kleine Pentecost nicht den perversen Lüstlingen im Falcon's Chick überlassen darfst.«

Als ihr Name fiel, schaute Pentecost kurz hoch, aber dann widmete sie sich wieder ihrem Spiel, da sie diesen Disput schon früher gehört hatte.

Julia rollte ihre Augen und rasselte mit den Schlüsseln – ganz wie es ihre Gewohnheit war. »Alles, was du zu tun hast, ist deinen Mund zu halten und dich von den papistischen Priestern fernzuhalten«, sagte sie. »Ansonsten fliegst du raus!«

»Du würdest doch nicht deine eigene Großmutter auf die Straße jagen?«

»Wenn es nötig wäre«, sagte sie, so kalt wie ein Pflasterstein. »Wenn ich es tun muß, um meinen Platz hier zu verteidigen, ganz sicher. Nicht Pentecost. Aber wenn du dir die Stadtbehörden auf den Hals hetzt, fliegst du raus, Großmutter. Da kannst du sicher sein.«

Maria stand auf und streckte ihren armen, schmerzenden Rücken, den sie auch mit ihrer Sauferei kaum besänftigen konnte. Sie war in Eile, in etwa einer Stunde würde die Sonne aufgehen, und sie mußte zurück zu ihrer Arbeit, Pentecost auch.

Denkt ihr etwa, daß die Arbeit am Christtag ruht? Dann überlegt noch einmal.

»Ich lasse Pentecost niemals allein, solange du deine gierigen Finger nach ihr ausstreckst«, sagte Maria tapfer, wenn auch voller schlechter Vorahnungen. »Ich weiß, was du –«

»Kümmer dich nicht um Pentecost«, unterbrach sie Julia, während sie die Tür öffnete, um die roten Gitter vor den Fenstern zurückzuklappen. »Kümmer dich lieber um dich, Großmutter. Das ist meine letzte Warnung.«

Eine der jüngeren Huren mit Namen Kate kam in Korsett und Unterröcken die Treppe herab und kratzte sich dabei an den Wunden in ihrem Gesicht, was eine ekelhafte Angewohnheit war.

Ja, natürlich, das war die Syphilis.

»Kate«, sagte Julia und rasselte voller Autorität mit den Schlüsseln, »pack diesen Betrunkenen und schmeiß ihn raus.«

»Er hat noch nicht bezahlt.«

»Nun, dann nimm erst seine Börse und schmeiß ihn dann raus.«

Julia beeilte sich, die übrigen Gitter zu öffnen. Kate beugte sich zu dem Mann hinab und fischte seine Börse aus seinem Hosenlatz. Dann packte sie ihn unter den Achseln und hievte ihn durch die Tür auf die Straße hinaus, wo er in einer eisigen Pfütze liegenblieb.

»Noch nicht weg, Großmutter?« sagte Julia zu Maria.

Um ehrlich zu sein, war sie es, die damals im Sommer diesen Arbeitsplatz bei Hof gefunden hatte, als Maria zum ersten Mal daran dachte, sich vor den Spürhunden zu verstecken. Die Papistenjäger Ihrer Majestät wollten nur wissen, was sie mit dem Jesuiten zu schaffen hatte, der ihnen entwischt war und später in höchster Eile den Kanal überquert hatte. Aber Maria war nicht geneigt gewesen, es ihnen zu sagen, so daß sie ein Versteck benötigte. Und Julias Schlupfwinkel war hervorragend dafür geeignet, da er bei der Wäscherei von Whitehall lag, direkt gegenüber den Amtsräumen der Untersuchungsbeamten. Das heißt, er gehörte zum Virgus, dem Inneren Bezirk des Hofes, der nicht dem Zivilrecht, sondern dem Obersten Haushofmeister und dem Leiter der Hofverwaltung vom Grünen Tuch unterstellt war. Aber Gott weiß, daß dieses Handwerk für ihre armen Knochen sehr hart war, ebenso wie auch für ihr armes Herz, obwohl so viel Demut ihrer Seele wahrscheinlich recht gut tat.

Sie winkte Pentecost zu sich, wobei sie grimmig über die bösen Zeiten räsonierte, in denen eine Großmutter sich gegenüber ihrer Enkelin so unterwürfig verhalten muß. Ihr Liebling stopfte die Spielzeugmadonna in die Tasche ihres Unterrocks und trottete zu ihr hin. Da es kalt war, zitterte sie ein wenig in ihrer dünnen, alten Jacke. Mit ihrer Schürze wischte sie sich die Reste des Frühstücks aus dem Gesicht.

Sie lächelte Maria an und nahm sie bei der Hand – wie lebendiges, glänzendes Elfenbein in verschimmeltem Leder. »Können wir wieder über den Fluß gehen, Großmutter?« wollte sie wissen und machte, lachend vor Freude, einen Luftsprung, als Maria ihr sagte, daß sie das wohl könnten. Für sie war es ein Wunder, dort zu gehen, jetzt, da die Themse zugefroren war, denn sonst fuhren ja dort immer Boote. Normalerweise mußten sie einen sehr viel längeren Weg nehmen, um den Fluß über die London Bridge zu überqueren, und das alles nur, um die zwei Pennies Fahrpreis für die Bootsüberfahrt zu sparen – durch die City nach Ludgate, die Fleet Street hinunter zum Strand und dann den gesamten Weg am Fluß entlang bis nach Whitehall, was ein Weg von etwa drei Meilen war und somit sehr weit für Pentecosts kurze Beine. Manchmal, wenn Maria nicht zu erschöpft war, trug sie das Kind auf dem Rücken, wie sie früher einmal Magdalena getragen hatte. Aber mit dem Eis, das ihr in die Beine biß, kam auch der Segen, so daß sie nun trockenen Fußes über das Wasser gehen konnten wie einst Jesus Christus und der Heilige Petrus. Und so lachten sie über die Bootsmänner, die in der Kälte bettelten und Hunger litten, und zahlten es auf diese Weise den gierigen Bastarden heim.

10

Stolz ist eine sehr merkwürdige Sache, die jeder Logik ent-
behrt. Der Mann, der, verkrüppelt von der Folter, in Little
Ease lag, biß die Zähne zusammen und ertrug den zusätz-
lichen Schmerz in seiner Blase, der nun wirklich nicht nötig
war – nur um den Platz, an dem er lag, nicht wie ein Kind ein-
zunässen. Obwohl er wußte, daß er es bereits vorher, wenn
auch im bewußtlosen Zustand, getan hatte, brachte er es nun,
im wachen Zustand, nicht über sich. Wasser konnte ihm aus
den Augen kommen, aber nicht aus seinem Schwanz. So erhielt er das wenige aufrecht, das noch von ihm übrig war.

Gerade als er verzweifelt darüber nachdachte, daß er dem
Drang seinen Lauf lassen müsse, war das Rasseln von Schlüsseln und das Knirschen der Türschlösser zu hören, und dann
wurde sein Gesicht vom Glanz des Tageslichts erfaßt, so daß
seine Augen geblendet waren. Eine Öffnung von fast einem
Quadratmeter wurde sichtbar.

Ein Mann mit einer Sturmhaube schob ein Tablett herein,
auf dem Brot und Fleisch sowie ein lederner Krug und ein
Becher standen.

»Sir«, keuchte der Gefangene mit heiserer Stimme, wobei er
mit schmerzendem Schlucken gegen den Speichelfluß in seinem Mund ankämpfte. »Sir, bitte, einen Topf für meine dringenden Bedürfnisse.«

Der Soldat drehte seinen Kopf nach hinten, als ob er seinen
Vorgesetzten, der nicht zu sehen war, um Erlaubnis fragen
müßte. Anschließend warf er ihm mit völlig ausdruckslosem
Gesicht einen kleinen Ledereimer hinein.

Der Gefangene ergriff ihn, doch ließ er ihn sogleich wieder
fallen. Dann schnappte er ihn mit beiden Händen und fummelte ziemlich herum, um ihn zu benutzen. Während er sich
zur Seite drehte, fiel die Tür ins Schloß und wurde sogleich
wieder abgeschlossen, so daß nur noch ein wenig Licht durch

das Guckloch fiel und sein Mahl erleuchtete. Niemand antwortete auf sein Rufen.

Obwohl er Hunger und Durst hatte, aß und trank er so langsam, wie er nur konnte, noch verlangsamt durch seine angeschwollenen Finger. Er war erstaunt über die Qualität des Essens und auch des Weins. Warum gab man ihm solche Delikatessen wie Weißbrot, das kaum einen Tag alt war, und gebratene Gans, die mit Kastanien und Aprikosen gefüllt war, dazu mit Honig beträufelten Schinken, Käse und einen Plumpudding in hochprozentiger Sauce?

Plötzlich dämmerte ihm, was er da aß und welcher Tag wohl sein mußte. Selbst Inquisitoren hielten Weihnachten ein, wie es schien, was ihn dazu brachte, in sich hineinzukichern. Solch kalte Freundlichkeit bewirkte, daß er lachen mußte, bis das Echo von den Steinen zurückhallte.

11

Mit ihrem schwingenden schwarzen Rock lief Mistress Bethany fast im Laufschritt den engen, weiß gekalkten Korridor hinunter, der zu den Gemächern der Königin und weg von dem winzigen Zimmer führte, das sie mit zwei anderen Hofdamen teilte. Sie hatte Blanche Parry erzählt, daß sie ihren Handarbeitsbeutel dort liegengelassen habe, was auch tatsächlich stimmte – aber sie hatte das mit Absicht getan.

Ein junger Mann sprang von einem Fenstersitz auf und fing sie so auf wie der Fänger den Ball – er legte seine Arme um ihre Taille und schloß sie fest darin ein. Weit davon entfernt, zur Verteidigung ihrer Ehre zu schreien oder ihm ins Gesicht zu schlagen, kicherte Mistress Bethany, was ihr nicht zur Ehre gereichte, und wünschte ihm fröhliche Weihnachten.

»An Weihnachten sind die einzigen Rosen, die man sieht, jene, die auf Euren schneeweißen Wangen erblühen«, flüsterte er ihr ins Ohr – ein Satz, den er sehr sorgfältig geübt

51

hatte. Bethanys Rosen erblühten daraufhin sogar noch röter, und sie blickte auf seine Hände hinab.

»Ich kann nur ein paar Minuten bleiben, dann muß ich wieder zurück«, hauchte sie, als sie sich neben ihm auf dem Fenstersitz niederließ, wobei sie rasch prüfte, ob der winterliche Garten der Königin vor dem Fenster auch wirklich leer war. Er küßte sie auf die Stirn. Als seine Küsse sich zu ihren Augen herabtasteten, schloß sie die Lider. Er fuhr fort, sie zu küssen, die Wangen entlang, bis er schließlich, weitaus gefährlicher, auf ihrem Mund landete. Ihr Herz donnerte unter den Fischbeinstangen, bis sie sich sicher war, daß die Königin es hören mußte. Doch dann begehrte sie gegen ihre Verschämtheit auf. Warum sollte sie nicht seine Küsse genießen, da sie ihn doch liebte? Der Beutel mit ihrer Handarbeit fiel zu Boden.

»Hast du an deinen Vater geschrieben?« fragte sie schließlich, wobei sie sich nicht erlaubte, seinen winzigkleinen prüfenden Blick zu bemerken.

»Ja, aber er hat noch nicht zurückgeschrieben«, sagte er. »Ohne Zweifel wurde der Reiter durch den Schnee aufgehalten.«

»Meinst du, daß er ja sagen wird?«

»Ich bin ganz sicher, mein süßer Schatz, er hat mir noch nie etwas abgeschlagen. Im übrigen, wie sieht es denn mit deinem Vater aus?«

Bethany nickte, obwohl sie ihm in Wirklichkeit gar nicht geschrieben hatte.

»Er wird eine Zeit brauchen«, sagte sie, »aber wenn wir erst einmal verheiratet sind, wird er mir nach einer Weile sicher meine Mitgift bezahlen und sich nicht weiter darüber aufregen. Er haßt es, mich unglücklich zu sehen.«

»Ebenso wie ich.« Und dann gab es weitere Küsse und eine kundige Untersuchung von Bethanys Unterröcken.

Schließlich gebot sie ihm Einhalt, wobei sie sich hin und her wand.

»Ich muß jetzt gehen, sonst wird Parry kommen und nach

mir suchen«, sagte sie und sprang hastig auf, um zurückzulaufen.

»Laß mich dir ein Geschenk zum Neuen Jahr geben.« Er griff in die Tasche in seinem Ärmel und holte daraus eine kleine Schachtel hervor, die in ein golddurchwirktes Tuch eingewickelt war. Bethanys Augen erstrahlten, als sie das Geschenk auspackte, und sie stieß beim Anblick des kleinen goldenen, mit Email verzierten Medaillons einen lauten Schrei aus. Zierliche Heckenrosen aus rosa Email schlangen sich über einen mitternachtsblauen Hintergrund, auf dem funkelnde Diamanten sprühten. Doch als sie sah, daß es keine Miniatur enthielt, runzelte sie die Stirn.

»Ich werde eine malen lassen, sobald die Königin ihre Erlaubnis erteilt hat. Vorher ist es zu gefährlich.«

Bethany nickte, das Stirnrunzeln war fast wieder verschwunden. Dann lächelte sie spitzbübisch und stöberte im Durcheinander ihres Handarbeitsbeutels, zauberte eine kleine Schere hervor, ergriff eine seiner kurzen Locken und schnitt sie so schnell ab, daß er nicht dagegen protestieren konnte.

»Hier«, sagte sie, während sie die goldenen Strähnen sorgfältig in das Medaillon stopfte und darin verschloß. »Nun habe ich etwas zum Andenken an dich.«

Ihr Liebhaber zwang sich zu einem Lächeln. »Du brauchst keine Haare von mir, um mich in deinen Bann zu schlagen«, sagte er, »deine große Schönheit genügt.«

Sie lachte über seinen feierlichen Ernst, dann küßte sie ihn auf die Wange und eilte den Korridor hinunter.

12

Ich habe dich zu dem gemacht, was du bist, dachte die Königin, als sie Lord Burghley während der Sitzung des Geheimen Staatsrates beobachtete. Es war der Tag nach Weihnachten, das Fest des Heiligen Stephan. Ich kannte dich bereits, als du noch einfach Sir William Cecil warst, und schon damals erkannte ich deine Qualitäten. Ich habe dich erhoben und dir den Titel Lord Burghley gegeben, und ich habe dir so viel Vertrauen geschenkt, daß du dein Glück machen konntest – auf eine Weise, die mir nicht zum Schaden gereichte. Wenn Königinnen Freunde besäßen, dann wärest du mein Freund. Warum also betrügst du mich?

Burghleys verknautschtes und doch so kluges Gesicht zeigte nicht die geringsten Anzeichen dafür, daß er wie ein Hexenmeister die Fähigkeit besaß, die Gedanken der anderen zu lesen. Seine Macht kam von der Königin, und er war ihr wegen seines unvergleichlichen administrativen Scharfsinns äußerst wertvoll. Er saß auf seinem gepolsterten Stuhl an dem langen Versammlungstisch in dem Saal, wo der Geheime Staatsrat tagte, und legte in umständlicher Langeweile und in allen Einzelheiten seine Gefühle dafür dar, warum er den Tod der schottischen Königin wünschte. Ihm gegenüber saß Walsingham, der gelegentlich sein Rivale war, aber bei dieser Gelegenheit mehr eine Art Marionette, die ihm alles nachplapperte. Das ganze Theater drehte sich um Walsingham, von Anfang bis Ende. Dabei unterschied sich das Gesicht Walsinghams ganz und gar von dem Burghleys: ein hageres, dunkles Gesicht mit dunklen Haaren, die bereits von Silber durchzogen waren, mit Augen von so dunklem Braun, daß sie beinahe schwarz wirkten, und einer Haut, die so fahl und blaß war, daß sie ihn oft scherzhaft als »Mohr« bezeichnete – vor allem, wenn er so gelb vor Neid war wie im Augenblick. Seine Intelligenz entsprach mehr der ihren, dachte sie, während sie gleichzeitig respektvoll dem Oberschatzmeister Burghley beipflichtete und ihm somit ihre Unterstützung kundtat. Nun, *Walsingham* besaß die Kraft der Phantasie – allerdings mehr in politischer als in poetischer Hinsicht.

Sein Verstand war wie ein Schwert, geschärft durch die Bibel und auch durch die Klassiker, und er benutzte ihn auf die grausamste Weise. Unglücklicherweise litt er jedoch einen gefährlichen geistigen Mangel wie allzu viele in diesen dumpfen, verblödeten Zeiten. Eines der Anzeichen dafür war die Art, wie er sich kleidete. Er trug mit Vorliebe schwarzen Brokat und Samt, die niemals durch Farben oder Juwelen aufgehellt wurden, darüber lag eine schneeweiße Halskrause. Er trauerte auch um seinen Schwiegersohn, für den er tatsächlich Mitleid empfand, wie die dunklen Schatten um seine Augen und die Blässe seiner Haut deutlich zeigten. Jedoch erschien er immer in diesen steifen, öden Kleidern, die wie ein Gleichnis aufzeigten, daß er die Welt ebenso sah. Für ihn war alles schwarz oder weiß, und es gab keine belebenden Farben darin.

Gott möge dich verfaulen lassen, dachte Elisabeth, als der Graf von Leicester sich in das Gespräch einzumischen begann. Wußtest du denn nicht, daß die Färber wie auch die Schneider ein halbes Dutzend Namen allein für die Farbe Weiß haben, so zum Beispiel Gebranntes Bleiweiß oder Elfenbeinweiß, auch Cremeweiß, Alabasterweiß oder Marmorweiß? Jede dieser Farben schien in sich bloß weiß zu sein, aber wenn man eine neben die andere legte, waren sie unterschiedlich wie die Gesichter der Menschen. Aber für Walsingham sahen sie alle gleich weiß aus, jedenfalls bis zu dem Moment, da er einen Fleck darauf entdeckte – dann fielen sie nicht länger unter den Begriff »Weiß«, sondern gehörten plötzlich zu den verdammten düsteren neun Zehntel der übrigen Schöpfung. Dieser Gedanke war ziemlich beängstigend. Sie fürchtete sich vor einer solchen Welt. Wie oft hatte sie sich nicht hinter Mehrdeutigkeiten versteckt, die sehr viel subtiler waren?

»Eure Majestät«, sagte der Graf von Leicester mit verhaltener Schläue. »Haben Euch meine offenen Worte vielleicht beleidigt?«

Mit einiger Anstrengung spulte Elisabeth in ihren Gedanken seine letzten Bemerkungen ab. Sie fand darin eine Menge

55

Charme, sehr viel Schmeicheleien, doch kaum eine Spur von Offenheit. Auch Leicester war in Trauer, doch da es seinem Charakter, der so eitel war wie ein Pfau, nicht anstand, sich so düster in schwarzen Samt und Brokat zu kleiden, hatte er sich in leuchtendem Karmesinrot ausstaffiert. Dabei war Sidney sein Neffe gewesen.

»Kurz gesagt, Ihr begehrt also, daß ich meine königliche Cousine hinrichten lasse«, sagte sie tonlos. Demütig neigte er seinen Oberkörper.

»Zu Eurem eigenen Schutz, Eure Majestät. Jede einzelne Verschwörung der Papisten hatte nur eines zum Inhalt und Ziel – Euch des Thrones zu berauben.«

»Oh, hört endlich auf mit diesem Plädieren«, knurrte sie unwillig. »Ich habe das alles bereits gehört, wieder und immer wieder, bis zum Überdruß. Hat denn nicht einer von euch etwas Neues vorzubringen?«

»Das Parlament, Eure Majestät«, sprach Hatton, ein Gegner von Leicester, in weinerlichem Ton.

Ihre Kopfschmerzen verstärkten sich. »Das Parlament wurde vertagt«, grollte sie, »da es sich in Dinge einmischte, von denen es nicht das Geringste versteht. Nämlich genau in dieser Angelegenheit.«

Zehn oder zwanzig Jahre früher wäre dies das Signal für irgendeinen mit Juwelen geschmückten Narren gewesen, das alte Lied anzustimmen, das da lautete: »Wenn Eure Majestät sich doch vermählen würden...« Nun, wenigstens das passierte nicht mehr. Zuerst hatten sie lernen müssen, ihre gutgemeinten Ratschläge im Zaum zu halten, und dann hatte ihre Verbündete, die Zeit, das leidige Thema belanglos werden lassen. Deswegen hatten sie sich nun in eine neue Zwangsvorstellung verrannt.

»Das Volk, Eure Majestät«, warf eine neue Stimme ein.

Mein Geheimer Staatsrat kommt mit mir in die Jahre, dachte sie wieder, aber immerhin scheint es da ein neues Gesicht zu geben. Sie hielt ihn für einen jungen Mann, doch war er bereits in den Dreißigern und hatte sein gesamtes Leben als Erwachsener in ihren Diensten verbracht. Im Gegensatz zu den anderen konnte er sich kaum an eine Zeit erinnern, als sie nicht bereits Königin war.

»Ja, Herr Staatssekretär Davison«, sagte sie, wobei ihre Stimme den irreführenden Eindruck machte, honigsüß zu sein. »Belehrt mich über mein Volk.«

Verstohlen verlagerte Walsingham in seinem Stuhl ein wenig das Gewicht seines Körpers und warf einen warnenden Blick auf seinen Protégé, der erst seit dem letzten Sommer dem Geheimen Rat angehörte. William Davison hatte den Großteil seiner Karriere in den Niederlanden verbracht, und seine Kleidung zeigte in aller Deutlichkeit, wie sehr er von den Calvinisten beeinflußt worden war. Wie Walsingham war auch er ganz in Schwarz gekleidet, das nur durch das eisige Weiß seiner Halskrause und seiner Ärmelaufschläge unterbrochen wurde.

Davison« verbeugte sich leicht. »Eure Majestät«, sagte er, »ich würde es mir niemals erlauben, Euch eine Lehre zu erteilen, gleichgültig worin.«

»Wie zum Beispiel darin, jemanden anzuschmieren?« Ihre Stimme war beißend scharf.

Sein Gesicht verlor den sanften, respektvollen Ausdruck nicht, und er antwortete ohne die geringste Pause: »Das am allerwenigsten. Erlaubt mir lediglich, Euch mit einigen Fakten zu versehen.«

»Also?«

»Bei der Nachricht, daß die schottische Königin verurteilt wurde, hat die Bevölkerung von London in den Straßen Freudenfeuer entfacht und Feuerwerkskörper abgeschossen.«

»Und auch Feuerwaffen, wie ich hörte«, sagte sie voller Zynismus. »Wurden viele verletzt?«

»Durch die Gnade Gottes nicht allzu viele«, antwortete Davison, ohne eine Miene zu verziehen. »Täglich treffen bei Hofe Briefe und Bittschriften aus allen Grafschaften des Königreiches ein, in denen Eure Majestät beschworen wird, das Leben der schottischen Königin zu beenden. Balladen werden geschrieben, Eure Majestät, gedruckt und zu Tausenden verkauft, in denen der Kopf der Meerjungfrau mit Flüchen belegt wird. Und es wurden auch einige Pamphlete geschrieben und veröffentlicht –«

»Oh.« Sie zuckte mit den Achseln. »So waren also all die Schreiberlinge und Druckerpressen, die bei Euch in Diensten stehen, nicht müßig.«

Er verbeugte sich leicht zum Zeichen der Zustimmung, was seinen Redefluß für eine Weile eindämmte.

»Und?« knurrte sie, als er zögerte.

»Nun, sie bedenken Eure weibliche Barmherzigkeit mit großem Lob und auch Eure feminine Abneigung, Blut zu vergießen – das entspricht nur der Schicklichkeit, Eure Majestät, und ist sehr lobenswert. Aber sie befürchten, daß Eure Majestät diese Freundlichkeit und Güte mit Eurem Leben bezahlen müssen. Und das tun wir ebenfalls.«

Es war ziemlich komisch, wie all die anderen Männer am Tisch bei Davisons gönnerhafter Erwähnung ihrer weiblichen Güte zustimmend nickten. Die Königin betrachtete sie schweigend und überlegte. Die übrigen machten sich auf einen Donnerschlag gefaßt. Sie hielt es für das Beste, ein Weilchen mit ihnen zu spielen.

»Können Sie Schach spielen, Mr. Davison?« fragte sie, noch immer sehr sanft.

»Nein, Eure Majestät, ich verabscheue alle Glücksspiele, da sie unmoralisch sind.«

Sie nickte feierlich und überlegte, ob er wohl wußte, wie oft und gern sie Primero spielte. »Aber Ihr wißt doch«, sagte sie, »wenn Ihr keine Würfel habt, um sie zu werfen, und Figuren von gleicher Stärke aufeinander treffen, die Ihr halten wollt, wird jedes Scharmützel durch die Figuren gewonnen, die Ihr auf dem Schachbrett habt und noch bewegen könnt. Also ist Schach etwas anderes, da es sich dabei um kein reines

Glücksspiel, sondern um ein Unterfangen von viel Geschicklichkeit und Logik handelt. Ein solches Spiel vermag Euch viele wunderbare Feinheiten zu lehren. So kann zum Beispiel eine einzige Figur, die richtig plaziert wurde, durchaus eine ganze angreifende Phalanx in Schach halten.«

Sein Gesicht war noch immer voller Respekt und ohne jeden Arg. »In der Tat, Eure Majestät. Wenn Ihr es mir empfehlt, werde ich diese Sache näher in Augenschein nehmen.«

»Ich rate es Euch, Mr. Davison. Ich rate es Euch wirklich.«

»Eure Majestät, was nun die Sache mit der Königin von Schottland anbelangt...«, begann der Graf von Leicester, der sich wegen ihrer alten Freundschaft erdreistete, sie noch weiter zu belästigen.

»Was die Sache mit der Königin der Schotten anbelangt, so ist das Thema abgeschlossen.«

»Also, das Todesurteil«, sagte Walsingham, wobei er sie bewußt mißverstand. »Sollen wir es Euch zur Unterzeichnung vorlegen?«

Diese Unverschämtheit schließlich ließ sie die Geduld verlieren.

Sie schlug mit der Faust auf den Tisch. Sie sprang so rasch auf, daß die beiden Gentlemen hinter ihr nicht mehr schnell genug den schweren Stuhl zurückschieben konnten und sie sich an seinem Schnitzwerk die Rückseite ihrer Waden aufschürfte.

»Nein«, tobte sie. »Ihr habt *nicht* die Erlaubnis, es mir vorzulegen! Und Ihr werdet nicht mehr davon sprechen. Ich werde es nicht unterzeichnen. Habe ich mich deutlich genug ausgedrückt, meine edlen Herren? Der Mann, der es mir vorlegt, wird mir niemals mehr dienen.«

Falls nicht ihre Loyalität sie davon abhielt, ihr in den Rücken zu fallen, tat es vielleicht ihr Ehrgeiz. So erhoben sie sich mit der größten Höflichkeit, auch wenn sie sich dabei verdeckte, wissende Blicke zuwarfen. Der Königin wurde oft nachgesagt, daß sie mit Hilfe von Zauberkräften die Ge-

59

danken der Männer ergründe, doch tatsächlich brauchte sie die gar nicht, denn Männer waren für sie – neben allem anderen – transparent. Sie waren ermüdend und ließen sich nicht abspeisen, da sie der Überzeugung waren, eine so schwache, arme Frau müsse am Ende doch einsehen, daß sie Recht hatten. Verdammt noch mal, was waren sie doch alles für Narren. Sie suchte nach etwas, das sie Davison an den Kopf werfen konnte, aber sie fand nichts, noch nicht einmal einen Weinpokal.

»Also, jetzt raus mit Ihnen, und lassen Sie mich in Frieden!« schrie sie mit gellender Stimme. Sie verbeugten sich vor ihr und bewegten sich im Gänsemarsch zur Tür, um sich dort noch einmal zu verbeugen und sich dann zu entfernen.

Sie ließ sich auf ihren Stuhl fallen und schnippte mit den Fingern, damit einer ihrer Diener ihr etwas gewürzten Wein brachte. Aber er war bereits da. Er kniete zu ihren Füßen und hielt ihr ein Tablett mit einem dampfenden Kelch entgegen. Sie nahm ihn und trank daraus, dann lächelte sie ihren hübschen Cousin Robert Carey an.

»Was würdest du tun, wenn du die Königin wärst?« fragte sie, worauf er zurücklächelte.

»Eure Majestät«, sagte er, »wenn ich als Frau geboren und es mir weiterhin vergönnt gewesen wäre, Ihr, die Königin, zu sein, dann hätte ich vor zwanzig Jahren geheiratet.«

Ihr Lächeln wurde steif und gefror. Er gehörte zu ihren engsten Verwandten, er war nicht nur durch Mary Boleyn, seine Großmutter und ihre Tante, ihr Cousin, nein, er war inoffiziell auch ihr Neffe, da der Mann, der ihm den Namen Carey gegeben hatte, nicht der König war, welcher in Wirklichkeit Careys Vater gezeugt hatte. Nichtsdestotrotz war seine Bemerkung ziemlich gewagt und kam nach ihrem Verständnis einer Unverschämtheit gleich.

»Oh?«

»Ja, Eure Majestät.« Seine zusammengekniffenen Augen blinzelten, denn er war sich seines Spiels durchaus bewußt und genoß es. »Ich würde wahrscheinlich einen sehr armseligen Monarchen abgeben, da ich zu wenig Tugend besitze und viel zuviel... nun... Sündhaftigkeit. Also hätte ich geheiratet, um nicht zu verbrennen, somit hätte sich diese Frage überhaupt nicht gestellt.«

»Und dann wäre es darüber hinaus auch die Entscheidung deines Gatten gewesen.«

»Genau, Eure Majestät. Doch wäre ich tatsächlich als Frau und Königin geboren worden, vielleicht wäre dann die Königin der Schotten als Mann geboren worden, so daß ich sie hätte heiraten können. Und damit hätte sich das ganze Problem vollständig gelöst.«

Sie lachte über seine Art, sich aus ihrer gefährlichen Frage herauszuwinden.

»Immerhin scheint es, als lerntest du das höfische Geschwätz, Robin. Früher einmal hast du die Dinge deutlicher beim Namen genannt«, sagte sie ein wenig spitz, dann stellte sie den Pokal zurück auf das Tablett.

»Wenn Eure Majestät wünschen, daß ich mich unumwunden äußere, dann werde ich mich unumwunden äußern.«

»Also, Robin?«

Er runzelte die Stirn und sah ihr direkt in die Augen. »Mir erscheint es freundlicher, die Königin von Schottland zu exekutieren, als sie im Gefängnis eingepfercht und über ihr Schicksal im Ungewissen zu lassen«, sagte er, womit sich ihre Meinung bestätigte, daß er – ebenso wie sein Vater, Lord Hunsdon, ihr Oberster Haushofmeister und inoffizieller Halbbruder – nicht die geringste Ahnung von Politik besaß.

»Freundlicher?« wiederholte sie erstaunt. Niemand hatte in dieser quälenden Geschichte um die Königin von Schottland jemals den Begriff Freundlichkeit verwendet.

»Ja, Eure Majestät. Oder sind Königinnen von Freundlichkeit ausgenommen?«

»Ich habe das immer so gedacht«, murmelte sie.

Robin Carey schüttelte den Kopf, wobei sein Gesicht von Sorgen umwölkt schien. »In dieser Angelegenheit wie auch in allen anderen, denke ich, daß Eure Majestät das tun müssen, was Euch Euer Gewissen als richtig empfiehlt.«

»Mein Gewissen weiß eher, wie es Gott zu antworten hat als meiner eigenen Seele. Wenn ich die falsche Entscheidung treffe, werde ich das Königreich vernichten.«

»Ja«, antwortete er ganz schlicht. »Das ist auch der Grund, warum weder ich noch irgend jemand anderer Euch sagen kann, was Ihr zu tun habt. Aber Gott, der Herr, wird Eure Majestät leiten, so daß Ihr tun könnt, was richtig ist.«

Wenn sie nicht die Königin gewesen wäre und er nicht ihr Diener von edlem Geblüt, hätte sie ihn für diese einfache Aussage am liebsten geküßt. Statt dessen seufzte sie tief auf. »Gib mir deinen Arm, Robin, und sag mir, wo ich deinen Vater finden kann. Es sieht ganz so aus, als hätten sich die Kosten des Haushalts schon wieder erhöht.«

Geschickt reichte er das Tablett hinter ihrem Stuhl einem der Diener. Dann winkelte er seinen in grünem Samt steckenden Arm an, so daß sie ihre Hand darauf legen konnte, erhob sich elegant und half ihr beim Aufstehen. Wie ein Turm überragte er sie. Sie hatte schon immer gut gewachsene, reizvolle junge Männer gemocht, vor allem, wenn sie sich gut zu kleiden wußten und charmant waren. Dieser hatte sogar eine schöne Stimme. Dabei mußte sie verdrängen, daß sie bei seiner Taufe Patin gestanden hatte – zum Teufel mit ihm.

»Komm und sing mir etwas vor«, sagte sie und freute sich, daß die anderen Edelleute ihn mit eifersüchtigen Blicken verfolgten. »Besänftige mein gepeinigtes Herz.«

Er verbeugte sich vor ihr und lächelte.

»Eure Majestät tun mir zuviel Ehre an.«

13

Es war sechs Monate vor diesem schwarzen Weihnachtsfest, im Sommer 1586, dem Sommer des Babington-Komplotts, als die Jesuiten zum ersten Mal Wind von dem Buch des Einhorns bekamen. An diesem Morgen wimmelte es in London nur so von Walsinghams Agenten, die in die Häuser der Menschen eindrangen und die Priester jagten wie das Wild im Wald.

Es war einer jener seltenen Morgen, an denen Maria nüchtern war, denn sie hatte über Nacht an der Seite einer Hure gewacht, um ihr bei der Geburt ihres Kindes zu helfen, einem armen, kleinen, blau angelaufenen Ding, das praktischerweise ohne jedes Zutun verstarb. Müde und traurig hatte sich die Hexe schließlich zum Frühstück in einer der Kaschemmen bei der London Bridge eingefunden, in denen man sich so wunderbar besaufen konnte. Als sie damit begann, ihren Lohn zu vertrinken, fiel ihr am Nebentisch ein Mann auf, der mehr als armselig gekleidet war. Er hatte seine weichen Hände gefaltet und flüsterte leise einige lateinische Worte über seinem Brot. Zunächst dachte sie nur, daß er ein recht unvorsichtiger, dummer Priester sei, da er seine Gebete in aller Öffentlichkeit aufsagte.

Doch als sie aufstand und zur Tür humpelte, fielen ihr vier Männer auf der Straße auf. Zwei davon standen jeweils auf einer Seite, und sie waren mit Prügeln und Stöcken bewaffnet und mit den Abzeichen königlicher Agenten versehen. Sie zögerte einen Augenblick, denn sie fürchtete sich sowohl vor den Priesterjägern als auch vor dem Priester.

Mit Hilfe eines meiner kleinen Wunder gelang es ihr, ein paar Brocken ihres Lateins zusammenzuklauben, und sie teilte ihm in dieser Sprache mit, daß draußen die Priesterjäger auf ihn warteten.

Sein viereckiges Soldatengesicht wirkte verzerrt und erschöpft von der langen Jagd, und dann sackte er in sich zusammen wie ein Fuchs, der den Fluchtweg zu seinem Bau verbarrikadiert findet.

»Kommen sie herein?« fragte er.

Maria zuckte mit den Achseln. »Woher soll ich das wissen?« sagte sie, immer noch auf lateinisch. »Aber die Heilige Jungfrau hat mir befohlen, Euch von hier fort zu bringen.«

Der Priester schaute sie mißtrauisch an, denn es mußten selbst dem heiligsten Manne gewisse Zweifel kommen, wenn so ein zahnloses altes Weib von seinen Visionen sprach. »Vielleicht ist es ja Gottes Wille, daß ich gefaßt werde«, murmelte er, wobei er den Rest seines Bieres hinunterschluckte.

Maria schüttelte aufgebracht ihren Kopf und zwickte ihn in die Schulter. »Wenn sie Euch ergreifen, wer wird mir dann die Beichte abnehmen?« zischte sie. »Was, wenn ich sterbe, ohne daß ich die Absolution erhalte? Soll ich zur Hölle fahren? Das wäre dann Euer Verschulden, Pater.«

Er lächelte sie kurz an, durch ihre Selbstsucht beruhigt.

»Die Heilige Jungfrau, eh?« sagte er. »Was weißt du denn über sie, Mutter?«

»Mehr als Ihr wißt«, sagte Maria mit vernichtendem Blick. »Und Ihr solltet mich mit Schwester ansprechen. Nun kommt endlich mit.«

Blinzelnd und nachdenkend gestattete ihr der Priester, seine Hand zu nehmen. Sie führte ihn sacht hinter den Tresen, wo sich der Schankkellner an dem hintersten Faß zu schaffen machte, und dann weiter zu der dahinter liegenden Brauhütte. Als sie über eine Mauer klettern mußten, knurrte und brummte Maria und strampelte so lang herum, bis der Jesuit, der zwar klein, aber kräftig gebaut war, sie von hinten hochschob, ohne sich weiter um ihre Würde zu kümmern. Sie krochen über einen Hof, der voller Schweine war, dann über eine andere Mauer und schließlich in einen kleinen, versteckten Durchgang, der zwischen den Häusern hinunter an den Fluß führte. Direkt oberhalb der im Wasser gelegenen Stufen versteckten sie sich hinter einer Gartenmauer, die direkt an die Themse angrenzte.

»Schwester«, fragte der Priester, nachdem er wieder zu Atem gekommen war. »Wart Ihr früher eine Nonne?« Seine Stimme nahm an Lautstärke zu, als er sich vorstellte, daß sie so tief gesunken war, und sie zuckte zusammen.

»Schwester Maria, barmherzige Schwester des Krankensaals und Gebieterin über die Novizinnen im Kloster Sankt Marien zu Clerkenwell«, sagte sie und neigte ihr Haupt, wie sie es einst vor dem Geistlichen ihres Klosters getan hatte. Und dann drückte ihr das Wissen um all die Sünden, die sie seit damals begangen hatte, wie die Höllenteufel beinahe die Kehle zu, sie errötete vor Scham, wandte den Blick von ihm ab und senkte ihn zu Boden. »Früher«, flüsterte sie. »Vor langer Zeit.«

Der Priester starrte sie kopfschüttelnd an. »Ich war überzeugt, daß Ihr eine Hexe seid«, gab er zu. »Es tut mir leid. Ihr erkennt in mir Pater Tom Hart.«

Maria war viel zu beschämt, und sie konnte auch viel zu schlecht hören, um ihn zu verstehen, aber einen Augenblick später neigte er seinen Kopf. »Hört«, flüsterte er.

Es ist schwer, sich zu irren, wenn die Priesterjäger eine Diebskneipe betreten und jemanden festnehmen wollen. Welch ein Gebelle im Namen der Königin, welch ein Schlagen und Prügeln all derjenigen, die zu entwischen versuchen, welch ein Türenschlagen und Fenstergeklirr.

»Woher wußtet Ihr das?« fragte er.

»Ich habe gesehen, daß sie auf Euch warteten, und dann sagte mir Unsere Liebe Frau, was ich tun sollte.«

Pater Hart bekreuzigte sich. »Lob und Preis sei ihr, der gütigen Königin«, sagte er, und ich schenkte ihm ein Lächeln. »Und wohin sollen wir nun gehen?«

Maria überlegte. »Sicher überwachen die Agenten auch die Brücke. Und ohne jeden Zweifel wissen sie, wie Ihr aussäht, so daß sie Euch aufhalten werden.« Der Priester nickte. »Und

65

wenn wir ein Boot nehmen, würde der Bootsführer sicher nicht zögern, uns an Walsingham zu verkaufen. Ich denke, wir sollten warten.«

»Hier?« fragte er, denn sie hockten auf einem schmalen Mauervorsprung hoch über dem stinkenden Schlamm der Themse und wurden von den Fliegen attackiert.

»Warum nicht? Wenn es nicht Gottes Wille ist, Euch als Märtyrer sterben zu lassen, wird uns Unsere Liebe Frau beschützen. Und wenn sie das tut, werdet Ihr von überall entkommen können.«

Pater Hart bestätigte mit einem Nicken diese hervorragende Logik. »Und was ist mit Euch, Schwester? Es wäre besser, Ihr ließet mich allein, so daß Ihr nicht selbst verhört werdet, ob...«

»Pah«, sagte Maria naserümpfend und ungewohnt tapfer. »Was soll ich mich um Walsingham und seine Männer scheren? Ich bin zu alt, als daß ein Haufen aufgeblasener Ketzer mich erschrecken könnte. Und darüber hinaus würden alle meine Sünden ausgelöscht, wenn ich als Märtyrerin stürbe.«

»Habt Ihr viele Sünden zu beichten, Schwester?«

Und wieder drückte deren Last ihr die Schultern hinab. »Viel zu viele«, sagte sie rauh. »Zu viele, als daß ich sie beichten könnte.«

Tom Harts Antlitz entspannte sich. Tief in seiner Brust hörte ich, wie er meinem Sohn innigsten Dank sagte, daß er zum Werkzeug auserkoren war, ihr zu helfen, so alt, zerlumpt und stinkend wie sie war. Er legte ihr voller Freundlichkeit die Hand auf die Schulter. »Es sieht aus, als hätten wir eine Menge Zeit«, sagte er. »Wenn Ihr mit mir warten wollt, Schwester, kann ich Euch anhören.«

Ich lächelte sie beide an, als meine Schwiegertochter sich bekreuzigte, ihre Gedanken ordnete und mit leiser Stimme all die vielen Übeltaten gestand, die sie begangen hatte. Als der Damm einmal gebrochen war, kamen sie aus ihr herausge-

66

schossen wie ein schwarzer Wasserfall – stetig, unaufhörlich und unzählbar. Der junge Mann lauschte mit geschlossenen Augen, um sie nicht zu stören, und er war voller Ehrfurcht und Freundlichkeit.

Sie und der Priester wurden nicht entdeckt. Bin ich denn nicht der Stern der Meere und die Träne des Ozeans? Die Priesterjäger durchsuchten den Garten hinter der Mauer, die sie beschützte, sie überprüften sogar den kleinen Pfad hinunter zum Fluß, aber ich breitete meinen Mantel über den beiden aus, und es erhob sich eine Wolke von Insekten, die sie verbarg. Den ganzen langen Nachmittag, während Maria ihr Herz ausschüttete, kam niemand in ihre Nähe. Und als die Zeit kam, daß mit der zurückkehrenden Flut das Wasser des Flusses nur noch wenige Fuß unter ihnen emporleckte, fühlte Maria, daß ihre Seele gereinigt war.

Der Priester war nach allem, was er gehört hatte, wie ausgelaugt, aber in seinem Innern frohlockte es, da er etwas erfahren hatte, das von entscheidender Bedeutung war, um England wieder zum richtigen Glauben zurückzuführen. Denn in der Sturzflut der Übeltaten Marias kam eine Geschichte zum Vorschein, die zu ungewöhnlich war, als daß er sie hätte übersehen können. Eine sehr, sehr alte Geschichte, und seit vielen Jahren vergessen.

Er segnete sie und sprach die Formel *Ego te absolvo,* und sie fühlte, wie all die Krusten der Gottlosigkeit von ihrer Seele abbrachen und im Fluß versanken. Sie mochte die Buße überhaupt nicht, die er ihr auferlegte, denn er forderte von ihr, in Zukunft auf jede Sauferei zu verzichten, und erlaubte ihr nur hie und da einmal ein kleines Bier. Sie war der Meinung, daß es für sie leichter sei, eine Pilgerfahrt nach Jerusalem ins Auge zu fassen. Aber egal. Sie würde ein andermal darüber nachdenken.

Dann sprachen sie zusammen das Gebet zur Vesper und auch das *Salve Regina,* das Marias Lieblingsgebet war. Maria weinte über die Schönheit der rosenfarbigen Sonne, die sich im Wasser und in den violett umrandeten Wolken am Himmel widerspiegelte, und ich lächelte sie an.

»Werdet Ihr mir das Buch vom Einhorn geben?« fragte schließlich vorsichtig der Priester.

Maria schüttelte den Kopf. »Ich habe es beim Pfandleiher versetzt«, sagte sie, »und ich habe nicht das Geld, um es auszulösen.«

»Wo versetzt?«

Trotz ihres neuen Zustands der Sündlosigkeit war sie schlau genug, mit den Schultern zu zucken. »Ich hab's vergessen.« Lügen waren schließlich nur eine läßliche Sünde.

Der lange Sommerabend senkte sich hinab, und Tom Hart fühlte in seinem Herzen große Freude. Gott hätte ihm niemals eine solch starke Waffe für den Wahren Glauben in die Hand gegeben, wenn er gleich als Märtyrer sterben müßte, deshalb wußte er, daß er diesmal den Priesterjägern entkommen war. Ja, er hatte bereits darüber nachgedacht, was er am besten tun solle.

»Wenn ich das Geld zusammenbekomme, um Euer Buch auszulösen, würdet Ihr es mir dann überlassen?« fragte er.

Maria nickte und begann, angestrengt nachzudenken, denn sein Eifer verriet ihn. Sie dachte über ihre Urenkelin Pentecost nach, die im Falcon aushalf, und was sie sich ausdachte, war folgendes: Wenn Pentecost eine Mitgift hätte, müßte sie niemals eine Hure werden.

»Ich weiß nicht.«

»Schwester Maria«, sagte Pater Hart eindringlich, »wißt Ihr, daß Gott für alles, was geschieht, einen Grund hat?«

Sie nickte, obwohl sie daran nicht mehr so sehr glaubte wie früher einmal.

»Nun denn, ich sehe in der schmerzvollen Geschichte, die Ihr mir erzählt habt, das Wirken von etwas Großem und Gutem, eine wunderbare Fügung Gottes, um England von der Ketzerei zu befreien.«

Er hatte ihre von Altersflecken übersäte Hand ergriffen und

starrte mit der leidenschaftlichen Glut seines Glaubens in ihre blutunterlaufenen Augen, so daß sie es fast mit der Angst zu tun bekam.

»Diese Geschichte, Eure Geschichte, wenn sie allgemein bekannt würde, würde sie die Macht der Königin zerstören. Es würde den falschen Glanz ihres Zaubers brechen, mit dem sie das Volk belegt hat. Eure Geschichte kann eine Veränderung im Königreich bewirken, wenn sie richtig benutzt wird.«

Maria antwortete nicht, denn sie fühlte sich in einem Labyrinth der wiedererwachten Hoffnung und des Zweifels gefangen. Der Priester machte eine Pause, denn was er nun zu fragen hatte, war alles andere als leicht.

»Alles, was Ihr mir gesagt habt, fällt natürlich unter das Beichtgeheimnis«, sagte er. »Ich werde Eure Geheimnisse mit der Hilfe Christi bis in den Tod bewahren, wenn es denn sein muß. Aber wenn ich Eure Erlaubnis bekomme, werde ich zum Herzog von Parma in die Niederlande gehen und im Ausland die Übeltaten der Königin veröffentlichen lassen, so daß alle Welt erfährt, was tatsächlich geschah.«

»Und dann wird jeder wissen, daß ich eine Hexe bin«, murmelte Maria.

»Euren Namen werde ich niemals erwähnen, aber wenn ich Euer Buch vom Einhorn habe, kann ich beweisen, daß Ihr die Wahrheit gesprochen habt. Und darüber hinaus seid Ihr keine Hexe mehr, denn Ihr habt erneut dem Satan widerstanden, und Eure Reue hat Euch gerettet.«

Maria nickte, denn sie fühlte, daß dies der Wahrheit entsprach.

»Ich werde Euch das Geld für den Pfandleiher besorgen«, sagte der Priester, wobei er sich völlig sicher war, sie überzeugt zu haben. »Habe ich Eure Erlaubnis, Eure Geschichte weiterzuerzählen?«

Sie zögerte noch eine Weile, denn sie mußte nachdenken.

Pater Hart erkannte ihre Bedenken. »Was seid Ihr denn Elisabeth, dieser Ketzerin, schuldig? Ihr Weg zum Thron wurde dadurch geebnet, daß König Heinrich sämtliche Nonnenklöster zerstörte.«

Maria starrte düster vor sich hin. »Ihr habt meine Erlaubnis«, sagte sie. »Erzählt Parma, was immer Ihr wollt.«

Er küßte ihre Hand, als sei sie die Königin. Sie lächelte ihn an, doch auf einmal verfinsterte sich ihr Gesicht erneut vor Angst. »Aber wie wollt Ihr entkommen?«

Er grinste sie an, fast wie der mutige Ritter, der er geworden wäre, wenn nicht mein Sohn ihn zu seinem Soldaten berufen hätte.

»Es ist ein warmer Tag, und ich denke, es wird eine laue Nacht werden. Ich werde den Gezeitenwechsel abwarten und mich dann vom Fluß hinunter nach Tilbury tragen lassen.«

»Aber der Bootsführer...«

»Warum sollte ich ein Boot brauchen, da doch meine Arme und Beine heil und gesund sind? Dank Gottes und Eurer Hilfe!«

Es dauerte eine Weile, bis sie verstand, was er sagte, doch dann packte sie der Schrecken.

»Schwimmen?«

»Ja, natürlich.«

»Aber Eure Kleider...?«

»Ich werde sie als Bündel auf meinen Kopf packen. Der Fluß wird die Hunde von meiner Spur abbringen und meinen Verfolgern Kopfschmerzen verursachen.«

»Ihr werdet zu Tode kommen oder vom Wasser des Flusses vergiftet werden.«

»Unsinn. Die Lachse schwimmen im Fluß, warum sollte ich das nicht können? Nur keine Bange, Schwester, ich bin fest davon überzeugt, daß dies Gottes Wille ist. Mit der Flut, die mich trägt, werde ich keine Probleme haben.«

»Was ist mit dem Buch?«

»Was kostet es, es auszulösen?«

»Fünf Shilling.«

Ohne Umschweife griff er in sein Hemd, holte seine Börse

heraus und leerte sie in ihre Hand aus, bis er sechs Shilling und acht Pence zusammen hatte. Sie starrte auf diese Reichtümer, über die sie, wie es der Zufall nun einmal wollte, plötzlich verfügte, und fühlte sofort – die erteilte Absolution machte es möglich –, wie die Sünde der Gier sie von neuem erfaßte.

»Löst das Buch ein und bringt es mir rasch, bevor die Flut zurückkommt«, befahl er ihr. Da er wußte, daß sie eine Nonne war, glaubte er, ihr Befehle erteilen zu können, denen sie sicher Gehorsam leisten würde.

Maria sagte nichts, schloß nur ihre Faust um das Geld und schlich sich davon. Tom Hart wartete so lange auf sie, wie er es riskieren konnte. Doch da inzwischen die Flut einströmte, und Walsinghams Spürhunde, die menschlichen und die tierischen, den langen, überaus angenehmen Abend damit zubrachten, sämtliche Schlupfwinkel in der Stadt zu durchstöbern, wagte er es nicht, seine Chance zu vertun. Sie glaubte nicht, daß er das, was er ihr angekündigt hatte, auch wirklich durchführen würde, aber er tat es. Nur mit seinem Hemd bekleidet – um der Schamhaftigkeit willen – und seinem schlichten Gewand, das er zusammenband und auf dem Kopf balancierte, glitt er ins Wasser und schlug im Schein der Sterne den Weg nach Tilbury ein.

14

Nach der Sitzung des Geheimen Staatsrates verbrachte die Königin den Nachmittag gelangweilt und trübsinnig. Es hatte eine Beratung nach der anderen gegeben, und die unangenehmste war das Zusammentreffen mit Walsingham gewesen.

In ihrem Innern bestürzt, hatte sie erkennen müssen, daß es nicht nur der tiefe Kummer war, der sein Gesicht so verzerrte und gelb werden ließ. Sie hatte bemerkt, daß er manchmal eine Pause machte und plötzlich das fest umklammerte, worauf seine Hände gerade ruhten. Und der merkwürdige Glanz in seinen Augen ließ sie zu dem Schluß kommen, daß er an einem Fieber litt. Als sie ihn bezichtigte, seine Krankheit zu verbergen, begann er im Gegenzug, sie damit zu quälen, daß er sich über die Königin der Schotten ausließ, wobei seine Lippen so dünn wurden, daß sie fast nicht mehr zu sehen waren. Dabei sah er sie kein einziges Mal an. Sie befahl ihm, sich zu Bett zu begeben, und er kam dieser Bitte auch nach, doch sagte er noch, daß er die Angelegenheit nun in Davisons fähige Hände legen würde.

Danach war es zu einem weiteren, sehr unbefriedigenden Wortgefecht mit den Vertretern der schottischen Botschaft gekommen, die von dem ungehorsamen und pflichtvergessenen Sohn der Königin von Schottland, König James, dem VI. dieses Namens, gesandt worden waren, scheinbar, um ihr die Hinrichtung seiner Mutter auszureden, die er zuletzt als Säugling von zehn Monaten gesehen hatte. Auch diese Gesandten wünschten ihr ein Frohes Weihnachtsfest.

Sie wollte, daß die schottischen Edelleute – *Edelleute,* in Gottes Namen, obwohl sie noch nicht einmal Adelige waren – ihr sagten, daß König James das Bündnis mit ihr bräche und ihr sofort den Krieg erklären würde, falls sie seine Mutter hinrichten ließe. Das gäbe ihr die Ausrede, die sie brauchte. Doch die Schotten weigerten sich hartnäckig, das zu sagen, statt dessen ergingen sie sich in Schmeicheleien, lobten ihre Güte und Barmherzigkeit, erkundigten sich nach dem Thema des Stücks, das gespielt worden war, und fragten, ob der berühmte Narr, Richard Tarlton, auch darin aufgetreten sei. Sie entließ die unrühmlichen Dummköpfe und zog sich in ihre Gemächer zurück, um vor dem Fest am Abend noch ein wenig zu ruhen. Viele Türen weiter wurde im Audienzsaal der Tisch gedeckt, und zwar mit einem fast ebenso feierlichen Zeremoniell wie bei einer papistischen Messe – und das alles nur für ein Essen, das sie ganz allein zu sich nehmen würde. Ganze Scharen von ehrfürchtigen Bittstellern bekamen für teures Geld das Privileg, die Edelleute dabei zu beobachten, wie sie einem leeren Sessel die köstlichsten Fleischspeisen und die reichhaltigsten Saucen anboten, während die Königin an einem kleinen Tisch in ihrem Schlafgemach einen Salat aus Winterkräutern mit gefüllter Gans und Weißbrot verspeiste, dazu ein wenig Bier trank und noch mehr von diesen unendlich vielen Papieren las, die sie in ihrer filigran verzierten Silberschatulle verschlossen hielt. Sie hatte das dringende Bedürfnis, an diesem Tag auf die Jagd zu gehen, um die Falschheit und die arglistigen Täuschungen, die sie so melancholisch machten, aus ihrem Kopf zu vertreiben. Aber da solch kaltes Wetter herrschte, war es zu gefährlich, einfach loszureiten, selbst wenn die Pferde beschlagen waren. Die Jagd, die für das Fest des Heiligen Stephan, den Zweiten Weihnachtsfeiertag, geplant war, mußte abgesagt werden.

Immerhin, sie konnte noch tanzen. Und das Theaterstück in der großen Halle hatte sie in glänzende Laune versetzt – wegen all der Wärme, die von den Kerzen und auch vom Gedränge der vielen Höflinge ausging, die vor Begeisterung brüllten, als Tarlton seinen Kopf langsam und vorsichtig von hinten aus dem Wandteppich hervorstreckte und mit seinen Augenbrauen wackelte. Als der Mummenschanz vorüber war, entließ sie Tarlton mit einer Tasche voll Gold und bemerkte dabei betrübt die Altersfalten, die sich unter seiner Schminke abzeichneten. Zuletzt marschierte sie in einer Prozession mit den Hofdamen ihres Gefolges auf ihre Privat-Galerie, wo sie sich, umgeben von ihnen, auf Kissen niederließ. Hier sprach sie mit Lady Bedford wieder über nichts anderes als darüber, was sie um Himmels willen mit der schottischen Königin tun sollte, während sich die Musiker in einer weit entfernten Ecke versammelten und leise auf ihren Lauten und Violinen spielten.

Später rollten die Edelleute die Binsenmatten zurück, die Musiker griffen nach anderen Instrumenten und begannen, zum Tanz aufzuspielen. Die Jungen tanzten eine Volta, einen

Tanz, bei dem die Männer wie die Rothirsche während der
Brunftzeit herumstolzierten und dabei die Frauen um Taille
und Mieder faßten. Dann schleuderten sie diese hoch in die
Luft und im Kreis herum, so daß sie mit wirbelnden Unterröcken wieder auf ihre Füße kamen. Die Dielenbretter hallten
vom Tanz wider.

Einige Male erhob sich auch die Königin und tanzte eine
würdevolle Pavane, obwohl sie es noch immer verstand, auch
die Volta perfekt zu tanzen. Doch heute abend verspürte sie
nicht den Wunsch danach. Nachdem die kurze Verzauberung
durch Tarltons Vorstellung vorüber war, war ihre Stimmung
allzu düster. Auch der Anblick der jungen Leute erhellte nicht
wie sonst ihr Gemüt, da die dunkle Trauerkleidung, die sie aus
Anlaß von Sidneys Hinscheiden trugen, sie alle in unfreund-
liche Raben verwandelt zu haben schien.

Doch nun präsentierten ihre Hofdamen, die lange miteinander geflüstert hatten, eine Idee, mit der sie vorhatten, die
Königin zu amüsieren. Sie stellten sich in einer Reihe auf und
forderten sie mit nur wenig gestelzten Versen auf, zu raten,
welche von ihnen einen Schatz versteckt hatte. Gemäß den
Spielregeln durfte sie die Wahrheit nur durch solche Fragen
herausfinden, die sich mit Ja oder Nein beantworten ließen.

»Jede der Jungfrauen verbirgt einen Schatz unter ihren
Röcken«, sagte galant einer der Edelleute, von denen sich
eine ganze Menge vor den Toren zu ihren Privatgemächern
drängten. Einige der Mädchen erröteten.

»Ich will nicht fragen, ob Eure Jungfräulichkeit der Schatz
ist, den ihr verbergt, da jede von euch doch nur mit ›Ja‹ antworten kann«, sagte die Königin ein wenig leichtfertig.

Die Ehrenjungfrauen schauten sich gegenseitig an und versuchten, ihr Kichern zu unterdrücken.

Sie fand dann heraus, daß der Schatz nicht aus Diamanten
hergestellt war und auch nicht aus Seide. Also fragte sie, ob
es etwa ein Buch sei. Alle schüttelten den Kopf und warfen
sich gegenseitig kurze Seitenblicke zu, während die Herren

mit so unverschämten Vorschlägen aufwarteten, wie sie sich gerade noch zu sagen wagten.

Die einzige, auf die niemand achtete, war Bethany, und die Königin begann zu lächeln.

»Nun, ich hoffe nicht, daß es ein Mann ist«, sagte sie.

Noch mehr Gekicher und noch mehr verstohlene Blicke von der Seite. Das war kein Fehler. Sie alle vermieden es, Bethany anzusehen. Die Königin stellte sich vor das Mädchen und lächelte sie an.

»Nun, Bethany«, sagte sie, »und was hast du für mich?«

Bethanys milchweißes Angesicht wurde plötzlich über und über von Rot überzogen, als ob jemand Erdbeersaft in eine Creme aus gezuckerter Sahne gegossen hätte. Die Edelleute klatschten lachend Beifall und baten sie, doch ihre Röcke zu heben, so daß ihr Schatz sichtbar würde, was Elisabeth dazu veranlaßte, sich zu ihnen umzudrehen und ihnen mit dem Finger zu drohen. Felipe, einer ihrer kleinen Hunde, nahm Anstoß an der allgemeinen Heiterkeit und begann laut zu bellen, bis ihn schließlich eine Kammerzofe hochhob und ihm die Schnauze zuhielt.

Inzwischen hatten die Mädchen einen Weg gefunden, um die peinliche Lage wieder in den Griff zu bekommen. Sie fingen an zu tanzen und umkreisten Bethany, ganz so, als ob sie »Der Bauer sucht seine Frau« spielten, so daß Bethany, sittsam von den wogenden schwarzen Röcken abgeschirmt, ihren Reifrock anheben konnte. Heraus fiel eine kleine Person, die in schwarz und gold gekleidet war und kopfüber auf den sauberen Boden sprang.

Mit hoher, durchdringender Stimme begann sie das Lied von Arkadien zu singen, dazu tanzte sie und schlug ständig Saltos und Purzelbäume, bis sie sich vor der Königin niederließ – wobei sie sich noch kleiner machte – und die Königin als den größten aller Schätze überhaupt pries.

Die Königin riß sie stürmisch in ihre Arme, küßte ihr das Gesicht und setzte sie auf ihre Knie.

»Thomasina, du Süße, du mußt ja unter den vielen Unterröcken von Bethany fast erstickt sein.« Und sie lachte.

Thomasina neigte ihr weises, kleines Gesicht zur Seite und
nickte. »Es war sehr dunkel, und das einzige, was ich erkennen konnte, sah wie ein Pavillon aus, der ziemlich rundliche
Zeltstangen hatte«, verkündete sie, und die Männer begannen wieder zu lachen, während Bethany errötete. »Hat Euch
mein Tanz gefallen, Eure Majestät?«

»Natürlich hat er das, mein Herz«, gurrte die Königin. »Es
war wundervoll. Wie du es nur immer schaffst, dich in der
Luft zu drehen?«

Thomasina verschränkte die Finger und schaute zur Königin empor. »Ihr springt so hoch wie bei einem Sprung der
Volta, und dann laßt Ihr Euch wieder fallen«, sagte sie und
sprang von den königlichen Knien herab. »Seht Ihr, es geht
so.«

Sie stellte sich auf Zehenspitzen, wobei sie sich einige Zentimeter größer machte als der knappe Meter, den sie maß.
Dann streckte sie ihre Arme aus, sprang empor, zog blitz-
schnell die Beine an und machte einen Salto. Wenig später
stand sie mit hochrotem Gesicht wieder auf den Füßen, wobei
ihr winziger Reifrock um sie herum wippte wie eine Glocke,
die angeschlagen worden war. »So«, sagte sie triumphierend.
Und sie fügte ziemlich unverschämt hinzu: »Nun versucht Ihr
es, Eure Majestät.«

»Aber ich bin doch kein Floh«, lachte die Königin, »und
auch kein Frosch.«

»Nun, das bin ich auch nicht. Wollt Ihr statt dessen mit mir
tanzen? Bitte?«

Und die Königin tanzte mit Thomasina eine Volta und
sprang dabei ebenso gern und so hoch in die Luft wie vor
zwanzig Jahren. Gelegentlich nahm sie dabei den männlichen Part ein und wirbelte Thomasina an ihrem Korsett
herum, um zu beobachten, wie sie sich in der Luft drehte.
Und manchmal drehte sie sie sogar zweimal herum. Selbst die

Musikanten mußten bei dem Anblick lachen, bis sich die Königin in ihre Kissen warf und vor lauter Lachen fast keine Luft mehr bekam. Thomasina wandte sich zu den wild klatschenden Höflingen, verbeugte sich vor ihnen und ließ sich dann wie ein kleines Kätzchen zu Füßen der Königin nieder.

Es wäre ein perfekter Abend geworden, wenn nicht plötzlich dieser elende Bastard von einem Mann, Mr. Davison, hereingekommen wäre und schweigend dagestanden hätte, um abzuwarten, daß er endlich zwischen den Edelleuten bemerkt würde. Seine melancholische Montur ließ das Licht der Leuchter und Kandelaber hinter ihm förmlich verschwinden, womit er ihre eleganten Kleider aus Samt und Damast zu tadeln schien. Für eine Weile, in der drei Gentlemen ihre Stimmen zu italienischen Madrigalen und Kanons erhoben hatten, versuchte die Königin, ihn zu ignorieren. So stand er weiter da und war ihr dabei so angenehm wie ein Stein im Schuh. Schließlich gab sie ihm ein Zeichen, zu ihr hinüber zu kommen, und er kniete vor ihr nieder, den Hut in der Hand.

»Möchtet Ihr tanzen, Herr Staatssekretär?« fragte sie ihn.

»O weh, Eure Majestät, für Eure gesegneten Augen bin ich ein gar zu schlechter Tänzer«, sagte er.

»Dann solltet Ihr Euch in dieser Kunst unterrichten lassen.«

»Das habe ich, Eure Majestät. Und mein unglücklicher Lehrer sagte mir, daß er niemals einen widerspenstigeren Schüler getroffen habe.«

»Hm.« Sie wußte genau, daß er log, da er aus Prinzip jede Art des Tanzens mißbilligte und es, wie viele seiner trübsinnigen Gesellen, als Anfang von Müßiggang, Laster und Unzucht sah. Was das Ganze natürlich zu einem Spaß machte.

»Die Schotten sagen, daß man einem Mann, der nicht tanzen kann, niemals ein Schwert in die Hand geben solle.«

»Sagen sie das?« erwiderte Davison prosaisch. »Dann kann ich mich ja – obwohl von schottischer Herkunft – glücklich schätzen, daß ich in England geboren wurde. Wir bedürfen alle dringend der Schwerter, um Eure gesegnete Majestät zu beschützen.«

Wie macht er das bloß, fragte sich die Königin voll erstaunter Wut. Wie konnte er eine absolut korrekte und schmeichelnde Bemerkung machen und diese mit so viel unterdrückter Bosheit versehen, die ihm aber niemand nachweisen konnte?

»Also, was gibt es denn, Mr. Davison?« fragte sie ihn. »Was ist so dringend, daß Ihr mich hier aufsucht?«

»Wir suchen nach einer Frau«, murmelte er, »nach einer Hexe, die behauptet, eine Prophezeiung über Euch machen zu können, Eure Majestät.«

Was zur Hölle hatte das mit ihr zu tun?

»Und?«

»Sie behauptet, daß Eure Majestät keinen Frieden haben wird, bis Ihr nicht Euer Buch vom Einhorn gefunden und vernichtet hättet.«

Sein Gesicht war so ausdruckslos wie immer. Wenn er sich jemals entschließen sollte, das Primerospiel zu erlernen, würde er einen gefährlichen Gegner abgeben, dachte sie sofort. Für einen kurzen Augenblick, in dem sie ihn beobachtete, fühlte sie, daß ihr das Blut in den Adern zu Eis erstarrte und aufhörte zu fließen, wie die Themse in diesem Winter. Sie war unfähig zu sprechen.

»Das Einhorn«, fuhr er fort, scheinbar ohne ihr Schweigen zu bemerken, »ist natürlich das Wappen von Schottland.«

Sie fand ihre Stimme wieder. »Es ist auch der Name eines Bordells! Wirklich, Mr. Davison.« Und in einem Ton, der andere Männer in Tränen ausbrechen lassen würde, fügte sie hinzu: »Mit derlei Dingen belästigt Ihr mich? Dem vermessenen Geschwätz irgendeines häßlichen, alten Weibes? Ich hätte von Euch wahrhaft mehr gehalten, als daß Ihr auf das Gerede einer alten Hexe achtet.«

»Wir haben natürlich die Absicht, sie ins Gefängnis zu werfen.«

78

Wenn das überhaupt möglich war, wirkte er jetzt sogar noch blasierter. Wieso? Hatte sie einen Fehler gemacht?

Gott verdammt, sie hatte von einer »alten Hexe« gesprochen und damit zu erkennen gegeben, daß sie wußte, daß dieses Weib alt war, obwohl er das nicht gesagt hatte. Davison war vorsichtig gewesen, er hatte nur von einer Wahrsagerin gesprochen. Eine Hexe konnte jedes Alter haben.

»Wozu sie festnehmen? Um all diesem Schund die Achtbarkeit einer Gefängnisstrafe zu geben? Hat denn irgend jemand ihre Prophezeiung bekannt gemacht?«

»Nein, Eure Majestät.«

»Nun, dann achtet auch darauf, daß es nicht geschieht«, sagte sie ihm mit so viel Bosheit in ihrer Stimme, wie es ihr möglich war. »Offensichtlich habt Ihr nicht genug zu tun. Ich werde Schritte unternehmen, um diesem Umstand abzuhelfen.«

Endlich war er ruhig, obwohl in seinem Gesicht nicht zu lesen war, ob sie ihn aus der Fassung gebracht hatte.

»Und jetzt macht, daß Ihr fort kommt«, schrie sie. »Aus meinen Augen. Hinaus, *hinaus!*«

Er rappelte sich auf, bewegte sich rückwärts zwischen den Edelleuten auf den Ausgang zu, verbeugte sich und ging weiter rückwärts hinaus. Sie warf ihm ihren Muff hinterher und freute sich, daß er darüber stolperte, als er gebückt durch die Tür ging.

Alle Höflinge blickten auf sie und warteten gespannt, was sie wohl als nächstes tat. Doch sie schnippte nur kurz mit den Fingern den Musikanten zu und bedachte ihre Edelleute mit einem Nicken. »Kommt«, sagte sie mit übertrieben munterer Stimme, »singt es noch einmal.«

Sie taten, wie ihnen geheißen, aber der Abend war verdorben.

15

Zweifellos handelte es sich bei Davisons Hexe um Maria. Wenn wenigstens sie es vorher gewußt hätte, hätte Julia ihre Großmutter ausgeschimpft. Selbst die kleine Pentecost besaß so viel Verstand, sie wegen ihres Geredes zu schelten, wenn sie wieder nüchtern war, aber da war es bereits zu spät. Und jetzt hatte irgendeiner dieser Verrückten von Walsinghams Spionen Wind von Marias Äußerungen bekommen und sie an Davison weitergeleitet.

Es muß in der Zeit vor den schlimmen Weihnachtstagen gewesen sein, als sie meine Prophezeiung zum besten gab und sich mit ihrem Geprahle großtat. Am Tag von Christi Geburt, nachdem sie mit ihren Runden am Hof fertig war, holte sie die persönliche Wäscherin der Königin, Mrs. Ann Twiste, zu sich und überreichte ihr die Gaben, die sie von der Königin erhielt: zwei Lamm- und Rosinenpasteten, einige Fleischreste, eine Flasche mit einem Punsch aus Milch und Ale sowie ein Stück von dem großen Plumpudding, der in der Halle serviert worden war. Pentecost und ihre Großmutter tranken den ganzen Punsch aus, um sich auf dem Eis warm zu halten, sie aßen auch die Pasteten auf, als sie, kichernd wie kleine Mädchen, über die Themse schlitterten und wenigstens drei Versuche unternahmen, die Stufen von Paris Gardens zu erklimmen. Und dann beschlossen sie, Julia für ihre Überheblichkeit leiden zu lassen. Sie versteckten das Fleisch und den Pudding unter ihren Röcken und versteckten auch ihre Fröhlichkeit, als sie sich zur Hintertür hineinschlichen.

Sie gingen mit all ihren Kleidern ins Bett, da es zu schwierig war, sie auszuziehen und außerdem im Kamin kein Holz für ein Feuer war. Pentecost legte ihre Arme um Marias Hals und schmiegte sich ganz nah und warm an sie. Sie blies lächelnd Schwaden von Ale in Marias Gesicht und murmelte undeutlich so etwas wie, du kannst sicher sein, Urgroßmutter, und du brauchst auch keine Angst zu haben, aber eines Tages kommt die Königin, und sie wird über die Wolken reiten und ihre Sternenkrone tragen und uns alles geben, was wir nur wollen, denn Pentecost betet täglich zu ihr, daß es so geschehe. Und nun sieh nur, wie freundlich sie war, uns das Ale zu geben (hicks) und den Pudding zum Frühstück... Und so fiel sie kopfüber in den Schlaf, während Maria die Flasche mit dem Schnaps unter dem Kissen hervorzog, um dem Ale noch ein wenig mehr Unterstützung zukommen zu lassen.

Sich selbst erzählte sie, daß sie das brauchte, um bei dem Lärm und der Krakeelerei, die zur Weihnachtszeit über ihnen und um sie herum im Falcon herrschten, einschlafen zu können. Und dann liegt noch ein Segen in dem Schnaps, der vor allem und zu allererst der beste Scharfrichter der Träume ist.

16

In der Nacht, die auf den Tag des Heiligen Stephan folgte, war Bethany in den knochigen Armen der Königin in den Schlaf gesunken. In ihren Träumen hielt sie die starken Schultern eines sehr viel leidenschaftlicheren Liebhabers umklammert und erlebte noch einmal die Glut, aber auch die Last ihrer Sünde. In ihren Träumen wuchs ihre Verzückung, bis sie schließlich die ganze Welt erfaßte, und seufzend und stöhnend entschwand sie in ihr, als sie plötzlich von schrecklichen Schreien neben ihr aus dem Schlaf gerissen wurde.

Die Königin saß aufrecht im Bett, mit starren Augen, beide Hände auf ihren Bauch gepreßt, und sie schrie so laut und so schrill wie eine irische Todesfee.

Oh, du großer Gott, dachte Bethany, sie wurde vergiftet, und nun wird man mich dafür verantwortlich machen. Eine starre, entsetzliche Angst fror sie auf der Stelle ein, während ihr jammernder Verstand sie zu überreden versuchte, doch endlich etwas zu tun, irgendwie zu helfen, den schrecklichen

Lärm zu beenden. Aber ihr fiel nichts ein, was sie hätte tun können, da die schrecklichen Schreie ihr das Gehirn zermarterten.

Dann hörte sie Schritte hinter den Vorhängen. Parry war auf. Dann das Donnern von Schritten auf der Privatgalerie und das Rufen einer männlichen Stimme.

Eisige Luft kroch durch die Öffnung, als Parry die Vorhänge zur Seite zog und sofort die Situation erfaßte.

»Steh auf!« brüllte sie Bethany an. »Lauf und laß den Doktor rufen.«

»J-ja, Mrs. Parry«, keuchte Bethany, durch den Befehl wieder zur Besinnung gebracht. Sie rappelte sich aus dem Bett auf und rannte zur Tür, die auf die Galerie führte. Und sie hörte, wie ihre eigene Hysterie ihre Stimme zittern ließ, als sie den Befehl weitergab, während ihre Worte in dem Pochen einer männlichen Faust gegen die Tür untergingen.

»Neeeiin!« schrie gellend die Königin, und ihre Augen waren so starr wie die einer Wahnsinnigen. »Laß es nicht herein, Kat, laß es niemals herein.«

Ungeschickt versuchte Bethany die Riegel zu öffnen. Schließlich bekam sie die Tür einen kleinen Spalt auf und stand, nach Atem ringend, von Angesicht zu Angesicht dem hübschen Robert Carey gegenüber.

»Die – die Königin...« flüsterte sie.

Eine warme Hand drückte fest die ihre. »Mistress Bethany«, sagte er, »ist da etwa ein Mörder?«

»N-nein, es sind nur wir da.«

»Und blutet sie, Süße?« Er blieb ruhig und ging ganz methodisch vor, wofür sie ihm schrecklich dankbar war.

Sie verschluckte sich fast an ihrem eigenen Atem. »Nein. Ihr – ihr Magen tut ihr weh.«

Seine Lippen wurden schmal, und er kniff die Augen zusammen. »Gebt Ihr nichts von dem zu essen oder zu trinken, was hier im Raum steht«, sagte er. »Ich werde den Doktor holen.«

Da erhob sich bereits der zweite Gentleman, der in den Privatgemächern Dienst tat, und rieb sich, während er zu seinem Schwert griff, den Schlaf aus den Augen. Beide hatten in ihren Kleidern auf den Rollbetten neben der Tür geschlafen, wie immer bereit für einen solchen Notfall.

»Bewach die Tür, Drury«, befahl ihm Carey, während er seine Schuhe anzog. »Warte auf mich.«

Bethany sah, wie er sich umdrehte und loslief. Sie schloß die Tür und legte ihren Kopf an das Holz.

Die gellenden Schreie der Königin hatten sich inzwischen gelegt und waren einem heftigen Keuchen gewichen. Sie war noch immer nicht aufgewacht, sondern in der Zwischenwelt ihrer Träume verloren.

»Kat, Kat«, stöhnte sie, »es tut so weh.«

Parry hatte mittlerweile einen Schlafrock um die heftig zuckenden Schultern der Königin gelegt und berührte sanft ihren Bauch.

»Nein, nein«, weinte die Königin und schlug auf ihre Hand. »Es hat mich verletzt, Kat, und mich durchbohrt. Das Einhorn hat mich aufgespießt...«

Die beiden tauschten wissende Blicke aus.

»Los, Bethany, steh nicht herum wie ein Bauerntrampel«, befahl Blanche Parry. »Geh hin und schüre das Feuer.«

Sie gehorchte und setzte sich in Bewegung, wobei sie spürte, daß ihre Knie so weich waren wie Butter, die in der Sonne gestanden hatte.

»Und bring etwas Wein.«

»M-Mr. Carey sagte, daß wir ihr nichts von dem geben sollen, was in der Kammer ist.«

Blanche Parry zog ihre Stirn in Falten, dann nickte sie. »Ja, er hat recht.« Sie hatte den Arm um die Königin gelegt und strich ihr über den bebenden Rücken.

»Sch, sch, Eure Majestät«, sagte sie, »der Doktor kommt gleich.«

Noch zwei keuchende Atemzüge, und dann richteten sich plötzlich die Augen der Königin auf Parry.

»Blanche«, sagte sie.

»Gott sei Dank«, antwortete Parry. »Eure Majestät, erkennt Ihr mich?«

»Natürlich tue ich das. Aah.«

»Welche Schmerzen habt Ihr, Eure Majestät?«

»In meinen Gedärmen«, antwortete die Königin, während sie sich auf die Lippen biß und hin- und herschwankte. »In meinen Gedärmen, wie üblich.«

»Wir haben schon nach dem Doktor geschickt, Madam.«

»Wozu?«

»Als Eure Majestät so geschrien haben, fürchteten wir, daß Ihr Gift genommen hättet«, sagte Parry schüchtern.

»Geschrien? Wann habe ich geschrien?«

»Vor ein paar Augenblicken. Wir haben . . . ja, wir haben es mit der Angst zu tun bekommen.«

In dem hellen Schein des Kamins warf die Königin einen raschen Blick auf Bethany, die versuchte, nicht zu laut zu weinen. Niemals hätte sie geglaubt, jemals solche Schreie aus dem Mund der Königin zu hören, wie von einer Frau, die in den Wehen lag.

»Kind, zieh nicht die Nase hoch«, sagte die Königin mürrisch zu ihr. »Es tut mir leid, daß ich dich erschreckt habe. Es war nur ein Alptraum und dazu noch das Bauchweh.«

Bethany lief an die Seite der Prunkbettes und fiel auf die Knie. Sie war unfähig, den Tränen Einhalt zu gebieten, die ihr die Wangen herabliefen, ganz so, als hätten sich ihre Augen in eine Wasserleitung verwandelt. Mit ihren Gedanken ganz woanders, tätschelte ihr die Königin den Kopf, während sie sich zuckend in einem neuen Krampf wand.

»Zieh deinen Schlafrock an, Bethany«, sagte Parry. »Der Doktor wird gleich hier sein.«

Gerade als sich Bethany erhob, um dieser Aufforderung nachzukommen, klopfte es an der Tür. Die Königin erstarrte, hüllte sich fester in ihren Schlafrock und neigte das Kinn. Plötzlich wurde aus einer alten, von Schmerzen geschüttelten

Frau wieder die Königin, ganz so, als sei ihre Königlichkeit eine Musik, die sie nach ihrem Belieben spielen konnte.

»Tretet ein«, sagte sie.

Carey war an der Tür und öffnete sie, wobei er höflich den Kopf abwandte. Der Doktor trat ein, sehr würdevoll und gemessen in einem Gewand aus dunkelblauem Brokat und einem Käppchen auf dem Kopf.

Gegen die Krämpfe ankämpfend, hielt die Königin dem Doktor ihre Hand entgegen, als er zu ihr ans Bett trat und das Knie vor ihr beugte.

»Doktor Nuñez, wie freundlich von Euch, zu dieser unangebrachten Stunde zu kommen«, sagte sie kokett. Doktor Nuñez beobachtete sie scharf, während Carey die Tür hinter ihm zuzog, und dann knurrte er irgend etwas auf lateinisch, das die Königin dazu veranlaßte, kläglich zu lächeln. »Runter von Euren armen Knien, Doktor. Setzt Euch.«

Parry machte Bethany ein Zeichen, die ihren Wunsch verstand und einen Stuhl brachte.

Der Doktor nickte ihr zu, dann legte er ihr eine Hand auf den Arm. »Sammelt alles Eß- und Trinkbare ein, das sich in diesem Zimmer befindet«, sagte er mit portugiesischem Akzent. »Und wascht nichts aus, was die Königin benutzt hat.«

»Oh, was für ein Getue«, sagte die Königin. »Es ist doch nur mein altes Leiden.«

Der Doktor hielt sie zart bei der Hand und am Handgelenk, um den Pulse zu fühlen.

»Haucht mich an, Eure Majestät«, sagte er, was sie auch tat, ohne mit dem Reden aufzuhören.

»Ich sage Euch, das ist nichts Neues. Wenn ich von meinen treuen, dummen Untertanen allzu sehr gequält werde, dann sammelt sich all mein Unmut in meinem Bauch und setzt sich dort zur Wehr.«

»Mhm«, sagte der Doktor, »das mag tatsächlich der Fall sein, aber erlaubt mir, Madam . . .«

Vorsichtig und dennoch sehr methodisch begann er, sie zu

85

untersuchen, drückte ihr leicht auf den Magen und befühlte die Stellen hinter den Ohren.

Zuletzt setzte er sich wieder neben sie und fragte, was sie geträumt habe.

Sie errötete. »Völlig klar, nach allem, was recht und billig ist«, sagte sie. »Ich habe geträumt, daß das Einhorn von Schottland mich attackiert und mir sein Horn in meinen Magen gebohrt hat. Das war alles.«

Nuñez kraulte mit den Fingern seinen Bart. »Der Befehl, die Königin von Schottland hinzurichten, ist noch immer nicht unterzeichnet?«

»So ist es.« Der Klang in der Stimme der Königin war ziemlich frostig.

Nuñez spreizte seine großen, weißen Hände. »Ich bin Euer Arzt, Majestät, nicht Euer Ratgeber. Mir ist es völlig gleichgültig, ob der Befehl unterzeichnet wird oder nicht. Es ist nur so, daß diese Ungewißheit tatsächlich bewirken kann, daß Euch diese melancholischen Regungen in die Gedärme fahren. Und sie kann auch eine Wirkung auf die... nun, äh, die weiblichen Körperteile ausüben.«

»Wenn Ihr mir damit sagen wollt, daß meine Gebärmutter wandert...«

»Niemals, Eure Majestät. Ich habe selten eine festere oder beständigere Gebärmutter als die Eure gesehen. Wir sprechen nur von den Stimmungen, die, für den Fall, daß eine Ungewißheit sie von ihrer sonst üblichen Stelle verrückt, derlei Symptome verursachen können. Jedoch müssen wir auch ausschließen, daß es sich um eine Vergiftung handelt. Habt Ihr...« Und er hob zartfühlend seine Augenbrauen in Richtung ihres Leibstuhls.

»Nein.«

»Kein Erbrechen und auch kein unnatürliches, allzu dünnes Entleeren? Verstopfung?«

»Nein. Nichts von alledem. Nur diese krampfartigen Schmerzen.«

»Noch immer?«

»Sie nehmen zusehends ab, während wir miteinander sprechen.«

»Hmm. Ich werde Euch ein leicht abführendes Mittel verschreiben, das Eure Gedärme öffnet.«

»O Gott, muß ich abführen?«

»Ein wenig, fürchte ich, Majestät. Und auch eine kleine Dosis, um Euch besseren Schlaf zu gewähren.«

»Pah. Ihr wißt, wie ich es hasse, Arznei zu nehmen.«

»Und dennoch denke ich, daß wir solche Alpträume und Krämpfe nicht allzu leicht nehmen sollten.«

»Nun gut. Aber ich will nicht zur Ader gelassen werden, dafür habe ich nicht die Zeit.«

»Und es ist jetzt auch nicht die richtige Jahreszeit dafür. Außerdem sehe ich keine Anzeichen, daß die sanguinischen Körpersäfte Eurer Majestät im Ungleichgewicht wären. Es ist nur so, daß Ihr ein wenig zur Melancholie neigt, in welchem Fall wir, so fürchte ich, eben ein wenig abführen müssen.«

»Gott verdammt!«

»Der Allmächtige, er sei gepriesen, ist immer der beste Arzt für Eure Majestät.«

17

Doktor Nuñez war gegangen, und widerwillig hatte die Königin ihre Arznei wie auch die Hälfte des Schlaftrunks zu sich genommen. Nun lag sie auf der Seite und starrte, ohne die Lider zu bewegen, vor sich hin.

Parry hatte die völlig erschöpfte Bethany in ihr eigenes Klappbett zum Schlafen gelegt und saß nun am Feuer und bestickte eine Nachthaube für die Königin. Gelegentlich verschwammen vor ihren Augen die kunstvoll gewundenen Blätter und Rosen, dann fiel ihre Hand herab, ihr Kinn sank auf ihre Brust, und sie begann zu dösen.

Doch wachte sie sofort auf, um der Königin auf ihren Nachtstuhl zu helfen und ihr ein wenig mit Wasser gemischten Wein zu reichen, den eine gähnende Kammerzofe gebracht hatte. Dann kehrte die Königin wieder in ihr Bett zurück und rollte sich wie eine Katze in ihre Decken. Doch befahl sie Parry, die Bettvorhänge ein wenig offen zu lassen, so daß sie das Feuer sehen konnte.

Bethany war bereits eingeschlafen und schnarchte schon wieder. Die Königin lag still in ihrem Bett, starrte ins Feuer und beobachtete dabei die Umrisse von Parry, die sich gegen die Glut abzeichneten. Sie sah ihre Finger, die manchmal fleißig stickten und dann wieder schlaff herunterhingen.

Schließlich sanken die Lider der Königin herab und schlossen sich, dann begann auch sie tiefer zu atmen. Aber sofort war da wieder mein Einhorn, das sich aus dem Licht des Kaminfeuers heraus formte, wild scharrte und dann durch den Raum tänzelte, in dem merkwürdige Lilien, die in goldene Blumentöpfe gepflanzt waren, aus einem Boden aus Manna hervorwuchsen, und in weiter Ferne, vielleicht am Ende ihrer Wahrnehmung, legte sich der Erzengel Gabriel sein Horn um, und seine Hunde lechzten nach ihrem Blut, denn seine Hunde hießen Barmherzigkeit, Wahrheit, Gerechtigkeit und Friede. Und dann war hier auch noch die rechtmäßige Königin des Himmels und ritt auf dem Einhorn. Ich hatte mein Gewand in Blau und Gold an und trug auch die Sternenkrone. Die Schlange, meine Freundin, aber auch mein Opfer, lag nicht zermalmt unter meinem triumphierenden Absatz, sondern ringelte sich wie ein lebendiger Armreif um mein Handgelenk. Hier zeigt sich nicht jene demütige, einfache Jungfrau, wie sie die italienischen Schmierfinken zusammengekleckst haben. Hier bin Ich, die Heilige Weisheit, so schrecklich wie der Wald in finsterer Nacht, und mein Haar flattert schwarz und wild hinter mir her. Lachend nähere ich mich der sterblichen Usurpatorin.

Einhörner bedeuten weit mehr als bloß Schottland. Und

nun quollen zwischen den geschlossenen Augenlidern Elisabeths Tränen hervor, sie fielen auf das bestickte Kissen, bis ihre Wange plötzlich im Nassen lag und sie, noch immer weinend, erwachte.

»Oh, Eure Majestät«, sagte eine Stimme neben ihr. »Erzählt mir doch, was Euch bedrückt.«

Wenn es doch bloß Kat Ashleys Stimme wäre, dachte die Königin betrübt, sie hätte längst alles gewußt. Aber Ashley war tot.

Deshalb schob sie Parry beiseite, wandte ihr den Rücken zu und verbarg ihr Gesicht unter den Decken, während ihre Schultern von Schluchzern erbebten.

Es war unmöglich, damit aufzuhören. Die Schluchzer folgten einander, einer nach dem anderen, und ließen ihr, wie ein Karren, der in Bewegung kam, kaum einen Augenblick zum Verschnaufen, und schon war da auf den Leintüchern wieder ein neuer, nasser Fleck. Jemand reichte ihr ein sauberes Taschentuch, in das sie sich schneuzte, um ihre Fassung wiederzugewinnen. Aber dann stieg ihr hilfloser Schmerz erneut in ihr empor, und wieder begann sie zu weinen, endlos, endlose Ströme von Tränen, die allzu lange aufgestaut waren, als daß sie sie noch hätte aufhalten können, nun, da der Deich gebrochen war.

Hinter sich vernahm sie, wie ihre Frauen sich berieten, was denn zu tun sei. Alle waren sie da, vollständig angezogen und bereit, wie jeden Tag die Geschäfte des Morgens zu beginnen. Das hörte niemals auf, sie konnte dem niemals entfliehen, nur das Wasser strömte langsam und endlos direkt aus ihrer Seele.

Eine der Hofdamen ergriff eine Laute und begann, leise in einer Ecke des Zimmers zu spielen. Sie spielte recht gut, sie war eine gute Musikerin, aber das sanfte Auf und Ab der Noten verstärkte die Traurigkeit der Königin, so daß ihre Tränen nur noch schneller flossen.

Sie versuchten sie zu überreden, doch mehr von der

89

Laudanum-Tinktur zu trinken, aber ihr war die Kehle wie zugeschnürt, und ihr Magen krampfte sich vor lauter Kummer und Leid zusammen. Wieder mußte sie sich zu ihrem Nachtstuhl bemühen, doch gab es keine sarkastischen Scherze zwischen ihr und Parry, nur weiter dieses hilflose Weinen und die Scham darüber, daß ihre Frauen sie in ihrer Schwäche sahen.

Parry schloß den Deckel und rief nach einem Kammerherrn, der den Topf zu Doktor Nuñez bringen sollte, damit er den Inhalt untersuchen konnte.

Um Himmels willen, schalt Elisabeth sich selbst, was ist bloß los mit mir, warum muß ich nur so weinen, worum handelt es sich überhaupt? Um Himmels willen, das ist doch kein neuer Schmerz. Von Zeit zu Zeit kamen Parry und Bedford zu ihr und baten sie, ihnen doch den Grund zu sagen, aber sie konnte es nicht, da sie ihn nicht einmal selbst kannte. Oder vielleicht wußte sie ihn, aber sie vermochte ihn trotzdem nicht zu benennen.

Nachdem es schon halb sieben vorbei war, trafen Lady Bedford und Blanche Parry eine Entscheidung und teilten sie dem jungen Carey mit, der noch immer hohläugig und besorgt die Tür bewachte.

Etwa um Viertel vor acht am Festtag des Heiligen Johannes, des Apostels und Evangelisten, wurde im Thronsaal verkündet, daß die Königin an einer Unpäßlichkeit des Magens leide und daher den ganzen Tag in ihren Gemächern bleiben müsse. Damit waren Sitzungen und Konsultationen abgesagt.

Schlag neun Uhr weinte die Königin noch immer und hatte bislang kein Frühstück zu sich genommen. Gerüchte erreichten die Stadt, wonach sie vergiftet worden sei und mit dem Tode ringe. Die Händler in den Wechselstuben begannen sofort, Gold und Silber zu kaufen, und es war zu spüren, wie jedermann, wenn auch verstohlen, zu den Waffenschmieden eilte. Der Preis von Schießpulver verdreifachte sich. Und einige Ratsmitglieder überlegten insgeheim, ob es nicht möglich sei, mit der Königin von Schottland in Fotheringhay Kontakt aufzunehmen und sich bei ihr einzuschmeicheln, bevor die protestantische Königin verstarb und die katholische ihre Nachfolge antrat. Andere wiederum legten Pläne dar, wie sich die Bestimmungen ihres Sicherheitsverbandes durchführen ließen, die jedem den Tod androhten, der von der Ermordung der Königin profitierte. Schiffe, die bald nach den Niederlanden aufbrechen sollten, wurden von einer erstaunlichen Anzahl von Gentlemen aufgesucht, die Erkundigungen über Kajütenbetten einholten, darunter vor allem Geistliche des protestantischen Glaubens. Und die gesamte schottische Botschaft fand sich plötzlich unter einen, wenn auch höflichen Hausarrest gestellt. Nach einer intensiven Befragung der Diener begann man, verwundert zu überlegen, ob man nicht vielleicht jemanden finden könnte, der bereit sei, mit diesen Neuigkeiten nach Schottland zu reiten, so daß König James in England einfiele und seiner papistischen Mutter den Thron entrisse.

Um elf Uhr spazierte Thomasina zu einem der Gentlemen, die immer noch ihren Dienst an der Schlafzimmertür versahen, und tippte ihm recht herrisch ans Bein. Wie gewöhnlich blickte er natürlich zuerst um sich, runzelte die Stirn und schaute erst dann hinab. Er lächelte leicht, als er sie sah, wie es fast alle Leute taten, die sie in ihrem Samtkleid im Miniaturformat und ihrer Kette aus Staubperlen wirklich entzückend fanden. Unter ihren Arm hatte sie eine Modepuppe geklemmt, und auf ihrem Gesicht lag ein sehr bestimmter Ausdruck.

»Mr. Carey, laßt mich hinein«, sagte sie mit ihrer hohen Stimme, die wie die eines Kindes klang.

»Wurde nach Euch geschickt, Mistress Thomasina?« fragte er, während er höflich in die Hocke ging, so daß ihre Köpfe auf gleicher Höhe waren.

»Nicht direkt«, gab sie zu. »Doch fühlt sich die Königin krank und melancholisch, also braucht sie mich. Schließlich bin ich«, fügte sie stolz hinzu, »die *muliercula* der Königin, ihre Zwergin und Spaßmacherin.«

Seine Augen blitzten auf. »Ich habe Anweisung, niemandem außer dem Arzt Zutritt zu gewähren.«

»Was sicherlich nur für Personen in voller Größe gilt«, antwortete Thomasina. »Ich falle nicht in diese Kategorie, da mein Körper klein ist. Durften die Schoßhündchen hinein?«

»Ja, Mrs. Parry glaubte, daß sie die Königin trösten könnten. Aber sie wurden wieder weggebracht, da einer von ihnen eine Schüssel nasser Kekse gefressen hat und anschließend todkrank auf der Matte lag.«

»Ich erfülle den gleichen Zweck wie die Schoßhunde Ihrer Majestät«, sagte Thomasina entschlossen, »also laßt mich hinein.«

Er blickte ziemlich verärgert und widerwillig drein, er war sich der Verantwortung bewußt, war aber auch voller Angst um seine Zukunft. Fairerweise muß man sagen, daß er sich auch um seine Tante sorgte, die er aufrichtig zu mögen schien.

»Kommt, Mr. Carey«, sagte Thomasina. »Wenn die Königin Kinder hätte, würdet Ihr ihnen auch nicht den Zutritt verwehren.« Sein Mund öffnete sich, und er starrte sie voller Verwunderung an. »Ich bin das, was einer Tochter der Königin am nächsten kommt, und ich kann ihr helfen.«

»Nun, ich...«

»Und außerdem, wenn ich nicht erwünscht bin, werde ich wie die Schoßhündchen hinausgeworfen. Also, laßt mich hinein, Mr. Carey.«

Er erhob sich, deutete eine Verbeugung an und öffnete ihr die Tür.

»Die Spaßmacherin Ihrer Majestät«, meldete er sie an, als sie hinter ihm hoch erhobenen Hauptes einherstolzierte, auch wenn sie damit nur wenig höher als bis zu seinen Knien reichte. Dann schloß er die Tür wieder.

Die Hofdamen standen flüsternd in der Nähe des Feuers im Gemach, dessen Vorhänge und Fensterläden noch immer geschlossen waren. Aus dem Bett ertönte noch immer das Geräusch von Schluchzern.

Thomasina schnalzte mit der Zunge. Wie üblich brachte die gewohnte, ehrerbietige Haltung gegenüber der Arroganz Ihrer Majestät die Damen dazu, sich nun, da Ihre Majestät nicht wie üblich Befehle erteilte, überaus kopflos und dumm zu verhalten. Wenn ich Ihr wäre, Madam, dachte sie bei sich, würde ich ihnen weniger Befehle erteilen und statt dessen mehr Intelligenz von ihnen fordern. Das funktioniert doch hervorragend bei Euren Ratgebern, warum also probiert Ihr es nicht auch bei Euren Hofdamen aus?

Sie machte rasch einen Knicks in Richtung der Damen, die natürlich ihr Eintreten bemerkt hatten. Dann trabte sie auf das Bett zu, zog ihre Schuhe aus und sprang hinauf, direkt neben die Königin. Da saß sie nun, summte leise vor sich hin und begann, ihre wunderhübsche kleine Modepuppe auszuziehen, während sie darauf wartete, daß die Königin Notiz von ihr nahm.

18

Die Priesterjäger hatten in dem Gasthof Old Swan nahe der London Bridge ausgezeichnet zu Mittag gegessen. James Ramme war so vorsichtig gewesen, sich eine Serviette unters Kinn zu stecken. Er hielt sich selbst für sehr vornehm, in seinem schwarzen Anzug aus gerippter Seide, der mit gelbbraunem Taft unterlegte Schlitze hatte, und mit seinem schwarzen Bart, der von seinem Barbier neu gestutzt und gelockt war, und zwar genau nach der Mode, die Sir Walter Raleigh erfunden hatte.

Sorgfältig vermieden es sowohl er wie auch Anthony Munday, über ihre tägliche Arbeit zu sprechen, sondern sie ereiferten sich über die Niedertracht, mit der Hahnenkämpfe betrieben wurden, oder auch über die skandalösen Einzelheiten der Bärenjagd. Munday erzählte obszöne Geschichten von den Huren in Rom, von ihren gestreiften Unterröcken und schwankenden hohen Schuhen. Er hatte ein Jahr als Spion für Walsingham am dortigen Englischen Katholischen Priesterseminar zugebracht. Nun behauptete er, daß der Papst selbst jede Woche die Huren persönlich inspiziere. Ramme lachte darüber, durchaus bereit, ihm zu glauben, obwohl er genau wußte, daß Munday es liebte, Geschichten zu erfinden.

Munday langte beim Essen und Trinken herzhaft zu, sein Appetit schien niemals von irgend etwas beeinträchtigt zu werden, jedenfalls so weit Ramme es beurteilen konnte. Er war ein kleiner, runder Mann, der bereits grau wurde, obwohl er genauso alt war wie Ramme. Er weigerte sich, Samt und Seide zu tragen, wobei er gern das Gesetz gegen den Luxus zitierte, das außer ihm jeder in London geflissentlich ignorierte. Und so lief er in vernünftigem grauen Wollstoff mit einer rein weißen Halsbinde herum, die wie ein Lappen zu beiden Seiten seiner Brust herabfiel. Ramme fand dies auf unerklärliche Weise kränkend.

»Warum sollte ich versuchen, es den Gentlemen gleichzutun?« fragte Munday Ramme kampflustig, als dieser ihm boshaft seinen eigenen Schneider empfahl. »Mein Vater, möge er in Frieden ruhen, war ein Tuchhändler – ein sehr ehrenwertes Gewerbe. Der machte seinen größten Profit mit feinen Seidenstoffen und Brokaten. Und ich kann Ihnen versichern, Mr. Ramme, daß sie nicht einmal ein Viertel des Geldes wert sind, das die vornehmen Höflinge dafür bezahlen. Was habt Ihr für diesen gezahlt?« Er war boshaft genug, Mr. Rammes Ärmel anzufassen und den Stoff prüfend zwischen Daumen und Zeigefinger zu reiben.

»Tatsächlich kann ich mich nicht mehr daran erinnern«, sagte Ramme überlegen, obwohl der unerhört hohe Preis mit feurigen Lettern auf seine Stirn gedruckt war.

»Nun, das solltet Ihr aber.« Es war unmöglich, Munday zum Schweigen zu bringen und auch unmöglich, ihn zu beleidigen.

»Wo bleibt der Nutzen des Geldes, wenn Ihr es einfach weg-
werft, um Euch diesen Plunder umzuhängen?«

»Dieser Plunder zeigt den Leuten, was ich bin.«

Munday lachte grob und holte mit einem Fingernagel einige
Fetzen gekochten Rindfleischs aus seinen Zähnen.

»Das tun sie. Sie schreien: ›Hier ist der jüngere Sohn eines
Gentleman, der niemals in seinem Leben einen Schlag ehrliche Arbeit getan hat, der den Nutzen und Wert des Geldes
nicht kennt und auch nicht den seines Gewands.‹«

»Fünfzig Pfund«, knurrte Ramme, den der Ärger fast verbrannte, obwohl er tatsächlich den Preis halbiert hatte.

»O Gott, o Gott, das habt Ihr wirklich bezahlt?« Munday
schnalzte mit der Zunge und schüttelte verwundert den Kopf.

»Natürlich.« Ramme zwirbelte seinen Schnurrbart zwischen Daumen und Zeigefinger. »Ich bin nicht dazu erzogen,
wie auf dem Markt zu feilschen.«

Munday brach in schallendes Gelächter aus, dann ergriff
er die Weinflasche, leerte sie in seinen ledernen Becher und
trank ihn aus.

»Ach, deshalb müßt Ihr an Weihnachten für Davison Papisten fangen, damit Ihr Eure Schulden beim Schneider bezahlen könnt.«

»Warum tut Ihr es denn?« fragte Ramme.

»Um mir ein Vermögen zu erwerben«, sagte Munday mit
großer Leidenschaft. »Um die Chance zu bekommen, das
Grundstück eines dieser Verräter in Besitz zu nehmen. Um
wie ein Eichhörnchen eine Eichel voll Geld zu sammeln, die
unter meiner Obhut zu einem großen, schattenspendenden
Baum heranwächst, so daß ich es mir dann später darunter
gemütlich machen kann.«

»Sehr poetisch«, verhöhnte ihn Ramme, während er den
Betrag für seinen Anteil an der Mahlzeit hinlegte. Munday
schaute ziemlich enttäuscht drein, aber Ramme hatte rasch
gelernt, daß Munday ihm niemals seinen Teil an der Rechnung zurückgab.

Munday schaute hinauf in den Himmel und dann auf die Themse, die von den riesigen Feuern und Buden des Jahrmarkts auf dem Eis verunstaltet wurde.

»Wird Mr. Norton im Tower sein?« fragte er.

»Nein.«

»Warum nicht?«

»Woher soll ich das wissen?« sagte Ramme, obwohl er es tat, denn die Sache hatte damit zu tun, daß einige wertvolle Tulpen in Nortons Garten vor Frost geschützt werden mußten. Munday liebte es, den Geschichten vom Hof zu lauschen, während Ramme aus irgendeinem seltsamen Grund lieber gestorben wäre, als sie ihm zu erzählen. Plötzlich verärgert über die ständigen Attacken seines ungehobelten Kollegen, stand Ramme abrupt auf. Munday zog sich ebenfalls seinen Mantel an. Sie marschierten die Gasse entlang, gingen um die Brücke herum und stiegen dann auf der anderen Seite die Stufen hinab, um ein Boot zu rufen.

Auf ihrem Weg flußabwärts saß Munday im Bootsheck und tauchte seine Finger in das dunkelbraune Wasser, das viel zu salzig und schmutzig war, um zuzufrieren. Er zuckte zusammen und zog rasch die Hand wieder heraus. Der Wind hatte sich gelegt, aber der Himmel war mit schiefergrauen Wolken bedeckt, die weiteren Schnee versprachen.

»Der Herr Staatssekretär Davison wird heute nachmittag anwesend sein, um die Befragung zu überwachen«, sagte Ramme beiläufig, und Munday hob vielsagend die Augenbrauen.

»Tut er das? Ich muß gestehen, ich bin überrascht«, sagte er. »Ich hätte niemals gedacht, daß er ein Jesuit ist. Eher ein Soldat, wenn Ihr mich fragt, jedenfalls gemessen an der Art, wie er flucht.«

Ramme schaute von ihm weg auf die Brücke, und auf seinem Gesicht zeigte sich ein tiefer Ausdruck der Befriedigung. »Was auch immer er ist, er hat doch klar die Gemeinschaft verraten, zu der er gehört.«

»Natürlich, es hätte ein Zufall sein können«, sagte Munday verständnisvoll. »Könnte so etwas wie Pech gewesen sein.«

Ramme zuckte mit den Schultern. »Mr. Davison ist ausgesprochen begierig darauf, seine Geschichte zu hören.«

»Jesuiten schwören fast nie«, fuhr Munday nachdenklich fort, »und sie fluchen auch nicht, oder jedenfalls erst dann, wenn sie eine höhere Position innehaben als er. Natürlich sprechen sie dauernd den Namen Jesu aus, aber nicht als Fluch. Bedenkt, er war das letzte Mal nicht bei Bewußtsein, schon nicht, als wir angefangen haben. Wißt Ihr, Ihr habt ihm einen gewaltigen Schlag auf den Kopf gegeben, Mr. Ramme. Es ist eine Gnade, daß er immer noch am Leben ist.«

Ramme sah immer noch so aus, als sei er mit sich selbst sehr zufrieden. »Das mußte sein, weil er das Kommando über die Verteidigung der Verräter hatte. Was hätte ich denn sonst tun sollen? Er hätte es doch niemals zugelassen, daß wir ihn lebend erwischen.«

»Kann nicht sagen, daß ich ihn dafür tadeln würde, einen so großen, schweren Mann wie ihn.«

Ramme zuckte mit den Achseln und lächelte.

Munday kniff schlau die Augen zusammen. »Ihr kennt ihn nicht, oder doch?«

Ramme sah zur Seite und zuckte erneut mit den Achseln. »Natürlich nicht«, sagte er. »Wieso sollte ich einen Verräter kennen?«

»Wir haben ein paar getroffen«, klärte Munday ihn auf. »Ich treffe immer wieder auf die Kerle, die ich im Priesterseminar in Rom gesehen habe. Pech für sie. Vielleicht ist er Euch zu einem anderen Zeitpunkt entwischt.«

Ramme rümpfte die Nase. »Das ist schon möglich«, gab er zu, »aber ich kann mich wirklich nicht erinnern.«

Du Lügenbeutel, dachte Munday bei sich, doch war er glücklich, ihn wieder bei einer Unwahrheit ertappt zu haben. Was hier wohl vorging?

97

Laut sagte er: »Ich bin gespannt, was er uns heute erzählen wird.«

»Denkt Ihr, daß er das überhaupt tun wird?«

Nun war es an Munday, mit den Achseln zu zucken. »Natürlich.«

19

Die Königin hatte endlich ihre Augen von allen Tränen entleert und lag nun erschöpft auf ihrem Prunkbett und starrte in die Luft. Schließlich bemerkte sie Thomasina, die mit überkreuzten Beinen neben ihr saß. Lange Zeit starrte sie die Zwergin an, als ob sie über sie nachdenken würde.

Nun, in welcher Rolle sollte ich ihr am besten begegnen? dachte Thomasina bei sich. Soll ich ihr Kind sein oder was? Sie dachte, daß dies vielleicht die Rolle wäre, die sie spielen könnte, weshalb sie auch ihre Puppe mitgebracht hatte. Aber nun versteckte sie ihr Spielzeug hinter sich und betrachtete ruhig und voller Konzentration die Königin.

»Ah, Thomasina«, seufzte Elisabeth und legte das Gesicht wieder zurück auf ihr Kissen. Neue Tränen flossen aus ihren geröteten Augen. Thomasina beugte sich vor und schloß die mit Gobelinstickereien bestickten Bettvorhänge vor den neugierig spähenden, erschrockenen Augen der Hofdamen. Dann löste sie die Bänder von der Schlafhaube der Königin, die ihr halb über die Ohren hing, und begann, ihr über die kurzgeschorenen, grau-roten Haare zu streicheln. Plötzlich fühlte sie einen Kloß in ihrem Hals und überlegte, was sie wohl nach dem Tod der Königin anfangen würde. Dann gäbe es sicher Krieg, und die Soldaten trampelten über das Land, so daß sie dann wieder zu ihrem ursprünglichen Geschäft zurückkehren und erneut ihre Saltos schlagen müßte. Es ließ sich gut leben, wenn man die Soldaten zum Lachen brachte, und das war auch bei Königinnen nicht anders.

»Was ist los, Eure Majestät?« fragte sie.

»Die Hofdamen denken, ich hätte Gift geschluckt.« Die Stimme der Königin klang so dumpf, als hätte sie gegen das Ersticken zu kämpfen. »Sie haben alles, was ich gestern gegessen habe, den Schweinen in St. James zu fressen gegeben, damit sie sehen, ob die davon krank werden.«

»Hier handelt es sich um kein körperliches Gift, denke ich«, sagte Thomasina. »Man sagte mir, daß Ihr von der Königin der Schotten geträumt habt. Viele sagen, daß Ihr von dieser Frau verhext worden seid und daß sie von Euch eine Wachspuppe macht, die sie mit Nadeln in die Gedärme sticht.«

Die Königin lachte, während auf ihren Wangen die Tränen trockneten. »Das ist schon möglich, auf jeden Fall bringt sie mir den ganzen Kummer«, sagte sie. »Obwohl ich glaube, daß diese Hexe eine viel zu religiöse Frau ist, um so etwas zu tun. Ich wundere mich, daß Walsingham und Davison sich noch nicht untereinander abgesprochen haben, sie wegen dieser Sache anzuklagen.«

»Wollt Ihr mir Euren Traum erzählen?«

»Also, Thomasina«, die Königin richtete sich auf und stützte sich auf ihren Ellbogen, »bist du vielleicht auch eine Wahrsagerin und nicht bloß eine Akrobatin?«

»Ja«, sagte Thomasina. »Ihr wißt, daß man mich zuerst an die Zigeuner verkauft hat, die zum Haus meines Vaters gekommen sind. Und die lehrten mich akrobatische Kunststücke, aber auch eine Menge anderer Dinge. So kann ich Träume deuten und aus den Karten und Knochen die Zukunft vorhersagen. Jedenfalls, wenn ich will.«

»Ist das nicht Hexerei?«

»Nein, Eure Majestät.« Thomasina lachte zynisch. »Und es ist auch keine Wissenschaft wie die Astrologie. Es ist ein äußerst einträgliches Geschäft. Sagen wir, Ihr würdet zu einer Sitzung zu mir kommen. Während ich über Geister, Schreckgespenster und was nicht noch alles spräche, würde ich Euch ständig beobachten. Ich sähe die Ringe an Euren Fingern, die

99

Qualität Eures Gewandes und die Blässe Eurer Haut. Also würde ich denken, daß Ihr eine große Dame seid und viel Macht habt, bereits jetzt oder erst in der Zukunft. Und Ihr hieltet mich für eine sehr schlaue Person. Denn selbst, wenn alles nicht wahr wäre, wäret Ihr doch sehr geschmeichelt, daß ich Euch das vorausgesagt hätte. Und vielleicht hätte ich damit, daß ich Euch so viel Macht in Aussicht stellte, schon bewirkt, daß Ihr darüber ganz anders denkt, wodurch alles wahr werden könnte. Und dann würdet Ihr mich sogar für noch schlauer halten.«

»Hm«, sagte die Königin und sah sie plötzlich mit anderen Augen an. »Wie alt bist du, Thomasina?«

»Vierunddreißig oder fünfunddreißig, glaube ich.«

»Soviel Weisheit bei jemandem, der so jung ist.«

»Ich habe gute Lehrer gehabt. Und ich bin nicht so jung, wie ich aussehe.«

»Nein, wirklich nicht.«

»Wollt Ihr mir Euren Traum erzählen, Majestät?«

»Nun, da war das Einhorn von Schottland.«

»Woher wollt Ihr das wissen? Hat es eine Krone aufgehabt?«

»Nun, wenn du so fragst, nein. Aber das Einhorn ist das Wappentier Schottlands...«

»Eure Majestät, jedes Tier kann mehr als eine Sache bedeuten. Ein Löwe kann sehr wohl ein Symbol für das Königtum sein, in der Tat, aber er kann auch Macht und Mut bedeuten, und sogar Sanftheit.«

»Hm. Ja.«

»Was hat Euch das Einhorn getan, Eure Majestät?«

»Es hat mich mit seinem Horn durchbohrt, hier, meinen Bauch.« Die Königin bewegte ihre Hand, um zu zeigen, wo es war.

»Das war doch die Botschaft von Mr. Davison letzte Nacht, nicht wahr? Daß eine Frau etwas von einem Einhorn weissagte, das Ihr vernichten müßt.«

100

Hielt hier die Königin für den Bruchteil eines Augenblicks inne, vielleicht um Atem zu holen? »Pah«, schnaubte sie dann wütend. »Nichts als Aberglaube und Hexerei. Zweifellos hat er alles erfunden, um mich davon zu überzeugen, daß ich meine königliche Cousine umbringen lassen soll.«

»Dennoch hat es Euch in Bedrängnis gebracht.«

Die Königin sah beiseite, und Thomasina fragte sich, ob sie nun wegen ihrer Unverschämtheit entlassen sei. Aber nein, denn sowohl sie wie auch die Königin wußte um die Art ihres Amtes – sie durfte Dinge zu ihr sagen, die andere niemals wagten, und trotzdem würde sie auch weiterhin als harmlos angesehen.

»Es erinnerte mich...« Wieder blickte die Königin beiseite, und ihr Gesicht wirkte verhärmt. »Es erinnerte mich an etwas, das besser vergessen bliebe.«

Thomasina erwiderte nichts. Die Stille lag zwischen ihnen wie etwas Greifbares, das doch gar nicht vorhanden war. Sie hätte geschworen, daß sich davon eine Einbuchtung in der Bettdecke zeigte.

Die Königin seufzte tief auf, aber es kamen keine Tränen mehr. »Ja«, sagte sie sehr leise und nickte, »ja.«

Thomasina wartete. Schließlich fuhr die Königin fort zu sprechen.

»Wenn ich jemanden hätte, dem ich vertrauen könnte, jemanden, der nicht im Dienste Davisons, Walsinghams oder sogar meines lieben Lord Burghley stünde...« Die rot umrandeten Augen der Königin waren fest auf Thomasina gerichtet. »Wenn ich so jemanden kennen würde, der mir gegenüber loyal ist. Ich meine nicht gegenüber der Königin oder dem Thron, auch nicht gegenüber dem Königreich und noch nicht einmal gegenüber Gott, sondern einzig und allein mir, Elisabeth, gegenüber. Nun, ich würde... diejenige um einen Dienst bitten.«

»Ich bin nur Eure Spaßmacherin, Madam«, sagte Thomasina. »Ich verstehe nichts von Thronen oder Königreichen.«

101

Die Königin schien es nicht zu hören. »Ich würde sie bitten, für mich ein Buch zu finden, das ich einst geschrieben habe, als ich noch ein närrisches Mädchen war. Und zwar handelt es vom Zustand der Jungfräulichkeit, wie sie vom Heiligen Paulus und dem Heiligen Augustinus empfohlen wurde. Es hatte einen Umschlag aus blauem Samt, in den ein weiß-silbernes Einhorn eingestickt war, das einen Rubin als Auge trug.«

»Ein Buch, Eure Majestät?«

»Ja, Thomasina. Nur ein Buch. Kennst du vielleicht jemanden, der es für mich wiederfinden könnte? Ruhig und unauffällig? Ohne daß meine getreuen Ratsmitglieder oder die Damen bei Hof davon erführen?«

»Ich bin keine Frau, Eure Majestät, nur eine *muliercula*.«

»Es wird nicht leicht sein, es zu finden, denn ich habe es vor sehr langer Zeit verloren. Vor sehr, sehr langer Zeit. Damals war mein Bruder noch König.«

Warum um alles in der Welt wollte die Königin ihr Buch nach all diesen Jahren wiederhaben, wunderte sich Thomasina, aber natürlich fragte sie nicht danach. Statt dessen richtete sie sich auf ihren Knien auf, ergriff die Hände der Königin und bedeckte sie mit Küssen.

»Würde es Eure Unpäßlichkeit erleichtern, wenn ich es für Euch finden würde?« fragte sie, worauf die Königin zu lachen begann, ein bitteres Lachen, das gar nicht zu ihr paßte.

»O ja.«

»Dann werde ich es tun.«

Die Königin schenkte ihr ein trauriges, aber gönnerhaftes Lächeln.

»Ich denke, die Aufgabe könnte zu hart für dich werden. Fürchte dich deshalb nicht, wenn du sie nicht vollenden kannst.«

Thomasina spürte, wie ihre Brust vor Zorn anzuschwellen begann, obwohl sie auch verstand, warum die Königin sie unterschätzte. Es ist nicht einfach, ernstgenommen zu werden, wenn man eine Frau ist und wenig größer als einen Meter.

»Eure Majestät haben mich in Eure Dienste genommen, als ich fünfundzwanzig war«, sagte sie. »Seit damals habt Ihr mir alles gegeben, was ich mir nur gewünscht habe – Speise, eine Wohnung, Diener, die herrlichsten Kleider und Geld für meine alten Tage. Ihr habt mich nur mit Freundlichkeit und Güte behandelt, und ich habe das nur damit zurückbezahlt, daß ich ein paar Purzelbäume und Saltos geschlagen und ein paar Lieder gesungen habe.«

Es war der Königin bis dahin niemals in den Sinn gekommen, auch nur einen Gedanken daran zu verschwenden, wie Thomasina gelebt hatte, bevor sie zu ihr an den Hof gekommen war.

»Hattest du ein hartes Leben, als du jung warst?« fragte sie.

»Ja, Eure Majestät, sehr hart«, sagte Thomasina und setzte sich energisch auf ihre Knie, während ihre Augen so hart wie Kieselsteine wurden. »Als klar wurde, daß ich nie eine Frau sein, sondern immer ein Kind bleiben würde, dachten die Männer, daß ich auch bloß den Verstand eines Kindes hätte. Noch schlimmer, sie dachten, ich sei mehr ein Tier als ein Kind, etwas, das sie zu ihrem Vergnügen und Gewinn benutzen konnten. Und sie dachten, ich würde mich nicht mehr an das erinnern, was sie mir angetan hatten.«

»Haben sie dich geschlagen?«

»Ja, aber es gibt Schlimmeres als Schläge.«

Die Königin runzelte die Stirn, und Thomasina fragte sich, wieviel sie wohl von der Welt wußte und wie sicher es wäre, ihr davon zu erzählen. Aber zu spät.

»Haben sie . . . ?«

»Jä«, sagte sie rasch, um damit die Geste der Königin, nicht ihre Worte zu beantworten. »Bei denen handelt es sich um Männer, die Frauen so sehr fürchten, daß sie statt dessen nur Lust auf Kinder verspüren.«

Die Augen der Königin wurden ganz schmal vor lauter Zuneigung, und sie streckte ihre Hände aus, um Thomasina in ihre Arme zu ziehen. »Oh, meine Liebe. Aber wenn du ein Kind bekommen hättest...«

»Hätte mich das natürlich umgebracht. Aber um so etwas scheren die sich nicht.«

»Männer tun das selten.«

Thomasina atmete tief ein, um den Zorn, den sie noch immer in sich fühlte, niederzuhalten. »Aber schließlich kam ich in den sicheren Hafen, und so bin ich nun hier und wurde die treueste Vasallin Eurer Majestät. Und alles, was ich begehre, ist Euch zu dienen.«

Die Worte stürzten in atemloser Eile aus ihrem Mund. Die Königin richtete sich auf und umarmte sie. »Thomasina, wenn doch nur mein Geheimer Staatsrat aus lauter *mulierculae* bestünde...«

»Dann müßten wir ja auf die Stühle steigen, um uns an Euch zu wenden.«

Es war ein recht armseliger Scherz, doch brachte er die Königin zum Lachen, und das war schon genug.

20

Das Klappern der schweren Tür weckte den Gefangenen aus seinem Halbschlaf. Licht sickerte in das Verließ und fiel auf die angetrockneten Gebilde zwischen den aufgeweichten Strohhalmen, über die er lieber nicht nachdenken wollte.

»Raus«, kam der Befehl von weiter weg.

Nicht wissend, was er anderes tun konnte, als zu gehorchen, quetschte er sich durch den kurzen, engen Gang hindurch und taumelte fast kopfüber hinaus. Jemand ergriff ihn und stellte ihn auf die Füße.

»Danke, Sir«, murmelte er. Er war zu steif, als daß er gerade hätte stehen können, und schwankte daher auf seinen Füßen, die viel zu weit von ihm entfernt schienen. Seine Augen füllten sich wegen des hellen Tageslichts mit Tränen.

Ein großer, dünner Edelmann und ein kleiner, runder Bürgerlicher beobachteten ihn voller Verständnis. Zwei andere Männer in braungelben Lederhemden, die Laternen in ihren Händen hielten, zeichneten sich drohend hinter ihnen ab.

Er sah von ihnen weg, hinunter auf seine Hände, doch das war ein Fehler. Die beiden Armreifen aus geschwollenem Fleisch, die über seine Handgelenke hingen, waren schwarz und rot angelaufen, näßten und sahen furchtbar häßlich aus. Aber ihrer aller Blicke, mit denen sie das betrachteten, waren sogar noch schrecklicher – die Zuschauer einer Bärenfallgrube hatten mehr Mitgefühl für den Bären als sie für ihn.

»Nun?« fragte der Lässigere mit dem schwarzen Bart, der im stillen über ihn zu lachen schien.

Es war eine englische Stimme. Also war er wenigstens in England, ein Gedanke, der ihn überraschte, da er ihm keinerlei Trost gewährte. Immerhin war es ein weiterer Krümel, den er dem Vorrat seines Wissens über sich selbst hinzufügen konnte. Natürlich bin ich ein Engländer, sagte beherzt sein inneres Selbst, was sollte ich denn sonst sein? Vielleicht ein verdammter Spanier? Oder ein holländischer Butterfresser?

Sie schienen darauf zu warten, daß er etwas sagte. Welche Farbe haben meine Haare und welche Farbe haben meine Augen, überlegte er gequält. Was soll ich denn bloß sagen?

Dann fiel ihm ein, daß es im allgemeinen besser ist, nichts zu sagen, wenn man nichts Besonderes zu sagen hat. Wer hatte ihm das bloß gesagt? Er konnte sich nicht daran erinnern.

Der Große rollte mit den Augen.

»Hast du noch mal nachgedacht, Ralph?«

Der Gentleman richtet die Rede an mich, also muß das mein Name sein, dachte er, wobei er sich wieder wunderte, daß er daraus keinen Trost schöpfen konnte.

Es wäre beleidigend gewesen, keine Antwort zu geben, und er hatte nicht den Wunsch, jemanden zu beleidigen.

»Noch mal nachgedacht? Worüber denn, Sir?«

»Eure Pflicht gegenüber der Königin.«

»Ich flehe Euch an, sich meiner zu erbarmen, Sir, aber ich weiß nichts von...«

Die zwei sahen sich an, und voller Angst versagte ihm die Stimme. Dann kam der kleine Dicke auf ihn zu, berührte ihn zutraulich am Ellbogen, um ihn ein wenig in seine Richtung zu drehen.

»Komm, Ralph«, sagte der Mann. »Das ist doch töricht. Wir wollen Namen, Orte und Daten. Wir wollen eure Druckerpresse und euer Lager. Und wir wollen, daß du uns etwas von dem Buch des Einhorns erzählst.«

Er blinzelte hinab zu dem Mann, schwindelig vor Hunger, Durst und körperlichen Schmerzen. Seine Kniehose schlotterte an ihm, was ihn überhaupt nicht überraschte, obwohl er noch immer einen ziemlich großen Bauch besaß.

»Seid Ihr ein Freund, Sir?« fragte er, noch immer ziemlich verwirrt. »Wollt Ihr mir nicht sagen, wo ich bin?«

Der kleine Mann lachte ein wenig unbehaglich, dann zuckte er mit den Schultern. Sein grauer Wollanzug war besser geschnitten als der seidene des andern.

»Ich bin, so könnte man sagen, das, was für dich hier im Tower einem am nächsten kommt.«

Er blickte verständnislos auf den Mann und sagte, nun fast lautlos vor Verzweiflung: »Wenn Ihr ein Freund seid, dann bitte ich Euch aus tiefstem Herzen, mir Euren Namen zu nennen.«

Das sauber rasierte, viereckige Gesicht des Mannes wurde dunkelrot.

»Ihr kennt mich gut genug.«

Er schüttelte den Kopf. »Ich weiß gar nichts, Sir. Etwas Schreckliches ist mit meinem Verstand geschehen. Ich weiß gar nichts mehr, nur daß ich an diesem... diesem Ort aufgewacht bin. Ich erinnere mich an gar nichts. Ich bin...«

Er kämpfte um seine Beherrschung, wobei er bemerkte, daß seine armen geschwollenen Finger sich zu Fäusten zu ballen versuchten. »Ich bin wie ein Säugling, neugeboren im Körper eines Mannes.«

Der Kleine legte sein Gesicht in Falten und lachte zynisch. »Bei Gott, das ist eine neue Variation, Ralph.«

»Sollen wir weitermachen, Mr. Munday?« fragte der Elegante gelangweilt.

»Er sagt, er kann sich an nichts mehr erinnern, seitdem er das letzte Mal aufgewacht ist.« Mundays Stimme schien eine Mischung aus den verschiedensten Ingredienzen zu sein – Zynismus, Belustigung, ein wenig Bewunderung und etwas Neid.

Er merkte, daß dies fehl am Platze war.

»Wir jedenfalls haben ihn in bester Erinnerung«, sagte der Elegante.

»Komm jetzt«, sagte der Kleine namens Munday, »die ist wirklich unterhaltsam, aber kaum dazu geeignet, dir zu helfen, Ralph.«

»Es ist die Wahrheit. Ich war mir noch nicht einmal sicher, in welchem Land ich bin, bevor ich Euch sprechen hörte. Ich habe sogar meinen eigenen Namen vergessen.«

»Nun, der Name, den du benutzt hast, ist Ralph Strangways, aber ich vermute, du hast auch noch andere.«

Sie hatten etwas erwähnt, das wie ein Messer seine Verwirrung durchschnitt. Plötzlich tauchte blitzartig ein Skelett, in gelblich-braune Samtfetzen gewandet, vor seinem inneren Auge auf, nichts als blühender Unsinn. Doch verging dieser Augenblick sofort wieder, und dann konnte er sich an nichts mehr erinnern. Munday hatte seinen Ellbogen in einen sehr schmerzhaften Griff genommen und stieß ihn gegen die beiden Soldaten.

Er versuchte, einen Schritt zu machen, doch brachten ihn die Ketten zum Stillstand. Er rutschte mit seinen bestrumpften Füßen auf den Steinen aus und fiel fast auf die Nase. Dieses Mal half ihm niemand, obwohl er gerade noch auf den Füßen blieb.

107

»Warum sollte ich Euch anlügen, Ihr Herren? Ich bin ein treuer Diener der Königin.«

Beide grinsten bloß blöde.

»Um Schmerzen zu vermeiden«, sagte der Elegante, »erzählt so mancher die merkwürdigsten Lügen.«

Mit dieser tödlichen Beleidigung verwandelte sich plötzlich seine Verzweiflung in brennenden Zorn, und irgendein Wissen von nirgendwo stieg in ihm auf. Er tat einen Satz vorwärts und rammte seinen in Ketten gelegten Arm in die Seite des eleganten Mannes, preßte ihn mit dem Körper gegen die Wand, bewegte sein Knie in Richtung auf den Schritt seines Gegners und stieß mit aller Wucht seinen Kopf gegen dessen Hakennase.

Die drei anderen packten ihn, zerrten ihn weg. Er war schwach und von seinen Ketten behindert. Dann hielten ihn die beiden Soldaten fest, während Munday ihm mit einem leidenschaftslosen, erstaunten Ausdruck im Gesicht in den Magen boxte.

Die Welt um ihn herum fing an, sich flackernd zu drehen. Keuchend bäumte er sich auf und versuchte hilflos, sich dem Griff der beiden Soldaten zu entziehen, und erstaunt fragte er sich, warum er sein hitziges Temperament nicht kontrollieren konnte. Aber Kampf bedeutete Erleichterung, so viel hatte er zumindest verstanden. O Gott, was gäbe er für ein Schwert und ungebundene Hände...

»Für einen Priester bist du ein wahrer Raufbold.« Mundays Stimme erreichte ihn von weither.

»Ein Priester?« krächzte er benommen. »Ich bin kein Priester.«

»Warum erzählst du uns dann nicht, was wir wissen wollen?«

Der Elegante sah nun weit weniger elegant aus, bemerkte er, als er sich nach und nach fähig fühlte, sich wieder aufzurichten. Die grob gerippte Seide war von den rauhen Eisen zerrissen und die Halskrause des Mannes mit Blut verschmiert. Er bleckte die Zähne, als er sich langsam von der Wand abstieß.

»Oh, jetzt hast du Mr. Ramme geärgert«, gluckste Munday. »Ruhig, James, bring ihn nicht um, denn das ist es, was er will.«

Ramme schüttelte Mundays Hand ab und näherte sich rachedurstig. Lange, beringte Finger ergriffen die offene Vorderseite seines Wamses, zerrten ihn zu sich empor, und dann schlug die andere Hand ihre Ringe in sein Gesicht, einmal, zweimal... Da war Munday auch schon wieder bei ihnen und fiel in Rammes Arm.

»Nicht sein Gesicht, du Narr«, zischte Munday. »Er muß für die Hinrichtung anständig aussehen.«

Ein wenig abwesend blinzelte Ramme zu Munday hinab, ballte seine Hand zur Faust und ließ ihn sehen, wohin er zu schlagen gedachte. Dann holte er mit Schwung aus und boxte dem Gefangenen in die Geschlechtsteile.

Während er in einen Haufen Lumpen stöhnte, die auf den schmutzigen Steinen lagen, hörte er, daß Munday die anderen wieder schulmeisterte. Dann schleiften sie ihn davon, wobei einer der Milizsoldaten ihn wegen seines Gewichts verfluchte. Der Griff, mit dem sie ihn an den Schultern packten, tat weh. Seine Zehen scharrten über den Kies am Boden, den er jedoch nicht sehen konnte, da er zu sehr mit Atemholen beschäftigt war. Dann kam der Moment, in dem sein Sehvermögen wieder zurückkam, und er sah Tageslicht und einen viereckigen weißen Turm. Sie hatten eine Tür erreicht, hinter der eine Wendeltreppe nach unten in ein Gewölbe führte, in dem sich Gerümpel, zerbrochene Geschütze, durchlöcherte Brustharnische und merkwürdige, eimerförmige Helme aus der Zeit seines Großvaters befanden. Unter einem der Bögen stand ein häßlicher Rahmen aus Holz mit ein paar Rollen, die mit Staub bedeckt waren. Der muskulöse Arm von irgend jemandem steckte seinen Kopf in eine Schlinge, während man ihn gleichzeitig von seinen Ketten befreite. Anschließend rissen sie ihm

109

die Kleider ab. Danach befahl ihm jemand, wohl Munday, die Hände auszustrecken. Tödlicher Schrecken durchfuhr ihn, als er diesen Befehl vernahm. Er wollte nicht, er wehrte sich mit aller Kraft, aber sie zwangen ihn dazu, ein Mann an jedem Arm. Und dann war es Ramme, der ihn in die eisernen Handfesseln zwang. Sie waren anstatt mit Ketten mit einer Querstange verbunden, und die legte er in die vereiterten Rillen an seinen Handgelenken und verschloß sie dann.

Er wimmerte, und dann stieß man ihn so heftig, daß er fast stolperte, einige Stufen empor. Er fühlte, wie ein Mann auf einer Trittleiter ihm die Arme über den Kopf zog und dann den Querriegel in einen sehr hoch angebrachten Trägerhaken einhakte. Die Stufen wurden unter seinen Füßen weggezerrt, und er schrie, als seine Handgelenke sein gesamtes Gewicht tragen mußten, während seine Knochen knackten und knirschten, als er so frei schwang.

Er glaubte zu spüren, daß sein Blut wie ein explodierender Feuerwerkskörper aus seinen Fingern herausbrach. Er versuchte verzweifelt, im leeren Raum mit seinen Füßen einen Halt zu finden, um seine Handgelenke zu entlasten, doch mit jeder Bewegung wurden die wütenden Flammen in seinen Armen nur noch schlimmer. Schließlich hing er keuchend und wehklagend da. Er hoffte, wieder schreien zu können, aber er hatte nicht genügend Atem dafür. Tränen und Schweiß ließen die zahlreichen Abschürfungen in seinem Gesicht wie Feuer brennen.

»So«, sagte Rammes Stimme tief befriedigt hinter ihm. »Jetzt werden wir sehen, ob das seinem Gedächtnis auf die Sprünge hilft.«

»Namen, Daten, Orte, euer Lager, eure Druckerpresse«, dröhnte Mundays Stimme. »Und die Bedeutung des Einhorns, dieses berühmten Buchs vom Einhorn. Nichts von dem, was wir tun, ist notwendig, Ralph. Wir bedauern es, ehrlich, das tun wir. Wenn es nicht eine Arbeit für Gott wäre, würde sich niemand von uns dazu erniedrigen.«

Weit entfernt hörte er seine eigene Stimme krächzen. »Romero... hat das... auch gesagt.«

Wann? fragte er sich. Und wer war Romero? Warum habe ich das gesagt?

»Romero?« fragte Munday scharf. »Wer ist das?«

»Ein Spanier«, sagte Ramme mit affektiertem Lächeln, »offensichtlich. Ohne Zweifel sein Meister.«

»Oder ein anderer Verräter.«

»Ich bin... kein Verräter«, keuchte er. »Ich bin ein liebender Untertan der Königin.«

Munday kicherte. »Warum sagen sie das bloß immer? Ist dein Gedächtnis immer noch defekt, Ralph?«

Tränen des Schmerzes und der Verzweiflung rannen ihm das Gesicht hinab.

»Ja«, flüsterte er.

Doch war er nicht länger im Dunkel. Das Licht sickerte durch die hohen vergitterten Fenster zwischen den Bögen des Gewölbes, und aus der Ferne war ein blechernes Klirren zu hören, aber alles, was er anschauen konnte, war das Gestell, von dem er herabhing.

Dann waren Fußtritte zu hören und das Gemurmel von Stimmen, auch eine Tür, die zugeschlagen und verriegelt wurde. Christus, hab Erbarmen mit mir, bewegte es sie denn nicht, ihn leiden zu sehen? Er wollte schreien und sie verfluchen, aber seine Rippen konnten sich nicht weit genug ausdehnen, so daß sein Atem jedesmal, wenn das Blut in seinen Händen wogte, bloß pfeifend durch seine Zähne zischte.

Die Kälte machte den Versuch, langsam in sein schweißgetränktes Hemd hineinzukriechen. O Jesus, laß mich nicht erschauern.

Und aus der Ferne erklangen Ambosse wie eiserne Trommeln.

21

Da der Staatssekretär Mr. Davison seine Zeit niemals zum
bloßen Vergnügen verschwendete, wenn er sie der Errettung
von Seelen widmen konnte, war es kein Zufall, daß er seine
Cousine Bethany traf, als sie, eingemummt in einen warmen
Umhang und Stiefel aus Seehundfell, im schneebedeckten Pri-
vatgarten der Königin die drei Schoßhunde Ihrer Majestät
spazierenführte, um sie zu ertüchtigen. Sie begannen sofort,
aufgeregt zu bellen, als sie Mr. Davison sahen, der ihnen auf
dem Hauptweg der Baumschule entgegenkam. Der Mutigste
von ihnen jagte im sicheren Schutz von Bethanys Röcken hin
und her, wobei er Davisons Stiefel heftig anknurrte.

»Cousine«, sagte er, während er seinen Hut lüftete und sich
umsah, ob sie auch wirklich allein im Garten waren, »wie geht
es der Königin?«

»Sie hat Schwierigkeiten mit ihrem Magen und mußte Medizin nehmen. Heute abend wird der Arzt wieder nach ihr
sehen.«

»So habe ich es gleichfalls vernommen.« Davison wandte
sich um, um sie zu begleiten. Der kleine Hund fuhr mit den
Attacken auf seine Stiefel fort.

»Eric, hör auf«, sagte Bethany scharf. »Schluß damit, du
schlimmer Hund.«

Eric sah zu ihr hoch und bellte, zitternd vor Zorn, im Bewußtsein seiner Wichtigkeit. Wenn wir den Zauberlachs der
Iren gegessen hätten, der die Menschen lehrt, die Sprache der
Tiere zu verstehen, hätten wir verstanden, daß er ihr einiges
über die Verhaßtheit Davisons zu berichten hatte und ihr galant anbot, ihm die Kehle herauszureißen. Oder zumindest
seine Wadenmuskeln. Erics zwei Freunde, Francis und Felipe,
unterstützten ihn bereitwillig, da sie mit ihm eine Meute bildeten.

Bethany runzelte die Stirn und drohte mit ihrem behand-

schuhten Finger. »Hört jetzt alle sofort auf«, schalt sie.
»Geht... geht und holt das Stöckchen.« Sie fand einen kleinen Stock, den der Wind von einer Eibe abgebrochen hatte, und warf ihn für sie. Sofort hatten die winzigen Hunde ihren Feind vergessen und rannten kläffend los, um ihn wieder zu holen. Sie hopsten durch den Schnee wie Tiere des Waldes und kaum bekamen sie einige Flocken in die Nase, fingen sie wild an zu niesen. Bethany lächelte müde hinter ihnen her.

»Ich hatte gehofft, von Euch mehr Informationen zu erhalten«, sagte Davison, als er bemerkte, daß sein schweigendes Abwarten nicht den gewünschten Erfolg gebracht hatte.

»Cousin, ich möchte nicht Euer Spitzel gegen die Königin sein.«

»Nicht gegen die Königin, Cousine Bethany, niemals *gegen* die Königin. Ich wünsche nur mehr Information, als dem Hof gegeben wurde, damit ich ihr besser dienen kann«, erklärte Davison und war sogar selbst bereit, seinen Worten Glauben zu schenken.

»Was auch immer Ihr am Tag des Heiligen Stephan zu ihr gesagt habt, es hat sie schrecklich aufgeregt.«

»Ich weiß«, sagte Davison, sah aber überhaupt nicht beunruhigt aus. »Mir hat man den Zugang zu ihrer erlauchten Gegenwart verboten.«

»Sie ist in der Nacht aufgewacht und hat vor lauter Magenschmerzen laut geschrien. Selbst nachdem sie einen Schlaftrunk zu sich genommen hatte, wachte sie wieder auf, diesmal von einem anderen Traum, und der machte, daß sie den ganzen Morgen durchweinte.«

»Und was, glaubt Ihr, verursachte ihr diese Qualen?«

»Die Königin der Schotten. Sie weigerte sich verzweifelt, ihr Todesurteil zu unterschreiben.«

»Aber sie muß es tun. Es ist von größter Bedeutung, daß sie die Schlange, die sie allzu lange an ihrem Busen genährt hat, in den Staub tritt.«

Bethany sah ihn durch ihre dunklen Wimpern von der Seite an. Er war so prosaisch, und so war es für sie immer äußerst überraschend, wenn er die blumigen Phrasen des Hofes verwendete.

»Warum ist es so dringlich?« fragte Bethany. »Warum kann das nicht länger warten, da es das doch seit mehr als zwanzig Jahren tut.«

»Zwanzig Jahre zu lang. Und es ist dringlich, da ich annehme, daß es eine Verschwörung gibt, um die schottische Königin zu befreien. Außerdem besteht kein Zweifel, daß unsere eigene königliche Herrin beseitigt werden soll.«

»Schon wieder?« sagte Bethany abweisend. »Solch eine Vielzahl von Verschwörungen.«

»Glaubt Ihr denn nicht, daß es die gibt?«

»Die Königin tut es nicht, also warum sollte ich dann daran glauben? Sie sagt, daß dies alles nur Phantasiegebilde seien, das reinste Theater, kunstvoll geschaffene Ideen, die Ihr und Sir Francis ausgekocht habt. Und sie sagt, nach der Art, wie Ihr und er den armen Babington geschnappt habt, wird sie keinem von euch jemals wieder trauen.«

Nach der Hinrichtung der papistischen Verschwörer, bei denen die Vorschriften von Hängen, Strecken und Vierteilen getreu auf das Blutigste eingehalten worden waren, wie sie jeder Verräter zu erwarten hat, hatte sogar der Pöbel von London protestiert. Und so hielt es Walsingham für angebracht, seiner Herrin bis ins kleinste zu berichten, wie sie erwischt worden waren. Weit davon entfernt, seine Intelligenz zu loben, bekam die Königin einen Wutanfall.

»Sie sagte, daß nicht einer der armen Dummköpfe, die hingerichtet wurden, auch nur einen Gedanken daran verschwendete, die Königin der Schotten zu befreien oder sie zu töten, bevor ihnen nicht der Herr Staatssekretär Walsingham und Ihr diese Idee in den Kopf gesetzt hatten. Und daß es ein schmutziges Geschäft war, sie dazu zu verführen, ihre Waffen gegen eine gesalbte Herrscherin zu richten.«

Davison wurde böse. »Eine Königin, die, nachdem gottes-
fürchtige Männer über ihr Benehmen schockiert waren, aus
ihrem Königreich verstoßen und des Ehebruchs und Verrats
überführt wurde, verdient es, auf dem Scheiterhaufen verbrannt zu werden – und sei es nur wegen dieser Verbrechen.
Nicht zu reden von denen, die sie gegen Ihre Majestät verübt
hat.«

Er redete, als läse er das alles aus einem Buch ab, dachte
Bethany, jeder Satz und jeder Nebensatz hübsch abgerun-
det und mit einem richtigen Abschluß am Ende. Außerdem
hat er völlig mißverstanden, warum die Königin so verärgert
war.

»Nun, sie hat sich in dieser Frage entschieden«, fügte
Bethany hinzu. »Sie sagte, sie wird das Urteil nicht unterschreiben, und damit ist die Angelegenheit für sie abgeschlossen.«

Davison hob seine Augen gen Himmel, der im Augenblick
in graue Wolken gehüllt war. Während ich so dasaß und bequem und entspannt alles von dem grauen Kissen herab beobachtete, sah er überhaupt nichts.

»Und das Einhorn?«

Bethanys Wangen waren durch den Spaziergang in der
Kälte rot angehaucht, aber nun erbleichte sie. »Was wißt Ihr
von dem Einhorn?«

Es war nur eine Vermutung, aber eine von Gott begün-
stigte. Davison zuckte mit den Schultern. Zu diesem Zeitpunkt dachte er noch immer, daß es sich womöglich um ein
Codewort zur Befreiung der schottischen Königin handelte,
obwohl er sich bereits darüber zu wundern begann. Er lächelte.

Bethany wurde still.

»Mistress Bethany, ich verlange, daß Ihr mir erzählt, was
Ihr darüber wißt.«

Sie wickelte sich ein wenig fester in ihren Umhang und
schaute zu Boden. Francis kam sehr wichtig mit dem Stöck-

chen zurück, gefolgt von Felipe und Eric, die ihn kläffend umkreisen. Bethany nahm es und warf es erneut von sich, und schon waren sie wieder fort und hopsten und stürmten zwischen den Kübeln der Baumschule herum, in denen die Ableger der Hecken eingepflanzt waren. Aufgeregt umkreisten sie den stillgelegten Brunnen, wobei sie ständig bellten und kläfften.

»Cousine«, sagte Mr. Davison und faßte sie am Arm, »soll ich denn meiner Pflicht nachkommen und der Königin über Eure Liebelei mit Mr. Carey berichten?«

Sie riß den Mund auf, der sogleich nach unten sackte, und ihre milchweiße Haut färbte sich ins Gräuliche.

»W-was?«

»Ihr habt mich verstanden.«

Sie versuchte zu schlucken, wobei sie den Mund wieder schloß. »Ich habe keine Liebelei mit Mr. Carey. Was redet Ihr denn da?« Es gab eine häßliche Pause, die nur von dem Bellen der streitenden Hunde unterbrochen wurde. »Ich habe keine Liebelei, mit niemandem.«

»Oh«, sagte Davison. »Ist das so?«

Sie sah zu Boden und nickte, während das Blut, das zurück in ihre Wangen strömte, sie Lügen strafte.

»Am Geburtstag der Königin im September habt Ihr mit Mr. Carey getanzt, und Eure Maskierung als Nymphe paßte sehr gut zu der seinen als Zentaur. Und auch beim Bankett wart Ihr, nachdem sich die Königin zurückgezogen hatte, mit ihm und dem anderen Gentleman zusammen. Und während Eure Kammerzofe glaubte, daß Ihr in dieser Nacht die Bettgenossin der Königin wart, teilte sie in Wahrheit ihr Lager mit Susanna Broadbelt.«

Die Hunde kamen mit ihrem Stöckchen zurück. Während Francis und Eric sich darum stritten und es, heftig knurrend, hin und her zerrten, hatte Felipe einen kleinen Rosenbusch entwurzelt und zog ihn triumphierend im hinteren Teil des Gartens hinter sich her.

116

Da er geschworen hatte, sich in den Dienst Gottes zu begeben, hatten Tränen keine Macht, sein Herz zu rühren, und das war schade, denn Bethanys Tränen würden bei diesem Wind mit Sicherheit ihre Haut rissig werden lassen. Sie hielt mit beiden Händen ihren Hals umfaßt, um den unter dem bestickten holländischen Leinen ein kleines, nicht allzu kostbares Schmuckstück hing. Grimmig wartete er darauf, daß sie sich seinem Willen beugte.

»Wenn Ihr das der Königin erzählen müßt«, sagte die mittlerweile hoffnungslose Bethany, »könnt Ihr dann nicht wenigstens Robert Careys Namen weglassen? Bitte! Er hat nichts Unrechtes getan, und Ihr würdet ihn damit vernichten. Er besitzt kein Geld, so daß er außerhalb des Hofes keine Möglichkeit hat, seinen Lebensunterhalt zu verdienen.«

»Ich denke, daß Euer Vater ihn nicht zum Schwiegersohn wünscht, auch wenn er von noch so edlem Blute ist.«

Sie schüttelte den Kopf. Ihr Vater empfand einigen Respekt für edles Blut, aber noch weitaus mehr für Geld und Land – Robert Carey besaß weder das eine noch das andere.

»Es ist meine Pflicht, meinen Verdacht der Königin mitzuteilen«, sagte ihr Davison. »Zumindest wäre es das, was die Ehre gebietet.«

»Nein, Cousin, Mr. Davison, haltet ein.«

Verbindlich wandte er sich zu ihr um. Bethany atmete tief ein und hustete.

»Sie... sie träumt von dem Einhorn, seit Anfang Dezember, und von Mal zu Mal wird sie davon mehr gepeinigt. Sie träumte, daß es sie aufspießt. Das ist alles, was ich weiß... Ich teile das Bett der Königin und nicht ihren Kopf, Mr. Davison. Mehr weiß ich nicht, wirklich und wahrhaftig.« Sie schlug die Hände zusammen. »Wenn ich Euch Nachrichten von der Königin brächte, würdet Ihr dann... nun, sprecht Ihr dann auch zu niemandem über Euren... Euren Verdacht?«

Davison schaute sie einen Moment lang an. »Ich werde es in Betracht ziehen«, sagte er, lüftete seinen Hut und wandte sich steif zum Gehen. Die Hunde jaulten hinter ihm her und kehrten dann glücklich zu Bethany zurück, fest davon überzeugt, daß es sie waren, die ihn weggejagt hatten.

22

Mr. Davison holte sich ein Pferd aus den Stallungen der Königin gegenüber von Charing Cross – wofür er die generelle Befugnis hatte – und ritt von dort los, an den von tiefem Eis überzogenen Wagenspuren des Strand entlang, durch das enge Stadttor Temple Bar, vorbei an dem großen Misthaufen, der direkt auf der Grenze zwischen den Cities von Westminster und London lag und wo er das halb vergrabene Skelett eines Hundes sah. Dann weiter durch die Fleet Street, über die Fleet Brücke und schließlich bei Ludgate durch die Londoner Stadtmauer. Von dort ritt er hinunter zur Brücke, um sich für die zweite Hälfte der Reise ein Boot zu nehmen. Er war allein, da Mr. Norton, der Foltermeister, direkt von seiner Gartenarbeit an Walsinghams Krankenbett in der Seething Lane geeilt war.

Als Begleiter seiner Reise toste der winterliche Jahrmarkt auf dem Eis mit lautem Gebrüll die Themse entlang, und es schien, als gäbe es neben dem eigentlichen Fluß, der sich in Metall verwandelt hatte, noch einen wirbelnden, zweiten, der aus Menschen bestand. Viele Buden standen auf dem Eis, und die Ladenbesitzer und Krämer schienen ihre angestammten Läden vernachlässigt zu haben, um hier ausgehöhlte, mit Zucker gefüllte Orangen aus Sevilla, Naschwerk und parfümierte, mit heißen Kohlen gefüllte Metallkugeln, die als Handwärmer dienten, anzubieten. Es gab Holzschuhe aus Holland, an denen Kufen aus Knochen angebracht waren und mit denen man über das Eis schliddern konnte, und eine riesige Auswahl an billigem Plunder und allerlei Kinkerlitzchen sowie Balladen, die den Winterjahrmarkt kennzeichneten. Auch waren direkt auf dem Eis, auf den übriggebliebenen Aschehaufen, wieder einige neue Feuerstellen errichtet worden, die bereits auf die Nacht warteten.

Mr. Davison warf einen Blick auf die vermummten, fröhlichen Leute, um sogleich wieder voller Verachtung wegzuschauen. Gott hatte den Fluß zum Zeichen seiner Macht in eine gepflasterte Straße verwandelt, die eine Warnung vor der Sünde war, eine Art Gleichnis für das Herz von London, das der Sünde und Unzucht so zugeneigt war wie einst Babylon. Keiner von denen, die hier lachend herumrutschten und Dinge kauften, die sie sich nicht leisten konnten, bloß um den Reiz zu spüren, ein oder zwei Fuß über dem Wasser etwas Neues erstanden zu haben, keiner von denen konnte lesen, was der Finger Gottes darüber geschrieben hat: Bereut oder seid verdammt in den eisigen Abgrund der Hölle. Mr. Davison konnte es lesen, und er erschauerte über seine Klarheit.

Flußabwärts von der Brücke traf das Eis auf das ölige Wasser, wodurch ein langsamer, träger Krieg entbrannte: das Eis wurde durch das Wasser zu steinernem Schaum aufgerührt, von dem hier und da messerscharfe Eiszapfen abbrachen, während das Wasser durch die abrasierten Teile wie Hafergrütze brodelte. Die einst so stolzen Bootsleute balgten sich um die Route, die Mr. Davison in Auftrag gab.

Während die Ruder durch das flache, stinkende Wasser glitten, betete Mr. Davison inbrünstig zu seinem Gott, dem Herrn der Heerscharen, und zwar erstens, daß die Königin endlich dazu gebracht werden könne, die Königin der Schotten hinrichten zu lassen, zum zweiten, daß die Holländer die Oberhand über den Antichrist gewännen, und zum dritten, daß dieser üble Papist im Tower endlich bereuen möge und die Geheimnisse enthüllte, die er gehortet hatte. Für Bethany, seine Cousine, hatte er keine Gebete, da sie bereits der Verdammnis anheimgefallen war und daher alle Gebete umsonst gewesen wären.

Beim Wassertor am Tower bezahlte er den hoffnungsvoll unterwürfigen Bootsführer, ohne ihm ein Trinkgeld zu geben, und stieg dann die schmutzigen Stufen empor, um oben Ramme und Munday zu treffen.

Beide verneigten sich vor ihm, Munday sogar zweimal.

»Nun?«

»Er war fast den ganzen Tag auf«, berichtete Ramme.

»Gezüchtigt?«

»Gelegentlich.«

»Irgendeine Veränderung?« Die Erniedrigung, wie ein Kind oder ein Bauer geschlagen zu werden, brach den Stolz eines Gentleman oft eher als die weitaus schlimmeren Schmerzen der Handfesseln.

Sie schüttelten ihre Köpfe und krümmten sich dabei vor dem bitterkalten Wind zusammen, der von der Themse heraufwehte.

Davison seufzte und ging voraus.

Im Keller des White Tower hing der Mann wie ein nasser Lappen.

»Weckt ihn auf«, sagte Davison und nahm den Stuhl, den ihm Munday gebracht hatte. Das Wasser der Themse schwappte gegen den Rücken des Mannes, was ihn zum Schaudern und Stöhnen brachte. Von seinen schlaff herabhängenden Füßen tropften kleine Bäche von Schlamm und Blut.

»Komm, Ralph«, sagte Davison und schaute vertrauensvoll zu ihm auf, »das ist nun wirklich nicht nötig.«

Er war ein großer, schwer gebauter Mann, mit Schultern so breit wie ein Ochse, der über eine gehörige Portion Schneid verfügte, die ihm allerdings schon zu einem Teil abgekauft worden war. Nun hingen ihm die schwarzen Locken in sein schweißnasses Gesicht, und sein Bart, einstmals ordentlich getrimmt, bedeckte nun abstoßend und grob sein viereckiges, häßliches Gesicht. Das Wasser des Flusses ließ ihn jedoch nicht übler riechen, als er es bereits ohnehin tat.

»Mr. Davison ist hier«, sagte Munday. »Du solltest mit ihm sprechen. Er ist ein Mitglied des Königlichen Rats und ein sehr wichtiger Mann. Du solltest ihn nicht warten lassen, das ist unhöflich.«

»Gott möge Mr. Davison verrotten lassen«, knurrte der Mann heiser. »Gott, der Allmächtige, möge seine spanischen Eingeweide verfluchen und Jesus Christus ihm die Pocken und Lepra schicken, dem spanischen Bastard...«

Davison runzelte unbehaglich die Stirn. »Ich bin kein Spanier«, sagte er.

»Du lügst, wenn du den Mund aufmachst, du verdammter Papist. Du bist der Diener des Antichrist, du Bastard von einem Spanienanbeter und Götzenbildküsser...«

Davison verstärkte sein Stirnrunzeln, und an den Fundamenten seiner Vollkommenheit begann ein schrecklicher Zweifel zu nagen.

»Wie lange sagt er schon solche Dinge?«

»Eben jetzt erst, Sir«, antwortete Munday eilends, wobei er einen Blick zu Ramme sandte. »Zuvor hat er uns verflucht, aber nicht so. Phantasiert er?«

Ich hoffe es, dachte Davison. »Wie hat man ihn gleich wieder gefangen?«

Nun bekam auch Ramme einen nervösen Zug um seinen Mund. »Als wir die Meßfeier stürmten, waren die katholischen Ketzer da und beteten den Altar mit den Götzenbildern an.«

»War dieser Mann auch anwesend?«

Ramme begann nervös mit den Fingern in seinem Bart herumzuspielen. »Nein, er war... also er saß im Vorzimmer und trank.«

»Also, er hat nicht an der Messe teilgenommen?«

»Nein, Sir.«

»Und er hat getrunken, während sie stattfand?«

»Ja, Sir.«

»Erzählt weiter.«

»Nun, als wir hineinstürzten, kam er herausgerannt. Er rief seinen Männern einige Befehle zu, ordnete an, die inneren Türen zu schließen, was sie auch taten, während er uns aufhielt. Und er verwünschte den Priester und schrie ihn an, sich davonzumachen. In dem Getümmel schaffte ich es mit Gottes Hilfe, mit meinem Knüppel hinter ihn zu gelangen, und so habe ich ihn zu Boden gestreckt.«

»Schlug ihm hübsch ein paar Mal auf den Hinterkopf«, schob Munday hilfreich ein, »und dann ging's hinab mit ihm, er hatte Schaum vor dem Mund, zerrte herum und biß wie ein Hund um sich.«

»Und was geschah, als ihr ihn zum ersten Mal befragt habt?«

Nervös und verlegen sahen sich die beiden an. »Er... nun... also, er schien nicht recht bei Sinnen zu sein, Sir«, sagte Munday unbeholfen. »Er gab eine Menge unsinniges Geschwätz von sich, irgend etwas über Feuerdrachen und dann über ein Buch von einem Einhorn, schließlich wurde er ohnmächtig. Also haben wir ihn nach unten geschafft, Sir, wie Ihr es befohlen habt, und steckten ihn über Weihnachten in Little Ease, so daß er nachdenken konnte.«

Davison nickte. »Und dann?«

Munday hustete. »Also, als wir heute zu ihm gingen, um ihn zu holen, schien er vernünftiger zu sein, also, wißt Ihr, Sir, sehr höflich, aber... nun... ziemlich durcheinander. Und dann hat er uns diese Geschichte erzählt, Sir, die ich berechtigterweise nicht glauben kann...«

»Er lügt«, sagte Ramme.

»Bitte, Ruhe, Mr. Ramme«, antwortete Davison kalt. »Fahren Sie fort, Mr. Munday.«

Munday legte seine Hände auf den Rücken und stand mit ausgestellten Füßen wie ein Schuljunge da, der seine Hausaufgaben vorträgt.

»Er sagte uns, daß er sich an nichts mehr erinnern könne. Er sagte, er habe alles vergessen, was vorher war, also bevor er

122

in Little Ease aufwachte. Er sagte, daß er nicht einmal meinen Namen kennen würde.«

Davison zog die Luft durch seine Zähne ein.

»Er sagte, daß er noch nicht einmal *seinen* eigenen Namen kennen würde, und dann wollte er, daß ich ihm den sage.«

»Aber Ihr habt ihm nicht geglaubt.«

»Natürlich nicht, Sir, warum sollte ich? Es ist zwar eine neue Geschichte, aber was sagt man nicht alles, wenn man verzweifelt ist, Sir?«

Der Mann keuchte und wimmerte nun, offenbar hatte er inzwischen keine Kraft mehr zum Fluchen.

Davison ging zu der Säule und stellte sich neben ihr auf. Dann legte er seinen Kopf zurück und betrachtete den Mann, dessen Augen geschlossen waren.

»Ruhe«, polterte er. »Hört mit dem Lärm auf.«

Der Mann atmete leicht ein und hielt die Luft an, dann drehte er seinen Kopf und blickte argwöhnisch auf Davison hinab. Er hatte graue, blutunterlaufene Augen, die wie bei einer Frau von erstaunlich langen Wimpern umrahmt waren. Von seinen Armen rann das Blut herab, das in sein Hemd sickerte, wo es auf das traf, das bereits den oberen Teil benetzt hatte, und auch seine Lippen waren dort, wo er auf sie gebissen hatte, voller Blut.

»Welcher Religion gehört Ihr an?«

»Ich bin ein englischer Protestant, du spanischer Lustknabe, du Bastard...«

»Schwört Ihr das bei dem lebendigen Gott und Eurer Hoffnung auf Erlösung?«

»Jesus Christus, ja, natürlich...« Seine Stimme war nun zu einem atemlosen Krächzen verkümmert. »Und du kannst dich mit deinem Papst zum Teufel scheren... und dir dein verdammtes Kruzifix zusammen mit deinen Kerzen in den Arsch stecken, du.«

»Genug«, schnauzte ihn Davison voll des Entsetzens an. »Wollt Ihr das auf die Bibel schwören?«

123

»Klar, und ich spucke auf deine schwanzlutschenden...
Götzenbilder, du Knabenfreund.«

»Holt ihn von dort herunter.« Davison drehte sich um und
ging dann mit energischen Schritten bis an das Ende des Kel-
lers. Nachdenklich betrachtete er einen Stapel mit Wappen-
schildern, an denen bereits die Farben verblaßten und abblät-
terten. Auf diese Weise versuchte er die Schreie zu ignorieren, die erklangen, als sie den Tritt unter die Füße des Mannes schoben, seine Arme losmachten und ihm von dem Gestell herunterhalfen. Als ob er noch nie dergleichen in seinem
Leben gehört hätte, zuckte er bei jedem Schmerzlaut zusammen. Sie legten den Mann seitwärts auf die Sägespäne, die
auf die Pflastersteine gestreut waren, um den Schmutz und
Unrat aufzusaugen. Er schrie und wand sich, als sie langsam
seine Arme herunterbogen, die durch das Gewicht seines Körpers völlig gefühllos geworden waren. Dann weinte er wie ein
Kind, als sie ihm die Handfesseln abnahmen und das Blut wieder in seine Hände strömte.

Bis dahin war Davison auch wieder zur Stelle und schaute
fassungslos, während er die Hände auf die Lippen preßte, auf
das Wrack, das vor ihm am Boden lag. Als das Schluchzen weniger wurde, durchsuchte er tastend seine Federtasche, aus
der er ein kleines, dickes Buch hervorzog, das in schwarzes
Leder gebunden und mit gestanztem Gold verziert war. Er
ließ sich auf seine Knie nieder. »Dies ist das Wort Gottes, die
Evangelien, die Apostelgeschichte, Episteln und Psalmen, ins
Englische übersetzt«, sagte er zu dem Mann, als er dachte,
daß er ihn nun verstehen könne. »Auf englisch, nicht auf lateinisch, versteht Ihr mich?«

Nun nickte der Mann mit halbgeschlossenen Augen.

»Das Wort Gottes, auf englisch. Bekennt Ihr bei dem, daß
Ihr dem Papst abschwört, auch all seinen schmutzigen Wer-
ken, und Euch lediglich an die wahre, reine Religion haltet?«

Der Mann war unfähig, seine Arme zu bewegen, so daß Da-

124

vison zwar feinfühlig, aber doch ein wenig widerwillig eine seiner geschwollenen, purpurrot angelaufenen Hände hochhob und sein Buch darunterschob.

»Ich schwöre«, krächzte der Mann.

»Erkennt Ihr die Königin als das rechtmäßige und einzige Oberhaupt der Kirche von England und Eure legitime Königin an?«

»Christus, ja, immer... habe ich. Ich denke«, sagte der Mann ein wenig keuchend.

Davison nahm die Heilige Schrift wieder an sich, wobei er sah, daß eine Ecke mit Blut befleckt war. Geistesabwesend rieb er sie mit seinem Taschentuch wieder sauber. Kalt blickte er zu Munday. »Kein Papist würde jemals seine Seele in solch eine Gefahr bringen«, sagte er. »Dieser Mann muß einer der unseren sein.«

»Niemals«, zischte der Mann. »Niemals einer von euch, ihr... spanischen Arschlecker und Schwanzlutscher...«

Er rollte seine Augen, und obwohl Davison mit großer Dringlichkeit versicherte, daß auch er ein Engländer sei, schien es, als ob ihn der Gefangene nicht mehr hörte.

Davison erhob sich kerzengerade, legte die eine Hand an sein Schwert und die andere an seine Hüfte, während Munday nervös die Hände rieb, als wolle er sie waschen.

»Es sieht so aus, als habe er die Wahrheit gesprochen und sein Gedächtnis wirklich verloren«, sagte Davison. »Offensichtlich ist er selbst ein Agent und hätte uns das auch mitgeteilt, wenn er nicht zufällig den Verstand verloren hätte. Es ist... er wurde... Es ist ein schrecklicher Fehler. Ein wirklich schrecklicher Fehler.«

»Was sollen wir denn mit ihm jetzt tun?« fragte Munday. »Ihn freilassen?« Er war zu taktvoll, als daß er den nächstliegenden Vorschlag gemacht hätte, der bedeutete, dem Mann schnellstens die Kehle durchzuschneiden und ihn dann in die Themse zu werfen – bevor Burghley oder Leicester herausfanden, was man ihrem Agenten angetan hatte.

»Nein. So nicht. Bringt ihn in ein sauberes behagliches Zimmer und legt ihn dort in ein Bett. Dann zieht ihr ihm frische Kleider an. Schließt die Türe ab, damit er herumgehen kann, aber kettet ihn nicht an. Ich werde ihm sofort einen Arzt schicken.«

»Vielleicht braucht er einen Knocheneinrichter«, sagte Munday. »Einer seiner Arme scheint an der Schulter ausgekugelt zu sein.«

»Der Arzt soll darüber entscheiden.«

»Ja, Sir.«

»Hat er irgend etwas Vernünftiges über seinen Auftrag verlauten lassen?«

»Nun, eigentlich nicht, Sir. Aber wir dachten auch niemals, daß er ein... nun, daß er sein könnte, was er anscheinend ist, Sir. Außer daß er gleich zu Beginn über das Buch von dem Einhorn geredet hat, das der Königin das Genick brechen könnte. Aber das war bloß Geschwätz, Sir.«

»Ganz recht«, sagte Davison. »Nur Geschwätz. Irgendwelche Namen?«

»Was war das für ein Name?«

»Simon Ames, Sir. Ramme meint, daß er ein Jude war, der etwa vier Jahre in den Diensten des Staatssekretärs Walsingham stand, Sir, aber das bedeutet nichts, da Ames 83 verstorben ist.«

Davisons Augen verengten sich. »Ein Jude? Hmm.«

Der Mann war zu groß und zu schwer, als daß sie ihn nun, da sie um seine Gesundheit besorgt waren, einfach fortschleppen konnten, also legten sie ihn mit dem Gesicht nach unten auf eine Bahre und trugen ihn in einen der runden Räume des Lanthorne Tower.

Davison wartete, bis der Mann, der noch immer bewußtlos war, im Bett lag und das Feuer angezündet worden war. Wenigstens gelang es ihm, ihn dazu zu bewegen, die Laudanumtinktur zu schlucken, die sie ihm gewaltsam in den Mund träufelten. Dann, noch immer mit heftig gerunzelter Stirn, verließ

Davison durch das Lion Gate den Tower und ging nach Old
Jewry, das jüdische Getto –, das in der City lag.

23

Als er herausfand, daß Doktor Nuñez nicht zu Hause war,
kehrte Davison sofort an den Hof zurück. Dort wartete er im
Thronsaal, bis Doktor Nuñez seine abendliche Visite bei der
Königin beendet hatte und näherte sich ihm.

Doktor Nuñez war höflich und dazu bereit, dem Bevollmächtigten von Sir Francis Walsingham eine private Unter-
redung zu gewähren. Sie gingen in den Aufenthaltsraum für
die Leibwache und begaben sich dort in eine Ecke. Sie war
weit genug von den Gentlemen entfernt, die an den Tischen
saßen und Karten spielten, um die Zeit zu überbrücken, bis
sie zur Königin gerufen wurden.

Doktor Nuñez hörte höflich zu, seine Hand strich seinen
Bart, und sein Kinn lag auf seiner Halskrause. Nachdem Davison mit aller Entschiedenheit seine Bitte vorgetragen hatte,
daß Nuñez ihn sofort in den Tower begleiten müsse, um dort
einen Gefangenen nach der peinlichen Befragung zu behandeln, flammte in dessen dunklen Augen der Zorn auf.

»Auf keinen Fall!« schnauzte er ihn grob an.

Davison war verdutzt. »Ich bitte um Entschuldigung, Doktor, aber wie darf ich das verstehen?«

»Das solltet Ihr nun wirklich, Sir. Was Ihr von mir verlangt,
ist eine Beleidigung.«

Davison runzelte erstaunt die Stirn. »Ich hatte nicht die Absicht, Euch...«

»Was darüber hinaus eine noch schlimmere Beleidigung
darstellt.«

»Aber...«

»Ihr fragt *mich,* einen Arzt, einen, der vor Gott, dem Allmächtigen, – gelobt sei sein Name – den Eid abgelegt hat, daß

ich auf all meinen Wegen niemals einem Menschen weh tun oder ihn verletzen werde, es sei denn, um ihn zu heilen. Und Ihr fragt nun *mich,* daß ich mit Euch komme und eine dieser armen Kreaturen aus Euren Folterkellern behandle, nur damit er beim nächsten Mal noch größere Qualen ausstehen kann? Nein, nein, nein. Das werde ich nicht tun. Wie könnt Ihr es wagen, Sir? Wie wagt Ihr das nur?«

»Was wäre, wenn ich nun Sir Francis erzählte, daß Ihr mir Eure Hilfe versagt?« zischte Davison.

Nuñez' Augen wurden schmal, und er murmelte etwas sehr Häßliches auf portugiesisch in seinen Bart, dann richtete er sich entrüstet auf.

»Natürlich«, sagte er. »Laßt uns also gehen und sofort mit ihm sprechen. Ich habe das niemals getan und werde es auch niemals tun. Sir Francis ist ein ehrenwerter Mann und weiß sehr wohl, daß ich ein Arzt bin.«

Der Zyniker Davison hielt den Zorn des Juden für übertrieben. Nuñez war nicht gerade als besonders intelligent bekannt. Andererseits wußte man, daß Walsingham große Stücke auf ihn hielt. Er und seine Leute standen auf alle Fälle unter dem Schutz der Königin.

»Sir, Doktor«, sagte Davison nun etwas gemäßigter. »Wartet. Bei diesem Gefangenen handelt es sich nicht... nun, er ist kein Papist, vielleicht ist er jemand anderer. Es kann sogar sein, daß wir ihn fälschlicherweise für jemanden gehalten haben, der er nicht ist.«

Nuñez schaute nun leicht amüsiert drein. »Was? Ist er etwa selbst ein Spion? Vielleicht sogar einer dieser Leute, die unter die Katholiken geschleust werden und sie zum Aufruhr verleiten sollen, damit sie dann besser angeklagt, eingesperrt und ihres Besitzes beraubt werden können?«

Davison nickte.

»Und so einen habt Ihr aus Versehen gefoltert?«

Wieder nickte Davison verärgert.

Nuñez brach in ein lautes Gelächter aus, das durch die

Wachstube dröhnte und die Kartenspieler veranlaßte, verwundert aufzuschauen und sich zu fragen, was für ein Witz das wohl gewesen war.

»Behandelt ihn nur ordentlich«, sagte Nuñez. »Es ist ein schmutziges Geschäft. Warum sollte ich Euch helfen?«

»Weil er den Namen eines Juden verraten hat«, erwiderte Davison kalt. »Und da Ihr das Oberhaupt der Juden hier in London seid, dachte ich, daß Euch der Mann vielleicht bekannt ist.«

Nun senkten sich die schwarzen Augenbrauen von Doktor Nuñez bis an seine Nasenwurzel hinab. »Welchen Namen hat er Euch genannt?«

»Ames, Simon Ames, obwohl er vor vier Jahren verstorben ist.«

Die große beringte Hand von Nuñez wanderte wieder empor, um seinen Bart zu streichen.

»Wie heißt dieser Mann?«

»Wir kennen ihn als Ralph Strangways.« Davison sah, wie das Gesicht von Nuñez gespannte Aufmerksamkeit zeigte. »Aber das ist niemals sein richtiger Name, das könnt Ihr mir glauben.«

»Und wie lautet der? Zweifellos hat er Euch den auf der Streckfolter mitgeteilt.«

»Wir wenden die Streckfolter nicht mehr an«, sagte Davison verächtlich. »Dadurch bersten die Gelenke, so daß der Verräter nicht mehr fähig ist, bei seiner Hinrichtung aufrecht zu stehen. Und das verursacht fälschlicherweise, daß die Zuschauer Mitleid für ihn empfinden.«

»Fälschlicherweise, so? Also sein Name, Mr. Davison?«

»Wir wissen ihn nicht. Er hat ihn uns nicht mitgeteilt. Er sagt, daß er sein Gedächtnis verloren habe. Deswegen wünsche ich, daß ihn ein Arzt untersucht und behandelt, so daß er sein Gedächtnis wieder gewinnt.«

Der Doktor nickte bedächtig. »Sehr gut«, sagte er. »Ich werde nach meinem Kollegen, einem Chirurgen schicken, und

129

in diesem einen Fall werde ich selbst kommen und Euer Opfer behandeln.«

24

Von meinem Thron in den Wolken aus vermag ich all das geschäftige Hasten und Treiben der Geschöpfe Gottes zu sehen, und die Engel kommen, um mir Bittschriften zu bringen, und auch Gebete, Flehen und Blumen der Dankbarkeit. Ich bin die barmherzige, mildtätige Königin, und was auch immer ein Sünder getan haben mag – wer zu mir kommt, wird niemals ungetröstet von dannen ziehen.

Und daher kniete in einem anderen Teil des Tower ein Mann im Gebet nieder und verprach mir die teuersten und elegantesten Geschenke, wenn ich nur dafür sorgte, daß er nicht gefoltert würde. Er fürchtete sich entsetzlich davor, denn obwohl er ehrbar und tapfer war, glaubte er nicht, daß er das bliebe, wenn er eine so schwere Prüfung auferlegt bekäme. Schlau wie er war, hatte ihm Munday erlaubt, einen Blick auf seinen Freund in den Handfesseln zu werfen, um ihn moralisch und geistig wieder aufzurichten, wie Munday sagte. Obwohl Munday es ihm niemals gesagt hatte, war er überzeugt davon, daß er auf diese Weise verraten und eingesperrt worden war. Tatsächlich hatte er ihn durch den allergewöhnlichsten Zufall gesehen und erkannt, und zwar gerade, als er in einer Schlange vor einem Pastetengeschäft wartete.

Während er betete, bekam er plötzlich die Idee zu einer List von Machiavellischem Ausmaß, als sei sie ihm von mir geschenkt worden. Wenn er schon nichts anderes konnte als die Spürhunde und Agenten ihrer Majestät meisterlich hereinzulegen, konnte er vielleicht alle retten, und ebenso ihr Vorhaben. Diese Hoffnung schmeichelte seiner arroganten Überheblichkeit und zeigte ihm einen relativ ehrbaren Weg, aus der Sache herauszukommen.

Und alsbald fand Munday, der zum einleitenden Verhör erschienen war, zu seinem Erstaunen heraus, daß seine jesuitische Errungenschaft durchaus kooperativ war.

25

Am Fest der Beschneidung Christi, dem ersten Januar, erreichte die monatelange Beklemmung und Unruhe der königlichen Diener und Höflinge ihren Höhepunkt. Bereits im September hatte das Wispern und Überlegen begonnen, welches Geschenk wohl für Ihre Majestät geeignet sei, welchen Wert es denn haben, von welcher Art es sein müsse, und vor allem, welche allegorische und symbolische Bedeutung es unbedingt benötigte.

Als der November ins Land ging, nahmen die meisten Goldschmiede bereits keine Aufträge mehr entgegen, und jene Ehrendamen, die sich rechtzeitig darum gekümmert hatten, begannen plötzlich, sehr blasiert und überheblich dreinzuschauen. Andere stürmten los, um zu fragen, was denn jetzt Mode sei und was Ihre Majestät dieses Jahr nicht mochte. Im Dezember nahmen die Goldschmiede und Stickereimeister, die zuvor völlig ausgebucht waren, doch noch Eilaufträge an, allerdings zum dreifachen Preis, worauf verzweifelte Menschen die Geldverleiher und Pfandleiher in der City aufsuchten.

Die Königin liebte es, Geschenke zu empfangen. Sie mußten geschmackvoll und teuer sein sowie genau der Position und dem Beruf des Gebers entsprechen. Und wenn sie sie zum Lachen brachten, war es um so besser.

James Ramme hatte mehr Geld für ein mit Juwelen besetztes Mieder ausgegeben, als er sich eigentlich leisten konnte. Letztes Jahr hatte Munday die alten Verbindungen seines Vaters genutzt, um Ihrer Majestät fast fünfzehn Meter eines Kleiderstoffes aus fremdartig bemalter Seide zu verehren. Er war blau und weiß und zeigte zart ineinander verschlungene Kraniche und kam, wie ihm gesagt wurde, von der geheimnisvollen Insel Cipangu, die auch Japan genannt wurde. Anschließend verschwand der Stoff in ihren riesigen Kleiderbeständen und ward nie mehr gesehen.

Dieses Jahr hatte er ein Buch mit Sonetten, in denen er den Ruhm und die Schönheit Ihrer Majestät pries, verfaßt und auch drucken lassen. Er war nicht wenig stolz auf sein Werk und hatte es speziell in roten und grünen Samt binden und mit einer goldenen Aufschrift versehen lassen, dazu hatte er noch von eigener Hand in seiner besten Schrift eine Widmung an den Anfang des Buches gesetzt.

Gegen acht Uhr am ersten Januar stand er nun in einer langen Schlange von Menschen und wartete darauf, den Thronsaal zu betreten. Vor den besten Wandteppichen Ihrer Majestät, auf denen in leuchtenden Farben Gleichnisse dargestellt waren, stand groß und schwer der Oberste Haushofmeister, Henry Carey, Baron von Hunsdon, in einer Robe aus schwarzem und goldenem Lucca-Samt. Gentlemen eilten ständig zu der Reihe der Truhen und zurück, die auf der linken Seite aufgereiht standen und die – wie bei einem festlichen Jahrmarkt der Raritäten – mühsam erdachte und sorgfältig gearbeitete Geschenke enthielten, während Sekretäre und Kanzlisten Listen schrieben und die Belege auf die Klapptische hinter ihnen legten.

Doch nicht alle diese großzügigen Gaben wanderten in die Truhen. Einige, wie zum Beispiel die vom Vertreter aller Pastetenbäcker selbst kunstvoll aus Hefeteig hergestellte Pastete in Form eines Palastes, gefüllt mit Sperlingen und Feigen, wurde auf eine Anrichte gestellt, um später bei einem Bankett gekostet und achtlos verzehrt zu werden.

Zwei Stunden später hatte Munday das vordere Ende der Schlange erreicht und beugte sein Knie vor Lord Hunsdon, dessen Augen vor lauter Langeweile ganz verschleiert waren.

»Mr. Anthony Munday«, teilte Munday dem plumpen Sekretär mit, »ein Buch, von ihm selbst ersonnen, das den Namen trägt: *Ein Korb voller Verse zur Lobpreisung von Englands Eliza,* reich gebunden in roten und grünen Samt mit Gold.«

»... grünen Samt mit Gold«, murmelte der Sekretär. Munday beugte erneut das Knie und bot das in Seide eingewickelte Buch dar. Hunsdon nickte schwach.

»Ihre Majestät dankt Mr. Munday von ganzem Herzen für sein freigebiges Geschenk«, brummte er, »und sie wünscht ihm durch die Gnade Gottes für das Neue Jahr Ehre und Wohlstand.«

Der Gentleman des Thronsaals eilte herbei, um das Päckchen in Empfang zu nehmen. Munday nahm ihn kaum merklich zur Seite.

»Hier ist ein kleines Extrageschenk für Euch selbst«, sagte Munday leise, und der Gentleman nickte, ohne bemerkenswerte Dankbarkeit zu zeigen, denn es war üblich, die Höflinge zu bestechen, um die Königin auf das eigene Geschenk aufmerksam zu machen. »Nein, Ihr braucht die Königin nicht zu belästigen. Ich hege keinen Zweifel, daß der Wert meiner armseligen Verse ausreichend sein wird. Allerdings wäre ich Euch dankbar, wenn Ihr den Brief, der darunter liegt, an meinen Herrn Lord Burghley weiterreichen könntet.«

Fein gezeichnete Augenbrauen hoben sich in die Höhe, und die gestärkte Halskrause knirschte leise, als der Gentleman den Kopf neigte.

»Der Brief betrifft die Sicherheit Ihrer Majestät und ist eine Information, die Mylord, der Oberste Schatzmeister, sicherlich zu haben verlangt«, brachte Munday hastig zischend hervor. »Ich werde Euch das gleiche noch einmal bezahlen, wenn ich von Seiner Lordschaft eine Antwort erhalte.«

Ein äußerst freundliches Lächeln erhellte das Gesicht des Gentleman, und er nickte feierlich. Dann endlich nahm er das Päckchen, und beide überschlugen sich förmlich in gegenseitigen Verbeugungen.

133

»Euer Beleg, Sir«, schnarrte der pausbäckige Sekretär, als Munday an dem Klapptisch vorbeiging. »Vergeßt Euren Beleg nicht.«

Munday hatte seine gesamte Konzentration auf die Notwendigkeit gerichtet, seinen chiffrierten Brief in Burghleys Hände gelangen zu lassen – und zwar ohne die üblichen Kanäle zu benutzen, die vielleicht Mr. Davison bekannt waren –, so daß ihm vollständig entfallen war, daß die Königin ja immer ein Gegengeschenk machte.

»Oh. Ja. Natürlich. Danke«, stotterte er und fühlte, wie ihm wegen seiner eigenen Dummheit siedend heiß wurde, während das elegante Geschöpf hinter ihm gönnerhaft über den Bauerntölpel lächelte.

Den Beleg fest in seiner Hand, folgte er dem stetigen Strom der Menschen zur Schatzkammer, um dort sein sorgfältig gewogenes Silberstück von einundzwanzig Unzen in Empfang zu nehmen.

26

Eine Woche danach ritt am späten Nachmittag ein Mann nach London, der eine Lieferung Tuch aus Bristol mit sich führte und von sechs Vorreitern begleitet wurde. Sie kannten ihn unter dem Namen Mr. Simon Anriques, doch hatte er nur in den vergangenen vier Jahren so geheißen. Davor hatte er im Dienst von Sir Francis Walsingham gestanden und war Simon Ames genannt worden.

Er war auf seinem Weg von Bristol recht gut vorangekommen, wenn man die zwei Stürze vom Pferd und einen Anfall der roten Ruhr, an der er noch immer litt, nicht dazurechnete. Seine Frau, die mit ihrem dritten Kind unheilverkündend schwanger war, hatte beim Abschied herzzerreißend an seinem Hals geweint und ihm ein Päckchen mit Fleischpasteten mitgegeben, die sie selbst gebacken hatte. Es waren wirklich ausgezeichnete Pasteten aus Lammfleisch, gemischt mit Rosinen und mit Ingwer und Zimt gewürzt. Aber unglücklicherweise hatte er sie schon nach dem ersten Tag vollkommen vergessen, so daß sie verschimmelt waren.

Sein kleiner Reiterzug folgte dem Strom der Menschen, der sich die Fleet Street hinunter nach Ludgate schob. Ames hatte seinen Umhang bis über die Ohren und den neuen schwarzen Hut aus Biberfell fast bis auf die Nase herab gezogen. Es war niemand zu sehen, den er kannte, obwohl Eliza Fumeys Leinengeschäft noch immer am üblichen Platz stand und die neuen Fensterläden und Markisen deutlich zeigten, daß dort lebhafter Handel getrieben wurde. Doch hatte der Name am Dachgiebel gewechselt, was er aber wegen seiner Kurzsichtigkeit ohne Brille nicht lesen konnte.

Ames sandte einen seiner Männer durch die Menschenmenge voraus, um seinen Onkel von seiner Ankunft zu unterrichten. Dann kämpfte er sich weiter durch das Gedränge, während seine Begleiter aus Bristol glücklich auf die Auslagen der Goldschmiede der Cheapside starrten.

»Vergeßt nicht«, sagte er zu ihnen, »daß London mehr Betrüger, Straßenräuber und Diebe als jeder andere Ort der Welt hat.«

»Ja, Sir«, erwiderten sie, während ihnen gleichzeitig die Gier die Ohren verstopfte.

Ames seufzte und versuchte, es sich in seinem Sattel ein wenig bequemer zu machen. Nur noch ein kleines Stück Weg lag vor ihm, dank dem Allmächtigen – sein Name sei gelobt. Er war sicher, durch den langen Ritt Hämorrhoiden bekommen zu haben, doch würde sein Onkel ihm bestimmt irgendeine schreckliche Medizin empfehlen.

Hector Nuñez und seine Frau, Ames' Tante Leonora, warteten an der Pforte ihres Hauses im Viertel Poor Jewry, und ihre fünf Diener standen gleichfalls bereit. Nuñez kam seinem Neffen entgegen und begrüßte ihn mit einem lauten Willkommensgruß auf portugiesisch, als dieser langsam und schmerzgepeinigt von seinem Pferd herabstieg und zu ihm hinkte. Leonora umarmte ihn und weinte ein wenig über die lange Zeit, die sie ihn nicht gesehen hatte, wobei sie darauf bestand, daß ihm seine Heirat sehr gut zu bekommen schien, doch sähe er im Augenblick wirklich sehr müde aus. Gab ihm seine Frau auch genügend zu essen? Dabei hätte er an Gewicht zugenommen. Ging es seiner Frau mit dem Kind auch gut? Meinte er denn nicht, daß seit der letzten Geburt zu wenig Zeit vergangen sei? Aber der Allmächtige sei gesegnet, da er ihm so rasch hintereinander zwei so starke Kinder geschenkt hatte, während sie doch fast schon die Hoffnung aufgegeben hatte, und vielleicht würde ja dieses Kind auch, wie das erste, ein Sohn werden, und außerdem...

»Leonora«, sagte Nuñez freundlich auf portugiesisch, »sollten wir ihn nicht zuerst ins Haus bitten?«

Sie aßen Rebhühner, gesalzenes Rindfleisch, Lamm in Senfsoße, Krapfen mit gesalzenem Kabeljau und Hühnchen, am Spieß gebraten. Beim Nachtisch, einer Creme aus Pippinäpfeln mit Safrankeksen, nahm Leonora ihren Neffen in Bezug auf die Kinder ins Kreuzverhör, wie es ihnen denn beim Zahnen ergangen sei, um dann im Detail alle Schwangerschaftssymptome Rebeccas durchzugehen, an die sich Ames erinnern konnte, wie zum Beispiel Aussehen, Appetit und Schlafgewohnheiten. Das Ganze dauerte so lange, bis Ames schon rote Flecken im Gesicht hatte. Schließlich zog sich Leonora zurück, so daß die Männer sich in Tabakrauch hüllen konnten.

Nuñez bedachte seinen Neffen mit einem kritischen Blick, und zwar mit dem eines Arztes. Er schien tatsächlich an Gewicht zugenommen zu haben, und seine Wangen hatten sich gefüllt. Er hatte sogar einen kleinen, recht ermutigenden Spitzbauch unter seinem Gürtel, obwohl seine Hosen um die Waden noch immer Falten warfen. Seine noch verbliebenen Haare waren schwarz gefärbt, obwohl ihre natürliche Farbe strohblond war. Und auch seinen Bart hatte er gefärbt und trug ihn stolz zur Schau, obwohl dies an seinem Aussehen nur wenig verbesserte, da er ziemlich zerzaust von seinem Mund bis an die Ränder seines Kinns hinabwuchs. Doch hatte Rebecca offensichtlich das Sagen über seine Garderobe, da er sehr gut in einen sauberen, dunkelroten Brokatanzug gekleidet war und sein langer, schwarzer Samttalar, wie es einem verheirateten Mann geziemte, mit einer kleinen, weißen Halskrause versehen war.

»Die Ehe bekommt dir, Shimon«, bemerkte Nuñez jovial auf portugiesisch. »Wie geht es Rebecca?«

»So gut wie jeder anderen Frau, die im sechsten Monat ist.« Nach den vielen Fragen von Leonora beschloß Ames vorsichtig zu sein. Nuñez lächelte.

»Ist sie dir eine gute Frau?«

»Der Allmächtige – gelobt sei er – hat mich wahrhaftig mit einer Frau gesegnet, die wertvoller ist als Perlen«, sagte Ames, doch dann schwächte er die Förmlichkeit seines Lobes mit einem schüchternen Lächeln ab. »Sie ist ... sie ist eine sehr angenehme Frau. Ich wußte nicht ...« Seine Stimme erstarb.

Nuñez beugte sich zu ihm hinüber und tätschelte ihm die Hand. »Wie hast du dich in Bristol zurechtgefunden? Leidest du nach deiner Arbeit hier in London nicht unter Langeweile?«

»Mein Schwiegervater ist sehr liebenswürdig zu mir und bittet mich nur darum, ihm am Ende des Monats die Höhe seiner Konten aufzurechnen und auch seine heikle Geschäftskorrespondenz zu chiffrieren«, erklärte Ames. »Und ich behalte derweil sein Geld an den Börsen von London und Amsterdam im Auge.«

»Also keine geheimdienstlichen Tätigkeiten mehr?«

»Nun, ich habe ein Netz von Berichterstattern aufgebaut, die mich über das unterrichten, was bei Hof und in Holland geschieht.«

»Und gibst du diese Informationen an Walsingham weiter?«

137

»Ich würde das gerne, verfüge jedoch über keinen sicheren Weg, um das zu tun.«

»Warum nicht über mich? Du kannst dich auf meine Diskretion verlassen.«

»Vielleicht. Wenn wir uns einen Code, der sicher genug ist, ausgedacht und vertrauensvolle Boten gefunden haben, die diese Briefe überbringen.«

Nuñez zog an seiner Pfeife.

»Und was gibt es noch?«

Das Gesicht von Ames nahm plötzlich den Ausdruck unnatürlicher Bescheidenheit an, wie bei jemandem, der in Wirklichkeit sehr stolz ist auf das, was er getan hat, es aber nicht zugeben will.

»Ich studiere ein wenig die Kabbala, auf meine eigene Weise. Joshua Anriques kennt einen Rabbi aus Amsterdam, der ihn manchmal besucht. Und der unterrichtet mich.«

Nuñez hob die Augenbrauen. »Bist du nicht ein wenig zu jung für derlei Studien?«

In Ames wallte Ärger auf. »Ich bin über dreißig und verheiratet. Ich denke nicht, daß da irgendwelche Gefahren lauern. Darüber hinaus unterscheidet sich mein Studium völlig von dem der meisten anderen.«

»Wie denn?«

Ames wand sich in seinem Stuhl, nahm ein Stück süßen Kuchens und begann es auseinanderzubrechen, und zwar ganz mathematisch, zuerst in Hälften, dann in Viertel, Achtel und Sechzehntel.

»Da der Allmächtige – er sei gesegnet – die Welt erschaffen hat, müßte doch – wie mir scheint – die Welt sein Denken widerspiegeln.«

»Natürlich. Wenngleich auch nicht alles.«

»Von Natur aus sicher nicht. Aber einiges davon. Nun weiß ich, daß du von Thomas Digges und den Überlegungen gehört hast, die Kopernikus niedergeschrieben hat, denn schließlich war ich es, der sie dir erläutert hat...«

»Viele Male«, polterte Nuñez ziemlich betrübt und stopfte seine Pfeife.

»... nun, ich versuche, die Kabbala mit diesen Gedanken in Einklang zu bringen.«

Nuñez blinzelte. »Warum?«

Da es ihm nicht gelungen war, den Kuchen in exakt gleiche Zweiunddreißigstel zu brechen, verlegte sich Ames nun ein wenig abwesend darauf, in den auf dem Tisch verschütteten Wein mit seinem Finger konzentrische Kreise zu zeichnen.

»Es gibt so viele Rätsel, die nach Antwort suchen«, sagte er. »Als erstes das Problem der Heiligen Schrift.«

»Welches Problem?«

»Nun, entweder sagt Kopernikus die Wahrheit oder die Heilige Schrift.«

»Warum können denn nicht beide wahr sein?«

»Unwahrscheinlich. In der Genesis wird beschrieben, daß die Schöpfung mit der Erschaffung der Erde begann, worauf die Sonne und der Mond als Lichtgeber am Himmel folgten. Wenn dem so ist, müßten sowohl die Sonne wie auch der Mond um die Erde kreisen, was auch Aristoteles gesagt hat.«

»Ja«, gab Nuñez vorsichtig zu.

»Wenn jedoch Kopernikus recht hat, dann muß die Genesis falsch sein. Denn gemäß seiner Auffassung wurde zuerst die Sonne von Gott erschaffen, quasi als Zentrum von allem, und erst danach folgten Merkur und schließlich die Venus. Dann erst, und wirklich erst dann, schuf er die Erde und auch den Mond.«

»Oh. Und warum muß das so sein?«

»Es wäre logisch.«

»Aber sicher ist die Unendlichkeit nicht an die Logik gebunden, oder?«

Ames seufzte. »Natürlich nicht. Ich habe darüber viele Male mit dem Rabbi disputiert, und noch immer befinde ich mich darüber in Verwirrung. Aber du siehst, wie großartig und schön die Überlegungen des Kopernikus sind. Sie begründen so klar das merkwürdige Verhalten der Planeten, das er lange Zeit beobachtet hat – ihren Stillstand, die rückläufigen Bewegungen und gelegentlichen Verfinsterungen, die ein jeder beobachten kann, der über ein wenig Geduld und gute Sicht verfügt, und die Ptolemäus nicht erklären kann. Allerdings nur so lange, wie du nicht anfängst, ihre Kreise mit den Nebenkreisen zu multiplizieren, denn dann kommst du auf etwas sehr Häßliches und Unausgewogenes, das keinen Sinn ergibt.«

»Keinen menschlichen Sinn.«

»Aber auch keinen mathematischen, und das ist, was mich so tief kränkt. Neben der Tatsache, daß sie im mathematischen Sinn voller Schönheit und Ästhetik ist, ist die Welt des Kopernikus auch in sich vollkommen schlüssig.«

Zum vielleicht hundertsten Mal verwandelte sich die Kerze auf dem Tisch in eine Miniatursonne, um die sich weitere Kuchenstückchen aufreihten.

»Sieh mal, hier haben wir im Zentrum die Sonne, eine sehr passende Figur für den Allmächtigen. Und dann haben wir darum herum die Planeten, die sie umkreisen, und den Mittelpunkt der Planeten bildet die Erde. Es ist... wunderschön.«

»Ich kann es mir nur schwer vorstellen.«

»Einer der Gründe, warum es so schön ist, liegt darin, daß wir es als sicher annehmen können. Wenn, wie Aristoteles behauptet, alles, was jenseits des Mondes liegt, vollkommen ist, dann beweist uns die kleinste Unvollkommenheit, daß das nicht stimmen kann.«

Nuñez nickte.

»Wenn sich nun herausstellen sollte, daß einer der Planeten gleichfalls Monde hat oder er vielleicht sogar von Lebewesen bewohnt wird...«

Nuñez lachte. »Das sind Hirngespinste.«

Ames lächelte nervös. »Richtig, es handelt sich dabei um bloße Spekulation und hat vielleicht keinerlei Wert. Aber meine Frage begründet sich schlicht und ergreifend auf die

140

Logik. Ich möchte gerne wissen, woraus die kreisförmigen Umlaufbahnen bestehen.«

»Die Umlaufbahnen?«

»Die kristallenen Bahnen, auf denen sich die Erde und die übrigen Planeten bewegen müssen. Die Theorien des Kopernikus sagen nichts darüber. Damit wurde lediglich eine neue Idee geboren, nach der die Erde sich gezwungenermaßen auf so etwas bewegen muß und damit sogar um die Sonne befördert wird.«

Nuñez stand vor Erstaunen der Mund offen. Ihm wäre es niemals in den Sinn gekommen, sich über solche Dinge Gedanken zu machen.

»Also muß die Umlaufbahn aus Kristallen bestehen, denn sonst würden wir sie, während die Erde sich dreht, sehen können.«

»Sehen wir denn nicht Sonnenaufgang und -untergang?«

»Ja, das könnte die Lösung sein, vielleicht bestehen diese Kreisbahnen ja aus Licht, denk doch nur an die Sonne, wie sie ihr Licht verströmt. Der Schatten der Erde könnte schon Sonnenaufgang und -untergang erklären. Doch muß diese Umlaufbahn durchsichtig sein, denn sonst könnten wir durch sie hindurch nicht die äußeren Planeten oder die Sterne sehen. Sie muß auch sehr stark sein, um das Gewicht der Erde zu tragen. Aber warum... Warum zerbricht sie dann nicht, wenn der Mond sie durchquert?«

Nuñez nickte bedächtig. »Ja, warum bloß?«

»Ich war darüber äußerst verblüfft, doch dann dämmerte es mir. Bestimmt sind die Kreisbahnen irgendwie nach dem Vorbild des Allmächtigen geformt, der sie geschaffen hat. Deswegen müssen wir, um die Welt zu verstehen, nach dem Geist des Allmächtigen selbst suchen. Und vice versa.«

Nuñez nickte wieder. »Das ist in der Tat ein frommes Streben.«

»Aber wie kann ich darüber Erkundigungen einziehen, wenn unser allerhöchster Magister und Mentor, die Bibel, über den wahren Aufbau der Welt fehlerhafte Angaben macht?«

»Aha.«

»Genau das meine ich. Ich habe dabei auch okkulte und magische Lehren in Betracht gezogen, die mich allerdings nicht befriedigen konnten. Und so bin ich zur Kabbala zurückgekehrt, die ja eine sehr alte Lehre darstellt und teilweise auf Mathematik, teilweise auf Worten aufbaut. Vielleicht finde ich in ihr einen Anhaltspunkt dafür, wie die Kreisbahnen beschaffen sind.«

»Bist du sicher, daß es sich dabei auch wirklich um Kreisbahnen und nicht um andere Formen handelt?«

»Natürlich sind es kreisförmige Bahnen. Der Kreis stellt die vollkommenste Form dar. Welche andere geometrische Struktur sollte es sonst sein?«

Nuñez zog die Schultern hoch. »Wenn wir von der Welt so Gebrauch machen wollten wie von der Heiligen Schrift, sollten wir sie dann nicht besser beobachten? Wir wissen so wenig von ihr.«

»Wahrhaftig. Aber dennoch kann ich nicht aufhören, mich zu wundern. Denn es gibt eine Frage, die mir das Hirn zermartet. Sie würde sich gar nicht stellen, wenn es keinen Mond gäbe. Jeder Planet muß auf einer Kreisbahn aus Kristallen befördert werden – das ist einfach. Aber zusammen mit dem Mond? Hier ist das Rätsel, das Geheimnis, das der Allmächtige uns aufgegeben hat, wie ein guter Schulmeister seinen Schülern eine Rätselfrage stellt. Denn wir sollten durch die Welt, die er geschaffen hat, mehr über ihn lernen.«

»Amen«, sagte Nuñez. »Ich wünsche dir für deine Studien das Beste, Shimon. Es sieht ganz so aus, als seist du damit sehr glücklich.«

Ames wand Nuñez das Gesicht zu. »Angesichts der Tatsache, daß ich bereits vier Jahre tot sein sollte, bin ich außerordentlich glücklich«, sagte er ernst. »Was könnte ich mehr verlangen?«

142

»Hm«, antwortete Nuñez sehr unglücklich.

»Warum wolltest du, daß ich herkomme?«

»Wenn ich gewußt hätte, wie wichtig dir deine Studien sind, hätte ich wahrscheinlich...«

»Du hast unseren Code für dringende Angelegenheiten benutzt, Onkel«, sagte Ames ruhig, »und außerdem hast du nicht gewagt, mir zu schreiben, was vorgefallen ist. Darf ich fragen, was...«

»Ich habe David Becket gefunden.«

Ames zog bedächtig an seiner Tonpfeife und wartete.

»Das Letzte, was ich von ihm gehört habe«, fuhr Nuñez fort, »war, daß er als Schwertmeister Sir Philip Sidneys in die Niederlande gegangen ist. Und nachdem Sir Philip im vergangenen Herbst starb, verschwand auch er. Ich habe Erkundigungen über ihn eingezogen, ganz ohne Aufsehen, denn es hätte ja sein können, daß er außer Reichweite gelangen wollte. Tatsächlich sieht es so aus, als habe er eine solche Wahl getroffen, denn er scheint sich in irgendwelchen geheimen Aktivitäten engagiert zu haben.«

»Und wo ist er jetzt?«

»Im Augenblick ist er im Tower.«

Ames blinzelte ein wenig. »Ja, und?«

Nuñez erzählte ihm die ganze Geschichte. »...Senhor Eraso und ich pflegen ihn seit damals«, schloß er. »Senhor Eraso ist es gelungen, seine ausgekugelte Schulter wieder einzurenken, und er hat auch einige Fortschritte bei seinen Verletzungen an Händen und Armen erzielt. Ich habe das Fieber behandelt, das er im Anschluß bekommen hat. Außerdem hatte er zwei epileptische Anfälle, die, wie ich glaube, das Resultat einer Verletzung am Hinterkopf sind, die ihm bei seiner Gefangennahme zugefügt worden ist. Doch sind die Verletzungen seines Geistes sehr viel schlimmer.«

»Und er hat wirklich sein Gedächtnis verloren?«

»Er hat weder mich noch Senhor Eraso erkannt, obwohl ich das erwartete. Gelegentlich, wenn er im Fieberwahn ist,

143

erwähnt er irgendwelche Dinge aus der Vergangenheit, aber dann leugnet er, sie selbst zu verstehen.«

»Er hat meinen Namen genannt.«

»In extremis, beim ersten Mal, als er gefoltert wurde. Vielleicht war sein Gedächtnis zu diesem Zeitpunkt noch intakt, ich weiß es nicht. Das bleibt für jeden Arzt ein Geheimnis. Ich habe einmal einen Fall erlebt, bei dem ein Patient durch einen Schlag auf den Kopf in den Zustand eines Kleinkindes zurückgefallen ist. Er konnte nicht einmal mehr sprechen und wußte gar nichts mehr, ja, er war nicht einmal mehr in der Lage, sich selbst anzuziehen. Dies aber ist das erste Mal, daß ein Mann augenscheinlich geistig gesund erscheint und sich dennoch an nichts mehr erinnert, was vor wenigen Wochen geschehen ist. Er kann sich an seine Peiniger erinnern und hat schreckliche Angst vor ihnen. Und jetzt kennt er mich und auch Senhor Eraso. Er hat mich gefragt, ob ich mich nicht bei der Königin für ihn einsetzen könne.«

»Kennt er seine Religion?«

»Ja, obwohl es scheint, als sei das aus ihm herausgeplatzt, während er gefoltert wurde. Er sagt mir, daß er sich ihrer erst bewußt wurde, als er Davison als Spanier und Papisten beschimpft hatte.«

»Wer waren seine Inquisitoren?«

»Ein Mr. Anthony Munday und ein Mr. James Ramme.«

Ames fiel fast die Pfeife aus dem Mund, und er fluchte auf portugiesisch. »Mr. Ramme wenigstens sollte ihn erkannt haben«, sagte er ärgerlich. »Als er und Becket sich zum letzten Mal getroffen haben, hat ihn Becket niedergeschlagen, ihm die Kleider ruiniert und anschließend sein neues Rapier zerbrochen. Er hat sich bei mir darüber beschwert.«

»Vielleicht hat ihn ja Mr. Ramme erkannt.«

Sie tauschten vielsagende Blicke aus. Ames preßte die Kiefer zusammen. »Und was sagt Mr. Davison? Wie ist er denn überhaupt gefangengenommen worden? Wie kam es zu diesem Fehler?«

»Mr. Davison weigert sich, mir das zu erzählen. Ohne Zweifel meint er, daß er mir besser nicht trauen sollte, da ich ein Ausländer bin.«

»Walsingham?«

»Sir Francis ist wieder unpäßlich. Teilweise aus Kummer über den Tod seines Schwiegersohns, aber auf der anderen Seite fürchte ich, daß er einem neuen Anfall seines wandernden Steins ausgesetzt ist. Was auch immer der Grund war, er hat die Angelegenheit in Davisons Hände gelegt und wird seinen Stellvertreter niemals übergehen.«

»Doch wird Becket sicher aus der Haft entlassen?«

Nuñez seufzte und bediente sich am Tabak, der in einem kleinen Kästchen auf dem Tisch stand. Für eine Weile paffte er vor sich hin. »Das wage ich zu bezweifeln, Davison ist davon überzeugt, daß Becket etwas von immenser Bedeutung weiß, und er wird diesen Mann nicht gehen lassen, bevor er es nicht aus ihm herausgekitzelt hat. Natürlich leugnet Becket, daß dem so ist, gibt aber zu, daß, falls dem so wäre, er es durchaus vergessen haben könnte. Es sieht so aus, als ob er bei der ersten peinlichen Befragung etwas von solchen Dingen wie einem Feuerdrachen gemurmelt hat. Und auch von etwas anderem, worüber mir offiziell nichts mitgeteilt worden ist. Jedoch erinnert sich Becket selbst daran, davon gesprochen zu haben, und zwar als er ›oben‹ war, wie er selbst es nennt. Er sagt, es ging um so etwas Ähnliches wie ein Buch über das Einhorn, doch erinnert er sich nicht mehr genau daran. Dennoch erfüllt es ihn mit großer Angst.«

»Hatte er irgendwelche Papiere bei sich, als er gefangengenommen wurde?«

»Keine. Ich kann mir aber zusammenreimen, daß die Sache mit seiner Festnahme schiefgelaufen ist.«

»Ha«, sagte Ames. »Wenn Ramme die Aktion leitete, dann ist das nur natürlich.«

»Kennst du Mr. Munday auch?«

»Ich bin ihm niemals begegnet, aber wir hatten einen A.

Munday ins Englische Priesterseminar nach Rom abkommandiert, und ich denke, daß es sich dabei um denselben Mann handelt.«

»Ohne Zweifel.«

Für eine Weile war Ames in seine Gedanken vertieft. »Ich bin in einer sehr prekären Lage, Onkel«, sagte er schließlich. »Dadurch, daß ich den Anschein erweckte, tot zu sein, konnte Sir Francis, der den Geheimdienst Ihrer Majestät unter sich hat, einige herrlich gefälschte Informationen über unseren ehrwürdigen Mr. Hunnicut direkt an die Spanier weiterleiten. Und Hunnicut denkt noch immer, daß er unentdeckt ist. Wie alle Operationen, die Sir Francis leitet, funktioniert auch diese in der höchsten Vollendung. Nicht einmal Davison ist von dieser List in Kenntnis gesetzt. Und dennoch müßte ich praktisch von den Toten auferstehen, um meinen Einfluß zur Rettung Beckets geltend zu machen.«

Unbewußt machte Nuñez eine vielsagende Handbewegung. »Hast du mit der Königin über ihn gesprochen?«

»Nein, Shimon, ich wollte mich zuerst mit dir beraten. Ich weiß, daß es in dieser Angelegenheit eine Menge delikater Aspekte zu bedenken gibt.«

Ames nahm die Pfeife aus dem Mund und klopfte die Tabakreste in einem Gefäß aus, das zu diesem Zweck bereitstand. Das mit Leinentapeten ausgestattete Zimmer war äußerst angenehm von Kerzen beleuchtet, und der blaue Rauch hing in der Luft. Mit Anerkennung bemerkte Nuñez, daß sein Neffe inzwischen die Pfeife so handhabe, als sei er an den Genuß von Tabak gewöhnt, der ihm inzwischen sehr gut zu tun schien. Immerhin hatte er seit seiner Ankunft nicht ein einziges Mal gehustet oder sich die Nase geputzt.

»Außerdem kann es sein, daß mein Einfluß nicht mehr der ist, der er einmal war. Ich bin immerhin seit vier Jahren nicht mehr mit den Angelegenheiten geheimer Untersuchungen befaßt. Darüber hinaus kenne ich Davison nicht einmal persönlich, obwohl ich seine Briefe häufig dechiffriert habe, als ich in den Niederlanden war. Er scheint mir ein sehr scharfsinniger und feiner Mensch zu sein und seiner protestantischen Religion sehr treu ergeben. Doch habe ich keinerlei Kenntnis über die Unternehmungen, die gegen die Katholiken laufen, und ich erdreiste mich nicht, sie zu gefährden. Davison wurde in den Geheimen Staatsrat berufen. Walsingham ist krank. Und wenn er stirbt, dann wird Davison...«

Nuñez nickte. Er brauchte den Satz nicht zu beenden. Für eine Weile herrschte Stille zwischen ihnen, dann schlug Ames mit der Faust auf den Tisch, was Nuñez aufspringen ließ.

»Wir können Becket nicht im Tower versauern lassen. Er hat mir so viele Male das Leben gerettet. Gleichgültig, was man ihm vorwirft – wir müssen ihm auf jeden Fall helfen.«

»Natürlich«, murmelte Nuñez. »Ich hege darüber keinen Zweifel. Ich bin mir einfach nur noch nicht schlüssig, wie wir vorgehen sollen.«

»Es ist doch so, daß ihn Davison nicht freilassen und Walsingham sich nicht einmischen will?«

Nuñez nickte. Ames lächelte ihm zu, wobei seine ziemlich kalten, hellbraunen Augen im Licht der Kerzen funkelten.

»Dann übergehen wir sie beide und reden mit der Königin.«

27

Maria hatte niemals beschlossen, eine Hexe zu werden, noch jemals einen Pakt mit dem Teufel geschlossen. Auf irgendeine Weise hatte die Hexerei sie gesucht.

Bedenkt nur den Kummer und das Leid, dem ein Land ohne die Königin des Himmels ausgesetzt ist. Als die Beamten und Geheimagenten König Heinrichs vor fünfzig Jahren die Klöster zerstörten, war alles, was sie taten, in die Welt einer Anzahl von Männern einzudringen, die keinen anderen Erwerbszweig besaßen als zu schreiben, zu lesen und zu singen. Um sicherzugehen, stattete man sie mit Pensionen aus, so daß einige von ihnen Schulmeister werden und andere heiraten konnten, weil für ihr Auskommen gesorgt war – bis auf die paar unvermeidlichen, die sich dem Trunk und dem Laster ergaben.

Doch als sie die Nonnenklöster zerstörten – ah, da machten sie etwas völlig anderes, denn sie stahlen uns Frauen den letzten Zufluchtsort, den wir vor den Männern hatten. Wenn eine Frau nicht durch Christus als Nonne geheiligt ist, sie nicht heiraten kann und auch nicht verheiratet ist, stellt sie für jeden Mann eine Beute dar, bis sie dafür schließlich zu alt wird. Und wenn sie dann wirklich zu alt ist, wird sie gleichfalls zur Beute. Dann bezeichnet man sie als Hexe, damit die Grausamkeiten, die man an ihr begeht, besser gerechtfertigt werden können.

Als die Männer hereinstürmten, den Konvent zerstörten und das Land beschlagnahmten, war Maria gerade fünfunddreißig, eine Heilerin und Gebieterin über die Novizinnen. Ihr Kloster war bemerkenswert, ein sehr stiller Ort, an dem alles prachtvoll gedieh und sich viele Laienschwestern den Weihen unterzogen. Sie behandelten die Kranken von Clerkenwell und öffneten immer ihre Kornspeicher, wenn die Ernten schlecht ausfielen. Ihre Mutter Oberin entsprach durchaus nicht den Verleumdungen in den Berichten Cromwells: Sie verwaltete das Kloster, wie sie auch den Besitz ihres Ehemanns geführt hätte, gut und mit fester Hand, wenn auch ein wenig phantasielos. Es lief das Gerücht, daß in den Nonnenklöstern das Laster verbreitet sei und die Nonnen Bastardkinder zur Welt brächten. Vielleicht gab es das einige Male, und sicher wurden auch viele Klöster sehr schlecht verwaltet, aber die Sünde des zügellosen Lasters kam nur sehr selten vor. Maria und ihre Schwestern in Christus gaben sich mit Wonne den alten, angenehmen Sünden von Sarkasmus, Krittelei, Klatsch und schlechter Laune hin, aber auch der Spitzfindigkeit und Pedanterie, den unausgesprochenen

Beleidigungen und den kleinen Sticheleien, die Frauen untereinander so gerne praktizieren. Doch niemals kam zu ihnen ein Mann, um sich mit ihnen dem Laster zu ergeben, denn das wollten sie von keinem. Das stellte übrigens für einige der ehrbaren Inspektoren des Königs eine herbe Enttäuschung dar, nachdem sie sich gegenseitig ständig versichert hatten, daß die Häuser voller unbemannter Frauen nur so nach diesem roten Stück Fleisch gierten, das zwischen ihren Schenkeln so hungrig erblühte.

Sie sangen recht hübsch für mich, ihre barmherzige Herrin, in ihren Kapellen, und Maria singt noch immer. Hört nur: *Salve regina, mater misericordia vita dulcedo et spes nostra salve...* Hilf uns, o Königin, du Mutter der Barmherzigkeit und du lieblicher Duft des Lebens. Du, unsere Hoffnung, errette uns... *Ad te clamamus, filii Hevae, ad te suspiramus, gementes et flentes, in hac lacrimarum valle...* Zu dir weinen wir, die verbannten Kinder Evas, zu dir seufzen wir, und klagend vergießen wir unsere Tränen in diesem Trauertal.

Nun, sie sangen recht anmutig, aber sie hatten weiß Gott nicht die geringste Ahnung, wovon sie da sangen. Außer irgendwelchen romantischen Wehmutsgefühlen hatte Maria nicht die geringste Ahnung, was Verbannung oder das Vergießen von Tränen bedeuteten. Die größte Gefahr, der ihre Seele ausgesetzt war, war die Selbstzufriedenheit.

Aber es war für sie kein befreiendes Erlebnis, als ihr im Alter von fünfunddreißig ein königlicher Beamter mit gierigen Augen mitteilte, daß sie sich nun auf ihren eigenen Weg in die Welt machen müsse. Sie bekam eine kleine Pension zugesprochen, die kaum ausgereicht hätte, um davon zu leben, doch wurde sie ihr sowieso nicht ausbezahlt. Und wie konnte sie heiraten? Sie besaß keine Mitgift und war bereits zu alt, als daß Männer sie noch zur Bettgenossin wollten, und wenn sie geheiratet hätte oder schwanger geworden wäre, hätte sie jeden Anspruch auf ihre Pension verloren (falls sie jemals ausbezahlt worden wäre, was niemals geschah). So mußte sie also weiterhin keusch bleiben, auch wenn sie keine Nonne mehr war. Sie durfte keinen Mann haben, aber auch keine Frauen um sich versammeln. Das nannten sie Befreiung. Maria nannte es Diebstahl und Raub.

Was blieb ihr zu tun? Die edle Maria Dormer, Heilerin und Herrin über die Novizinnen – niemand benötigte sie mehr. Tätigkeiten wie Spinnen oder Weben ließen sie nur langsamer verhungern, und das gleiche Los erwartete sie mit dem Sticken. Einige Nonnen verdingten sich als Kindermädchen und kümmerten sich um fremde Kinder, andere gingen nach Hause zurück, wo sie unwillig als etwas geduldet wurden, das am falschen Ort und zur falschen Zeit lebte, nutzlos und gerade noch zu ertragen. Für so etwas war sie viel zu stolz.

Warum sollte ich mich über ihren Zorn wundern? Denkt doch einmal darüber nach. Sie hatte einen Bräutigam, der ihr niemals die Jungfernschaft genommen, ihr aber ewige, reine Liebe und immerwährenden Schutz vor der Welt versprochen hatte. Und dann, so sah es zumindest für sie aus, warf er sie hinaus und wies sie von sich. Selbst ihre Gebete zu mir waren zerfressen vom nagenden Ärger auf meinen Sohn. Sprich du mir nicht von der Liebe Christi, zischte sie, welche Liebe hat er mir bewiesen? Ach, arme Lady, gebt ihr einen Hammer und Nägel, und sie würde ihn noch einmal für das, was er ihr angetan hat, ans Kreuz schlagen. Päng! Du hast mir keine Kinder gegeben und den Namen, den du mir gabst, wieder von mir genommen. Päng! Du hast mich auf die Straße gesetzt und mir nichts in die Hand gegeben, womit ich mir selbst helfen könnte. Päng! Päng! (Das war für die Füße.) Du hast mich zur Zielscheibe des Spotts und zur Hure gemacht.

28

Thomasina begann ihre Nachforschungen über das Buch vom Einhorn erst einmal damit, daß sie sich klarmachte, wie wenig sie über die Vergangenheit der Königin wußte, obwohl sie bereits zehn Jahre in ihren Diensten stand. Nach einigem Nachdenken ging sie zu Blanche Parry und stellte ihr einige Fragen über dieses Buch.

»Ich habe so etwas niemals gesehen«, erklärte diese ausdrücklich.

»Sie sagte, daß sie es während der Regentschaft ihres Bruders verloren hat.«

Parrys gezupfte Augenbrauen hoben sich fast bis zum Haaransatz empor.

»Aber damals war sie noch ein Kind und nur Prinzessin Elisabeth. Mrs. Kat Ashley führte damals die Hofdamen an.«

»Sie erwartet nicht, daß ich es finde, Mrs. Parry, aber ich denke, daß ich es versuchen sollte.«

»Hm.« Parry überlegte angestrengt. »Du kannst in Mr. Parrys Rechnungsbüchern nachsehen – sie stehen, zusammen mit anderen Niederschriften, hier in der Bibliothek.«

Thomasina dankte ihr und eilte zur Bibliothek, die am Ende der Privatgemächer in der Nähe des Holbein Gate lag. Sie war schon öfter hier gewesen, um ein Buch zu suchen, hatte sich aber diesem Ort noch nie im Laufschritt genähert. Sie fand es wundervoll, daß all diese Bücher und Papiere hier verwahrt wurden, obwohl es sicher schwierig sein würde, etwas zu finden, von dem sie noch nicht einmal wußte, ob es überhaupt vorhanden war. Und so sah sie methodisch all die Bücher durch, die auf den untersten Brettern standen, und arbeitete sich dann zu denen der zweiten Regalbretter vor. Und sie hatte Glück, sie fand eine ganze Reihe von ledergebundenen Bänden, die, nach dem Staub auf ihnen zu urteilen, niemals herausgenommen worden waren.

Sie mußte schrecklich husten und kämpfte mit dem Gewicht der riesigen Bücher, aber schließlich gelang es ihr, sie herauszuziehen und den Weg zurück in die Regierungszeit von König Edward VI. zu gehen. Ein merkwürdiger Gedanke, daß die Königin einst ein Mädchen von vierzehn Jahren war, mit einer Neigung für rosenfarbigen Damast und golddurchwirktes Tuch. Und daß ihr sehr schlecht von Thomas Parry, ihrem Vermögensverwalter, gedient wurde, der, wie es schien, große Mühe hatte, zwei und zwei zusammenzuzählen. Unter all den übrigen Eintragungen gab es eine vom Frühjahr 1548, ein Auftrag für blauen Samt, ein anderer für weiße Seide und silbernes Garn und schließlich der Betrag, den der Musterzeichner für seine Skizze des Bucheinbands gefordert hatte. Weiter nichts.

Sorgfältig arbeitete sich Thomasina auch durch die übrigen Hauptbücher durch, bis das Licht, das aus dem Königlichen Garten durch die Fenster kam, sich verändert hatte und sie bemerkte, daß es bereits kurz nach der Mittagsstunde war. Sie stellte die Bänder wieder in die Regale und eilte schleunigst zurück, um Ihrer Majestät beim Mittagessen aufzuwarten.

Als sie ankam, fand sie die Königin im vertraulichen Gespräch mit Mary Ratcliffe, die alle Kleiderbücher in ihren Händen hielt. Als sie fertig waren, wandte sich die Königin zu ihr um und lächelte.

»Meine Liebe«, sagte sie, »könntest du einen Auftrag für mich ausführen?«

Thomasina knickste lächelnd. »Was immer Eure Majestät verlangt.«

Thomasina bekam den Auftrag, hinunter zur Wäscherei zu gehen, diesem langen Gebäude, das im Holzhof direkt gegenüber der Themse lag. Dort sollte sie mit Mrs. Ann Twiste, der persönlichen Wäscherin der Königin, sprechen und ihr einen kleinen, blauen Siegelring von Ihrer Majestät und eine Geldbörse übergeben. Eine der Kammerzofen sollte mit ihr gehen und die Wäschepakete tragen.

Thomasina verließ nur selten den Hauptteil des Hofes, in dem die Königin wohnte, und normalerweise sehnte sie sich auch nicht danach, das zu tun. Sie hatte wirklich genug von der Welt gesehen. Doch jetzt zog sie sich ihre hölzernen Stelzschuhe an und hüllte sich in ihren Umhang, der sie vor dem häßlichen Wind und dem Schnee schützen sollte. Dann machte sie sich mit der Kammerzofe auf den Weg.

Diese übergab die Beutel mit der leinenen Wäsche einer gequälten Frau mit rotem Gesicht, die an einem Pult neben der Tür zum Palast stand. Sie trug sie in ihr Wäschebuch ein, nahm dann die Wäscheliste, prüfte sie, sortierte die Laken und holländischen Handtücher aus der Leibwäsche heraus und trennte die kostbar bestickten, gefältelten Schulterkrägen und Halskrausen von den Hemden.

Sie schritten durch einen Durchgang, und Thomasina wunderte sich, wie viele Frauen dort geschäftig umherhasteten, die meisten von ihnen nur in Leibchen und Unterrock, die Ärmel ihrer Kittel aufgerollt und mit Tüchern um den Kopf. Bei Hof waren fast alle Diener des *domus providencia* junge Männer, ausgenommen die Kammerzofen und Mägde für die Hofdamen der Königin. Wohin man sich auch immer in den weiß gewaschenen Fluren und Durchgängen hinter der nach außen sichtbaren Pracht begab, waren Männer jeglicher Größe und jeglichen Ausmaßes zu sehen mit allen nur erdenklichen Zuständigkeiten und jeglichen Alters. Sie bildeten einen fast schockierenden Kontrast zu der klösterlichen Weiblichkeit in den Privatgemächern der Königin. Doch lag die Sache in der Wäscherei völlig anders. Dort rannten auch kleine Mädchen in ihren Unterröcken herum, die Beutel mit zerriebener Seife oder Scheuerbürsten trugen. Und in dem langen Gebäude gab es sehr viele Räume. In einem davon, der als »Wasserkrug« bezeichnet wurde, wurde nur das Tafelleinen des Hofes bearbeitet. Der größte Raum war der Haushaltswäsche vorbehalten, und in ihm wallten aus zwei riesigen Kupferkesseln ständig Dampfwolken. Der nächste Raum war für die Kittel

153

und der kleinste – obwohl noch immer groß und hoch – zum Stärken der Schulterkrägen und Halskrausen. Hier führte die Frau für die Seidenwäsche die Aufsicht; sie wusch persönlich die Wäsche der Königin, obwohl auch eine ständige Nachfrage nach ihren Diensten vom Rest des Hofes bestand.

Die Hitze und der Lärm, der durch das Kochen, Schrubben, Schlagen und Wringen verursacht wurde, waren unfaßbar, doch das war nichts gegen den unaufhörlichen Klatsch und Tratsch. In dem Raum, in dem die Halskrausen gewaschen wurden, standen die Frauen am Feuer und tauchten sie in die warme Stärke, als sie plötzlich in ein schrilles Gelächter ausbrachen.

Die Kammerzofe sprach noch immer mit der Frau am Pult. Thomasina reckte sich und zupfte sie am Ärmel.

»Wo ist Mrs. Twiste?« fragte sie.

»Am Ende des Ganges, meine Liebe«, erwiderte ihr freundlich die Angestellte. »Was willst du denn von ihr?«

»Ich habe eine Nachricht für sie«, sagte Thomasina und errötete leicht. Es ärgerte sie immer, für ein Kind gehalten zu werden, es sei denn, die Königin tat das, denn zwischen ihnen beiden war das ein Spiel. Doch die meisten Menschen schauten auf nichts anderes als ihre Größe und ihr rundes Gesicht.

»Gut. Aber vergiß nicht zu klopfen.«

Thomasina zog ihren Umhang noch ein wenig fester um sich und eilte dann den mit Ziegeln belegten Korridor hinunter, wobei sie sorgfältig alle Pfützen umging. Bevor sie das Kontor von Mrs. Twiste betrat, sah sie, daß sich dort ein Durchgang zu einem Zimmer öffnete, in dem eine Menge Umhänge, Holzschuhe und an Haken aufgehängte Jacken zu sehen waren und eine kleine Schar müder Mädchen auf Bänken saß und Brot mit Käse aß.

»Entschuldigt bitte«, sagte sie höflich zu ihnen, »finde ich vielleicht hier Mrs. Twiste?«

Ein paar nickten, während sie die anderen neugierig anstarrten.

Sie reckte ihren kleinen Körper in die Luft und klopfte. Eine Stimme sagte »Herein«, und sie betrat einen kleinen Raum, in dem sich Regale für die Unterlagen und Wäschebücher befanden. Auf dem Boden lagen Binsenmatten, und an einem hohen Pult saß eine Frau, die stirnrunzelnd etwas schrieb.

»Mrs. Twiste?« sagte Thomasina.

»Ja?«

Sie ging um das Pult herum, so daß sie Mrs. Twiste sehen konnte. Aber schon wieder war das, was Mrs. Twiste sah, nur ein kleines Mädchen. Thomasina wurde ärgerlich, und sie dachte: Ich bin die Hofnärrin der Königin, du fette, alte Kuh. Mögest du verdammt sein! Jetzt steh endlich auf und beuge dein Knie vor mir. Doch dann begann sie, innerlich zu lächeln, und nahm sich vor, mit Mrs. Twiste ein wenig ihren Spaß zu haben. Sie knickste und machte schüchtern ein paar Schritte vorwärts, wobei sie ihr den Ring und die Geldbörse entgegenstreckte.

»Bitte, Ma'am, die Königin sendet Ihnen dies.«

Ann Twistes Augen streiften sie mit einem raschen Blick, dann sah sie den Ring und nickte. Sie nahm die Geldbörse und legte sie in eine kleine, schwere Kassette, die unter ihrem Pult stand, und dann zog sie eine Reihe von Papieren aus einer verschlossenen Schublade.

»Also«, sagte sie kurzangebunden, »wie ist dein Name?«

»Thomasina, Ma'am.«

»Nun, Thomasina, die Königin hat dir in einer äußerst wichtigen Angelegenheit ihr Vertrauen geschenkt.«

»Ja, Ma'am. Die Königin ist sehr freundlich, Ma'am«, fügte Thomasina ohne jeden Falsch hinzu.

Mrs. Twiste lächelte nachsichtig. »Natürlich ist sie das, aber nur, wenn du ein artiges Mädchen bist und das tust, was man dir gesagt hat.«

Das stimmt genau, dachte Thomasina, wobei sie rasch den Impuls loszuwiehern durch einen Knicks und einen schamhaften Blick auf den Boden verbarg.

Die Papiere wurden durchgesehen, in kleine, ordentliche Bündel gepackt und dann in eine kleine Leinentasche gegeben. Mrs. Twiste blickte stirnrunzelnd auf sie.

»Geh, sei ein braves Mädchen und hol mir eine brennende Kerze für das Siegelwachs«, sagte sie.

Thomasina versank in einem neuerlichen Knicks und eilte durch die Tür. Sie zögerte einen Augenblick, als sie der Schar kleiner Mädchen ansichtig wurde, und ging dann hinüber zu ihnen.

»Mrs. Twiste braucht eine Kerze«, sagte sie. »Wo muß ich hingehen?«

Eines der kleinen Mädchen, das sich herrisch in ihr Wissen gehüllt hatte, die älteste zu sein, als sei es ein Mantel, zeigte auf die Kleinste unter ihnen. Sie hatte ein ovales, vernünftiges Gesicht, eine rosaweiße Haut und dunkelbraune Haare, die unter ihrer Kappe hervorquollen.

»Du zeigst es ihr«, sagte sie so gebieterisch wie die Königin.

Das Kind sprang auf die Füße.

»Da entlang«, sagte sie, nahm Thomasinas Hand und zog sie auf den Flur. Von der Frau, die an der Tür stand, bekamen sie eine Kerze, worauf sie in den Hauptraum gingen, der voller Wasserdampf war, in dem die Frauen riesige weiße Tischtücher und Haufen von Mundtüchern in großen Bottichen voller Wasser mit Händen und Wäscheklopfern bearbeiteten. Der Kupferkessel, der über dem Feuer hing, war so lange geschürt worden, bis er kochte, und da hinein warfen zwei unförmig dicke Frauen riesige Haufen eingeweichter, geschrubbter Tischwäsche, und eine weitere Frau rührte mit einem langen Stock im Kessel herum.

»Ich heiße Pentecost«, sagte das kleine Mädchen. »Und wie heißt du?«

»Thomasina.«

»Bist du vom Hof, Thomasina?«

Sie nickte, wobei sie erfolgreich die Schüchterne spielte,

aber tatsächlich fühlte sie sich im Augenblick wirklich schüchtern.

»Mistress«, rief Pentecost einer der rotgesichtigen Frauen zu, »kann ich mir Feuer holen?«

»Oh, ja doch«, sagte die Frau gereizt und schleuderte noch einen Arm voller Wäsche in den Kessel. Sie wendete rasch den Kopf und schnalzte mit der Zunge wie der Kapitän eines Schiffes. »Mariaaa!«

Pentecost runzelte unglücklich die Stirne. Was Thomasina wie ein Haufen Samtlumpen erschien, die gefährlich nahe neben das Feuer geworfen waren, begann sich zu bewegen und wurde zu einer alten Frau, mit einem eingefallenen, vom Wetter gegerbten Gesicht, deren blutunterlaufene Augen einen weißen Ring um die Iris aufwiesen. Murmelnd hievte sie sich auf ihre Füße und schlurfte hinüber zu der Frau, vor der sie sich schwankend aufrichtete.

»Hol einen Kienspan und bring Pentecost Feuer«, befahl die Frau, wobei sie noch immer energisch Tischtücher in den Kessel warf.

Die häßliche, alte Hexe konzentrierte ihren Blick mit einiger Mühe auf Pentecost, dann lächelte sie und zeigte einige wackelnde, braune Zähne.

»Ach, Süße«, sagte sie, und ihre Stimme klang erstaunlich. Alt, natürlich, aber überhaupt nicht rauh. »Wie geht's dir, mein Püppchen?«

»Es geht mir gut, Großmutter«, sagte Pentecost sehr ernst und knickste. »Und geht es dir jetzt besser, Großmutter?«

Die alte Frau schüttelte ihren Kopf. »Nicht so gut, meine Süße, nicht so gut. Hier zu arbeiten ist schrecklich trokken.«

»Hah«, rief die andere Frau, die endlich aufgehört hatte, Wäsche in den Kessel zu werfen und nun mit einem langen Holzstock darin herumrührte. »Hol gleich ein bißchen Holz, Maria, dann gebe ich dir ein Schlückchen.«

Plötzlich wurde auf Marias häßlichem Gesicht der Unmut

sichtbar, doch dann zuckte sie mit den Achseln und quälte sich zur Holzkiste neben der Tür. Hoch darüber war eine weitere Kiste angebracht. Pentecost trottete hinter ihr her und half ihr, das Brennholz herauszuholen.

»Der Kienspan, Großmutter«, flüsterte sie und Maria streckte sich grunzend, holte einen schönen Kienspan aus der Kiste an der Wand und reichte ihn Pentecost, die rasch die Scheite aufhob, die Maria über den ganzen Boden verteilt hatte, und sie in ihrem Rock zu der Frau neben dem Kessel trug. Maria folgte ihr, wobei sie ein Scheit in jeder Hand sowie eins unter ihrem Arm trug. Als sie an Thomasina vorbeikam, wurde die von einer vielschichtigen Woge unglaublichen Gestanks gestreift – den verschiedenartigen Gerüchen nach ungewaschenen Füßen, alten Zähnen und schlechter Verdauung, die von einem noch stärkeren Uringestank überlagert wurden. Und das ganze krönte der Gestank von billigem Schnaps. Die Frau neben dem Kessel hatte inzwischen die Feuertür darunter geöffnet und schichtete die Scheite aus Pentecosts Schürze hinein, wobei sie mit ihrer Schürze rasch Luft zufächelte, damit das Feuer das Holz in Brand setzte. Danach öffnete sie das unterste Türchen, so daß genügend Zug entstand. Ernst entzündete Pentecost ihren Kienspan an den Flammen und übergab ihn Thomasina, die damit die Kerze anzündete und diese vorsichtig hielt wie ein Akolyth bei der Messe in der königlichen Kapelle.

»Schnell, pump mit dem Blasebalg, Maria«, sagte die Frau.

»Wie kann ich das tun, wo ich doch trocken bin wie ein Loch?« fragte Maria derb.

Die Frau seufzte, zerrte eine Flasche hervor, die zwischen ihren üppigen Brüsten in ihrem Mieder steckte, gab sie Maria und beobachtete mit scharfen Augen, wie sie daraus trank, einen Seufzer ausstieß und dann ihren Mund abwischte. Die Frau packte die Flasche wieder an ihren Platz, worauf sich die alte Frau langsam hinhockte und durch das unterste Türchen den Blasebalg betätigte. Ihre knochigen Hände waren aufgesprungen, voller Altersflecken und von der harten Arbeit tiefrot, aber dennoch feingliedrig.

Nachdem die Kerze brannte, gingen sie den langen Flur wieder zurück. Dabei schützten sie sorgfältig die Flamme mit ihren Händen.

»Warum riecht sie nur so schlecht?« fragte Thomasina und nahm dabei für sich den Vorteil neugieriger Unbekümmertheit in Anspruch, wie er kleinen Kindern oft zu eigen ist.

Pentecost runzelte die Stirn. »Sie stinkt nicht«, sagte sie, wobei es ihr noch nicht einmal in den Sinn kam, zu fragen, von wem Thomasina denn redete.

»Sie stinkt«, sagte Thomasina.

»Also, sie ist die Frau, die am Hof die Nachttöpfe ausleert«, sagte Pentecost. »Was soll sie denn machen, wenn sie sich manchmal damit vollgießt?«

Thomasina nickte und dachte bei sich, daß die alte Frau wohl weniger verschütten und besser riechen würde, wenn sie nicht so viel tränke. Auf der anderen Seite, welche Hilfe gab es denn sonst für sie? Es war eine schreckliche Vorstellung, alt und arm zu sein und von allen verachtet zu werden, die jünger waren als sie. Also warum sollte sie nicht trinken? Thomasina überlief ein leichter Schauder, worauf sie sich sofort damit tröstete, daß sie an all ihre Gold- und Silberbarren dachte, die sie bei einem Goldschmied deponiert hatte, an die Häuser, die sie in London gekauft hatte und die ihr so hervorragende Mieteinnahmen brachten, sowie an das kleine Gut, das sie von einem der Babington-Verschwörer ergattert hatte.

»Bist du eine Prinzessin?« wollte Pentecost wissen.

Thomasina schüttelte den Kopf.

»Warum hast du dann so schöne Kleider an, wenn du keine Prinzessin bist?«

»Die Königin hat sie mir gegeben. Ich ... ich bin eine Akrobatin und schlage Saltos für sie, und ich tanze auch.«

»Oh«, Pentecosts Augen rundeten sich. »Die Königin. Du tanzt für die Königin? Was hat sie denn an? Mag sie es, wenn du tanzt? Und ist sie groß? Und wie machst du es, wenn du tanzt? Zeigst du es mir?«

Für einen Augenblick wollte Thomasina die Kleine hinhalten, aber dann spürte sie plötzlich, wie ihre Füße aus ihren Holzschuhen glitten. Fest schlang sie ihren Umhang um sich und hüpfte dann, als sie eine trockene Stelle auf dem Fußboden fand, ein paar Mal auf den Zehen auf und nieder, bevor sie emporsprang und in der Luft einen Salto schlug. Pentecost stand wie angewurzelt da, wobei sie mit weit offenem Mund und leuchtenden Augen die brennende Kerze beschützte.

Danach zog Thomasina ihre Stelzschuhe wieder an. »Mrs. Twiste wird warten«, sagte sie ein wenig atemlos und setzte ordentlich die Kapuze auf.

»Oh«, sagte Pentecost mit hochroten Wangen, »das war wundervoll. Wie machst du das denn? Ist es schwer? Kannst du mir das nicht zeigen? Würde es der Königin nicht gefallen, wenn noch ein anderes kleines Mädchen für sie tanzt?«

»Das zu lernen ist sehr schwer«, sagte Thomasina ernst, »aber wenn du es erst einmal kannst, ist es leicht.«

Pentecost nickte. »Kein Wunder, daß dir die Königin so schöne Kleider gibt«, sagte sie, als sie zurück in Mrs. Twistes Kontor kamen. »Hast du auch eine Mitgift?«

Die Frage kam so unerwartet, daß Thomasina das Gefühl hatte, ihr Herz schnitte ihr in die Rippen. »Ich ... nein«, sagte sie schließlich. »Nein.«

Freundlich tätschelte Pentecost ihren Rücken. »Macht nichts, Thomasina«, sagte sie. »Ich denke, daß dir die Königin eine Mitgift gibt, wenn du groß bist und sie auch wirklich brauchst. Meine Urgroßmutter sagt, daß sie sehr nett ist.«

Pentecost ging wieder zurück auf ihren Platz zwischen den kleinen Mädchen und fing sofort an, ihnen alles über Thomasina zu erzählen. Die brauchte eine Weile, um ihre Fassung wiederzugewinnen, bevor sie an die Tür klopfte und mit ihrer Kerze eintrat.

Mrs. Twiste machte ein ziemliches Aufheben, um die Ta-

160

sche mit Hilfe des blauen Siegelrings, den ihr die Königin geschenkt hatte, zu versiegeln. Sie trug noch einen weiteren Ring am Zeigefinger. Dann übergab sie Thomasina die Tasche und bat sie, sie sorgfältig unter ihrem Unterrock zu verstauen.

»Es gibt noch eine Neuigkeit, für die ich keine Zeit mehr habe, sie aufzuschreiben«, sagte sie. »Hörst du genau zu, Thomasina? Ich möchte, daß du dich genau daran erinnerst.«

»Ja, Ma'am.«

»Heute ist ein Gast bei Dr. Nuñez angekommen. Er ist klein und mager, sehr gut gekleidet und hat schwarz gefärbte Haare. Er sieht der Ames-Familie sehr ähnlich, und Dr. Nuñez nannte ihn Simon und umarmte ihn so, als ob es sich um einen Verwandten handelte. Und er brachte sechs Begleiter mit, einen Diener und fünf Ponies, die mit Tuchballen bedeckt waren, auf denen das Kaufmannszeichen von Bristol angebracht war. Hast du genau zugehört?«

Thomasina nickte.

»Wiederhole es für mich.«

Sie tat es und machte nach nur einer Wiederholung keinen einzigen Fehler mehr.

»Also, dann geh jetzt, Thomasina«, sagte Mrs. Twiste freundlich. »Oh, warte noch eine Minute, mein Kind.«

Thomasina drehte sich an der Tür noch einmal um. Mrs. Twiste hatte sich erhoben und etwas aus einem Krug auf ihrem Pult genommen. »Das ist für dich.« Es war ein schmaler Streifen aus ineinander gedrehten Zuckerstangen, eine rote aus Sandelholz und eine gelbe aus dem Saft der Himmelschlüssel. Thomasina lächelte und machte einen Knicks.

»Danke, Ma'am.«

Als sie die Tür hinter sich geschlossen hatte, tat sie einen tiefen Seufzer und fühlte sich auf einmal sehr alt. Vor langer Zeit hatte sie einmal sehr gerne Zuckerstangen gemocht und sich bei jedem Bankett gierig damit vollgestopft. Nun hatte sie zwei Zähne weniger und konnte nicht mehr so sorglos Zucker in sich hineinstopfen.

161

»Pentecost«, rief sie zu den Kindern, die in einer Ecke standen und lautstark miteinander stritten. Pentecost kam zu ihr herüber und mit ihr noch zwei andere kleine Mädchen. »Stimmt es, daß du in die Luft springen und dich dann drehen kannst?« wollten sie alle wissen.

Das große, herrschsüchtige Mädchen im Hintergrund sagte verächtlich: »Ich wette, daß sie das nicht kann. Pentecost erzählt schon wieder irgendwelche Geschichten über Königinnen.«

Warum kümmerte sie sich darum, was diese kleinen Mädchen dachten? Aber sie tat es, und es ließ sie auch nicht kalt, daß Pentecost puterrot war und sehr unglücklich dreinschaute. Früher einmal hatte es Kinder gegeben, die zu ihr auch so gemein waren, wie das nur kleine Mädchen sein können. Sie hatten sie sehr anzüglich gefragt, wann sie denn endlich wachsen würde und Brüste und Kinder bekäme. Und die Brüder der kleinen Mädchen hatten sie mit Steinen beworfen, was allerdings weniger weh getan hatte.

»Hier«, sagte Thomasina und übergab Pentecost ihre Tasche mit Mrs. Twistes Informationen und auch die Zuckerstangen. »Du«, sagte sie zu dem Mädchen, das höhnisch über die Kleine gespottet hatte, »mach etwas Platz für mich.« Ihre Stimme hatte plötzlich den Klang des Londoner Dialekts angenommen, den sie bei Hof fast vollständig verloren hatte.

Rasch wurden Umhänge und Holzschuhe beiseite geschafft, so daß ein sauberer, mit Steinen gepflasterter Platz entstand, auf dem sich nur ein paar Wasserpfützen befanden. Und wieder glitten Thomasinas Füße aus ihren Stelzschuhen, und sie warf ihren Umhang hinter sich, was die kleinen Mädchen dazu veranlaßte, beim Anblick ihrer damastenen Jacke und ihres Reifrocks einen erstaunten, aber sehr zufriedenen Seufzer auszustoßen. Thomasina nahm einen kurzen Anlauf, streckte die Arme vor und schlug erst ein Rad, sprang dann einen Flipflop und landete schließlich nach einem Sprung

in die Hocke und einer doppelten Drehung mit ausgestreck-
ten Armen wieder auf ihren Füßen. Die Mädchen schrien vor
Begeisterung, ja manche klatschten sogar. Würdevoll holte
sich Thomasina ihren Umhang und ihre Stelzschuhe, nahm
die Tasche an sich und nickte Pentecost zu, die mit leuchtenden Augen noch immer das Zuckerwerk in ihren Händen
hielt.

»Das kannst du behalten, Pentecost«, sagte sie, noch immer
ein wenig atemlos. »Wenn du willst, kannst du es mit den
anderen teilen.«

Dann marschierte sie hinaus, während ihr die Mädchen mit
offenem Mund nachstarrten.

29

Nuñez vermutete, daß ihn das heikle Unterfangen, eine Audienz bei der Königin zu bekommen, wohl etliche Tage kosten
würde. Nun, da sie sich von ihren Magenkrämpfen wieder er-
holt hatte, gab es für sie keine Veranlassung mehr, sich mit
ihm zu beraten. Und niemals hätte er seine Beziehung, die er
als ihr Arzt zu ihr hatte, dazu mißbraucht, etwas von ihr zu
erbitten. Überdies hätte sie das wohl auch als äußerst unverschämt empfunden.

Wie auch immer, am nächsten Morgen erhielt er die Aufforderung, bei Hof zu erscheinen, die ihm von einem jungen
Gentleman des Königlichen Hofs namens Gage überreicht
wurde, der ziemlich gereizt aussah, ganz so als ob er sich
nach etwas Blutvergießen sehnte. Die Forderung trug die
Handschrift eines Sekretärs und war in ihrem Ton sehr gebieterisch.

Ziemlich beunruhigt fragte er sich, wodurch er sie wohl
verletzt haben könnte, doch dann begann Dr. Nuñez seinen
Bart zu kämmen, zog ein neues Hemd und einen sehr düsteren und unauffälligen Brokatanzug an, darüber einen Samt-

mantel. Ames instruierte ihn, daß er unbedingt um die Gnade einer Audienz für ihn selbst bitten möge.

Nachdem man ihn eine Dreiviertelstunde hatte warten lassen, in der sich die Königin im Garten erging, kniete Nuñez endlich vor ihr nieder, nachdem sie im Thronsaal unter dem königlichen Baldachin Platz genommen hatte. Sie war vollständig angezogen, also nicht mehr bettlägerig, so daß es sich wohl um keine professionelle Beratung handelte. Wie auch immer, es war privat, und so befahl sie allen Hofdamen und Gentlemen, den Saal zu verlassen, nur ihre *muliercula* blieb übrig, die still in einer Ecke auf einem Kissen saß und las, wobei sie in ihrem blaßblauen Damastkleid mit Goldbrokat wie eine große, steife Puppe aussah.

»Doktor, wie geht es Eurem Neffen?« fragte die Königin, nachdem sie ihn fünf lange Minuten angestarrt hatte.

Für einen Augenblick blinzelte Nuñez wie benommen. Wie hatte sie das herausgefunden? Wie hatte sie... Wer war der Spion in seinem Haushalt? Einen Herzschlag lang war er wirklich zornig, daß sie über ihn Informationen einzog und das noch nicht einmal verbarg. Doch dann überlegte er ein wenig sorgfältiger. Natürlich hatte sie einen Spion beauftragt, der ihr Berichte über seine Aktivitäten lieferte. Nebenbei gesagt, konnte er ja als Kompliment auffassen, daß sie ihm das überhaupt mitteilte.

Für den Fall, daß es sich vielleicht um einen seiner anderen Neffen handeln könnte, fragte Nuñez zögernd: »Eure Majestät? William oder Francis?«

Mit ihrer langen, weißen Hand winkte sie ab. »Nein, nein, Doktor«, sagte sie. »Über diese beiden kann ich alles von Walsingham erfahren. Ich meine den lächerlichen Zwerg aus dem Ames-Wurf, diesen mageren kleinen Tapferen, der immer eine laufende Nase hatte. Den, der mich vor dem papistischen Mörder bewahrt hat – vor genau vier Jahren.«

»Ach...«, sagte Nuñez unglücklich, wobei er sich fragte, welche Geschichte ihr Walsingham erzählt haben mochte.

Vielleicht die Version für die Allgemeinheit, die besagte, daß Ames vor vier Jahren an einem Lungenfieber verstorben war? Oder etwa das Geheimnis? Sicher hatte er sie darüber nicht im unklaren gelassen. Oder vielleicht doch? Walsingham war unglaublich verschwiegen, was seine Aktivitäten in der Gegenspionage anbelangte.

Nuñez hob den Kopf und schaute die Königin an. Auch bei nüchterner Betrachtung bot sie einen sehr außergewöhnlichen Anblick. Eine kleine, rothaarige Frau wie sie wäre normalerweise bei lebendigem Leib von den phantastisch gearbeiteten Wappentieren auf ihrem Gewand und ihrer Jacke aufgefressen worden, doch leuchtete ihr Gesicht unter dem zarten Batist ihres Schleiers wie das einer Heiligen auf einem alten Bild. Ihre ganze Erscheinung war bis in alle Einzelheiten kunstvoll gestaltet, gleich dem Panzer eines Einsiedlerkrebses nur dazu erdacht, die Tatsache bewußt zu verbergen, daß unter all der Staffage nur das weiche Fleisch einer Frau vorhanden war – kurz, eine Zusammensetzung aus den vier Temperamenten, die mit ein wenig Göttlichkeit und einer ziemlichen Menge von nicht weiblichem Intellekt angereichert war. Und doch war sie in den Zeiten, da er sie wegen ihrer Magenkrämpfe gepflegt hatte, auch durch und durch eine Königin gewesen, und das trotz der Tatsache, daß sie mit heftigen Schmerzen im Bett lag. Selbst wenn man sie aus dem Herrschaftsbereich ihrer Unterröcke entfernte, hatte sie einstmals geprahlt, bliebe sie doch noch immer eine höchst ungewöhnliche, imposante Dame.

In der Hoffnung, daß das Gerücht, sie könne die Gedanken der Menschen lesen, doch nicht wahr sei, räusperte sich Nuñez noch einmal. Geduldig wartete sie auf seine Antwort. Ob ihr nun Walsingham die Wahrheit gesagt hatte oder nicht, es entsprach nicht seiner Aufgabe, sie anzulügen.

»Es geht ihm gut, Eure Majestät. Er hat sich verheiratet...« Die hohen Augenbrauen zogen sich zusammen. Die Königin war sehr dagegen, daß einer ihrer Diener die Ehe einging.

165

»... wie es uns unsere Religion in aller Strenge gebietet«, fügte Nuñez hinzu, wobei er sich wunderte, daß sich sein Mund so klebrig anfühlte und sein Herz durch diese Feuerprobe so stark erhitzt wurde, als sei es in einem Schmelzofen gefangen. »Er ist... nun... nach Bristol gezogen, und er hat auch seinen Namen geändert, damit die Spanier auch wirklich glauben, daß er tot ist.«

Sie lachte. Sie verfügte über einen ebensolchen Bestand an Lachen wie an Kleidern und Röcken. So kicherte sie, während sie mit einem Botschafter kokettierte, so heiter und fröhlich, als klingelten tausend Glöckchen. Doch nun hatte ihr Lachen einen tiefen, humorlosen Klang.

»Walsingham war fest davon überzeugt, daß die Wahrheit nur dann wächst, wenn zuvor eine Menge Lügen ausgestreut worden sind«, sagte sie. »Wie es scheint, hat er in diesem Fall recht behalten.«

Nuñez deutete ein Hüsteln an. »Diese List hat sich als sehr erfolgreich erwiesen.«

»Warum gefährdet Ames sie dann dadurch, daß er nach London zurückkommt?«

»Eure Majestät, ich hätte Euch ohnehin um eine Audienz ersucht«, sagte Nuñez eilig. »Ich hatte ebenfalls die Absicht, Euch um die Gnade einer Audienz für ihn zu bitten, denn er hat etwas mit Euch zu besprechen, das von höchster Dringlichkeit ist.«

»Und worum handelt es sich dabei?«

»Er hat mich auf das Eindringlichste gebeten, diese Sache nicht ohne ihn zur Sprache zu bringen.«

»Hm«, sagte sie nachdenklich. Für einen kurzen Moment hielten ihre Augen die seinen fest, dann plötzlich änderte sich die Stimmung in ihrem Antlitz zum Besseren. Sie lächelte und zwinkerte ihm zu.

»Kommt, Doktor, erhebt Euch von Euren Knien. Kommt endlich und meßt mir den Puls.«

Nuñez erhob sich mit knirschenden Gelenken wieder auf

die Füße und wartete etwa eine Minute, bis sein Blut wieder durch die Beine strömte. Für einen Mann von so ausgezeichnetem Appetit war es fast ein Unding, so lange Zeit zu knien, und es wurde zusehends schwieriger. Bald würde er wie Burghley immer ein Kissen dabeihaben müssen.

Er näherte sich ruhig ihrem Thron, wobei er ein ernstes, sehr berufsmäßiges Gesicht aufsetzte. Die Königin streckte ihm erneut ihre schmale, mit kostbaren Juwelen geschmückte Hand entgegen, die er nahm. Dann spreizte er seine groben Finger und fühlte ihren schwachen Puls, der ihm verhalten einiges über das Gleichgewicht ihrer verschiedenen Launen und Stimmungen zuflüsterte. Für eine Weile herrschte Stille. Während er voll konzentriert und mit halb geschlossenen Augen dastand, beobachtete sie ihn. Sie hatte ihren Kopf zur Seite geneigt und ihre ständige Unruhe zumindest für diesen Augenblick zum Schweigen gebracht.

»Ich habe selten eine Frau getroffen, die über einen solch ausgezeichneten und ausgeglichenen Gemütszustand wie Eure Majestät verfügt«, hob Nuñez an.

Sie lächelte und drohte ihm kokett mit dem Finger.

»Was? Keine Medizin, keine Aderlässe und keine Brechmittel? Ihr solltet aus dem Kollegium der Doktoren ausgestoßen werden.«

Nuñez verbeugte sich.

»Ich würde gern einen Blick auf das Wasser Eurer Majestät werfen und seinen Geschmack versuchen«, sagte er, »aber nur unter dem Vorbehalt meiner inständigen Bitten, es möge keiner meiner anderen Patienten so gesund sein wie Ihr.«

»Ausgenommen natürlich mein verehrter Lord Leicester.«

Nuñez verbeugte sich wieder und entschied sich, keine weiteren Schmeicheleien oder Euphemismen anzubringen.

»Eure Majestät wissen, daß es um seine Gesundheit nicht zum besten bestellt ist.«

Sie nickte. »Ach ja, er ißt und trinkt viel zuviel, schreit ständig und ist überhaupt von cholerischem Temperament.«

»Wenn seine Gemütsart sich allzu sehr erhitzt, kann er leicht einen Herzanfall erleiden.«

»Und wodurch kann sein Herz seinen Körper allzu sehr erhitzen?«

Nuñez schüttelte den Kopf. »Alles, was wir sagen können, ist, daß eine zu reiche Versorgung mit Blut oder Gallenflüssigkeit die Funktion seines Herzens zu stark ermüdet. Ich bitte Eure Majestät, ihn zu bestürmen, sich häufiger Blutegel setzen zu lassen, wie ich ihm letzten Monat angeraten habe. Sein Puls geht viel zu schnell. Vielleicht wird er ja seiner Monarchin besser gehorchen als seinem Arzt.«

»Seit einiger Zeit ist er nicht mehr mein gehorsamer Untertan«, sagte die Königin mit vernichtendem Blick, »und die Niederlande haben ihm überhaupt nicht gut getan, weder seinem Körper noch seiner Seele. Er war zutiefst betrübt, als dieser alberne Poet, sein Neffe, starb. Haben die Belange Eures Neffen in irgendeiner Weise etwas mit Sidneys Angelegenheiten zu tun?«

»Eure Majestät«, fing Nuñez unsicher an, »ich bin nur ein Arzt . . .« Wovon sprach sie überhaupt, »die Angelegenheiten Sidneys«? Sir Philip war doch niemals in Spionageangelegenheiten verwickelt gewesen. ». . . mit einigen finanziellen Interessen und . . .«

»Wonach es Walsingham wirklich gelüstet, ist ein Spionagenetz, das sich über ganz Europa und die Türkei erstreckt, und Ihr solltet es ihm zur Verfügung stellen.«

»Eure Majestät sind zu gütig. Doch handelte es sich hier nur um Freunde und Familienmitglieder, die . . .«

»Ihr Leben aufs Spiel setzten, um mir Nachrichten zukommen zu lassen. Kommt, Doktor, müssen wir wirklich so spitzfindig mit Worten spielen? Wie kam Euer so weiser und umsichtiger Neffe überhaupt dazu, meine Dienste zu verlassen? Ich hätte ihn für seine Unternehmungen, die meiner Verteidigung dienten, hoch belohnt. Ich habe sogar an einen Platz im Geheimen Staatsrat für ihn gedacht.«

»Er verfügte über eine so schlechte Gesundheit...«

»Pah. Ich entlasse wegen schlechter Gesundheit noch nicht einmal die letzten meiner Torwachen. Also, was war der wirkliche Grund?«

Nuñez machte einen tiefen Atemzug, wobei er sich inständig wünschte, sie würde weniger scharfsinnig sein. »Er hat mir voller Ungestüm mitgeteilt, daß er nicht zu seiner alten Tätigkeit als Inquisitor zurückkehren wolle.«

Die Königin erstarrte. »Ich bestehe darauf, ihn zu sehen. Bringt ihn morgen um die gleiche Zeit zu mir.« Sie streckte ihm die eine Hand zum Kuß hin, während sie mit der anderen ihre Glocke läutete. Die wartenden Hofdamen und Mägde, die in den Nebenraum verbannt gewesen waren, strömten wieder herein und reihten sich mit ihren Arbeiten und Büchern, ihren Papageien und Schoßhunden wieder vor ihr auf. Eines dieser kleinen, fetten, pelzigen Geschöpfe sprang von zwei grünen Samtärmeln herab und hastete mit aufgeregtem Gebell über die Binsenmatten. Die Königin lachte und hob ihn zu sich empor. Sie streichelte ihn und fütterte ihn mit kleinen Stückchen Huhn, die ihr ein kleines, dunkelhaariges Mädchen mit unglaublich weißer Haut auf einem Silberteller reichte. Außer sich vor Freude, schleckte das Hündchen das Gesicht der Königin ab, doch als er etwas von ihrer Schminke aus Bleiweiß auf die Zunge bekam, begann er sich heftig zu schütteln. Die Königin tätschelte ihn, fütterte ihn mit noch mehr Huhn und ließ ihn dann in die Arme von Nuñez fallen, während sie einem der kleineren Mädchen einen leichten Klaps auf die Wange gab.

»Hol mir meine samtene Geldbörse.«

Während er wartete, fühlte Nuñez, wie der kleine Hund in seinen Armen krampfhaft zu würgen begann. Rasch stellte er ihn auf den Boden zurück und zog den Saum seines Mantels vor ihn, so daß seine Herrin nicht mitbekam, wie er sich übergab.

Mit Argusaugen beobachtete die Königin das Geschehen.

169

»Nun, was tut Eric weh, Doktor?« fragte sie.

Nuñez blickte ernst auf das Tier hinab. »Er hat etwas gefressen, das ihm nicht bekommen ist«, diagnostizierte er.

»Aber was?« fragte die Königin scharf, während sie zur Seite auf den Teller mit dem Fleisch blickte.

Nuñez saß in der Klemme. Sicher lag der Grund in der Schminke, die dieses schreckliche, kleine Tier vom Gesicht seiner Herrin geschleckt hatte. Aber andererseits war es durchaus nicht ratsam, die Tatsache zu erwähnen, daß sich die Königin das Gesicht schminkte, da dies ihrer Vorstellung, eine berühmte, unsterbliche Schönheit zu sein, gewaltigen Abbruch tat.

Er verschaffte sich ein wenig Zeit zum Überlegen, indem er den Hund hochhob und ihm das Maul öffnete. Gereizt schnappte Eric nach ihm. Dann hatte er eine Eingebung.

»Vielleicht ein Haarknäuel, Eure Majestät. Alle pelzbesetzten Tiere, die sich selbst ablecken, haben darunter zu leiden. Und ihre Magenverstimmung dauert nur so lange, bis sie das Knäuel wieder ausgewürgt haben.«

»Und wie sieht es mit seiner Gemütsverfassung aus?«

Hatten Hunde ein Gemüt? Und wenn ja, warum dann nicht auch die Pferde und sonstiges Vieh? Doch waren die schweigsamen Tiere sicher nicht so kompliziert wie die Menschen, selbst wenn sie auf der anderen Seite durchaus irgendwie komplex zu nennen waren. Doch wenn dem so war, in welcher Art dann? Es gab keinen Zweifel daran, daß Tiere Blut in sich hatten und damit von sanguinischem Temperament waren. Tatsächlich war dies eine faszinierende Frage, über die Nuñez noch nie nachgedacht hatte.

»Für einen Hund gut«, sagte er mit ernster Miene, wobei er nicht zum ersten Mal seine Gedanken erst während des Sprechens entwickelte. Eric schnappte wieder nach ihm und zwickte ihn ins Handgelenk. »Vielleicht ist er ein wenig cholerisch.«

Das Mädchen, das nach der Geldbörse geschickt worden

war, kam außer Atem zurück und reichte sie der Königin, die sie ihm großzügig übergab. Nuñez nahm sie in Empfang, obwohl er zu sehr damit beschäftigt war, den kleinen Hund zu halten, als daß er einen Blick hineinwerfen konnte. Doch nahm er an, daß sie sein Honorar enthielt. Obwohl die Königin äußerst nachlässig mit der Bezahlung ihrer Höflinge umging, entlohnte sie ihre Diener mit peinlicher Genauigkeit. Und daß sie ihm persönlich das Geld überreichte, bedeutete, daß sie mit der Behandlung ihrer Krankheit mehr als zufrieden war. Nuñez unterdrückte einen Schauder. Mochte der Allmächtige bloß verhüten, daß ihr einst der Gedanke kam, ihn zu ihrem Obersten Leibarzt zu berufen. Das letzte, was er wollte, war, ein solch gefährliches Amt zu bekleiden.

Nachdem es ihm offensichtlich leid tat, ihn gekniffen zu haben, begann der kleine Hund, ihm das Gesicht abzulecken, wobei er ihn nun mit seinem Atem anhauchte. Ungeduldig erhob sich die Königin. Dadurch löste sie unter den älteren Hofdamen einen Tumult aus, weil diese versuchten, hastig von ihren Stühlen und Kissen aufzustehen.

»Ihr habt die Erlaubnis, Euch zurückzuziehen, Doktor«, gab die Königin ihm gebieterisch über die Schulter zu verstehen. Dann eilte sie rasch zur Tür, begleitet von den beiden anderen kleinen Hunden, die offensichtlich unter ihren Unterröcken Zuflucht genommen hatten. Eric hinterließ einige Kratzspuren, als er von Nuñez' Arm heruntersprang und hinter seiner Herrin herkläffte.

30

Lord Burghley trat nervös von einem Fuß auf den anderen, während er auf seine Herrin wartete, um von ihr die Erlaubnis zu erhalten, in ihrer Nähe zu weilen. Ganz allgemein gesprochen, nahm sie gewöhnlich Rücksicht auf seine von Gicht geplagten Knie und warf ihren Blick sogleich auf ihn. Aber jetzt

171

war sie wütend, da er sich in der Frage, was mit der schottischen Königin geschehen sollte, auf die Seite Walsinghams, Hattons und des Grafen von Leicester geschlagen hatte. Hinter ihm stand sein Sohn, der ein Kissen und ein großes Bündel mit Papieren trug. Er war ein magerer, buckliger Jüngling mit einem dunklen, unglücklichen Gesicht, das nur durch seine Intelligenz und seinen überraschenden Witz belebt wurde.

Schließlich öffnete ein Gentleman die Tür, und sie betraten die Halle des Geheimen Staatsrates, in dem die Königin bereits am oberen Teil des langen Tisches unter ihrem Baldachin saß.

Burghley bewegte sich schwerfällig nach vorn, wobei er unter den Schmerzen in seinem großen Zeh und den Knöcheln zusammenzuckte. Schließlich ließ er sich umständlich auf dem Kissen nieder, das Robert vor Ihre Majestät gelegt hatte. Anders als gewöhnlich ließ sie ihn eine Weile in dieser Stellung, um ihm schmerzhaft klar zu machen, daß sie die Königin und er, trotz all seines Einflusses und seiner Macht, nur ihr Diener war.

»Wie geht es Euch heute, Mylord?« fragte sie nach einer Weile überaus freundlich. »Und was macht Eure Gicht?«

»Das kalte Wetter tut ihr alles andere als gut, Eure Majestät«, sagte Burghley. »Doch nehme ich eine neue Medizin, von der ich hoffe, daß sie mehr Wirkung zeigt.«

»Betet zu Gott, daß dem so sein möge«, sagte die Königin kühl. Dann entstand eine Pause, ein deutliches Loch in der Konversation, in die ihre Aufforderung an ihn, sich zu erheben, sehr gut gepaßt hätte. Ihr Fehlen wurde von allen bemerkt. Also so wird das gemacht, dachte Burghley erschöpft und beschloß, über diese Unannehmlichkeit einfach hinwegzusehen. Wenn sie ihm ihre Tintenflasche an den Kopf würfe und ihm sagte, er solle ihr aus den Augen gehen, könnte er sich wenigstens von seinen Knien erheben. Doch halt, zuerst mußte er die Angelegenheit mit dem Gefangenen zur Sprache bringen.

»Eure Majestät, es gibt eine Reihe von Dingen, die ich Euch vorzubringen habe«, sagte er. »Zuerst ist da die Petition von einem gewissen Coulson, der bittet, daß die Sekretärstelle in der Wäschekammer für den Fall seines Todes auf seinen Sohn übertragen wird.«

»Gewährt«, sagte die Königin, für die es immer wichtig war, die Kontinuität zu wahren.

»Zum zweiten ist da die Sache mit dem Mann, der bei der Razzia in einem Haus in London vor zwei Wochen festgenommen wurde.«

»Ein Papist?«

»Eine schwierige Angelegenheit, Eure Majestät. Ich hätte sicherlich Sir Francis aufgesucht, wenn er sich wohl genug gefühlt hätte, da sie seinen Stellvertreter betrifft.«

»Mr. Davison?« Vor lauter Widerwillen kräuselte die Königin ihren Mund. »Was hat er jetzt wieder angestellt?«

»Hat es vielleicht einen Haftbefehl gegeben, der dieses Vorgehen bewilligte?«

»Nein.« Obwohl die Königin täglich Hunderte von Schriftstücken unterzeichnete, schien sie jedes einzelne durchzulesen. »Den gab es nicht.«

»Ich habe hier einen Brief von einem der Agenten Mr. Davisons, einem gewissen Mr. Munday, der den Mann im Tower verhört hat. Es betrifft ihn, denn man fand heraus, daß dieser Mann ein Protestant und durchaus kein Papist ist. Vorher konnte das nicht festgestellt werden, da er irgendwie sein Gedächtnis verloren zu haben schien. Mr. Munday dachte, daß dieser Mann vielleicht für mich arbeitet, und so schrieb er heimlich einen Brief an mich.«

»Sehr weise von ihm.«

»Ja«, sagte Burghley. »Außerordentlich weise. Im allgemeinen beschäftige ich keine Agenten gegen die Katholiken, da ich das lieber meinem erfahrenen Kollegen, Sir Francis, überlasse. Ich fürchte, ich kenne diesen Mann nicht, aber es kam mir in den Sinn, daß vielleicht Eure Majestät...«

Sie beugte sich ein wenig vor und riß ihm das Papier aus der Hand. Es gelang ihm, sein Gewicht auf das weniger schmerzende Knie zu verlagern, wobei er sich fragte, wie lang das Ganze wohl noch dauerte. Gott im Himmel, sie war wirklich wütend auf ihn.

Ihre Augen überflogen die Zeilen, in denen Munday den Gefangenen beschrieb – sehr klar und in ansprechender Formulierung, wie Burghley dachte – und die entschlüsselten Codewörter nannte. Plötzlich verengten sich ihre Augen. »Hm«, sagte sie, holte Atem, um einen Satz anzufangen, doch brach sie ihn wieder ab. »Und worum handelt es sich bei dieser Unternehmung Davisons?«

»Höchste Geheimhaltung«, sagte Burghley. »Ich bin davon noch nicht vollständig in Kenntnis gesetzt worden. Doch wurde mir von Sir Francis mitgeteilt, daß es sich um eine Angelegenheit von sehr heiklem Charakter...«

»Etwa in der Art wie diese abscheuliche und bösartige Scharade des Babington-Anschlags?«

Burghley, der nicht daran beteiligt war, hustete ein wenig und sah zu Boden. Er verlagerte sein Gewicht auf das andere Knie.

»Soweit ich weiß«, begann er vorsichtig, »betrifft diese Sache nicht direkt die Königin der Schotten.«

»Was also dann?«

Burghley deutete eine kleine Geste der Verwirrung an. »Da ich kaum Anteil an derlei Dingen habe, würde ich es vorziehen...«

»Um Himmels willen, Cecil«, schrie die Königin, »wollt Ihr wohl endlich damit aufhören, ständig meinen Fragen auszuweichen, und mir sagen, was Ihr wißt?«

Burghley zuckte mit den Schultern. »Es geht das Gerücht, daß dies alles mit einer niederträchtigen Schmähschrift gegen Eure Majestät zu tun hat, die als das Buch vom Einhorn bekannt ist. Dies, fürchte ich, ist alles, was ich Euch sagen kann.«

»Eine Schmähschrift. Schlimmer als die vorherigen?«

»Ich habe keine Ahnung.«

»Und Davison stellt die Ermittlungen an?«

»So habe ich es verstanden.«

»Und wieso habe ich über den Fortschritt dieser Ermittlungen keinen Bericht erhalten?«

»Eure Majestät, ich kann nur damit antworten, daß auch ich keine Berichte erhalten habe. Vielleicht sollten wir am besten Mr. Davison fragen.«

»Und damit zulassen, daß dieser langnasige, scheinheilige Calvinist mir noch einen weiteren Vortrag darüber hält, daß es notwendig ist, die Königin der Schotten hinrichten zu lassen? Ich denke, daß ich das nicht möchte, Mylord.«

»Es *ist* aber notwendig, Eure Majestät...«

Gott sei Dank warf sie mit einem Pantoffel und nicht mit dem Tintenfaß. Burghley zog rechtzeitig den Kopf ein, aber sein Sohn, der sehr unelegant aufschrie, wurde getroffen.

»Notwendig? Bei Jesus Christus! Notwendig? Eine gesalbte Königin hinrichten zu lassen? *Notwendig?* Das ist eine gottverdammte Narretei, nichts anderes als der völlige Schwachsinn. Das ist es, Cecil! Und ich will nicht, daß noch weiter von ihr die Rede ist. Hinaus, hinaus!«

Obwohl er bloß den nicht gerade hilfreichen Arm seines Sohnes zur Verfügung hatte, stand Burghley so rasch wie möglich auf und verbeugte sich mit so viel Würde, wie er nur aufbieten konnte, während ein weiterer Pantoffel, ein Muff und ein Buch an seinen Ohren vorbeizischten. Glücklicherweise bewirkte ihr Zorn zumeist, daß die Königin sehr schlecht traf. An der Tür angelangt, verbeugten sich beide noch einmal und schlüpften schnell hinaus, als der Gentleman sie für sie öffnete.

Sie sieht immer noch großartig aus, wenn sie in Zorn gerät, dachte Burghley liebevoll, und wenn sie brüllt, hat sie genau das Timbre ihres Vaters, wenn auch zwei Oktaven höher. Er beugte sich herab und begann, seine Knie zu reiben, während

175

ihn die stechenden Schmerzen, die bis in seine Hüfte schossen, dazu brachten, laut aufzustöhnen. Vor lauter Eile hatte er auch sein Kissen vergessen.

»Geh und hol das Kissen, Robert«, sagte er zu seinem Sohn, »und leg ihr die Papiere auf den Tisch.«

»Äh...« Robert blickte nervös in die Richtung der verschlossenen Tür, durch die ihre Flüche drangen.

»Je öfter du dich verneigst, desto weniger wahrscheinlich ist es, daß sie dich treffen wird. Also geh schon.«

Und mit dem Aussehen eines Mannes, der zum Schafott schreitet, huschte Robert über den Korridor und glitt durch die Tür. Wenige Augenblicke später kroch er zurück, wobei er so aussah, als sei er zu Tode erschrocken und völlig durcheinander.

»Sie hat gesagt, daß sie mich morgen in den Tower bringen läßt, um mir den Buckel geradeziehen zu lassen«, sagte Robert.

Burghley nickte. »Damit hat sie mich bereits hunderte Male ins Bockshorn gejagt. Für sie ist es dasselbe, wie wenn man Kinder mit einem Gespenst erschreckt. Jetzt aber muß ich mir diesen schrecklichen Ort von innen ansehen, obwohl ich das wirklich nicht will.«

»Aber andere hat sie in den Kerker geworfen.«

Burghley umfaßte die Schultern seines Sohnes. »Robert«, sagte er, »mach keiner der Ehrenjungfrauen ein Kind und diene ihr aufrichtig und treu, dann wird sie dich niemals im Stich lassen.«

31

Am folgenden Morgen kniete Simon Ames in den privaten Gemächern vor der Königin und erzitterte innerlich vor ihrem Zorn. Es hatte schon ungünstig damit begonnen, daß er sie mit den Neuigkeiten von seiner Frau überfallen hatte. Und dann verschlimmerte er seine Position noch dadurch, daß er ihr sagte, er könne nicht länger einer ihrer Inquisitoren sein. Nuñez kniete leise jammernd hinter ihm.

»Wie kannst du es wagen«, brüllte die Königin. »Du Viper. Du Sohn des Teufels und des Belials, du verdammter, wimmernder Idiot, wie kannst du es wagen, mir zu sagen, was du willst und was nicht?«

»Eure Majestät, wenn Ihr mir die gütige Erlaubnis geben könntet, meine Meinung zur Sprache zu bringen...«

»Erlaubnis, bei Gott? Wann sollte ich dir jemals die Erlaubnis gegeben haben, so scheinheilig herumzutun? Und das, obwohl du keine Lust mehr hast, all die Verräter gegen den Staat und *gegen mich* aufzuspüren. Verdammt bist du, wenn ich nur von Narren und aufgeblasenen Puritanern umgeben bin, die von sich selbst meinen, die Weisheit Gottes mit dem Löffel gefressen zu haben. Dabei sind sie doch alle bloß angefüllt mit Gift und Galle, voller Überheblichkeit, Dünkel und Unwissenheit.«

»Nichtsdestoweniger, Eure Majestät, spreche ich die Wahrheit«, sagte Ames, nachdem ihre Tirade beendet war. »Ich habe weder den Magen noch die körperliche Stärke für das alles.«

»Walsingham wird von einem Stein gequält, und dennoch dient er mir.«

»Ich kann mich mit dem Ehrenwerten nicht auf eine Stufe stellen.«

»Jedoch glaubt dein Vater, daß er als mein Hoflieferant für Lebensmittel ohne diese hasenfüßigen Freundlichkeiten auskommen kann.«

»Ich denke nicht, daß diese Ämter miteinander vergleichbar sind, Eure Majestät. Und leider bin ich ihm nur ein sehr kranker Sohn.«

»Meine Geduld währet nicht ewiglich.«

»Eure Majestät sind die gerechteste, geduldigste und gütigste Herrscherin, das Juwel unseres Landes und unser Schutzschild gegen die Spanier«, sagte Ames ruhig und gesetzt, während Nuñez wünschte, er könnte seinen Kopf in die Hände nehmen und sich in lauten Klagen ergehen. Er schloß die Augen.

»Willst du mit mir feilschen, Ames?« Ihre Stimme klang wie ein gefährliches Zischen. »Willst du mich vielleicht übers Ohr hauen?«

Nuñez riß angesichts dieser Beleidigung die Augen auf. Zu seinem Erstaunen erwiderte Ames nichts, sondern kniete weiter vor der Königin und betrachtete sie ruhig. Nur die Röte, die seinen Nacken emporkroch, ließ seine Verärgerung sichtbar werden. Er fuhr mit seinem Schweigen fort, so daß es die Königin war, die wieder als erste zu sprechen begann.

»Nun?«

»Eure gnädigste Majestät hat Kenntnis von meiner Religion«, sagte Ames mit ungeahnter Härte. »Es stellt für uns eine Sünde dar, jemanden um seiner Religion willen zu verfolgen.«

O mein Gott, dachte Nuñez, und er begann sich zu fragen, ob es wohl eine Möglichkeit gäbe, Leonora eine Botschaft zu schicken, daß sie das Gold ausgraben und sich und die Kinder außer Landes bringen sollte. Ihre Familie hatte einst Land in Konstantinopel gekauft, für alle Fälle.

Ames schien sich nicht im klaren darüber zu sein, daß er unmittelbar am Rand des Vulkans entlangtanzte.

»Wagst du damit anzudeuten, daß *ich* etwa jemanden um seiner Religion willen verfolge?« Das Zischen klang sehr sanft, wenn auch äußerst gefährlich.

»Ich würde mir niemals erlauben, über die Gedanken Eurer Majestät irgendwelche Vermutungen anzustellen, noch liegt es im Ermessen eines Untertans, herauszufinden, wie sie gemeint sind«, sagte Ames immer noch ruhig und gemessen. »Außerdem ist es ein weiterer Grundsatz unserer Religion, daß wir getreu dem Land dienen müssen, in dem wir leben. Ich bin der Lehnsmann Eurer Majestät, und was immer Ihr

178

mir befehlt, werde ich ausführen, ausgenommen die Dinge, die meine unsterbliche Seele verletzen können.«

Da er einen neuen Wutanfall erwartete, war Nuñez um so mehr beunruhigt, daß er ausblieb. Die Luft knisterte förmlich vom Schweigen der Königin.

Nach einer angemessenen Pause fuhr Ames entschlossen fort. »Eure Majestät sind sich sicher bewußt, daß im Christentum nicht das Verbot religiöser Verfolgung besteht – tatsächlich gibt es sogar den ausdrücklichen Befehl, Ketzer und Ungläubige auszurotten, ganz gleich, wo sie zu finden sind. Was nun ein Christ mit reinem Gewissen tun kann, ist mir nicht erlaubt.«

Weiteres Schweigen. Nuñez riskierte durch seine Wimpern einen Blick auf die Königin, die Ames sorgfältig beobachtete.

»Wie steht's mit den Gründen des Staates?« fragte sie ihn neugierig, als würden sie einen philosophischen Disput austragen.

Ames machte eine entschuldigende Geste. »Ich hatte gedacht... Ich habe meine frühere Arbeit damit entschuldigt, aber ich fürchte, hauptsächlich ist dies durch die päpstliche Bulle geschehen, die Eure Majestät mit dem Kirchenbann belegt hat. Nun also, Eure Majestät, ich finde, daß es unmöglich ist, Politik von Religion zu unterscheiden. Es ist eine spitzfindige Unterscheidung, und ich bitte Euch, mir zu verzeihen, wenn ich versäumte, dies angemessen und korrekt zu tun. Aber bei allem, was recht und billig ist...«

»Ja, ja«, sagte die Königin und wedelte heftig mit ihrem Fächer aus Straußenfedern, der an ihrem Gürtel hing. »Ich verstehe Eure Darlegungen. Obwohl ich immer geglaubt habe, wir würden denselben Gott anbeten.«

»So dachte ich gleichfalls, Eure Majestät.«

Shimon, Shimon, du hast uns zugrunde gerichtet, dachte Nuñez.

Und schon wieder war da diese Wüste des Schweigens.

Nuñez schmerzten die Knie, aber Ames schien jetzt völlig entspannt zu sein, und sein Hut, den er unter dem Arm trug, war überhaupt nicht zerdrückt.

Die Königin erhob sich von ihrem Sessel unter dem Baldachin und rauschte auf ihn zu. Nuñez blickte sich vorsichtig nach den Hunden um, aber die schienen mit den Damen der Königin in ein anderes Zimmer verbannt worden zu sein.

Sie stand nun vor Ames, der in den Anblick eines prachtvollen Schmuckstücks vertieft zu sein schien, das an ihrem goldenen Gürtel hing und einen Hermelin aus weißem Email mit Augen aus Rubinen zeigte. Rebecca hat ihm tatsächlich mehr Sicherheit gegeben, dachte Nuñez. Was für ein Jammer, daß sie nun bald zur Witwe wird.

Die Königin reichte Ames ihre Hand. Für einen Augenblick war dieser verwirrt und starrte sie bloß an, doch dann nahm er sie und hauchte einen Kuß darauf.

»Steht auf, Mr. Ames«, sagte sie sehr ruhig. »Ich wünsche, daß Ihr mich in mein Privatkabinett begleitet, damit ich Euch den Unterschied zwischen einer Verfolgung aus religiösen Gründen und der Staatsraison darlegen kann.«

Ungeschickt erhob sich Ames, und die Königin ergriff seinen ungalanten Arm, wobei sie ihn mit ihrem Reifrock fast umstieß.

»Kommt«, sagte sie freundlich und lächelte. Trotz ihrer braunen Zähne strahlte dieses Lächeln einen ungeheuren Liebreiz aus und wurde dadurch zu ihrer besten Waffe.

Lammfromm folgte ihr Ames, so daß er Nuñez allein zurückließ, der steif und fassungslos zusah, wie sein Neffe die Tür für die Königin öffnete. Nun war er wieder allein, bis auf die *muliercula,* die ein Gewand aus mattrosa Stoff trug, das mit Gold durchwirkt und an den Kanten mit schwarzem Samt paspeliert war. Sie blickte auf und lächelte ihn weise an. Nuñez lächelte zurück und fragte sich, ob sie von dem allen wohl etwas verstanden hatte, und wenn ja, wieviel. Am liebsten hätte er ihr eine Menge persönlicher Fragen gestellt, so

180

zum Beispiel über ihre monatliche Regel oder ihre körperlichen Funktionen. Doch hielt er sich zurück.

Ein wenig später flutete die Musik eines Virginals durch die geschlossene Tür. Nuñez seufzte, fühlte seinen Puls und dachte bei sich, daß er, falls er heute nacht nicht in den Tower geworfen würde, Senhor Eraso bitten würde, ihn zur Ader zu lassen, damit der Druck in seinem Herzen gemildert würde.

Nach einer vollen Stunde kam Ames mit vielen Verbeugungen allein aus dem Privatkabinett der Königin zurück. Er war sehr bleich, und seine dünnen Lippen waren so fest zusammengepreßt, daß sie fast nicht mehr zu sehen waren.

»Nun, Shimon?« flüsterte Nuñez auf portugiesisch. »Stehen wir unter Arrest?«

Ames blickte ihn an. »Nein«, sagte er geistesabwesend.

»Sie wird dich nicht bestrafen oder Dunstans Bestallungsurkunde für den Lebensmittelhandel rückgängig machen?«

»Natürlich vermag sie das zu tun und noch sehr viel schlimmere Dinge, wenn ihr danach ist«, sagte Ames, »aber ich glaube, nicht gleich und unmittelbar.«

»Also, was dann? Wirst du in ihre Dienste zurückkehren?«

»Nicht direkt. Aber es gelang mir, sie zu überzeugen. Und wir werden nach meinem Ratschlag vorgehen.«

»Um was zu tun?«

»Becket zu retten.«

»Aber Davison...«

»Für ihn habe ich einen Haftbefehl.«

»Aber?« fragte Nuñez argwöhnisch, da er den Gesichtsausdruck seines Neffen richtig deutete.

»Ich muß zuerst sein Geheimnis ausfindig machen.«

Rasch eilte er auf die Tür zu, wobei er seinen Hut aufsetzte und den Umhang um sich schlang. Nuñez folgte ihm.

Am Tor des Palastes nahmen sie Pferde, und Ames jammerte, als er sich in den Sattel schwang.

»Der Allmächtige möge uns Tauwetter schicken«, sagte Nuñez mitfühlend.

»Hm?« antwortete Ames geistesabwesend. »Ach, ja natürlich. Die Themse.« Er lächelte. »Ich frage mich, ob ich den Mut hätte, mir wieder ein Boot unter der Brücke zu nehmen?«

Sie ritten auf dem gefrorenen, glatten Boden dahin. Als sie an Charing Cross vorbeikamen, fragte Nuñez auf portugiesisch: »Wie willst du vorgehen, Shimon?«

Ames seufzte und biß sich einige Hautfetzen von seinen aufgesprungen Lippen. »Ich bin mir wirklich nicht im klaren, ob ich dir die Wahrheit sagen soll, Onkel«, sagte er. »Zuerst müssen wir Becket aus dem Tower befreien.«

»Befreien?« fragte Nuñez voller Entsetzen. »Aber das ist unmöglich.«

»Ich meine, daß wir mit Walsingham sprechen müssen, was sicher schwierig wird, da er sehr krank ist. Aber ich kann ihn nicht in den Tower begleiten – dort gibt es gar zu viele Leute, die mich kennen, ganz zu schweigen von James Ramme. Er muß an einen anderen Ort gebracht werden.«

»Wenn du das meiner Obhut anvertrauen würdest ...«

»Ich habe das bereits versucht. Denn es wäre das Nächstliegende. Aber unglücklicherweise wird das die Königin nicht billigen. Sie sagt, er muß so lange gefangengehalten werden, bis sie weiß, was er vergessen hat.« Ames seufzte. »Es scheint, daß es mein Schicksal ist, immer ein Inquisitor zu sein.«

»Der Verlust seines Gedächtnisses ist nicht gespielt«, sagte Nuñez. »Das beschwöre ich. Und so kann ihm auch durch weiteres Foltern nichts mehr entlockt werden.«

»Natürlich nicht. Selbst die Königin versteht das. Ich hoffe, daß er, nachdem er an einen anderen Ort verlegt wurde und ich zu ihm gehen kann, sich an mich erinnert und sich dadurch die Schleusen öffnen. Denn es hängt alles davon ab, ob er bereit ist, mir sein Geheimnis anzuvertrauen oder nicht.«

»An mich konnte er sich nicht erinnern.«

Ames zuckte mit den Schultern. »Wenn es mißlingt, müssen wir etwas anderes versuchen.«

32

Während der Zeit, in der Maria für die Königin als die Magd tätig war, die die Nachttöpfe ausleeren mußte, sah sie den Hof in einem ähnlichen Licht wie etwa eine Waldassel einen Garten. Der Hof versorgte einen großen Teil von Westminster mit Essen, Kleidung und Wohnung und gebärdete sich dabei wie ein Raubtier, das, von der Themse umwogt, wahre Ströme von Bier und riesige Berge von Rindfleisch verschlang und dies mit Gießbächen von Gold oder Silber, unterschlagenem Federvieh und Resten aus der Küche, widerrechtlich angeeigneter Wäsche, Tinte und Papier sowie unehrlich erworbenen Kerzenstummeln und Feuerholz, gestohlener Seife und einer unglaublichen Vielfalt der unterschiedlichsten politischen Interessen bezahlte.

Die Königin lebte niemals länger als ein paar Monate in Whitehall, worauf sich der gesamte Schwarm der Höflinge und Diener wie Ameisen auf der Straße nach Nonsuch oder Greenwich in Bewegung setzte. Dann ließ sich eine neue Schar auf dem verlassenen Gelände nieder, um in größter Eile die Binsen auszufegen und die Matten zu verbrennen, oder sie, da sie sehr hoch im Kurs standen, den Meistbietenden in der City von London zu verkaufen. Danach wurden die Fußböden und Treppen mit Lauge geschrubbt und die Wände wieder weiß gekalkt.

Nun stellte eines der Hauptprobleme, die mein Herr und Gebieter Hunsdon, der Oberste Haushofmeister, zu lösen hatte, die Unterkunft dar. In Whitehall war dies weniger schwierig als anderen Orts, denn dort stand schließlich der größte Palast der gesamten Christenheit. Dazu kam die Tatsache, daß die höhergestellten Höflinge, wie zum Beispiel Leicester, Hatton oder Burghley und mittlerweile auch Raleigh, mit ihrer gesamten Sippe und den Dienern in ihren eigenen Palästen am Strand und nicht mehr am Hof selbst

183

lebten. Trotzdem war es für die Leute, die der Königin aufwarteten, um vielleicht eine kleine Parzelle Land oder ein erbetteltes Amt zu ergattern, absolut notwendig, so nahe wie möglich beim Palast zu wohnen.

Daher stand südlich des Obstgartens von Whitehall, in der Nähe der Tennisplätze, eine Ansammlung von alten, vielfach feuchten Gebäuden, die zu einem Wucherpreis an die Horden von jungen Männern vermietet wurden, die der Königin dienten. Da ihr Leben ohne die Einmischung weiblicher Aufmerksamkeiten ablief, mußten die jungen Edelleute, die in der Gunst der Königin standen, ihre Unterwäsche selbst an einer Leine, die an ihren Gewehrschäften befestigt war, über dem Feuer trocknen, in Tiegeln und Pfannen ihr Hammelfleisch braten, im Sommer die Butterkrüge an langen Schnüren durchs Fenster direkt in die Themse hängen und den Platz an ihrem Fenster gelegentlich an einen Fischer vermieten. Sämtliche Treppenaufgänge und Passagen stanken nach Urin, da die jungen Männer, die pro Kopf und Tag gewöhnlich eine Gallone Bier in sich hineinschütteten und lange in den Vorzimmern herumstehen mußten, keinen Anlaß dafür sahen, einen Nachttopf zu beschmutzen.

Diese jungen Männer verbrachten, wie es alle jungen Männer tun, einen Großteil ihrer Zeit damit, das Instrument ihrer Männlichkeit wie einen Götzen anzubeten, und einen weiteren Teil damit, sich Lügen in Bezug auf Frauen auszudenken. Als erstes ging es darum, *wie* sie überhaupt anzulügen sind, um dann gegebenenfalls *gemeinsam mit ihnen* zu lügen, und nachdem dies erreicht war, später (oder auch manchmal davor) *Lügen über sie* zu verbreiten. Die Königin war eine sehr gescheite Frau. Sie hatte all ihren Ehrenjungfrauen verboten – und zwar bei Androhung der sofortigen Ungnade und des Verweises vom Hof –, sich jemals in südlicher Richtung des Obstgartens in den Dunstkreis der jungen Männer vorzuwagen.

Aber Keuschheit ist für ein unschuldiges Mädchen eine sehr

harte Angelegenheit, denn sie weiß ganz genau, daß sie höchstens fünf Jahre zur Verfügung hat, um einen Ehemann zu ergattern. Für sie gibt es nun mal kein anderes ehrbares Leben als das einer Ehefrau. Und doch pulsiert in ihren Adern der Saft der Jugend, und ihr Kopf steht vor lauter blumigen Platitüden und wortreichen Sonetten in Flammen, denn die jungen Männer, alle groß, breit und überheblich, stolzieren hinter ihr her und bringen ihr Herz dazu, auf die köstlichste Weise zu erzittern. Und sie erbitten auch nicht von mir die Kraft, der Versuchung zu widerstehen, da ihnen niemand etwas über die Himmelskönigin beigebracht hat.

33

Mr. Robert Carey, Gentleman in den Königlichen Privatgemächern, stürmte die Stufen zu seinem Zimmer empor, das er im Augenblick mit seinem Freund John Gage teilte, wobei er seinen Schläger in die Luft warf und wieder auffing. Er pfiff fröhlich vor sich hin, da er gerade von Drury in einem Tennismatch fünf sehr dringend benötigte Pfund gewonnen hatte. Doch kurz bevor er sich duckte, um unter der Tür durchzugehen, hielt er einen Augenblick inne. Er war nicht mehr ganz so entzückt, als er auf dem zweiten Bett eine Frau sitzen sah und sein Diener Michael nirgends zu sehen war. Auf der anderen Seite geschah dies nicht zum ersten Mal.

Sie hatte sich eng in den gestreiften Umhang einer Dirne gehüllt, trug auf dem Kopf eine Kapuze und verdeckte ihr Gesicht mit einer Maske aus Samt. Er glaubte, den Umhang wiederzuerkennen.

»Also dann, Kate«, sagte er freundlich zu ihr, »Gage wird bald hier sein, er hat übrigens verloren, soviel ich gesehen habe. Möchtest du ein wenig Wein?«

Er wandte ihr den Rücken zu, schleuderte seinen Schläger unter sein Bett, wo es sich in einem Durcheinander aus

Schuhen, Waffen, Bällen, Büchern, Kartenpäckchen, einer verstimmten Laute und etlichen leeren Tellern schon allein zurechtfinden mußte. Er legte sein Wams ab, zog sein Hemd über den Kopf und begann sich damit in einer Weise abzutrocknen, die seine Mutter betrübt hätte, da sie es eigenhändig für ihn genäht hatte.

»Wenn du in den Krug im Kamin reinschaust, wird sicher noch etwas Wein darin sein, und wenn nicht...«

»Robin«, sagte die Frau, und er wirbelte zu ihr herum und sah auf komische Weise sehr erschrocken aus.

»Christus, erbarme dich«, schnappte er nach Luft. »Was machst du hier, Bethany?«

Sie weinte leise in die Kapuze des Hurenumhangs. Er starrte sie eine Weile mit offenem Mund an und überlegte, ob er ihr vielleicht sein Hemd geben sollte, damit sie sich die Augen trocknen konnte. Doch dann dachte er, es sei besser, dies nicht zu tun, da er ja sonst, allein und halbnackt, mit einer der von der Königin so grimmig verteidigten Ehrenjungfrauen im Zimmer stünde – schlimmer noch, mit einer der Bettgenossinnen der Königin. Also begann er verzweifelt, in der Kommode herumzustöbern, die neben ihm stand.

»Bethany, du... was ist denn? Ich kann nicht... ich...« Endlich fand er ein reines Hemd, zog es sich über den Kopf und schaffte es mit einiger Mühe sogar, sich auch noch mit einem Wams zu bekleiden.

Sie hatte die feucht gewordene Maske abgenommen und suchte tastend nach ihrem Taschentuch. Geräuschvoll schneuzte sie sich, während es ihm gelang, sie nicht länger nur anzustarren, sondern herauszufinden, daß in dem Krug noch etwas Wein war. Er schenkte ihn in einen ziemlich sauberen Becher und reichte ihn ihr, hauptsächlich, um etwas zu tun zu haben. Dann setzte er sich auf das gegenüberliegende schmale Bett und sah sie an.

Als die Tränen nicht mehr rannen, nahm er seinen ganzen Verstand zusammen und sagte: »In Gottes Namen, was stimmt denn nicht, Süße? Und wie bist du zu Kates Umhang gekommen?«

Etwas abgehackt brachte Bethany hervor: »Ich habe ihn mir für eine Krone ausgeliehen.«

»Wie denn?«

»Ich habe auf der Treppe auf sie gewartet, denn ich sah, wie sie über das Eis ging. Und dann habe ich mit ihr geredet, und sie gab ihn mir.«

»Aber ... warum?«

Bethany schluckte angestrengt, dann sah sie zu ihm empor. »Mr. Davison denkt, daß ich deine Geliebte bin.«

Carey bedeckte mit einer Hand seine Augen und stützte sich mit seinem Ellbogen auf die Kommode. »Aber ... aber das ist doch gar nicht wahr«, krächzte er verzweifelt.

»Er hat mir einfach nicht geglaubt.«

»Hat er es bereits der Königin mitgeteilt?«

Sie zog wieder die Nase hoch. »Er sagt, er würde es nicht tun, wenn ich die Königin für ihn bespitzeln würde.«

Hinter Careys Hand tauchte wieder sein Gesicht auf, in dem neue Hoffnung zu keimen schien. »Also gut, dann tu das eben. Um Himmels willen, Bethany, erzähl ihm alles, was er hören will. Solange du ihm nützlich bist, wird er still sein und dich bei Hofe lassen. Und dann kannst du den nächsten Mann heiraten, der sich dazu anbietet. Warum mußtest du bloß hierherkommen, um mir das alles zu erzählen? Du hättest doch ...«

»Robin, ich muß John Gage sehen.«

»Warum?«

»Ich bin ...« sie erstickte fast daran, »ich bin ...«

Plötzlich sah Carey zehn Jahre älter aus. »Oh, Bethany, du bist doch nicht schwanger? Oder doch?«

Sie nickte.

Carey starrte sie einen Augenblick lang an, holte Atem, um zu sprechen, ließ es dann aber doch sein, erhob sich und setzte sich wieder hin. Dann stand er voller Entschiedenheit auf und begann, eine Schachtel mit Halskrausen zu sichten. Er holte entschlossen seinen scharlachroten Samtanzug von einem Nagel an der Wand, änderte aber gleich darauf wieder seine Meinung, griff lieber nach einem schwarzsamtenen Wams und einer Kniehose mit Schlitzen, durch die roter Taft hindurchschimmerte. Er legte beides auf das Bett.

»Von wem ist es?« fragte er. Sie antwortete nicht. »Etwa von Gage?«

»Ich d-denke.«

»Du *denkst* es?« Zum ersten Mal hatte seine Stimme den Beigeschmack der Verachtung.

»Ich... ich habe das niemals gewollt... ich weiß gar nicht... Erinnerst du dich noch an den Maskenball zum Geburtstag der Königin? Im September?«

Carey antwortete nicht, da er damals, wenn auch in geborgter Rüstung, die Rolle eines verwegenen Ritters gespielt hatte. Und er mußte seine Sache recht gut gemacht haben, denn die Königin hatte seinem Tanz applaudiert und über seine Rede sehr gelacht. Kein Wunder, daß er sich sehr gut daran erinnern konnte. Und Gage war ein Zentaur gewesen.

»Erinnerst du dich noch an das anschließende Bankett?«

»Also... ja.« Der September war mild und golden gewesen, und sie hatten das Risiko auf sich genommen, für das Bankett in Whitehall das Festzelt aufzubauen, wobei sie das Wetter mit Streifen aus Flittergold und Eiszapfen aus gegossenem Zucker zu überlisten versucht hatten. Und es hatte dieses unglaublich wilde Blütenwasser für die Damen gegeben, und die Dame seines Herzens hatte stark danach geduftet, wie er sich voller Zärtlichkeit erinnerte. Doch sie war verheiratet gewesen. Er verhielt sich immer außerordentlich vorsichtig und gab sich bei Hof nur mit verheirateten Damen ab. Er war kein so romantischer Narr wie Gage und hatte die Absicht, nur eine reiche Witwe zu heiraten, die sich mit sich selbst zu amüsieren verstand. Auf jeden Fall war der Zorn gehörnter

Ehemänner im Vergleich zur tödlichen Eifersucht der Königin ein wesentlich geringeres Risiko.

»Das war, als ich – nun ich habe zuviel getrunken damals«, erklärte Bethany trübsinnig.

Carey nickte und hoffte, sie würde nicht fortfahren. »Aber du warst mit Gage zusammen, nicht wahr?«

»Ich kann mich nicht mehr genau erinnern«, sagte sie, wobei sie ihr verlorenes Gedächtnis bedauerte. »Ich denke, daß es so war.«

»Nun, dann ist es doch einfach. Heirate Gage auf der Stelle.«

»Die Königin wird wütend werden.«

»Nicht ein Viertel so wütend, wie sie sein würde, wenn du dich ins Bett legst und ein Kind ohne Vater auf die Welt brächtest.«

Einen Augenblick lang dachte sie darüber nach, dann schaute sie zitternd zu ihm auf. »Glaubst du, daß er das auch tun wird?«

»Er muß einfach«, sagte Carey, fest davon überzeugt. »War das der Grund, warum du hierher gekommen bist?«

Sie nickte.

»Und weiß Mr. Davison von deinem... nun ja, dem Zustand, in dem du bist?«

Sie schüttelte den Kopf.

»Also gut, dann läßt sich ja alles noch in Ordnung bringen.« Carey stieß heimlich einen sehr selbstsüchtigen Seufzer der Erleichterung aus. »Heirate sofort, und die Sache ist geregelt.«

Von unten war das Geräusch von Schritten zu hören, die die Treppe heraufkamen. »Ich werde ihm sagen, daß du hier bist.«

Dankbar um die Entschuldigung, griff Carey nach seinen Kleidern und eilte aus der Tür.

Bethany saß da, starrte auf die Steppdecke und zupfte an der ausgefransten Stickerei herum. Sie wunderte sich, wie es

189

nur möglich war, diese gähnende Leere im Bereich ihrer Taille zu fühlen, an deren Ende, weit, sehr weit entfernt, so etwas wie eine Trommel schlug. Dann hörte sie den Klang von Stimmen und das eilige Getrappel von John Gages Füßen auf der Treppe.

Carey hätte eigentlich gehen müssen, um auf die Königin zu warten, aber nun konnte er sich noch nicht einmal in seiner Schlafstube umziehen. Während er etwas über Mädchen im allgemeinen brummelte, die keinerlei Verstand im Kopf hätten, und Männer, die sogar noch weniger besäßen, begann er die komplizierte Prozedur auf dem unglaublich schmalen Treppenabsatz. Er fluchte, daß sein Diener nicht da war, um ihm bei dem verzwickten Geschäft zu helfen, die Enden seines Wamses am hinteren Teil seiner Hose festzubinden, die aus vielen verschiedenfarbigen Streifen zusammengesetzt war. Seine Schuhe hatte er zwar dabei, doch seine Überschuhe hatte er im Zimmer vergessen.

Die Tür öffnete sich mit einem lauten Knall, und in ihrem Rahmen erschien Gage. Seine blonden Haare, die er sich gerade mit den Fingern zerwühlt hatte, standen ihm wild zu Berge.

»Warum, zum Teufel, hast du sie bloß hineingelassen, Carey?« fragte er.

»Sie war schon da, als ich kam«, antwortete Carey mit ruhiger Stimme. »Soll ich dir vielleicht gratulieren, zu deiner...«

»Zur Hölle mit deiner Gratulation, ich kann sie nicht heiraten.«

»Und warum nicht?«

»Weil ich schon verlobt bin. Mein Vater hat es mir an Weihnachten geschrieben. Er hat die Vormundschaft über Annabel Prockter erworben und ein Vermögen dafür bezahlt. Sie ist fünfzehn, garantiert noch Jungfrau und besitzt etwa tausend Pfund an Grund und Boden sowie Anteile an vier Schiffen und außerdem noch fünfhundert vom Wittum ihrer Mutter. Die Königin hat auch schon ihre Einwilligung gegeben, und an Ostern fahre ich nach Hause und heirate sie. Es ist alles entschieden.«

»Aber Bethany ist...«

»Also kriegt die kleine Hexe ein Kind? Ist es so? Und woher weißt du, von wem es ist?«

»Es ist deins.«

»Meines, deines...«

»Meines ist es nicht.«

»Vielleicht das von Cumberland? Wer weiß das schon? Ich will sie jedenfalls nicht! Bevor das Jahr vergangen ist, hat sie mir bereits Hörner aufgesetzt.«

Ungläubig blickte Carey auf Gage. Doch der weigerte sich, ihm in die Augen zu sehen.

»Die dumme Kuh hätte eben ihre Beine geschlossen halten sollen«, knurrte er, dann trat er ein wenig vor, um Carey beiseite zu schieben. »Du kannst sie haben. Deine Familie ist an Bastarde gewöhnt.«

Ohne zu zögern, schlug Carey ihm mit der Faust ins Gesicht. Gage fiel gegen die Wand und griff hastig nach seiner Wange. Carey boxte nochmals auf ihn ein, doch verletzte er sich dieses Mal die Hand an Gages Zähnen. Gage versuchte, sein Schwert zu ziehen, wurde aber durch den schmalen Treppenabsatz behindert. Mit festem Griff packte ihn Carey, um ihn davon abzuhalten, und knurrend schwankten sie einige Sekunden hin und her, da sie sich beide ebenbürtig waren. Doch dann verfehlte Gage eine Stufe am oberen Treppenende, so daß beide abrutschten und schmerzhaft auf dem nächsten Treppenabsatz aufschlugen.

Schritte von oben beendeten ihren Kampf. Bethany stand da, ihr gestreifter Umhang hüllte sie noch immer ein, ihr Gesicht war weiß und wie gefroren, und sie weinte nicht mehr. Sie stand da und sah hinab auf das unwürdige Gerangel der Männer unter ihr.

Sie blickten zu ihr empor, und keiner von ihnen fühlte sich fähig, etwas zu sagen. Still schritt Bethany die Stufen hinab,

stieg über sie hinweg und ging weiter über die nächste Treppenflucht, bis sie den Durchgang erreichte, der in die King
Street führte.

Carey sprang auf die Füße und folgte ihr. Gage rappelte sich
gleichfalls hoch, hielt seinen blutenden Mund und rief hinter
ihm her: »Carey!«

Carey hielt auf dem nächsten Treppenabsatz inne. »Was
ist?«

»Ich fordere Genugtuung von dir, du Nachkomme eines Bastards.«

Für einen Augenblick umklammerte Careys Hand fester den
Griff seines Schwertes, und es sah ganz so aus, als wollte er
die Stufen wieder nach oben stürmen. Aber er ließ es nicht so
weit kommen.

»Besser ein Bastard zu sein, als einen zu machen«, sagte er
kalt. »Wann immer du möchtest, Gage, ich stehe zu deiner
Verfügung.«

Dann wandte er sich um und folgte Bethany.

34

Sie war am Tor zur Straße angekommen, aber anstatt sich
nach links zur King Street zu wenden, eilte sie nach rechts
und steuerte auf die Stufen beim Wasser zu.

Carey, der sie endlich eingeholt hatte, ergriff ihren Arm.

»Ich hoffe, du hast dich nicht meinetwegen geschlagen«,
sagte sie tonlos. »Ich bin es nicht wert.«

Etwa ein halbes Dutzend Antworten wetteiferten in Careys
Kehle, ausgesprochen zu werden, aber schließlich erwiderte
er nur stockend. »Nicht wirklich. Es ist... Also, er hat das
Recht dazu. Ich habe ihn geschlagen.«

»Ein Duell?«

Carey zuckte mit den Schultern und sog an seinen Fingerknöcheln. »Vielleicht. Es sei denn, er beruhigt sich wieder.«

192

»Wirst du dich entschuldigen?«

»Ganz sicher nicht.«

Bethany schüttelte müde ihren Kopf. Sie schien sich ganz vor ihm zu verschließen.

»Hör zu, Bethany, ich habe nicht gewußt, daß er verlobt ist.«

»Ich ebensowenig.«

»Also, Verlöbnisse können aufgelöst werden...«

»Warum sollte er das tun? Sie verfügt über Geld, Jugend und ihre Jungfernschaft. Warum sollte er mich wollen? Ich würde es auch nicht, wenn ich ein Mann wäre.«

»Vielleicht will dich ein anderer.«

»Die Verhandlungen über eine Ehe dauern Monate. Bei mir wird es nur wenige Wochen währen, bis ich längere Schnürbänder kaufen muß. Und dann wird die Königin mich hinauswerfen.«

Kopfschüttelnd legte sie ihre Finger an die Lider, um ihren Tränen Einhalt zu gebieten.

Impulsiv ergriff Carey sie beim Arm und drehte ihr Gesicht in seine Richtung. »Bethany«, sagte er sanft und lächelte sie an, »heirate mich.«

Sie lachte ein wenig. »Du bist doch gar nicht in mich verliebt.«

»Was hat denn Liebe damit zu tun? Außerdem bist du so schön, daß ich mich wirklich noch in dich verlieben kann. Und, wie Gage vorhin so freundlich ausgeführt hat, hat meine Familie einige Erfahrungen mit Bastarden.«

»Jeder wird denken, es sei dein Kind.«

Carey zuckte mit den Schultern. »Das tun sie bereits, wie es scheint.«

»Die Königin wird...«

Mit einem Winken seiner schlanken Hand tat er den Gedanken ab. »Ah, die Königin ist immer wütend, wenn eine ihrer Bettgenossinnen heiratet. Sie ist neidisch, daß sie einen Mann im Bett haben und sie nicht. Daran besteht kein Zweifel, die

193

arme Lady.« Bei diesen Worten lächelte Bethany unerklärlicherweise. »Ich schätze, daß sie uns für eine Weile vom Hof verbannen wird, aber danach wird sie sicher...«

»Sie wird es als Verrat bezeichnen und uns in den Tower werfen, Robin«, sagte Bethany. »Du bist zu eng mit ihr verwandt, als daß du ohne ihre Erlaubnis heiraten könntest. Sie würde dich niemals wieder bei Hof empfangen. Wie sollen wir dann leben?«

Carey fuchtelte mit den Armen. »Der Herr möge das verhüten. ›Seht die Lilien auf dem Felde, sie säen nicht und sie ernten nicht‹...«

Ihr Gesicht verzog sich, als würde sie über ihn lachen. »Das ist unmöglich, Robin. Wenn du oder ich wenigstens Geld hätten oder etwas Land besäßen, du ein Anwalt oder ein Arzt wärest, aber... aber...«

»Dann gehe ich und kämpfe in den Niederlanden, sacke ein oder zwei Städte ein und komme so reich zurück wie ein Krösus.«

Wie aus weiter Ferne beobachtete sie seinen Versuch, sie von seiner Vortrefflichkeit als ihr zukünftiger Lebensgefährte zu überzeugen. Von den tiefroten Locken auf seinem Kopf bis zu seinen umschatteten blauen Augen und der arroganten Tudor-Nase entsprach er völlig dem Bild eines romantischen Verführers, und gewiß würde er eines Tages eine Frau sehr glücklich machen.

Und nun begann er gar, von Schäfern und Schäferinnen zu plappern, die glücklich in Arkadien lebten. Für eine Weile überlegte sie, ob sie ihn davon unterrichten sollte, daß weder sie noch er in Arkadien lebten, und daß die Schäfer, die sie zu Hause kannte, sehr wortkarge, lebensüberdrüssige Leute waren, die nach Schafen und Hunden stanken und während der Schneestürme im Februar nach draußen mußten, um den Mutterschafen beim Lammen zu helfen.

Er versteht es nicht, und er kann die ganze Sache auch nicht ernst meinen, dachte Bethany. Er glaubt, daß dies ein Spiel

sei, etwas, auf das man wetten kann. Plötzlich fühlte sie sich
sehr viel älter als er, auch wenn er ihr sieben Jahre voraus
hatte. Und obwohl sie ihn äußerst verlockend fand, konnte
sie nicht zulassen, daß er sein Leben aus reiner Freundlichkeit
zerstörte.

Sie wandte sich von ihm ab und marschierte wieder auf die
Stufen zu, die zum Wasser führten und wo, wie sie hoffte,
Kate auf sie wartete.

Er folgte ihr und erzählte ihr, wie sehr ihn die Königin doch
schätzte, und daß er immer mit seinem Vater sprechen könne,
der ihn sicher verstände. Bethany unterdrückte ein Beben und
bat ihn, damit aufzuhören. »Sag es niemandem«, sagte sie,
wobei sie an ihrer Maske herumfummelte, um sie wieder aufzusetzen. »Halt bloß deinen Mund, Robin, ich bitte dich.«

»Natürlich, mein Liebling«, sagte er und tätschelte ihr ver-
traulich die Schultern. »Ich bin doch kein Narr.«

Kate war noch immer da und lehnte bei den Stufen an der
Mauer. Mit ihrer Hand strich sie den seidigen Samt von Bethanys Umhang glatt. Sie streckte ihren Körper und lächelte,
als sie sah, wer an ihrer Seite war.

»Nun also, Mr. Carey. Was ist Euer Wunsch für heute? Seid
es Ihr oder Mr. Gage, weshalb Michael mich hierher gebracht
hat?«

Carey küßte sie zur Begrüßung auf den Mund. »Ich habe
keine Zeit, mein Liebchen«, sagte er. »Ich habe mich bereits
bei der Königin verspätet.«

Er küßte auch Bethany, allerdings nur auf die Wange, während sie dastand und wie Lots Weib erstarrte, dann eilte er
von dannen. Kate starrte Bethany recht unverschämt an.

Sie hatte keine Ahnung, was sie sagen könnte, also zog Bethany den gestreiften Umhang aus und gab ihn wieder zurück
an Kate, die sich nur schwer von ihrem Samtcape trennen
konnte.

Ich könnte sie ja fragen, schoß es Bethany durch den Kopf.
Sie kennt sich damit aus. »Was machst du eigentlich, wenn

195

du schwanger wirst?« fragte sie hastig, wobei sie fühlte, wie ihr Gesicht unter dem schwarzen Samt heiß wurde.

Der Ausdruck in Kates Gesicht wurde sogar noch wissender, aber gleichzeitig unverschämter. Sie sog die Luft ein. »Wohl nicht aufgepaßt, Herzchen?«

Da stehe ich nun und spreche mit einer Hure, die mir helfen soll, da ich sonst niemanden habe, dachte Bethany. Und jetzt glaubt sie auch noch, daß ich eine alberne Närrin bin, schau sie doch nur an. Doch war sie viel zu verzweifelt, um hochmütig zu sein, und daher nickte sie bloß.

Kate zuckte mit den Schultern. »Also loswerden, oder was sonst?«

»Wie?«

»Das hängt davon ab«, sagte Kate vage und wartete.

Bethany verstand, suchte in ihrer Geldbörse und zog eine weitere Krone heraus, die sie Kate gab.

»Wie lange ist es her?« fragte Kate und gab sich Mühe, etwas zartfühlender zu sein.

»Daß ich...?«

»Nein, meine Liebe, Eure letzten weiblichen Schwierigkeiten?«

Schwierigkeiten, dachte Bethany so weit von sich entfernt, daß all die Ausdrücke, die sie ihr gesamtes Leben lang gehört hatte, plötzlich fremdartig wurden. All dieser Schmutz und die Unbequemlichkeit, und all diese kleinen Beutel, in denen Stoffetzen steckten, die immer wieder gewaschen werden mußten. Und plötzlich war dies alles überhaupt kein Fluch mehr, sondern ein Segen, so etwas wie ein alter Freund, der nicht mehr da ist.

»Ich... nun, vor dem Geburtstag der Königin.«

Kate atmete erneut tief ein. »Immer dasselbe«, sagte sie. »Aber für den einfachen Weg ist es zu spät.«

»Welcher ist das?«

»Unsere Hexe sagt, es geht auf zwei verschiedene Arten. Entweder hat man noch Froschlaich in sich, oder man kriegt ein Kind. Wenn die Regel das erste Mal ausbleibt, dann trinkt man einen Tee aus Gänsefingerkraut und Poleiminze, um sie wieder in Gang zu bringen. Den trinkt man so lange, bis der Froschlaich herauskommt. Wenn das nicht klappt, dann ist das, was im Bauch wächst, ein Kind. Und dann muß man wieder zur Hexe gehen, und die macht es dann raus.«

»Was macht sie?«

»Sie bringt das Kind im Bauch um. Mit einer Stricknadel.«

Bethany wurde es übel, und sie schluckte schwer. »Tut das ... tut das weh?«

Die Verachtung, die aus Kates Augen sprach, verletzte sie. »Natürlich tut das weh«, sagte diese. »Manchmal stirbt man daran, genauso wie im Kindbett. Aber wenn Ihr am Leben bleibt und das Kind tot herauskommt, dann könnt Ihr die Schnürbänder von Eurem Korsett wieder enger ziehen und seid klüger als zuvor.«

»Wirst du ... kannst du ...?«

Kate rollte die Augen. »Das kostet etwas.«

»Wieviel?«

»Zehn Pfund«, sagte sie, womit sie sicher die höchste Summe nannte, die sie sich noch zu nennen traute.

Bethany nickte nur. »Kannst du eure Hexe für mich fragen?«

Kate zog die Luft durch die Zähne. »Ich bin nicht sicher. Also, ich will damit sagen, daß es ein Verbrechen ist, für sie ist es auch gefährlich. Wenn irgend jemand es herausfindet, muß sie brennen. Und Ihr werdet aufgehängt.«

Bethany konnte plötzlich ihre Füße nicht mehr bewegen. Sie hatte das Gefühl, sich in einem Alptraum zu befinden, in dem ihre Füße auf dem Boden festgefroren waren.

»Wird Euch Mr. Carey denn nicht heiraten?« fragte Kate übertrieben eifrig. »Ich hätte besser von ihm gedacht.«

»Nein, es ist nicht sein Kind«, antwortete Bethany heftig. »Und wenn du es wissen willst, er hat es mir angeboten, aber ich habe abgelehnt. Er hat kein Geld.«

»Kann wirklich nicht verstehen, warum Ihr das gemacht habt.« Kate feixte wissend. »Ich würde ihn auch nehmen, wenn er bloß ein Hemd hätte, und auch mit gar nichts. Mit nichts am liebsten«, fügte sie hinzu, wobei sie Bethany mit ihrem Ellbogen einen Rippenstoß versetzte.

»Es ist unmöglich«, sagte Bethany kühl. »Wirst du deine Hexe für mich fragen?«

Kate lachte. »Es ist nicht das erste Mal, daß sie einer Ehrenjungfrau hilft«, sagte sie. »Ihr Leute bei Hof seid alle gleich. Denkt immer, ihr seid die ersten, die einen Mann lieben, und die ersten, die neben ihm liegen, ohne verheiratet zu sein. Und Ihr denkt auch, Ihr seid die erste und die einzige Jungfrau, die je schwanger wurde.«

Sie kletterte die Stufen zum Wasser hinab und machte sich daran, das schmutzige Eis zu überqueren, wobei sie gelegentlich in ihren abgetragenen Holzschuhen ausglitt und zu rutschen begann.

Bethany zog ihren eigenen Umhang fester um sich und rannte zu der brüchigen Stelle in der Mauer zum Obstgarten, an der sie hinübergeklettert war. Das war nicht einfach gewesen, aber sie hatte eine der Leitern zum Obstpflücken gefunden, mit der sie es geschafft hatte. Und wenn sie sehr, sehr vorsichtig wäre und ihre Röcke und ihren Reifrock zusammenraffte und mit einer Haarschleife zusammenband, könnte sie es noch einmal schaffen, auch wenn dabei Erde ihren Unterrock beschmutzte und sie genau darauf achten mußte, daß nur sie und ihre Zofe davon wußten.

Schließlich sprang sie hinab, begrüßt von den kleinen Hunden, die sie eigentlich spazierenführen sollte. Sie sprangen wie wild auf und ab und erwürgten sich dabei fast selbst an den Enden ihrer Leine, die an den Wurzeln eines Apfelbaumes angebunden waren. Rasch stopfte sie ihre Maske in ihre Unterrocktasche, dann löste sie die Leinen und warf den ganzen Weg zurück kleine Stöcke für die Hündchen.

35

Der Mann, der dachte, daß er Ralph Strangways hieße, lag in seinem Bett im Tower und sah empor zu den Sonnenstrahlen, die sich jäh an den Gittern der hohen Fenster brachen. Der Boden war dick mit Stroh bedeckt, und er lag unter drei Decken auf einem Lager, das keine Leintücher hatte. Sein verschlissenes Hemd war durch ein neues ersetzt worden, das man ihm gegeben hatte. Er hatte all seine Kleider an, denn in dem Raum war es bitterkalt. Der Mann, den man angewiesen hatte, ihn zu pflegen, hatte das Holz gestohlen, so daß das Feuer, das er im Kamin entzündete, selten länger als bis zum Morgengrauen anhielt. Schließlich hatte jemand ihm wieder die Ärmel an sein Wams angenäht, so daß sie nicht länger wie die Kleider herabhingen, die auf den alten Gobbelins dargestellt waren.

Ich bin... dachte er erschöpft. Mein Name ist...

Es führte zu nichts und hatte noch nie zu irgend etwas geführt. Das erste Mal, als der jüdische Arzt und sein Chirurg gekommen waren, hatte er vor lauter Schmerzen und Fieber wie ein Wahnsinniger getobt und voller Wut und Schrecken geschrien, aus Furcht, daß sie ihn wieder verletzen würden. Doch dann hatte ihm der Arzt mitgeteilt, daß er Doktor Hector Nuñez hieße, was er in einer besonders bedeutungsvollen Art sagte – ganz so, als meinte er, er müsse ihn eigentlich wiedererkennen. Aber er erkannte ihn nicht, obwohl die Art, mit der der Doktor über seinen Bart strich, ihm irgendwie vertraut vorkam. Der Doktor hatte ihm wieder und wieder versichert, sie seien allein aus dem Grund gekommen, um ihm zu helfen, und ihm gleichfalls zugesagt, daß er nicht wieder einer peinlichen Befragung ausgesetzt werde und man ihm nur noch weh täte, damit es ihm bald wieder besser ginge.

Der Schmerz, den ihm dann Senhor Eraso beim Einrenken seiner Schulter zugefügt hatte, ließ ihn fast ohnmächtig werden, aber anschließend fühlte es sich tatsächlich besser an, so daß er später auch geneigt war, ihnen bezüglich seiner Arme und Hände zu trauen. Seinen Rücken und auch seine Beine ließen sie in Ruhe, da sie sehr gut von alleine heilten.

Von Zeit zu Zeit gelang es ihm, sich von sich selbst zu distanzieren, und dann wußte er, daß er früher nicht so ängstlich gewesen war. So blickte er manchmal auf seine Hände und wußte dann, daß sie früher einmal bleich und stark gewesen waren und nicht so hilflose Fleischpfoten wie die eines Mondkalbs. Nuñez und Eraso hatten ihm Blutegel an die geschwollenen Ringe um seine beiden Handgelenke gesetzt, damit die Quetschungen von dem schlechten Blut befreit würden. Und dann setzten sie Maden auf die Stellen, die das Eisen und seine eigene Schwäche so stark hatten anschwellen lassen. Anschließend legte ihm Nuñez sorgfältig einen Breiumschlag um seine Gelenke, umwickelte sie mit einer Binde und sprach mit ihm lange über die Körpersäfte der Sanguiniker und daß Fleisch, das nicht mehr von diesen Säften durchzogen wird, sofort abstirbt, vom Wundbrand schwarz wird und dann herausgeschnitten werden muß. Wenn er seine Hände behalten wolle, so sagte er ihm, müsse er sie ständig bewegen und auch zulassen, daß sie von Senhor Eraso ständig gerieben und massiert würden.

Und so kamen sie jeden Tag zu ihm und zwangen ihn dazu, an seinen Händen zu arbeiten. Sie gaben ihm Medizin zu trinken, die so abscheulich schmeckte, daß er sie sofort wieder erbrach, doch schien sie das in keiner Weise zu beunruhigen, denn sie gaben ihm nur noch mehr davon zu trinken. Lange Zeit hatte er keinen Appetit auf Fleisch, und sie schüttelten bei dem vielen Gewicht, das er verlor, besorgt die Köpfe. Es dauerte Tage, bis es ihm gelang, wieder etwas mit den Händen aufzuheben, und so fütterte ihn ein alter Mann mit schlechtem Atem und Schielaugen, der ihm den Löffel so gleichgültig in den Mund rammte, daß er ihm dabei fast die Zähne ausschlug. Er hatte auch Angst vor dem alten Mann und bat ihn daher mit rührender Höflichkeit, ihn doch nicht so schnell zu füttern, bloß um mit einem lauten »Häh? Kann dich nicht verstehen« und einem neuen Löffel voll Mus belohnt zu werden.

Er erholte sich ziemlich langsam, da die Einsamkeit so stark an ihm nagte wie ein Wetzstein. Er saß oft vier Stunden lang nur so da, starrte in die Sonne oder auf das langweilige Grau des Fensters und lauschte auf das laute Geklirr, das aus der Münzanstalt zu hören war, oder auf die Geräusche, die von den wilden Tieren der Königin am Lion's Gate zu ihm herüberdrangen. Er hatte Angst davor, allein zu sein, denn ohne zu anderen Menschen sprechen oder sie hören zu können, fühlte er sich wie der Hauch eines Gedankens, der vom nächsten Wind weggeweht wird. Früher hätte er vielleicht über seine Vergangenheit nachgedacht, sich an die guten Zeiten erinnert und damit neuen Mut gefaßt, aber selbst das war ihm jetzt verwehrt. Auch in dem Verließ von Little Ease hatte er häufig mit düsteren Stimmungen zu kämpfen, die sein Denken mit einer schwarzen Klappe verschlossen und ihm dabei zuraunten, daß er es wegen seiner vielen vergessenen Sünden durchaus verdient habe, in der Hölle zu schmachten. In Wahrheit hätte er jedoch tausendmal lieber als Sklave auf den französischen Galeeren geschuftet, der beim Knall der Peitsche das Ruder anhebt, als die Zeit müßig, gefüttert und ausgeruht in der eisigen Isolation des Tower zu verbringen.

Manchmal, wenn er so dalag und zusah, wie hinter den vergitterten Fenstern der Himmel sich von der Farbe des Zinns über Eisen schließlich zu Blei verdunkelte, kroch eine Art tödliches Grauen aus seiner Angst hervor, das sich wie Rauch auszubreiten begann, schließlich den ganzen Raum ausfüllte und ihn so eng an die Steine preßte, als würde er zu Tode gequetscht. Überhaupt schien ihm damals der Tod der einzige Freund zu sein, den er hatte, und oft verbrachte er die Stunden damit, sich auszumalen, wie weh es wohl täte, gegen die Wand anzurennen und sich den Kopf an ihr einzuschlagen.

201

Doch lähmte ihn sein Haß auf sich selbst viel zu sehr, als daß er das jemals in die Tat umgesetzt hätte. Wenn es in seiner Zelle einen Schierlingsbecher gegeben hätte, hätte er ihn mit Freuden ausgetrunken.

Am schlimmsten jedoch war, daß er nicht aufhören konnte, in seinen Gedanken endlos nach Hinweisen zu suchen, wer er denn sei. Er bat darum, ihm etwas zu lesen zu geben, damit es ihm hülfe, die schleichenden Stunden hinter sich zu bringen, aber es schien, als müßte seine Bitte erst einmal zahllose Befehlsebenen passieren, bevor sie ihn wieder erreichte. Nichts geschah, und er beobachtete, wie er immer tiefer in den Strudel seiner Gedanken hinabgewirbelt wurde, bis er schließlich in ihnen ertrank. Von da an weinte er nur noch. Es schien keinen Grund und kein Ende zu geben. Er war ein Niemand, der an seinen Fingerspitzen über einem Abgrund aus schwarzem Nichts hing. Er verfluchte Gott, der ihn gänzlich verlassen hatte, aber wenn es mein Sohn auch vernahm, so gab er doch keinerlei Zeichen, und für den Mann sah es ganz so aus, als habe er die Gestalt von Davison angenommen. Das verärgerte ihn, und der Ärger brachte ihn dermaßen auf, daß er in seinen Träumen Gott die Stirn bot und ihn wegen seiner Bosheit beschimpfte. Er verlangte von ihm, ihm doch zu sagen, wo dieses ERBARMEN denn sei, von dem in den Kirchen so viel zu hören war. Und Gott nahm in seinem Großmut vielleicht sogar an, daß es sich um ein Gebet handelte. Das ist sogar sicher, denn am nächsten Tag brachte ihm der alte Mann eine Bibel und ein Buch mit Predigten.

Verdrossen protestierte er gegen diese Abgedroschenheiten und weigerte sich eine ganze Weile, die Bücher überhaupt anzuschauen. Als er es dann doch tat, geschah es nur aus dem Grund, um sich zu vergewissern, daß Gott nichts anderes war als ein widerlicher Inquisitor und eine Geißel seines Geistes. Doch als er dann die Bibel wirklich öffnete, sah es so aus, als geschähe es zum ersten Mal. Unsicher überlegte er, daß, falls er sie jemals zuvor gelesen hätte, es kaum mit viel Aufmerksamkeit gewesen sein konnte. Und hatte ihm jemand Geschichten erzählt, hatte er wohl kaum zugehört. Nur die relativ kurzen Schilderungen von Jonas und dem Wal oder Tobit und Daniel in der Löwengrube waren ihm bekannt. Es versetzte ihm einen Schlag, wie seltsam es ihm vorkam, über Gott, den Herrn von Israel, zu lesen und ihm ganz neu zu begegnen. Wenn er ihn ganz objektiv als einen General oder auch nur als ein männliches Wesen betrachtete, hatte Gott, der Herr über Israel, doch eine Menge schwerwiegender Fehler. Und das Buch Hiob brachte ihm überhaupt keinen Trost.

Aber die Geschichten von David faszinierten ihn. Hier war ein Soldat, jemand, den er verstehen konnte, vielleicht sogar mochte. Angefangen von seinem Kampf gegen Goliath bis zu den Schlachten gegen Absalom, war David ein Mann, der ihm selbst ähnelte. Und so machte er, ein wenig verschämt, weil er fürchtete, vielleicht verrückt zu sein, aber auch tief beglückt, in seiner verzweifelten Not König David zu seinem Freund. Er sprach mit ihm und brachte ihm auch angesichts seiner Schwierigkeiten mit den Frauen großes Mitgefühl entgegen. Ja, er riß sogar ein oder zwei Witze, daß er persönlich entzückt wäre, in solchen Schwierigkeiten zu stecken, wobei er vollkommen vergessen hatte, wann er das letzte Mal bei einer Frau gelegen hatte.

Vielleicht ist er so, wie ich einmal war, dachte er, und er lächelte, als er erneut las, wie David zu dem schlafenden Saul kam, obwohl er es ziemlich würdelos fand, daß er Saul tötete. Und dann dachte er voller Scham, daß er selbst vor diesem alten Mann mit seinem Löffel zurückschreckte.

Doch als er sich besser fühlte und es für ihn weniger schmerzhaft war, sich wieder zu bewegen, wurde er des Lesens müde. Zu diesem Zeitpunkt hatte er ganz sicher das Ende des göttlichen Worts erreicht, denn er hatte die Passionsgeschichte nur flüchtig gestreift. Er ertrug es nicht, sie zu lesen, ebenso wie er die Apokalypse als so unverständlich wie einen Fiebertraum empfand. In seinem Körper brannte eine finstere Unruhe, die ihn dazu trieb, sich zu erheben und in seinen Innenschuhen im Zimmer umherzugehen, da sie es nicht für nötig fanden, ihm seine Stiefel zu geben. Er hob einige Holzstückchen auf, um mit ihnen zu jonglieren, warf sie dann aber wieder weg, da er zu ungeschickt war. Durch vorsichtiges Strecken und Beugen gelang es ihm, die Steifheit in seinem mit vielen Narben versehenen Rücken zu lösen, aber seine schadhafte Schulter schmerzte ihn immer noch, wenn es regnete, und sie zitterte vor Schwäche, wenn er versuchte, sich auf ihr aufzurichten. Daß er so schwach war, erschreckte und erzürnte ihn, und so machte er sich auf die Suche nach schweren Gegenständen, die er so lange emporhob, bis er in Schweiß gebadet war.

Einmal meinte er, sich an etwas zu erinnern, das mit Kampf zu tun hatte. Plötzlich nahm er eine Position ein, die ihm vertraut erschien, und versuchte dann, mit seinem Löffel einige Schwerthiebe zu führen, doch ließ er ihn gleich wieder fallen, da er in seinen Händen keine Kraft hatte. Der taube, alte Mann kam nicht mehr, um ihn zu füttern, mittlerweile gab man ihm auch richtiges Essen wie Fleisch, Brot und Käse, die er inzwischen auch kauen konnte. Und nach und nach kam auch sein Appetit wieder zurück.

Dann geschah etwas, das ihn tief erschreckte. Er hatte sich mit aller Kraft angestrengt, um sich an seinen wirklichen Namen zu erinnern, nicht den, den ihm Munday gegeben hatte. Er wollte ihn unbedingt herausfinden, sein Name war für ihn so etwas wie der Heilige Gral geworden. Aber keiner der Namen, mit denen er es versuchte, klang richtig, aus seinem versunkenen Gedächtnis drang auch nichts an die Oberfläche, und er spürte, wie Enttäuschung und Wut in ihm wuchsen, bis er zu fluchen begann. Schließlich trat er vor lauter Zorn gegen das Bett, wobei er sich seine Zehen verletzte.

Auf einmal bemerkte er, wie der Raum in einen Heiligenschein und einen Regenbogen getaucht wurde, ganz so, als ob sich das Licht, das durch das Fenster drang, einen Weg durch

Tausende von Kristallen bahnte. Und er roch den Duft von Rosen, als ob inmitten der Steinplatten seines Gefängnisses ein unsichtbarer Garten wüchse. Und dann sah er mich, unter dem Fenster stehend, und die Rosen wuchsen auf meinem Gewand, und in meinen Händen hielt ich die Schlange der Weisheit. Da er mich nicht kannte, erschrak er. Ich lächelte ihn freundlich an, aber dann versank seine ganze Welt im Dunkel, und er fiel um wie ein Baum. Als er aus seiner Ohnmacht wieder erwachte, war das Sonnenlicht ebenso wie der Regenbogen verschwunden, und er konnte mich nicht mehr sehen. Er war so verdutzt wie ein Kind und auch tief erschöpft, so daß er sich fragte, ob er an einem Geisterkampf teilgenommen hätte.

In der Bibel hatte er Berichte gelesen, die so ähnlich klangen wie das, was ihm widerfahren war, und für eine kurze Zeit dachte er erstaunt darüber nach, ob aus ihm vielleicht ein Prophet werden würde. Doch dann fing er voll Bitterkeit zu lachen an, da nirgendwo ein Prophet erwähnt war, der sich nicht an seinen eigenen Namen erinnern konnte. Ausgenommen der alte Saul, der auf allen Vieren ging und Gras aß. Doch verfügte er immerhin noch über die Kraft der Rede, er konnte auch laufen und wußte den Unterschied zwischen Gras und eßbaren Speisen. Er begann zu überlegen. Erst diese kindische Freundschaft zwischen ihm und dem längst verstorbenen König David und nun dies – er fragte sich wirklich, ob er sich bereits auf dem Weg in den Wahnsinn befände und vielleicht enden würde wie einst Tom O'Badlam, mit einer Bettlerschale beim Temple Gate.

Also gab es da jemanden... Er versuchte, den Gedanken festzuhalten, während er an ihm vorbeistrich. Er versuchte es mit aller Macht und ertappte sich dabei, wie er seine Hände ausstreckte, aber dann entwischte ihm sein Gedächtnis wieder. Als der jüdische Doktor und der Chirurg ihn wieder aufsuchten, fühlte er sich viel zu kraftlos, als daß er hätte sprechen können. Er streckte ihnen nur sanft wie ein Lamm seine

205

Hände entgegen, damit sie tun konnten, was ihre Aufgabe
war.

Senhor Eraso, der Chirurg, entfernte die Binden und bewegte dann seine Arme, zuerst in die eine und dann in die
andere Richtung. Die Schwellungen hatten sich gut zurück-
gebildet, und auch die schwarze Haut war dabei, sich abzulö-
sen. Die wunden Stellen hatten bereits Schorf gebildet, und
seine Hände hatten fast wieder ihre normale Größe zurück-
gewonnen, auch wenn sie immer noch schwach waren und
kaum greifen konnten. Dann sagte ihm Eraso, daß er eine
Faust machen und auf etwas zeigen sollte, was ihm beides gelang. Anschließend klopfte der Chirurg nach dem Wachmann,
damit er ihn hinausließe, und Nuñez setzte sich zu ihm aufs
Bett.

»Wie steht es nun mit Euch?« fragte der Arzt.

Er schüttelte den Kopf und zuckte mit den Schultern.
»Wenn Ihr mich auf mein Gedächtnis ansprecht, dann kann
ich nichts dazu sagen.«

»Nein, ich meine es ganz allgemein. Ihr scheint wieder melancholisch zu sein.«

»Ich denke, ich habe allen Grund dazu.«

»Keine Frage, daß Ihr das habt. Ist sonst noch etwas vorgefallen?«

Er war zu beschämt, um ihm mitzuteilen, daß er hingefallen
war und sich dabei wie ein Säugling selbst beschmutzt hatte,
aber er verfügte nicht über die notwendigen Kraftreserven,
um dies völlig für sich zu behalten.

»Ich ... ich habe mir Gedanken darüber gemacht, wie ein
Mann wissen kann, daß er verrückt ist. Wenn er bereits verrückt wäre, würde er es wissen?«

Nuñez strich sich seinen Bart. »Hm. Warum meint Ihr, daß
Ihr verrückt werdet?«

Er zuckte wieder mit den Schultern, da er keine Lust hatte,
sich zu offenbaren. Aber dann bewirkten seine Einsamkeit
und die Freundlichkeit des Doktors, daß die Tore seiner

206

Schamhaftigkeit sich öffneten, und die Worte stürzten nur so heraus. »Ich weiß meinen Namen nicht, ich... ich habe vor allem Angst, sogar vor den Schatten. Wenn ich die Schlüssel des Wachmanns im Schloß höre, fängt mein Herz an wie wild zu hämmern, auch wenn ich weiß, daß er mir nur etwas zu essen bringt. Ich habe mich sogar vor dem alten Mann gefürchtet, dessen Pflicht es war, mich zu füttern. Ich habe Angst vor allem und jedem. Und manchmal befürchte ich, daß ich in dieser Angst für immer versinke.«

»In Eurer Lage Angst zu haben deutet nicht auf Wahnsinn, sondern auf Gesundheit hin«, sagte der Arzt verständnisvoll. »Habt Ihr denn jemals merkwürdige Dinge gesehen, Dinge, die eigentlich nicht hier sein sollten?«

Aufs tiefste beschämt, ließ er seinen Kopf sinken und nickte.

»Wollt Ihr mir davon erzählen?«

»Ich... ich habe einen Regenbogen in diesem Raum gesehen und den Duft von Rosen gerochen. Und dort an der Mauer stand eine Frau, die mich anlächelte.«

»Wie sah sie denn aus?«

»Hell und licht, wie ein Fenster in einer Kirche. Sie lächelte mich an, und ich fiel in Dunkelheit, etwas, das wie eine Ohnmacht war. Und sehr viel später bin ich wieder aufgewacht, und da war sie bereits fort.«

Der Doktor seufzte. »Es tut mir leid, das zu hören.«

Und wieder zerrte die Angst an seinem Herzen. Sein Mund war so trocken, daß er kaum sprechen konnte. »Dann bin ich also bereits dabei, verrückt zu werden?«

»Nein, das denke ich nicht. Ich glaube, daß Ihr Euch die Fallsucht zugezogen habt.«

»Was? Das, was die Menschen dazu bringt, Schaum vor dem Mund zu bekommen, zusammenzubrechen und loszuschreien? Und dann hinterher nichts mehr davon zu wissen?«

»Ja. Dabei handelt es sich aber nicht um Wahnsinn, und ich glaube auch nicht, daß es auf eine Besessenheit des Teufels schließen läßt, auch wenn das viele meinen. Ich habe so etwas bereits früher erlebt, oft nachdem jemand einen heftigen Schlag auf den Kopf bekommen hat. Schmerzt Euch Euer Hinterkopf immer noch?«

Er hob seine Hand, um die Stelle zu reiben, die eine tiefe Delle aufwies und noch sehr empfindlich war.

»Manchmal. Aber deutet nicht die Tatsache, daß man hinfällt und dann nichts mehr weiß, auf Wahnsinn?«

»Nein. Ich würde sogar so weit gehen und die Behauptung aufstellen, daß Eure Gesundheit gewiß ist, eben weil Ihr Euch darüber im unklaren seid und meint, verrückt zu sein. Wirkliche Verrücktheit scheint nur solchen Menschen innezuwohnen, die unfähig sind, einen Unterschied festzustellen zwischen dem, was wirklich ist, und dem, was sich in ihrem Kopf abspielt. Ich habe einen Wahnsinnigen gut genug gekannt, um mich mit ihm zu unterhalten. Und das war es, was mir an ihm aufgefallen ist. Er sprach davon, daß die Teufel und Engel seine Freunde seien, und sah mich bloß voller Mitleid an, als ich ihm sagte, daß ich sie nicht sehen könne.«

»Ja, der arme Tom«, sagte er abwesend. »In einer Minute spielte er Schach und in der nächsten schon kämpfte er verzweifelt mit grünen und purpurfarbenen Teufeln, die in den Kochtopf kletterten.«

Nur durch die Art und Weise, wie der Doktor ihn ansah, wurde ihm bewußt, was er gerade gesagt hatte.

»Könnt Ihr Euch an ihn erinnern?«

Einen Augenblick lang dachte er, daß dem so sei, aber dann schwand seine Erinnerung wieder. »Nein, nein, es ist wieder weg.« Er hämmerte mit der Faust gegen seine Stirn und kämpfte mit sich, um nicht anzufangen zu weinen. »Gott verdammt noch mal.«

»Hört mir zu«, sagte der Arzt. »Im Gegensatz zur Fallsucht habe ich mit dem, was Eurem Gedächtnis widerfahren ist, keinerlei Erfahrung. Ihr seid der erste derartige Fall, den ich überhaupt sehe. Ich habe auch meine Bücher zu Rate gezogen, aber sie wissen ebensowenig wie ich selbst. Also denke ich, daß wir unsere eigenen Antworten auf all das finden müssen. Ich denke, daß Euer Gehirn durch die Schläge verletzt worden ist, die Euch Mr. Ramme auf den Hinterkopf versetzt hat. Ich vermute auch, daß Euer Phlegma, das ja Euer Gehirn versorgt, in Unordnung und damit ohne Zweifel aus dem Gleichgewicht geraten ist. Das beeinträchtigt Euer Denken, soviel ist klar. Die Fallsucht ist die eine Seite davon und die andere ist der Verlust Eures Gedächtnisses. Aber ich glaube auf gar keinen Fall, daß Euer Gedächtnis zerstört ist, auch wenn es verloren scheint. Irgendwie hat es sich hinter Mauern in Eurem Verstand versteckt. Und wenn wir diese Mauern einreißen können, dann, so denke ich, wird auch Euer Gedächtnis wieder zurückkehren. Vielleicht nicht das ganze, aber immer noch genug.«

»Wenn wir beide diesen Irren kennen, Doktor, müßtet Ihr doch auch meinen wirklichen Namen kennen.«

»Seid Ihr sicher, daß es nicht Ralph Strangways ist?«

»Nein, sicher bin ich mir nicht. Aber Ralph fühlt sich... nicht richtig an.«

»Ausgezeichnet. Ich bin mehr denn je davon überzeugt, daß es Hoffnung gibt.«

»Mein Name, Doktor. Ich bitte Euch, nennt mir meinen Namen.«

»Es ist nicht nötig, daß Ihr mich bittet, Sir, denn ich bin nicht Euer Folterknecht. Euer Name ist David Becket.«

Es war, als würde er einen Brustharnisch anlegen, den ein guter Waffenschmied extra für ihn angefertigt hatte.

»Ja«, sagte er nach einer Weile. »Ja, ich bin David Becket.«

Der Doktor lächelte und klopfte ihm auf die Schulter. »Ich muß jetzt gehen.«

»Wartet.« Er packte den Doktor mit einer Hand, wobei er bei dem dumpfen Schmerz zusammenzuckte. »Ihr kennt meinen Namen, und wir beide kannten den Verrückten. Seid Ihr ein Freund?«

Der Arzt zögerte. Schließlich antwortete er: »Ja, das bin ich.«

»Würdet Ihr um meinetwillen mit der Königin sprechen?«

»Das habe ich bereits, Mr. Becket, aber hier geht es um mehr als nur um Euer Schicksal. Wir arbeiten bereits daran. Aber leider kann ich Euch zu diesem Zeitpunkt nicht mehr darüber sagen.«

»Könnt Ihr mir dann wenigstens sagen, wer Ralph Strangways war?«

»Ja. das kann ich. Er war ein Wahnsinniger, der sich selbst Tom nannte. Doch das war sein richtiger Name.«

»Oh. Aber warum habe ich ihn benutzt? Brauchte er ihn nicht selber?«

»Ich fürchte, nein. Er ist tot.«

»Ja. Ja, das ist er. Und ich sah, wie er starb.« Becket umfaßte erneut seinen Kopf, als sich sein Gedächtnis wieder vor ihm verbarg.

Nuñez wartete einen Augenblick, dann sprach er ruhig weiter.

»In Namen steckt eine große Kraft, Mr. Becket. Nach Hermes Trismegistos liegt in Namen auch die Kraft, etwas zu kontrollieren. Benennt eine Sache korrekt, und Ihr habt sie gleichsam gezähmt, ganz, wie es hier geschah.«

»Und dennoch ... ich fürchte, daß ich nicht mehr der Mann bin, der David Becket einst war.«

»Wie solltet Ihr auch? Heraklit machte uns deutlich, daß wir niemals mehr derselbe sind, der wir noch letzte Woche waren. Wer kann zweimal in genau denselben Fluß steigen?«

»Nein, doch ich glaube, daß David Becket nicht so ängstlich war.«

»Vielleicht brauchte er weniger Dinge zu fürchten. Ihr und David Becket seid ein und dieselbe Person, aber er ist ein früherer, weniger grausam behandelter Becket. Habt keine Angst davor, den Namen David Becket zu benutzen. Doch würde ich Euch empfehlen, weder Mr. Ramme noch Mr. Munday oder dem Staatssekretär, Mr. Davison, einen Hinweis darauf zu geben, daß ich Euch das erzählt habe. Sie kennen Euch als Ralph Strangways.«

Becket lächelte bitter. »Die einzige Sache, die ich diesen Kerlen noch geben würde, ist ein Stück Land von etwa einem Meter achtzig und eine Kiste, in der sie gut verwahrt sind.«

»Sehr gut gesagt, Sir.«

Der Doktor erhob sich mit dem üblichen Knistern seiner brokatenen Gewänder und dem schwachen Geruch nach Blut und Tabak. Das wiederum erinnerte Becket an etwas, das vielleicht sein Herz heilen könnte.

»Gott, was würde ich nicht für eine Pfeife geben«, sagte er wehmütig.

Nuñez nickte ernst. »Es ist durchaus richtig zu sagen, daß der Patient die Bedürfnisse seines Körpers kennt. Ich selbst hätte nichts Besseres anordnen können. Es ist eine Droge, die unübertrefflich ist, wenn man das Phlegma wieder ins Gleichgewicht bringen will. Ich werde sofort anordnen, daß man Euch Tabak bringt. Guten Tag, Mr. Becket.«

36

Sie verdächtigten sie zunächst, Gott sei Dank, noch nicht. Bethany wurde nicht von Übelkeit heimgesucht, obwohl sie sich manchmal am Abend krank fühlte, und auch ihre Monatsblutung war bis jetzt noch nicht wiedergekommen. Einmal war sie mit ihrer Samtmaske und einem geborgten Kleid und Umhang in eine Apotheke am Charing Cross gelaufen, um dort Gänsefingerkraut und Poleiminze zu kaufen. Doch passierte nichts nach dem Trank, den sie sich davon zubereitete, weder Froschlaich noch ein kleines Kind kamen heraus, auch wenn sie sich einen Tag lang mit Magenkrämpfen und Diarrhö abplagte, die sie vom Bett der Königin fernhielten. Sie fühlte sich darüber sehr erleichtert, da die Königin die meiste

Zeit schlechte Laune hatte und oft die halbe Nacht in großer Sorge durch ihr Schlafgemach wanderte. Doch gleichgültig, was Bethany tat, gleichgültig, wie sehr sie Elisabeth massierte und streichelte, die Königin ließ sich nicht besänftigen und ließ ihre Launen an jedem aus, der zufällig in ihrer Nähe war.

Am schlimmsten war es immer nach den Sitzungen ihres Geheimen Staatsrates. Dann konnte man sie oft schreien hören, daß sie nicht länger mit der Königin der Schotten gequält werden wolle und jeden von ihnen in den Tower werfen ließe, von dem sie noch ein Wort zu diesem Thema zu hören bekäme.

Also war Bethany die meiste Zeit mit ihrer Krankheit allein und blieb noch einen weiteren Tag im Bett, bis sie das Gefühl hatte, die Spannung nicht länger ertragen zu können. Aber wie konnte sie mit Kate sprechen? Sie wußte noch nicht einmal, wie sie mit dem Nachnamen hieß, und noch weniger, wo sie wohnte. Und sie konnte auch nicht ihre Zofe zu ihr schicken oder Alicia Broadbelt, Jane Drury oder sonst irgendeine ihrer Zimmergenossinnen nach ihr fragen, denn sofort würden alle über sie klatschen und tratschen, und bald wäre es unvermeidlich, daß eins der Worte auch ans Ohr der Königin gelangte. Dann wäre all ihre Vorsicht umsonst gewesen. Sie war wirklich sehr vorsichtig gewesen. Sie hatte sich sogar mit einer Nadel in den Daumen gestochen, um zu den Zeiten, da ihre monatliche Blutung fällig war, ihre Hemden mit Blut zu beschmieren und somit die Wäscherinnen zu täuschen.

Aber *noch immer* weigerte sich ihre Periode wiederzukommen, und jeden Tag ließen sich die Bänder an ihrem Korsett schwerer festziehen. Wenn sie ihre Hände zwischen ihre Hüftknochen preßte, bemerkte sie, daß da ein kleiner, harter Ball war, und anstelle ihres weichen Bauches spürte sie etwas, das sich wie ein Krebsgeschwür anfühlte.

Sie träumte, daß sie mit ihrem dick angeschwollenen Bauch in die Privatgemächer der Königin hineintorkelte und dort, in Anwesenheit Elisabeths und des gesamten Staatsrates das Kind zur Welt brachte. Sie träumte diesen Traum häufiger, und jedes Mal wachte sie im königlichen Bett aus Silberbrokat auf, schreiend vor Gewissensbissen und aus Erniedrigung, bis die Königin die Geduld mit ihr verlor und eine andere Bettgenossin zu sich nahm.

Ihre Zimmergenossinnen schwelgten im Mitgefühl mit ihr, aber sie fühlte sich sehr erleichtert. Doch vermißte sie die Zärtlichkeiten der Königin und auch die, die sie ihr schenkte, selbst wenn sie voll Angst und Schrecken befürchtete, daß sie über ihr Mißgeschick im Traum spräche und daraufhin von der Königin des Hofes verwiesen würde.

Die Tatsache, daß sie in der Gunst der Königin stand und ihr jede Nacht als Bettgenossin diente, sowie die daraus entstandenen Möglichkeiten zu Bestechung und Einfluß hatten ihr bei Hof keine Freunde gemacht. Die anderen Ehrenjungfrauen waren ungeheuer eifersüchtig auf sie, auch wenn sie der Königin nicht sagen konnten, daß sie etwa teure Geschenke angenommen hätte von Leuten, die sich um ein bestimmtes Amt bemühten und sie baten, hinter den Bettvorhängen der Königin ein gutes Wort für sie einzulegen. Denn alles, was sie jemals akzeptiert hatte, waren nur kleine Gaben, so daß die Königin bei allen Anschuldigungen abwinkte, da das nun einmal unvermeidlich war.

Sie hatte es auf jeden Fall niemals übertrieben, was sie der Königin lieb und teuer werden ließ. Und sie hatte es immer vorgezogen, nur zu beobachten und nicht zu sprechen. Vor dieser Katastrophe hatte es nichts ausgemacht, daß sie keine Vertrauensperson hatte.

Aber nun hatte sie wirklich niemanden, an den sie sich wenden oder den sie fragen konnte. Einmal nahm sie ihre stählerne Stricknadel und ging damit in eine Kammer, aber es schmerzte sie allzusehr, sie in sich hineinzustoßen. Außerdem hatte sie nicht die geringste Idee, wie sie das bewerkstelligen sollte, also ließ sie es bleiben. Sie schalt sich jedoch selbst wegen ihrer Feigheit aus. Als sie einmal an einem Sonntag in der Kapelle stand, fragte sie sich, ob ihr wohl irgendeiner dieser Leute, die da anwesend waren, helfen würde, aber beim Blick in all die runden, bleichen Gesichter der Diener, die dort im Chorgewölbe standen, alle so zufrieden und entzückt von sich selbst und von ihrem Gott, während sich ihre Lippen über den weißen Chorhemden ständig bewegten, schalt sie sich eine Närrin, so etwas überhaupt zu denken. Natürlich konnte sie sich auch nicht an Gott wenden, der ebenso ärgerlich über ihre Unkeuschheit gewesen wäre wie ihr Vater oder die Königin – sogar noch schlimmer, denn ihr Vater würde sie nur schlagen, während Gott sie direkt in die Hölle schicken würde.

Wenn früher Mädchen in dieser mißlichen Lage um Hilfe zu mir gebetet haben, konnten sie ihre Umgebung verlassen und sich in einem Nonnenkloster verstecken, bis das Kind geboren war. Das war auch keine leichte Sache, da die Nonnen über sie die Nase rümpften und gehässige Andeutungen machten, während die arme Kleine im härenen Gewand zur Buße die Fußböden schrubben mußte. Aber insgesamt war es doch weniger kränkend, als so allein zu sein, aufs äußerste verdammt und ohne jeden Ausweg.

Schließlich konnte sie es nicht mehr länger ertragen, und so entschloß sie sich an einem Sonntag, auf Robin Carey zu warten und ihn zu fragen, wo sie Kate finden konnte. Sie paßte ihn ab, als er gerade zur Königin ging, um mit ihr Primero zu spielen. Er sah so unglaublich fein und elegant in seinem Gewand aus schwarzem Samt und karmesinrotem Taft aus, als sei er von Kopf bis Fuß poliert.

Er machte eine tiefe Verbeugung vor ihr, während ihr Hofknicks nur eine automatische Geste war.

»Sie sagen, wenn wir die Sprache der Schwäne auf der Themse vernähmen und verstünden, was sie sagten«, erzählte ihr Carey, »wüßten wir, daß sie ein Gespräch darüber führten, ob das Weiß ihrer Federn wohl die Blässe von

Mistress Bethanys Haut überträfe.« Sie kämpfte mit sich, um ein kleines Lächeln zustande zu bringen und damit seiner schwülstigen Rede zu entsprechen, denn sie wollte ihn jetzt, da sie ihn brauchte, nicht kränken. Entzückt über sich selbst, belohnte er sie sogar mit noch größerer Kunstfertigkeit. »Und die Krähen sind ebenso eifersüchtig auf Euch, denn sie wären entzückt, wenn ihr Federkleid ebenso schwarz wäre wie Euer Haar. Und die...«

»Ihr solltet dieses Kompliment bei der Königin ausprobieren«, unterbrach sie ihn, »doch müßt Ihr für sie einen anderen Vogel als eine Krähe wählen.«

»Es ist gut«, sagte er und lächelte selbstgefällig. »Ich habe es von einem Pferdehalter beim Curtain Theater bekommen. Aber ich muß noch ein wenig daran feilen, bevor ich es seinem wahren Nutzen zuführen kann. Welcher Vogel würde denn der Haarfarbe der Königin entsprechen?«

Natürlich war es lächerlich, über so etwas nachzudenken. Mehr und mehr kam es Bethany so vor, als sei sie in Zwillinge verwandelt worden. Die eine der beiden benahm sich genau so, wie es den Sitten bei Hofe entsprach, während die andere, die sich hinter ihrer Zwillingsschwester verbarg, sich unbemerkt die Haare raufte, ihre unsichtbaren Hände rang und Tränen weinte, die ihr die Innenseite ihres Gesichts verbrannten.

»Ich kenne keinen, der intelligent genug wäre«, sagte sie nach einem Augenblick des Nachdenkens. »Könnt Ihr nicht von den Strahlen der Sonne sprechen?«

»Nun, die Königin kann es nicht mehr hören, mit den Strahlen der Sonne verglichen zu werden. Ich habe ihr Schnipsen gehört, als sie der langweilige Drury wieder weitschweifig mit der verdammten Sonne verglich, die wir alle seit Tagen nicht mehr gesehen haben. Außerdem ist die Sonne gelb und sie rothaarig, also hoffte sie nur, daß er nicht so schlechte Manieren habe, sie mit der untergehenden Sonne zu vergleichen. Was sollte der arme Drury da sagen?«

215

Carey hatte viel Talent, die Menschen nachzuahmen, so daß es ihm fast gelang, in dem Korridor, den sie gerade durchschritten, den Geist der Königin heraufzubeschwören, so daß Bethany trotz allem lachen mußte. »Ihr solltet besser darauf achten, daß sie kein Wort davon erfährt, was Ihr hier aufführt. Sie würde Euch sofort in den Tower werfen.«

»Zu spät, Mistress Bethany. Letzte Woche hat sie mich dabei erwischt, wie ich meinen Vater nachahmte und auch meinen Herrn, Lord Burghley, wie er die Kosten bei Hofe diskutierte. Und hinterher meinte sie, wenn ich jemals einen Beruf ergreifen müsse, ich direkt zu Burbage ans Theater gehen solle, um dort Schauspieler zu werden.«

»Wie grob von ihr. Ihr seid doch kein Marktschreier.«

Carey zuckte die von seinem Schneider hervorragend geschneiderten Schultern. »Sie würden mich auf keinen Fall bekommen, und mein Vater würde... Gott allein weiß, was mein Vater tun würde, sobald er erst einmal damit fertig wäre, mir mein Hirn herauszuhauen, obwohl er eigentlich Schauspieler wirklich sehr gerne mag. Andererseits würde ich heute noch losmarschieren, um eine ehrliche Arbeit zu finden – nun ja, eine fast ehrliche Arbeit –, um Euch heiraten zu können.«

Sie brachte es fertig, ihre Fassung zu bewahren. »Ich werde abwarten, was mein Vater zu tun beliebt«, sagte sie, wobei es ihr gelang, sich in Zurückhaltung zu üben.

Er lächelte. »Geht es Euch inzwischen mit Eurer... Eurer Übelkeit ein wenig besser, Liebe?«

Sie sehnte sich so sehr nach dieser Lüge, daß ihre Antwort fast wahr zu sein schien. »O ja«, sagte sie. »Ich kann mir mit dem Heiraten noch etwas Zeit lassen.«

»Gott sei Dank«, sagte Carey aus tiefstem Herzen und küßte ihre Wange. »Was war es eigentlich, das Ihr von mir wolltet? Ich wage nicht, die Königin noch länger warten zu lassen.«

»Nur... nur den Ort, an dem Kate wohnt.«

»Warum wollt Ihr das wissen?«

»Sie... also ich weiß, daß sie eine Prostituierte ist, aber sie war... nun, sie war so nett zu mir, als ich so unglücklich war, daß ich ihr gerne ein Geschenk schicken möchte. Das ist alles.«

Er lächelte wieder, diesmal voller Anerkennung. »Sie arbeitet im Falcon, in der Nähe der Stufen des Paris Garden. Doch habe ich keine Ahnung, wo sie wohnt. Sie würde sicher gerne eine Eurer alten Jacken haben, die aus rotem und weißem Samt würde ihr sicher hervorragend stehen.«

»Vielen Dank, Robin«, sagte Bethany, während ihr Herz triumphierend in ihrer Brust trommelte. »Viel Glück bei Eurem Spiel.«

Wieder verbeugte er sich vor ihr und ging von dannen, wobei er wie ein Vogel vor sich hinpfiff. Genau das ist er auch, ein Vogel mit sehr langen Beinen und mit eben den gleichen Sorgen. Und dann sah sie, daß er Beinkleider aus purpurnem Tuch trug, ein rotbeiniger Schnepfenvogel vielleicht, und dieser Gedanke brachte sie dazu, hysterisch aufzulachen, während sie hastig weitereilte.

Während er darauf wartete, bei der Königin zum Primerospiel vorgelassen zu werden, dachte Carey ein wenig geistesabwesend, daß Bethany doch ein sehr liebes Mädchen war, wenn sie darüber nachdachte, einer Hure ein Geschenk zu machen. Er war sehr froh darüber, daß sie ihn nicht zu dem Duell befragt hatte, das ihm mit Gage bevorstand und das mit immer größerer Wahrscheinlichkeit auch tatsächlich stattfinden würde. Er wollte sie nicht beunruhigen. Natürlich hatte er keine Angst davor, nun ja, nicht mehr, als richtig und angemessen schien, aber er sah auch nicht, wozu es eigentlich gut sein sollte. Wenn er gewänne und Gage verwundete, käme er in ziemliche Schwierigkeiten mit der Königin, die Duelle verabscheute. Und wenn er gewänne und Gage sogar tötete, müßte er wahrscheinlich aus dem Land fliehen oder sich wegen Mordes verantworten. Und wenn er verlöre, könnte er verwundet werden und damit auch in die

größten Schwierigkeiten kommen. Oder im anderen Falle –
und das wäre das WSchlimmste überhaupt – könnte er sogar
sterben.

Ein wenig morbide dachte er daran, daß es vielleicht die
beste Lösung für sie beide wäre, wenn er Bethany heiratete
und dann durch Gages Schwert stürbe – dann wäre sie eine
Witwe, ihr Kind hätte einen Namen, und sie könnte danach jemand besseren heiraten. Aber der einzige Gedanke, mit dem
er sich spät nachts herumplagte, war die Überlegung, ob er
Feuerwaffen oder das Schwert wählen sollte, und wen er bitten konnte, ihm als Sekundant zu dienen. Er hatte gehört, daß
sein Freund George Clifford, der Graf von Cumberland, ein
Rechenschaftsbuch angelegt hatte, in dem er nicht sonderlich
gut beurteilt wurde.

Und dennoch, es gab keine Hilfe für ihn. Er mußte sich mit
Gage duellieren, oder der gesamte Hof lachte über ihn.

Immerhin hatte er jetzt das kleine Zimmer für sich, das
ihm sein Vater gemietet hatte, obwohl er so rasch wie möglich einen neuen Zimmerkameraden finden mußte, denn er
brauchte ständig Geld. Weder wußte er noch kümmerte er
sich darum, wohin Gage inzwischen gezogen war, obwohl das
Gerücht lief, er nähme in der Schule von Rocco Bonetti in
Blackfriars täglich zwei Stunden Unterricht in der Kunst des
Fechtens. Carey hatte sich nach Sir Philip Sidneys Meister-
kämpfer, Mr. Becket, erkundigt, den man gemeinhin als den
besseren Mann bezeichnete und von dem er früher unterrichtet worden war. Er war vor ein oder zwei Jahren groß in Mode
gewesen, mittlerweile aber verschwunden.

Eine Ehrenjungfrau öffnete ihm die Tür. Er schritt voran,
wobei er sorgfältig vermied, die kleinen Hunde der Königin
zu stören, die fest auf den Binsenmatten schliefen. Während
er eine hinreißende Verbeugung vollführte, bemerkte er, daß
Ihre Majestät und der Graf von Leicester bereits am Karten-
tisch Platz genommen hatten. Dann rutschte ihm das Herz in
die Hose, denn dort stand, prachtvoll in perlgrauem Damast

und Diamanten, den schwarzen Bart und Schnurrbart sorgfältig gekräuselt und parfümiert, Sir Walter Raleigh.

Carey kannte diesen Mann. Und er machte sich keine Illu-
sionen über seine Fähigkeiten, in solch einer Gesellschaft sein
Licht leuchten zu lassen. Es war in jeder Hinsicht ein Jammer,
daß die Königin um so vieles älter war als Raleigh, denn es
war er und nicht der aufgeblasene und ungeheuer arrogan-
te Leicester, der ihr ein ebenbürtiger Partner hätte sein können.

Carey kniete ehrfurchtsvoll vor der Königin nieder und
sagte in seinen Gedanken bereits adieu zu der wohlgefüllten
Geldbörse, die er bei sich trug.

37

Am Tag, nachdem er mit dem Arzt gesprochen hatte, brachte
man Becket eine Pfeife und den dazugehörigen Tabak. Er bemerkte, daß seine Finger große Mühe hatten, den Kopf der
Pfeife zu füllen und sie anzuzünden, auch wenn sie wußten,
was sie zu tun hatten. Als sich der Rauch den Weg durch seine
Kehle biß, mußte er husten, doch als er dann merkte, wie die
Angst von ihm wich, seufzte er auf. Es war vielleicht nur ein
bißchen, nicht mehr als ein Kieselstein von der hinteren Seite
eines schwarzen Berges.

Doch zwei Nächte später wurde der Alptraum wieder Wirklichkeit. Sie weckten ihn auf, als sie seine Zelle betraten, und
sie trugen Laternen und waren in weite Mäntel gehüllt. Becket
schreckte von seinem Bett hoch, starrte verstört vor sich hin
und griff unter sein Kopfkissen, allerdings ohne dort zu finden, was er suchte.

Da standen Ramme und Munday, und hinter ihnen zwei
riesige Leibgardisten mit jenem verbissenen, verärgerten Ausdruck von Männern, die keinen vernünftigen Grund darin sehen, sich schon lange vor Sonnenaufgang von ihrem Lager zu

erheben, aber den wunderlichen Launen ihrer Vorgesetzten nun einmal entsprechen müssen.

»Zieh dich an und nimm deine Sachen mit«, befahl ihm Ramme und beobachtete mit verschränkten Armen, wie Becket mit den Bändern an seinen Beinkleidern und dem Wams zu kämpfen hatte. Wie eine feine Dame benötigte er jeden Morgen fast eine Stunde, um sich anzukleiden, was neben der Kälte ein weiterer Grund für ihn war, in seinen Kleidern zu schlafen, obwohl das seinem schadhaften samtenen Wams überhaupt nicht gut tat. Während er sie aus den Augenwinkeln beobachtete, sammelte Becket Pfeife und Tabaksbeutel zusammen und auch seine Bibel, wobei er jedoch das Buch mit den Predigten liegen ließ, das, wenn auch auf wundersame Weise, bloß Banales mit Unverständlichem verband. Einer der Wachmänner übergab ihm ein schweres, in Stoff gewickeltes Paket, das er zusammen mit seinen wenigen Besitztümern mit einer billigen, halb zerschlissenen Schnur in das andere Hemd packte, das sie ihm gegeben hatten.

Dann kam der zweite Gardist mit einem Paar Schuhe und half ihm, sie anzuziehen, bevor er ihm Umhang und Hut reichte.

»Wo gehen wir hin?« fragte er Munday, der jedoch nur den Kopf schüttelte.

»Streck deine Hände aus.«

Beckets Herz hörte vor lauter Angst fast auf zu schlagen. Der dritte Wachmann kam mit Ketten und Handfessseln daher, und für einen Augenblick war er nicht mehr in der Lage, sich zu bewegen.

»Wenn... wenn ich hingerichtet werden soll, kann ich dann ein bißchen Zeit haben, um mich darauf vorzubereiten?« hörte er sich flüstern.

Einen Augenblick lang starrte ihn Munday kalt an. »Wir würden dir diese Zeit sicher geben, Ralph«, sagte er. »Tu, was wir dir sagen.«

Er zögerte, verschränkte seine Arme und verbarg sie unter

den Achseln, wobei er von Herzen hoffte, daß sie sein Zittern nicht bemerkten. Auf seiner Nase kitzelten ihn Schweißtropfen. Er hatte sich, so weit es ging, nach hinten zurückgezogen und preßte seine Waden hart gegen die Bettkante.

Ramme gab einen kleinen Laut der Ungeduld und Verachtung von sich, der Becket an seiner verwundbarsten Stelle traf. In ihm kroch die Wut empor. Mit enormer Anstrengung streckte er, wie befohlen, die Hände aus und schaffte es sogar, gleichmütig mit anzusehen, wie der Wachmann die Handfesseln an der richtigen Stelle verschloß. Seine Handgelenke waren noch immer bandagiert, so daß ihn das Eisen nicht wund scheuerte, obwohl es sich ganz so anfühlte, als verursachte ihm die Schwere seines Gewichts dennoch blaue Flecken. Und sofort begannen seine Hände zu jucken und zu brennen.

Die fünf Männer umringten ihn, als sie durch die Tür schritten, wobei Ramme zu seiner Rechten ging und ihn am Arm festhielt. Zum ersten Mal erblickte er die Wendeltreppe, die von vielen Füßen so ausgetreten war, daß er etliche Male ausglitt und von Ramme aufgefangen werden mußte. Die Nägel an ihren Stiefeln machten einen solchen Lärm, als marschierte eine ganze Armee.

Dann ging es zur Tür hinaus und in die anbrechende Morgendämmerung. Draußen warteten zwei weitere Männer auf sie, sie trugen Laternen, die den sanften Regen in goldene Sternwolken verwandelten. Becket sah auf die vielen hoch aufragenden Türme und die eng zusammenstehenden Gebäude, er roch den Rauch von den Holzfeuern, der aus den Schornsteinen emporstieg, und hob sein Gesicht, um die dunklen Wolken zu sehen und die Nässe des eiskalten Regens zu spüren. Das entzückte ihn. So plötzlich, wie ihn die Todesangst bei dem Befehl gepackt hatte, seine Hände auszustrecken, so plötzlich verließ sie ihn auch wieder, als sie schließlich im Freien waren.

Sie glichen ihre Schritte einander an, wie es Männer nun

einmal tun, die eng nebeneinander marschieren, und sie stapften über das Kopfsteinpflaster, wobei sie eine schreckenerregende breite, schwarze Formation bildeten, die sich scharrend
hin- und herbewegte.

Dann führten sie ihn durch ein Tor und in den Gestank von
Tieren in Käfigen, obwohl es kaum zu sagen war, ob es sich
um Menschen oder Tiere handelte, bis plötzlich beim Vor-
übergehen etwas Großes so zu brüllen begann, daß das Geräusch niemals von einem Menschen stammen konnte. Dann
stießen ihre Stiefel gegen ein Boot, das an Land gezogen war.

Ein kleines Fährboot wartete mit zwei Ruderern auf sie,
die Löcher in die Luft starrten und über der scharlachroten Livree Ihrer Majestät Mäntel von Bootsmännern trugen.
Ramme sprang leichtfüßig hinein, und Munday nickte Becket
zu, daß er ihm folgen möge.

Einen Augenblick lang war er sich unschlüssig und dachte
vielleicht darüber nach, ob er nicht besser in die trübe Kloake
des Flusses springen sollte, um sich von der Strömung forttra-
gen zu lassen. Aber seine Handfesseln würden diese Kühnheit
doch nur mit dem Tode belohnen. Und wohin sollte er auch
fliehen, in welches Land?

Munday verstand sehr wohl, warum er zögerte, und seine
Augen verengten sich. Aber im selben Augenblick hatte sich
Becket gegen den Sprung ins Wasser entschieden, stieg in das
Boot und setzte sich eilig nieder, um nicht in den Fluß zu
fallen. Munday nahm neben ihm Platz und hielt seinen Dolch
in Beckets Seite.

»Wenn du einen sauberen, schnellen Tod vorziehst«, sagte
er ruhig, als die Wachen mühsam hineinkletterten und die Laterne am Schiffsbug angezündet war, »dann brauchst du nur
zu schreien oder eine plötzliche Bewegung zu machen.«

»Darf ich sprechen?«

»Nein.«

Einer der Wachmänner machte sich an den vielen Ketten
zu schaffen.

»Streck deinen Fuß aus, Ralph«, sagte Munday.

»Ist es wirklich notwendig...?« begann er, als er einen stechenden Schmerz in seiner Haut verspürte, der von dem Dolch herrührte. Ramme lehnte sich zu ihm hin, nahm etwas aus der vorderen Seite seines Wamses und zog ihn mit der Nase zu sich heran.

»Wir werden dich nicht noch einmal warnen, du Abschaum«, zischte er. »Streck deinen Fuß aus.«

Als er den wütenden Mann sah, leckte sich Becket voller Angst die Lippen und tat, wie ihm geheißen worden war. Sie ketteten ihn an einen Ring, der im Boden des Bootes befestigt war. Im Licht der Laterne glitzerte dort ein wenig Wasser, Ramme schien sich langsam zu entspannen, aber seine Augen blieben ständig auf Beckets Gesicht gerichtet. Becket wollte sich von ihm abwenden, weil er dieses Anstarren als zu bedrückend empfand. Doch dann packte ihn die Wut über sich selbst, daß er sich so feige verhielt wie ein Weib.

Plötzlich schien es ihm, als flüstere ihm jemand ins Ohr, daß ihre Wut vielleicht auf etwas anderem beruhe und mit ihm nicht das Geringste zu tun habe. Doch wußte er, daß es sinnlos war, sie milde zu stimmen. Wenn sie ihm etwas antun wollten, würden und könnten sie das tun, gleichgültig wie er sich selbst verhielt. So konnte er wenigstens versuchen, sich wie ein Mann und nicht wie dieses leere, zerbrochene Ding zu benehmen, als das er sich fühlte. Und so drängte er sein Verlangen beiseite, alles einfach hinzunehmen, und schaffte es, Rammes Blick ebenso kalt und hart zu begegnen. Zu seiner Genugtuung sah Ramme schließlich auch zur Seite, und er hatte damit zu kämpfen, sein kleines triumphierendes Lächeln zu verbergen.

Er fühlte sich besser, und sein Bündel fest an sich gepreßt, legte er seine Hände in den Schoß, um sie auszuruhen und ihnen das Gewicht der Fesseln abzunehmen. Dann blickte er um sich und richtete seine Augen weg von den Eisnadeln des Regens.

223

Tief in seinem Inneren öffnete sich eine Tür und ein wenig von dem, was er wußte, sickerte hindurch. Sie ruderten auf der Themse, flußaufwärts, aber mit den Gezeiten – vielleicht um die Königin in ihrem Palast in Whitehall aufzusuchen? Bei diesem Gedanken wurde ihm angst und bange, er fürchtete sich davor, Ihrer Majestät zu begegnen, denn er meinte, sie bitter verletzt zu haben, auch wenn er nicht die geringste Ahnung hatte, wie und auf welche Weise das geschehen sein könnte. Sie würden sicher vorbeifahren... Dann tauchten vor seinem geistigen Auge die Bilder vertrauter Gebäude auf: Baynard's Castle, der Temple, die vielen Paläste am Strand... Doch dann schloß sich die Tür wieder.

Becket blickte erneut auf Munday, der ihn ebenso gespannt beobachtete. Er hielt den Dolch in der Hand, dessen Klinge Becket noch immer zwischen die Rippen stach. Er wandte sich ein wenig davon ab, doch folgte ihm der Dolch genau diese wenigen Zentimeter. Munday schien kein so böswillig grausamer Mann zu sein wie Ramme, doch wirkte er sehr bestimmt und sah aus wie jemand, der einen Menschen tötete, wenn er es gesagt hatte, auch wenn er keinen besonderen Grund dazu hatte. Allerdings wirkte er mehr interessiert als verärgert. Becket versuchte ihn anzulächeln, um ihm zu zeigen, daß er seine Gedanken kenne, aber was dabei herauskam, sah eher so aus wie ein Totenkopf und offenbarte seine Angst.

Erneut kam ihm zu Bewußtsein, daß es für ihn ein neues Gefühl war, ständig Angst zu empfinden. Früher einmal hatte er andere Empfindungen gehabt, und die Angst war gekommen und wieder verschwunden, wie es dem jeweiligen Anlaß entsprach. Nun saß sie ihm ständig im Nacken und sog seine gesamte Kraft auf. Er seufzte. Selbst wenn all seine Erinnerungen wieder an ihrem angestammten Platz wären, würde er doch niemals mehr der Mensch sein, der er einmal gewesen war.

Dieser Gedanke erschreckte ihn sehr, und er würgte hart

daran. Um sich abzulenken, richtete er seine gesamte Aufmerksamkeit auf das umsichtige Rudern der Bootsmänner, deren Rücken sich gleichmäßig und stetig über die Riemen beugten. Der Wind verfing sich in seinem Hut, und ohne zu überlegen, versuchte er, die Hand auszustrecken, um ihn festzuhalten, wodurch er sich mörderisch die Handgelenke verzerrte. Er konnte gar nicht aufhören zu keuchen, und selbst der Dolch hörte auf, sich in ihn hineinzubohren. Becket nickte Munday seinen Dank zu und saß dann da, wobei er sich so gut festhielt, wie es ging. Was, wenn das Boot sank? Wäre Ertrinken ein besserer Tod als Hinrichtung wegen Verrats?

Schreckliche Bilder von Morden aller Art entstiegen den schwarzen Wassern seines Verstands, und diesmal fürchtete er sich in seinem Inneren wirklich vor ihnen. Aber äußerlich verhielt er sich so ruhig und still, wie es Munday angeordnet hatte. Es kommt alles darauf an, dachte er. Es kommt darauf an, ob dem Henker befohlen wurde, mir den Mund tot oder lebendig zu stopfen.

Er wünschte, ja, verlangte danach, sie zu fragen, was dem Henker gesagt worden war, aber er konnte es nicht, da sein Hals vor lauter Angst zugeschwollen war. Er konnte jetzt nicht einmal mehr schlucken. Der schwarze Berg aus Angst und Furcht, der tief in seinem Innern wuchs, schwoll ständig weiter an, er wurde größer und schien bereits anzufangen, wie der Berg Ätna zu erzittern, wobei er sich verwundert fragte, warum seine Häscher das nicht sahen, und sich gleichzeitig schämte, so heftig zu zittern.

Sie bringen mich nach Tyburn, nach Tyburn, wo Campion gestorben ist, dachte er, und plötzlich war sein Inneres von dem Geruch nach Blut erfüllt, der ihm so stark in die Nase stieg, daß er meinte, sich übergeben zu müssen.

Und dann zerbrach etwas in ihm oder veränderte sich, als würde der schwangere Berg ein Feuer gebären. Es schien ihm plötzlich, als sei das Sterben gar keine so üble Sache, da es ihn von dieser schrecklichen Angst befreite. Selbst der Tod eines Verräters war besser als die Einsamkeit und die Leere und die geradezu eingebrannten Erinnerungen daran, wie er an dieser Säule im White Tower gehangen hatte.

Es kam ihm in den Sinn, daß er wegen seines sündhaften Lebenswandels durchaus in der Hölle landen könnte, aber dann fiel ihm ein, daß er ja keine Erinnerungen mehr besaß und daher auch nichts zu bereuen hatte, was Gott sicherlich dazu brächte, ihm mildernde Umstände zu gewähren. Durch seine Lektüre der Bibel war er davon überzeugt, daß Jesus Christus barmherziger war als Davison und vielleicht überredet werden könne, ihm zumindest eine faire Anhörung zu gewähren. Das war im Grunde alles, was er verlangte.

Bei diesem Gedanken schwand seine Angst ein wenig. Um sein Denken mit etwas anderem als künftigem Schmerz zu erfüllen, blickte er in der nächtlichen Stille umher, betrachtete das verschwommene irdische Sternenlicht, das von den vereinzelten Laternen herrührte, die an den Ufern der Themse die Stufen zum Wasser markierten. Und er richtete seine Aufmerksamkeit auf die rhythmisch schwingenden Schatten des Bootsmannes, das Knarren der Riemen und das Schaben des eisigen Wassers unter dem Bootskiel. In Wahrheit war es eine scheußliche Nacht, aber immer noch besser als seine trockene, leere Zelle, worüber er lächeln mußte.

Der billige schwarze Filz des Hutes, den man ihm gegeben hatte, war inzwischen feucht vom Wasser, und der Wind fuhr durch sein mit Eis überzogenes Haar. Er mochte das. Wenn er in den Tod ging... nun gut, immerhin konnte er dem Himmel und dem Fluß Lebewohl sagen.

38

Der Staatssekretär der Königin saß an seinem Schreibtisch, nahm eine Feder zur Hand, betrachtete sie eingehend, holte sein Federmesser aus der Tasche und schnitt ein kleines Stückchen von dem Federkiel ab. Vor ihm breitete sich sein Schreibtisch aus, so blitzsauber wie ein Schachbrett, auf dem, abgezirkelt und exakt im rechten Winkel zueinander, Stöße von Papier lagen, die mit Büchern beschwert waren. Sein Sandstreuer stand genau neben seinem Tintenfaß, und kein einziger Tintenfleck verunstaltete das glattpolierte Holz.

Licht spendete ihm ein dreiarmiger Leuchter, in dem Kerzen steckten, die seine Frau aus Gründen der Sparsamkeit bei den Schreibern des Hofes kaufte, die einen Anspruch auf Kerzenstummel hatten, und die sie dann in ihren eigenen Formen einschmolz. Jedes seiner Bücher auf dem Regal war korrekt ausgerichtet und der Fußboden so sauber und rein gefegt wie bei einem Holländer, während im Kamin ein ordentliches Feuer mit Kohlen aus Newcastle brannte.

Mr. Davison schmerzte es, wenn ein Papierstoß unordentlich ausgerichtet war, und war es nur ein wenig. Und ein Stäubchen auf dem Fußboden schrie für ihn so laut wie die Stimme der Verdammnis. Wenn einer seiner Söhne so blasphemisch war, ein Holzpferdchen mit Rädern mitten auf dem Fußboden liegen zu lassen, verlor Mr. Davison nicht die Geduld oder schrie und tobte herum, wie es viele tun, sondern er bekam ein starres Gesicht und zitierte das Kind aus dem Bett zu sich. Dann forderte er es auf, das liederlich hingeworfene Pferdchen selbst ins Feuer zu werfen und zuzusehen, wie es verbrannte.

Seine Kinder waren ebenfalls sehr ordentlich.

Nachdem die Feder zu seiner Zufriedenheit gespitzt war, tauchte er sie ein und begann zu schreiben. Er schrieb langsam und zögernd, da er die Aufgabe, die er sich selbst gestellt hatte, nicht gewohnt war.

Sonntag, den 22. Januar 1587

Ich, William Davison, habe in meinem 36. Lebensjahr beschlossen, täglich Buch über den Fortschritt meiner Seele auf dem Weg zur Erlösung zu führen, in der Hoffnung, der allmächtige GOTT möge mir gnädig gewähren, daß ich die Kraft in mir fühle, auf diesen Seiten allein seine Wahrheit zu schreiben, und mir somit besser bekannt mache, worin ich gesündigt habe und womit ich Ihm zu Gefallen war. Das soll für mich wie ein Spiegel sein, eine Angelegenheit zwischen GOTT und mir.

Alles, was ich tue, geschieht im Dienste von GOTT, und alles, was ich unternehme, ist dank seiner barmherzigen Hilfe auch gelungen, jedenfalls bis heute. Um die Angelegenheit wiederaufzunehmen, die so ungeheuer und unglaublich scheint, folgendes: Zwei Tage vor Weihnachten drangen meine Männer in ein Nest von Papisten ein, die gerade dabei waren, ihren blasphemischen Mummenschanz vom Kreuzesopfer Christi zu treiben. Es schien, als sei die Sache schlecht vorbereitet gewesen, da die Versammlungshalle von ihnen hervorragend verteidigt wurde, so daß nur Frauen und Diener gefangen wurden und nur ein einziger Gentleman, und zwar derjenige, der die Verteidigung anführte, die den jesuitischen Verrätern und auch den übrigen Zeit zur Flucht gab.

Um Sicherheit und Ruhe im Commonwealth zu gewährleisten und wahrscheinlich auch zum Wohl seiner Seele, da ein Vorgeschmack auf die Hölle oft einen Mann dazu veranlaßt, seine Sünden zu bereuen, bevor er das wahrhaftige Feuer der Ewigkeit erleiden muß, wurde dieser Mann ins Verhör genommen, und zwar wurde er in Handfesseln, die unser übliches Werkzeug zur besseren Belehrung darstellen, in den Tower von London gebracht.

Da er nun, wie wir meinten, halsstarrig auf seinen Sünden und seinem Verrat bestand, wurde er daher zweimal peinlich befragt. Schließlich und in der äußersten Not fanden wir heraus, daß er dachte, wir seien Spanier und Papisten, was ihn so sehr plagte, daß er der wahren protestantischen Religion abschwor und er wirklich und wahrhaftig sein Gedächtnis *verlor, wie er geltend machte (was wir ihm niemals glaubten).*

Irrtümlicherweise verfluchte er mich als Papist und auch als Götzenanbeter, und zwar mit so viel keckem Trotz und Mut, daß es mich stolz macht, von der gleichen Religion zu sein wie er. Der Mann, von dem wir annahmen, daß er nur ein Lästerer Christi sei und einer, der den Altar der Bestie Roms anbetet, war auf eine seltsame Art vielmehr ein edler protestantischer Märtyrer.

Da er selbst in einem Spionageauftrag gegen die Papisten unterwegs war, hatte der Schlag, den Mr. Ramme ihm zur Beruhigung auf den Kopf gegeben hatte, ihm das Gedächtnis ausgetrieben, jedoch nicht seinen Verstand und auch nicht seine männliche Tapferkeit. Unfähig, uns mitzuteilen, wer auf rechtmäßige Art seine Freunde waren, in welchem Dienst er für die wahre Religion unterwegs war, und weil er nicht wußte, wo er war oder warum er Handfesseln trug, sah er uns fälschlicherweise als Priester der Inquisition an und verfluchte uns.

Niemals zuvor ist ein derart kläglicher Zufall geschehen. Niemals zuvor hat sich ein verdorbener und abscheulicher Teufel des Papsttums so merkwürdig und traurig in einen makellosen Engel der wahren Religion verwandelt.

Mr. Davison machte eine Pause, tauchte die Feder ein, hielt noch einmal inne und tauchte die Feder erneut ein.

Ich habe geschworen, alles wahrheitsgetreu aufzuschreiben, genau, wie ich es empfinde, so daß dieser Bericht ein getreuer Spiegel sei.

Ich verdiene es, in dieser Stellung zu sein. Wenn ich ein heidnischer Philosoph wäre, würde ich dies wahrscheinlich als grausamen Scherz der Götter empfinden, als eine Demonstration ihrer Macht und der Macht des Schicksals.

Jedoch, da ich eigentlich, wie ich denke, ein Teilnehmer an der Heilsrettung bin, ein christlicher Mann der alten und wahren Religion, gibt es eine Frage, die ich nicht aufhören kann,

*mir immer wieder selbst zu stellen, wiewohl sie vielleicht got-
teslästerlich sein mag.*

*Wieso hat GOTT diese Sache erlaubt? Und wieso wurde ich,
der ich sein wackerster und treuester Diener bin, für solch eine
dunkle Machenschaft benutzt? GOTT mag wahrhaftig seinen
Geschöpfen zumuten, bis zum äußersten erprobt zu werden,
auf daß sie später den Himmel verdienen, wie wir es bei diesen
armen Matrosen gesehen haben, die in Spanien von der Inquisition ergriffen wurden und die so wacker die Wahrheit bezeugt
haben, ehe sie auf den Scheiterhaufen kamen.*

*Aber ich bin damit befaßt, das Reich von der papistischen
Gottlosigkeit zu säubern und die Königin vor den üblen Ma-
chenschaften ihrer Feinde zu beschützen. Warum sollte ich in
dieser Angelegenheit als Werkzeug GOTTes benutzt werden?
Sicherlich war es eine Sünde, einen Mann zu foltern, der sich
zur wahren Religion bekannte. Wieso wurde ich dann dazu
verleitet, diese Sünde zu begehen?*

Und wieder machte er eine Pause, da ihn die letzte Frage
erbeben ließ.

*Wenn ich mir weniger sicher wäre, daß meine Seele durch
die Gnade GOTTes errettet wird, würde ich mich tatsächlich
fragen...*

Ungewöhnlicherweise blieb Davisons Feder an einer Faser
im Papier hängen, wodurch er einige Tropfen Tinte ver-
spritzte. Er verharrte, schaute sinnend darauf, streute ein
wenig Sand darüber und blies ihn dann wieder weg. Schließlich legte er das Papier zur Seite. Nachdenklich kniff er die
Augen zusammen, dann nahm er einen neuen Bogen Papier.

*Am Abend besuchte ich meinen Herrn, Sir Francis Walsing-
ham. Er leidet schon wieder an einem Stein, diesmal sehr
schmerzlich, und hat so das Unternehmen, das Königreich
gegen die Jesuiten zu verteidigen, in meine Hände gelegt. Wofür, so bete ich, Gott mir die nötige Stärke und Weisheit geben
möge, auf daß ich es solchermaßen durchführe, wie es durchgeführt werden sollte. Ich brachte ihm Urteile und Papiere*

230

zum Unterschreiben mit und dachte, ihn von den Schritten in Kenntnis zu setzen, die von einigen Ratgebern der Königin gegen uns unternommen werden. Jedoch, als ich erkannte, wie sehr er durch die Schmerzen entwürdigt war und wie blaß seine Haut, empfand ich, daß es besser wäre, ihn mit all dem nicht zu belästigen und legte ihm daher nur die Papiere vor.

Nachdem unsere Geschäfte erledigt waren, fragte ich ihn nach den Dokumenten, von denen ich vermerkt habe, daß sie nicht mehr aufzufinden seien. Nach der Reihenfolge der Code-Nummern kann ich jedoch abschätzen, daß diese sich alle auf Sir Philip Sidney beziehen, und zwar auf die Zeit seines Aufenthalts in den Niederlanden, und desgleichen auf einen Jesuiten, der uns in dem Sommer, als wir mit der Babington-Verschwörung befaßt waren, durch die Lappen gegangen war.

Sir Francis mußte notwendigerweise eine Weile überlegen, aber dann gab er mir die Schlüssel zu seiner geheimen Amtsstube in Seething Lane, da er zu krank war, um alles nach Barn Elms bringen zu lassen, und ebenso die Unterlagen zum Dechiffrieren.

Nachdem ich mich ihm empfohlen hatte, begab ich mich unverzüglich in seine geheime Amtsstube, und dort, in einem Zeitraum von einigen Stunden, entdeckte ich die gesamte Korrespondenz mit Sidney, die einiges über die Mission unseres edlen Protestanten verlauten läßt.

Um es kurz zu machen, ein Gewährsmann im Rheims-Seminar (oder dem Nest der teuflischen Vipern) hatte uns ein paar äußerst merkwürdige Informationen zukommen lassen. Im Sommer 1586 hat Pater Thomas Hart von der Gesellschaft Jesu einer Hexe in London die Beichte abgenommen. Er selbst ist uns leider entwischt, aber sobald er es seinem Herrn, dem Herzog von Parma, mitgeteilt hatte, wurde jeder spanische oder papistische Agent in London beauftragt, alle Antiquariate und Pfandleihen nach einer Schrift zu durchsuchen, die als das Buch vom Einhorn bezeichnet wurde –

231

wahrscheinlich eine Schmähschrift gegen die Königin. Wir wußten nicht, worum es sich handeln konnte, obwohl wir wußten, daß es keinen guten Zweck verfolgte, und versuchten daher, es selbst zu finden. Doch nach vielen Anstrengungen zogen sowohl wir wie auch die Papisten eine Niete.

Danach herrschte lange Zeit Stille über die Angelegenheit des Buchs vom Einhorn, die so lange dauerte, daß wir schon glaubten, es mit einer Chimäre zu tun zu haben, mit dem bloßen Zweck, uns zu verwirren. Schließlich kam ein Brief von Sir Philip Sidney aus Arnheim, der Sir Francis bat, den treuen Diener Sir Philips, Mr. David Becket, der nun als Spitzel bei den Papisten tätig war, zu beschützen, wenn er einmal zufällig verhaftet werden sollte. Weitere Informationen bezüglich des Buchs vom Einhorn kündigte er für einen späteren Brief an.

Dieser Becket nun, und das scheint sicher, ist unser armer Gefangener, der auf der Folter über das nämliche Buch redete.

Jedoch kann ich ihn nicht nach seinen Diensten für Sir Philip fragen. Denn bei Hofe gibt es Feinde gegen die wahre Religion, die der armen, schwächlichen und einer Frau gemäßen Feigheit der Königin Vorschub leisten, da Ihre Majestät nicht bereit ist, die Feinde GOTTes auszumerzen.

Wieder spritzte Tinte auf das Papier, und wieder machte Mr. Davison eine Pause und legte seine Niederschrift beiseite. Doch dann hielt er inne, nahm beide Bögen wieder zur Hand und verschloß sie in der Geheimschublade seines Schreibtisches. Er kniete nieder zum Gebet, so steif und gerade, als sei er in einer Audienz bei der Königin, und kämpfte verbissen darum, die ärgerliche Erinnerung an seine letzte Zusammenkunft mit Lord Burghley aus seinen Gedanken zu verscheuchen.

39

Burghley war von einer solch verbindlichen Gleichgültigkeit, daß es einen in wilde Wut versetzte.

»Das Fleetgefängnis ist nicht sicher genug, um einen Verräter aufzunehmen«, hatte Davison ärgerlich protestiert. »An diesem Ort wimmelt es nur so von Ketzern und Schuldnern...«

»Aber, Mr. Davison«, hatte Burghley mit unendlicher Sanftmut geantwortet, »dieser Gefangene von Euch ist ganz sicher kein Verräter, da er sich selbst zur einzig wahren Religion bekannt hat. Wollt Ihr mir etwa sagen, daß dies ein Irrtum ist, er einen Meineid geleistet und in Wirklichkeit ein Katholik ist?«

»Das nicht, aber er verbirgt ein Geheimnis von allergrößter Bedeutung.«

»Und was für ein Geheimnis?«

Dies zu beantworten überstieg leider Mr. Davisons Fähigkeiten. »Wenn ich es wüßte, dann müßte ich ihn nicht in meinem Gewahrsam lassen«, preßte er zwischen den Zähnen heraus. »Ich kenne sein Geheimnis nicht, ich weiß nur, daß es existiert.«

»Wollt Ihr damit sagen, daß er in Wahrheit nicht sein Gedächtnis verloren hat?«

»Das leugne ich nicht.«

»Dann wird er aller Wahrscheinlichkeit nach über dieses Geheimnis, was auch immer es sein mag, nicht mehr verfügen.«

»Vielleicht erinnert er sich ja daran.«

»Dann wird er, da er kein Verräter ist, es zweifellos den Autoritäten erzählen, die dafür zuständig sind.«

»Wenn wir ihn in die Freiheit entließen...?«

»Mr. Davison, wir werden ihn nicht freilassen. Wir werden ihn ins Fleetgefängnis bringen. Und er wird keinesfalls

233

in die Abteilung des Knights' Commons verlegt, sondern in den Eight-Penny-Trakt, aus dem noch niemand entkommen ist.«

»Es ist auch nie jemand aus dem Tower entkommen.«

»Natürlich nicht.«

»Also, warum...«

»Dies ist eine äußerst fruchtlose Diskussion«, sagte Burghley und verwies ihn auf die Urkunde, die von der Königin unterzeichnet war und den Gefangenen aus der Amtsgewalt Davisons in die seine entließ. »Die Königin sagt, daß sie keine weiteren Narren und Einfaltspinsel wie Babington hinrichten lassen wolle. Sie sagte, und dabei zitiere ich sie, daß sie Euch nicht mehr traut. Sie befürchtet, daß Ihr einen erschreckenden Verrat für den armen Mann zusammenzimmert, ihn so lange foltert, bis er ein Geständnis unterschreibt und ihn dann hinrichtet. Und Gott wird sie dann zur Verantwortung ziehen, wenn sie einst stirbt.«

»Das hat die Königin gesagt?«

»Ich fürchte, das hat sie. Und sie hat sich diesbezüglich sehr heftig geäußert.«

»So also belohnt sie treue Dienste.«

»Treue Dienste belohnt sie tatsächlich sehr gut, denn ich habe allen Grund, das zu wissen«, sagte Burghley so geschmeidig und selbstzufrieden wie eine Katze. »Andersgearteten Diensten gegenüber ist sie vielleicht weniger freundlich gesonnen.«

»Wollt Ihr, Mylord, damit vielleicht andeuten, daß ich nicht ihr treuer Diener bin?«

»Ganz und gar nicht.« Burghley machte sich an seinen Papieren zu schaffen, hob einige auf und packte sie zusammen, klopfte sie ein wenig, auf daß sie gerade wurden, und übergab sie dann seinem ruhigen, aufmerksamen Sohn. »Ich bin sicher, Ihr denkt von Euch, daß Ihr das seid. Aber ich bin mir auch sicher, daß die Königin denkt, Ihr seid es nicht. Jedenfalls im Augenblick. Und ich bin mir ebenfalls sicher, daß es die Königin ist, die unsere souveräne Monarchin ist, und nicht Ihr.«

Zu wütend, um überhaupt noch etwas zu sagen, hatte ihn Davison an diesem Punkt verlassen. Es war irrwitzig, den Gefangenen ins Fleetgefängnis zu bringen, das ein wahrer Sumpf an Korruption und Unsauberkeit war, in dem niemand wußte, wem er begegnete und was er ihm sagen würde.

Während Davison bei sich zu Hause im stillen Gebet niederkniete und wahrhaftig davon überzeugt war, daß seine Gedanken nur auf Gott gerichtet waren, drehten sich in seinem Verstand alle Vorstellungen und Einfälle um den Faktor Macht.

Er benötigte dringend eine Waffe in die Hand, da die Schattenspiele am Hofe und seine Gegenspieler ihm langsam gefährlich wurden, wobei offensichtlich all diese Intrigen nur darauf ausgerichtet waren, die böse Königin der Schotten zu retten. Walsingham selbst hatte ihn gelehrt, daß die beste Waffe, die es gab, das Wissen sei, und also ging er zur Quelle, um dort das Wissen zu suchen. Und er fand es.

Wer hätte jemals gedacht, daß der Poet Sidney so umsichtig gewesen war, dachte Davison. Immerhin kannte er den wirklichen Namen des Gefangenen, aber jetzt war es bereits zu spät, als daß er damit etwas hätte anfangen können. Und dann gab es da diesen Hinweis auf die Schmähschrift, dieses Buch gegen die Königin.

Sidney war es, der es das Buch vom Einhorn genannt hatte, dachte er, und die Wiederholung des Namens brachte ihn dazu, wie ein Hund zu schnüffeln, der einem Hirschen auf der Fährte ist.

Da steckte etwas dahinter, ganz klar. Vielleicht war es ja ein Chiffrierbuch, vielleicht sogar ein Plan für eine Invasion Englands, vielleicht gab es aber auch nur Aufschluß darüber, wie beliebt die schottische Königin in England war.

Während er noch auf den Knien lag, wurde ihm klar, daß der Schlüssel im Glauben lag. Das, was Sidneys Spion wider-

235

fahren war, konnte kein Zufall sein. Es stand alles in Gottes Plan, und das war bei allen Dingen der Fall. Im Dienste Gottes konnte es keine Sünde geben, also konnte man Davison auch nicht dafür verantwortlich machen, da er als einziger ernsthaft nach der Wahrheit suchte. Auf eine bestimmte Weise würde ihm das Buch vom Einhorn zu dem verhelfen, was Gott verlangte: den Tod der Königin von Schottland.

Ohne sich dessen bewußt zu sein, wie weit seine Gedanken abgeschweift waren, während er vor dem Idol seiner Vorstellung kniete, sagte Davison Amen und erhob sich dann wieder, wobei sein Gesicht ein bißchen weniger verkrampft schien. Endlich konnte er klarer sehen. Gott hatte Davison auf einen Weg gebracht, auf dem er der Sache der wahren Religion dadurch diente, daß er die schottische Königin auf den Richtblock brachte. Um das zu erreichen, ließ sich das Buch vom Einhorn als Waffe verwenden. Das war die einzige Möglichkeit: Becket war ein Teil von Gottes Plan, um die Viper aus Schottland zu vernichten.

Auch Davison war ein Teil von Gottes Plan, und seine Aufgabe war es, Burghley zu überlisten.

Dann zauberte ein flüchtiger Gedanke ein dünnes Lächeln auf sein Gesicht. Burghley wußte nicht alles, was gerade stattfand, ja, noch nicht einmal Walsingham war diese Gefangennahme bekannt, die Davisons Männer wenige Tage nach Weihnachten gelungen war, und auch nicht ihr Resultat. Und dieses Mal war es noch nicht einmal nötig gewesen, Handfesseln zu benutzen.

Vorsichtig, um ja kein Wachs zu verspritzen, blies er die Kerzen aus. Dann verschloß Mr. Davison seine Amtsstube und ging nach Hause.

236

40

Auf ihrem Weg zurück von der Kapelle nahm die Königin vier Petitionen entgegen, die sie ersuchten, die böse Königin von Schottland hinrichten zu lassen. Als sie wieder ihr Gemach betreten hatte, war ihr huldvolles Lächeln dünn geworden, und ihre langen, schmalen Hände waren damit beschäftigt, hastig ihre Ringe abzuziehen und wieder auf ihre Finger zu schieben.

Bethany bemerkte, daß der gewürzte Wein, den sie der Königin gebracht hatte, zu heiß war, zuviel Ingwer enthielt und überdies schal geworden war und daß sie selbst eine weißgesichtige, kleine Närrin war, die überhaupt nichts wußte. Sie hatte den Auftrag erhalten, sich mit dem Wein zu beeilen. Die Herzogin von Bedford fand sie in dem kleinen Privatkabinett, wo sie hilflos und herzzerreißend weinte. Lady Bedford, die mehr Jahre, als Bethany alt war, in den Diensten der Königin gestanden hatte, goß den Stein des Anstoßes von einem Kelch in einen anderen und fügte einen Löffel zerstoßenen Zucker hinzu.

Dann gab sie Bethany den Auftrag, die Hofnärrin der Königin zu holen, während sie höchstpersönlich den aufgebesserten Wein der Königin brachte.

Dieser, so verkündete die Königin, sei zwar nicht gut, aber angemessen, und dann trank sie ihn, wobei sie zusammenzuckte, als die heiße Süße ihre Zähne berührte.

Zu der Zeit, als Thomasina ankam, hatte sich Ihre Majestät wieder dadurch beruhigt, daß sie eine andere Ehrenjungfrau wegen ihres schlechten Geschmacks in puncto Kleidern mit beißendem Spott traktierte und einer dritten befahl, ihr nicht mehr unter die Augen zu treten, bis sie sich nicht ihres finsteren Gesichtsausdrucks entledigt und etwas gegen den Pickel auf ihrer Nase unternommen hätte.

Thomasina kam mit ihrem Modepüppchen, sie war darauf

vorbereitet zu plappern und zu plaudern, aber fand rasch heraus, daß die Königin sie viel lieber auf ihren Schoß nehmen und hätscheln wollte.

Sie begann, ein reizendes Spiel mit einem der Kanarienvögel in dem Käfig zu spielen, und sang dabei ein Lied, das sich sehr nah am Rande des Obszönen bewegte, das von Vögeln in den Büschen handelte und Hirten, die darin sehr große Befriedigung fanden, bis die Königin schließlich in Lachen ausbrach und sich die ängstliche Stimmung im Salon zu verflüchtigen begann.

Aufatmend beugten sich die Ehrenjungfrauen über ihre Stickereien, und die Königin trug Thomasina in eine Ecke des Zimmers, in der eine Ansammlung von Kissen aufgetürmt war, um dort mit ihr ein prächtiges, in roten und grünen Samt gebundenes Buch zu bewundern, das ihr ein Poet geschenkt hatte. Sie lachten beide über die armseligen Versuche dieses Mannes, saubere Linien zu ziehen, um seine Reime halbwegs ordentlich niederzuschreiben. Und freundlicherweise korrigierte die Königin auch gleich seine grammatikalischen Fehler.

»Thomasina«, sagte sie leise, »Mrs. Twiste hat dich über den grünen Klee gelobt.«

»Sie ist sehr freundlich«, sagte Thomasina mit Verachtung im Blick.

»Sie beglückwünschte mich zu deinem guten Benehmen und deinem Gehorsam, was sie bei einer so jungen Person außergewöhnlich findet.«

Thomasina drehte anmutig den Kopf. »Mrs. Twiste neigt dazu, nur das zu sehen, was ihre Augen erblicken.«

»Also hast du ein Spiel mit ihr gespielt?«

»Ja, Eure Majestät. Doch nur ein kleines Spielchen. Ich werde, sofern Ihr das wünscht, ihr beim nächsten Mal die Wahrheit sagen.«

»Nicht nötig. Sie sagt, daß du die kleinen Mädchen dort mit deinen Saltos und Purzelbäumen unterhalten hast, und läßt fragen, ob du vielleicht dafür etwas geschenkt haben möchtest.«

»Die Freundlichkeit Eurer Majestät ist mir Bezahlung genug.«

»Hm.«

»Was ist, Eure Majestät. Habe ich Euch beleidigt?«

»Nein. Ich denke nach.«

Thomasina hatte die Gabe, sich ruhig zu verhalten, bei den Zigeunern gelernt. Die hatten sie den Bauern in einem Käfig als echte Pygmäen-Königin vom Amazonas vorgeführt, bemalt mit Walnußsaft und geschmückt mit Perlen und gefärbten Hühnerfedern. Jetzt war sie wunderschön und sauber in Samt aus Lucca und goldenen Stoff gekleidet, saß tadellos und mit gefalteten Händen auf ihrem Kissen und wartete, bis die Königin mit ihren Überlegungen fertig war.

Schließlich begann diese, langsam zu sprechen. »Ich stecke in einem Dilemma, und ich glaube, du könntest mir helfen, es zu lösen, falls du das möchtest. Ich fürchte nur, daß ich dich dabei verliere.«

»Mich verlieren?«

»Laß mich dir eine Geschichte erzählen.«

Nun folgte ein sehr merkwürdiger Bericht über einen Mann, der fälschlicherweise von Mr. Davison mit einem anderen Mann verwechselt wurde. Er hatte irgendwie sein Gedächtnis verloren, trug aber ein Geheimnis mit sich, das zu erfahren für die Königin ebenso lebenswichtig war wie für das Wohl des Königreichs. Die Königin war in Verlegenheit, wie sie dieses Geheimnis von ihm erfahren konnte, aber inzwischen war er in das Fleetgefängnis verlegt worden, um ihn dem Zugriff von Mr. Davison und seinen Leuten zu entziehen. Nun benötigte die Königin eine Person, die ihn beobachtete und die weder ihm noch jemand anderem verdächtig erschien.

Inzwischen war die Dämmerung hereingebrochen. »Sicher gibt es Kinder im Fleet«, sagte Thomasina und dachte dabei

239

an die Zeit, bevor sie die Spaßmacherin der Königin wurde. »Wollt Ihr, daß ich mich als eines dieser Kinder ausgebe?«

»Ich glaube, daß diese Kinder Botschaften für all die hinein- und hinaustragen, die der Freiheit beraubt wurden. Wärest du bereit, das gleichfalls zu tun?«

Thomasina überlegte einen Augenblick, dann nickte sie. »Nur...«, sagte sie zögernd, »also nur...«

»Was?«

»Ich bin sehr klein und nicht besonders kräftig oder stark. Es ist ein sehr häßlicher Ort, und ich fürchte, daß ich versage. Gibt es denn niemand besseren, über den Eure Majestät verfügen könnten?«

Zwischen den ausgezupften Augenbrauen der Königin zeichnete sich eine Falte ab. »Wenn es jemanden gäbe, würde ich sicher nicht dich belästigen, meine Liebe«, sagte sie betrübt. »Ich bin die Königin eines großen Reiches, und trotzdem habe ich Schwierigkeiten, Leute zu finden, denen ich in dieser Sache trauen kann.«

»Welcher Sache?«

»Ich möchte, daß du besonders auf das achtest, was dieser Mann über das Buch des Einhorns sagt. Wenn es in seinem Besitz ist, dann stiehl es sobald wie möglich und bring es mir.«

»Oh? Denkt Ihr, daß er das Buch hat, das Ihr verloren habt?«

»Nein. Aber ich befürchte, daß er die Person kennt, die es hat. Insbesondere mußt du darauf achten, ob er mit einer alten Frau spricht, und wenn ja, mußt du mir das sofort melden. Ich werde es so arrangieren, daß du mir Botschaften über den Haushalt des Grafen von Leicester zukommen lassen kannst, und zwar über seine Wäsche.«

Thomasina kniete sich hin und zupfte unruhig den Unterrock der Puppe gerade.

»Wirst du es machen?« fragte die Königin besorgt.

»Ich habe meine alten Kleider noch«, sagte Thomasina wie

240

aus weiter Ferne. »Ich nehme sie manchmal hervor, um mich daran zu erinnern, wie gesegnet ich bin.« Strahlend lächelte sie die Königin an. »Aber das ist doch nur wie schauspielern. Oder vielleicht nicht, Eure Majestät?«

»Thomasina«, antwortete die Königin sehr ernst, »ich verlange das nicht von dir, und ich befehle es dir auch nicht. Dazu ist die ganze Sache zu gefährlich. Wenn du es ablehnst, wirst du auch weiterhin meine Närrin bleiben, und ich werde dich trotzdem auch weiter lieben.«

Thomasina machte eine Pause und überlegte verwundert, wie sie es wagen konnte, diese Frage zu stellen. Doch sie mußte es tun. »Bitte, Eure Majestät, hat das vielleicht etwas mit der schottischen Königin zu tun?« Sie wartete darauf, daß ein Sturm losbrach, aber das geschah nicht. »Es ist nur so, daß ich nicht enden möchte wie Babington. Und ich will auch nicht fälschlicherweise als Verräterin angesehen werden, so wie Euer armer Gefangener«, fügte sie hinzu.

»Ich weiß es nicht. Vielleicht. Vielleicht aber auch nicht.«

»Warum wollt Ihr denn ihr Todesurteil nicht unterschreiben, Eure Majestät?«

»Das sind Angelegenheiten des Staates, Thomasina, und ich erlaube keiner meiner Hofdamen, über derlei Dinge zu schwatzen. Es gehört sich nicht.«

»Eure Majestät, ich bin zu klein, um eine Eurer Hofdamen zu sein.«

»Um so weniger gehört es sich also für dich.«

»Und dennoch bin ich nach Eurer Einschätzung groß genug, um für Euch wie ein Mann Spionage zu treiben.«

»Das hat nichts damit zu tun.«

»Aber es könnte.«

»Hat dich vielleicht irgend jemand zu dem hier angestiftet?«

»Nein, Eure Majestät. Ich bin nur eine Närrin, die neugierig ist.«

Nun kam es zu einer langen, häßlichen Pause, in der sich

Thomasina fragte, ob sie vielleicht plötzlich und schnell die Liebe der Königin verspielt habe.

Schließlich begann die Königin, so langsam und leise zu sprechen, als spräche sie zu sich selbst. »Walsingham, Burghley und Davison, sie alle wollen, daß ich eine gesalbte Königin hinrichten lasse, ganz so, als wäre sie nicht mehr als jede andere Frau.«

»Aber hat sie nicht Euren Tod beschlossen?«

»Natürlich hat sie das getan. Was sollte sie denn sonst tun? Es war ihre Pflicht. Ich halte sie seit zwanzig Jahren gefangen, seitdem sie sich dummerweise meiner Gnade anvertraut hatte. Ich habe meine Ohren gegenüber ihren Bitten verschlossen, sie freizulassen, so daß sie sich ins Exil nach Frankreich begeben könnte. Ich habe die Aufwiegler gegen sie unterstützt und bin eine Allianz mit ihrem absolut pflichtvergessenen Sohn James eingegangen. Ich habe mich wieder und wieder als ihre Feindin zu erkennen gegeben. Wenn sie in ihr Königreich zurückkehren will, dann muß sie mir entfliehen. Und da ich die Schlüssel so fest halte, ist es ihre Pflicht, alles zu versuchen, um ihre Kerkermeisterin zu töten. Doch hat sie sich beim Schmieden ihrer Ränke immer sehr im Zaum gehalten, was ich, wäre ich in der gleichen Lage, niemals gemacht hätte. Obwohl ich wahrscheinlich«, sagte sie mit einem kleinen selbstgefälligen Schnauben, »darin sehr viel besser gewesen wäre.«

»Aber bedeuten ihre Ränke denn nicht Verrat?«

»Wie sollten sie denn? Das ist ja, was Walsingham und seine Kohorten nicht sehen wollen. Die Königin von Schottland kann überhaupt keinen Verrat an mir begehen, denn sie ist eine souveräne Herrscherin, von Gott auserkoren und von ihm gesalbt. Dies ist nicht ihr Reich, sie ist nicht meine Untertanin, sie ist nicht verpflichtet, sich mir gegenüber loyal zu verhalten, daher kann sie auch keinen Verrat begehen. Alles, was sie tut, und alles, was sie jemals getan hat, geschah nur, weil sie ihren Thron zurückgewinnen will.«

»Trachtet sie nicht gleichermaßen auch nach dem Euren?«

»Natürlich, aus Rache für ihre Einkerkerung und aus der inbrünstigen Hingabe an ihre Religion. Und sie ist tatsächlich meine rechtmäßige Nachfolgerin – sie muß es sein, denn es wird ihr von ihrem Blut diktiert. Siehst du, und hier liegt ein weiterer Grund, warum sie nicht hingerichtet werden darf und nicht getötet werden sollte. Sie erbt den Thron von England noch vor Philip von Spanien. Also warum sollte er sich wünschen, den Herzog von Parma aus Flandern abzuziehen und seine Schiffe durch den Golf von Biskaya zu lavieren, nur um die Königin der Guisen auf den Thron zu bekommen? Die Habsburger hassen die Guisen und haben es immer getan. Nein, er würde das niemals tun.«

»Aber sie sind beide Katholiken.«

»Philip ist zuerst einmal Habsburger und erst an zweiter Stelle Katholik. Also siehst du, *in primis* kann die Königin der Schotten überhaupt keinen Verrat an mir begehen, da sie mir nicht untertan ist. Und *secundus* ist sie ein Stolperstein, der deutlich im Weg liegt, falls die Spanier eine Invasion planen.«

»Ihr klingt, als täte sie Euch leid.«

»Sie hat mir leid getan. Sie war eine Närrin und ist es noch immer, und sie hat weniger Sinn für Politik als ein Floh. Sie hat alles besessen und es weggeworfen. Sie konnte noch nicht einmal auf vernünftige Weise ihren Mann ermorden. Welch eine Dummheit! Ihn mit Schießpulver in die Luft zu sprengen.«

»Was hätte sie denn sonst tun sollen?«

»Ihn sturzbetrunken machen, und ihm dann ein Kissen aufs Gesicht drücken, und danach anfangen zu schreien.«

Thomasina verbarg ein Lächeln. Sie fragte nicht, ob die Königin das getan hätte, wenn es nötig gewesen wäre.

»Wenn sie Euch leid tut, warum habt Ihr sie dann so lange als Gefangene gehalten?« fragte sie statt dessen.

»Nun«, sagte die Königin mit einem kleinen Lächeln, »zuerst einmal aus Gründen der Taktik. Wo immer sie sich als Königin hinbewegte, kam es zum Aufruhr. Sie war nicht fähig, Schottland zu regieren, sie konnte noch nicht einmal sich selbst regieren. Ich kann an meiner nördlichen Grenze nicht so viel Verrücktheit zulassen, denn das würde das halbe Königreich vergiften und Frankreich Tür und Tor öffnen. Außerdem, so lange sie hier ist als meine Gefangene, halte ich Schottland und König James an der Leine. Der zweite Grund ist ebenfalls Taktik. Da sitzt sie nun, die traurige, romantische Königin, und jeder katholische Hitzkopf hier im Land denkt bei all seinen Intrigen und Ränken zuerst einmal an sie. Wenn ich ein wachsames Auge auf sie habe, habe ich es zur gleichen Zeit auch auf alle diese Leute.«

»So ist sie in Wirklichkeit eine Art Waffe.«

»Gott, Thomasina, ich wünschte, du wärest ein Mann, so daß ich dich zum Mitglied meines Geheimen Staatsrates ernennen könnte. Du bist die erste, die das überhaupt erkannt hat. Sie ist eine Waffe, und sie ist ein Schwert, mit dem man die Schotten in Schach halten kann. Und sie beschützt uns gegen Spanien – und das alles in einer einzigen königlichen Person. Warum sollte ich in Gottes Namen ein so ungeheuer nützliches Geschöpf hinrichten lassen?«

»Versteht denn Davison das nicht?«

»Gott allein weiß, was Davison versteht. Er ist ein Mann, der in die Apokalypse vernarrt ist. Er glaubt, daß Armageddon nahe ist. Er ist davon überzeugt, daß der Tod der schottischen Königin den Tag näher bringt, den er so heiß ersehnt, an dem sich der spanische Antichrist und die englischen Soldaten Gottes in einem brachliegenden, verdammten Land von Angesicht zu Angesicht gegenüberstehen, so wie sie es ohne Zweifel in den Niederlanden getan haben. Und er erwartet, daß die Engländer daraus als Sieger hervorgehen.«

»Würden sie das denn nicht?«

Die Königin lachte. »Niemand, der die Berichte über unsere Aktionen in den Niederlanden gelesen hat, könnte das annehmen. Wir haben weder das Geld noch die Männer, noch die Erfahrung, um das zu schaffen.«

244

»Aber mit Gottes Hilfe...«

»Gottes Hilfe kommt den besseren Soldaten zugute, darauf kannst du dich verlassen, Thomasina. Ich, die ich niemals auch nur in die Nähe eines Schlachtfelds gekommen bin, weiß das. Davison jedoch... Davison glaubt an den Herrgott als den Gott der himmlischen Heerscharen.«

»Also werdet Ihr dieses Todesurteil niemals unterschreiben?«

»Die meisten Probleme lösen sich von selbst, solange man sich in Geduld wappnet und abwarten kann. Nein, ich werde das Todesurteil niemals unterschreiben. Jedenfalls nicht bereitwillig. Nicht, solange ich bei klarem Verstand bin. Nicht, ohne dazu gezwungen zu werden. Als letzte Zuflucht könnte ich es allerdings arrangieren, daß sie ermordet wird.«

»Aber wieso ist das besser?«

»Es ist nicht offiziell. Man bleibt darüber in Zweifel. Sie stirbt an einer Krankheit. Ein tragischer Verlust, eine traurige Geschichte. Es geht ihr bereits nicht gut. Die Menschen in Europa werden munkeln, daß ich sie vergiftet habe, aber ich werde Trauerkleidung anlegen und sie mit großem Lamento beklagen, auf daß ihre Zweifel noch länger bestehen.«

»Aber ist ein Mord denn nicht unmoralisch?«

Die Königin zuckte mit den Schultern. »Die Königin der Schotten fürchtet sich davor, das weiß ich. Gott gebe es, daß ihre Angst davor groß genug ist, um sie umzubringen. Aber unglücklicherweise scheint sie ebenso zäh zu sein wie ich. Wenn sie schon aus politischen Gründen sterben muß, dann laß es wenigstens leise geschehen. Keine Lieder, keine Tänze, kein Märtyrertheater. Gott, wie sehr würde sie es schätzen, zur Märtyrerin zu werden und damit all ihre Sünden aufzuwiegen, dieses dumme, lasterhafte Weib.«

»Aber Davison...«

»Davison ist durch die Religion blind und taub geworden. Ich, das Oberhaupt der Protestanten, werde mich nicht dazu herablassen, sie zu vergiften. Alles muß offen sein, es darf

245

nichts versteckt werden, sondern muß über jeden Zweifel erhaben sein. Wenn ich allerdings das Todesurteil unterzeichne, wird ohne Zweifel alles, was die Menschen von mir in Erinnerung behalten werden, sein, daß ich eine andere Königin getötet habe.«

Die Königin seufzte schwer. »Davison hat den größten Druck auf mich ausgeübt und die meisten meiner Berater davon überzeugt, ihn zu unterstützen. So kann ich ihn nicht einfach entlassen, um damit diesem Schwachsinn ein Ende zu bereiten. Es kann sogar sein... nun, falls er das Buch vom Einhorn in die Hände bekommt, könnte er mich sogar dazu zwingen, die Königin der Schotten zu töten, und vielleicht darüber hinaus noch zu Schlimmerem. Ich glaube, daß er, während wir gerade darüber sprechen, schon wieder nach diesem Buch sucht. Also stimmt es, Thomasina, daß deine Frage in gewisser Weise mit der Königin von Schottland zu tun hat.«

»Was steht denn in diesem Buch?«

Diesmal war die Stille allzu angespannt, um an den anderen Damen unbemerkt vorüberzugehen. Und so warfen sie angstvolle Blicke auf die Königin und ihre *muliercula.*

»Zweifellos wirst du es lesen, wenn du es findest«, sagte die Königin düster. »Dann wirst du es wissen. Aber erst, wenn du das, was ich von dir verlange, getan hast.«

Thomasina erhob sich und küßte die Königin auf ihre dick mit Rosa und Weiß überzogene Wange.

»Natürlich werde ich es tun, Eure Majestät«, sagte sie.

41

Sie hatten das Boot bei der Brücke verlassen und stolperten nun unsicher über das Eis, auf dem die nächtlichen Überbleibsel des winterlichen Jahrmarkts zu sehen waren – leere Buden, Berge von Abfall und all der Kehricht vom Markt, den niemand fortschaffte, denn wenn das Tauwetter käme, würde die Flut alles hinwegschwemmen. Hinter ihnen kehrten die Bootsleute der Königin wieder in den Tower zurück, denn es war unmöglich, unter der Brücke hindurchzufahren. Der Schaum hatte dort bombastische Säulen und dolchähnliche Gebilde aus Eis geformt, an denen zu sehen war, wie der Donnerschlag des Frosts über das träge Wasser hinweggefegt war, den Fluß blockiert und aus ihm einen Spielplatz gemacht hatte.

Sobald seine Beine von den Fesseln befreit waren und er das Boot verlassen hatte, richtete sich Becket wieder auf und blickte um sich. Sorgfältig setzte er sich den Hut auf den Kopf. Der Schneeregen hatte aufgehört, als die Welt erstarrt war. Die frühmorgendliche Dunkelheit hatte einen Schleier über die vielen Menschen gelegt, die in der Stadt lebten, und sie in Schweigen gehüllt, ganz so, als seien er und die Wachen die einzigen Menschen, die im Augenblick wach waren. Ihr Atem blies kleine Wölkchen in die eiskalte Luft, ganz so, als wären sie Schornsteine, und auf Beckets Wangen prickelte der Frost. Das Eis auf dem Fluß war, seit es sich gebildet hatte, von Tausenden von Booten und auch einigen Schlittschuhen stark aufgerauht worden, trotzdem war Becket ziemlich wackelig auf den Beinen und rutschte gelegentlich aus. Ihre Schritte kratzten und knirschten auf dem Eis, und ab und zu schreckte das eine halbverhungerte Ratte in den Abfallhaufen auf.

Schließlich ließen sie die verschlossene und verriegelte Stadt hinter sich und stiegen nahe dem heruntergekommenen Palast von Bridewell die Stufen von der Bootsanlegestelle empor. Seine schwache Konstitution und der Mangel an Bewegung hatten Becket außer Atem gebracht, doch nahmen sie keine Notiz davon und stapften energisch den Weg voran, der neben dem Fluß namens Fleet entlanglief. Er kannte den Weg, und er kannte auch den Fluß. Er wußte, daß dieser üblicherweise stank wie eine öffentliche Kloake, und so war es

auch. Aber nun war er zugefroren und mit ihm die gesamte
Sterblichkeit, so daß sowohl der Kot wie auch die Knochen,
die darin herumschwammen, bevor der Frost vor Weihnachten gekommen war, und es sicher noch immer taten, in dem
rauhen, schmutzigen Glas wunderbar konserviert waren. An
einer Stelle, ziemlich nahe bei einem Stein, erhaschte er einen
kurzen Blick auf die Todsünde einer Hure, die, eines der kleinen Fäustchen in ihrem Mund, mit fest geschlossenen Augen
im Eis erstarrt war.

Er schaute rasch wieder weg und richtete statt dessen sein
Augenmerk auf die schwankenden, vier Stockwerke hohen
Gebäude zu seiner Linken. Er kannte sie alle. Und so nickte
er, als sie unter der Bridgewell Bridge hindurchschritten, und
er nickte wieder, als sie hinter der Kirche nach links in den
Pfad neben der Brücke einbogen.

»Wenn ich es nicht besser wüßte, würde ich denken, daß ihr
mich nach Hause bringt«, sagte er spaßeshalber zu Munday,
der seinen Dolch längst wieder weggenommen hatte.

»Sei ruhig.«

»Dies ist mir alles vertraut, Sir. Freut Ihr Euch nicht darüber?«

»Nein. Ruhig.«

»Hier auf dem Weg liegt eine Kneipe und Diebeshöhle.
Ich hab vergessen, wie sie heißt«, sprach Becket weiter, weil
er merkwürdigerweise das Bedürfnis empfand, seine Folter-
knechte zu foppen. »Wollt Ihr vielleicht mit mir ein Viertel
Bier trinken, um der alten Zeiten willen?«

»Ich sage es dir nicht noch einmal«, unterbrach ihn Ramme.
»Ruhe!«

Becket schnaubte, er empfand ein lächerliches Vergnügen
dabei, mehr als die nackten Mauern zu sehen. Sein Kopf spru-
delte nur so über vor lauter Bildern. Ja, diesen Teil von London kannte er. Er war ihm ebenso vertraut wie... Nun, sein
Handrücken war ihm, was Form und Aussehen anbelangte,
völlig fremd gewesen. Und hier war die Fleet Street, und die-

ser Weg hier war Temple Bar, und die andere Gasse hieß Ludgate, und diese hier...

»Ah«, sagte er, »das Fleetgefängnis. Ich verstehe.«

Ramme knurrte, dann drehte er sich um und schlug Becket in den Bauch. Nun mußten sie eine Pause einlegen, denn Becket brach fast zusammen und mußte sich gegen eine Mauer lehnen, damit er wieder zu Atem kam. Dieser gleichgültige Schlag, durch nichts provoziert, verwandelte innerhalb eines kurzen Herzschlags wie in einem alchimistischen Prozeß Beckets Angst in tiefschwarzen Zorn. Einige Sekunden lang wurde er von dem blinden Verlangen zu töten gepackt. Nachdem er wieder atmen konnte, sagte er sehr sanft: »Ich hoffe, daß sie mich hängen werden, Mr. Ramme, denn allein Euch zu entkommen, würde mir die größte Befriedigung sein.«

»Er hat dich gewarnt«, meinte Munday selbstgerecht.

»Eine großartige Tat, einen Gentleman in Ketten zusammenzuschlagen«, erklärte Becket, den noch immer der Zorn darüber, wie ein Sklave behandelt zu werden, aufrechthielt. Auch ermutigten ihn auf eine seltsame Art all die vertrauten Gebäude um ihn herum, die ihn wie Freunde unterstützten und bereit schienen, für ihn zu kämpfen. »Und das alles nur, weil ein Erlaß von Mr. Ramme im Fleet keine Gültigkeit hat.«

Keiner von ihnen antwortete oder blickte sich nach ihm um. Becket fletschte die Zähne, während er sich seine Magengrube rieb, wobei die Ketten ein mißtönendes Geräusch erzeugten. Etwas war geschehen, direkt unter den Höflingen, die sich um die Königin scharten. Er wußte sehr genau, daß er ein Unterpfand war, aber inzwischen wußte er auch, daß er nur deswegen fortgebracht worden war, um in den Machtbereich einer anderen Person verlegt zu werden. Er hatte keine Ahnung, in wessen, doch die Tatsache, daß es nicht der von Davison war, gab ihm bereits das Gefühl, er sei freigelassen und würde nicht von einem Gefängnis in ein anderes gebracht. Vielleicht würde er ja im Fleetgefängnis jemanden treffen, den er kannte oder der ihm seine Fragen beantwortete. Und wenn er schon dem Tower entronnen war, vielleicht gäbe es dann auch keinen Prozeß wegen Verrats für ihn, und er würde nicht in Tyborn gehängt, gestreckt und gevierteilt werden. Ohne Zweifel würden sie ihn aber auf jeden Fall aufhängen, schon allein, um ganz sicher zu gehen, aber wenigstens würde er dann beim Jüngsten Gericht körperlich intakt sein und damit fähig, Ramme und Munday zur Strecke zu bringen, sofern ihm das nicht bereits vorher gelungen wäre.

Sie brachten ihn, während er noch immer hustete, hinüber zur Fleet Bridge, die Fleet Lane hinauf und dann zum Torhaus des Gefängnisses.

Ihm wurde befohlen, still zu stehen und respektvoll mit dem Hut in der Hand zu warten, während nach dem bevollmächtigten Gefängnisaufseher gerufen wurde. Joachim Newton schlurfte aus seiner Privatunterkunft heraus und nestelte, noch immer schimpfend und grollend, an seinem Wams herum. Es wurden ein paar leise Worte ausgetauscht, dann zog Munday ein Papier hervor, das Newton dazu veranlaßte, seine Kappe abzunehmen, sie dann wieder aufzusetzen, sie mit einer Vielzahl von »Sirs« anzureden und ihm und Ramme die Honneurs zu machen.

Ein Befehl des Geheimen Staatsrates, dachte Becket bei sich.

Das nächste, was geschah, war, daß sie erneut sehr lange warten mußten. Schließlich kehrte Newton mit Beineisen in seiner Hand und einem Holzhammer zurück. Becket saß am Ende einer Bank und betrachtete ihn wissend. Dies waren keine Eisen, die man wieder aufschließen konnte; wenn sie einmal angelegt waren, konnte nur ein Schmied sie wieder entfernen. Er gähnte ostentativ, während er seinen linken Fuß ausstreckte. Und es war der bevollmächtigte Gefängnisaufseher selber, der ihm mit den Ringen, den Bolzen und dem Hammer die Ehre erwies.

250

»Jesus«, sagte er im Plauderton, nachdem das Gehämmere vorbei war, »was hat es mit mir bloß auf sich, daß Ihr Euch alle so erschreckt?«

Ramme gab ihm eine Ohrfeige, als sei er ein Diener, um ihn zum Schweigen zu bringen. Becket unternahm keinen Versuch zu protestieren, er saß nur da und starrte Ramme an. Der Berg aus Zorn in seinem Innern wärmte ihn wie der Ofen eines Bäckers, sogar noch stärker, da er diesem Gefühl keinen Ausdruck verlieh. Seine Seele schwelgte in ungewohnter Glut. Plötzlich wurde geschäftig mit Schlüsseln und einer Laterne herumhantiert, und es mußte sogar Geld bezahlt werden, bevor ihnen erlaubt wurde, durch die großen Doppeltüren hindurchzuschreiten. Hinter ihm wurde die erste abgeschlossen, bevor die zweite geöffnet wurde, und dann erreichten sie den Hof, der bis auf die Richtblöcke, den Pranger und den Schandpfahl völlig leer war.

Es folgten ein weiteres eisenbeschlagenes Tor und noch mehr Geklapper aus Newtons klirrender Sammlung von mindestens zwanzig Schlüsseln. Die Treppen hinauf, durch die nächste verschlossene Tür und in ein dunkles Kellergewölbe, das, fast wie Moschus, nach vielen Menschen stank. Becket tastete sich vorsichtig zwischen den dicht beieinander stehenden Betten hindurch, die alle mit schlafenden Seelen bestückt waren, die, eingehüllt in ihre Decken, zumeist zu zweit in einem Bett lagen. Newton schwenkte heftig seine Laterne, in der eine Kerze steckte, und erwischte damit Schultern und Nasen, womit er in diesem Königreich der Schatten für einigen Aufruhr sorgte. Manche der Männer wachten auf, und ihre Augen glitzerten, als sie erkannten, was da gerade geschah. Ein Mann, dessen Gesicht durch eine alte Schwertwunde von oben bis unten durchtrennt und dadurch fast nicht mehr als solches zu erkennen war, da er auch sein Auge verloren hatte, setzte sich in seinem Bett auf und schimpfte auf sie ein.

»Was wollt Ihr denn, Newton?«

Newton hob augenblicklich seinen Stock und machte einige drohende Schritte auf den Mann zu, der ihn höhnisch angrinste.

»Das geht dich nichts an, Zyklop«, schnauzte er ihn an, worauf der Zyklop verächtlich schnaubte und sich zurücklehnte, die Hände hinter dem Kopf verschränkt. Niemand sonst wagte etwas zu sagen. Die meisten gaben vor zu schlafen. So stapften sie bis zu dem Teil des Raums, der am weitesten von der Tür entfernt war und in dem ein alter Kamin zu sehen war, wo aber trotz der bitteren Kälte in der Nacht kein Feuer brannte, es sei denn, einer würde es mit ein paar alten Kothaufen anfachen. Sie machten in einer Ecke halt, in der nur ein Bett mit einem Mann darin stand, und Becket scharrte und klirrte mit seinen Ketten, während er ging.

Wer auch immer von diesem Bett Besitz ergriffen hatte, er war einer von denen, die, eingewickelt in eine Decke und den Umhang über dem Kopf gestülpt, vorgaben zu schlafen.

»Sitz«, schnauzte ihn Ramme an, als sei er ein Hund.

Die meisten Männer im Raum beobachteten sie inzwischen heimlich.

»Ihr könnt mich ebenso direkt in Boltons Gewahrsam geben, Mr. Newton«, sagte Becket, wobei er voller Anmaßung Ramme und Munday ignorierte. »Ich habe noch nicht einmal einen Penny, um ihn Euch zum Geschenk zu machen.«

»Vier Pence für ein Bett pro Nacht, wenn du es mit jemandem teilst«, warf der Zyklop hilfreich ein.

Newton knurrte beide an. »Eure Freunde bezahlen«, brummte er.

Becket lächelte freundlich und sanft, als er sich auf einer Ecke der durchhängenden Strohmatratze niederließ. »Was für Freunde sind das denn?« fragte er. »Mir war nicht klar, daß ich auf der ganzen Welt überhaupt welche habe.«

»Maul halten«, schnauzte Ramme ihn an.

»Gott, was habe ich getan, um so viel Freundlichkeit zu

verdienen?« fragte Becket geziert, während er seine neuen Schuhe auszog und sich entschied, die Beinkleider darunter anzubehalten, da sie seine Fußgelenke gegen die harten Eisenringe schützten.

Ramme lehnte sich zu ihm hinunter und knurrte. »Rede, und dann hat das alles hier ein Ende.«

Das Gefühl der Befreiung, das er in seiner Seele empfand, seit er aus dem Tower heraus war, die Hitze seines Zorns, die er im Rückgrat verspürte, und ihre lächerlichen Vorkehrungen gegenüber einem Menschen, der kaum fähig war, ein Schwert zu halten, all das mündete seltsamerweise in einen Lachanfall. Becket glaubte, daß er zum ersten Mal wieder richtig lachte, seitdem er halb verhungert in dem Verlies in Little Ease aufgewacht war. Vielleicht war das der springende Punkt.

Rammes Lippen preßten sich so fest aufeinander, daß sie fast nicht mehr zu sehen waren. »Gib mir meinen Umhang zurück«, forderte er bissig.

Becket grinste ihn an, legte sich mit klirrenden Ketten neben den Mann und zog den Umhang eng um sich.

»Ich brauche ihn dringender als Ihr«, sagte er unverschämt.

Ramme machte sich daran, auf sein Bett zuzukommen und ihm den Umhang mit Gewalt wegzunehmen, aber Munday ergriff seinen Arm und flüsterte ihm etwas zu. Er hielt inne.

»Vielleicht eignest du dir schleunigst ein paar Manieren an«, zischte Ramme.

»Haut ab und sucht Euch jemand anderen, den Ihr tyrannisieren könnt, Ihr hirnloser, syphilitischer Lustknabe«, sagte Becket, legte den Kopf auf sein Bündel und seinen Hut übers Gesicht. Er ignorierte den zischenden Faustschlag in seine Rippen, den seinen Beschimpfungen ihm eingebracht. Es war es wert.

42

Um ihre Abwesenheit vom Hof zu begründen, wurde die Nachricht verbreitet, daß Thomasina ihre Mutter besuchen müsse, da sie auf dem Totenbett läge. Diese Geschichte brachte Thomasina dazu, sich wehmütig zu fragen, ob die Frau tatsächlich noch am Leben war, denn sie hatte sie nicht mehr gesehen, seit ihr Vater das Silber eingeheimst hatte, das er für seine Tochter bekommen hatte. Danach hatten ihr die Zigeuner einen Strick um den Hals gebunden und sie mit sich geführt.

Thomasina verließ vor der Morgendämmerung den Hof in einer der Kutschen, die der Königin selbst gehörten. Sie ratterte und rumpelte den Weg entlang, bis Charing Cross hinter ihr lag, dann den schmutzigen, schlammbedeckten und vom Frost durchfurchten Schandfleck des Strands entlang bis zum Londoner Palast des Grafen von Leicester, der direkt an den Fluß angrenzte. Dort, in der Gewürzkammer, zog sie sich rasch um und schlüpfte in die aus Samtflicken zusammengesetzten Lumpen, in denen noch immer jener Geruch nach Weihrauch und Pferden hing und ihr Dinge ins Gedächtnis zurückrief, die zu vergessen sie einen harten Kampf gekostet hatte. In dieser Verkleidung stellte sie der Graf seinem Majordomus, Mr. Benson, vor.

»Du wirst dieses Kind zu jeder Zeit bei mir vorlassen, wenn es das wünscht«, befahl er, was der Majordomus mit gleichmütigem, ergebenem Gesichtsausdruck zur Kenntnis nahm, während seine intelligenten Augen rasch ihre Größe und Gestalt aufnahmen und auch ihre sauberen Hände.

Sie benutzte gesalzenen Walnußsaft, um sich schmutziger aussehen zu lassen, dann warf sie sich in die Asche eines Kamins und wälzte sich darin. Am Hof der Königin hatte sie die Gewohnheit, schmutzig zu sein, völlig abgelegt. Obwohl sie sich gegen Gestank nicht so fanatisch zur Wehr setzte wie die Königin, hielt sie der tägliche Wechsel ihrer Unterhemden im Vergleich zu früher so sauber und frisch wie eine Lilie.

Ihr Messer, das sie an ihrem Unterarm festgeschnallt hatte, versteckte sie unter ihrem Ärmel, doch wußte sie selbst, daß es ihr kaum Schutz böte. Das Geld, das sie mitgenommen hatte, rollte sie in ein Tuch ein und legte es um ihre Taille.

Dann holte sie tief Luft, eilte durch die Küche, nahm, um wieder in Übung zu kommen, rasch ein wenig Brot und eine kleine Pastete mit und schlüpfte dann zur Hintertür hinaus, die zu den herrlichen Ställen des Grafen von Leicester führte.

Hier saß sie für eine Weile auf dem sauber geharkten Dunghaufen, um sich ein wenig aufzuwärmen, und blickte um sich. Zehn Jahre lang hatte sie fast nie den Hof verlassen, außer bei den Rundreisen, die die Königin unternahm, bei denen sie in einer Kutsche, einer Sänfte, aber manchmal auch auf einem fetten, kleinen, weißen Pony gesessen hatte. Die Huld der Königin und ihre hellen Samtkleider, die mit kostbarer Seidenstickerei versehen waren, ließen sie deutlicher als ihre kleine Gestalt aus der Menge der übrigen Höflinge herausragen – ganz so, als sei sie ein reich verziertes Juwel, das an der Brust der Königin glänzte. Sie hatte niemals das Verlangen nach Freiheit gehabt, sich aber auch nie als eine Gefangene gefühlt. Es stimmte, daß sie zu Beginn ihrer Laufbahn lediglich den ersten Platz unter den Lieblingstieren der Königin eingenommen hatte, jedenfalls solange sie Elisabeth nicht besser kannte. Na und? Würden es etwa die Schoßhunde der Königin vorziehen, auf der Straße zu leben, anstatt jeden Tag Hühnchen und Fasan zu fressen zu bekommen? Natürlich nicht. Selbst die Tiere, die doch ohne Verstand waren, hatten das begriffen, auch wenn sie sich noch heute daran erinnerte, wie sie einer der Höflinge gefragt hatte, ob ihr das alles denn gar nichts ausmache. Sie hatte ihm offen ins Gesicht gelacht. Aber als sie dann erfuhr, daß dieser Höfling Sir

Philip Sidney und auch ein Dichter war, hatte sie Nachsicht mit ihm.

Da war sie nun, fast all ihrer Kleider entblößt, jedenfalls im Vergleich zu dem, was sie normalerweise trug. Sie zitterte, da sie zunehmend von der Kälte erfaßt wurde, die durch die Lumpen kroch. Doch sie war völlig bewußt das Risiko eingegangen, ihren sicheren Hafen zu verlassen und sich auf die unsichere Suche nach einem geheimnisvollen Buch zu begeben. Es gab keinen Zweifel, sie war verrückt geworden.

Sie aß die Pastete und versteckte das Brot in einer der Taschen unter ihren Röcken. Dann sprang sie von dem Dunghaufen herunter und marschierte die lärmenden Straßen entlang.

Sie ging die lange Fleet Street hinauf, vom Torweg des Temple bis hin nach Ludgate und dann wieder zurück, um sich neu zu orientieren. Wie früher war die Welt voll mit breiten Roben und Kleidern, die sie zur Seite drängten. Und die Schwerter der Gentlemen stießen sie in die Seite, während ihr riesige Körbe einen Stoß ins Gesicht versetzten und die Hufe der Pferde ihren Kopf bedrohten. Sie sah ein paar Kinder, die auf dem riesigen Misthaufen an der Grenze zwischen Westminster und der City spielten, doch dann ihr Spiel unterbrachen, um sie neugierig anzustarren. Sie erwiderte ihren Blick unverschämt. Doch ansonsten war die Straße voller Riesen, die in ihr nur ein Bettlermädchen sahen. Dabei bettelte sie nicht, da sie nicht mehr wußte, wie es um die Gebiete bestellt war und wer die Abgaben kassierte, und sie auch nicht den Wunsch hatte, irgend jemanden zu beleidigen.

Eine Weile stand sie da und hörte dem Balladensänger zu, der einen bedruckten Papierbogen mit dem neuesten Lied in der Hand hielt. Sie widerstand dem Impuls, mit einer Geldbörse abzuhauen, da ihr klar war, daß sie keine Übung mehr hatte und regelrecht eingerostet war. Vor langer Zeit war sie einmal das wertvolle Eigentum eines ehrenwerten Mannes gewesen – bei Tag hatte sie für ihn geklaut, und bei Nacht war sie über die Dächer von London geklettert und in die Schlafzimmer der Bürger gestiegen, um dort ihre Juwelen und ihr Gold zu stehlen. Und der Mann hatte, kurz bevor er sie nach Paris Garden verpfändete, damit geprahlt, daß sie viel besser war als ein Kind, denn obwohl ebenso flink, war sie doch stärker und besaß mehr Feingefühl. Zu dieser Zeit war sie sehr stolz auf ihre Geschicklichkeit gewesen.

Wieder auf der Fleet Bridge, sprang sie empor, um einen Blick über das Brückengeländer zu erhaschen. Sie wunderte sich über den seltsam regungslosen Fluß, der sich ebenso wie seine Ufer in Stein verwandelt zu haben schien, dann rannte sie zur Fleet Street, um sich das Gefängnis anzusehen.

Das Tor war für diejenigen geöffnet, die sich wegen ihres guten Betragens Hafturlaub verdient hatten und die Erlaubnis besaßen, sich tagsüber in der City aufzuhalten. Viele von diesen Männern arbeiteten und versuchten damit, ihre Schulden abzuzahlen, während andere nur noch tiefer sanken, da sie sich den lieben, langen Tag in den Schenken vollaufen ließen. Einige der Frauen trugen die Maske und den gestreiften Umhang der Huren, um dem einzigen wahrhaft profitablen Gewerbe nachzugehen, das eine Frau ausüben konnte.

Sie nahm das Wagnis auf sich, huschte zwischen den Röcken hindurch und verschwand hinter einer Frau, die herausgekommen war, um ihren Mann zum Abschied zu küssen. Während sie einige Sekunden zwischen den Toren wartete, bis sie geöffnet wurden, verhielt sie sich so still und leise, wie sie nur konnte.

Dann kam es zwischen der Frau und einem der Türschließer zu einem Geplänkel, da er von ihr einen Kuß dafür forderte, daß er sie wieder zum Tor hinausließ. Die Frau willigte schließlich sogar ein.

Das Tor wurde geöffnet, und es gelang Thomasina, in den riesigen Hof hineinzuschlüpfen. Dort mischte sie sich unter die Kinder. Sie spielten zwischen den Lumpen und Abfällen, die die Frauen, die Halskrausen nähten, übrigließen. Sie zog ihre Finger von einer Börse zurück und begann, rein zur Übung, einen Ball zu werfen und ihn wieder aufzufangen. Niemand nahm auch nur die geringste Notiz von ihr, da sie so klein war.

43

Das Typische an einem Eight-Penny-Trakt war, daß auf einer Seite des Raums ein schwaches Licht durch die hohen vergitterten Fenster fiel und daß, wenn zu hören war, wie einer der Gefängniswärter die Tür öffnete, er kurz darauf von einem wahren Chor aus Ächzen, Stöhnen und Furzen empfangen wurde. Als sich eine Schlange gebildet hatte, um die übelriechenden Aborte direkt vor der Tür zu benutzen, öffnete Becket seine Augen und blickte genau in das Gesicht seines Bettgenossen.

Für einige Sekunden stampfte und schlingerte seine Welt in der schrecklichsten Angst und Verwirrung: Es konnte nicht sein, daß er dieses Gesicht sah, es war ganz und gar unmöglich. Warum, wunderte er sich und fühlte sich wie benommen, doch dann entglitt ihm sein Gedächtnis wieder wie eine Ratte.

»Guten Morgen, Sir«, sagte sanft der andere Mann.

Becket stützte sich auf seinen Ellbogen und schaute verständnislos drein. »Guten Morgen«, sagte er automatisch. »Ähm... kenne ich Euch, Sir?«

Bei dem anderen Mann handelte es sich um einen Schreiber mit beginnender Glatze, der ein abgetragenes Wams aus Wolle trug und sehr nervös aussah. »Vielleicht tut Ihr das«, sagte er ruhig. »Könnt Ihr Euch an mich erinnern?«

Für einen kurzen Augenblick lag Becket der Name dieses Mannes auf der Zunge, aber mehr passierte nicht. Becket knurrte vor Enttäuschung, dann schüttelte er den Kopf.

»Sagt Euch der Name Simon etwas?« fragte der Schreiber.

Das tat er, ganz ohne Frage, aber er hatte vergessen, warum.

»Ich möchte Euch um Entschuldigung bitten, Sir«, sagte
Becket betrübt. »Mit mir ist ein Unglück geschehen und...«
»Ich weiß«, sagte der Schreiber Simon sanft. »Euer Name
ist David Becket.«
Becket lächelte ihn an, und er lächelte auch über die Wie-
derholung seines glückverheißenden Namens. »Oh, also hat
Doktor Nuñez...«
»Schhhh«, flüsterte Simon und legte den Finger auf seine
Lippen. »Keine Namen, bitte, Mr. Becket. Doch ja, der Dok-
tor hat mich gebeten, Euch zu helfen.«
Hoch erfreut rückte Becket seinen Körper zurecht und
setzte sich anständig hin, wobei er ziemlich jammerte, da die
Handfesseln in seine verbundenen Handgelenke schnitten.
Er fluchte und rieb seine schmerzenden Hände, bis der po-
chende Schmerz etwas nachließ. Simon, der Schreiber, hatte
ihn dabei voller Mitgefühl beobachtet.
»Wißt Ihr, warum man mir die Eisen aufgeladen hat?«
fragte Becket. »Wenn Ihr über das Mißgeschick, das meinem Gedächtnis widerfahren ist, Bescheid wißt, wißt Ihr
vielleicht auch das?«
»Ich weiß, daß man Euch fürchtet, Mr. Becket, soviel ist
klar. Und vielleicht erreichen wir, daß man Euch die Eisen
abnimmt.«
»Wie denn?«
»Es ist bemerkenswert, was alles mit Geld zu erreichen ist –
hier, wie auch überall sonst. Habt Ihr etwas, das sich verkaufen läßt?«
Plötzlich von der wilden Angst erfaßt, daß er beraubt worden war, griff Becket nach seinem Bündel, das noch immer
dort lag, wo er es hingelegt hatte. Er öffnete es, fand seine
Pfeife, den Tabak und die Bibel und schließlich auch das Päckchen, das ihm der Soldat gegeben hatte. Er öffnete es und entdeckte zwei flache Flaschen aus Hartzinn, einen Laib Brot, ein
Stück Käse, eine Wurst und ein kleines Messer in einer ledernen Scheide.

259

Von all diesen Dingen gefiel ihm das Messer am besten. Irgend jemand hatte dafür mit Gold und Einfluß gezahlt. Er fühlte sich zunehmend wieder wie ein richtiger Mann, jetzt, da er erneut eine Klinge sein eigen nannte. Überaus sorgfältig nahm er trotz seiner ungeschickten, schweren Hände das Messer heraus, prüfte seine Scheide, fühlte sein Gewicht und wie gut es in seiner Hand lag. Er empfand es wie einen alten Freund, ihm war das abgegriffene Heft sehr vertraut, und er wußte, wo er es normalerweise immer hingesteckt hatte. Aber als er versuchte, den Lederriemen um seinen Hals zu legen, ließen es die Ketten nicht zu.

»Hier liegen wirkliche Reichtümer vor uns«, sagte Simon, während er auf das Brot starrte.

»Nun, Sir, wenn Ihr mir helft, mein Messer zu befestigen, würde ich mich glücklich schätzen, mein Frühstück mit Euch zu teilen.«

Der Schreiber setzte ein ungewöhnlich freundliches und wissendes Lächeln auf. »Schon erledigt, Mr. Becket.«

Während sich seine dünnen Finger an dem Riemen zu schaffen machten, wunderte sich Becket über die Vertrautheit, die sofort zwischen ihnen herrschte. Er hatte keinerlei Bedenken und erlaubte auch dem Fremden nicht, welche zu haben.

»Wenn ich die Schließe an dieselbe Stelle setze, wo sie vorher gewesen ist, sitzt sie zu locker«, sagte Simon nach einer Weile. »Wie ist es, kann ich nicht eine Kerbe hineinschneiden?«

»Ausgezeichnet«, sagte Becket. Jetzt, wo er das kalte Metall in seinem Nacken und die Lederscheide in der Vertiefung zwischen seinen Schulterblättern spürte, hatte er endlich wieder das Gefühl, korrekt angezogen zu sein. Was war bloß von ihm übriggeblieben? Offensichtlich war er früher, bevor er in Davisons Klauen geraten war, ein sehr viel besser gebauter Mann gewesen.

Plötzlich erfaßte ihn die Erinnerung an Davison, der ihn mit seinen Blicken durchbohrte, während er selbst wie ein Kind geweint hatte. Das machte seine glückliche Stimmung gleich wieder zunichte. Und während er den Brotlaib in zwei Hälften teilte, senkte er den Kopf, um sein Gesicht vor dem Schreiber zu verbergen. Diesmal bot ihm der Schreiber nicht seine Hilfe an, so daß er einige Zeit zu kämpfen hatte, bis er zurechtkam.

»Ihr müßt mich entschuldigen, Sir«, sagte er, zutiefst beschämt über seine Schwäche. »Meine Hände gehorchen mir noch immer nicht so, wie sie sollten, obwohl es schon sehr viel besser geht als am Anfang.«

»Tatsächlich«, sagte höflich der Schreiber, nahm hastig das Brot, kaute und schluckte.

Wie zwei Kameraden teilten sie auch den Inhalt der einen Flasche, die Bier enthielt. Die andere war mit einem starken Branntwein gefüllt, der sich als wahrer Segen herausstellte. Behutsam packte Becket sie für Notfälle in sein Hemd ein. Der Schreiber nahm zwar die Hälfte des Käses an, aber weigerte sich mit großem Bedauern, die geräucherte Wurst zu essen.

»Ich habe einen empfindlichen Magen«, sagte er, »und kann dadurch nicht jede Sorte Fleisch vertragen.«

»Oh«, sagte Becket mit vollem Mund. »Ich habe einmal einen Mann gekannt, dem wurde bei einem Teller mit Erbsen und Schinken richtig schlecht.«

Der Schreiber nickte höflich. »Wer war das denn?«

»Nun, das war der kleine Inquisitor... der«, Becket hörte auf zu kauen und ächzte vor lauter Anstrengung, während er sich zu erinnern versuchte. Er ballte seine Hände zu Fäusten und rieb sie heftig aneinander, aber selbst diese Anstrengung gab ihm sein Gedächtnis nicht zurück. »Gott verdammt.«

»Bitte, Sir, quält Euch doch nicht. Eßt lieber.«

Da er vorausplante, legte Becket einen Teil des Essens wieder zurück, obwohl er noch immer hungrig war. »Wie ist denn das Essen hier, Sir?« fragte er.

»Ich habe schon besser gegessen«, versicherte ihm der

Schreiber. »Und das meiste ist mir überhaupt nicht zuträglich.«

»Weshalb seid Ihr hier eingesperrt, Sir?«

Simon zuckte die Schultern, eine Geste, die irgendwie nicht zu ihm paßte und ihm dennoch völlig natürlich erschien. »Schulden«, sagte er. »Ich habe Schulden im Wert von fünftausend Pfund, und meine Gläubiger haben mich schließlich erwischt.«

»Pech. Warum habt Ihr nicht versucht, Euch im Freibezirk von Whitefriars zu verstecken?«

»Ich war dort, aber sie haben mich wieder herausgelockt. Und Ihr, Sir? Wißt Ihr, warum Ihr hier seid?«

»Vielleicht wegen Hochverrats«, sagte Becket beiläufig, wobei er unter seinen Wimpern hervorlugte, um zu beobachten, wie der Schreiber darauf reagierte. »Nur daß ich es nicht genau weiß, da mir der Teufel mein Gedächtnis gestohlen hat.«

»Aber warum seid Ihr dann nicht im Tower?«

»Ja, in der Tat, warum? Wißt Ihr es, Simon?«

Der Schreiber blickte zur Seite und zupfte gedankenverloren mit seinen Fingern an den armseligen Bartflusen, die ihm um den Mund herum wuchsen.

»Ich denke, daß Ihr es wißt«, sagte Becket. »Seid Ihr ein Freund von mir?«

Simon nickte. »Ich glaube, das bin ich.«

»Dann sagt mir doch, was ich getan habe und womit ich die Königin beleidigt habe.«

Simon schüttelte seufzend den Kopf. »Das weiß niemand außer Euch, Mr. Becket. Leider. Ich mag Euer Freund sein, aber dennoch weiß ich nicht alles.«

»Dann erzählt mir wenigstens, was Ihr wißt. Erzählt mir über mich.«

»Ich wage es nicht ...«

Die Enttäuschung stieß an den Berg aus Zorn in seinem Innern und ließ ihn noch weiter anwachsen. Becket knurrte

262

wie ein Hund, ergriff mit beiden Händen den Schreiber bei seinem Wams und zog ihn ganz nah an sich heran. »Ich mag vielleicht in Ketten sein«, fauchte er wütend, »aber Ketten sind, richtig verwendet, auch hervorragende Waffen. Erzählt also.«

Fast demütigend mühelos befreite sich der Schreiber aus seinem Griff, rückte ein wenig von ihm ab und schwang seine Beine auf den Boden. »Mr. Becket, bitte«, sagte er, »so beruhigt Euch doch.«

Voller Wut stürzte sich Becket auf ihn, wurde aber von den Ketten zurückgerissen, die an seinen Beinen angebracht waren, so daß er sich am Bettende verfing, unsanft auf seinen Ellbogen fiel und den Kanten zerquetschte, der von dem Laib Brot noch übriggeblieben war.

»Gott verdamme Euch in die Hölle!«

Irgend etwas stimmte nicht mit Beckets Augen. Plötzlich sah er, wie um den Kopf des Schreibers ein Regenbogen und tanzende Lichter sichtbar wurden, während die Wand der üblen Gerüche, die sie umgab, von einem starken Rosenduft durchdrungen wurde. Und dazwischen erblickte er mich. Ich stand da, lächelte, war von den Sternen gekrönt und schüttelte mein Haupt. Ich hätte sicher auch mit ihm gesprochen, ihn getröstet und ihm geholfen, aber der Aufruhr in seinem Gehirn, der ihm ermöglichte, mich zu sehen, wogte plötzlich auf und brach dann in sich zusammen. Der Regenbogen verschlang den gesamten Raum, und dann hämmerte nur noch Schwärze in seinem Kopf.

Mürrisch und erschöpft kam er wieder zu sich. Wenn er sich an seine Gedanken erinnerte, fühlte er einen merkwürdigen Nachgeschmack. Dann erblickte er wieder das Gesicht des Schreibers, den er für einen Geist hielt. Am liebsten hätte er geweint. Wieder einmal wurde sein Herz von Angst wie von einer Faust umklammert, und ihm war klar, daß sich sein weitaus wohltuender Zorn wieder in Furcht zurückverwandelt hatte.

»Um Gottes willen, Simon«, flüsterte er, »holt mich hier raus.«

Der Schreiber setzte ihm eine Flasche an die Lippen, und Becket trank ein wenig von dem Branntwein, der mit scheußlich schmeckendem Wasser gemischt war. Simons Gesicht war voll Mitleid.

»David, David«, sagte er sanft, »was haben die bloß mit Euch gemacht?« Er sagte noch mehr, aber Becket konnte es nicht verstehen, da er eine fremde Sprache benutzte. Doch klangen die Worte sehr freundlich.

Er wußte, daß er geduldig darauf warten mußte, bis die Welt für ihn wieder fest verankert war. Das fiel ihm schwer, und jedesmal, wenn er seinen Kopf anhob, wußte er nicht mehr, wo er sich befand. Inzwischen war das Licht stärker geworden und der Gefängnisraum leer bis auf einen einzigen Mann, der in der Nähe der Tür, von Fieber geschüttelt, in seinem Bett schlief. Endlich verschwand das merkwürdige Gefühl wie das Meer bei Ebbe.

Es kostete ihn große Anstrengung, aber schließlich gelang es ihm, wieder einige Zusammenhänge aus den tiefsten Tiefen ans Tageslicht zu befördern. »Ich bin nicht verrückt«, sagte er besorgt zu dem Schreiber. »Glaubt nicht, daß ich verrückt bin, auch wenn es so aussieht. Der – der Doktor meinte, daß ich die Fallsucht bekommen habe, weil ich auf den Kopf geschlagen wurde.«

Simon nickte. »Das hat er mir auch gesagt, aber mir war nicht klar, wie schlimm es ist. Erkennt Ihr mich jetzt wieder?«

Ich bin viel zu müde dafür, dachte Becket und schüttelte den Kopf, zu müde und zu ängstlich. Es war erbärmlich, einen Blick in sein Herz zu werfen, da er darin so viel Schwachheit fand, und es kostete ihn viel Kraft, seine Stimme ruhig und gleichmäßig klingen zu lassen. Er bevorzugte die Zeiten, in denen er voll des schwarzen, blutdürstigen Zorns war, das fühlte sich wesentlich sauberer an, mehr wie er selbst. Seine Hände prickelten und brannten und seine Handgelenke pulsierten. Er mußte sie angestoßen haben, als er... nun, wo auch immer er hingegangen war, bevor er zu Boden stürzte.

»Ich kenne Euch als Simon, weil Ihr es mir gesagt habt«, antwortete er, und seine Stimme senkte sich zu einem Murmeln, da ihn sein Adamsapfel schmerzte. »Einen Augenblick lang glaubte ich, daß Ihr ein Geist wäret, aber nun sehe ich, daß Ihr durchaus massiv seid. Das ist alles, was ich weiß. Ich wünschte, Ihr würdet mir etwas über mich erzählen, damit diese Leere aus mir verschwindet.«

»Nun, ich habe mit Eurem Doktor sehr ausführlich darüber gesprochen. Er ist dagegen, daß Euch einer Eurer alten Freunde erzählt, woran Ihr Euch erinnern solltet. Vielmehr meint er, daß es für Euren Verstand weitaus besser wäre, wenn Ihr Euch selbst zu erinnern beginnt. Er ist vollkommen davon überzeugt, daß Euch Euer Gedächtnis nicht davongeflogen ist, sondern sich in einem... nun, vielleicht in einem Verließ Eures Geistes versteckt. Wenn ich es Euch erzählte, wüßtet Ihr niemals mit Sicherheit, woran Ihr Euch selbst erinnert habt und was Euch erzählt wurde.«

Es war grausam zu hören, daß die leeren Kammern nicht einfach aufgefüllt werden konnten. Doch er erkannte einen Sinn in dem, was der Arzt gesagt hatte. Er hatte Schwierigkeiten aufzustehen, wobei er sich wieder die Handgelenke stieß. Er biß sich auf die Lippen, um mit dem Weinen aufzuhören. Simon kniete neben ihm auf dem Bett, nahm seine Hände und zog sie zu sich hinüber, um sie wie der Arzt zu untersuchen.

»Es ist unbedingt erforderlich, daß wir Eure Hände aus den Ketten bekommen, Mr. Becket. Ich befürchte, daß sie Euch großen Schaden zufügen.«

Becket versuchte zu lächeln. »Sie werden mich niemals davon befreien, bevor sie nicht herausbekommen, was ich vergessen habe. Und wenn sie es einmal wissen, gehe ich davon aus, daß sie mich hängen werden.«

»Eure Beine müssen, so fürchte ich, angekettet bleiben. So wie Ihr es sagt«, antwortete Simon. »Aber ich sehe keinen

Grund, warum die Handfesseln nicht entfernt werden können. Allerdings nur, wenn wir das Geld dafür aufbringen. Kommt, Sir, was von Euren Besitztümern wollt Ihr verkaufen?«

Er breitete alles aus, was in der Matratze steckte. Becket war tief berührt, als er sah, was er alles von den Essensresten aufbewahrt hatte, wirklich jeden Krümel. Er packte alles wieder in das Tuch. Dann waren da noch das Hemd, der Umlegekragen, die Pfeife, ein kleiner Beutel mit Tabak und die Bibel. Keiner von ihnen erwähnte die Flasche mit dem Branntwein, die Simon in Beckets vorderer Hemdentasche verstaut hatte, nachdem er ein wenig davon genommen hatte, um Wasser aus dem Fluß damit zu reinigen.

»Können wir die Bibel verkaufen?« fragte Becket, da er ganz und gar nicht geneigt war, seinen Tabak mit jemandem zu teilen, auch wenn er vermutete, daß er dafür einen besseren Preis erzielen würde.

»Wir können es versuchen. Könnt Ihr gehen?«

Unter großer Anstrengung setzte er sich auf, zog seine Schuhe an und schwang seine Beine auf den Boden. Klirrend stapfte er durch den schmalen Gang zwischen den Betten, während der Schreiber das Bündel trug.

Eine Sekunde lang zögerte Becket. Er fragte sich, ob er dem Schreiber wohl trauen könnte. Aber dann zuckte er im Geist die Achseln. Es gab einfach keinerlei Sicherheit, falls Simon vorhatte, ihn zu berauben, konnte er im Augenblick nicht das Geringste dagegen tun. Nachdem sie beide den Abtritt benutzt hatten, stiegen sie die engen Stufen hinauf und standen im Hof.

Da schwirrte es wie in einem Bienenstock, und es herrschte womöglich ebensoviel Betriebsamkeit wie bei der um vieles berühmteren Börse von Gresham in der City. Überall dort, wo genügend Licht war, arbeiteten die Handwerker, und unter einem der Sonnensegel saß eine Gruppe von nähenden Frauen, die eifrig neue Halskrausen herstellten.

266

Simon eilte zu einem der aufgebockten Tische hinüber, die in der Nähe des Gefängnistors standen und die bedeckt waren mit Büchern, Karten, Haufen von Würfeln, Kerzen, Fleischpasteten, Schuhen, Schuhbändern aus Leder, Lederflicken, einem Geldbeutel, Nähzeug, Kleidung, einer Wärmeplatte und einem Brocken Eisenkies oder Pyrit, der als goldenes Erz aus der Neuen Welt bezeichnet wurde und für eine geringfügige Summe von jedem erworben werden konnte, der sich dafür interessierte, eine Expedition zu finanzieren, um auch den Rest davon zu finden.

Nach kurzer Überlegung rasselte Becket hinüber zu Simon, der sehr niedergeschlagen aussah, und stellte sich hinter ihn.

»Wie könnt Ihr es wagen, bloß einen Shilling anzubieten für eine brandneue...«

»Die ist überhaupt nicht neu, Mr. Anriques. Schaut her, man sieht deutlich, daß sie bereits gelesen wurde, und bei Genesis, Kapitel Eins, ist sogar ein Soßenfleck, was noch schlimmer ist.«

»Wie könnt Ihr den Wert von Gottes Wort bloß mit Geld zu messen versuchen, Mr. Arpent?« fragte Simon mit effektvoller Rhetorik.

Der feiste Mann zuckte die Achseln. »Nun, Mr. Anriques, es hat damit zu tun, was der Markt dafür hergibt, nicht was der wahre Wert ist, wie Ihr es vielleicht ausdrückt. Und der Preis für die Bibel, die ich – bei grober Schätzung – bestimmt nicht innerhalb einer Woche verkaufen werde – also der Preis beträgt einen Shilling. Und Ihr könnt ihn akzeptieren oder auch nicht. Wenn der Gentleman allerdings daran denken sollte, seine Knöpfe zu verkaufen, um das nötige Bestechungsgeld dafür zu bekommen, daß seine Eisen abgenommen werden...«

Mr. Arpent ließ seinen Vorschlag verlockend offen.

Becket blickte an den zahlreichen Knöpfen hinunter, mit denen sein samtenes Wams geschmückt war. Er entdeckte, daß in den schwarzen Jett rote und purpurfarbene Edelsteine

267

eingelegt waren, die tatsächlich auf überaus geschmackvolle Weise mit herrlichen Schnitzereien versehen waren. Simon besah sie sich von nahem und stieß einen leisen, bewundernden Pfiff aus. »Ich muß in Saus und Braus gelebt haben, als ich das bekommen habe«, sagte Becket, als wollte er sich selbst tadeln. Es waren insgesamt vierundzwanzig Knöpfe, abwechselnd mit Granaten und Amethysten verziert, und sie zogen sich die gesamte Länge seines am unteren Ende wie ein Gänsebauch ausgepolsterten Wamses dahin. Ohne Zweifel war dies ein geschmackvoller, modischer Anzug gewesen, bevor ihn Ramme und Munday bearbeitet hatten.

»Womit soll er denn sein Wams verschließen, wenn wir die Knöpfe verkaufen?«

Arpent verdrehte die Augen. »Also, ich nehme nur sechs von denen mit den Granaten, denn zufällig kenne ich einen Schneider, der schon lange nach solchen Knöpfen Ausschau hält. Und ich werde dafür... nun... fünfzehn Shilling bezahlen, in Anbetracht dessen, daß der arme Gentleman dann von seinen Handfesseln befreit sein wird.«

»Vierzig Shilling«, sagte Simon sofort. »Seht doch, wie hervorragend die Schnitzarbeiten sind. Und von welch herrlichem Rot die Granate.«

»Woher wißt Ihr, daß es nur Granate sind?« warf Becket ein. »Es könnten auch Rubine sein.«

»Oder sie sind nur aus Glas«, sagte Arpent. »Ich gehe ein ziemliches Risiko ein – mein Freund mag das, was er suchte, bereits anderswo gefunden haben. Zwanzig Shilling, und das ist mein letztes Wort.«

»Fünfundzwanzig, dann könnt Ihr sie haben«, sagte Simon.

»Einen Moment«, sagte Becket, der plötzlich instinktiv etwas fühlte, das er nur halb verstand. »Ich könnte jemand anderen finden, der sie mir abkauft. Und ich möchte auch handeln.«

Arpent rollte mit den Augen. »Glaubt Ihr etwa, daß ich wegen meiner Gesundheit hier im Fleetgefängnis bin? Auch ich brauche Geld...«

»Ich möchte nur ein Paar von Euren ledernen Schnürbändern, Mr. Arpent, und ich möchte dem Gefängnisaufseher, Mr. Newton, mitteilen, daß Ihr für diese Knöpfe fünfzehn Shilling bezahlt habt.«

Arpent hob sein Kinn und schaute von oben auf Becket hinab. »Warum sollte ich das tun?«

Becket behielt sein Lächeln im Gesicht, als sei es da festgefroren. »Falls er Euch fragt, Sir, nur falls er Euch fragt.«

Es folgte eine angestrengte Pause. »Ich bezahle für meinen Schutz«, sagte Arpent. »Und ich möchte wirklich keine Schwierigkeiten.«

Becket lehnte sich zu ihm hinüber, was ihn große Anstrengung kostete. »Keine Schwierigkeiten, Mr. Arpent«, sagte er sanft. »Glaubt Ihr etwa, daß ich diese Knöpfe und mein samtenes Wams wegen meines schönen Gesichts bekommen habe?«

Arpent antwortete nicht, und Simon fragte sich verwundert, wie Becket es schaffte, lediglich durch die Art, wie er dastand, ein Gefühl der Bedrohung zu vermitteln. Niemand hatte jemals vor Simon Furcht empfunden, nur weil er sich über ihn gebeugt hatte.

»Mit zwanzig Shilling ist die Sache erledigt«, sagte Arpent nach einer Weile.

»Fünfundzwanzig«, erinnerte ihn Becket überaus freundlich. »Und ich werde Euch in bester Erinnerung behalten, Mr. Arpent, ich werde es wahrhaftig.«

Arpent sah so aus, als wollte er gleich zu weinen anfangen. »Also fünfundzwanzig«, sagte er betrübt. »Und die Schnürbänder.«

»Hervorragend, Mr. Arpent. Ich werde Sie in meine Gebete einschließen. Darf ich mir vielleicht Eure Schere ausleihen?«

Sie beschlossen den Handel dadurch, daß sie Arpent die sechs Knöpfe überließen, die er rasch in ein Stück Leder ein-

269

packte. Und während Simon die ostentativ dargebotenen fünfzehn Shilling entgegennahm, erhielt Becket dank seines Taschenspielertricks weitere zehn. Sie tippten zum Abschied an ihre Hüte, dann gingen sie, die kalte Sonne zu genießen.

»Nun können wir ein wenig mehr hoffen, daß Mr. Newton bald aufkreuzt, um den Opferstock auszurauben«, sagte Simon.

Becket lehnte sich an die Mauer und kratzte sich am Kopf. »Er nimmt eine ganze Menge, nicht wahr?« fragte er. »Aber wo Geld ist, wird auch gestohlen, jedenfalls sagt man so.«

»Genau«, sagte der Schreiber, während er nervös um sich blickte. Für Becket sah es so aus, als würden sie durch einige dünne, abgerissene Männer, die nicht wie er durch Fußfesseln behindert waren, notdürftig bewacht. »Es hängt alles davon ab, wie schnell er kommt.«

Er kam sehr bald, vielleicht um einen Blick auf seinen bedeutenden Gefangenen zu werfen, denn er ging zuerst nicht zu der Kiste, die mit Bolzen an der Mauer befestigt war und in die wohltätige Passanten der Fleet Lane durch ein kleines Loch zwischen den Backsteinen Geld oder auch Essen stecken konnten. Statt dessen kam er sofort zu ihnen hinüber, als sie gerade auf den Steinstufen saßen, die zum Eight-Penny-Trakt führten.

»Ich höre, daß Ihr Pfandgeld für mich habt, Anriques«, sagte er ohne Umschweife zu dem Schreiber. »Wo ist es?«

»Das Geld ist dafür gedacht, diese Eisen zu entfernen«, sagte Simon und deutete auf Becket.

Newton beugte sich höhnisch grinsend zu ihm hinab, und Becket roch in seinem Atem abgestandenen Branntwein. »Was, wenn ich das Geld gar nicht will und die Eisen dranlasse?«

»Ich weiß, daß Ihr die Macht habt, das zu tun, Mr. Newton«, sagte Simon demütig, »aber ich hoffe, daß Ihr es im Hinblick auf Eure Zukunft unterlassen werdet.«

»Im Hinblick auf meine Zukunft, ja? Warum?«

270

»Dieser Mann ist aufgrund eines Urteils des Geheimen Staatsrats hier. Für einen solchen Mann wäre es nicht unwahrscheinlich, daß er bald freigelassen und dann wieder in Gnaden bei Hof aufgenommen wird.« Simon war völlig in den Anblick seiner Finger versunken und unterzog ihre Form einer genauen Prüfung, während das Sonnenlicht auf ein Haarbüschel auf seinem Oberkopf fiel, das von einigen kahlen Stellen umgeben war. Becket ließ ihn weitermachen, da er sehr wohl fühlte, nicht gut genug schauspielern zu können, um Mr. Newton mit dem Respekt zu behandeln, den dieser für sich verlangte. Und eine drohende Haltung wäre bei diesem Gefängnisaufseher, der niemals auch nur einen Schritt ohne seinen Schlagstock und die drei Raufbolde im Hintergrund unternahm, kaum angebracht. »Früher einmal hielt die Königin große Stücke auf ihn. Jetzt ist er allerdings in Ungnade gefallen. Aber er könnte wieder aufsteigen. Andere haben das auch schon getan.«

Newton atmete schwer und starrte auf Becket, der so ausdruckslos wie nur möglich, aber mit wild klopfendem Herzen und entmutigt vor lauter Angst, seinen Blick erwiderte.

»Nun, er könnte es aber auch nicht.«

»Dann hättet Ihr nichts verloren.«

»Er sieht nicht wie ein Mann des Hofes aus.«

»Aussehen kann täuschen, Mr. Newton. Obwohl es stimmt, daß er weniger ein Höfling als ein Soldat ist.«

»Dann sollte er besser angekettet bleiben.«

»Es wäre besser, er würde an Euch in Freundlichkeit zurückdenken, Mr. Newton. So wie ich es tun werde.«

Newton lachte. »Gebt mir fünfzehn Shilling, bevor ich sie aus Euch herausprügle und Euch dann gleichfalls in Ketten lege.«

»Denkt an das, was ich gesagt habe, Mr. Newton.«

»Her damit.«

Simon gab ihm das Geld, und Newton ließ es in seine Geldbörse gleiten. Dann grinste er beide an, spuckte fast neben

271

Beckets Stiefel und marschierte hinüber zum Almosenkasten, der mit einer erstaunlichen Anzahl von Eisenriegeln und Vorhängeschlössern an der Wand befestigt war. Er schloß ihn auf, sammelte die Pennies und Shilling zusammen und warf die altbackenen Brotlaibe und Hühnerschenkel, die gleichfalls darin waren, wahllos einigen der Gefangenen zu, die sich wie Raben bei einer Hinrichtung versammelt hatten. Dann brachte er den Kasten wieder an, während die Männer wie wild um das Essen rauften.

»Tut mir leid«, sagte Simon zu Becket. »Ich habe das nicht richtig angepackt. Ich bin nicht daran gewöhnt, ganz ohne Macht zu sein.«

Für einen Augenblick zerbrach sich Becket den Kopf, warum sich Simon bei ihm entschuldigte, obwohl er sich doch viel unerschütterlicher verhalten hatte als er selbst.

»Alles, was Newton uns zu verstehen geben will, ist, daß er mit uns machen kann, was er will«, sagte er weise. »Wenn er sich zu leicht kaufen ließe, würde er viel von seinem Schrecken verlieren.«

Da läutete die Glocke zum Mittagessen, und es setzte ein Ansturm auf den mit Fett verschmierten Speisesaal und ein Gerangel um die Bänke ein, da es jeden verlangte, so nah wie möglich bei der Durchreiche zu sitzen, wo Newtons Bedienstete mit Servierplatten standen. Simon verschwand wegen eines Botengangs, den er für sich selbst erledigen mußte, und so fand sich Becket als Neuling schließlich am Ende des Saals wieder. Die Platten, die nur dürftig mit ein wenig Fleisch und einer nicht identifizierbaren braunen Soße bedeckt waren, wurden vor den Männern auf den Tisch geknallt. Ihnen folgten einige schmuddelige Körbe mit hartem Brot, das in dicke Scheiben geschnitten war und an dem zum Teil noch Asche klebte. Als der Junior im Speisesaal bekam Becket die Aufgabe, das Essen zu verteilen, aber als er seine Hände nach oben hielt, um seine Handfesseln zu zeigen, übernahm ein anderer Mann diesen Dienst.

Das Huhn in der braunen Soße war voller Sehnen und Flachsen, das Rindfleisch versalzen, nicht genügend eingeweicht und gerade so lange gekocht, daß es noch hart war. Und dann gab es noch einen Brei aus Erbsen, bereits vom reifen Alter gesegnet, und ein Riesenstück Schinken, ebenfalls mit der braunen Tunke beschmiert. Plötzlich eilte Simon so schnell herbei, wie einer von Newtons Bevollmächtigten gerade das Tischgebet sprechen konnte, und auf seinem Gesicht lag ein Ausdruck höchster Zufriedenheit. Rasch stieg er über eine Bank und setzte sich nieder, dann warf er einen Blick auf die Scheibe Brot vor ihm und schüttelte verwundert den Kopf. Becket tat mittlerweile unerschütterlich sein Bestes und kaute sich durch das knorpelige Fleisch. Aus Gefälligkeit tauschte er sein Huhn und sein Rindfleisch gegen Simons Schinken mit Erbsenbrei ein und spülte es mit so viel dünnem Ale hinunter, wie er nur erwischen konnte. Als sein Bauch einigermaßen gefüllt war, beendete er das Mahl. Simon fand die Esserei weitaus mühsamer, so daß er nur die Hälfte seiner Portion aufaß.

Der Lärm, der durch das vielstimmige Sprechen, Kauen, Spucken und Nörgeln entstand, war laut genug, um einen Toten taub werden zu lassen, und dennoch trauerte Becket nicht seiner Zelle im Tower nach, obwohl, wie er zugeben mußte, das Essen dort weitaus besser gewesen war. Aber hier gab es wenigstens andere Männer, die er beobachten konnte, und viele andere Dinge zum Anschauen. Es war absurd, aber er begann so etwas wie Glück zu empfinden. An dem anderen Tisch, der den Vertretern des niederen Adels vorbehalten war, sah er die Frauen sitzen und reden, und dann verbrachte er einige angenehme Minuten mit der Überlegung, wozu hübsche Knöpfe in einem Gefängnis vielleicht zu verwenden seien.

Bitte, Gott, bitte, betete er im Stillen, während einer von Newtons Dienern ein weiteres Tischgebet herunterleierte, und dann lachte er, als Simon seinem Blick folgte und errötete.

Den Nachmittag verbrachte er damit, aus Bändern und Schnüren ein Netz herzustellen, mit dem er seine Beinfesseln über dem Boden halten konnte, so daß er nicht mehr ständig über sie stolperte. Dann schlurfte er zum anderen Ende des Hofs hinüber, um herauszufinden, worüber sich eine Gruppe von Männern so herzlich amüsierte. Es stellte sich heraus, daß es der Kampf zweier Ratten war. Zwei Scheusale, fast so groß wie Katzen, zischten und quiekten sich gegenseitig in einem Ring aus Steinquadern an. Becket sah eine Weile zu und setzte ein Sixpencestück auf die Kleinere, da sie, wie es schien, mehr Antrieb zu kämpfen hatte, beweglichere Pfoten und insgesamt überlegener aussah. Doch verlor das Vieh, wodurch sich Becket sehr niedergeschlagen fühlte und sich wieder zurück zu den Stufen schleppte, an denen er Simon zurückgelassen hatte.

Der Schreiber hatte ein Stück Kreide in der Hand und holte aus den Zwischenräumen des Kopfsteinpflasters einige Strohhalme heraus. Er machte sich daran, mit der Kreide bestimmte Zeichen und Formen aufzumalen.

»Was ist denn das?« fragte Becket neugierig. »Zauberei?«

Simon seufzte. »Nein«, sagte er. »Nur die Kabbala.«

Ächzend ging Becket in die Hocke, um die Sache von nahem zu betrachten. »Was ist das für ein Zeichen?«

»Der Baum des Lebens.«

»Und was prophezeit er?«

»Er prophezeit überhaupt nichts. Ich versuche in keiner Weise, die Zukunft vorherzusagen.«

»Was dann?«

Simon seufzte erneut. »Das klingt ohne Zweifel für Euch ziemlich seltsam, aber ich versuche, die Welt zu verstehen.«

»Mit Kreidestrichen?«

»Ich frage mich, ob Euch die Aussage von Kopernikus bekannt ist, nach der sich die Erde um die Sonne dreht?«

»Nicht schon wieder die alte Leier, Simon. Wie sollte das denn möglich sein? Wodurch wird die Erde dann gehalten?

Ihr könnt Euch darauf verlassen, die Sonne und der Mond leuchten am Himmel, wie sie es schon immer getan haben.« Becket hatte sich so richtig in Rage geredet, da ihm dieses Thema immer ein komisches Gefühl in der Magengegend verursachte.

»Vielleicht wird ja die Erde auch von einer Kreisbahn gehalten, ebenso wie die anderen Planeten.«

»Puh. Und woraus sollte diese Bahn bestehen? Und warum hat noch kein Reisender darüber berichtet? Sicherlich hätte sich doch irgendeiner von ihnen schon den Kopf daran gestoßen. Denkt bloß mal, was das für eine Geschichte wäre. Stellt Euch vor, als ich noch durch fremde Länder reiste, wäre ich plötzlich gegen eine endlose Wand aus Kristall geprallt...«

»Vielleicht liegt sie ja im Meer und trennt einen Ozean vom anderen.«

»... dann würden unsere Schiffe dieses feste, aber unsichtbare Ding rammen. Irgend jemand hätte es bereits gefunden. Um Himmels willen, Drake hätte es sicher gefunden, als er um die ganze Welt segelte und die Spanier in ihren Betten verbrannte.«

»Euer Einwand ist wirklich gut. Ich habe mir die gleiche Frage gestellt, allerdings ein wenig anders. Wenn die Erde wirklich von einer Kreisbahn gehalten wird, wie kann sich dann der Mond um sie bewegen, ohne den Kreis zu zerbrechen?«

»Na eben. Es ist also klar, daß dies alles unsinnig ist, offensichtlich hatte Kopernikus einen Kater, als er seine Ideen veröffentlichte.«

»Und dennoch ist diese Idee, rein mathematisch gesehen, wunderschön. Mathematisch ist...«

»Mathematisch dies, mathematisch das. Ihr sprecht, als seien Zahlen die Heilige Schrift.«

»Vielleicht sind sie es ja.« Becket erkannte, daß Simon rot vor Zorn war, als ob seine Frau beschimpft worden wäre. »Seht her«, rief er aus. »Ich habe ein rechtwinkliges Drei-

275

eck gezeichnet und über die beiden Seiten ein Viereck, das
ich viermal unterteilt habe. Und wenn ich die beiden addiere,
erhalte ich daraus das Ausmaß des dritten Vierecks, das mir
auf diese Weise immer – gleichgültig, wo ich es zeichne oder
was für ein Mensch ich bin – *immer* die Seitenlänge des Drei-
ecks mitteilt. Immer. Das ist wahr und läßt sich beweisen.
Was könnte jemand mehr von der Heiligen Schrift verlangen?«

»Pff. Das ist bloß ein uralter Soldatentrick, mit dem sich die
richtige Länge für eine Belagerungsleiter herausfinden läßt.
Was hat das mit der Heiligen Schrift zu tun?«

»Seine Einfachheit und seine umfassende Vielseitigkeit.«

»Und was hat das mit den kristallenen Kreisbahnen zu
tun?«

»Alles«, murmelte Simon und sah enttäuscht auf ein Dia-
gramm hinab. »Wenn ich es nur verstehen könnte.«

»Was macht das schon aus? Wen kümmert's, ob sich die
Erde um die Sonne dreht oder die Sonne um die Erde?«

»Kümmern? Sagt mir, Becket, wer hat die Welt erschaffen?«

»Gott hat die Welt erschaffen, das weiß doch jeder. Es steht
im Katechismus.«

»Einverstanden. In diesem Fall müßte doch die Welt auf irgendeine Weise die Gedanken des Allmächtigen widerspiegeln. Ja?«

»Warum? Wenn ein Dichter bei Hofe das Leben eines Schä-
fers in Arkadien beschreibt oder etwas ähnlich Langweiliges
und Blödes, heißt das, daß er ebenfalls ein Schäfer sein muß?«

»Nein, aber...«

»Ein papistischer Maler stellt auf einer Kirchenwand den
Himmel dar. Hat er dabei den Himmel im Kopf? Oder sollen
wir beim Anblick dieser Abbildung vielleicht herausfinden,
welche Art Mensch er ist?«

»Nein, das muß ich zugeben. Aber...«

Beckets Stimme wurde schrill, als er Simon mit dem Fin-

276

ger drohte. »Das ist die Arroganz des klugen Mannes«, sagte er. »Hier ist Logik, zugegeben. Aber Ihr vergeßt, daß, um etwas Neues zu schaffen, das es vorher nicht gegeben hat, mehr als Logik nötigt ist. Es trägt den Funken des Göttlichen in sich.«

»Ihr haltet mir einen Vortrag über etwas, das ich bereits weiß«, sagte Simon hitzig. »Ich würde mir niemals anmaßen, Gott auf das Logische zu beschränken.«

»Aber genau das tut Ihr gerade. Die Welt wurde von Gott erschaffen. Also muß man, um Gottes Gedanken zu verstehen, die Welt studieren. Ja? Das ist ein Syllogismus, auch wenn ich vergessen habe, von welcher Art er ist.«

»Woran soll ich denn nach Eurer Meinung die Gedanken des Allmächtigen studieren, Becket? Etwa anhand der Bibel?«

»Warum nicht? Schon bessere Männer als ich haben das getan.«

»Aber die Bibel sagt nichts davon, daß sich die Erde um die Sonne dreht.«

Becket beugte sich zu ihm hinüber, wobei sein Gesicht rot anlief. »Weil es nicht wahr ist«, bellte er. »Die Sonne dreht sich um die Erde, sie hat das immer getan und wird das immer weiter tun. Seht nach oben und beobachtet ihren Lauf.«

»Pah«, prustete Simon. »Und was ist mit den Kreisen und den Nebenkreisen aus der Erklärung des Aristoteles? Wie kann der Allmächtige etwas so Häßliches und Ungleichgewichtiges gemacht haben, wenn er auch dies hier erschaffen hat?« Er zeigte mit heftigen Gesten auf den Satz des Pythagoras. »Und das.« Er zog mit seiner Kreide einen Kreis und schrieb einige Buchstaben hinein. »Maimonides sagt, wenn du die Grundfläche eines Kreises errechnen willst, mußt du den Radius nehmen, ihn ins Quadrat erheben und das mit sieben Dreiundzwanzigstel multiplizieren – eine Zahl, die ebenso unendlich wandelbar ist wie der Allmächtige selbst.«

»Warum sollte mir einfallen, das zu tun? Wird mich das aus diesem Gefängnis bringen? Nein. Also, wofür ist es gut?«

Simon warf die Kreide fort und starrte wütend Becket an, der ebenso wütend zurückstarrte.

»Dieses ganze Zeug mit Kreisen und Dreiecken«, knurrte er. »Wenn ich es nicht besser wüßte, würde ich meinen, Ihr seid ein heidnischer Grieche und kein Jude.«

Simon wandte ruckartig den Kopf. »Woher wißt Ihr, daß ich Jude bin? Ich habe Euch das niemals gesagt.«

Becket verzog sein Gesicht und schüttelte dann den Kopf. »Die Kabbala?«

»Dr. Dee ist ein berühmter Kabbalist und doch ein Christ. Woher also wißt Ihr es?«

»Ich... ich weiß es.«

Sie machten beide große Augen. Beckets Bauch ließ ein triumphierendes Knurren hören, das ihren gereizten Zustand sofort verpuffen ließ, und er grinste kläglich ob dieses Kommentars.

»Bekommen wir hier auch Abendessen?«

»Manchmal«, sagte Simon, »wenn Ihr Stockfisch mögt, der das Meer zum letzten Mal gesehen hat, als noch die katholische Königin Maria regierte.

Becket erschauerte. »Gütiger Gott, kein Stockfisch, ich kann das Zeug nicht ertragen. Also, sollen wir unser köstliches Weißbrot aufessen oder es bis morgen aufheben und damit riskieren, daß es gestohlen wird, Mr. Anriques?« fragte er um einiges friedfertiger.

»Es aufessen«, erwiderte Simon.

Nachdem sie den letzten Rest vertilgt hatten, ging Simon los, um die Flasche wieder am Faß des Wasserverkäufers zu füllen. Becket versuchte, sich irgendwie am Rücken zu kratzen, wo ihn ein Floh gebissen hatte. Es machte ihn fast verrückt, weil die Kette zwischen seinen Handgelenken zu kurz war, als daß er die Stelle erreichen konnte. Schließlich scheuerte er seinen Rücken wie ein Bär an einem Türpfosten. Während er mit diesem einfachen Vergnügen beschäftigt war, fiel ein Schatten über ihn, und er sah zu Newton empor.

»Mr. Strangways«, sagte der Gefängnisaufseher.

Für einen Augenblick schaute Becket völlig verständnislos drein. »Das ist . . . nun . . . ja.«

Newton schien auf etwas zu warten, also stand er auf und machte eine einigermaßen höfliche Verbeugung.

»Streckt Eure Hände aus.«

Becket tat, wie ihm geheißen, obwohl er die Angst, von der er bei diesem Befehl unwillkürlich erfaßt wurde, erst einmal wegschieben mußte. Die Schlüssel rasselten, die Handfesseln wurden aufgeschlossen, und schließlich konnte Becket seine Arme ausstrecken und sich wieder ein wenig Gefühl in seine Hände reiben.

»Aah«, sagte er. »Ich werde mich immer an Eure Güte erinnern, Mr. Newton.«

Newton ballte die Hand zur Faust und hielt sie direkt unter Beckets Nase, während seine drei Handlanger sich um ihn aufstellten und sich bemühten, so häßlich auszusehen, wie sie nur konnten.

»Macht Euch bloß keine falschen Hoffnungen, Strangways«, stieß er wütend zwischen den Zähnen hervor. »Auf diesen Eisen ist noch immer Euer Name eingraviert, und keine Angst, ich werde sie weiterhin für Euch aufbewahren. Nur weil Ihr hier drinnen einen Freund habt, der für Euch Pfandgeld bezahlt und einen guten Draht zum Hof hat, bedeutet das nicht, daß Ihr bei mir gut angeschrieben seid.«

»Nein, Sir«, sagte Becket ruhig, wobei er seine Worte an die Faust richtete. »Ich werde mein Bestes tun, um Euch nicht zu beleidigen.« Newton nahm die Faust zurück und legte sie auf den Griff seines Schwertes. »Meine Beine . . .«

»Eure Beine bleiben so, wie sie sind. Kein Pfandgeld auf der ganzen Welt wird diese Fesseln abnehmen. Sie sind in Eurem Urteilsspruch vermerkt, und wenn ich Euch davon befreie, muß ich es vor meinem Herrn, Lord Burghley, verantworten.«

Während sie sprachen, war Simon Anriques zurückgekommen und stand so nah bei ihnen, daß er bei angestrengtem Lauschen alles mithören konnte.

»So«, sagte Newton triumphierend, »wir verstehen uns hoffentlich.«

»Hervorragend, Sir«, sagte Becket, noch immer ruhig.

Newton stapfte davon, wobei er mahnend die Handfesseln an ihren Ketten herumwirbelte. Und während er davonging, versetzte er noch rasch einem Kind einen Tritt, das in farbenfrohen Lumpen mit Schafsknöchelchen spielte. Glücklicherweise war er zu sehr mit seiner eigenen Wichtigkeit befaßt, als daß er den dicken Speichelklumpen bemerkt hätte, den Becket ihm nachsandte. Dann rasselten die Schlüssel, und krachend schlug das Tor hinter ihm zu.

Nervös lächelte Becket Simon an. »Jesus, das ist besser«, sagte er und streckte seine Arme so weit nach beiden Seiten aus, wie er nur konnte. »Ahhh.« Er spielte mit seinen Fingern, rieb sie gegeneinander, ließ die Arme kreisen, verschränkte die Finger hinter seinem Kopf und spannte die Schultermuskeln so stark an, daß es knirschte. »Ich sage dir, das Abnehmen eines Brustpanzers ist weniger erquickend, als diese Handfesseln loszuwerden, Simon.«

Simon murmelte etwas in seinen Bart. Auf seinem Gesicht lag ein merkwürdiger Ausdruck, als er sich im langen Schatten der Abendsonne auf den Stufen niederließ und Däumchen drehte.

»Ich bin Euch zu Dank verpflichtet. War es das, womit Ihr beschäftigt wart, als ...?« sagte Becket und machte dann eine Pause. Er wollte weiter sprechen, aber seine Klugheit gebot ihm zu schweigen. Warum sollte er herausplappern, was er gerade mit Newtons Hilfe verstanden hatte? Also war es kein Zufall, daß er ins Fleetgefängnis gekommen war und dort mit einem Freund das Bett teilte. Plötzlich wurde ihm bewußt, daß sich merkwürdige Schatten voller Kraft und Gewalt hin und her bewegten und gegeneinander stießen. Und

280

da er selbst nur eine Schachfigur war, gab es keinen Grund, warum ihm irgend jemand sagen sollte, was da geschah. Aber wenn dieser Simon Anriques wirklich eine Art Spion war, der ihn, als Freund verkleidet, aushorchen wollte, warum sollte er diesen Mann dann wissen lassen, daß er ihn entlarvt hatte? Und wenn er kein Spion, sondern tatsächlich ein aufrichtiger Freund war, warum sollte er ihn dann beschimpfen und tödlich beleidigen?

Lachend schlug er Simon auf den Rücken, was vielleicht nicht ganz zufällig so aussah, als wollte er ihn kurz einmal umhauen. Dann bot er ihm zur Feier des Tages einen Schluck aus der Branntweinflasche an.

44

Oft ist eine Sünde tatsächlich nützlich, und je schwärzer sie ist, desto nützlicher scheint sie. Armes Kind. Wenn es jemanden gegeben hätte, an den sich Bethany hätte wenden können, oder etwas dagewesen wäre, bei dem sie Zuflucht gefunden hätte, oder etwas, das sie hätte tun können außer dem, was sie tat ...

Maria war ebenfalls davon überzeugt, daß sie nichts anderes tun konnte. Sollte sie etwa das Mädchen von Julia oder Kate pflegen lassen, die kaum etwas wußten? Bethany hatte damit gedroht, sich selbst zu töten und sich die Pulsadern aufzuschneiden, so daß sie beide, das Kind und sie, stürben. Sie bot gutes Geld, das Maria im Augenblick nötig brauchte.

Aber es war eine Sünde, und Maria hatte keine mehr begangen, seit Pater Hart ihr die Beichte abgenommen hatte. Also mußte sie fast ihre ganze Flasche Branntwein leeren, bis sie sich eingestand, es machen zu wollen.

Bethany kletterte mitten in der Nacht im Obstgarten über die Palastmauer, ihr Herz hämmerte dabei in wild wütender, wirbelnder Angst, daß sie fürchtete, es würde durch die leeren Gänge hallen. Sie hatte die Kleider ihrer Zofe angezogen, der sie, wie auch den übrigen Mädchen im Zimmer, zuvor einen Schlaftrunk aus Laudanum gegeben hatte. Unter ihrem Umhang trug sie einige Goldmünzen und sah es als wahren Segen an, daß die Themse noch immer zugefroren war. Immerhin benötigte sie kein Boot.

Ich ruhte mich gerade auf einer Wolke aus und weinte ihretwegen kristallene Tränen, so daß sie mit weißen Flocken übersät war und vor Kälte zitterte, als sie das Hinterzimmer des Falcon betrat. Es war eindeutig das Tapferste, was sie je in ihrem kurzen Leben getan hatte. In dem rußigen Licht der Wachskerzen wagte sie nicht, Maria überhaupt anzublicken, die sich unter leisem Gemurmel in ihrem Stuhl wiegte. Dann befahl ihr Julia, das Geld auf den Tisch zu legen und ihre Kleider sowie auch ihr Hemd auszuziehen, damit keine Spuren darauf zu sehen wären. Mit klappernden Zähnen kletterte sie auf das Bett, das mit Stroh bedeckt war, und öffnete ihre Beine. Kate und Julia hielten sie so, wie Maria es ihnen gesagt hatte, und der Schmerz war wirklich sehr heftig.

Schließlich war es erledigt. Als sie wieder einigermaßen gerade gehen konnte und auch wieder angezogen war, ließ Kate sie zur Tür hinaus und half ihr den langen Weg nach Whitehall zurück, einen sehr langen, gefrorenen Weg durch das Zentrum der schlafenden City. Auf ihren Wangen gefroren die Tränen zu Eis. Trotz all ihrer Härte hatte Kate großes Mitleid mit ihr und ließ sie daher so oft ausruhen, wie es nötig war. Sie paßte auch auf, daß auf ihre Spuren im Schnee kein Blut fiel, das sie verraten hätte. Es fielen zwar einige Tropfen Blut herab, aber glücklicherweise wurden sie lange vor Morgengrauen von den hungernden Ratten aufgeleckt.

Bethany legte sich so leise wie möglich zu Bett, kuschelte sich in der weichen Dunkelheit in all ihre Decken, während die übrigen Mädchen in wundervollen, goldenen Träumen schnarchten. Sie zitterte und weinte wegen der Schmerzen in ihrer Leistengegend und der Leere in ihrem Bauch still vor sich hin. Schließlich breitete ich den Mantel meiner Barmherzigkeit über sie, und kurz bevor die Morgendämmerung anhob, fand sie den Schlaf. Alle vier Mädchen verschliefen an diesem Tag.

45

Becket wurde derweil von seinen Träumen geplagt. Er hatte es gefangen, obwohl es die Zähne gefletscht und sein Horn drohend geschwungen hatte. Er hatte es am langen Zügel in einem Kirchhof mitten im flachen Land, das von verbrannten Häusern und heruntergewirtschafteten Feldern verunstaltet war, dressiert. Das Einhorn schleppte sich schwer über die Grabsteine, und als er wieder aufblickte, sah er, daß die Welt in dichte Nebel eingehüllt war. Dann schaffte er einen goldenen Sattel herbei, und das Einhorn erlaubte ihm, ihm den Sattel aufzulegen. Mit einer ungeheuren Sicherheit, die ihm selbst merkwürdig erschien, schwang er sich auf seinen Rücken und stieg in die Steigbügel, doch da brüllte das Einhorn vor Zorn und begann zu bocken. Dennoch ritt er es, jauchzte und schrie und hielt sich mit der Hand an dem Sattelknauf fest, während der Himmel sich verdunkelte und die Soldaten, die im Kreis um ihn standen, ihn anfeuerten. Sir Philip Sidney lächelte über seinen Heldenmut und geleitete dann die Königin in die Arena. Da stand sie, leuchtete förmlich mit ihren Juwelen und lächelte ihn auf eine sehr merkwürdige Art an. Da erschien plötzlich auch Pater Hart, schlug das Zeichen des Kreuzes über ihn und segnete ihn lächelnd. Sein träumendes Ich kannte diesen Mann und wollte auch zurücklächeln, um das Manko auszugleichen, daß sein waches Ich noch in der tiefsten Unwissenheit steckte. Aber all dieses Gelächle machte das Einhorn nur noch wütender, und während Becket mit den plötzlich ineinander verhedderten Zügeln kämpfte, senkte das Einhorn sein Horn und stürmte genau auf die Königin in all ihrer samtenen Herrlichkeit los, bohrte sein Horn tief in ihre Brust und schüttelte sie so heftig, daß sie in tausend Stücke zerbrach. Zum Schluß stampfte es noch über sie hinweg. Becket fühlte, daß er eine ihrer gebrochenen Hände in der seinen hielt, als er schweißgebadet aus seinem Traum aufwachte.

Noch immer hielt er eine knochige Hand in der seinen, obwohl die an ihrem Besitzer festgewachsen war, dessen stinkender Atem ihm jetzt ins Gesicht schlug. Irgend jemand versuchte gerade, das kleine Bündel mit seinen Besitztümern zu stehlen.

Er reagierte, ohne einen Augenblick zu überlegen. Er schlang seinen Arm um den Hals des Mannes, zerrte ihn von dem Bett herunter, wälzte sich über ihn und schlug mit aller Macht auf seinen Kopf ein. Der Mann stieß einen blubbernden Schrei aus, der klang, als schriee ein Tier. Trotzdem kniete er weiter so schwer wie nur möglich auf ihm, bis dem Mann mit einem gehauchten Pfeifen der Atem ausging. Wer auch immer das war, fiel nun schlaff zu Boden.

»Was war denn das?« fragte ihn Simons Stimme, die vor lauter Angst ganz hoch klang.

Becket rang nach Luft und war sehr zufrieden mit sich, als er sich vom Boden erhob.

»Irgendein gottverdammter Dieb«, brummte er.

Simon fummelte an seiner Zunderbüchse herum, schlug seinen Feuerstein gegen den Stahl und schaffte es sogar, den Stummel einer Wachskerze in Brand zu setzen. In ihrem Licht erkannten sie fremde Augen, die sie lauernd beobachteten, und dann blickte Becket auf das Skelett, das ihn so hartnäckig bedrängt hatte. Das verringerte seinen Sieg, denn auf den ersten Blick war der Mann wohl kaum noch imstande zu laufen. Er lag mit zusammengekrümmtem Körper da, und aus seiner Nase tropfte Blut.

»Du dummer Kerl«, sagte Becket voller Verachtung und warf einen Blick auf die anderen, die ihn beobachteten. »Gibt es vielleicht noch jemanden, der es versuchen will?« fragte er aggressiv. Ein Augenpaar nach dem anderen schaute nun weg. »Und wer von euch hilft dem Kerl jetzt hier auf?«

Jeder legte sich sofort wieder hin und versuchte, diensteifrig zu schlafen. Simon hielt noch immer seinen Kerzenstummel, und Becket war von Abscheu erfüllt, als er durch die Risse in Hemd und Beinkleidern des Mannes die vielen Wunden und blauen Flecken erblickte, die durch den Druck der Knochen auf die Haut entstanden waren.

»Jesus, hab Erbarmen«, sagte er zu sich selbst und dann auch zu Simon. »Blas die Kerze aus, verdammt noch mal. Wann wirst du schon eine neue Kerze kriegen?«

Simon blies in die Flammen und drückte dann mit seinem Finger, den er vorher abgeleckt hatte, den glühenden Docht aus. »Das ist der Mann mit dem Fieber«, sagte er. »Ich habe gehört, daß er in den Bettlertrakt gekommen ist, weil er kein Geld mehr hat.«

Der Mann schluchzte und fing an, dumpf und hohl zu husten. Seine heißen, knochigen Hände zerrten erneut an Becket, der ihn sofort wegstieß.

»Gott verdammt, was willst du von mir?«

Er flüsterte etwas. Unwillig beugte Becket sich so nah, wie es der übelriechende Atem nur zuließ, zu dem Mann und lauschte. »Kalt«, sagte der Mann, »kalt.« Und er klapperte mit den wenigen Zähnen, die noch von seinem Gebiß übrig waren.

»Kein Zweifel, er will Euer Hemd, um sich damit zu bedecken«, sagte Simon unpersönlich aus dem Dunkel neben ihm und legte sich wieder hin. »Immerhin habt Ihr zwei davon.«

»Bei den Gebeinen Jesu«, murmelte Becket. Er saß noch immer auf der einen Seite des Betts und hörte dem Schluchzen des Mannes zu, während er in das eiskalte Dunkel starrte. Schließlich, nachdem er sich umgesehen hatte und sicher war, daß ihn auch niemand beobachtete, nahm er das Hemd, in das er seine Pfeife, den Tabak und die Flasche eingewickelt hatte, und überreichte es dem kranken Mann. Als nachträglichen Einfall zog er noch einen Shilling aus seinem Gürtel und gab ihm den ebenfalls. »Und jetzt verschwinde, um Gottes willen«, flüsterte er.

»D... Dank Euch, Sir«, kam es als Antwort, wobei seine Stimme erschreckend gebildet klang. »Gott segne Euch.«

Man hörte ein mühsames Schlurfen und ein paar gemurmelte Flüche, als der Mann sich an den Bettkanten anstieß, dann war er verschwunden.

Becket legte sich wieder hin, drehte sich ein paar Mal um sich selbst – wobei er das verdrießliche Klirren an seinen Füßen aus tiefster Seele haßte – und wickelte sich in seinen Umhang. Er bemerkte, daß Simon noch immer wach war, und da er seine Zähne und Augen im Dunkel schimmern sah, wußte er, daß er ihn anlächelte. Er blickte finster drein. »Alles nur, um den verdammten Gestank wegzubekommen«, zischte er abwehrend, dann schloß er die Augen.

46

Er wachte in der grauen Morgendämmerung auf und hatte einen Krampf im Magen. Er erinnerte sich an die dumme Regung, die ihn in der Nacht überfallen hatte und für die er sich jetzt verwünschte. Immerhin hätte er jetzt zwei Hemden tragen können und sich damit etwas wärmer gefühlt. Auf der anderen Seite war er, bis ihm die Knöpfe ausgingen, so reich, wie man es sich im Fleetgefängnis nur erträumen konnte. Simon schlief noch immer, er hatte es sich unter seinem abgetragenen Umhang richtig gemütlich gemacht. Er war einer der wenigen leisen Schläfer hier im Trakt – für einen Bettgenossen ein durchaus angenehmer Charakterzug. Traurig dachte Becket an all die Imbisse am Morgen, die er noch vor wenigen Monaten in den Niederlanden verzehrt hatte, vor allem, wenn die ewig andauernden holländischen Nebel das gesamte umliegende Land in ein diffuses Weiß getaucht hatten. Sie hatten noch vor Sonnenaufgang den Fluß bei Zutphen überquert und auch Sir John Norris dort vorgefunden, wo ihn Becket vermutet hatte – verschanzt auf dem Friedhof von Warnsfeld. Dann hatten sie darauf gewartet, daß der Nebel aufriß, so daß sie die Hilfstruppen des Herzogs von Parma, die nach Zutphen unterwegs waren, aus dem Hinterhalt überfallen konnten. Vollständig vom Nebel eingehüllt, roch es im gesamten Lager nach Frühstück, dem besten Geruch der Welt, wie er dachte – kleine Stückchen von gestohlenem, gebratenem Speck, Herbstpilze aus den Wäldern, Würste und riesengroße Stücke Brot, die in dem gleichen Fett gebraten wurden. Dyer und Fulke Greville waren auch anwesend, sie lachten, als er die Pfanne auf dem Feuer, das zwischen zwei Grabsteinen brannte, kräftig hin- und herschüttelte, und sie fluchten, als das Fett sie bespritzte. Er hatte sich bereit erklärt zu kochen, denn er hatte mit allen gewettet, daß er das konnte – jeder von ihnen zahlte fünf Shilling oder eine spanische Dublone, je nachdem, was sie als erstes in die Finger bekamen. Grevilles Diener kam mit Silbertellern daher, die von irgendwoher gestohlen waren, und servierte darauf das festliche Mahl. Und dann war sogar Sir Philip aus der Sakristei gekommen, in der er seinen Kommandoposten errichtet hatte, und hatte sich zu ihnen gesellt. Doch Sidney konnte nicht einfach das Frühstück genießen, sondern mußte sie alle so sehr zum Lachen bringen, daß sie fast Krämpfe davon bekamen, indem er *ad libitum* kleine, urkomische und trotzdem poetische Vorträge über die Herrlichkeit von gebratenem Speck hielt und ...

Ein wahres Feuerwerk aus Unruhe und Begeisterung ließ sein Herz erzittern. Immerhin hatte er sich an etwas erinnert. Tatsächlich ließ die Erinnerung die leeren Höhlen seines Schädels aufleuchten und widerhallen, er empfand den Geruch von Speck so deutlich und stark, daß ihm das Wasser im Munde zusammenlief. Und es war noch mehr geschehen. Hinterher, als sich der Nebel noch immer nicht aufgelichtet hatte und niemand mehr als bloß ein paar Meter weit sehen konnte, verlangte es Sidney nach einer weiteren Lektion im Schwertkampf, um sich auf die Schlacht vorzubereiten. Becket hatte sich eines der stumpfen Schwerter gegriffen und mit ihm eine Runde gefochten, ganz so, als handele es sich dabei um einen Tanz. Jede Bewegung in dem geträumten Nebel war hell und klar, ganz so, als sei alles erst vor wenigen Augenblicken geschehen und nicht bereits im letzten Herbst, bevor... ja, bevor...

Welche Tür sich auch immer geöffnet hatte, um ihm diese glücklichen Erinnerungen zu schenken, plötzlich fiel sie wieder zu. Doch es war immerhin etwas. Und es entsprach der Wahrheit. Es war wirklich, und er wurde vor lauter Aufregung ganz atemlos. Er schüttelte Simon an den Schultern, bis der Schreiber mürrisch erwachte, vor sich hinmurmelte und seine Flohbisse kratzte.

»Ich kann mich erinnern«, sagte Becket mit leuchtenden Augen. »Ich erinnere mich, daß ich im letzten Herbst in den Niederlanden war.«

Das erweckte Simons Aufmerksamkeit. Er setzte sich auf, gähnte und schmatzte. »Erzählt es mir«, sagte er.

Und Becket erzählte es ihm. Er war viel zu glücklich, um sich noch an seine Vorsicht gegenüber dem Freund zu erinnern, und Simon nickte und stellte sachgemäße Fragen.

»Also wißt Ihr nun, daß Ihr Sir Philip Sidneys Schwertmeister wart«, sagte er, »und daß er Euch auch in die Niederlande mitgenommen hat. Dientet Ihr ihm auch als Soldat?«

Becket zuckte mit den Schultern. »Das muß ich wohl, auch wenn ich mich überhaupt nicht daran erinnern kann.«

»Wart Ihr bei ihm, als er verwundet wurde?«

Becket zuckte erneut mit den Schultern und streckte die Hände aus. »Ich habe Euch alles erzählt, was mir in Erinnerung kam. Die Geschichte hat weder einen Anfang noch ein Ende. Ich weiß noch nicht einmal, warum ich heute nicht mehr Sir Sidneys Schwertmeister bin – es war ein sehr angenehmer Dienst, obwohl ich glaube, daß er mir meinen Lohn nicht ausbezahlt hat.«

»Das kann ich Euch ebenso gut wie jeder andere sagen. Sir Sidney starb bei Zutphen.«

Beckets Gesicht verdunkelte sich, und er bedeckte seine Augen mit den Händen. »Ich habe es ihm gesagt«, murmelte er. »Es hatte nichts damit zu tun, daß er keine Beinschienen trug – verdammt, ich hatte ja auch keine an. Es gibt keine Rüstung, die die Kugel einer Hakenbüchse aufhält, so daß es oft besser ist, beweglich zu sein. Nein, das Schlimme war, daß sie ihm das Bein nicht abgeschnitten haben.«

»Wart Ihr dort in Zutphen?«

»O ja, irgendwo dort in der Nähe. Genau, wenn ich länger darüber nachdenke, habe ich eins seiner Pferde geritten. Und dann, als sich endlich der Nebel lichtete, so daß wir wieder etwas sehen konnten – da sahen wir die Bescherung. Fünfhundert von uns standen etwa viereinhalbtausend Spaniern gegenüber – hervorragend verschanzt, mit großartig ausstaffierten Pferden, und über jede Wiesenböschung ragten die Hakenbüchsen und Arkebusen hervor. Bei dem Leben Gottes, ich habe mir fast in die Hosen geschissen.«

»Woher wußtet Ihr, daß sie dort waren?« Diese Frage wurde sehr schroff von einem kräftig gebauten Mann aus einem anderen Bett gestellt, der ein Auge verloren hatte und wie ein Zyklop aussah.

Becket lachte. »Nun, Sir, es gibt Generäle, die begierig darauf sind zu erfahren, was auf sie zukommt, und um das herauszufinden, Kundschafter und Spione aussenden. Und dann gibt es Generäle, die glauben, daß Kundschafter nur eine Menge gutes Geld verschwenden, da sie ja ganz genau *wissen*, wen Parma mit seiner Eskorte losschickt. Sicher nicht mehr als nur ein paar hundert Mann, oder was? Sie wissen es durch die Gabe Gottes und weil sie der Günstling der Königin sind.«

»Also war es dann der Fehler von Mylord Leicester?«

»Von wem denn sonst? O ja, er war auf der anderen Seite des Flusses, in fester Stellung mit dem Rest der Armee und ganz und gar sicher. Und wir überquerten den Fluß und kamen zu Sir John mit all den Edelleuten und ihren Pferden, die Feuer und Flamme waren, gegen die Spanier zu kämpfen und ihrer Königin zur höchsten Ehre zu verhelfen.«

Es folgte ein ziemliches Gemurmel. Becket zeigte erneut seine Zähne. »Aber Leicester hatte noch nicht einmal soviel Verstand wie – nun, wie ein neugeborenes Lamm. Natürlich war es sein verdammter Fehler, daß wir alles auf eine Karte setzten und verloren, da wir keine Kundschafter hatten. Und die meisten englischen Ritter stachelten sich gegenseitig nur an, weil sie Angst hatten, man könnte sie als Hasenfüße entlarven. Ich bin kein Ritter, dem Himmel sei Dank, und so habe ich ihnen gesagt, daß sie sich zurückziehen sollen. Aber so einfach ging das auch wieder nicht, denn in unserem Rücken war dieser Fluß, der uns von den Unseren trennte. Und der Rest der Armee und die Spanier wußten das verdammt gut.« Für einen Augenblick schwieg er, dann fuhr er fort, während ein geistesabwesender Klang in seiner Stimme lag.

»Wir sahen sie. Und ich sagte: ›In Gottes Namen, zieht euch zurück, sie haben Gräben und sind verschanzt, wir können jetzt den Fluß durchwaten.‹ Aber Sidney sagte: ›Die spanischen Reiter werden uns bestimmt angreifen, während wir uns zum Wasser durchschlagen, und dann werden sie ihre Schützen hinter den Schanzen hervorholen und zum Ufer schicken, damit sie uns, ganz nach Belieben, abknallen können. Natürlich, unsere Reiter werden das ohne Zweifel überleben, aber unser Fußvolk wird niedergetrampelt und in Stücke geschossen werden und am Schluß obendrein noch ertrinken.‹

Sidney hatte sicher das Recht dazu, und er war auch ein guter Schüler. Also entschied er, was ihm die Ehre gebot. Die englischen Ritter sollten den Spaniern so gut wie möglich einheizen, damit das Fußvolk eine Chance hätte, den Fluß zu durchqueren. Und dann befahl er dem Fußvolk, sobald die Kavallerie den Kampf begann, schleunigst loszurennen. Also saßen wir auf, stellten uns in einer Reihe auf und griffen sie an.«

»Und wie war es?« fragte ein anderer. »Was ist in dieser Schlacht geschehen?«

Becket überließ sich nun völlig dem Fluß seiner Erinnerung und war viel zu sehr damit beschäftigt, sein wiedergewonnenes Gedächtnis noch weiter zu verbessern, als daß er etwas ausgeschmückt oder bemerkt hätte, daß ihm eine Menge Leute zuhörten. »Es war eine bessere Schlacht als die meisten, denn schließlich war ich nicht in der vordersten Reihe mit den Langspießen, wo ich normalerweise hinverfrachtet wurde.«

»Ja«, legte der Mann mit dem einen Auge dar, »aber wenn Ihr ein Lanzenträger gewesen wärt, hättet Ihr vor der Kavallerie den Fluß überquert.«

»Nun, Sidney gab mir eins seiner Pferde. Wie konnte ich das abschlagen?«

»Er hat Sir Philip Sidney gekannt?« fragte ehrfürchtig ein anderer, der irgendwo hinter Simon lag.

Simon fürchtete, den Zauber zu brechen, also neigte er nur ein wenig seinen Kopf. »Ruhe!«, flüsterte er.

»Immerhin war es ein verdammter Luxus, auf einem Pferd zu reiten und nicht eine Pike tragen zu müssen, sondern nur einen kleinen Zahnstocher von Lanze.«

Nun erhob sich ein Flüstern, das ähnlich klang wie das Wogen der See, und es reichte bis weit an das andere Ende des Traktes. Ihm folgten Schritte, denn viele der Männer kamen näher heran, um besser zuhören zu können.

»Da waren wir also und stürmten los. Die Spanier waren derart überrascht, daß wir es wagten, sie anzugreifen, obwohl wir doch zahlenmäßig so stark unterlegen waren. Jedenfalls waren sie noch nicht einmal einsatzbereit. Also hämmerten wir uns direkt durch sie hindurch, so daß sie wie wild auseinanderstoben.«

Das wurde mit gedämpftem Beifall bedacht. »Die Spanier sind wirklich gerannt?« fragte jemand voller Eifer.

Becket zeigte grinsend seine Verachtung. »Jesus, nein, sie gaben uns einiges zu knacken. Weshalb sollten sie davonlaufen, da sie doch zahlenmäßig überlegen waren und uns im Kreuzfeuer hatten? Wir haben sie angegriffen und sie zurückgedrängt, doch dann mußten wir uns zurückziehen, da sie uns niederschossen. Wir griffen sie zum zweiten Mal an, und da brach Sidneys Pferd zusammen, also gab ich ihm meines.«

»Warum?« fragte der eifrige Mann, der nun auf dem nächsten Bett saß. Er hatte den Kopf nach vorne geschoben und hörte sehr genau zu. »Habt Ihr es etwa aus Liebe zu ihm getan?«

»Was?« fragte Becket. »Nein, er war unser Anführer, und die Leute mußten ihn sehen. Im übrigen war es sowieso sein Pferd. Außerdem dachte ich, daß es auf dem Boden bei den Musketieren wesentlich sicherer sei, und dann hab ich ein paar tote Spanier gesehen, von denen man ganz schön etwas aufschnappen konnte.«

Darauf folgte eine Woge von Gelächter.

»Und was ist dann geschehen?« warf Simon inständig bittend als nächstes hin.

»Nun, ich sah, wie er zurückkam. Er stand an der Spitze der zurückweichenden Truppe, und ich sah, daß er das Pferd, das immer ein recht eigensinniger Gaul war, nicht in der Gewalt hatte. Also packte ich es am Zaumzeug.«

»Warum hat er das nicht gemacht?«

»Sein Oberschenkel war kaputtgeschossen«, sagte Becket. »Ich hab euch doch schon erzählt, daß es so war. Aber er wollte sichergehen, daß wir ordentlich über den Fluß kamen, da die Spanier in Auflösung begriffen waren. Ihre Kavallerie hatte beträchtliche Schwierigkeiten, da ihnen die Pferde durchgingen. Also sagte er zu mir, daß ich ihn führen möge, und so ist es ihm gelungen, während des dritten Angriffs die meisten von uns über den Fluß zu schaffen, so als ob überhaupt nichts geschehen wäre.«

»Und dann hat ihn der Tod ereilt.«

Becket machte ein mürrisches Gesicht. »Nein, er wurde von der Kugel einer Arkebuse verwundet, was jedem Mann geschehen kann, der auf dem Schlachtfeld sein Leben aufs Spiel setzt.«

»Was war es, das ihn getötet hat?« fragte Simon.

Becket zuckte mit den Schultern. »Eitelkeit. Er erlaubte nicht, daß ihm der Chirurg das Bein abnahm.«

»Hätte ihn das denn nicht auch umgebracht?«

»Vielleicht«, gab Becket zu. »Fast in der Hälfte aller Fälle sterben die Männer, aber er hätte es versuchen können, hätte die Chirurgen die Stelle, an der der Oberschenkelknochen gebrochen war, suchen und ihn richten lassen können... Aber er konnte den Gedanken nicht ertragen, mit einem Holzbein vor die Königin zu treten. Sie duldet keine Häßlichkeit, sagte er oft.«

»Habt Ihr gesehen, daß er einen Schluck aus seinem Wasser einem Soldaten aus dem Fußvolk gab, den es dürstete?« fragte ihn der eifrige Mann. »Es gab eine Ballade, in der das behauptet wird.«

Becket schien zum ersten Mal überhaupt seine Zuhörer wahrzunehmen, und wie Simon schon befürchtet hatte, brach es den Zauber, und seine Augen verloren den geistesabwesenden Blick. Tatsächlich sah er aus wie ein Mann, der soeben aus einem Fiebertraum erwacht ist. »Hmm... nein«, sagte er ein wenig verwirrt, »aber er hätte es tun können. Das klingt ganz und gar nach ihm.«

Beckets Gesicht wurde steif wie eine Maske. Simon befürchtete, daß die plötzliche Stimmung, die ihm einen Teil seines Gedächtnisses zurückgegeben hatte, vielleicht einen neuerlichen Anfall seiner Fallsucht bescheren könnte.

»Er hat ein schreckliches Unglück erlitten«, warf Simon

rasch ein, »und darunter auch diesen merkwürdigen Verlust seines Gedächtnisses.«

»Er scheint sich recht gut an Zutphen zu erinnern.«

»Das geschieht heute zum ersten Mal«, sagte Becket nachdenklich, aber auch erfreut. »Zum ersten Mal nach... nach Wochen.«

»Habt Ihr Euch das nicht vielleicht alles ausgedacht?« äußerte sich höhnisch der Mann mit den blutunterlaufenen Augen.

Beckets Augen verengten sich, und er ballte die Hände zu Fäusten. »Bezichtigt Ihr mich der Lüge, Sir?«

»Nein. Es ist die Wahrheit«, sagte der Zyklop gebieterisch. »Ich habe sowohl mit Drake gekämpft wie auch in Frankreich, und seine Geschichte ist die erste, die ich gehört habe, die vernünftig klingt. In all diesen Balladen wird von heldenhafter Ritterlichkeit und einem verzweifelten Kampf gesprochen, aber nirgends erwähnt, daß es ein kämpferischer Rückzug war.«

Becket nickte ihm zu. Der Zyklop saß im Schneidersitz auf seinem Bett. »Außerdem ist es doch so, daß ein Mann, der bloß vorgibt, an einer Schlacht teilgenommen zu haben, immer versuchen wird, sich als großen Helden darzustellen.«

Becket verstand ihn nicht, da er bei diesem Thema sehr empfindlich war. »Wollt Ihr damit vielleicht sagen, daß ich ein Feigling bin?« fragte er.

»Ganz und gar nicht.« Beschwichtigend hob der Zyklop die Hand in die Höhe. »Überhaupt nicht, Sir. Aber ich habe es oft gehört, wenn sich Soldaten erinnern, und ich bin auch einer von ihnen. Ist es nicht wundervoll, wie wir bei jedem Angriff immer genau an der vordersten Front stehen und ganz allein dem feindlichen Anführer den Kopf abschlagen? Ist es nicht so?«

Becket grunzte ein wenig zur Bestätigung, doch sah er noch immer unverwandt den Zyklopen an. Ein Schlüssel öffnete die Tür zu ihrem Trakt, und viele der Zuhörer rannten los,

294

um zu den Abtritten zu gelangen, aber Becket und der Zyklop ignorierten die Hetzjagd. Simon kam es so vor, als schätzten sie sich gegenseitig ab. Wären sie Hunde gewesen, wären sie umeinander herumgelaufen, hätten sich gegenseitig am Hintern beschnüffelt und lange und heftig mit dem Schwanz gewedelt.

»Doch, so ist es«, sagte Becket. »Aber ich glaube nicht, daß viele das in Anspruch nehmen.«

»Warum nicht? In dem Augenblick, in dem du in einer Kneipe so eine Geschichte in Bier und Rindfleisch umwandeln kannst, bist du dazu bereit.«

»Leider«, sagte Becket sarkastisch, »sehe ich hier kein Bier.« Dann fing er wieder an, an den Schnüren für die Aufhängevorrichtung zu basteln, mit der er seine Fußketten hochhalten wollte.

»Was hat Euch mit dem Erlaß des Geheimen Staatsrates hierher gebracht?« fragte der Zyklop sehr direkt.

Eine ganze Weile antwortete Becket nicht, sondern konzentrierte sich nur darauf, seine ungehorsamen Finger dazu anzuleiten, einige Knoten zu knüpfen.

»Woher wißt Ihr denn das?« fragte Simon.

Der Zyklop drehte sich um und richtete seine Aufmerksamkeit nun auf Simon, wobei er ihn, wie es seine meisten Gegner getan hatten, unterschätzte. »Ich weiß um die meisten Dinge, die in diesem Trakt geschehen, Mr. Anriques«, sagte er. »Ich war schon wach, als sie ihn hereingebracht haben, und ich sah auch die zwei, die ihn hierher geschafft haben. Bei denen stand quer über die Stirn ›Walsinghams Spione‹ geschrieben. Und gestern hörte ich, wie der Gefängnisaufseher Newton zu ihm sprach, und ich fand es schon komisch, daß seine Fußfesseln sogar in seinem Urteil vermerkt sind. Denn ganz allgemein gesprochen, ist Newton ziemlich darauf erpicht, die Eisen herunterzuschlagen, vor allem, wenn er dafür den richtigen Lohn bekommt.« Der Zyklop machte eine Pause und lächelte säuerlich. »Natürlich legt er sie Euch eine Woche später

295

wieder an, um Euch besser melken zu können. Also, seid gewarnt. Aber das Ganze ist schon eine recht merkwürdige Angelegenheit, um so mehr, als sich herausstellt, daß Mr. Strangways auch in Zutphen war. Normalerweise finden sich hier im Fleet keine Helden. Und auch keine Verräter.«

Das waren sehr häßliche Worte, die plötzlich zwischen ihnen in der Luft hingen. Aha, dachte Simon bei sich, obwohl sein Denken durch den Mangel an anständigem Essen reichlich verworren war, nun hat der ältere Hund gerade das Bein gehoben.

Wieder ballte Becket seine Hände zu Fäusten, aber dann blickte er auf sie hinab und öffnete sie leise seufzend wieder. »Sir«, sagte er, »ich will offen zu Euch sein. Ich habe durch eine Wunde an meinem Kopf die Fallsucht bekommen und damit, wie mein Freund schon sagte, irgendwie mein Gedächtnis verloren. Ich bin für mich ebenso merkwürdig, wie Ihr es im Augenblick für mich seid. Es ist das erste Mal, daß ich mich an so viel erinnern kann, aber es ist etwas, worüber ich Bescheid weiß. Und ich bin kein Verräter und auch kein Papist.«

»Normalerweise stellt der Geheime Staatsrat nur bei Verrat ein Urteil aus.«

»Nein, Sir«, widersprach Becket ruhig. »Normalerweise bekommen es die, von denen der Geheime Staatsrat glaubt, daß sie Verräter seien.«

»Sind sie denn dann nicht auch welche?«

»Ich denke, daß sie sich am Ende alle zu Verrätern bekennen«, sagte Becket düster, »ob sie es nun sind oder nicht.«

Der Zyklop grunzte und streckte Becket die Hand entgegen. »Mein Name ist Simpson«, sagte er, »aber die meisten nennen mich hier den Zyklopen.«

Becket schüttelte ihm die Hand und stellte fest, daß er es mit dem Griff des Zyklopen nicht aufnehmen konnte. Er lächelte, um seine Schmerzen zu verbergen. »Und Ihr seid der König des Eight-Penny-Trakts?«

Pfiffig lächelte der Zyklop zurück. »Der beauftragte Gefängnisaufseher Mr. Newton würde mir diesen Titel streitig machen.«

»Ich denke, daß es auch sonst niemand wagen würde«, sagte Becket. »Oder?«

»Und wenn, dann nur einmal«, stimmte ihm der Zyklop zu. Nun gab es eine kleine Pause in ihrem Gespräch, da etwas Unausgesprochenes zwischen ihnen stand. Simon beobachtete sie fasziniert. »Sollen wir zum Geschäft kommen?« fragte Becket ruhig. »Wieviel kostet Euer Schutz, Mr. Zyklop?«

Der Zyklop machte eine kleine Pause. »Ich verlange normalerweise Sixpence als Schutzgeld für die Woche, aber ich würde mich glücklich schätzen, Euch zum Dank für Eure Geschichte die Hälfte des wöchentlichen Betrags zu erlassen.«

Becket nickte. »Schließt das auch meinen Freund hier ein?«

»Hm«, sagte der Zyklop. »Seid Ihr Euch seiner so sicher?«

Hatten sie vergessen, daß Simon anwesend war? Nein, sie dachten nur so wenig an ihn, daß sie sich nicht um ihn kümmerten. Doch unterdrückte Simon den Impuls, sich deswegen aufzuregen, sondern wartete auf das, was Becket sagen würde.

Becket überlegte. »In meinem jetzigen Zustand«, antwortete er schließlich, »bin ich mir überhaupt niemals einer Sache sicher. Aber ich möchte gerne, daß Ihr auch ihm Euren Schutz angedeihen laßt. Auf jeden Fall.«

»Abgemacht«, sagte der Zyklop. Becket fischte aus seinem Hemd das Geld hervor und reichte es ihm gleichmütig.

Nachdem der Zyklop gegangen war, blickte Becket nachdenklich zu Simon. »Seid Ihr durch meine Zweifel verletzt?« fragte er.

Ja, dachte Simon, obwohl es keinen Grund dafür gibt, warum du mir einfach vertrauen solltest, da du dich doch nicht mehr an mich erinnerst. Vielleicht selbst dann, wenn du mich noch kennen würdest. Aber Becket konnte diese Überlegungen nicht hören, und so schüttelte Simon nur sei-

297

nen Kopf und dachte nicht weiter darüber nach. Immerhin hatte Becket für seinen Schutz bezahlt.

Sei nicht so verdammt arrogant, bemerkte zynisch ein Teil seiner selbst in ihm, du hast immer die Hilfe von Leuten gebraucht, die stärker und umsichtiger waren als du. War es nicht schon in der Schule so, als deine älteren Brüder jeden verprügelten, der auch nur einen Finger gegen dich hob?

Das hat mir schon damals nicht gefallen, gab sich Simon selbst zur Antwort und fühlte sich sehr niedergeschlagen.

»Wodurch gelang es Euch, Euch zu erinnern?« fragte er Becket, während er an der Tür wartete.

»Leicht zu sagen. Ich hoffte auf ein Frühstück und dann erinnerte ich mich, wie wir uns im Feldlager Brot gebraten haben.«

Simon schluckte und lächelte schmerzlich. »Das erklärt alles.«

»Und wodurch kann ich es wieder geschehen lassen?«

»Habt Ihr Euch denn nicht an alles erinnert?«

»Nein. Nur an diese Insel in Zutphen. Und ich glaube, es stimmt, daß ich Schwertmeister war. Das war ein Gewerbe, das ich liebte.«

»Ihr könnt es wieder ausüben, wenn Eure Hände in Ordnung sind.«

Becket erhob sich, lächelte traurig und bewegte seine Hände, als Simon sich hinter ihn stellte.

»Was ist das Letzte, woran Ihr Euch erinnert?«

»Ich denke...« Er kniff wieder die Augen zusammen, ganz so als würde es ihn schmerzen, überhaupt zu denken. »Ich denke, als wir den Fluß überquerten... einer der anderen, ich glaube, es war Dyer, erlaubte mir, mich an seinem Zaumzeug festzuhalten, so daß ich durchs Wasser kam. Er sah ja, daß ich kein Pferd hatte. Wir erreichten das andere Ufer, wobei uns die Arkebusiere deckten, die als erste den Fluß überquert hatten. Greville und Norris halfen Sidney von seinem Pferd hinunter und legten ihn auf eine Trage. Ich begleitete sie.«

»Warum? Haben sie das von Euch verlangt?«

»Nein... ich... da war Blut. Ja. Ich habe geblutet.«

»Wart Ihr verwundet?«

»Nichts Schlimmes. Ein Schwerthieb an der Schulter, denke ich. Einer der Ärzte hat mich wieder zusammengeflickt, als wir nach Arnheim kamen.«

»Wart Ihr danach noch mit Sidney zusammen?«

Becket hielt auf den Stufen inne, schloß für einen Moment die Augen und mühte sich in seinem Innern so heftig ab, daß sich auf seinem Gesicht Schweißperlen bildeten. Simon lehnte sich zu ihm hinüber und berührte ihn am Arm. »Bitte. Bemüht Euch nicht über Gebühr. Wenn ein Teil zurückgekehrt ist, wird sicher auch bald der Rest folgen. Ihr müßt nur Geduld haben.«

»Mr. Anriques, wenn Ihr nur wüßtet, wie wenig Geduld ich habe«, sagte Becket traurig und starrte auf seine Füße, während er den Weg zum Hof entlangrasselte.

47

Bethany hätte zumindest am nächsten Tag im Bett bleiben sollen, doch rief die Königin sie zu sich, und vor lauter Angst, daß ihr ein Arzt ans Krankenlager geschickt würde, wagte sie nicht, sich entschuldigen zu lassen. Also legte sie Zinnoberrot auf ihre Wangen, stopfte sich einige Stoffetzen unter das Kleid und ging, um bei ihrer Herrin ihren Dienst zu versehen.

Den ganzen Tag über stand oder saß sie, holte und brachte etwas und hielt die Hände empor, so daß Lady Bedford ihre Wolle aufwickeln konnte. Als sie dann den Fußboden zum Tanz sauber machten, bat sie wegen einer Migräne um Entschuldigung und ging früh zu Bett.

Aber es war nicht der Kopf, der ihr weh tat.

Maria sah sie da auch noch am nächsten Tag, als sie das

Zimmer betrat, um die Nachttöpfe zu leeren. Selbst einem Hof, wo wegen des Geldes, das man dabei verdient, das Amt des Dritten Bediensteten für das Geflügel in hohem Ansehen steht, reißt sich freiwillig keiner darum, die Frau zu sein, die die nächtlichen Ausscheidungen aufsammelt. Aber Maria hatte Angst, daß man sie sonst festnehmen würde.

Julia hat durch die Hilfe von Dame Twiste und mir für sie diese Stelle bei Hof gefunden. Dame Twiste gab auch der jungen Pentecost eine Stelle in der Wäscherei, und sie gab Maria die Arbeit, mit abgedeckten Eimern über die hinteren Korridore des Hofes zu gehen und dort die Ausscheidungen der feinen Leute einzusammeln. Es war hart für Marias alten Rücken und ihre knochigen Schlüsselbeine, das Joch zu schleppen, aber auch hier hatte sie keine Wahl. Alles, was zum inneren Teil des Hofes gehörte, lag außerhalb der Gewalt der Agenten, die für den staatlichen Geheimdienst tätig waren. Plinius oder sonst einer dieser gelehrten Männer hat gesagt, daß es Vögel gibt, die im Rachen eines Krokodils leben und ihre Nester in seinen Zähnen bauen, um sie zu reinigen. Sie leben dort angeblich völlig sicher.

Ja, bei Hofe gibt es zur Erleichterung des Körpers ein großes Gebäude, das in der Nähe des Holzplatzes liegt und seinen Inhalt direkt in die Themse leitet. Und es spielt keine geringe Rolle bei der Tatsache, daß der Fluß so braun gefärbt ist. Doch ist es allein für die Masse der jungen Männer bei Hofe bestimmt. Eine Frau würde vor Schmach und Schande vergehen, wenn sie diesen Platz aufsuchen und ihre Röcke heben müßte, um über solch einem Loch in der Bank zu sitzen, umgeben von all den entblößten Männern, die redeten, Tabak rauchten und sich gegenseitig böse und verleumderische Geschichten über die Frauen erzählten. Doch auch eine Hofdame der Königin muß urinieren und sich entleeren, nicht anders als die Männer, und deshalb muß ihr Nachttopf von so jemandem wie Maria geleert werden.

300

Warum aber sollte sich irgend jemand die Mühe machen, die nächtlichen Ausscheidungen zu sammeln und aufzubewahren? Nun (ich mache mir das Vergnügen, euch das zu erzählen, was zu meiner Zeit selbst in Palästina bekannt war, aber heute nur noch die Frauen wissen), der beste Weißmacher wie auch das beste Reinigungsmittel ist zehn Tage alte Pisse, mit der man die Wäsche schrubbt. Deswegen stehen diese Fässer im Kellergeschoß der Wäscherei, direkt am Wasser.

Also schleppte sich Maria ungefähr alle zwei Stunden mühsam voran, kippte ihre Eimer in Siebe aus gewirktem Stoff und schöpfte nach häufigem Filtern und erneutem Durchseihen den Urin in ein Faß, in dem er reifen konnte. Der Rest lief eine Rinne hinab und gelangte in andere riesige Fässer, in den übelriechendsten Keller der gesamten Christenheit, und zwar wegen der extremen Empfindlichkeit der Königin in bezug auf Gerüche. Außerdem endete der Dung von den Zugpferden, die die Lasten durch das Tor zum Königshof und dann weiter über den Holzplatz transportierten, wahrscheinlich ebenfalls dort, da die Königin es nicht zuließ, irgendwelche Misthaufen in ihrer Nähe zu haben.

Jede Woche wurden die Dungfässer auf einem Boot flußabwärts nach Essex gebracht; dort schichteten ihn die Soldaten zu riesigen Haufen auf. Wenn dann einige Jahre ins Land gegangen waren, gruben die Soldaten den Dung um und fanden darunter weißen Salpeter. Natürlich gibt es auch andere Verfahren, Salpeter herzustellen, wovon nicht eine so gut ist, daß tatsächlich genug davon hergestellt wird, denn das Zeug wird zu jeder Zeit dringend gebraucht, sei es, um Schinken einzupökeln, Farben zu fixieren oder Schießpulver herzustellen. Fühlt ihr euch etwa dadurch beunruhigt? Ich bitte Euch wegen Eurer empfindlichen Mägen sehr um Verzeihung. Vielleicht ist es das beste, Ihr lauft sofort los und holt euch ein hübsches Buch mit Sonetten oder eine reizende Beschreibung von Arkadien, in der alle Männer ihre Pimmel und auch ihre

301

Arschlöcher fest zugenäht haben, genau wie die Frauen, so daß alles so fein wie nur möglich ist.

So geschah es also, daß Schwester Maria zu Mistress Bethany kam, die sie nicht kannte, von der sie auch nichts anderes wußte, als daß sie eine Ehrenjungfrau war und zu unangemessener Stunde in ihrem Klappbett lag. Sie lag also da, eingewickelt in all ihre Kleider und Röcke, die wie große Vorhänge an beiden Seiten des Bettes herunterhingen. Sie lag da mit gerötetem Gesicht, und ihre Stirn war knochentrocken.

Maria war nicht wie üblich betrunken. Sie sah das Mädchen, erkannte sie, und etwas, das über vierzig Jahre lang verschüttet gewesen war, kam wieder zum Vorschein. Maria ging zu ihr und hörte, wie sie seufzte, und als sie Bethany berührte, bemerkte sie, daß sie glühend heiß war. Das Mädchen wachte auf, aber da sie das Fieber durcheinandergebracht hatte, stieß sie Maria heftig von sich. Vielleicht aber fand sie Maria auch so schreckenerregend und abstoßend wie eine Hexe im Märchen. Es kann aber auch sein, daß sie in ihr die Hexe wiedererkannte, die sie behandelt hatte.

»Nein«, sagte sie und murmelte Unverständliches.

»Soll ich Eure Zofe holen?« fragte Maria.

»Nein«, sagte Bethany und versuchte mit aller Kraft, ihren Blick zu fokussieren. »Danke Euch, ich brauche nichts.«

Maria mochte sie sofort, da sie ein so höfliches Mädchen war, die sie nicht anherrschte, sich mit ihren stinkenden Eimern davonzuscheren. Sie fand auch ihren Nachttopf. Das, was in ihm war, konnte sie nicht zu den üblichen Abfällen geben, sondern mußte es ins Feuer kippen. Und wer war daran schuld, daß sie in einem solchen Zustand war? Maria wußte, daß sie in der vorletzten Nacht betrunken gewesen war, und Sünde häufte sich auf Sünde, und ein schönes, junges Mädchen, daß ihre eigene Enkelin hätte sein können, wurde dadurch vernichtet.

»Meine Liebe«, sagte Maria, und Mitleid und Scham schnürten ihr fast die Kehle zu. »Junges Fräulein«, fügte sie hinzu, damit sie sie nicht beleidigte. »Ihr braucht einen Arzt, denn ich fürchte, Ihr seid am Fieber erkrankt.«

Bethany zuckte die Achseln und warf sich hin und her. »Bitte, laß mich allein. Mir wird es schon wieder besser gehen.«

Maria brachte ihr aus dem Krug, der auf dem Kamin stand, einen Becher Wein. Bethany trank davon, denn das Fieber hatte sie durstig gemacht, und dann kuschelte sie sich wieder in ihre Decken, die sie sich bis über die Schultern zog. Maria legte noch einen Umhang über ihr Bett, so daß es ihr warm genug war, und zündete ihr ein Feuer an. Bevor sie sich das Joch mit ihren Eimern wieder über die Schultern legte, zögerte sie einen Moment. Vielleicht war es nur ein freundlicher Gedanke, vielleicht war auch ihr Verstand noch immer vom Alkohol in Unordnung, oder sie war einfach eine Närrin. Jedenfalls habe ich ihr nicht den Befehl dazu gegeben.

Alles, was sie tat, um sich ins Verderben zu bringen, war Bethanys Zofe eine Nachricht zu schreiben, daß das Mädchen dringend einen Doktor brauchte, gepflegt werden müsse und nicht in einem winzigen Hinterzimmer des Palastes, in dem es kaum Luft gab, allein gelassen werden dürfe. Auf dem Tisch lagen Federn und parfümiertes Papier, dafür gedacht, an einen Geliebten verschickt zu werden, um ihm zu erklären, warum seine Sonette verweigert wurden – eben alles, was zu dieser leidenschaftlichen und verlogenen Narretei gehört, die man höfische Liebe nennt. Daß sie fähig war, in einer so gefälligen Handschrift zu schreiben, befriedigte Schwester Marias Eitelkeit ungemein, und das, obwohl ihre Gelenke von Arthritis versteift waren und eine so lange Zeit vergangen war, seit sie zum letzten Mal etwas geschrieben hatte. Sie dachte, wenn sie ein Mann wäre, wäre aus ihr sicher ein guter Buchmaler geworden, besser als viele der alten Mönche, die diese Arbeit verrichteten. Es war also Nachgiebigkeit gegen sich selbst. Aber was sollte sie tun, so schuldig, wie sie war? Entweder ließ sie das kranke Mädchen allein, oder sie half ihr, so gut

303

sie konnte. Das war alles, was sie vermochte. Sie hatte keinen Garten, um darin Mutterkraut gegen das Fieber zu schneiden, und sie konnte ihr auch keine Weidenrinde oder Knoblauch geben. Sie wußte nur sicher, daß sie nicht einfach darauf warten sollte, daß etwas geschähe, denn sie hatte sich auf ihrer Runde bereits verspätet. Sie mußte rasch ihren Weg zu dem Schubkarren fortsetzen und ihre vollen Eimer durch leere ersetzen, damit sie weitermachen konnte. Doch hätte sie es besser wissen müssen. Was kümmerte es Maria, ob dieses dumme Ding starb oder nicht?

Ich denke, daß sich die Kinder Evas gegenseitig dabei helfen, ihre Herzen zu erleichtern. In dieser Nacht saß Maria in ihrer Kneipe nahe bei Charing Cross und weigerte sich, mich anzusehen oder mit mir zu sprechen, sondern sie rauchte ihre Pfeife und trank sich die Welt lieblich und sanft – kurz, sie tauchte in helles Licht und einen Strudel gesegneten Vergessens ein.

48

Es gibt Geschäfte und Verkaufsstände in London, wo man die Halskrausen kaufen kann, die man bei Hof trägt. Einige von ihnen sind mit gelber oder blauer Stärke gesteift, andere erstrahlen in reinem Weiß. Die Leute, die sie tragen oder hochschätzen, wissen nicht, wie mühsam es ist, eine solche Halskrause herzustellen – Meter um Meter von weißem holländischen Leinen werden gewalzt und gedehnt und schließlich an die geschwungene Kante eines Halsbündchens genäht. Dann hat man erst ein schlaffes Gebilde, das nicht im entferntesten der modischen Zierde ähnelt, zu der es werden soll. Nach dem Nähen muß es in Stärke getaucht und anschließend sorgfältig an einer Leine halb getrocknet werden. Dann werden in jeder der Falten dünne Metallröhren angebracht, die mit Hilfe eines erhitzten Metallstabs geradegezogen werden. Zum

Schluß wird Wachs aufgetragen, einerseits um die offenen Enden zu versiegeln, zum andern, um je nach Wahl daraus verschiedene Formen der Zahl Acht zu biegen. Dann erst kann die Halskrause getragen werden, und zwar im besten Fall für ein paar Tage, vielleicht auch eine Woche, jedoch nur, wenn jemand nicht direkt der Königin dient. Dann muß sie wieder gewaschen, gestärkt, gebügelt und mit Wachs versiegelt werden. In jeder einzelnen Krause, die um den Hals jedes einzelnen Höflings liegt, steckt die Arbeit einer ganzen Woche für eine Frau.

Die katholischen Damen im Fleetgefängnis hatten es vorher niemals nötig gehabt, sich ihren Lebensunterhalt selbst zu verdienen. Aber die hohen Ausgaben im Gefängnis und die Bußgelder für ihre Ablehnung der anglikanischen Kirche hätten sie bald arm gemacht, falls sie nichts unternommen hätten. Doch alles, was sie an Geschicklichkeiten besaßen – außer sehr erfolgreich große Herrenhäuser mit zahllosen Dienern zu führen –, war der Umgang mit Nadel und Faden sowie das Ausrichten großer Bankette. Für letzteres gab es im Fleetgefängnis jedoch kaum Verwendung. Und so saßen sie Tag für Tag und ebenso am Sonntag alle in einem Kreis und stichelten wie wild an einer Halskrause. Die fertigen wurden in die nächstgelegene Stärkerei geschickt, um dort fertiggestellt und dann in ganz London verkauft zu werden. Die Frauen bekamen einen Penny pro Tag für jede Halskrause, die fertiggestellt wurde, und wenn sie alle Stunden bei Tageslicht durcharbeiteten, gelang es ihnen, gerade das Geld für ein geteiltes Bett und das schlechte Essen aufzubringen, ohne den anderen Beruf, der einer Frau noch möglich war, ergreifen zu müssen. Es ist ein schlechtes Geschäft und für jedes Mädchen eine Einladung zu unsittlichem Lebenswandel, wenn es sich zu schön findet, um zu nähen, bis ihm die Augen aus dem Kopf fallen.

Die Edeldamen, die an ihren Halskrausen arbeiteten, saßen so, daß sie das große Innentor des Fleetgefängnisses beob-

305

achten konnten. Um Punkt zehn Uhr wurde es geöffnet, um Freunden und Verwandten der Gefangenen, die Newton das nötige Bestechungsgeld bezahlen konnten, Einlaß zu gewähren. Die Augen der Damen registrierten die neuen Gesichter und bemerkten, wie plötzlich die Unruhe zunahm und ein heftiges Raunen laut wurde, denn ein paar von ihnen hatten endlich den Mann erblickt, den sie erwarteten.

Er war nicht groß, wenn auch von kräftigem Körperbau, und er hatte das großspurige Auftreten eines Kämpfers. Seine Haare waren schwarz, und auf seinem quadratischen Gesicht lag ein schlauer, gerissener Ausdruck. Dieses Mal trug er keine Kleider aus grobfädigem Garn, sondern einen guten Anzug aus rotbrauner Wolle, der eines Gentleman würdig war. Er schlenderte einfach umher, als stünde er nicht auf der Liste jedes Agenten in London, um tot oder lebendig gefangengenommen zu werden, sondern tippte nur kühl in Newtons Richtung an seinen Hut. Dann machte er sich daran, die aufgebockten Tische zu untersuchen, kaufte hie und da ein paar Dinge, bevor er zu einer der Damen hinüberging, die an einer Halskrause stichelte, um mit ihr zu sprechen. Sie trennte gerade ihre letzten Stiche auf, die seltsamerweise völlig krumm geworden waren. Da er seine Aufmerksamkeit den Damen widmete, bemerkte er nicht, wer sich sonst noch in dem belebten Hof bis hinauf zu den Stufen des Eightpenny-Trakts aufhielt.

Dies war der Augenblick, als Simon – der gerade sehr kunstvoll auf einer gefälschten Bettlerlizenz von Bedlam die Unterschrift nachgemacht hatte – aufsah und mitbekam, daß Becket wie das Kaninchen die Schlange den Besucher anstarrte, der mit den nähenden Damen plauderte.

Becket sprang auf die Füße, wobei er fast seine Tintenflasche umkippte. Während er die Schlinge von einem der Bettler in Empfang nahm, ohne zu bemerken, daß der ihm viel zu wenig gab, wurde sein Gesicht so grau wie alter Fensterkitt, und er begann zu zittern.

»Was ist los?« fragte Simon und berührte ihn am Ellbogen. »Was ist geschehen?«

Beckets Mund öffnete sich und begann, sich heftig zu bewegen, doch es kam kein Laut heraus. Er sah Simon an und taumelte ein wenig.

»Kommt«, sagte Simon rasch. »Ich helfe Euch die Treppe hinauf, so daß Ihr Euch hinlegen könnt.«

Becket wehrte sich nicht, und so stolperten seine gefesselten Füße die ausgetretenen Stufen hinauf. Wie eine Glucke, die sich um ihr Küken kümmert, lotste ihn Simon in den Eightpenny-Trakt und weiter bis zu dem gegenüberliegenden Ende, wo sich Becket auf seine Seite des Bettes setzte und den Kopf in seine Hände stützte.

»Legt Euch jetzt bitte hin, Sir. Vielleicht vermeiden wir ja einen weiteren Anfall, wenn Ihr Euch ausruht.«

Gehorsam legte Becket die Füße hoch und streckte sich auf dem Bett aus. Er blickte zu der verschmutzten Zimmerdecke empor, an der noch ein paar Farbreste klebten. Der Mann mit dem Fieber lag immer noch in seinem Bett neben der Tür, aber er schien zu schlafen. Simon saß neben Becket auf dem Bett.

»Geht, bitte... geht und laßt niemanden zu mir«, sagte Becket langsam. »Vor allem nicht... den Mann, der mit den... Damen gesprochen hat. Haltet ihn von mir fern. Ich bitte Euch.«

»Seid Ihr sicher?«

Becket sah ihn zum ersten Mal wieder an. Seine Augen waren schreckensgeweitet. »Um Christi willen, geht jetzt.«

Verwirrt und beunruhigt stand Simon auf und ging bis ans Ende des Trakts. Er verharrte kurz bei dem Mann mit dem Fieber und schien wegen der unheilvollen Stille etwas in Sorge zu sein. Doch dann zuckte er die Achseln und ging weiter.

Der Eightpenny-Trakt lag still im Halbdunkel, es roch nach ungewaschenen Männern und noch üblerer Wäsche, nach verfaultem Stroh und feuchtem Gips, nach Ratten, Fisch und Aborten.

Becket drehte sich auf den Bauch und preßte die Fäuste gegen seine Augen. Trotz all seiner Höllenqualen und der grausamen Strapazen war die Sache, die eben geschehen war, doch im Grunde sehr einfach. Er hatte auf der anderen Seite des Hofes einen Mann gesehen und in ihm Pater Hart erkannt. Er hatte ihn erkannt... Irgendwie war vor dem Tor seines verschlossenen Gedächtnisses eine Sprengladung explodiert, die es hatte zerbersten lassen, und nun flutete die Erinnerung tobend durch seinen Verstand.

Die Schwere all dessen, was ihm seit Zutphen widerfahren war, kam zurück und schmetterte ihn nieder, so daß er nicht weniger Angst hatte als zuvor. Kein Wunder, daß sich sein Gedächtnis davongemacht hatte, denn ein Mann kann von so etwas tatsächlich verrückt werden. Wenn die Königin wüßte, was er wußte, dann würde sie... Nun, sicherlich würde sie ihn hängen, strecken und vierteilen, aber sie würde ihm auch die Zunge herausschneiden und die Augen ausstechen lassen, nur um sicherzugehen, daß er es niemandem weitererzählte. Und um ihr gegenüber fair zu sein – er würde dasselbe tun, falls er in einer ähnlichen Position wäre, schon aus Gründen der Staatsraison.

Ich bin ein toter Mann, dachte er.

Und dann brachen weitere Wissensbrocken über ihn herein. Plötzlich wußte er, daß Simon Anriques in Wirklichkeit Simon Ames war, obwohl er in den letzten vier Jahren gedacht hatte, daß dieser Mann längst tot sei.

»Dieser Bastard«, murmelte er, und sein Körper krümmte sich vor Zorn. »Dieser verdammte, widerliche Jude. Und ich habe um ihn geweint.«

Simon war ein Inquisitor im Dienste Walsinghams gewesen. Einmal Inquisitor, immer Inquisitor, also war es kein Zufall, daß er ebenfalls im Fleetgefängnis war, ganz und gar nicht. Eine Sippe, so reich wie die der Ames und der Nuñez, hätte sofort eine Kaution für ihn gestellt und die Schulden von gerade mal fünftausend Pfund bezahlt, bevor Newton ihn auch nur zu Gesicht bekommen hätte. Nuñez hatte Becket im Tower behandelt, als er so hilflos gewesen war wie ein kleines Kind... Gott verdamme sie für ihre gerissene Freundlichkeit, Gott verdamme sie alle. Sie arbeiteten für die Königin, sie wollten alle herausfinden, wieviel er wußte...

Vor lauter Angst begann er, nach Luft zu schnappen. Wenn sie wüßten, daß er sein Gedächtnis wiedererlangt hatte, würden sie... zumindest würden sie ihn wieder in den Tower bringen. Little Ease, ohne Zweifel, und danach wieder in den Keller des King-William-Turms, wo sie ihn wieder an seinen Armen aufhängen würden, jetzt, wo es ihm gerade wieder ein wenig besser ging. Gott weiß, was sie ihm sonst noch alles antun würden, jedenfalls solange sie glaubten, es sei der Mühe wert. Und er wußte verdammt gut und hegte auch diesbezüglich keine falschen Erwartungen, daß er, falls sie ihm all diese Dinge antäten, dieses Mal nicht fähig wäre, den Mund zu halten.

Was sollte er bloß tun? Wie sich retten? Eines war sonnenklar: Er durfte nicht einmal den kleinsten Hinweis darauf geben, daß er sich wieder erinnerte. Auf der anderen Seite würde Pater Hart sicher mit ihm sprechen wollen, um Kontakt aufzunehmen. Vielleicht wollte er ihm ja erzählen, was er inzwischen herausgefunden hatte. Vermutlich war es ihm nicht gelungen, die Hexe oder das Buch vom Einhorn zu erwischen, denn noch immer trieb er sich in England herum und war nicht mit dem Schiff nach Frankreich unterwegs.

Becket konnte zugeben, daß seine Erinnerung wenigstens teilweise zurückgekehrt war; vielleicht konnte er auch in Erfahrung bringen, was Pater Hart herausgefunden hatte. Doch Pater Hart war der Ansicht, daß Becket ein reumütiger Katholik namens Ralph Strangways sei, mit dessen Hilfe es ihm gelänge, den Träger des tödlichen Geheimnisses um die Königin zu finden, so daß es vom Herzog von Parma gegen sie benutzt werden konnte. Nur Becket wußte, welcher Plan verfolgt werden sollte, sobald das Buch vom Einhorn gefunden war, vor allem, wenn es das enthielt, worüber man munkelte. Er durfte nicht zugeben, daß er davon wußte.

»Wenn ich im Fleetgefängnis bleibe, wird es mir irgendwie herausrutschen«, sagte er zu sich selbst. »Deshalb muß ich hier raus.«

Und dann, wohin gehen?

»In die Niederlande, natürlich«, murmelte er. »Nicht einmal Davison könnte mich dort finden.«

Bereits Davisons Name bewirkte, daß sich ihm vor Angst die Kehle zuschnürte. Wenn Davison jemals wieder seiner habhaft würde...

»Nein«, sagte er entschlossen zu sich selbst. »Nicht lebend. Niemals wieder.«

Aber er konnte nicht sofort in die Niederlande zurückkehren. Er hatte einem sterbenden Mann sein Wort gegeben, daß er das Buch vom Einhorn finden würde, das der Königin gehörte.

49

Zwei Wochen nach der Schlacht bei Zutphen hatte sich Sir Philip Sidney von einem hochgewachsenen, eleganten Mann mit einem Gesicht, das ein klein wenig an ein Schaf erinnerte, in ein Skelett mit großen, von Blutergüssen umgebenen Augen verwandelt. Becket hatte ihn zutiefst bedauert, denn Sidney, der vorher noch niemals verwundet worden war, hatte keinerlei Erfahrung mit Schmerzen, und sein Bein, um das es sehr schlecht stand, war noch immer mit seinem Körper verbunden. Durch eines dieser seltsamen Wunder, die mit einer Muskete geschehen können, hatte die Kugel seinen Oberschenkelknochen zerschmettert. Aber die große Arterie in seinem Bein war unverletzt geblieben, so daß er nicht verblutete, auch wenn er einiges an Blut verloren hatte. Da er nicht von Becket getrennt werden wollte, weigerte er sich, im Hauptlager nahe den Befestigungen behandelt zu werden. Erstaunlicherweise hing Sidney sehr an ihm. Becket erinnerte sich nicht besonders deutlich an die Reise, die sie per Boot zu dem Haus von Mademoiselle Gruithuissen unternommen hatten. Durch eine klaffende Wunde in seiner Schulter hatte er damals sehr viel Blut verloren, und der Arzt hatte beiden an diesem Tag jeweils noch weitere vier Unzen Blut abgezapft, um eine Infektion zu vermeiden.

Becket erinnerte sich, daß er versucht hatte, auf Sidney einzuwirken, der, wie sich herausstellte, ein erstaunliches Maß an Halsstarrigkeit zeigte, obwohl er seinen üblichen Optimismus inzwischen schon verloren hatte.

»Befehlt ihnen, Euch das Bein abzunehmen«, erinnerte er sich, gesagt zu haben, während sie Seite an Seite auf ihren Pritschen lagen und das Boot hinter dem Pferd dahinschlingerte, das den Treidelpfad entlangstapfte. Mühsam erreichten sie die kleine Stadt Arnheim, wobei sie sich ständig durch eine der zahllosen Schleusen hindurchzwängen mußten. »Sagt ihnen, sie sollen den Oberschenkelknochen etwa in der Mitte durchschneiden, dort, wo er noch gesund ist, und dann seid bloß froh, daß Ihr ihn los seid.«

»Nein«, hatte Sidney durch seine zusammengebissenen Zähne gezischt. »Ich will kein Krüppel sein.«

»Beim Blute Christi, Mann«, hatte Becket brutal geantwortet, »Ihr *seid* verkrüppelt. Für Euch gibt es keine Turniere mehr und auch keine Schlachten. Die einzige Wahl, die Euch noch bleibt, ist ein toter oder ein lebendiger Krüppel zu sein.«

»Nein.«

Becket war sehr viel stärker. Er hatte nicht darauf gedrängt, nach Arnheim zu kommen, ganz und gar nicht, er ging nur, weil Sidney darauf bestanden hatte. Durch den Verlust des vielen Blutes fühlte er sich schwach, und seine Schulter brannte entsetzlich. Aber er hatte nur diesen langen Schwerthieb von oben abbekommen, der leicht mit Branntwein ausgewaschen und genäht werden konnte. Es hatte

311

keinen Grund gegeben, kochendheißes Öl in die Wunde zu träufeln, um das giftige Schießpulver herauszubrennen. Und es waren auch keine Chirurgenfinger mit Trauerrändern an den Nägeln, die von altem Blut stammten, nötig, um seine Wunde gründlich zu untersuchen, um Kugel und Ladepfropf zu finden. Sicherlich fühlte er sich schwach, aber dreimal pro Tag Rindfleisch und Bier und eine Woche Ausruhen, das wußte er aus Erfahrung, würden ihn wieder gesund werden lassen, vorausgesetzt, daß die Wunde nicht zu eitern begann.

Jedoch war er zu diesem Zeitpunkt ebensowenig zu einer Bewegung fähig wie Sidney, denn in seinem Kopf hämmerte es so sehr, daß ihm schwindelig wurde, und fast konnte er nicht mehr atmen, wenn er etwas so Schweres tat, wie sich einfach zum Sitzen aufzurichten.

»Hört mir zu«, knurrte er Sidney von der Seite an, der eigensinnig vor sich hin starrte. »Das Bein wurde über dem Knie zerschmettert, wie dünnes Feuerholz wurde es mehrfach durchgebrochen. Ich habe es gesehen. Wie wollt Ihr es je wieder gerade bekommen?«

»Ich habe gehört, daß sich das machen läßt.«

»Wo? Wann? Und von wem? Ich möchte den Mann sehen, der diese Behandlung erfahren hat. Ich möchte, daß er hier hereinspaziert und mir seine beiden geraden Beine zeigt. Ich bin kein Chirurg, aber so viel weiß ich: Wenn die gebrochenen Knochenteile die Haut durchstoßen, dann ist es aus. Dann ist das das Ende, denn dann dringt schlechte Luft in das Fleisch, die macht es krank, und es wird schwarz. Und wenn Ihr es nicht sofort abschneiden laßt, werdet Ihr sterben und dabei vor Schmerzen schreien. Bitte, Sir, streitet nicht mit mir. Ich habe es gesehen – ich habe es verflucht oft gesehen. Ruft nach dem Chirurgen und laßt das Bein abschneiden.«

Wieder biß Sidney die Zähne zusammen, denn durch das Schwanken des Bootes wurden die ausgetretenen Knochen gegen sein Bein gepreßt. Doch er schüttelte den Kopf.

»Habt Ihr Angst vor dem Schmerz?« fragte Becket unverschämt. »Es ist keine Schande für Euch, davor Angst zu haben, faßt nur Mut. Wenn der Chirurg gut ist, dann dauert es nicht länger als dreißig Sekunden.«

»Ich habe keine Angst vor dem Schmerz.«

»Was ist es dann? Warum wollt Ihr im Gestank sterben?«

»Ich... ich muß fähig bleiben, der Königin zu dienen. Ich darf nicht... ich kann für sie nicht abscheulich aussehen. Sie haßt es, einen Mann an ihrem Hof zu haben, der nicht unversehrt ist oder nicht gut aussieht, und sie mag mich bereits jetzt nicht mehr besonders.«

»Um Himmels willen...«

»Ich habe Schulden in Höhe von mindestens dreißigtausend Pfund, und einiges davon bei der Königin. Ich muß versuchen, diese Verluste wieder einzubringen – und wo könnte ich das sonst tun als bei Hofe? Würdet Ihr mich vielleicht mit einem Holzbein nach Raleighs El Dorado suchen lassen, Becket? Also seid jetzt still.«

»Nein, Ihr könnt mir nichts mehr befehlen, Sir, ich bin nicht mehr Euer Fechtmeister, denn Ihr habt keine Verwendung mehr für mich. Wenn Ihr es wünscht, werde ich neben Euch sitzen und Euch die Hand halten, aber ich sage es Euch noch einmal. Laßt den Chirurgen das Bein abschneiden. Sofort. Bevor es schwarz wird.«

»Nein.«

Sidney schloß die Augen und gab vor zu schlafen, doch Becket wußte, daß es eine Lüge war, denn er hielt mit seinen Händen die Seiten seiner Trage wie einen Schraubstock umklammert, so daß seine Knöchel wie Würfel hervortraten.

Tagelang bestürmte Becket ihn und bat ihn so eindringlich, wie es ihm sein Blutverlust erlaubte, doch Sidney blieb stur. Der Graf von Leicester hatte einen französischen Chirurgen für ihn gefunden, der ständig auf seinem Schnurrbart kaute und vor lauter Kummer und Leid ganz rot war. Offensichtlich handelte es sich um genau den Mann, der behauptet hatte,

313

daß er so eine Wunde bereits untersucht und erfolgreich in Ordnung gebracht hätte. Und so ließ sich Becket, gemäß seinem Versprechen, die Hand zerquetschen, während Sidney angeschnallt auf einem Tisch lag und der Chirurg seine Arbeit tat. Nach einer Stunde gründlichen Erforschens, Schneidens und Herumschiebens der Knochenteile schüttelte der Chirurg den Kopf und sagte in gebrochenem Englisch, daß es über seine Macht gehe, die Kugel zu finden, er aber immerhin den Ladepfropf entdeckt habe. Und anstelle von heißem Öl ordnete er eine Mixtur aus Honig und Rosenwasser an, die in die Wunde gegossen werden sollte, um solchermaßen einer Vergiftung durch das Schießpulver vorzubeugen. Und dann sagte er noch, es sei möglich, daß die Wunde auch heilen würde, wenn die Gewehrkugel noch im Fleisch steckte.

Becket tat es leid, daß er Sidney beschuldigt hatte, vor den Schmerzen der Amputation Angst zu haben. Er bezweifelte, daß es überhaupt etwas Schlimmeres gäbe, als eine lange Stunde in der Wunde herumzustochern, und Sidney hatte während dieser Prozedur nicht einen Mucks getan.

In den Tagen darauf schien es, zu Beckets Erstaunen, Sidney tatsächlich besserzugehen. Jeden Tag, morgens wie abends, schnüffelte er auf der Suche nach dem tödlichen Geruch von Wundbrand an den Bandagen, aber er wurde nicht fündig. Sidney verlor jedoch ständig an Gewicht, wie eine Wachspuppe, die zu nah beim Feuer lag, und er hatte nach einer Woche vom langen Liegen wunde Stellen an seinem Rücken. Aber wenn man bedenkt, daß er damals schon hätte tot sein können, ging es ihm doch bemerkenswert gut.

Zu dieser Zeit war Becket bereits wieder auf den Beinen und lief herum. Noch fühlte er sich ein wenig zitterig, aber seine Kraft wuchs von Tag zu Tag. Als der Chirurg zurückkam, um die Fäden zu ziehen, sagte er ihm, er solle den Arm so viel wie möglich bewegen, denn das würde die Narbe geschmeidig halten und er würde dadurch keine bleibenden Schäden davontragen.

Sidneys Bein war verbunden und schien recht gut zu heilen. Unterhalb des Kraters, der von der Kugel herrührte, war es zwar bleich und nutzlos, aber es lief nicht schwarz oder blau an, und er konnte sogar seine Zehen fühlen und sie auch bewegen. Einzig die Art, wie ständig das Fieber in ihm aufflammte und er anschließend in einen schweren Schlaf sank, beunruhigte den Chirurgen, der jedoch annahm, das sei die Kugel, die von Zeit zu Zeit ein wenig giftiges Schießpulver ausstoße.

Und Becket? Er war nun einmal der Mann, der er war, und da er sich außerdem in der seltenen Lage befand, ein wenig Geld zu haben, dauerte es gar nicht lange, bis er die Kneipen von Arnheim entdeckte und dort auch ein paar hübsche Dirnen fand. Und mit ihnen als Ansporn hatte er bald auch sein Holländisch wieder zur Verfügung, was ihn – neben dem schmeichlerischen Charme der Mädchen – zutiefst befriedigte. Sobald Dyer, Fulke Greville und der Graf von Leicester da waren, um Sidney Gesellschaft zu leisten, machte sich Becket leise davon, um mit den Mädchen Genever oder Branntwein zu trinken.

Eines späten Nachmittags erzählte ihnen Becket gerade zum fünften Mal die traurige Geschichte von der Frau in London, in die er so schrecklich verliebt war, die sogar ein Kind von ihm bekam, ihn aber nicht heiraten wollte, sondern lieber einen Mistkerl von Bürger nahm, weil er eine so viel dickere Brieftasche hatte. Da bemerkte er einen Mann in der Schankstube, der ihn fortwährend ansah und ein so knochiges Gesicht hatte wie ein Pferd. Er trug einen Mantel aus Ochsenleder wie alle Soldaten, und auf seinem Gesicht lag ein nervöser Ausdruck. Becket brachte auf ihn einen Toast auf holländisch aus und lud ihn an seinen Tisch ein.

Der Mann wünschte, ihn unter vier Augen zu sprechen, also verließ Becket unter großem Bedauern die Mädchen und trat mit dem Mann auf die Straße hinaus.

»Ist es wahr, daß Ihr Sir Philip Sidneys Fechtmeister seid?«

wollte der Mann wissen. Becket bejahte es, und, da er ein klein wenig betrunken war, fügte er die bewegende Geschichte hinzu, wie er Sir Philips Leben in Zutphen gerettet hatte.

»Sir, ich will aufrichtig zu Euch sein«, sagte der Mann auf englisch. »Ich bin ein katholischer Engländer im Dienste des Herzogs von Parma.«

Beckets rechte Hand bewegte sich sofort in Richtung seiner Waffe.

»Bitte, Sir, ich habe ... sehr wichtige Informationen, die die Königin betreffen. Bitte.«

»Warum sorgt Ihr Euch um sie, da Ihr doch ein Verräter seid?« fragte Becket und schob sein Gesicht sehr nahe an das des Mannes heran.

»Ein Katholik zu sein bedeutet nicht notwendigerweise, ein Verräter zu sein«, sagte der Mann ruhig und sicher, »obwohl all die Leute, die um die Königin herum sind, es so hinstellen. Wenn es die Königin erlaubte, würde ich sehr viel lieber für sie kämpfen, aber sie läßt es nicht zu, und ich muß leben. Und ein anderes Handwerk als das des Soldaten beherrsche ich nicht.«

»Hmm«, sagte Becket und trat ein wenig zurück, ließ aber noch immer seine Hand nahe bei seiner Waffe.

Der Mann lächelte ein wenig. »Nebenbei«, sagte er, »mag es durchaus die göttliche Vorsehung gewesen sein, die mich dazu brachte, für Parma zu kämpfen. Sonst hätte ich wohl niemals etwas von dieser Angelegenheit erfahren.«

Becket und der Mann erreichten eine Seite des Kanals und ließen sich auf einem der Plätze nieder, an denen die Wachposten standen.

»Nun?« wollte Becket wissen.

»Parma hat von einer tödlichen Schmähschrift gegen die Königin Wind bekommen, etwas, das die meisten Untertanen dazu veranlassen würde, sich gegen sie zu wenden.«

»Das ist nichts Neues«, sagte Becket naserümpfend und

dachte traurig an seine beiden blonden Täubchen, die zweifelsohne andere Gesellschaft gefunden hatten. »Die Papisten veröffentlichen immer irgendwelchen Schmutz über sie. Was ist es denn diesmal? Daß sie dem Grafen von Leicester drei Kinder geboren hat und Raleigh ihr neuer Buhle ist?«

Der Mann grinste. »Nein. Es ist insgesamt etwas ganz anderes. Ich möchte es Eurem Herrn, Sir Philip Sidney, zeigen.«

»Warum denn nicht mir?«

»Mit allem Respekt, Sir, aber Ihr seid nicht der Schwiegersohn Sir Francis Walsinghams.«

»Warum erzählt Ihr es dann nicht Sir Francis selbst?«

»Weil, Sir, Walsingham in England ist, und ich hier in den Niederlanden. Ich habe außerdem nicht den Wunsch, auf die Folter gespannt zu werden. Alles, was ich möchte, ist mein Wissen an jemanden weiterzugeben, der sich entschließt, die Sache aufzugreifen und diesbezüglich Ermittlungen anzustellen. Dann wird mein Gewissen rein sein.«

Becket nickte. »Also, welche Art von Beweis habt Ihr in Händen, daß diese Schmähschrift nicht bloß ein Hirngespinst ist, das Ihr Euch ausgedacht habt?«

»Einen Brief des Herzogs von Parma an den König von Spanien, der sich auf diese Angelegenheit bezieht.«

Becket zog die Augenbrauen hoch. »Wie seid Ihr denn an den gekommen?«

»Unter anderem bin ich auch Kurier.«

Becket zuckte lachend die Achseln. »Ausgezeichnet. Ich werde Euch zu Sir Philip Sidney bringen.«

Das Treffen fand in der Nacht statt, in der Sidney an einem Lied arbeitete, das später einmal unter dem Namen »La Cuisse Rompue« (Der gebrochene Schenkel) bekannt wurde und das den traurigen, aber zugleich komischen Anlaß seiner Verwundung beschrieb. Er war guter Dinge, hatte gut gegessen und zeigte keinerlei Anzeichen von Fieber.

Sidney hatte niemals besonders viel mit den geheimdienstlichen Aktivitäten Walsinghams zu tun gehabt, aber natürlich wußte er genug, um die Kuriertasche vorsichtig zu öffnen und Gipsabdrücke von den Siegeln zu machen.

In der Tasche lagen mehrere Briefe, von denen einige militärisch sehr nützlich waren, aber nur einer trug das doppelte Siegel und war in ölgetränkte Seide eingeschlagen. Mit großer Sorgfalt öffnete er das Bündel. Parma benutzte einen einfachen Nummern-Code, der mit eindeutig verschlüsselten Namen kombiniert war. Manche der Namen ließen sich leicht herausfinden, wie Isebel für die Königin, andere wieder waren weit schwieriger, wie das Codewort für das Buch vom Einhorn.

Sidney rief einen seiner Sekretäre zu sich, der von all den Briefen Kopien anfertigen sollte, während er mit dem Kurier sprach, der darauf bestand, daß sein Name Smith sei.

Nach Fertigstellung der Kopien versiegelten sie den Umschlag aus Seide und auch die Tasche selbst wieder. Smith wurde für seine Dienste mit Gold belohnt und dann sicher aus Arnheim hinaus geleitet. Und das, obwohl es, wie Becket sagte, mehr als wahrscheinlich war, daß er ausgeschickt worden war, um sie zu locken, einer Wildgans hinterherzujagen, die sie von einer anderen Spur ablenkte.

Becket sprach Spanisch, und Sidney hatte es ebenfalls gelernt. Bei einem Krug Wein und einer Wurst verbrachten sie fast die ganze Nacht damit, den Code zu knacken. Nach wenigen Stunden Schlaf machten sie weiter, und Sidney war glücklich, etwas zu tun zu haben, das seine Gedanken von den verschiedenen Schmerzen und der Langeweile ablenkte. Dann erzählte ihm Becket von dem kleinen Juden, Simon Ames, der ohne Zweifel den Code innerhalb einer Stunde geknackt hätte, der aber unglücklicherweise tot war. Sidney stimmte ihm zu. Er hatte den Mann gekannt, denn er war es gewesen, der ihm Becket als Schwertmeister empfohlen hatte.

Schließlich gelang es ihnen, die Auster zu öffnen, in der sich, wie Sidney sagte, wahrhaftig eine schwarze Perle befand, jedenfalls wenn das, was sie sahen, der Wahrheit entsprach.

Ein Jesuitenpater war direkt aus England nach Parma gekommen, um zu berichten, daß er eine alte Frau getroffen hätte, die früher einmal Nonne gewesen war. Und diese alte Nonne hatte behauptet, daß sie im Besitz eines handgeschriebenen Buches der Königin sei, auf dem ein gesticktes Einhorn zu sehen sei, das den letzten Willen und das Testament Elisabeths enthielt. Sie habe es geschrieben, als sie vierzehn Jahre alt war, und in diesem Buch stand auch, daß sie als ihre Erbin die Königin von Schottland einsetzte. Es enthielt auch eine Art Geständnis darüber, wie sie in die Nähe des Todes geraten war, und das bildete das Pulver in der Bombe.

Was der Code schließlich ergab, war alles andere als vergnüglich. Sidney wurde schneeweiß, als er erkannte, was da aus ihrer Arbeit zutage kam. Becket, der weitaus weniger idealistisch veranlagt war, stellte sich bereits die unbequeme Frage, wie weit er sich wohl von England entfernen müsse, um trotzdem noch einigermaßen kultiviert leben zu können. Vielleicht Konstantinopel? Er hatte gehört, daß die Türken sechs Frauen zugleich haben konnten, falls ihnen der Sinn danach stand.

Sidneys knochige Hände zitterten, als er in ihnen das Papier mit dem Gekritzel hielt. »Wenn die Isebel Parmas die Königin sein soll...«, flüsterte er.

»Das muß sie sein – denn wer sonst kann dem Grafen von Leicester Befehle erteilen?«

»Dann... dann ist sie also keine Jungfrau und war es seit ihrem vierzehnten Lebensjahr nicht mehr.«

Becket nickte bedrückt. »Wenn es denn wahr ist. Es könnte auch eine List sein.«

Sidney schien diese Idee richtig zu ermuntern. »Natürlich. Es könnte sich um eine tiefschwarze papistische Lüge handeln, um uns in unserer Treue als Untertanen zu erschüttern«, sagte er. »Aber... aber, seht her – es sieht ganz so aus, als glaubte der Herzog von Parma diese Dinge selbst. Die Botschaft ist an Pater Parsons in Reims gerichtet, und er bittet ihn, die alte Nonne aufzuspüren und ihr das Buch abzukaufen.«

»Auch dabei könnte es sich um eine Lüge handeln. Diesmal zu unserem Vorteil.«

»Aber es scheint authentisch.«

»Nun, das würde es auch, wenn es eine Lüge wäre. Warum hat denn dieser Jesuit das Buch nicht gleich gekauft, als er vor einem Jahr davon hörte?«

»Seht her, da steht, daß er verfolgt wurde und deshalb nicht länger bleiben konnte, um nach dem Buch zu suchen.«

Still starrte Sidney aus dem hohen, verglasten Fenster Mademoiselle Gruithuissens und beobachtete, wie die Passanten, die auf der Straße gingen, durch das Glas verzerrt wurden und in wellenartige Bewegung gerieten.

»Wenn es nicht wahr ist, dann handelt es sich wirklich um eine schwarze und böse Lüge, der sofort Einhalt geboten werden muß«, sagte er endlich. »Und wenn es die Wahrheit ist...«

»Verlaßt Euch drauf, es ist eine Lüge.«

»Aber wenn es die Wahrheit ist... Dann ist die Königin nicht besser als jede Hure.« Sidneys Stimme zitterte.

»Nun, Sir Philip«, sagte Becket beunruhigt, »die Papisten haben immer behauptet, daß der Graf von Leicester mit ihr zu Bette liege, und daß dies auch Sir Christopher Hatton und nun gar Sir Walter Raleigh tun. Gott weiß, daß sie ihr früher den gesamten Hof als ihre Liebhaber unterstellt haben. Warum also seid Ihr besorgt?«

Sidneys gespenstisch aussehende Faust sauste mit einem erstaunlichen Krachen auf den Tisch hinab, der gleich neben seinem Bett stand. »Weil niemand auch nur fünf Minuten bei Hof zubringen und ein Wort davon glauben kann«, schrie er. »Niemand, der meinen Schwiegervater oder meinen Onkel kennt, glaubt auch nur ein einziges Wort davon. Jesus Christus, Becket, wenn Walsingham auch nur eine Sekunde an ihrer Keuschheit zweifelte, würde er ihr nicht mehr die-

320

nen, niemals in tausend Jahren. So wie ich den Mann kenne, würde er, falls sie tatsächlich eine so unmoralische Frau wäre, mit Sicherheit gegen sie arbeiten. Das mindeste, was er täte, wäre, sich in die Niederlande zurückzuziehen. Er würde einfach nichts mehr mit ihr zu tun haben wollen. Und ebenso mein Onkel Leicester. Ich habe gehört, wie er über sie sprach, wie sie, als beide noch jung waren, zusammen tanzten und ausritten. Und wenn sie nur seine Wange berührt oder sich an seine Schulter gelehnt hätte, wäre er wahnsinnig geworden, denn er begehrte sie heiß. Doch sie hätte ihm darin niemals nachgegeben.«

»Es ist sicher eine Lüge, Sir Philip.«

»Aber es ist eine glaubwürdige Lüge«, sagte Sidney, und seine hohlen Wangen nahmen eine ungesunde Röte an. »Es ist die glaubwürdigste, überzeugendste Lüge, die sie jemals erzählt haben. Nicht Leicester und nicht Hatton. Auch nicht in der heutigen Zeit, in der jede ihrer Bewegungen von Tausenden von Augen beobachtet wird, sondern weit, weit in der Vergangenheit, zu der Zeit, als ihr Bruder regierte und sie noch ein junges Ding war. Und damals gab es so etwas wie einen Skandal um sie. Ich weiß davon, denn mein Onkel hat es mir erzählt. Es kursierte das Gerücht, daß sie von Thomas Seymour, dem Lord Admiral von England, schwanger geworden war.«

»Wer?« fragte Becket, verwirrt, daß ein neuer Name auftauchte. Sidney schnaubte vor Ungeduld.

»Der Bruder des Lord Protektors, der die Königin heiratete, die ihren Gemahl, Heinrich VIII., überlebt hatte. Man sagt, daß er versucht hat, seinen Bruder des Amtes zu entheben, indem er eines Nachts den jungen König Edward entführte. Aber als eines der Schoßhündchen am Hof Alarm schlug, erschoß er das Tier, wodurch König Edwards Wachen aufgeweckt wurden. Er starb als Verräter auf dem Schafott, und fast hätte er die junge Prinzessin Elisabeth mit ins Verderben gerissen.«

»Er war ihr Liebhaber? Als sie noch ein junges Mädchen war?«

»Sie war sein Mündel. Nachdem er Catherine Parr geheiratet hatte, wurde sie in sein Haus aufgenommen. Dann tauchten böse Gerüchte auf – so wurde gemunkelt, daß Catherine Parr sie in Seymours Armen angetroffen hätte. Und als Seymour festgenommen wurde, wurde auch ihre Dienerschaft ins Gefängnis geworfen. Eine Woche lang hat sie das Gericht befragt, das sie verdächtigte, an Seymours Komplott beteiligt gewesen zu sein. Und dann hat man sie bei Hofe etwa neun Monate oder noch länger nicht mehr gesehen. Mein Onkel sagte mir, daß auch er glaubte, daß sie krank darniedergelegen hätte, wie das Getuschel vermuten ließ. Doch als er sie später so dünn und blaß wiedersah und bemerkte, daß sie von diesem Zeitpunkt an immer in Grau oder Weiß, fast wie eine Nonne, gekleidet war...« Sidney vergrub das Gesicht in seinen Händen und rang nach Atem.

»Sir, Sir«, sagte Becket, »bleibt ruhig, ich bitte Euch. Das ist doch nur eine papistische Lüge.«

»Ihr wißt, daß sie wahr sein könnte«, flüsterte Sidney.

»Ich weiß, daß bereits das, was wir gerade besprechen, an Verrat grenzt«, sagte Becket erbittert. »Ich sage Euch, wir verbrennen diese Papiere, und dann vergessen wir das Ganze.«

»Das können wir nicht. Der echte Brief ist auf dem Weg nach Reims.«

»Schneidet dem Mann den Weg ab, tötet ihn und verbrennt seine Briefe.«

»Um so etwas zu tun, muß ich zuerst mit meinem Onkel sprechen«, antwortete Sidney ruhig. »Meint Ihr, daß ich das tun sollte?«

Becket holte tief Luft, um zu antworten, doch dann dachte er noch mal darüber nach. »Vielleicht nicht«, räumte er ein.

»Meint Ihr, ich sollte meinen Schwiegervater davon unterrichten?«

Becket zuckte zusammen. »Nein.«

»Wenn die Königin nicht unsere Mondgöttin Belphoebe ist und auch nicht die Göttin der Unschuld, Astraia, wenn sie genausowenig Jungfrau ist wie eine Hure im Falcon, dann ist sie gar nichts mehr. Dann hat sie ihren Hof auf eine Lüge aufgebaut, und zwar eine überaus bösartige, verwerfliche und gemeine Lüge.«

Becket zuckte die Achseln. »Na und? Warum beunruhigt Euch das?«

»Macht Euch das nichts aus, Becket? Warum seid Ihr denn dadurch nicht beunruhigt?«

»Ich habe schon eine Menge Huren kennengelernt. Sie scheinen nicht schlechter zu sein als andere Frauen, und einige von ihnen sind sogar besser, weil sie mehr Bereitschaft zeigen, uns zu gefallen.« Er versuchte, einen Scherz zu machen, der die Atmosphäre ein wenig auflockern sollte, aber das ging gründlich daneben. Plötzlich erschien es ihm, als ob eins der Dinge, die Sidney zu dem machten, was er war, damit zu tun hatte, daß er absichtlich unschuldig blieb. Die ätherischen Frauen seiner Phantasie waren eine Sache. Echte Frauen waren ihm viel zu praktisch und auch viel zu erdverbunden. Soweit Becket wußte, hatte er niemals fleischliche Kontakte zu Frauen gehabt, bevor er nicht den Heiratsvertrag mit Frances Walsingham besiegelt hatte.

Zum ersten Mal fragte sich Becket, ob Sidney vielleicht wie die Grafen von Oxford und Southhampton ein Liebhaber von Knaben war, aber nein, diese Antwort war viel zu einfach. Wie schon die Griechen sagten, war wahre Freundschaft nur zwischen Männern möglich, wie konnte ein Mann sich jemals mit Kreaturen einlassen, die leidenschaftlich und unberechenbar waren wie Frauen? Richtig, die Königin dachte wie ein Mann, aber sie war unvergleichlich und schien der einzige Phönix ihrer Zeit. Die Jungfräuliche Königin. Und wenn sie keine Jungfrau war... Das Volk von Schottland hatte sich gegen seine Königin erhoben und sie hinausgeworfen, als sich erwies, daß sie von ihrem Unterleib regiert wurde. Und genau das konnte auch der Königin von England geschehen. Und sicher würde keiner der Puritaner sie jemals wieder als die Streiterin Gottes für den Protestantismus preisen.

Aufgebracht schüttelte Sidney den Kopf. Becket wußte, daß er so etwas ähnliches wie ein Puritaner war – jemand, der dachte, daß die unverfälschte Reinheit der reformierten Religion die einzige Sache war, die wirklich zählte. Und in Folge dessen war er also jemand, der die Reinheit über alles schätzte. »Wir müssen unbedingt herausfinden, was die Wahrheit ist«, sagte Sidney. »Wir müssen. Gott, der uns diesen Menschen mit Namen Smith gesandt hat, Gott erwartet das von uns.«

»Die Sache kann sicher warten, bis Ihr wieder gesund seid«, sagte Becket, der den Glanz in Sidneys Augen und das hektische Rot auf seinen Wangen ganz und gar nicht mochte.

»Das wird es wohl müssen«, stimmte Sidney zu. »Obgleich Ihr bereits Erkundigungen für mich einholen könntet, nicht wahr?«

Becket seufzte. Er hatte sich bereits gedacht, daß Sidney dies von ihm fordern würde. Denn der war davon überzeugt, daß sein Dienst als Soldat und seine Fertigkeiten mit dem Schwert ihm mehr bedeuteten, als sie es tatsächlich taten, und sein poetisches Gemüt sah in Becket einen tugendhaften Ritter der Königin, ganz wie es seiner Vorstellung entsprach.

»Nun, ich bin weder ein Berichterstatter noch ein Agent«, sagte er unglücklich.

»Doch seid Ihr der einzige, der das tun kann«, strahlte ihn Sidney an. »Wir können niemanden anderen einweihen. Die Sache ist viel zu ernst.«

»Nicht einmal Walsingham?«

»Vor allem nicht Walsingham. Und sei es nur zum Schutz seiner Gesundheit. Wenn er davon erführe, würde er sicher wieder krank werden.«

»Das kann Euch ebenso geschehen, Sir Philip. Dies ist allzuviel Aufregung für Euch.«

324

»Also, findet die Wahrheit heraus, Becket. Geht nach Reims und sucht den Priester auf, den Pater Parsons schickt, und bekommt alles heraus, was er weiß. Würdet Ihr das für mich tun? Würdet Ihr die ganze Wahrheit aufdecken?«

Becket ächzte innerlich.

»Nun, ich...«

»Kommt«, suchte ihn Sidney mit diesem Lächeln zu überreden, das bereits viele Prinzen verzaubert hatte. »Ihr habt herausgefunden, wer damals die Königin ermorden wollte. Ihr habt ihr das Leben gerettet und auch meines, und darüber hinaus noch die Glaubwürdigkeit meines Schwiegervaters wiederhergestellt.«

»Das meiste davon hat Ames getan.«

»Aber ohne Euren Mut hätte es niemals durchgeführt werden können. Sie wäre längst tot, und wir wären inzwischen alle Gefangene der Spanier.«

»Aber ich...«

»Ich kann nichts tun«, sagte Sidney. »Eure Wunden sind ausgeheilt, also müßt Ihr in dieser Sache für mich handeln. Sagt mir, daß Ihr es tun werdet.«

»Wie soll ich den Priester ausfindig machen?«

»Begebt Euch nach Reims ins englische Priesterseminar.«

»Sie werden mir niemals vertrauen.«

»Seht her«, und Sidney suchte in den Sachen herum, die auf dem Tisch neben seinem Bett lagen. »Nehmt hier die Siegelabdrücke und den Chiffrierschlüssel an Euch. Wir werden für Euch ein Empfehlungsschreiben des Herzogs von Parma anfertigen, wonach Ihr all denen Eure Unterstützung gewährt, die Pater Parsons auf die Suche schickt. Dieses Schreiben wird Euch als katholischen Engländer erklären, der in Parmas Diensten steht und gegen die Königin arbeitet.«

»Bei Gott, dem Allmächtigen«, sagte Becket, den der Gedanke erschreckte. »Wenn die mich in England damit zu fassen kriegen, werden sie mich hängen, strecken und vierteilen. Das ist das mindeste.«

325

»Fürchtet Euch nicht, Becket«, sagte Sidney. »Ich werde meinem Schwiegervater einen Brief schreiben, in dem Euer Tun erklärt wird. Dann besteht keine Gefahr für Euch.«

»Hmm.« Becket fühlte sich alles andere als glücklich. »Dann möchte ich wenigstens, daß Ihr mir auch einen Brief in Eurer Geheimschrift schreibt, den ich immer bei mir tragen und im Falle eines Unglücks für mich verwenden kann.«

»Ausgezeichnet. Und welchen Namen möchtet Ihr benutzen? Ralph Strangways ist recht gut – er entstammt einer alten katholischen Familie, und sie werden nicht herausfinden können, was aus ihm geworden ist. Wir können den Brief sogleich entwerfen.«

»Ich habe nicht gesagt, daß ich es tun werde.«

»Aber Ihr werdet es tun.« Dies sagte ein höchst gefährlicher Sidney, der trotz allem überaus charmant war. »Dies ist edles, vortreffliches Unternehmen, David. Kein anderer Mann kann darauf hoffen, es zu tun.«

»Kippt niemals Euren höfischen Honig über mich, Sir Philip, das ist vergebliche Liebesmüh«, knurrte Becket.

Sidney legte eine kleine Pause ein, als wiche er vor einem Kavallerieangriff zurück und müsse darüber nachdenken, was er ändern sollte, um doch noch durchzukommen.

»Dann werde ich es Euch so verkaufen. Denkt an das Buch vom Einhorn, ganz so, als sei es eine seit langem verschüttete Waffe zur Belagerung, ein Munitionslager oder eine Sprengbüchse, die direkt unter dem Thron der Königin angebracht ist. Oder nein, eher das Gerücht, daß so etwas existiert. Wir wissen nicht, ob es überhaupt vorhanden ist oder nicht, wir haben lediglich gehört, daß dem so sein könnte. Wenn das der Fall wäre, würdet Ihr dann nicht alles tun, um es herauszufinden?«

»Leider würde ich das tun, aber ein Mann kann sehr wohl durch seine eigene Sprengbüchse in die Luft fliegen, ganz zu schweigen von der eines anderen.«

»Und würde Euch das angesichts wirklichen Schießpulvers

zurückschrecken lassen? Kommt, laßt uns endlich mit diesem Gestreite aufhören. Laßt uns den Brief entwerfen und ihn anschließend verschlüsseln, dann werde ich mich an Parmas Unterschrift versuchen und sein Siegel anbringen. Es wird ein wirkliches Kunstwerk werden.«

Becket seufzte. »Also gut«, sagte er widerwillig. »Doch nur unter der Bedingung, daß Ihr das endlich beiseite legt und Euch erst einmal beruhigt.«

Sofort legte Sidney die Papiere aus der Hand und machte es sich in seinen Kissen bequem. »Hier«, sagte er, »ich bin ganz ruhig. Ich werde es in dem Augenblick aus meinen Gedanken verbannen, in dem ich den Brief versiegelt habe. Nun gebt mir Euer Wort, daß Ihr nicht ruhen werdet, bevor Ihr in dieser Sache die Wahrheit herausgefunden habt.«

Ziemlich unwillig gab ihm Becket sein Wort darauf, da er davon überzeugt war, daß die Angelegenheit ihn das Leben kosten würde.

50

Die Chirurgen machten die Gewehrkugel dafür verantwortlich, die noch irgendwo in Sidneys Oberschenkelmuskel verborgen war. Becket glaubte jedoch, daß es die Last war, die auf Sir Philips Seele lag und ihn an der Keuschheit der Königin zweifeln ließ. Das wiederum zerstörte seinen Glauben an England als das gesegnete Land direkt neben dem Tor zum Himmel, in dem eine irdische, aber jungfräuliche Königin herrschte. Wenn auch nur die Spur eines Beweises an den Vatikan gedrungen wäre, daß ich, die Heilige Jungfrau Maria, nichts anderes war als die Hure eines bekannten Legionärs, wäre es sicher zu einer ähnlichen Verstimmung unter den Gläubigen gekommen. Obwohl, und daran gibt es keinen Zweifel, sich die meisten geweigert hätten, das zu glauben. Und die Inquisition hätte sich fortan mit denen beschäftigt, die diese blasphemischen Ideen aufgespürt und unter die Leute gebracht hatten. Seht die Schwäche der Häretiker – sie bauen ihr Gebäude auf Wahrheit, nicht auf Glauben. Denn die Wahrheit ist hart und grausam, während der Glaube, der mit der Wahrheit nicht immer vereinbar ist, für all die, die daran festhalten, schön und wohltuend ist. Was bin ich anderes als ein Geschöpf des Glaubens, der jahrhundertealten Hingabe, die auf eine Liebe gründet, die aus noch viel älteren Zeiten stammt? Meint ihr tatsächlich, daß ich nur ein armes Bauernmädchen aus Nazareth bin? Auch ich sitze auf einem Thron, und ich habe ihn mir widerrechtlich angeeignet.

Aber nichts von alledem konnte dieser unglückliche, arme junge Mann auch nur in Erwägung ziehen, der von den Trugbildern der Wahrheit völlig hingerissen war. Nicht einmal im Fieberwahn war er fähig, sich von meinem Mantel einhüllen zu lassen, da er in mir entweder einen weiblichen Teufel sah oder sein altes Idol, die Königin von England. Und er konnte gleichfalls nicht länger zu dem idyllischen Garten in seinen Gedanken Zuflucht nehmen, der, wie er inzwischen glaubte, ebenfalls auf einer Lüge aufgebaut war.

Sidneys Frau reiste aus England an, um von der Dienerschaft der Mademoiselle Gruithuissen seine Pflege zu übernehmen, obwohl sie wieder gesegneten Leibes war. Sie diente ihrem Herrn freundlich und leise, wie es jede gute Ehefrau tun sollte und wie ihre Mutter es sie gelehrt hatte. Sie versorgte ihn, gegen den Rat der Chirurgen und Ärzte, mit Heilpflanzen gegen das Fieber wie Mutterkraut und Schwarzwurz. Und gegen seine Kopfschmerzen gab sie ihm Weidenrinde, gemischt mit Mädesüß, da er von Fieber und Schweißausbrüchen geplagt wurde. Verschämt brachte sie sogar den angeblichen Knöchel eines Heiligen in einer silbernen Flasche herbei, weil sie ihn von ihrer alten Amme als probaten Knochenkitt empfohlen bekommen hatte. Aber Sidney weigerte sich, dieses Ding auch nur in seine Nähe zu lassen, da es in seinen Augen nur ein abergläubischer papistischer Dreck war und wahrscheinlich sowieso nur von einem Schwein stammte. Dabei hätte dieses Ding ihm geholfen, wenn er nur daran geglaubt hätte.

Becket warf die Kopien der Briefe und auch ihre Übersetzungen ins Feuer, doch behielt er das gefälschte Empfehlungsschreiben des Herzogs von Parma und stellte Nachforschungen über den Mann an, der sich selbst den Namen Smith gegeben hatte. Aber er konnte ihn nicht finden. Da Lady Sidney sich nun um Sir Philip kümmerte, stand es ihm frei, sich wieder der Fechtkunst zu widmen, und zwar mit einigen der anderen Soldaten in der Rekonvaleszenz, mit denen er auch in den Kneipen saß. Ein paar Mal fühlte er so etwas ähnliches wie Gewissensbisse, da er Sidney im Stich gelassen hatte. Aber bei ihm saßen jetzt die meiste Zeit Fulke Greville und seine anderen edlen Freunde. Sie führten die Hälfte ihrer Gespräche auf lateinisch und die andere Hälfte in etwas, das zwar wie Englisch klang, aber für Becket durch die Menge der Anspielungen viel zu abstrus und unverständlich war. Und dennoch konnte er nicht nach Frankreich aufbrechen, ohne zu wissen, wie es Sir Philip ging.

Und so wurde er einige Tage nach der Sache mit dem Brief wieder in Sidneys Krankenzimmer gerufen, wo ihn ein Geruch von Weihrauch und Kräutern empfing. Sidney sah vielleicht noch blasser und ausgezehrter aus als vorher.

»O Jesus«, sagte er und erschnüffelte unter all dem Sandelholz und anderem Räucherduft den Gestank von Mäusen. Er trat ans Bett. Sir Philip schien zu schlafen, obwohl er unter einem Berg von Decken vor Kälte zitterte. Die Farbe seines Gesichts hatte aus der Ferne besser ausgesehen, aber nun war unter seinem Hemd ein häßlicher Hautausschlag zu sehen. Und als er so nahe bei ihm stand, war der Geruch unverkennbar.

Sprachlos vor schmerzvollem Bedauern, setzte sich Becket neben Sidneys Bett und berührte dessen Hand.

»Ich wünschte, Ihr hättet das verdammte Ding abschneiden

329

lassen, wie ich es Euch gesagt habe«, murmelte er nach einiger Zeit. »Blödsinnige, verdammte Eitelkeit.«

»*Vanitas vanitatem, omnes vanitatum est*«, flüsterte Sidney und zog die Augenlider empor. »*In principio erat mortem et in saecula saeculorum...*«

»Laßt dieses Schulmeistern, Sir Philip«, sagte Becket. »Tägliche Prügel, die mir in der Schule verabreicht wurden, brachten mir trotzdem kein Latein in den Kopf. Und was damals schon mißlang, wird Euch heute sicher auch nicht gelingen.«

Sidney richtete seinen Blick auf Becket und lächelte unbestimmt. »Dann liegt der Fehler bei Eurem Lehrer und nicht bei Euch«, sagte er. »Lateinisch ist eine wesentlich einfachere Sprache als Holländisch, und um das zu erlernen, mußtet Ihr nicht geschlagen werden.«

Becket grinste. »Leider stimmt das. Aber es gibt verdammt wenige Huren, die Lateinisch sprechen, jedenfalls bis auf die paar, die sich im Vatikan aufhalten.«

Ein feiner Ausdruck der Mißbilligung zeichnete sich auf Sidneys Stirn ab. »Ich habe mein Latein auf jeden Fall durcheinandergebracht«, sagte er. »Wachträume. Habt Ihr einen Fortschritt bei... nun in der großen Angelegenheit der Königin erzielt?«

Becket hatte wirklich gehofft, daß Sidney die Sache vergessen hätte, aber er war auch nicht überrascht, sich diesen Irrtum einzugestehen.

»Keine Spur von Smith. Wie Ihr schon sagtet, werde ich nach Reims reisen müssen, um etwas über ihn herauszufinden«, sagte er unwillig. »Seid nicht beunruhigt. Ich habe alles im Griff. Ihr müßt Eure gesamte Kraft darauf konzentrieren, daß es Euch bald wieder besser geht.«

Sidney schüttelte kaum wahrnehmbar den Kopf. »Jeder muß sterben, Becket.«

Becket schloß die Augen, obwohl er bei dem Geruch nichts anderes erwartet hatte. »Beim letzten Mal, als ich Euch sah, schient Ihr in Ordnung zu sein.«

»Die Chirurgen sagen, es sind die Gifte der Kugel ... Sie sagen, bei einem starken Körper hätte ich sie bekämpfen können, aber ... nicht stark genug. Zu schwach.«

Becket tätschelte seine Hand, die bläulich und kalt war.

»Tadelt Euch niemals selbst.«

»Und ... ich habe Euch nicht in meinem Testament bedacht. Wie konnte ich das nur vergessen ...?«

»Um Himmels willen, Sir Philip. Ich habe das auch gar nicht erwartet.«

»Zumindest Euren Lohn ...«

»Zur Hölle mit meinem Lohn. Ich habe gesehen, was Ihr für die Truppen getan habt, also habe ich keinen Lohn erwartet.«

Sidney griff nach der kleinen silbernen Glocke, die auf dem Tisch lag, aber er schaffte es nicht, sie aufzuheben.

»Läutet nach Frances«, sagte er, und Becket tat es.

Sie kam mit leisen Schritten und stand, ihre Hände fest ineinander geklammert, ehrerbietig da. Sie hatte die elfenbeinfarbene Haut und das schwarze Haar einer spanischen Dame, und unter ihren Augen waren dunkle Ringe zu sehen.

»Frances, würdest du bitte mein Wams, das ich bei Hof trage, aus der Truhe holen, das zweitbeste, und alle Knöpfe abschneiden. Und gib sie dann Mr. Becket«, befahl Sidney ihr.

»Ihr könnt mir doch nicht Eure ...«, protestierte Becket.

»Ich weiß aus zuverlässiger Quelle, daß ich im Grab keine Knöpfe benötige«, sagte Sidney.

»Gut, aber begraben zu werden in ...«

»Deshalb trug ich ihr auf, meinen zweitbesten Anzug zu holen«, sagte Sidney mit geisterhaftem Lächeln, und Becket lächelte zurück.

Frances Sidney ging hinaus, und Becket saß neben dem sterbenden Mann und wünschte, daß Sidney mehr wie der Graf von Leicester wäre oder vielleicht wie der kalte, korrekte Greville, damit der Verlust sein Herz nicht so schmerzhaft zusammendrücken würde. Aber Sidney konnte die Männer, denen er begegnete, ebensowenig davon abhalten, sich mit ihm zu befreunden, wie er aufhören konnte zu atmen. Becket war wie alle anderen dieser absolut tugendhaften Verführung erlegen.

»Fürchtet Ihr den Tod, David?« fragte Sidney.

Becket kämpfte mit sich, um ruhig und gelassen antworten zu können. »Ja«, sagte er, was er niemandem sonst gegenüber jemals zugegeben hätte. »Natürlich.«

»Ihr laßt Euch davon nichts anmerken.«

Becket zuckte die Achseln. »Ich nehme an, daß ich, wie die meisten, mehr Angst davor habe, als Feigling zu gelten.«

»Wir tun so, als seien wir mutig«, sagte Sidney.

»Daran ist nichts Falsches«, erwiderte ihm Becket. »Nebenbei bemerkt, ich habe sowohl Feiglinge wie auch Helden sehr häßliche Tode sterben sehen.«

Sidney hatte die Augen geschlossen. »Es ist das Jüngste Gericht, das... vor dem ich wirklich Angst habe«, murmelte er. »Die Gerechtigkeit.«

Becket hustete unbeholfen. Es gab nichts, was er darauf zum Trost hätte erwidern können, denn auch er fürchtete sich vor dem Jüngsten Gericht.

Schließlich kehrten Sidneys Gedanken wieder zu der Sache zurück, die ihm die größten Sorgen bereitete. »Ich habe... über die Königin... nachgedacht.«

Becket seufzte. »Das Ganze soll verdammt sein. Ihr wart auf dem Wege der Besserung, bevor wir diese Briefe des Herzogs von Parma zu lesen bekamen.«

Sidney schien ihn nicht zu hören. »Wenn Ihr... das Buch... findet... verbrennt es. Ganz gleich, was darin steht.«

»Sollte ich es nicht besser Walsingham oder Leicester geben?«

»Nein. Auch nicht der Königin, denn sie wird Euch aus Selbstschutz in den Tower werfen lassen. Verbrennt es, sagt niemandem etwas davon.«

»Wenn Ihr meint. Aber ich dachte, Ihr wolltet die Wahrheit herausfinden?«

»Wie sie auch immer lauten wird, ich werde sie früher kennen als Ihr«, sagte Sidney. »Und auf andere Weise als... Denkt daran. Wenn solch ein Buch... das Buch des Einhorns in spanische Hände fallen sollte oder sogar... in Walsinghams Hände... denkt doch. Es wäre das gleiche, als hätte die Königin eine Kandare im Mund, man könnte sie... damit kontrollieren.«

Überzeugt, daß er dieses Buch niemals finden würde, zuckte Becket die Achseln. »Wenn Ihr es sagt.«

Sidney atmete kurz und schnell, er schien sehr müde und besorgt zu sein. Sein Fieber stieg bereits wieder, und er rutschte unruhig in den Kissen hin und her. »Werdet Ihr es tun, David?«

»Ich habe Euch mein Wort darauf gegeben. Betrachtet es so, als wäre es bereits verbrannt. Nun legt Euch still hin und ruht Euch aus.«

»Ich kann nicht.« Zum ersten Mal war der Jammer aus Sidneys Geflüster zu hören. »Es juckt mich, und ich stinke und verbrenne vor Hitze. Wie kann ich da ausruhen?«

»Ist hier Laudanum? Kann ich Euch ein wenig davon geben?«

»Dort in der Flasche.«

Unbeholfen hantierte Becket, so gut er konnte, mit der Flasche und dem Löffel herum, und Sidney wurde ein wenig ruhiger. »Es läßt mich träumen. Ich hasse es zu träumen«, flüsterte er. »Ich träume die ganze Zeit von Einhörnern... und Teufelinnen.«

»Gott verdamme das alles.«

Plötzlich stand Frances Sidney wieder da, sie erschien wie ein Fleisch gewordener Geist und hielt in der Hand eine kleine Tasche aus Leder, die sehr schwer war.

»Hier sind die Knöpfe, Sir«, sagte sie. »Die kleineren sind aus Gold und die größeren aus schwarzem Bernstein, in den Amethyste und Rubine eingelassen sind.«

»Das ist zuviel«, protestierte Becket.

»Ihr werdet das Geld sicher brauchen«, sagte Sidney. »Nehmt sie.«

Becket nahm das unförmige Päckchen an sich und steckte es in sein Hemd.

»Er muß jetzt schlafen«, sagte Lady Sidney. »Habt Ihr Eure Geschäfte mit ihm abgeschlossen, Sir?«

Das Laudanum hatte Sidney zurück in einen Dämmerzustand geworfen, er war nur noch halb wach. Becket beugte sich zu ihm hinab und küßte ihn auf die glühend heiße Stirn. Er schämte sich, vor einer Dame zu weinen, und mit seiner so zugeschnürten Kehle konnte er auch nicht sprechen. Also begnügte er sich damit, noch einmal Sidneys Hand zu tätscheln, dann verließ er den Raum.

In dieser Nacht trank er so viel, bis er sternhagelvoll war, so daß er sich auf den gemütlichen Brüsten seiner holländischen Mädchen ausweinen konnte. Am nächsten Morgen machte er sich mit einem Kopf, der wie ein Gong dröhnte, nach Süden auf. Er schlug den Weg nach Reims, zum englischen Priesterseminar, ein.

51

Thomasina kletterte die ausgetretenen Stufen zum Eightpenny-Trakt empor und hielt dabei krampfhaft den Hornbecher fest, der mit Branntwein gefüllt war. In den vergangenen Tagen hatte sie fieberhaft überlegt, wie sie mit dem Mann ins Gespräch kommen konnte, von dem die Königin meinte, daß er das Buch vom Einhorn besäße. Ständig rannte sie hinter ihm her, bis der kleine Jude der Königin, der sich selbst den Namen Simon Anriques gegeben hatte, dem ein Ende gemacht hatte und sie mit dem alkoholischen Getränk nach oben zu Becket schickte und sie beauftragte, doch herauszufinden, was dieser gerade mache.

Vorsichtig spähte sie zwischen den vielen Betten hin-

334

durch. Mr. Anriques hatte sie gewarnt, daß, wenn er sich mit
Schaum vor dem Mund auf dem Bett wälzte, sie sofort wieder nach unten kommen und es ihm sagen solle. Das hatte
sie ziemlich erschreckt. Sie hatte einmal einen Verrückten gekannt, allerdings einen Simulanten, der immer vorgab, die
Fallsucht zu haben, und dessen Tochter sie angeblich war.
Aber echte Epilepsie hatte sie noch nie zu Gesicht bekommen. Doch er tat nichts von alledem. Er lag auf dem Rücken,
hatte die Arme unter dem Kopf verschränkt, die Füße mit
den Knöcheln übereinandergelegt und starrte an die Zimmerdecke, als würde er etwas lesen, das dort geschrieben
stand.

»Sir?« sagte sie.

»Hm?« Er sah sich nach ihr um, um sofort festzustellen, daß
sie von der Größe eines Kindes war. Er kam zu der gleichen
Schlußfolgerung wie all die übrigen Leute. Herr im Himmel,
gab es denn niemanden, der seine Augen benutzte?

»Ja, Kleine, was ist?« Seine Stimme nahm diesen besonderen, gönnerhaften Ton an, den erwachsene Männer oft gegenüber Kindern benutzen.

»Mr. Anriques schickt mich mit etwas zu trinken, Sir.«

Ein Schatten fiel über sein Gesicht, doch dann setzte er sich
auf und schwang seine Füße auf den Boden. »Das ist sehr
freundlich von ihm.«

Sie brachte es zu ihm hinüber, stand da und sah ihn an.
Also, was tue ich hier bloß, fragte sie sich verwundert. Soll
ich ihm vielleicht sagen, daß mich die Königin schickt? Und
hat er überhaupt dieses Buch? Wohl kaum, jedenfalls glaube
ich es nicht. Also lächelte sie ihn an, setzte sich auf das
Bett gegenüber und ließ ihre Beine baumeln. Er trank, wobei er sie auf die vorsichtige Weise der Leute betrachtete, die
selbst keine Kinder haben. Sie hatte lange genug das Kind gespielt, so daß sie fähig war, mit der ganzen Treuherzigkeit
eines sechsjährigen Mädchens seinen Blick zu erwidern. So
war er der erste, der die Augen abwandte.

335

»Mr. Anriques fragt, ob Ihr in der Verfassung seid, ihm etwas zu sagen«, fragte sie ohne Falsch. »Seid Ihr das?«

Sein Gesicht verfinsterte sich. »Nein«, sagte er abrupt. Ein Erwachsener hätte gemerkt, daß er nicht in der Stimmung war zu sprechen, und wäre dann entweder gegangen oder hätte ruhig abgewartet. Aber Kinder sind weniger feinsinnig, ihnen erlaubt man auch, im zwischenmenschlichen Bereich taktlos zu sein und Fehler zu machen.

»Stimmt es, daß Ihr Euer Gedächtnis verloren habt, Sir?«

»Wer hat dir das gesagt?«

»Das ganze Gefängnis weiß es, Sir.«

Becket nickte. »Es stimmt.«

»Was ist geschehen? Ist ein Teufel damit weggeflogen?«

Becket zog verdrießlich die Mundwinkel hinab. »Man könnte es so sagen.«

»Was für ein Teufel?«

»Er kam in Gestalt eines Menschen und hatte den Namen Davison.«

Und das ist die Wahrheit, dachte Thomasina. »Und wie hat er das gemacht?«

»Er hat mir auf den Kopf gehauen.«

»Hat es weh getan?«

»Ja.«

Das führte alles nirgendwohin. »Kann ich etwas für Euch tun, Sir?« fragte sie. »Wenn Ihr wollt, könnte ich Botschaften überbringen oder Euch Sachen besorgen.«

Seine Augen verengten sich. »Was für Sachen?«

Thomasina war sehr zufrieden mit sich. Sie zuckte die Achseln und zwirbelte ein kleines Stückchen Samt, das von ihrem schmutzigen Rock herunterhing.

»Branntwein, Tabak.« Sie lächelte schüchtern. »Mädchen.«

Becket schnaubte verächtlich. »Und was nimmst du dafür?«

»Nur einen Penny für jeden Botengang.«

»Kannst du mir Papier und Feder besorgen, ohne daß Mr. Anriques es erfährt?«

»O ja, Sir. Wann wollt Ihr es?«

»Jetzt. Sobald du kannst.«

Sie nickte und griff nach dem leeren Becher. »Was soll ich Mr. Anriques sagen?«

»Daß ich schlafe.«

Ein Erwachsener hätte bei dem Klang seiner Stimme gewußt, daß er besser nichts mehr fragen sollte, ein Kind jedoch...

»Er sagt, daß er Euer Freund ist. Ist er das?«

Becket starrte wieder zur Decke des Raumes empor. »Ich bezweifle es«, sagte er, so bleich wie ein Gehenkter, der den ganzen Winter am Galgen gehangen hat.

Hm, dachte sie, wenigstens hat er seine Gerissenheit nicht verloren. Dann trabte sie die Treppe hinunter, teilte Mr. Anriques mit, daß Mr. Strangways schlafe, und verschwand in der Menge. Es bedurfte gerade mal einer Minute Arbeit für sie, einen Fetzen Papier aufzusammeln, der von einem der Schreiber weggeworfen war, die bei Gericht arbeiteten. Etwas schwieriger war es, eine Feder von einem der Tische zu erwischen, die auf Böcken standen. Mit den beiden Dingen, die sie in ihrem Leibchen versteckte, wartete sie so lange, bis sie sich wieder unbemerkt hinauf in den Eightpenny-Trakt schleichen konnte.

Irgendwann folgte Anriques der Glocke, die zum Essen läutete. Sie versteckte sich hinter einem Regenfaß und rannte wie der Blitz die Treppe hinauf.

Sie sah, daß Becket noch immer zur Zimmerdecke emporstarrte, genau so wie zu dem Zeitpunkt, als sie ihn verlassen hatte. Als sie eintrat, setzte er sich auf, nahm die Schreibutensilien an sich und gab ihr zwei Pennies dafür. Sie setzte sich auf eines der Betten und ließ wieder die Beine baumeln. Becket schrieb eine Weile mit einiger Mühe, ganz so, als habe er in seinen Händen kein richtiges Gefühl. Gelegentlich kaute er am Ende der Feder herum, wonach er immer einige der Federstückchen wieder ausspuckte.

Schließlich war er fertig, faltete das Papier und richtete seine Augen unter den schweren, schwarzen Brauen auf sie. Er hatte wunderschöne Augen, dachte sie, aber sie waren müde und traurig.

»Kannst du lesen?«

»O ja, Sir«, sagte sie beherzt, wobei sie ihre Stimme so klingen ließ, als sei es eine Lüge. »Ich kann das Alphabet und meinen Namen.«

»Kannst du jemandem eine Nachricht bringen?«

»Ja, Sir.«

»Kennst du den Mann, der heute morgen zum Tor hineinkam und mit den Ladies sprach, die die Halskrausen machen?«

»Ja, Sir. Lady Dowager nannte ihn Pater Hart, und er sagte auch, daß er Pater Hart sei. Er hat nach Euch gefragt, Sir.«

Becket nickte. »Gib ihm diesen Brief, aber nur ihm selbst und niemand anderem. Und laß vor allem Mr. Anriques nicht sehen, was du tust.«

Beinahe hätte sie gesagt, daß sie das niemals tun würde, da sie begierig darauf war, den Brief in die Hände zu bekommen. Aber das wäre zu einfach gewesen.

»Dann macht es zwei Pennies mehr, Sir.«

»Du sagtest einen Penny.«

»Das kostet es bei normalen Botschaften. Die hier ist ein Geheimnis.«

Er lächelte sie zynisch an. »Wie alt bist du eigentlich?«

Sie zuckte die Achseln. »Ich weiß es nicht, Sir.« Und das entsprach der Wahrheit.

»Und wie heißt du?«

»Ich werde Thomasina genannt. Soll ich wieder zurückkommen?«

»Nur, wenn du eine Antwort darauf erhältst.«

Sie machte einen Knicks, nahm den Brief und das Geld, packte beides in ihr Leibchen und sprang die Treppen hinunter. Rasch öffnete sie den Brief, noch am Tor, und las, was er geschrieben hatte. Alles, was er wollte, war ein sofortiges geheimes Treffen mit Hart. Das war alles. Aber anstatt den Brief zu unterschreiben, hatte er eine kleine, Figur gezeichnet, das Bild eines Pferdes mit einem Horn auf dem Kopf.

52

Als Simon Ames nach dem Essen aus dem Speisesaal zurückkam, brachte er treu und gewissenhaft einen halben Laib Brot, etwas Käse und gesalzenes Rindfleisch mit. Als er damit bei Becket eintraf, saß dieser mit gekreuzten Beinen auf seinem Bett im Eightpenny-Trakt und pfiff durch die Zähne.

»Wie geht es Euch?« fragte er.

Zuerst sah Becket ihn überhaupt nicht an. »Gut genug.«

»War es die Fallsucht?«

»Auf eine gewisse Art schon. Ich sah Regenbögen und roch Rosen, aber nachdem ich mich hingelegt hatte, gingen sie wieder weg, und ich fühlte mich besser.«

Simon lächelte erleichtert. »Der Arzt sagt, wenn Ihr vorsichtig seid, kann Eure Fallsucht möglicherweise auch wieder verschwinden.«

»Wodurch entsteht sie denn überhaupt?«

Simon spreizte seine Finger.

»Zweifellos hat es mit einem Überschuß an Phlegma zu tun.«

»Er verschreibt in einem solchen Fall immer Tabak.«

»Dann laßt uns eine Pfeife rauchen«, sagte Simon, der merkte, daß er eine brauchen könnte.

»Doktor Nuñez ist sehr erpicht auf Tabak«, sagte Becket. »Warum?«

»Er importiert ihn aus Neuspanien...«, sagte Simon. »So glaube ich wenigstens.«

»Wenn er so reich ist, warum stellt er dann keine Kaution für Euch?«

Simon zögerte. »Vielleicht tut er das, wenn er meint, daß ich meine Lektion gelernt habe.«

Becket packte seine Pfeife aus und füllte den Pfeifenkopf. Bevor er sie anzündete, schaute er sie sinnend an. »Wie schade, daß man beim Rauchen die Taschen von so einem verdammten Spanier füllt.«

»Vielleicht sollten wir unseren eigenen Tabak anbauen.«

»Genau.« Endlich zündete Becket seine Pfeife an, nahm dankbar einen tiefen Zug daraus und reichte sie weiter an Simon, der dasselbe tat. Becket lächelte. »Zumindest sagt Euch die Medizin des Doktors inzwischen mehr zu«, sagte er beiläufig.

Simons Augen verengten sich. »Habt Ihr Euch mittlerweile an noch mehr erinnert?«

Becket hätte sich am liebsten selbst einen Fußtritt gegeben. Simon Ames war schon immer allzu scharfsinnig gewesen, als daß man ihn lange hätte zum Narren halten können. »Nun, es kommt mir einiges in den Sinn«, sagte er. »Vor allem, wenn ich nicht versuche mich zu erinnern.«

»Ausgezeichnet. Sicher wird bald alles wieder da sein.«

Becket nickte und nahm die Pfeife entgegen. »Wenn nur meine Beine frei wären«, sagte er, »dann wäre ich sehr glücklich, denke ich.«

»Sind die Eisen so ermüdend?«

Becket seufzte. »Nicht so schlimm, wie es war, als ich auch Fesseln an meinen Händen hatte, aber... doch. Jetzt, da ich wiederhergestellt bin, möchte ich laufen und nicht vor mich hin schlurfen. Ich möchte mich auch wieder im Kampf üben.« Er rieb sich die blauen Flecken, die ihm die Eisenringe, als er einmal nicht an sie gedacht hatte, an seinen Knöcheln verursacht hatten. Dann versuchte er, mit großen Schritten loszulaufen, und ärgerte sich, als er bemerkte, daß die Eisen ein Loch in einen seiner Unterschuhe gebohrt hatten.

Nachdenklich betrachtete Simon die Ketten. »Wir könnten

versuchen, eins der Kettenglieder durchzufeilen«, sagte er mit zweifelnder Stimme.

»Zu langsam. Und verlaßt Euch darauf, daß es hier sicher nirgends eine Feile gibt.«

»Dann vielleicht Aqua fortis oder Salpetersäure, eine starke Lösung von Salpetersäure. Damit ließe sich vielleicht das Eisen so weit auflösen, daß es zerspringt.«

»Was ist Salpetersäure?«

»Eine Art flüssiges Feuer, ein alchimistisches Paradoxon. Wie Ihr wißt, sind die Elemente Feuer und Wasser Gegensätze, aber wenn Luft und Erde, die wiederum einander widersprechende Elemente sind, im richtigen Maße damit verbunden werden, entsteht eine Art Wasser. Jedenfalls sieht es aus wie Wasser, besitzt aber gleichzeitig die Qualität von Feuer. Es verbrennt alles, was damit in Berührung kommt.«

»Und wie könnte ich das herstellen?« wollte Becket wissen.

»Ganz bestimmt könnt Ihr das selbst niemals tun. So etwas besitzt nur ein Alchimist oder ein Goldschmied.«

»Hm. Aqua fortis, sagt Ihr.«

»Sehr starkes Aqua fortis. Aber da gibt es noch dieses andere Problem. Wenn Newton es herausfindet, wird er Euch Stockhiebe verordnen und Euch in den Stock spannen.«

Becket zuckte die Achseln. »So? Meinem Eindruck nach kann er das sowieso tun.«

»Seine Regeln sind zwar tyrannisch, aber nicht verrückt. Sein Hauptanliegen ist, daß niemand zu fliehen versucht und es zu keinem Aufstand kommt. Dafür wird er nämlich mit einer Geldbuße belangt.«

»Aha.«

»Nun, wollt Ihr vielleicht aus diesem Trakt heraus? Es gibt viele unten im Hof, die Eure Geschichte von Zutphen hören möchten. Überhaupt alles, was Ihr von Sir Philip Sidney wißt.«

»Gott, warum sind alle nur so heiß auf ein Scharmützel, das bei einem Fort stattfand?«

341

Simon schüttelte den Kopf. »Sidney wurde durch die Art, wie er starb, ein Held.«

»Daran gab's gar nichts Heldenhaftes. Er hat ebenso phantasiert wie all die anderen, die am Wundfieber starben, und dann verlor er das Bewußtsein.«

»Um Himmels willen, Sir, behaltet das bloß für Euch. Außerdem ist die Art, wie er die Truppe in dem Gefecht bei Zutphen kommandierte, heroisch zu nennen. Es geschieht nicht allzu oft, daß die Blüte der höfischen Ritter ihr Leben aufs Spiel setzt, nur damit gemeine Soldaten dem Tod entrinnen. Zumeist reiten sie doch das Fußvolk in aller Eile nieder, um selbst zu entkommen. Alle wissen doch, daß durch Sidneys Verdienste die Sache ehrenhaft ablief und nur dreizehn Männer ihr Leben verloren.«

»Nun, das zumindest ist wahr. Ich war selbst auch nicht wenig erstaunt darüber.«

»Zutphen wurde zur Legende. Die Liedverkäufer haben bestimmt ein Dutzend Balladen darüber verkauft, und es kursieren Geschichten, wonach er das Wasser an die armen Soldaten verteilte. Er wurde zum protestantischen Märtyrer erkoren, zum Muster an Ritterlichkeit.«

»Hm«, brummte Becket. »Zweifellos paßt es dem Grafen von Leicester hervorragend, daß jedermann Sidney wegen seines Heldentums preist. Denn so fragt niemand, wieso wir keine Kundschafter hatten.«

»Zweifellos. Werdet Ihr kommen, um die Geschichte zu erzählen, Sir?«

»O ja, natürlich«, meinte Becket unfreundlich. »Doch sagt ihnen, daß ich mit ihrer Hilfe zuerst meine Kehle befeuchten muß.«

Und tatsächlich erzählte Becket, wie Simon vermutet hatte, nachdem man ihm einen Becher Branntwein gereicht hatte, die Geschichte sehr gut. Er stand in der Nähe der Frauen, die die Halskrausen herstellten, so daß sie beim Nähen ebenfalls zuhören konnten. Der Zyklop saß als sein Bärenführer ganz in der Nähe. Nach der Geschichte ließen sie einen Hut herumgehen und ihn dreimal hochleben. Nachdem der Zyklop seinen Anteil bekommen hatte, konnte Becket eine ansehnliche Zahl von Pennies und Groschen in seiner Börse verwahren. Niemals hätte er seine Knöpfe verkauft, wenn ihm klar gewesen wäre, daß Geschwätz so wertvoll sein konnte. Eine der Näherinnen lächelte ihn an. »Sir, gewiß habt Ihr noch nie gesehen, wie sich ein Rechtsgelehrter in Brokat und Marderfell in Positur stellt, was beides wunderbare Materialien sind, aber mordsmäßig teuer?«

Becket grinste und verbeugte sich vor ihr. »Ich hatte es vergessen«, sagte er, »und dazu auch noch vieles andere, Madam. Habt Ihr von dem Unfall gehört, der meinem armen Gehirn widerfahren ist?«

»Dann stimmt es also, daß Ihr Euer Gedächtnis verloren habt?« sagte die Gegnerin der anglikanischen Kirche, während sie einen endlos langen Leinenstreifen mit Nadelspitze versah und dabei mit ungeheurer Geschwindigkeit zu Werke ging.

»Ja, Madam. Nach Zutphen ist alles im Nebel verschwunden.«

»Was für eine schreckliche Sache«, sagte die Lady nachdenklich. »Ich habe mich schon gefragt, warum... nun... warum einer der Helden von Zutphen im Fleetgefängnis sitzt.«

»Hier ist es nicht so übel wie im Tower, Madam«, sagte Becket bedeutungsvoll.

»Nein, wirklich nicht. Herr im Himmel, ich würde den Tower nicht einmal meinem schlimmsten Feind wünschen. Über diesen Ort gibt es so viele üble Geschichten, vor allem über arme katholische Priester, die wie Pater Campion leiden mußten.«

Simon, der als einer der Inquisitoren Pater Campion befragt hatte, sah zu Boden und fand, daß er in dieser Hinsicht über Beckets Gedächtnisverlust sehr froh sein konnte.

»Gott möge sich seiner erbarmen«, sagte Becket andächtig. »Amen.«

Simon runzelte verwundert die Stirn. Er hatte Becket niemals für einen religiösen Menschen gehalten, obwohl die Erlebnisse, die ihm widerfahren waren, sicherlich weit gottlosere Männer als ihn bekehrt hätten. Dann sah er, wie Becket die Rekusantin ansah, während sie mit nachdenklichem Gesichtsausdruck weiter emsig mit ihrer Nadel hantierte. Aha, dachte er und schnaubte ein wenig enttäuscht, so ist das also. Da Simon Frauen gegenüber sehr unbeholfen war – seine eigene bildete da keine Ausnahme –, erstaunte es ihn immer wieder, wie mühelos viele Männer logen, wenn eine Frau ihr Verlangen weckte. Dieses Spiel amüsierte ihn.

Er dachte, er sollte Becket bei seinen Annäherungsversuchen allein lassen, also marschierte er zu der Stelle am Tor zum Eightpenny-Trakt zurück, die er sich ausgesucht hatte. Bald kam einer der Gefangenen zu ihm, der einen Brief an einen Rechtsgelehrten benötigte, und damit war er den ganzen Nachmittag beschäftigt.

53

Becket war kein Mann, der viel Zeit darauf verschwendete, in Erinnerungen zu schwelgen, da er normalerweise viel zu sehr damit beschäftigt war, seinen Gläubigern aus dem Wege zu gehen oder Geld aufzutreiben. Mittlerweile neigte er dazu, sein Gedächtnis dafür zu segnen, daß es sich, so wie ein Fuchs in seinem Bau verschwindet, vor den Spionen der Königin aus dem Staub gemacht hatte, auch wenn er anfangs deswegen wahre Höllenqualen gelitten hatte. Er hatte genug auf dem Kerbholz, auch ohne die Vernichtung der Königin, die über dem allen lag. Welche Art Engel ihm sein Gedächtnis genommen hatte, konnte er nicht sagen, obwohl er in einem abergläubischen Winkel seiner Phantasie vermutete, daß auf ir-

gendeine Weise dabei wohl der Geist seines alten Freundes
Tom O'Bedlam die Hand im Spiel hatte.

Wie dem auch sei, seine neu gewonnene Fähigkeit, sich wieder an die Vergangenheit zu erinnern und damit zu verstehen,
was er getan hatte, war nach den Wochen der Verwirrung und
Unsicherheit ein fast wollüstig zu nennendes Vergnügen. Er
verbrachte die meiste restliche Zeit jenes Tages damit, müßig dazusitzen und mit seinem Messer an einem Stück Holz
herumzuschnitzen, währenddessen ganze Städte aus den sich
auflösenden Nebeln in seinem Innern auftauchten. Einige Bereiche seines Gedächtnisses passierte er nur oberflächlich, da
ihn die Erinnerung schmerzte. So sah er keinen Grund, über
die früheren Zeiten nachzudenken, die er als junger Mann in
den Niederlanden verbracht hatte, an die Tage, als Romero
und Adam Strangways ihn durch Folter dazu gebracht hatten, die Stadt Haarlem an die Spanier zu verraten. Auch zog
er es vor, sich nicht an Agnes Fant, geborene Strangways, zu
erinnern. Eliza Fumey stellte eine neuere Verletzung dar, über
der sich nur ein dünner Schorf gebildet hatte, und er wußte
auch, daß er einen dreijährigen Sohn hatte, den er noch niemals zu Gesicht bekommen hatte und der einen reichen Londoner Bürger seinen Vater nannte. Nachdem sie wußte, daß
sie ein Kind erwartete, hatte Eliza ihre eigene Vermählung so
leidenschaftslos und überlegt in die Wege geleitet, wie sie es
für ihre Töchter getan hätte. Unerbittlich hatte sie den Entschluß gefaßt, Becket nicht zu heiraten, obwohl er ihr die ver-
zweifeltsten Versprechungen gemacht hatte. Doch sie sagte,
daß er ein Trunkenbold sei, ein Aufrührer, Stänkerer und ein
Bandit, auch ein hervorragender Fechtmeister, ein tapferer
Freund und ein teurer Geliebter, aber ein Ehemann – niemals.

Vielleicht war es richtig. Er hatte vier Jahre unter dem großzügigen Schutz von Sir Philip Sidney verbracht und dabei die
Höflinge den korrekten Gebrauch von Pallasch und Rapier
gelehrt. Er hatte hervorragende Arbeit geleistet, aber jeden

Penny, den er verdient hatte, wieder ausgegeben und sogar noch weit mehr, wobei er nicht die geringste Ahnung hatte, wofür. Doch zu heiraten und einen Hausstand zu gründen, das konnte er sich sehr gut vorstellen, und so malte er sich in seiner Phantasie aus, in einem netten, kleinen Haus in London zu leben und Frau und Kinder zu haben. Aber weiter kam er nicht.

Als Alternative war da noch Kate aus dem Falcon, und auch an den holländischen Mädchen hatte er großen Gefallen gefunden, wenn er sich nur an ihre Namen erinnern könnte.

Seine Reise nach Reims wurde mit goldenen Filigranknöpfen bezahlt – die anderen hatten einem geeigneteren Zweck gedient. Aus purer Eitelkeit hatte Becket sich in Amsterdam einen sehr edlen Anzug anfertigen lassen, der mit Sidneys Jettknöpfen verziert wurde. Das war das erste Mal, seit ihn sein Vater enterbt hatte, daß er ein Wams und eine Hose aus erster Hand besaß, die extra für ihn angefertigt worden waren. Er war darüber absolut entzückt und fand, daß er damit einen besseren Weg gefunden hatte, um das Interesse ehrbarer Damen zu wecken.

Wenn er jetzt bedachte, was dieser Anzug alles mit ihm erlebt hatte, und bedachte, daß er im Gegensatz zu sich selbst nicht die Fähigkeit besaß, sich selbst zu heilen, war er eigentlich in recht guter Verfassung. Er wollte dem kleinen Schneider im Fleetgefängnis ein wenig Geld geben, damit er ihm die Risse und sonstigen Beschädigungen ausbesserte, die ihm die Spione und seine Verfolger beigebracht hatten.

Reims war eine schwierige Angelegenheit gewesen. Das englische Priesterseminar war in einem kleinen Haus in einem abgelegenen Gäßchen untergebracht, wo er freundlich aufgenommen wurde. Er log so wenig wie möglich. So erhob er nicht den Anspruch, im katholischen Glauben besonders versiert zu sein, sondern sagte nur, daß er daran festhalte, weil es der Glaube seiner Mutter gewesen sei. Er berichtete auch, daß er mit Leicester in die Niederlande gegangen war und dort, so schnell wie er nur konnte, auf die Seite des Herzogs von Parma übergelaufen sei – etwas, das aufrichtige Papisten häufig genug taten.

Die Jesuiten stellten ihm freundliche Fragen, und das tat auch ihr Oberhaupt, der berüchtigte Pater Parsons. Warum hatte ihn Parma zur Unterstützung dieser geheimen Mission nach England geschickt? Nun, Becket war ein Mann, der sich hervorragend in den finsteren Seitengäßchen Londons auskannte und bei Laurence Pickering, dem König der Diebe, in gutem Ansehen stand, also konnte er durchaus dabei behilflich sein, die alte Nonne aufzustöbern. Es war alles sehr logisch, der Zusammenhang klar, und mit Sidneys hervorragend gefälschtem Brief des Herzogs von Parma genügte es ihnen, um ihm zu vertrauen. Becket fragte sich verwundert, wie solch weltfremde Männer überhaupt eine Gefahr für die Königin Elisabeth und ihr Reich darstellen konnten, was Walsingham ständig behauptete.

Er aß mit ihnen zusammen im Refektorium und hörte den laut vorgelesenen Schriften des Ignatius von Loyola zu. Er sprach sein Amen zu Gebeten, die er kaum verstand, und versuchte, nicht ständig auf die schauerlichen Gemälde an der Wand zu stieren, auf denen zahllose Varianten des Märtyrertums dargestellt waren.

Becket fühlte sich besonders abgestoßen von dem Ausdruck der Duldsamkeit, der in den gemalten Gesichtern der Märtyrer stand. Mit Blut und gebrochenen Knochen konnte er sich abfinden, aber geweihte Qualen machten ihn richtig wütend.

Er mußte daran denken, wie er und Tom Hart auf der Überfahrt von Calais nach Dover über dieses Thema gespottet hatten. Er mochte Pater Hart, dachte er voller Kummer. Er war ein guter Kamerad, der sich ganz wie ein Gentleman benahm und ihm keine Predigten hielt. Auch hatten sie mehr Gemeinsamkeiten, als Becket gedacht hatte – beide waren sie jüngere Söhne, die, wenn auch aus unterschiedlichen Gründen, verstoßen worden waren. Und beide litten sie in den vier Tagen ihrer Überfahrt insgeheim an Seekrankheit, während die Herbststürme das kleine Boot gegen die Wellen schleuderten.

Als sie sich schließlich wieder auf festem Boden befanden, die Fragen der Männer vom Zoll beantwortet und sie entsprechend bestochen hatten, ließen sich Becket und Hart nieder, um in einer Kneipe im Hafen von Dover zum ersten Mal seit vielen Tagen wieder etwas zu essen.

Zuerst waren sie viel zu hungrig, um miteinander zu sprechen, doch nach einiger Zeit lehnte sich Becket zurück, lockerte seinen Gürtel um ein Loch und zündete sich eine Pfeife an.

»Also, was machen wir jetzt?« fragte er. »Sollen wir nach London gehen und die alte Nonne suchen?«

Pater Hart hustete wegen des Rauches und versuchte, ihn mit den Händen wegzuwedeln.

»Nein«, sagte er. »Erst einmal stöbern wir ihre Familie auf.«

»Und wie, zum Teufel, sollen wir das anstellen?«

»Sie erzählte mir, daß sie der Krankenstube ihres Klosters vorgestanden hat, und nannte mir auch den Namen des Konvents. Also schrieb Pater Parsons an das Mutterhaus, das noch immer über sämtliche Aufzeichnungen verfügt, und so erfuhren wir, daß ihr ursprünglicher Name Maria Dormer war und wo der Besitz ihrer Familie liegt.«

Becket nickte. »So einfach, he?« sagte er.

Pater Hart lächelte ihn an. »Natürlich«, sagte er und zeigte dabei eine irritierende Gemütsruhe. »Da wir die Arbeit des Herrn verrichten, wird er uns natürlich auch dabei helfen, sie zu tun.«

»Hm.«

Zuerst war es wirklich so einfach. Becket konnte es kaum glauben. Sie kauften Pferde und ritten nach Sussex. Bereits bei ihrem vierten Versuch fanden sie Lady Dowager Dormer. Pater Hart las für sie und ihren gesamten Haushalt die Messe, nahm die Beichte ab, taufte Säuglinge und verheiratete auch die älteste Enkeltochter Lady Dowagers. Ann, die jüngste Tochter, war eine leidenschaftliche Verehrerin der Kirche, und Pater Hart meinte zu Becket im Vertrauen, daß er hoffe, sie würde nach Frankreich gehen, um dort Nonne zu werden. Becket gab vor, dies eine gute Idee zu finden, obwohl er es in Wirklichkeit für eine mehr als verbrecherische Verschwendung einer Frau hielt.

Vor Weihnachten reisten sie dann nach London und verlegten ihr Quartier in den Freibezirk von Whitefriars. Becket war überaus nervös, sich wieder in seinen alten Jagdgründen aufzuhalten, und vermied es ängstlich, in die Nähe der Fleetstreet oder Eliza Fumeys Laden zu kommen. Mit Pater Hart zog er durch die Schenken und Wirtshäuser, ausgestattet mit Gold, um Pickering, den König der Diebe, aufzusuchen. Schließlich bekamen sie Wind davon, daß die Hexe unter dem Namen »die verdorbene Nonne« bekannt war, und gingen ins Falcon, um dort mit ihr zu sprechen.

Sie war nicht da, aber Julia, ihre Enkelin, war zugegen – wichtigtuerisch und eifrig pflichtete sie bei, daß ihre Großmutter ganz sicher dieses Buch vom Einhorn besitze, sie nannte es ihren Schatz und deutete vage an, daß die Königin sicher einiges dafür bezahlen würde. Pater Hart wußte sich vor lauter Freude nicht zu lassen. Becket hätte es vorgezogen, die alte Frau zu finden, ihr, mit welchen Mitteln auch immer, das Buch wegzunehmen und dann, wie er sagte, schnell aus England zu verschwinden. Aber Pater Hart war einer einfachen Lösung nicht zugänglich. Er mußte zunächst versprechen, in dem Haus, das Lady Dowager bewohnte, eine Weihnachtsmesse mit anschließendem Dankgebet abzuhalten, zu der Lady Dowager alle ihre katholischen Freunde einladen wollte.

An diesem Punkt setzte Beckets wiedergefundenes Gedächtnis völlig aus. Er erinnerte sich noch an das überfüllte Speisezimmer, in dem Pater Hart ehrfurchtsvoll seine Utensilien ausgebreitet hatte, die er im doppelten Boden seiner Truhe aufbewahrte: das zusammenklappbare Kruzifix, der kleine Abendmahlskelch und der Hostienteller sowie eine kleine Schachtel mit Hostien. Er erinnerte sich sogar an Pater Harts kräftige Stimme, als er anfing, die Hymne *Asperges me* zu intonieren, die er zur Versprengung des Weihwassers sang, und dann fielen ihm auch wieder die verschiedenen Gebete ein, die ihm bereits vertraut waren, obwohl er trinkend im Nebenzimmer gesessen hatte, besorgt wegen dieser Verrücktheit. Und dann ...

Dann ertönte das Knallen von Stiefeln, und Hacken schlugen gegen die Tür, und zwar zu beiden Seiten des Hauses. Die Gemeinschaft der Gläubigen sah sich voller Angst und Schrecken an, während Pater Harts Stimme sich erhob und entschlossen mit der Messe fortfuhr. Dann sprang die abgeschlossene Tür auf, und die Gesichter von Ramme und Munday wurden kurz sichtbar, in ihren Augen flackerte die Gier nach einem Triumph. Becket selbst zog die Klinge, stellte sich dem Kampf und dann ...

Dann war da gar nichts mehr. Einen Wimpernschlag später wachte er mit zerschlagenen Händen in Little Ease auf.

Beckets Gedanken scheuten vor dieser Erinnerung zurück wie ein Pferd vor einem brennenden Stall. Auch sah er keinen Sinn darin, die Sache weiter zu verfolgen, denn ohne Zweifel war einer aus der Mitte der Katholiken, die in dem überfüllten Raum zusammengekommen waren, ein Spion oder ein Verräter, womit man in London immer rechnen mußte. Pater Hart war ein Narr gewesen, überhaupt die Messe zu lesen, auch wenn er es für seine Pflicht gehalten hatte.

Dennoch empfand Becket noch immer eine gewisse Befriedigung. Immerhin war Pater Hart nicht gefangen worden. Und er selbst hatte diesen Mann auch nicht verraten. Zwar begleiteten ihn die Gespenster von Haarlem noch immer, doch blieben sie ohne Gesellschaft. Gott, Tom O'Bedlam oder sonst jemand hatte sein Gedächtnis versteckt, und so war er vor sich selbst gerettet worden. Er machte sich nicht vor, daß es ihm ohne ein solches Wunder gelungen wäre zu schweigen. Dieser Gedanke machte ihn ganz krank und beschämte ihn, so daß er auch vor ihm zurückschreckte.

Was nun Simon Ames betraf... Er brauchte zunächst hinter der dicken schwarzen Wolkenschicht die Sonne der Erinnerung, um an ihn zu denken. Becket hatte wie ein Bruder um ihn getrauert, als er glaubte, daß Ames 1583 an einem Lungenfieber verstorben sei. Es hatte ihn mehr geschmerzt, als er ausdrücken konnte, als Doktor Nuñez ihm mitteilte, daß Simon im geheimen nach jüdischem Ritus begraben würde, so daß er ihm weder seine Achtung erweisen noch Lebewohl sagen konnte. Und seitdem hatte er jedesmal, wenn er sich betrank, einen Toast auf Simon ausgesprochen. Nun sah es ganz so aus, als sei der kleine Mistkerl irgendwo außerhalb von London so gut versteckt gewesen wie eine Wanze im Putz, und zweifellos hatte er sich halbtot über ihn gelacht, weil er so ein sentimentaler Trottel war. Aber warum, um Gottes willen? Warum hatte sich Simon zu einer so ausgeklügelten Scharade verleiten lassen? War er vielleicht in ein geheimes Unternehmen Walsinghams verwickelt und traute Becket nicht?

Der Gedanke war ihm unerträglich. Becket fühlte die Wut so stark in sich auflodern, daß er es kaum noch fertigbrachte, Ames anzusehen oder mit ihm zu sprechen. Und er empfand es als schreckliche Last, mit ihm im Eightpenny-Trakt das Bett zu teilen. In dieser Nacht hatte es Stunden gedauert, bis er in der Dunkelheit des schnarchenden Traktes schlafen konnte, während Simon es sich wie ein Kätzchen an seiner Seite gemütlich machte. Jeder tiefe Atemzug, den der Inquisitor nahm, war für Becket eine wenn auch unbewußte Beschimpfung.

Früher, als er noch jünger, unbesonnener und zugleich auch argloser gewesen war, hätte Becket Ames vielleicht zum Kampf herausgefordert oder auch zusammengeschlagen, um damit sein Herz zu erleichtern und eine Erklärung zu bekommen. Aber da er Ames für einen Agenten Walsinghams hielt, mußte er bedachtsamer vorgehen. Also gab er sich als der aus, der er vor dem Zusammentreffen mit Pater Hart gewesen war, und dachte voller Befriedigung, daß er den kleinen Inquisitor damit ganz schön an der Nase herumführte. Und in der Zwischenzeit sann er auf Rache.

Und natürlich auch auf Flucht.

54

Brief an Doktor Hector Nuñez von Anriques im Fleetgefängnis, 30. Januar 1587.

Mein lieber Onkel [schrieb Ames in hebräischer Schrift], *ich bin über das Verhalten unseres Freundes sehr besorgt. Nach dem bemerkenswerten Sieg, den seine Erinnerung bezüglich Zutphen davontrug, haben wir nur noch wenig weitere Fortschritte zu verzeichnen, obwohl er sich im Hinblick auf sich selbst sehr viel unbeschwerter zeigt. Er hat viel Zeit damit verbracht, insbesondere seine Hände zu bewegen und zu ertüchtigen. So stemmte er sich im Hof einen Pflasterstein heraus, den er mit sich herumträgt und mal mit der einen, mal mit der anderen Hand ergreift, um besser zupacken zu können. Er hat sich auch eines Bettlerkindes angenommen, was durchaus lobenswert ist, obwohl ich meine, daß dieses Kind ihm dabei hilft, an ein Mädchen ranzukommen, ein Mangel, der ihm schrecklich zu schaffen macht. Um dem Abhilfe zu verschaffen, ließ er sein Wams von einer der Damen hier ausbessern und seine Strümpfe stopfen, während er den ganzen Tag damit verbrachte, darüber zu klagen, daß er mit seinen bloßen Waden wie ein Ire aussähe.*

Der unmittelbare Grund meiner Besorgnis ist der folgende: Heute kam er mit einer Schiefertafel zu mir, auf der er den Lehrsatz des Pythagoras vermerkt hatte, zum Vergnügen, wie er behauptete, obwohl ich noch nie einen Mann getroffen habe, der an den Künsten der Mathe-

matik weniger Vergnügen hatte als er. Da in seiner Be-
rechnung ein deutlicher und offensichtlicher Fehler war,
korrigierte ich ihn und erklärte ihm sein Mißverständ-
nis sorgfältig bis ins letzte Detail. Rückblickend denke
ich jetzt, daß ich besser daran getan hätte, ihm den Feh-
ler zu lassen. Denn schließlich kann eine Leiter ebenso
gut wie etwas anderes eine Hypothenuse darstellen.
Falls unser Freund tatsächlich seine Flucht plant, muß
ich darauf bestehen, daß er sofort aus dem Fleetgefäng-
nis entfernt wird und insgeheim in eine neue Unterkunft
gebracht wird, vielleicht am besten in Euer eigenes Haus,
jedenfalls so lange, bis wir genauer wissen, an wieviel er
sich tatsächlich erinnert.
Ich verbleibe, Sir, als Euer liebender und hochachtungs-
voller Neffe.

Der Brief wurde mit zwei weiteren, die Ames für einen kurz-
sichtigen Gentleman abgefaßt hatte, dem Türschließer übergeben, damit sie einer der Diener aus dem Gefängnis brachte.
Es würde einen Tag dauern, bis der Brief Nuñez erreichte, und
einen weiteren Tag, bis er eine Antwort darauf erhielt. Ames
begann zu beten, daß Becket sich bis zu diesem Mittwoch,
dem Abend vor Lichtmeß, ruhig verhielte, falls er sich überhaupt mit dem Gedanken an Flucht befaßte.

Wie es häufig geschieht, wurde an diesem Tag ein Mann,
von dem Newton glaubte, daß er ihm Geld vorenthielt, in
einer Ecke des Gefängnishofes an den Pranger gestellt. Die
halbe Nacht hielt er die Gefangenen mit Betteln, Flehen und
Verwünschungen wach, bis Newton sich schwankend erhob
und mit seiner Keule hinausging. Halb tot durch die Kälte und
die Schläge bezahlte der Mann am nächsten Morgen das Geld,
das er versteckt hatte, doch danach wurde er erneut geschlagen und ins Loch gesteckt, um, wie Newton es ausdrückte,
den Vorteil der Ehrlichkeit zu demonstrieren.

Becket war an diesem Morgen sehr angespannt. Simon

blieb, so weit es ging, in seiner Nähe und würfelte sogar mit ihm, obwohl dieses Spiel für ihn sterbenslangweilig war. Schließlich murmelte Becket irgendwann, daß er einen unterhaltsameren Gegner für sich finden wolle, und ging schlendernd davon.

Simon blieb, wo er war, in seiner eigenen Welt der Zahlen und Berechnungen, wobei seine Neugier ständig darum kreiste, was es wohl mit der kristallenen Kreisbahn der Erde auf sich habe. Dann fielen seine Augen auf ein kleines Bettlermädchen, das alleine spielte, und zwar mit einem Fangbecherspiel, einem hölzernen Becher, an dem ein Ball mit einer Schnur befestigt war. Doch anstatt den Ball hoch zu werfen und ihn mit dem Becher wieder aufzufangen, wirbelte sie ihn nur nachlässig mit den Fingern herum, so daß er an seiner Schnur locker um den Becher kreiste.

Und nun konzentrierte sich die Aufmerksamkeit Simon Ames' auf etwas in seinem Kopf, das so schockierend, aber auch wundervoll war, daß ihm für volle fünfzehn Sekunden der Atem stockte. Das war genau die Zeit, die es dauerte, bis das glänzende Licht seiner Idee wie eine Kaskade auf ihn herabstürzte. Warum sollte es überhaupt Kreisbahnen geben, fragte er sich. Sicher war nur, daß alles, was die Erde brauchte, um die Sonne zu umkreisen, ihre Bewegung und eine Art Schnur, die sie auf ewig mit der Sonne verband, waren.

Ohne zu bemerken, daß er sich überhaupt bewegte, näherte sich Simon über den Hof dem Mädchen und beugte sich zu ihr hinab. »Darf ich...«, fragte er atemlos, »Kleine, darf ich dir dein Spielzeug abkaufen?« Und er hielt ihr die erste Münze entgegen, die ihm zwischen die Finger kam, einen Groschen.

Thomasina bedachte ihn mit einem vorsichtigen Blick, wobei sie glaubte, daß er sicher verrückt sei – ein erwachsener Mann, der ein Spielzeug wollte. Wenn Simon von seiner Idee nur etwas weniger begeistert gewesen wäre, hätte er sie vielleicht sogar erkannt, aber er tat es nicht.

354

Sie machte einen Knicks und reichte ihm das Spielzeug. »Hier«, sagte sie und nahm das Geld, »ich mag es sowieso nicht mehr. Ihr könnt es haben.«

Er nahm das Spielzeug und begann es, ebenso wie sie, in seiner Hand kreisen zu lassen. Ja, es war möglich, tatsächlich möglich. Der Ball bewegte sich ruckartig von dem Becher fort, aber er wurde durch die Schnur festgehalten, und die Form, in der sich das Ganze abspielte, war eindeutig ein Kreis.

Simon lachte. Woraus bestand wohl die Schnur, die die Erde festhielt? Auf der einen Seite mußte sie sehr stark sein, um das Gewicht der Erde zu halten, und andererseits wohl auch hitzebeständig. Vielleicht bestand diese Schnur aus Liebe? Und somit mußte sich auch der Mond an einer eigenen Schnur um die Erde bewegen. Es waren also keine kristallenen Kreisbahnen, nein, vielmehr eine Art kristallener oder seidener Faden...

Ein schrecklicher Tumult im Hof riß ihn aus seinen Tagträumen. Mit raschem Blick erkannte er, daß Becket und der Zyklop im Mittelpunkt der Aufregung standen. Der Zyklop brüllte, daß Becket ihm sein Schutzgeld nicht bezahlt hätte und ihn betrügen wolle, außerdem sei er ein papistischer Bastard, der über Zutphen nichts als Lügen verzapfte. Und Becket schrie zurück, daß der Zyklop ein elender Trunkenbold sei, den sein eigener Großvater mit seiner Mutter, dieser Hure, gezeugt hätte, er sei auch niemals Soldat gewesen, sondern hätte sein Auge bei einem Raubüberfall auf eine Frau verloren.

Der Zyklop versuchte, auf Becket einzuschlagen, der zur Seite sprang, hinter einen der Tische rannte und diesen umstieß, um seinen Verfolger aufzuhalten. Schreiend und wehklagend protestierte der Händler, worauf ihm Becket rasch eins überzog. Der Schneider, der Beckets Wams ausgebessert hatte und dem der benachbarte Stand gehörte, griff nun seinerseits Becket an, während einer seiner Kunden ihn, den Schneider, angriff.

Der gesamte Gefängnishof kochte, es flogen Buden und Tische durch die Luft, und Waren wurden auf dem Boden zertrampelt und völlig ruiniert. Die Damen mit den Halskrausen rafften ängstlich ihr kostbares Linnen zusammen und drängten sich unter den Planen. Hinter ihren Röcken versteckten sich die Kinder, die nur gelegentlich neugierige Blicke wagten. Das kleine Bettlermädchen in seinen farbenfrohen Lumpen, das Beckets Zuneigung gewonnen hatte, kauerte gleichfalls bei den Halskrausennäherinnen und beobachtete alles mit kritischen Augen.

Nun begann sich das Chaos in Gruppen von laut schreienden und wild um sich schlagenden Männern aufzulösen. Das Tor zum Innenhof wurde aufgerissen, und Newton schob sich zielbewußt durch die wogenden Massen, begleitet von etwa zwanzig seiner Gefolgsleute, die ihre Knüppel und Schlagstöcke schwangen und alles wieder in dasselbe Chaos wie vorher zurückverwandelten.

Auf dem Höhepunkt des Tumults sah Simon, wie aus der Mauer des Gefängnisses, die über einem schmalen Verbindungsgang aufragte, hinter der Ausbruchssperre aus Glas und metallenen Stacheln plötzlich zwei kurze, gerade Stangen emporwuchsen. Sein Gehirn gefror zu Eis, als er die Augen nach oben wandte, um Näheres auszumachen. Dann tauchte zwischen den beiden Leiterholmen das Gesicht eines Mannes mit Hut auf, der vorsichtig auf den Tumult in dem Hof hinabsah. Zu Simons Linken kroch die breite Gestalt Beckets unter einer zerbrochenen Markise hervor und schlängelte sich bis zu der Stelle durch, an der der Mann auf dem Dach eine Seilrolle herabließ, die mit Sicherheit eine Strickleiter war.

Erschrocken schrie Simon laut auf. Doch niemand hörte ihn. Er bewegte sich langsam vorwärts, um Becket aufzuhalten, aber irgend jemand trat ihm gegen die Beine, so daß er plötzlich über den Boden rollte und einige Zeit brauchte, um wieder auf die Füße zu kommen. Wie im Traum sah er, wie Becket die Strickleiter ergriff und hinaufzuklettern begann.

356

Aber durch die Schwäche in seinen Händen fiel er wieder herab. Das geschah zweimal hintereinander und sogar noch ein drittes Mal. Vor lauter Enttäuschung brüllte Becket laut auf und trat mit dem Fuß gegen die Mauer. Dann hielt er inne und starrte wild ins Nichts. Dann machte er plötzlich einen Buckel und fiel um wie ein gefällter Baum. Danach rollte er, ohne daß ihn jemand bemerkte, von der Mauer weg, wobei seine Füße auf das Kopfsteinpflaster schlugen und sein Gesicht zu einer scheußlichen Grimasse verzerrt war.

Ohne seine Brille war Simon nicht imstande, Beckets Helfer zu erkennen. Verwirrt zögerte der Mann auf dem Mauerrand einen Augenblick, dann rollte er, schnell und entschieden, die Strickleiter wieder auf und verschwand hinter dem Mauerrand. Und auch die beiden Holme der Leiter verschwanden.

So plötzlich, wie er angefangen hatte, ebbte der Kampf wieder ab, und ließ Becket, der heftig nach Luft rang, auf dem Pflaster zurück. Zwei von Newtons Schergen legten Hand an ihn, wurden jedoch durch Beckets Zuckungen wieder von ihm weggeschleudert, während ein anderer den Zyklopen festhielt.

Newton kochte vor Wut, er schrie und stampfte und herrschte den Zyklopen an, daß er von ihm erwarte, für Ordnung zu sorgen und keine Krawalle anzuzetteln.

Getrieben von der Angst, daß Becket den letzten Fetzen Vernunft verlöre, lief Simon zu ihm hinüber und hielt ihn an den Schultern fest, während sein Kopf bewußtlos zur Seite fiel.

Das war ein Fehler. Zwei aus Newtons Schlägerbande drehten ihm die Arme auf den Rücken und zerrten ihn fort, während ein anderer begann, ihn ins Gesicht zu schlagen, um ihn aufzuwecken.

»Sir, Sir«, protestierte Simon, »er hat die Fallsucht! Er darf nicht geweckt werden!«

»Er lügt«, schrie der Zyklop. »Er und dieser Bastard haben den Aufruhr zusammen geplant.«

Newton schnippte mit den Fingern, und seine Vasallen brachten Simon zu ihm herüber.

»Ich protestiere energisch gegen diese üble Behandlung, Sir«, sagte Simon so würdevoll, wie er nur konnte, wobei er aus der Tatsache, daß Beckets Fluchtplan gescheitert war, Mut schöpfte. »Mr. B – Mr. Strangways ist ein kranker Mann, und Ihr solltet...«

»Maul halten«, knurrte Newton. »Richtig. Du und der verdammte Mistkerl, Ihr könnt die Nacht draußen verbringen, verstanden?«

»Dies ist ein Frevel«, schrie Simon zurück, wobei er darüber erstaunt war, wie der Zorn seine magere Brust erfüllte. »Er hat die Fallsucht und wird das wahrscheinlich nicht überleben!«

Jemand hatte einen Eimer Wasser über Beckets Kopf gegossen, wodurch dieser langsam wieder in den Wachzustand zurückfand. Er spuckte und hustete und sah dabei so verstört aus wie ein Kind, das nachts geweckt wird.

»Er wird an Lungenentzündung erkranken. Das ist die niederträchtigste Ungerechtigkeit und geht weit über Eure Kompetenz hinaus. Ich werde Euch wegen Eurer Tyrannei vor das Gericht des Königs bringen, Sir, da könnt Ihr sicher sein.«

Newton hob die Faust empor, in der er seinen Knüppel hielt. »Du wirst im Loch mehr als Lungenentzündung bekommen«, zischte er. »Wenn du dein verdammtes Maul nicht hältst, Jude, prügle ich dir die Knochen aus dem Leib.«

Becket starrte die beiden an. Er blinzelte und schüttelte den Kopf.

»Ruhig, Simon«, sagte er sanft. »Der Pranger ist besser als das Loch oder Prügel.«

Simon riß vor Erstaunen den Mund auf, als er den weisen Friedensspruch Beckets vernahm. Newton grinste wölfisch.

Sie schleppten sie hinüber an den Pranger und den Prügelstock, während Newton neben ihnen herstampfte und seine Befehle brüllte. Hinter ihm stolzierte der Zyklop und machte in die Richtung des gefesselten Becket, der noch immer wachsbleich war und unsicher auf seinen Füßen stand, einige obszöne Gebärden. Simon wünschte sich voller Inbrunst, daß er sich um seine eigenen Angelegenheiten kümmern würde.

Sie steckten Beckets Kopf und Hände gewaltsam in den Pranger, da sie noch immer die Überzeugung hegten, daß Becket der Größere und Gefährlichere von ihnen beiden war. Doch Becket erholte sich rasch und verfluchte sie, als sie ihn in den Pranger schoben, seine Schulter hineinpreßten und dann eine Stange darüberlegten. Simon wagte nicht, sich gegen sie zur Wehr zu setzen, als sie ihn zwangen, sich auf die Steine zu setzen, und dann seine Handgelenke in den Stock schlossen und mit einem Riegel befestigten. Er fühlte sich krank. Jeder auf dem Hof konnte die Vorstellung beobachten, einige lachten über Becket. Der fing damit an, die Gefangenen, aber auch Newton zu verfluchen, was sich als Fehler herausstellen sollte. Einige von den Mutigeren packten Brocken von Straßenkot, aber auch Gemüseabfälle, und die Zaghafteren schlossen sich ihnen sofort an. Dann ergoß sich ein paar Minuten lang ein wahrer Regen von Wurfgeschossen über sie beide. Simon legte die Arme über seinen Kopf, um sich zu schützen. Becket schrie die Menschenmenge an, die ihm noch vor wenigen Tagen so ehrfürchtig bei seinen Geschichten über Zutphen zugehört hatte. Auch Newton lachte und warf mit ein paar Steinen auf sie.

Schließlich verschwanden der Gefängnisaufseher und seine Schließer ins Torhaus, um dort zu feiern, und bald entfernte sich auch der Zyklop. Sofort hörte die Menge damit auf, Steine zu werfen, und zerstreute sich rasch, um den Damen, die die Halskrausen nähten, bei der Pflege der Verletzten zu helfen und aus den herumliegenden Trümmern so viel wie möglich von ihren Sachen wieder herauszuklauben.

»O David«, sagte Simon kläglich, »was hast du jetzt wieder angestellt?«

Becket drehte vorsichtig den Kopf in der dafür vorgesehenen Ausbuchtung, um Simon anzublicken. Er lächelte ihn milde an.

»Keine Angst, Ames«, sagte er, »noch bin ich nicht wild geworden.«

Am nächsten Tag fragte sich Simon viele Male, warum er nicht bemerkt hatte, daß Becket sich schließlich an seinen richtigen Namen erinnert hatte. Darauf hatte er inständig gehofft, da es der Schlüssel zu Beckets Gedächtnis war. Wie lange hatte er darauf gewartet und sich erhofft, daß Becket ihn bei seinem richtigen Namen nannte, damit er ihm alles erklären konnte und Becket endlich anfangen würde, ihm zu vertrauen. Dann könnten sie endlich Beckets Erinnerungen durchforsten, die ihm mit Rammes Schlag auf seinen Schädel abhanden gekommen waren.

Aber er hatte es nicht bemerkt und nicht verstanden, wie wichtig es war. Er war selbst viel zu erschrocken über seinen eigenen Widerstand und viel zu empört darüber, so hilflos auf diesen harten Steinen sitzen zu müssen, von denen seine mageren Hinterbacken bereits schmerzten. Mitten im Winter würden sie der Kälte der Nacht ausgesetzt sein! Das letzte Mal, als ihm so etwas widerfahren war, war er dabei fast an Lungenentzündung gestorben. Er war auch über Beckets arglistiges Verhalten ungeheuer aufgebracht, da seine fast geglückte Flucht die schlimmsten Folgen für Simons Familie bedeutet hätte. Aber es gab nichts, was er tun konnte, ohne Becket seinen Plan zu offenbaren. Wenigstens war seine Flucht vereitelt worden.

Und so saß er gezwungenermaßen da, starrte auf seine festgezurrten Beine, wütend, aber auch voller Selbstmitleid, verängstigt und überraschenderweise auch beschämt. Wie ein Kind oder ein Bauer öffentlich bestraft zu werden – so etwas hatte er seit seiner Schulzeit nicht mehr erlebt, denn schon kurz danach hatte er damit begonnen, sich bis zur Unterwürfigkeit gehorsam und gewissenhaft zu verhalten. Er hatte in der Schule viele Arbeiten für seine Brüder übernommen und dafür dankbar ihren lärmenden und schlagkräftigen Schutz erhalten. Sie waren alle in die Welt hinausgegangen und hatten vor ihm ihr Glück gemacht – sowohl die jüngeren wie auch die älteren. Und bis auf ihn waren all seine Brüder groß, verwegen und rastlos und hatten sich über ganz Europa verstreut. Einer kommandierte einen Stützpunkt in Irland, ein anderer lebte im Schatten der Inquisition in Portugal; er mußte seine Religion verleugnen und riskierte jedes Mal sein Leben, wenn er über verschiedene Wege eine Depesche an Nuñez sandte, um ihm von den Schiffen des Königs von Spanien zu berichten. Wieder ein anderer kämpfte in den Niederlanden. Er hatte sie alle sehr vermißt, besonders seit 1581, als er sich mit seinem Vater über die Sinnlosigkeit gestritten hatte, den portugiesischen Thronanwärter finanziell zu unterstützen. Ihre Entfremdung verstärkte sich sogar noch, als sich herausstellte, daß sich Simons Einschätzung als richtig erwiesen hatte und das ganze Unternehmen mit hohen Verlusten schmählich zusammenbrach. Doch vereinsamte er bei seiner Arbeit für Sir Francis Walsingham und litt in einer Weise unter dem häßlichen Kampf »der Starken« gegen »die Schwachen«, wie er es niemals für möglich gehalten hätte.

In dieser Einsamkeit war ihm Becket begegnet, der ihm zunächst einmal aus einer Schlägerei herausgeholfen hatte, genau wie es früher immer seine Brüder getan hatten. Dann hatte Becket mit ihm gesoffen, gestritten und ihn anschließend wieder beschützt. Keiner von beiden war ein Anhänger der Knabenliebe, aber es gibt andere Formen der Liebe. Trotz allem, was Becket später getan hatte, um ihn zu ärgern, hatte Ames ihn doch immer als einen neuen Bruder betrachtet. Es hatte ihn zutiefst betrübt, als er zur Aufrechterhaltung des Machtspiels zwischen Walsingham und Honeycutt Becket so schmerzlich anlügen und seinen Freund glauben lassen mußte, daß er inzwischen gestorben sei. Er hatte es für sich selbst als Schande empfunden, jemanden, der ihm nichts

361

getan hatte, so tief verletzen zu müssen. Er war fast dankbar über die Tatsache gewesen, daß die Königin bei den dunklen Geschäften, in die sich Becket womöglich eingelassen hatte, seine Hilfe forderte. Und er war, ohne darüber nachzudenken, sofort losgestürmt, um Becket zu helfen, als dieser von seinem eigenen Körper verraten und hilflos zurückgelassen worden war – so, wie er vor sehr langer Zeit einige Male alle damit überrascht hatte, als er das gleiche für seine echten Brüder in der Schule getan hatte. Aber aus Beckets Augen leuchtete ihm keinerlei Dankbarkeit und auch kein Wiedererkennen entgegen, sondern nur eine Art von grimmigem Humor. Das bedrückte ihn.

Die Glocke läutete zum Abendessen, und während der Abend hereinbrach, leerte sich der Hof. Becket verlagerte sein Gewicht von einem Fuß auf den anderen und seufzte. Er versuchte, seine Schultern zu entspannen, die schon dadurch schmerzten, daß sie in einer gekrümmten Position fixiert waren. Kaum zu glauben, daß sie erst ein oder zwei Stunden hier waren. Dabei fror Ames bereits zum Erbarmen und fühlte sich schrecklich. Er legte seine Hände unter die Achseln, um sie ein wenig aufzuwärmen, fand aber nach kurzer Zeit, daß dies ebenso unbequem war, da er nichts hatte, woran er sich anlehnen konnte. Auch blieb seinen Knöcheln zu wenig Spiel, um wenigstens ein bißchen die Knie zu beugen.

Und wenn er versuchte, sich zusammenzukrümmen, um so die Wärme zu halten, mußte er die Muskeln seiner Hinterbacken und die Achillessehnen so weit dehnen, daß sie schmerzten. Und wenn er sich auf die Ellbogen legte, tat ihm das ebenfalls weh, auch an den Schultern, und vor allem kühlte er dabei noch mehr aus.

Er fing an zu zittern. Außerdem hatte er das dringende Bedürfnis, Wasser zu lassen. Er hob sein Gesäß so hoch in die Luft wie nur möglich, tastete ungeschickt mit den kalten Fingern nach seinem Hosenlatz und zielte dann so weit von sich weg, wie er nur konnte. Zu seiner Enttäuschung fielen einige

Tropfen wieder auf ihn zurück, da die Hinterteile der Männer, die vorher im Stock eingespannt waren, eine Vertiefung hinterlassen hatten. Er fluchte auf portugiesisch.

»Gütiger Gott, Mann, was ist denn mit deinem Pimmel los?« fragte eine knarrende Stimme neben ihm.

Ames errötete wie ein junges Mädchen. »Es ist – ich bin Jude, wie du weißt«, stammelte er, während er an sich herumnestelte. »Wir... nun... wir sind eben beschnitten.«

Becket starrte ihn mit blankem Entsetzen an. »Ist es das, was es bedeutet?«

»Nun... ja.«

»Aber wie konntest du ertragen, daß sie das mit dir machen?«

»Weil ich erst acht Tage alt war, als es gemacht wurde. Und ich glaube nicht, daß ich damals überhaupt die Wahl hatte.«

»Jesus Christus.«

»Der war auch beschnitten.«

Ein wenig begriffsstutzig starrte Becket ihn eine Weile an, was für einen Mann, der am Pranger steht, nicht verwunderlich ist. Dann lachte er. »Natürlich«, sagte er, »zweifellos war er das. Grundgütiger Gott. Das macht es bestimmt schwer, sich vor der Inquisition in Spanien zu verstecken, he?«

»Aus diesem Grunde wird es von den zwangsgetauften Juden in Spanien, den Marranen nicht immer gemacht.«

Wieder lachte Becket.

»Was ist so komisch daran?« fragte Ames sehr verärgert.

Um fair zu bleiben, hörte Becket mit dem Lachen auf. »Nun«, sagte er, »die Religion eines Mannes an seinem Schwanz zu erkennen...«

»Die Christen können ebenso daran erkannt werden«, erläuterte Ames kühl, »vor allem im Land der Türken, denn die machen es so wie wir. Und vielleicht auch auf andere Weise. Denn so, wie ich es verstehe, soll ein christliches Glied durch seinen Nichtgebrauch erkennbar sein, was aber wohl selten der Fall ist. Ich finde es allerdings sehr verwunderlich, daß die Mitren der christlichen Bischöfe dann solch eine frappierende Ähnlichkeit haben mit ...«

Wieder lachte Becket. »Ja, das haben sie«, stimmte er zu. »Das haben sie wirklich.«

Ames war mittlerweile so tief beleidigt, daß er die Nase rümpfte und sich von Becket, diesem Bauern und unzivilisierten Nichtjuden, abwandte.

»Seid doch nicht wütend auf mich ... Simon«, sagte er. »Ich war nur überrascht.«

»Wie könnt Ihr lachen, in unserer – in unserer momentanen Lage?« fragte Ames.

»Was soll ich denn machen? Beten? Meine Sünden bereuen?«

»Vielleicht nehmt Ihr Euch vor ...« Ames brach ab, um nicht zugeben zu müssen, daß er wußte, was Becket vorgehabt hatte. Niemand sonst schien etwas davon bemerkt zu haben, denn sonst hätte Newton ganz sicher wie wild auf sie eingeprügelt, »... beim nächsten Mal nicht wieder so rasch in Zorn zu geraten.«

Becket verzog die Lippen und hob wieder die Füße. »Was läßt Euch annehmen, daß es ein nächstes Mal geben wird?«

»Ich schätze mich glücklich, das zu hören«, antwortete Ames hochtrabend. »Eine Nacht in der Kälte zu verbringen, bloß wegen des sinnlosen Vergnügens, mit dem Zyklopen zu kämpfen ...«

»Pah«, sagte Becket. Es war inzwischen zu dunkel, als daß Ames mehr als das gelegentliche Aufblitzen in Beckets Augen oder den schwachen Widerschein seiner Zähne hätte sehen können, wenn sich dieser bei dem Versuch, einen Blick auf Ames zu erhaschen, fast den Nacken ausrenkte. »Niemand hat Euch dazu eingeladen.«

Ames schwieg, denn das stimmte. Er hatte sich ungefragt eingemischt. Und, wie es aussah, auch ohne willkommen zu sein. Er war verrückt, einen Nichtjuden zum Bruder zu wollen.

Ames war schon immer schrecklich verfroren, obwohl er in England geboren worden war. Die Sommer waren niemals warm genug für ihn, und jeder Winter, an den er sich erinnerte, war ein einziges Elend aus endloser Dunkelheit, Frostbeulen und Schnupfen gewesen. Er trug immerhin zwei Hemden und unter seinem Wams eine wattierte Weste. Und der einzige Zeitpunkt, zu dem ihm im Gefängnis wirklich warm war, war spät in der Nacht, wenn er dicht neben dem schnarchenden Becket zusammengerollt unter den Decken lag. Nun kroch die Kälte aus den Steinen durch seine wattierte Kniehose empor, und von oben ließ ihn die kalte Luft erschauern. Außerdem war er müde und fand keine Möglichkeit, es sich wenigstens ein bißchen bequem zu machen, was schließlich auch Sinn und Zweck des Stockes war. Als er zur Seite auf Becket schaute, konnte er erkennen, daß dieser erschöpft am Pranger lehnte und seinen Kopf dabei so auf die Seite gedreht hatte, daß sein Adamsapfel nicht von dem Holz gequetscht wurde. Irgendwie hatte er es geschafft einzunicken.

Während Ames versuchte, seinen unvernünftigen Neid auf Beckets stoische Haltung zu verdrängen, krümmte er sich, vor Kälte zitternd, zusammen. Er biß sich auf die Zähne, um das Geklapper abzustellen, und fragte sich, wie lange es bis zum Morgengrauen wohl noch dauern würde. Er begann, über Schach nachzudenken, und von da war es nur noch ein kleiner Schritt, um sich mit einem Problem des Euklid auseinanderzusetzen. Es war bewiesen worden, daß ein gleichseitiges Dreieck immer nur Winkel von jeweils fünfundvierzig Grad hatte. Konnte es auch anders sein? Ames glaubte instinktiv, daß dem vielleicht so war und daß sich, falls man dies auch beweisen konnte, daraus sicher eine Menge interessanter Konsequenzen ergeben würden.

Die Sterne bewegten sich langsam am Himmel über ihnen, und ihr Glanz wurde dabei nur wenig von dem Rauch über London beeinträchtigt. Hinter den Schleiern seiner Kurzsichtigkeit erstreckte sich die Milchstraße von Horizont zu Horizont, als sei sie der Rauch, der aus der Pfeife des Allmächtigen hervorquoll. Hinter ihr zog der Orion seine Bahn, wie ein Erzengel aus Lichtpunkten. Er wünschte, er hätte seine Brille dabei. Das funkelnde Glitzern der Sterndiamanten auf samtigem Grund sah aus wie eine Wiese, übersät von herrlichen Rätseln. Warum gab es Sterne, die wie Punkte aussahen, und andere, die an Kleckse erinnerten? Woraus bestand die Milchstraße, denn offensichtlich konnte sie ja wohl nicht aus Milch bestehen, wie die Legende sagte? Gab es zwei verschiedene Arten von Sternen? Oder waren die Sterne, die wie Punkte aussahen, etwas anderes als die Kleckse? Woher kamen die Kometen? Hatte Gott sie gesandt, um den sündigen Menschen seine Rache anzukündigen, oder hatten sie eine ganz andere Bedeutung? Warum konnte niemand die Kreisbahnen sehen, auf denen sich die Planeten bewegten? Woraus bestanden sie? Aus Wahrheit? Wurden die Planeten etwa von den regierenden Erzengeln getragen, wie die Okkultisten behaupteten? Oder gab es etwa noch ein anderes Geheimnis, das sehr viel subtiler war? Er war gerade dabeigewesen, darüber nachzudenken, als der Tumult um Becket angefangen hatte: Was war es nur, das er plötzlich gesehen hatte?

Ames fühlte, wie sein Hals von dem ständigen Hochgucken steif wurde, und seine Ellbogen scheuerten an den Steinen, aber etwas an den Sternen fesselte seine Gedanken. Einmal, als er noch ein Junge war, wurde er an einen einsamen Strand mitgenommen, um den Kapitän eines Schmugglerschiffs, der für seinen Vater arbeitete, in einer warmen Sommernacht zu treffen. Damals hätte er alles getan, um zur See fahren zu können. Ein merkwürdiges blau-grünes Licht hatte damals alles in glühende Farben getaucht, und zuerst hatte er Angst gehabt, daß das Meer brannte. Sein Vater, der die ganze Zeit ins Gespräch vertieft war, hatte ihn nur darum mitgenommen, damit der Kapitän seinen jüngsten Sohn von Angesicht zu Angesicht kennenlernte, falls die Familie nach England fliehen mußte...

Das war zu der Zeit, als Königin Maria, die Blutige, regierte, also mußte er damals etwa fünf Jahre alt gewesen sein. Die Erwachsenen der Familie Ames hatten in seiner Kindheit vor allem und jedem Angst, und ihre Angst hatte ihn vielleicht mit einer chronischen Form dieser verheerenden Seuche infiziert. Jeder Jude, und vor allem ein Marrane, wußte in der Tiefe seines Herzens: Wenn die Königin einmal keine Ketzer zum Verbrennen mehr fände, würden ihre Inquisitoren sofort die Juden ins Visier nehmen – wie sie es immer getan haben. Doch hatte sich der Allmächtige als barmherzig erwiesen, denn Königin Maria starb. Ihr folgte ihre rätselhafte Schwester Elisabeth auf den Thron, die sich dazu entschloß, die kleine Kolonie der Londoner Juden unter ihren Schutz zu stellen.

Die milde Sommernacht unter den Sternen hatte den kleinen Simon Ames mit Staunen erfüllt. Als er sah, wie die Wellen im blassen Feuer erglühten, war er einfach ins Wasser gewatet, ohne sich um Schuhe und Hose zu kümmern. Er versuchte, das herrliche Wasser mit seinen Händen zu schöpfen, und war beglückt, es von so nahem anzusehen. Aus der Nähe betrachtet bemerkte er, daß das Meer nicht brannte. Die Sterne waren herabgestiegen, um darin zu schwimmen. Blitzend bewegten sie sich hin und her, vielleicht als Sterne, ganz sicher aber als Tiere. Dann hatte er zu den Sternen am Himmel aufgeblickt und war fast außer sich vor Freude bei dem Gedanken, daß er ihr Geheimnis gelüftet hatte. Er wußte jetzt, daß sie kleine, brennende Geschöpfe waren, die langsam durch die Meere am Firmament schwammen.

Selbst jetzt, wo ihm die Zähne klapperten, lächelte Ames, als er sich daran erinnerte. Er hatte in seinem Leben nicht so viel Freude erlebt, als daß er die seltenen Male, wenn ihn das Glück heimgesucht hatte, vergessen hätte. Dieses Glück zu empfinden hatte die Schelte aufgewogen, mit der ihn seine Mutter empfing, als er triefend zu Hause angekommen war. Und die Erklärung, die er für sich gefunden hatte, war auch nicht so schlecht, jedenfalls machte sie mehr Sinn als die seiner Amme, die ihm gesagt hatte, die Sterne seien kleine Löcher in dem Gewand Gottes, durch die seine Herrlichkeit durchscheine. Das versetzte dem sauberen, ordentlichen Kind einen unwahrscheinlichen Schlag, denn niemand, den es kannte, hatte Löcher in seinen Kleidern. Nicht einmal dem geringsten Küchenmädchen erlaubte seine Mutter, irgend etwas anderes als eine anständige Bedienstetentracht zu tragen. Warum sollte dann ausgerechnet der Allmächtige (gesegnet sei er) Löcher in seinen Kleidern haben? Konnte er sich denn nichts besseres leisten?

Irgend etwas raschelte auf den Mauerresten, die nicht weit von ihm zur Fleet Lane führten. Ames meinte, ein deutliches Dröhnen zu vernehmen, als seine Seele wieder zurück in die Gegenwart kam. Er wandte den Kopf. Er hatte Mühe, so weit zu sehen, auch war seine Nachtsicht nicht so gut, als daß er mehr als eine schwarze, verschwommene Masse wahrgenommen hätte, die oben auf der schadhaften Mauer mit all ihren Spitzen und dem zerbrochenen Glas herumspazierte.

Und wieder fiel es ihm wie Schuppen von den Augen. Er öffnete vor Erstaunen den Mund und drehte sich zu Becket um, der mittlerweile vollkommen wach war und ihm wieder seine Zähne zeigte.

Es folgte ein verstohlenes Scharren, darauf ein gedämpftes Fluchen und wieder ein Scharren – und dann stieg etwas Langes und Dünnes in den Himmel empor, etwas, das wie eine Jakobsleiter aussah. Dann neigte es sich wieder herab. Und wirklich, es war eine Leiter. Ganz offensichtlich eine Leiter. Und er selbst war es gewesen, der Becket dabei geholfen hatte, ihre erforderliche Länge zu berechnen.

55

Bethany Davison lag zwischen Laken, die nur ein wenig weißer waren als ihr Gesicht. Und sie träumte, daß sie bis zur Taille in einem tiefen und glühend heißen Sumpf gefangen war, während die Königin sie beschimpfte, eine Hure zu sein. Dann teilten sich ihre schwarzen Wimpern ein wenig, und sie begann zu keuchen, da sie befürchtete, die Königin aus ihren Träumen stünde nun leibhaftig vor ihr. Doch dann wurde ihr klar, daß Ihre Majestät ihrer Bettgenossin die Ehre erwies, sie an ihrem Krankenbett zu besuchen. Dies war eine Geste, mit der die Königin nur jene Bediensteten bedachte, die sie am liebsten mochte. Auf die gleiche Weise hatte sie Burghley ihre Aufwartung gemacht. Bethanys Augen zeigten deutlich, wie schuldig und schwach sie sich fühlte, und dann rollten langsam Tränen ihre Wangen herab.

Sehr liebevoll, fast wie ihre Mutter, tupfte ihr die Königin mit einem weichen Tuch die Tränen von den Wangen.

»Es tut mir so leid, Eure Majestät«, flüsterte Bethany, »so leid...«

Das Bett hatte feine Damastvorhänge, die wunderschön mit Vögeln und Frühlingsblumen bestickt waren. Von ihnen umrahmt, sah das Antlitz der Königin wie ein Bild aus Cipangu aus, in leuchtendem Rot und Weiß. Ihre Lippen preßten sich zusammen, und die Falten verzogen sich, wie gewöhnlich, im Zorn nach unten. Bethany wich schaudernd zurück.

»Bitte, seid mir nicht böse«, sagte sie, »es tut mir wirklich so leid...«

»Still«, sagte die Königin. »Wer hat dir das angetan?«

»Die Hexe.«

»Natürlich. Und wie heißt sie?«

Schwach zuckte Bethany mit den Schultern und schloß die Augen. So konnte sie nicht den Ausdruck auf dem Gesicht der Königin sehen, der sie sicherlich getröstet hätte.

»Ich meinte«, sagte die Königin sehr sanft, »wer war der Mann, der dich geschwängert hat?«

Selbst in der Verworrenheit ihres Fiebers und angesichts des hohen Blutverlusts verstand Bethany, was ihr die Königin da anbot: Rache für ihre Entehrung und die Schande, durch einen Liebhaber ihre Unschuld verloren zu haben. Aber trotz alledem war es ihr Fehler gewesen: Sie war die Närrin, die geglaubt hatte, was ihr John Gage über eine baldige Heirat gesagt hatte. Sie wollte es ihm damals glauben, und sie wollte eine Entschuldigung für ihre Sünde haben.

»Er hat... mich niemals dazu gezwungen«, begann sie atemlos und eilfertig zu erklären. »Es war vielmehr so... ich liebte ihn...«

»Laß mich dir erzählen, wie es war«, sagte die Königin. Sie starrte dabei düster auf einen Punkt über dem Kopfteil des Bettes und sah Bethany nicht an. »Er war stark und groß, sein Bart kitzelte dich an Ohren und Lippen, und sein Mund brannte Feuermale in deinen Hals und deine Brüste. Und dann sagte er zu dir: ›Habt Erbarmen mit mir, denn ich brenne, habt Erbarmen, edle Dame, die Ihr die süßeste, herrlichste Schönheit seid.‹ Und du fühltest, wie er brannte, und dann branntest auch du, so daß du nicht länger widerstehen konntest. Und er erzählte dir, daß alles gut würde und daß er aufpassen würde, daß er nicht in dir kommen würde, und daß ihr beide im Angesicht Gottes verlobt wärt, und außerdem würde er dich heiraten. Und du wolltest ihm glauben, also glaubtest du ihm. Und in der Aufregung und Ekstase des Spiels von dem Tier mit den zwei Rücken vergaß er es und auch du, denn wenn zwei eins werden, gibt es nur noch dieses Verschmelzen, Verglühen und Vermischen in dem einen, dem goldenen Augenblick, und warum, um Gottes willen, hätte sich einer von euch noch daran erinnern sollen? Selbst beim ersten Mal, als es noch weh tat, selbst da hast du verstanden, warum wir diesen Schatz hüten. Und auch, warum wir unsere Töchter, um ihre Reinheit zu erhalten, ebenso einschließen, wie wir unseren Hunden den Zutritt zur Speisekammer verbieten. Denn wenn du einmal damit begonnen hast, diese Begierde zu füttern, wird der Hunger nur noch größer.«

Bethany starrte die Königin an, deren Halskrause knisterte, als sie ihren Kopf neigte, um in Bethanys Augen zu sehen.

»Aber dann kam der Lohn der Sünde«, sagte die Königin. »Zuerst versuchtest du dir einzureden, daß deine Regel sich nur verspätet habe, und dann mußtest du dir einreden, daß sie sicher jeden Moment käme. Doch dann, als deine Brüste zu schmerzen begannen und auch dein Bauch dicker wurde, wußtest du es.«

»Ich hatte Angst«, sagte Bethany.

Die Königin nickte. »Und du warst verzweifelt, also bist du zu dieser Hexe gegangen.«

»Woher...« Natürlich, der Arzt hatte es ihr gesagt. Dieser portugiesische Arzt mit dem ernsten, düsteren Gesicht und den sanften Stummelfingern. »Ja.«

»Kennst du ihren Namen?« Bethany schüttelte langsam und müde ihren Kopf. »Und du weißt auch nicht, wo sie wohnt? Wo bist du denn hingegangen?«

Ihr Atem wurde kürzer. »Sie waren... sehr freundlich.«

Die Königin schnaubte verächtlich. »Und dein Liebhaber?«

Bethany preßte die Lippen zusammen. Es war nicht sein Fehler gewesen, wahrhaftig, sie hätte es wissen und ihre Tugend verteidigen müssen. Es war ihr Fehler, ihr Fehler, ihr schmerzlicher Fehler gewesen.

Die Stille wuchs. »Ja«, sagte die Königin, als errate sie Bethanys Gedanken. »Ja, natürlich bin ich verärgert. Du standest unter meinem Schutz, und... dann geschieht dies. Aber ich habe den Zorn meiner Stiefmutter damals auch nicht verstanden, warum also solltest du das tun?«

Heftiges Erstaunen brachte Bethany dazu, ihre schweren Augenlider wieder zu öffnen.

371

Die Königin lächelte, aber es war ein sehr grimmiges, beängstigendes Lächeln. »Das hat dich munter gemacht, kein Wunder. Glaubst du denn, ich wüßte gar nichts, Kind?«

Und tatsächlich hatte Bethany genau das gedacht, aber nun blickte sie die Königin nur noch mit großen Augen an.

»Nenn mir seinen Namen.«

Halsstarrig schloß Bethany ihre Lippen. Sie war zu müde, um zu erklären, warum sie das tat, denn sie lag noch immer im Fieber.

Die Königin seufzte. »Wenn du doch nur einsehen könntest... Meine Liebe, alle jungen Männer sind so, wie auch immer sie sich sonst unterscheiden mögen. Wenn sie sagen, daß sie brennen, ist das die Wahrheit. Und wenn sie tragische Verse darüber machen, wie du sie in Verzweiflung und in noch tiefere Tiefen gestürzt hast, wenn sie vorgeben, daß alles, was sie begehren, nur deine Ehre sei, so sprechen sie die Wahrheit. Aber wenn sie sagen, sie lieben *dich*... Dann mögen sie das vielleicht selber glauben, doch sie lügen. Was sie begehren, ist der Schatz, der unter deinen Röcken verborgen liegt, doch für die Besitzerin dieses Schatzes haben sie nur wenig Interesse – falls überhaupt. Wie sonst, glaubst du, könnten sie zu Huren gehen?«

Noch mehr lästige Tränen quollen empor und flossen in Bethanys schwarzes Haar, und die Königin wischte sie mit vielen »achs« und »na, nas« wieder weg. »Sie denken, daß sie dich lieben, meine Liebe, aber die Gier nach deinem Fleisch brennt viel zu heiß, als daß sie irgend etwas anderes als dieses Fleisch sehen könnten. Mir wurde zuverlässig mitgeteilt, daß sie, wenn sie einmal verheiratet sind und ihr Bedürfnis gestillt haben, lernen können, ebenso wie eine Frau zu lieben, aber davor...«

»Ich hasse ihn nicht«, protestierte Bethany.

»Nein, nein, meine Liebe, auch ich tue es nicht. Eine Welt ohne Männer wäre ein trauriger Ort, ebenso wie eine Welt ohne Feuer, Metall oder Lieder. Das wäre wahrhaftig, als fehlten das Salz und die Gewürze, als fehlte das Fleisch. Wer würde in solch einer Welt schon leben wollen, ich meine, freiwillig und gern?«

Ein Stück Holz krachte im Kamin und fiel in die Glut. Bethany fühlte, wie die Wogen des Fiebers nur darauf warteten, sich wieder wie ein Wasserfall über sie zu ergießen, auf ihre Augen und Ohren einzuhämmern und sie zu zerschmettern, und dann die wirkliche Königin herumzuwirbeln und sie in eine andere Königin zu verwandeln, eine Königin der Schatten und des Rauchs. Nun, ich bin gleichfalls die Königin der Hölle, wie es die Theologen bezeugen, die Königin der Morgendämmerung, des Tages und der hereinbrechenden Nacht.

»Wie heißt er, Kind?«

Bethany überließ sich entspannt meinen Schattenwogen. Sie war erleichtert, daß sie es John Gage ermöglicht hatte, das Mündel zu heiraten, das sein Vater für ihn gekauft hatte. Aus weiter Ferne hörte sie die Königin murmeln, daß Bethany in ihren Augen mehr Ehre besaß als dieser schweinische Schwanz, der sie ruiniert hat, und sie lächelte, da sie wußte, daß sie der Königin einen Strich durch die Rechnung gemacht hatte. Dann ließ sie sich in meine Arme sinken, und ich trug sie, bis sie selbst stark genug war, durch mein Portal zu schreiten.

Sie hörte nicht mehr, wie sich leise die Tür öffnete, und sah auch nicht mehr, daß sich die Königin in ihrem Stuhl umwandte, als der dicke portugiesische Arzt auf leisen Sohlen hereinkam.

Er verneigte sich. »Eure Majestät.«

»Nichts«, sagte die Königin. »Sie hat mir nichts gesagt.«

»Nicht einmal den Namen der gottlosen Hexe, die die Abtreibung durchgeführt hat?«

»Nein.«

Nun wurde auch Doktor Nuñez sehr böse, da dieses Verbrechen zwei Leben auf einmal vernichtet hatte.

»Sie ist schlimmer als eine Mörderin«, sagte er auf lateinisch leise zu sich selbst, wobei er nicht daran dachte, daß die Königin diese Sprache ebensogut beherrschte wie er.

»Oh, tatsächlich?« entgegnete ihm die Königin auf lateinisch. »Wir sind schnell damit, andere zu verurteilen, nicht wahr, Doktor?«

»Dieses Kind hat eine schwere Sünde begangen«, polterte der Doktor vor lauter Rechtschaffenheit hart und unnachgiebig hervor. »Ich bedaure sie, aber ich kann nicht verzeihen...«

»Verzeihen? Wer hat Euch gebeten, darüber ein Urteil abzugeben, Doktor?«

Er war erstaunt, daß eine Frau, und sei sie auch die Königin, mit ihm über eine derartige Frage diskutierte. »Es steht außer Frage, daß sie schwer gesündigt hat«, sprach er in beruhigendem Tonfall, und sein Latein war sehr viel flüssiger als sein Englisch. »Zum ersten dadurch, daß sie Unzucht trieb, und zum zweiten dadurch, daß sie die Folgen ihrer unzüchtigen Handlungen getötet hat. Das ist beklagenswert, aber es ist das Urteil des Allmächtigen über...«

Die Königin stand da und blickte ihn an, eine nicht sehr große Frau, unbeugsam und hart in ihrem rätselhaften Zorn. »Ach«, zischte sie, »die Folgen ihrer unzüchtigen Handlungen. Und was sind die Folgen für ihren Liebhaber, he? Muß er vielleicht auch wegen seiner unzüchtigen Handlungen leiden?«

»Er war nicht so niederträchtig, eine Abtreibung herbeizuführen.«

»Nein. Warum sollte er? Wer ist es denn, der schwanger wurde? Muß er vielleicht Schande und Elend ins Auge blicken? Nein, Doktor, verlaßt Euch darauf. Er sündigte nicht weniger, er hatte das gleiche Vergnügen, und er konnte einfach so weitermachen, ohne daß ihm das einer ansah, ohne alle Schwierigkeiten. Alle Folgen der Sünde, ihrer beider Sünde, fielen auf dieses arme, junge Mädchen. So wie immer, *ganz wie immer*, Doktor.«

Erschrocken und verängstigt angesichts dieses leidenschaftlichen Ungestüms, das ihm völlig unverständlich erschien, ging der Doktor auf die andere Seite des Bettes, löste sanft Bethanys Finger, die eine Halskette fest umklammert hielten, und fühlte ihren Puls. Die tiefen Falten in seinem Gesicht entspannten sich, als ihm klar wurde, welchen Rückschluß diese Information auf das Gleichgewicht ihrer Körpersäfte zuließ – es stand in der Tat äußerst schlecht um sie.

»Sie schwindet rasch dahin«, knurrte er noch immer auf lateinisch.

Einen Augenblick lang erwiderte die Königin nichts, während sich ihre Augen auf den Gegenstand richteten, den Bethany in der Hand hielt: es war ein hübsches, mitternachtsblaues Medaillon, um das sich Rosen und Sterne rankten.

»Sie hat ihre Sünde bereut«, sagte sie. »Bitte, holt einen Priester, der für sie betet. Ich werde hier bei ihr sitzen und warten, bis Ihr wieder zurückkommt.«

Da er es für besser hielt, dem nichts entgegenzusetzen, verneigte sich der Doktor und verließ das Zimmer.

56

Ames' Herz begann dröhnend zu schlagen, als Beckets Gefolgsmann vorsichtig die knarrende Leiter hinabstieg, dann kurz an ihrem Fuß innehielt, um zu schauen, ob sich im Hof irgendwelche Wächter aufhielten, und dann rasch hinüber zum Pranger eilte. Als erstes fühlte er glückliche Dankbarkeit: Man würde sie befreien, er würde wieder aufstehen, mit den Füßen aufstampfen und seine Arme zusammenschlagen können, um sich ein wenig aufzuwärmen. Und dann...

Dann würden er und seine Familie aus England vertrieben werden, wie es die Königin angedroht hatte.

Der dunkle Schatten inspizierte nun den Pranger. Ames konnte nicht feststellen, wer er war.

»Guten Abend, Mr. Strangways«, sagte der Mann.

»Auch Euch einen guten Abend, Pater«, antwortete Becket. »Was hat Euch aufgehalten? Ich bin vor Kälte fast vergangen.«

Ames sah, wie die Schultern des Priesters nach oben gingen, als er hilflos seine Hände ausbreitete. »Was kann man machen, wenn sich eine Bande von Huren mit einer Bande von Gentlemen auf der Fleet Lane amüsiert? Wolltet Ihr vielleicht, daß ich unter ihren Augen die Mauer hochkletterte?«

Der Priester entriegelte den Pranger und hob das obere Brett hoch. Angesichts der Autorität Newtons war es nicht für notwendig erachtet worden, den Pranger mit einem Vorhängeschloß zu versehen. Becket trat von der Haltevorrichtung zurück, wobei sein Rücken immer noch gekrümmt war, und dann, mit einem lauten Ächzen, richtete er sich langsam auf. Er rieb seinen Nacken, grub die Finger in seine verkrampften Schultermuskeln und ließ seinen Kopf unter wilden Grimassen kreisen.

Er brach in ein leises, aufgeregtes Lachen aus und gab dem Priester einen Schlag auf den Rücken. »Mir tut es so leid wegen...«

»Daß Ihr nicht fähig wart, die Strickleiter hinaufzuklettern? Warum denn?« sagte der Priester. »Es war mein Fehler, das von Euch zu erwarten. Ich hätte es besser wissen müssen. Und jetzt, laßt mich sehen.« Er kauerte sich vor Becket nieder und untersuchte die Verschlüsse seiner Fußeisen.

Becket blickte sich nervös um. »Ich könnte noch mal versuchen, die Leiter hinaufzuklettern.«

Der Pater sah ihn grinsend an. »Seht her«, sagte er, wobei er an dem Sack herumzerrte, den er auf dem Rücken trug. »Salpetersäure. Genau, wie es mir Euer Freund empfohlen hat, und dazu die Zange eines Schmieds.«

Er entstöpselte den kleinen Glaskrug, den er zum Schutz in einen Lederlappen eingewickelt hatte. Dann goß er die alchemistische Flüssigkeit auf das mittlere Verbindungsglied, wo es

376

sofort zu zischen und rauchen begann und einen scharfen Essiggeruch verströmte. Er streute ein wenig Sand darüber und setzte die Zange an. Die Schneiden zerteilten das Eisen, als wäre es Käse.

Becket lachte wieder, zerrte die Kette auseinander und streckte genüßlich seine Beine aus. Grunzend erhob sich der Priester und führte ihn über den Hof zu der Leiter.

»W-wartet«, keuchte Ames. »B... Mr. Strangways, wollt Ihr mich denn nicht mitnehmen?«

Der Priester zuckte zusammen. Er hatte ihn überhaupt nicht gesehen, da Ames völlig still im Schatten der Mauer gesessen hatte.

Becket betrachtete ihn ruhig. »Wollt Ihr denn mitkommen, Mr. Anriques?«

»Ich – ich, ja.«

»Wenn Ihr ein wenig Geduld aufbringt, wird Eure Familie sicher durch eine Kaution Eure Freilassung erwirken.«

»J-ja, ich – aber Mr. Newton wird mir sicher morgen früh Prügel verabreichen und mich ins Loch werfen, wenn er sieht, daß Ihr abgehauen seid.«

Becket bekräftigte durch ein Nicken diese nicht zu leugnende Wahrheit. »Wollt Ihr alles nicht lieber in Geduld ertragen, als durch eine Flucht mit mir Euer Leben zu riskieren?« fragte er in feierlichem Ernst.

Ames senkte den Kopf. »Nein«, sagte er mit all der Verzweiflung, die ihn veranlaßte, sein Denken auch fürderhin unter die schützenden Flügel von Becket zu stellen. »Er kann mich sogar töten, weil ich keinen Alarm geschlagen habe. Er hat schon andere zu Tode geprügelt, wenn sie seinen Unwillen erregten.«

Becket und der Priester tauschten einen Blick.

»Er hat nicht gerufen, um den Gefängnisaufseher zu wecken«, sagte der Priester nachdrücklich, »was er hätte tun können, um eine Belohnung einzuheimsen.«

Es schien, als wollte Becket protestieren, aber dann nickte

377

er, ging hinüber zum Stock, öffnete ihn und hob den oberen Balken hoch.

Ames war so kalt und steif, daß er sich kaum bewegen konnte. Und als ihm der Priester aufhalf, bemerkte er, daß seine Füße vor Kälte jedes Gefühl verloren hatten, so daß er beinahe zusammenbrach. Er rieb seine verkrampften Beine und stapfte so leise, wie er nur konnte, hinter den beiden anderen auf die Leiter zu. Der Priester ging als erster und wartete oben auf der Mauer auf sie. Er hatte einige Decken darauf ausgebreitet, um ihre Beine vor den Glassplittern zu schützen. Becket gab Ames mit einer Handbewegung zu verstehen, daß er dem Priester als nächster folgen sollte. Und dann stieg er direkt hinter ihm die Leiter empor, wobei er sich gelegentlich auf die Sprossen stützte. Oben auf der Mauer kauerten sie sich alle in einer Reihe nieder, während das Glas durch den wattierten Stoff ihrer Kleidung und durch ihre Schuhe drückte. Der Priester zog die Leiter empor, hob sie vorsichtig über die drei Fuß hohen Spitzen und schob sie auf der Seite zur Fleet Lane wieder hinunter. Mit äußerster Vorsicht kletterte er über die Spitzen und stieg die Leiter hinab.

Becket war auch bereits hinübergeklettert und schaute ungeduldig auf Ames, während er rasch die Decken zusammensammelte, die auf dem Glas gelegen hatten.

»Könnt Ihr nicht klettern?« fragte er.

»Ich . . . meine Beine sind völlig gefühllos.«

»Uff«, sagte Becket, und ohne weitere Umstände ergriff er Ames unter den Achseln und zog ihn, während seine tauben Füße über das Glas scharrten, zu sich empor. »Paßt auf, wenn Ihr die Leiter herabsteigt.«

Becket ging als nächster, ein ungeschlachter Riese. Nach ihm kam Ames, der sich schmerzlich langsam bewegte. Als er schließlich unten auf dem Boden angelangt war, flüsterten die beiden anderen, die sich trotz Ames' Langsamkeit vollkommen sicher zu fühlen schienen, miteinander.

»Wir müssen laufen«, sagte der Priester, während er die Leiter zurück in einen Hofeingang in der Fleet Lane stellte. »Wenigstens bis wir den Kanal von Holborn erreicht haben. Wenn Mr. Anriques nicht mithalten kann, muß er eben zurückbleiben.«

»Erst Ihr, dann er und dann ich«, sagte Becket, nahm das Schwertgehenk, das ihm der Priester entgegenstreckte, und legte es sich mit einem Achselzucken über die rechte Schulter. Er zog das Schwert, prüfte sein Gewicht in seinen Händen, schüttelte dann voll Kummer den Kopf und steckte es zurück. Der Priester nahm aus einem Sack nahe der Mauer ein Paar Stiefel heraus, deren Oberleder sich gelöst hatte. Becket zog sie an und stopfte die abgeschnittenen Enden seiner Fußketten hinein.

Dann liefen sie los. Ames stolperte und schwankte, bis endlich das Blut wieder durch seine Füße zirkulierte, und kurz darauf schnappte er bereits nach Luft. Auch Becket keuchte, aber es schien ihm nichts auszumachen, tatsächlich schien er so glücklich zu sein wie ein Junge, der um die Wette lief.

Bei der Holbornbrücke hielten sie kurz inne. Becket rang nach Atem, und Ames lehnte sich, nach Luft japsend, gegen die Mauer. Da Holborn leer war, rannten sie den Hügel hinab. Der Priester bog bei dem viereckigen Turm von St. Andrews nach links ab, lief dann die Shoe Lane hinunter und dann durch die Fleet-Street-Passage in die Fleet Street. Weiter zum Salisbury Court, wo der französische Botschafter sein Haus hatte, und zum Hanging Sword Court, wo vor fünf Jahren der Feuerdrachen das Licht der Welt erblickt hatte, direkt hinter dem Gatehouse Inn, wo Ames Becket zum ersten Mal begegnet war. Und schließlich schlug er den Weg zur Crocker's Lane ein, in deren Nähe Becket einst Ames vor seinen Angreifern beschützt hatte. Dann schlüpften sie in einen kleinen Hof, der zwischen zwei Gebäuden lag, und blieben vor einer Tür stehen, über der noch immer Fragmente von geschnitztem Holz zu sehen waren. Es war eine Statue von mir, der von den Reformern der Kopf abgeschlagen worden war. Nur die Schlange unter meinen Füßen war heil geblieben.

Ames rang schon so sehr nach Atem, daß er sich fast übergeben mußte. Selbst Becket hatte sich an die Mauer gelehnt und schnappte nach Luft.

»Jesus Christus, ich bin so schwach«, schnaufte er. »Gebt mir eine Minute Zeit, Hart.«

Pater Hart schloß die hölzerne Tür auf. »Nein«, sagte er. »Ihr geht weiter. Wir sind zwar im Freibezirk von Whitefriars, aber Davison hat seine Agenten auch schon früher einmal hierher geschickt. Besser, man sieht Euch nicht.«

Kopfschüttelnd und spuckend schob Becket Ames, der mit pfeifendem Atem vor ihm ging, hinter Hart die Treppen hinauf in den zweiten Stock und dort durch die Tür.

In dem Zimmer roch es nach dem Eightpenny-Gefängnis so süß wie auf einer Wiese. Auf dem Boden lagen frische Binsen, und es standen eine Truhe und ein Tisch mit sauber aufgeschichtetem Papier darin. Ames wandte sein lächelndes Gesicht Becket zu, holte tief Luft und gratulierte ihm zu dieser gelungenen Flucht.

Wieder zeigte Becket ihm die Zähne und boxte ihn dann gezielt in den Magen.

57

Carey erhob sich etliche Stunden vor der Morgendämmerung und machte sich auf zu seinem Duell mit Gage. In der Nacht zuvor hatte er seinen letzten Willen verfügt, der sich im wesentlichen darauf beschränkte, seine Kleider und seinen Schmuck zu verteilen, Anweisungen für sein Begräbnis zu geben und seinen Vater darum zu bitten, seine Schulden im Wert von etlichen Tausend Pfund zu bezahlen. Er war sich jedoch ziemlich sicher, daß sein Vater sich keinen Deut darum scheren würde. George Clifford, der Graf von Cumberland, hatte sich einverstanden erklärt, sein Sekundant zu sein, und schnarchte noch in dem anderen Bett.

Vorsichtig stieg Carey über den Körper von Michael, der in der Nähe der Tür auf seinem Strohsack ebenfalls schnarchte. Carey zog sich allein an und ging hinunter auf die Straße. Er fühlte sich fast, als hätte er Fieber. Sein Kopf war unnatürlich klar und wach, während es in seinem Magen in Erwartung des Duells sauste und brauste. Der Himmel war von Sternen übersät, und aus reiner Gewohnheit zählte Carey die Plejaden und lächelte zum Polarstern und zum Orion empor. Die Vorstellung, den Himmel als Himmelsmauer zu sehen, mit schwarzem Samt tapeziert und wie der Palast eines Königs mit Diamanten geschmückt, beruhigte ihn. Auf der anderen Seite, das wußte er, lag das Paradies. Er wußte, daß er, zumindest theoretisch, am Ende des Tages durchaus auf der anderen Seite dieser prächtigen Tapete sein konnte, vor dem Jüngsten Gericht. Doch das machte ihm keine Sorgen, da er im Innersten seines Herzens nicht glaubte, daß dies wirklich möglich sei. Trotz allem, was dafür sprach, trotz der Tatsache, daß er sein Testament gemacht hatte, hielt er sich, wie die meisten gesunden jungen Männer, für unsterblich, und er wußte, daß sein Gott auf ihn aufpassen würde.

Als er wieder die Treppen zu seiner Behausung emporstieg, war Michael bereits unterwegs, um heißes Wasser zu holen, und der Graf von Cumberland saß aufrecht in seinem Bett, kratzte sich das Kinn und murmelte irgend etwas über Flöhe.

»Jesus Christus, Carey, warum siehst du so verdammt glücklich aus?« brummte George. »Wieviel Uhr ist es?«

»Ein paar Stunden vor Morgengrauen«, sagte Carey mit einem Lächeln, das daran gewöhnt war, am Morgen gehaßt zu werden. »Steht Ihr jetzt auf, Mylord?«

»O je. Habt Ihr vielleicht ein Bier?«

Gutgelaunt schenkte Carey etwas Bier in einen Becher ein und reichte ihn dem Grafen. Dann goß er sich selbst auch etwas ein.

»Wo, zur Hölle, ist Michael?«

Da tauchte Michael wieder auf und plagte sich mit zwei schwere Krügen voll heißem Wasser, das er im Küchengebäude am Ende der Straße geholt hatte, die Treppen hinauf. Carey befahl seinem Diener, den Grafen zu rasieren, da er sich lieber selber rasierte. Und sofort begann er mit seiner Seife und dem kleinen Spiegel geschäftig herumzuhantieren.

Cumberland sagte kein Wort, bis sie auf die Straße traten und zu den Stufen am Wasser gingen, um über den Fluß zu gelangen.

»Gedanken eines Sekundanten«, sagte er. »Würdet Ihr eine Entschuldigung von Gage akzeptieren?«

»Nein«, sagte Carey. »Gage denkt, daß ich zu einer Entschuldigung verpflichtet bin, weil ich ihn geschlagen habe.«

Cumberland gähnte und rieb sich die Augen. »O ja. Das hatte ich vergessen.«

»Wach auf, George. Hast du dein Schwert dabei?«

»Uff.«

»Wer ist Gages Sekundant?«

»Drury.«

»Ist er gut?«

»Um Christi willen, Carey. Ich habe nicht die Absicht, mich mit dem anderen Sekundanten zu schlagen.«

»Vielleicht mußt du es aber, wenn er versucht, Gage zu Hilfe zu eilen. Deswegen bat ich dich, dabei zu sein.«

»Er wird nicht kämpfen.« George gähnte herzhaft und ausgiebig. »Dies ist wirklich keine Art, einen Streit zu schlichten.«

Carey grinste. »Was würdest du denn tun?«

»Das Richtige. Die altmodische Methode. Du sammelst deine Diener, deine Verwandtschaft und deine Gutspächter zusammen, und er macht das gleiche mit seinen. Dann sucht ihr einen Acker und fechtet die Sache aus.«

»Ich habe nur einen Diener, und den teile ich sogar noch mit jemand anderem.«

»Ein Skandal. Oder du lauerst ihm aus dem Hinterhalt auf. So würde das mein Vater erledigen.«

»Meiner auch«, gab Carey zu. »Aber so ist es ehrenhafter.«

Sie benötigten kein Boot, was ihnen die Sache wesentlich erleichterte. Sie gingen über das Eis, das verdächtig knirschte, zu den Stangate-Stufen und dann einen schlammigen Weg entlang, der Lambeth Marsh genannt wurde.

George hatte es so arrangiert, daß das Duell auf einem Gelände stattfand, das, von einigen kleinen Hügeln umgeben, nahe dem Lambeth Palast lag. John Gage wartete bereits mit Drury auf sie und ging ungeduldig auf und ab.

Carey nahm seinen Hut ab und verbeugte sich artig, doch reagierte Gage kaum auf diese Geste der Höflichkeit. Drury und der Graf gingen zusammen ein Stück den Weg entlang und unterhielten sich leise dabei, während Carey voller Interesse Gage beobachtete und sich fragte, was sich dieser wohl dachte. Carey fühlte sich außergewöhnlich – ganz und gar nicht ängstlich, sondern in einem solchen Maße erregt, wie er es in seinem bisherigen Leben kaum jemals empfunden hatte. Vielleicht ließ sich dieses Gefühl damit vergleichen, was er bei der Jagd auf einen wilden Keiler empfand, oder vielleicht auch mit dem, was er fühlte, wenn er mit der Königin Primero spielte und dabei mehr einsetzte, als er sich mit dem Blatt in seiner Hand eigentlich leisten konnte. Er hatte ein Gefühl, als sei sein Körper vollständig mit Sternen angefüllt, von denen ein jeder voll des rauschenden Lebens war. Doch sein Kopf war so kalt und scharf wie ein Rasiermesser. Ungebeten überfiel ihn mit einem Mal der Gedanke, daß er glücklich war, auch wenn das jedem anderen in diesem Moment völlig unwahrscheinlich erschienen wäre.

Aus tiefer Dankbarkeit für Gage, durch den ihm diese Gefühle bewußt wurden, lächelte er zu ihm hinüber und merkte dabei gar nicht, wie wild dieser zurückschaute.

Die Sekundanten kamen zurück, und Cumberland murmelte etwas, das sich anhörte, als sei auch Gage nicht bereit, eine Entschuldigung anzunehmen oder auszusprechen. Carey begann damit, sein eng geschnittenes Wams aufzuknöpfen, so daß seine Schultern größere Bewegungsfreiheit hatten. Cumberland hielt seinen Mantel. Zusammen mit dem Wams legte er auch sein Schwertgehenk ab und übergab es dem Grafen. Die kalte Luft stach wie scharfe Pfeile durch die Ärmel seines Hemds.

Sie gingen zu einer grasbedeckten Stelle hinüber, und der Frost, der über dem harten, glitschigen Boden lag, knirschte unter ihren Füßen.

»Möchte sich einer von Euch Gentlemen vielleicht entschuldigen und so den Kampf vermeiden?« fragte Cumberland noch einmal feierlich.

Carey befürchtete, daß er zu lachen begänne, wenn er darauf antwortete, also schüttelte er einfach nur den Kopf. Gage beantwortete die Frage mit Nein, und es klang so, als stieße er die Worte mit zusammengebissenen Zähnen hervor. Schließlich wurde es hell, und der von Frost überzuckerte östliche Teil Londons wurde vom Feuer der noch unsichtbaren Sonne erhellt. Carey atmete tief durch und schmeckte die Luft, als sei sie Wein. Gott, war das wunderbar!

Drury ergriff Careys Schwert und prüfte es, und Cumberland tat das gleiche mit Gages Waffe. Dann nahm Carey aus Drurys Händen das Schwert wieder entgegen. Er lächelte, als er das Gewicht in seiner Hand fühlte. Gage nahm ebenfalls sein Schwert. Ordnungsgemäß schritten sie die Entfernung ab und erhoben ihre Schwerter, so daß ihre Klingen parallel zueinander standen. Cumberland wechselte einen raschen Blick mit Drury.

»Fangt an, Gentlemen«, sagte er.

Carey trat sofort einen Schritt zurück, wie es ihn Sidneys Fechtmeister Becket in der ersten Periode gelehrt hatte. Gage interpretierte das falsch und griff ihn sofort an, indem er seine Klinge heftig von einer Seite zur anderen schwang. Entsprechend dem Vorschlag Cumberlands verfügte keiner der beiden über ein Rapier. Er fand, daß es unenglisch sei, diese italienischen Sauspieße zu benutzen, und außerdem hatte Gage bei Rocco Bonetti Unterricht genommen, der dafür bekannt war, alle Schwerter so zu handhaben, als seien sie Rapiers.

Carey parierte wieder und wieder. Er verlor an Boden und parierte erneut, wobei er Gage beobachtete und die Art seiner Bewegungen studierte. Sie hatten bereits früher zusammen gefochten, in Zweikämpfen mit schweren Stangen oder Fechtübungen mit stumpfen Waffen während eines Turniers. Auch bei dem Turnier, das anläßlich des letzten Eintritts der Neuzugänge stattfand, hatten sie die Klingen gekreuzt, aber Carey konnte sich beim besten Willen nicht mehr daran erinnern, wer gewonnen hatte. Vielleicht ging der Kampf unentschieden aus, weil sie in etwa gleich gut waren.

Diesmal jedoch war es anders. Diesmal waren die klirrenden Klingen scharf. Gage griff immer noch an, doch fand er keinen Weg durchzukommen. Und Carey versuchte es mit einigen experimentellen Pässen und tastete sich zu Gage vor, aber dann fiel er beinahe auf einen alten Trick hinein, der ihn veranlaßte, sich zu weit vorzuwagen. Er mußte schleunigst zurückspringen, um nicht eine böse Bauchwunde davonzutragen.

Es war riskant, aber einen Versuch wert. Einladend ließ Carey wieder die Eröffnung weg und beobachtete, wie Gage ausholte. Und nun wußte er, daß sein Gegner seinen Vorteil nicht zu nutzen wußte und damit sein Schicksal herausforderte.

Ah, dachte Carey, als ob er dem Duell aus weiter Ferne zusähe, er will mich also nicht töten. Tatsächlich glaube ich, daß er davor Angst hat, mich zu töten. Will *ich ihn* denn töten, fragte er sich selbst, als sie zurückwichen, sich dann umkreisten und einander mit angehaltenem Atem beobachteten. Die Antwort lautete, daß er Gage nicht nur zu töten beabsich-

385

tigte, sondern es auch tun konnte, da er weniger Gewissensbisse fühlte. Aber *will* ich ihn überhaupt töten, dachte Carey,
während er einige gewagte Stöße parierte und ein offensicht-
liches Täuschungsmanöver ignorierte. Nein, ich will es nicht.
Was würde es mir schon bringen?

Seine Aufmerksamkeit konzentrierte sich auf Gage, so wie
er es gelernt hatte, dabei sah er nicht in die Augen seines Gegners, sondern direkt auf den mittleren Teil seines Körpers,
so daß er sowohl die Bewegungen Gages wie auch dessen
Absichten im Blick hatte. Aber die begeisterte Erregung, die
ihn, seit er aufgestanden war, über dem Boden schweben ließ,
machte die ganze Welt für ihn hell und klar. Er fühlte sich, als
sei sein Schädel durchsichtig, so daß er rund herum überallhin
sehen konnte. Daher wußte er auch, selbst wenn er die Tatsache nicht bewußt registrierte, daß sie inzwischen nicht mehr
allein waren. Irgend etwas bewegte sich am äußersten Rand
seines Gesichtsfelds zwischen den Bäumen, und weder Drury
noch Cumberland, die doch eigentlich dafür sorgen sollten,
daß sie nicht gestört würden, schienen dieser Sache Beachtung zu schenken.

Wieder klirrten die Klingen und schabten aneinander.
Einen Augenblick lang empfand Carey rasende Wut auf
Cumberland; aber dann lachte er und nutzte die Gelegen-
heit. »Also los, Gage«, sagte er laut und theatralisch, »das ist
doch alles Unsinn und vollkommen respektlos gegenüber der
Königin. Wirf dein Schwert weg.«

Knurrend erwiderte Gage: »Wirf zuerst deines weg, du
Nachkomme eines Bastards.«

Nein, er weiß nichts davon, und er hat auch nichts bemerkt. Carey stieß erneut zurück, doch dann entschied er
sich, auf seine Vermutung zu setzen, da er hoffte, diese Farce
auf irgendeine Weise zu Ende zu bringen. Und so warf er mit
dramatischer Geste sein Schwert zu Boden: »Hier«, sagte er.
»Und nun du.«

Gage trat auf ihn zu und ließ die Klinge schwingen, als

386

ob er nun, da alles zu spät war, tatsächlich Mordabsichten hegte. Carey hätte das niemals erwartet, er war sich sicher, daß Gage einsichtig genug wäre, um es ihm gleich zu tun. Aber nun bekam er Angst und war gleichzeitig wütend, daß Gage jetzt, da er unbewaffnet war, wagte, ihn anzugreifen. Die ganze Welt war auf die Größe von Gages Schwertspitze zusammengeschrumpft. Zwar sah er, wie Cumberland seinen Mund vor Schreck öffnete, aber er registrierte es nicht. Und er fühlte auch mehr die hektischen Bewegungen zwischen den Bäumen, als daß er sie sah.

Carey gelang es, dem Schwerthieb auszuweichen, indem er zweimal zur Seite sprang und sich dann mit seinem Körper gegen Gages Schulter warf, so, als spielten sie Fußball. Gage lief einige Schritte zurück, noch immer mit dem Schwert in der Hand. Da erwischte ihn Carey und schlug ihm, während er sein Handgelenk festhielt, einige Male heftig ins Gesicht.

Da traten bereits die Soldaten aus dem Unterholz. Hände griffen nach Careys Schultern und drehten ihm, während sie ihn hin und her stießen, die Arme auf den Rücken. Völlig verwirrt ließ Gage sein Schwert endlich fallen. Zwei Männer im roten Samt der königlichen Uniformen verfuhren mit ihm auf die gleiche Weise wie mit seinem Kontrahenten. Dann warf Carey über die Schulter einen Blick auf den jungen Grafen von Cumberland, der ein bißchen weiter weg stand und so aussah, als überraschte ihn das alles überhaupt nicht. Tatsächlich hatte man den Eindruck, als fühlte er sich sehr erleichtert. »George«, sagte Carey vorwurfsvoll, »du Verräter.«

Cumberland lächelte. »Was hattest du denn erwartet? Du kannst mir deinen Dank zu einem späteren Zeitpunkt aussprechen.«

Plötzlich waren da noch vier weitere Soldaten mit Hellebarden, die äußerst belustigt dreinschauten und auf jemanden zu warten schienen. Aus dem Schatten einer Eiche trat ein Mann von imponierender Statur hervor, über einen Meter achtzig groß und mit rotem Haar, das an den Schläfen bereits grau wurde. Er war überaus prächtig in schwarzen Samt, der mit Goldbrokat abgesetzt war, gekleidet, und in seiner mit großen Ringen geschmückten Hand hielt er den weißen Stab des Obersten Haushofmeisters. Er blieb stehen und beobachtete das Ganze regungslos, dabei ähnelte er auf unheimliche Weise dem Portrait des Vaters der Königin, das im Vorzimmer von Whitehall hing. Er trug die gleiche Autorität zur Schau, auch wenn er nicht diese Schweinsäuglein hatte und sein Gesicht weniger aufgedunsen war. Mit düsterer Miene blickte er zu Carey.

»O mein Gott«, sagte dieser mit schwacher Stimme. »Vater.«

58

Lord Hunsdon machte seinem jüngsten Sohn gegenüber keinerlei Zugeständnisse, ja er schien ihn nicht einmal wahrzunehmen. Einer der Soldaten trug die beiden Schwerter, als sie zurück zu den Stangate-Stufen und wieder über den zugefrorenen Fluß marschierten. Dieses Mal eilten sie zu dem Geheimen Aufgang, der zu den Privatgemächern der Königin führte. Mittlerweile war das Glücksgefühl, das Carey bei dem Duell empfunden hatte, vollständig verschwunden, und er fühlte sich plötzlich zwanzig Jahre jünger. Er kam sich vor wie damals, als er zum hundertsten Male dabei erwischt wurde, wie er mit den Hunden im Zwinger von Berwick Castle spielte, anstatt in der Lateinstunde zu sitzen – erhitzt und voller Groll. Dabei wußte er verdammt gut, daß er im Unrecht war, und dennoch fühlte er nicht die geringste Reue. Sein Hauslehrer hatte ihn regelmäßig wegen seines Davonlaufens mit der Rute gezüchtigt, was er natürlich überhaupt nicht mochte. Aber er hatte sich daran gewöhnt und meinte, daß ein wunder Hintern ein angemessener Preis war für ein paar Stunden Freiheit, in denen man Stöckchen werfen, mit den Stallburschen und Hundepflegern Fußball spielen, auf Dächer klettern und natürlich kämpfen konnte.

Seite an Seite mit Gage stand er im Raum vor dem Thronsaal der Königin, wobei es beide geflissentlich vermieden, sich anzusehen. »Immerhin wird mich Vater jetzt, da ich ein Mann bin, wegen dieser Sache nicht schlagen«, dachte Carey. »Aller Wahrscheinlichkeit nach.« Zusammen mit dem diensthabenden Kommandanten der Soldaten war Lord Hunsdon schon in den Thronsaal vorausgegangen. Durch die Tür hörte man das leise Gemurmel von Stimmen.

Als sie sich schließlich öffnete und sie eintraten, war die Königin nicht zugegen. Nur ihre Ehrenjungfrauen standen entlang der Wände und starrten sie voller Schrecken an. Und dann waren noch ein oder zwei Höflinge da. Sir Walter Raleigh lehnte träge in perlgrauem Damast an einem Fensterbrett und unterhielt sich mit den roten und grünen Papageien im Käfig, wobei seine erstaunlich sanfte Stimme den gutturalen Akzent von Devon hören ließ.

Nun rauschte zum Schall einer Trompete die Königin herein, prächtig anzusehen in schwarzem Samt und Perlen. Wie Papisten bei ihrem Götzendienst sanken Gage und Carey auf die Knie, und das tat auch Lord Hunsdon.

Während Lady Belford ihre Robe richtete, stieg die Königin die Stufen zum Thron empor, setzte sich und winkte Lord Hunsdon zu sich. Er überreichte ihr die Schwerter, mit denen Carey und Gage gekämpft hatten, kniete auf der obersten Stufe nieder und ließ sie die Schärfe der Klingen befühlen.

»Nun?« sagte die Königin und machte Hunsdon ein Zeichen, seine Knie zu schonen und sich wieder zu erheben. »Was hat diese frevelhafte Tat zu bedeuten, Mr. Gage?«

Dummerweise versuchte Gage zu lügen. »Eure huldvolle Majestät, der Oberste Herr Haushofmeister hat einen Fehler gemacht«, sagte er. »Mr. Carey und ich haben uns nicht duelliert, sondern uns in der Fechtkunst geübt.«

»Mit scharfen Waffen?«

389

»Damit es – nun, damit es echter wirkte«, sagte Gage.

»Auf einem Feld in Lambeth?«

»Wegen – wegen der Abgeschiedenheit.«

Vor lauter Unglauben schien die Stille widerzuhallen.

»Mr. Carey?«

Ich bin dir zu nichts verpflichtet, Gage, dachte Carey, und ich soll verdammt sein, wenn ich zu deinen Gunsten die Königin belüge. Das Leben wird schwierig genug werden, ich habe keine Lust, es absichtlich zu verkürzen.

»Ich vertraue mich voll und ganz der Barmherzigkeit Eurer Majestät an«, sagte Carey, während er die Füße der Königin in ihren rotgoldenen Schuhen fixierte. »Ich habe nichts zur Erklärung vorzubringen und nichts zu meiner Verteidigung. Ich bin ganz und gar im Unrecht.« Wäre es vielleicht ratsam, einen ihrer Schuhe zu küssen? Nein. Sicher wäre es eine höfliche Geste, aber es bestünde auch die Möglichkeit, daß sie mich in den Mund tritt.

»Was ist? Wollt Ihr etwa zugeben, daß Ihr beide ein Duell ausgefochten habt, obwohl das meinem Willen und Gebot widerspricht?«

Carey ignorierte Gages verzweifelte Blicke, mit denen er ihn von der Seite anstarrte. Wach auf, John, dachte er, das ist kein Spiel mehr. Lüge die Königin an, und sie wird dir niemals vergeben.

»Ja, Eure Majestät.«

Sie ließ sich in die roten Samtkissen zurückfallen, legte einen Ellbogen auf die geschnitzte, vergoldete Armlehne und pochte mit einem ihrer langen, beringten Finger gegen ihre Unterlippe.

»Worum ging es?«

Das überraschte ihn. Er hatte erwartet, daß sie sofort anfinge, ihn anzubrüllen, und ihm erklärte, wie dumm es sei, gegen einen Engländer zu kämpfen, da es doch jenseits des Wassers haufenweise Spanier gäbe. Und daß sie fragen würde, wie sie ihren Müttern hätte erklären sollen, wie sie gestorben seien. Und dann würde sie sie verfluchen und mit Hausschuhen und Bechern nach ihnen werfen. Diese eisige Ruhe dagegen war weitaus schlimmer.

»Eu-Eure Majestät?« stammelte er.

»Im allgemeinen gibt es, soweit wir wissen, für ein Duell doch einen Grund, auch wenn dieser zweifellos völlig schwachsinnig ist«, sagte die Königin eisig. »Wir wünschen, den Grund dafür zu erfahren. Den *casus belli.*«

Carey räusperte sich.

»Wie ich bereits gesagt habe, war es mein Fehler«, sagte er. »Mr. Gage verlangte Satisfaktion von mir, da ich ... nun, ich habe ihn geschlagen.«

»Warum habt Ihr ihn geschlagen?«

»Er ... nun ... er hat meine Familie beleidigt.«

»Und warum habt Ihr das getan, Mr. Gage?«

Gage antwortete nicht.

»Nun, Mr. Gage?«

Gage leckte sich die Lippen. »Ich habe es vergessen«, sagte er stockend.

Noch größere Stille. Der Zeigefinger der Königin pochte noch immer gegen ihre scharlachrot geschminkten Lippen.

»Wer von Euch beiden ist der Vater von Bethany Davisons Kind?« fragte sie bedächtig.

O mein Gott, dachte Carey, sie weiß es, sie hat es herausgefunden. Und dann wird Davison denken, daß ich es war. O Jesus, ich bin ein toter Mann.

»Wenn wir unseren sogenannten Gentlemen eine Frage stellen, erwarten wir eine Antwort«, polterte die Königin. »Wer von Euch beiden war der Vater?«

Gage sagte nichts, und Carey hatte das Gefühl, nicht sprechen zu können. Keine der Ehrenjungfrauen wagte auch nur ein Flüstern. Raleigh lehnte noch immer am Fensterbrett und beobachtete alles mit leidenschaftslosem Interesse.

Die Königin erhob sich, und der Taft rauschte, als sie die zwei Stufen herabschritt und plötzlich vor ihnen stand.

»Wir sind beschämt«, sagte sie mit vor Wut bebender Stimme, »wir sind *beschämt*, daß eine unserer Frauen von einem von Euch Gentlemen entehrt wurde. Und darüber hinaus bin ich beschämt, daß Mr. Davison es für angebracht hielt, mir zu sagen, daß es einer meiner eigenen Cousins war. Nun, Mr. Carey? Gebt Ihr zu, daß Ihr es wart?«

Im Geist verabschiedete sich Carey bereits von allen Hoffnungen auf irgendein Amt, das seine Aufwartung bei Hof erforderlich machte. Bei Einbruch der Nacht wäre er bestimmt schon im Tower oder im Fleetgefängnis, dachte er bei sich, aber seine Probleme begännen erst richtig, wenn die Königin mit ihm fertig war. Sie würde ihn wahrscheinlich nicht mehr bei Hof empfangen, und so könnte er seine Gläubiger nicht mehr auf ewig vertrösten. Er müßte fort in die Niederlande und dort kämpfen. Geistesabwesend fragte er sich, warum ihm diese Aussicht bei weitem nicht mehr so mißfiel, wie sie es früher einmal getan hatte.

Mit den Händen auf ihren Hüften, stand sie direkt vor ihm. »Robert Carey!« donnerte sie. »Antwortet mir.«

Er war erstaunt darüber, welchen Lärm eine nicht allzu große Frau mittleren Alters machen konnte, wenn sie es darauf anlegte. Carey fuhr zusammen. Doch dann riß er sich zusammen und blickte ihr ins Gesicht. »Nein, Eure Majestät«, sagte er sicher und ruhig. »Ich war es nicht. Wenn ich es gewesen wäre, hätte ich das Mädchen geheiratet.«

»Ohne unsere Erlaubnis?« zischte die Königin.

»Falls nötig, ja, Eure Majestät«, sagte Carey. »Ich würde eher den berechtigten Zorn Eurer Majestät wegen einer unerlaubten Heirat auf mich ziehen als wegen eines Bastards. Doch bin und war ich nicht der Liebhaber von Mistress Bethany.«

»Mr. Davison meint aber, daß Ihr es wart.«

»Mr. Davison ist nicht unfehlbar und befindet sich in diesem Fall im Irrtum.«

Sie rümpfte die Nase, anstatt ihm eine Ohrfeige zu verpassen, wie er e ̱ ̱ ̱et hatte, und blickte ihn scharf an. »Wer ist dann der Vater?«

»Ich weiß es nicht«, sagte er mit noch immer fester Stimme. Es entsprach durchaus der Wahrheit. Er wußte es nicht, wenigstens nicht sicher, sondern vermutete es nur. Er versuchte, dem Blick der Königin in einer Weise zu begegnen, als sei er der Mann mit dem reinsten Gewissen der Welt. Gott, war das ein Schlamassel. Vielleicht konnte er sich ja in den Norden durchschlagen und unter seinem Bruder, der immerhin der Kommandierende Offizier von Berwick Castle war, als Hauptmann Dienst tun. Gar keine so schlechte Idee. Die Würdenträger des Hofs erwarteten sicher von ihm, daß er in die Niederlande ging. Aber wenn es ihm gelänge, ein schnelles Pferd zu ergattern...

»Nun, Mr. Gage. Wart Ihr es?«

»Nein, Eure Majestät«, log Gage dreist.

»Oh? Warum hat sie dann auf ihrem Totenbett gesagt, daß Ihr es wart?«

Carey spürte, wie ihm der Mund herunterklappte, und er schloß ihn rasch wieder mit einem laut vernehmlichen Zusammenschlagen seiner Zähne. Er schluckte heftig. Bethany? Totenbett? Was in Gottes Namen war geschehen?

Gage war ebenso überwältigt wie er. »Eure... Eure Majestät?«

»Bethany Davison starb letzte Nacht an Kindbettfieber, nachdem sie mit Eurem Bastard eine Fehlgeburt erlitten hatte, Mr. Gage. Ich habe sie noch kurz vor ihrem Tod gesehen, da sie für mich wie ein sehr liebes Kind war. In ihrem Fieber sprach sie über mancherlei Dinge, und eines davon war, daß in der Tat Ihr, Mr. Gage, der Vater ihres Kindes wart und Euch geweigert habt, sie zu heiraten. Und das nur, weil Euer Vater ein sehr wertvolles Mündel für Euch gekauft hat.«

Carey riskierte einen Seitenblick auf Gage. Der stand mit geschlossenen Augen da.

»Ohne Zweifel ist dies der wahre Grund für Euer Duell, obwohl es so aussieht, als gäbe Mr. Carey dies niemals zu. Bethany hat nie einen anderen Mann als Euch geliebt, Mr. Gage, und Ihr habt sie verraten. Nun?«

Es ist aus mit dir, Gage, dachte Carey ohne jedes Bedauern. Alles, was du noch tun kannst, ist dich ihrer Gnade und Barmherzigkeit auszuliefern, ihr die Füße zu küssen oder sonst etwas und das Beste zu hoffen. Doch ein anderer Teil seines Verstandes, der weniger zynische, war von Kummer überwältigt. Bethany tot. Guter Gott, welch eine Verschwendung!

Gage stotterte und murmelte irgend etwas über Fieberträume.

»Verzeihung, was meint Ihr?«

»Sie muß geträumt haben«, sagte er und schaufelte sich mit der Zunge sein Grab. »Wenn sie im Fieber lag, hat sie sicher alles erfunden. Oder Mr. Davison hat recht, und Carey ist der Vater.«

Mit erstaunlicher Ruhe neigte die Königin ihr Haupt, als überlegte sie. »Sicher, das wäre möglich«, sagte sie. »Jedoch spricht dieser wertlose Schmuck eine andere Sprache.« Sie hielt Gages Neujahrsgeschenk in der Hand und öffnete es. »Letzte Nacht bat ich einen meiner Untersuchungsbeamten, es zu den Cheapside-Juwelieren zu bringen, die den Hof beliefern. Er fand heraus, wer es in Auftrag gab. Und offensichtlich war auch diese Haarlocke für sie von größter Bedeutung. Ihr werdet zugeben, Mr. Gage, daß die Farbe der Locke Eurem Haar und nicht dem Mr. Careys entspricht. Seine Haare sind kastanienbraun, doch die Locke ist blond.«

Gage zuckte mit den Schultern. Er wurde zusehends dreister, da er begann, seinen eigenen Lügen Glauben zu schenken. »Der Juwelier hat sich geirrt. Schließlich bin ich bei Hof nicht der einzige Mann mit blonden Haaren, Eure Majestät. Jeder hätte es gewesen sein können, jeder von einem halben Dutzend Männern. Ich war es bestimmt nicht ...« Mit gewaltigem Schwung holte die Königin aus und schlug ihm ins Gesicht, wobei sie ihn fast umhaute. Der Knall hallte durch den Thronsaal, und eine der Ehrenjungfrauen prustete ein nervöses Kichern hervor.

Heftig atmend begab sich die Königin auf ihren Thron zurück.

»Bringt ihn raus«, befahl sie. »Werft ihn ins Fleetgefängnis. Ich werde ihn niemals wieder empfangen. Verehrter Herr Haushofmeister, er wird niemals und unter gar keinen Umständen wieder bei Hofe zugelassen werden. Ihr könnt dies seinem Vater schreiben und ihn über die Gründe aufklären.«

Gage wurde hinausgeführt. Auf seinem Gesicht waren noch immer die Spuren von der Hand der Königin zu sehen, und weiterhin leugnete er, Bethany je gekannt zu haben.

Carey blieb, wo er war, denn noch hatte ihn die Königin nicht verabschiedet. Er dachte an das letzte Mal, als er Bethany gesehen hatte, wie sie zu ihm gesagt hatte, daß sie nicht mehr schwanger sei. Damals hatte sie ihn auch gefragt, wo sie Kate finden könnte ... Warum war ihm bloß nicht in den Sinn gekommen, sich zu fragen, warum eine Ehrenjungfrau von hoher Geburt wirklich eine gemeine Hure sehen wollte? O Gott. War es das, was sie getan hatte? Er hatte darüber schon einiges raunen gehört, damals, als er als Jüngling in Paris gewesen und von einer hochwohlgeborenen Gräfin, die doppelt so alt war wie er, auf gekonnte Weise in die Geheimnisse der Liebe eingeführt worden war. War Bethany zu einer Hexe gegangen?

»Mr. Carey«, sagte die Königin, und er richtete sofort seine Aufmerksamkeit wieder auf sie, »Ihr werdet mir jetzt die ganze Geschichte erzählen.«

Natürlich erzählte er sie ihr und ließ noch nicht einmal das Detail weg, daß Davison Bethany erpreßt hatte, ihn mit vertraulichen Informationen über die Königin zu versorgen. Wenn er schon dran glauben mußte, so wollte er doch sichergehen, zumindest einen Mann, der es wirklich verdiente, mit-

zureißen. Die Königin nahm ihn ins Kreuzverhör, wobei sie
ihn zweimal durch die ganze Geschichte jagte, in allen Einzelheiten und mit einem Anflug forensischer Vernehmungs-
taktik, die für eine Frau ziemlich ungewöhnlich war. Er hätte
ihr sicherlich große Bewunderung gezollt, wenn er nicht das
in Schweiß gebadete Objekt ihres Verhörs gewesen wäre.

Endlich hörte sie damit auf und setzte sich wieder, wobei sie
ihn mit zusammengekniffenen Augen beobachtete, während
er sein Gewicht von einem Knie auf das andere verlagerte.

»Es gibt da noch eine Sache, die Wir Euch fragen müssen,
Mr. Carey«, sagte sie schließlich. »Warum seid Ihr nicht zu
mir gekommen, als Euch Mistress Bethany zum ersten Mal
von ihrem Zustand erzählte?«

Einen Augenblick lang konnte er nicht antworten, da es ihm
niemals in den Sinn gekommen wäre, dies zu tun. Unter all
den verschiedenen Dingen, die er erwogen hatte, um Bethany
zu helfen, war dieser Gedanke nie gewesen. Es der Königin
erzählen? Hatte sich nicht ein Großteil von Bethanys Angst
darauf gegründet, wie die Königin reagieren würde?

Nun, das war eine Frage, die er nicht zu beantworten wagte.
Wenn er der Königin erzählte, daß ihre bevorzugte Bettgenossin sich vor ihrer Wut gefürchtet hatte, könnte niemand vorhersagen, wie sie darauf reagierte. Und sein Geist war viel zu
angeschlagen, als daß er dafür einen überzeugenden anderen
Grund gefunden hätte.

Er öffnete seinen Mund, um zu versuchen, sich dafür zu entschuldigen, doch dann entschied er, daß er verdammt wäre,
wenn er das tat. Tatsächlich hatte er bereits genügend Antworten gegeben. Also schloß er den Mund, kniete weiter dort
und ließ zu, daß sich die Stille um ihn noch weiter ausdehnte.

Es schien, als fände zwischen ihnen ein geheimer Kampf
statt, aber Carey hielt dem Blick der Königin stand, wobei er
sich ihr, ohne ein Wort zu sagen, widersetzte. Er fand sich damit ab, seinen Platz am Hof zu verlieren, ja, er fand sich sogar
mit dem Tower ab. Aber um keine Macht der Welt würde er

jetzt noch freiwillig ein Wort von sich geben, es sei denn, sie legte ihm Daumenschrauben an.

Dann, nach einer Zeit, die ein oder zwei Stunden lang gewesen zu sein schien, seufzte die Königin schwer und aus tiefstem Herzen und nickte ihm zu.

»Mein Herr Haushofmeister«, sagte sie zu Hunsdon, der mit verschränkten Armen neben dem Thron stand, während auf seinen Brauen der ganze Zorn Heinrichs VIII. lag. Während er nun Seite an Seite neben der Königin stand, schien ihre geteilte Elternschaft auf eine komische Art offensichtlich.

Hunsdon beugte steif sein Knie vor der Königin und neigte den Kopf.

»Abgesehen von der Tatsache, daß er offensichtlich alles getan hat, um es nicht zu diesem Duell kommen zu lassen, habt Ihr etwas zugunsten Eures Sohnes zu sagen?«

Hunsdon räusperte sich laut. »Eure Majestät«, begann er, wobei er sich ziemlich anstrengte, nicht loszubrüllen, »bis auf die Tatsache, daß ich diesen Jungen für einen schwachsinnigen, undankbaren, einfältigen Hohlkopf und Dämlack halte, nein.«

Carey fühlte, wie sich in ihm der Zorn über seinen Vater ausbreitete.

»Meint Ihr, daß er sich unehrenhaft verhalten hat?« fuhr die Königin fort.

Hunsdon zuckte seine massigen Schultern. »Dumm, ja. Unehrenhaft, nein.«

Der Mund der Königin verzog sich, als teilte sie ein dunkles Geheimnis mit ihrem Halbbruder.

»Ich übergebe ihn also in Eure Hände, Mylord, und Ihr verfahrt mit ihm, wie Ihr es für angemessen haltet. Er bleibt in Eurer Obhut, bis ich ihn freispreche. Für den Augenblick steht er in Euren Gemächern in Whitehall unter Hausarrest. Aber er darf nicht bei Hof erscheinen, und auch meine Gegenwart ist ihm verboten.«

»Eure Majestät sind eine weise und barmherzige Herrscherin«, knurrte Hunsdon. »Ich werde dafür sorgen, daß dieser Junge Euch nicht noch einmal beleidigt.«

Warte, wollte Carey sagen, ich bin kein Junge mehr, ich bin ein Mann von 26 Jahren, ich will nicht in die Obhut meines Vaters gegeben werden... Verdammt.

»Habt Ihr noch etwas zu sagen, Mr. Carey?«

Nun, natürlich hatte er das, eine ganze Menge sogar. Aber der letzte Rest seines Verstandes und seine Erfahrung bei Hof sagten ihm, daß es so aussah, als käme er mit einem blauen Auge davon, und es war nicht an der Zeit, sein Glück zu erzwingen. Immerhin wurde er nicht in den Tower gesteckt. »Ich stehe, wie immer, unter dem Befehl Eurer Majestät«, antwortete er, und während sie mit gebieterisch geneigtem Haupt darauf wartete, daß er das Zepter küßte, schaffte er es, noch hinzuzufügen: »Und ich bin dankbar für die Güte und Barmherzigkeit, die Eure Majestät für diesen unwürdigen Untertanen erübrigt.«

Sie nickte, sein Vater holte mit einem Fingerschnippen die Soldaten herbei, und Carey erhob sich mit knirschenden Gelenken auf seine Füße. Er verbeugte sich, dann marschierten sie hinaus, allen voran Lord Hunsdon. Als Hunsdon die Soldaten entließ, fühlte Carey, wie in ihm Angst und Verzweiflung aufstiegen, und als sie allein waren, blickte er ebenso finster drein wie sein Vater.

»Was, zur Hölle, hat sie denn von mir erwartet?« fragte er heftig. »Wie kann sie es wagen zu denken, daß ich ihr von Bethany erzählt haben würde? Glaubt sie vielleicht, daß ich einer von ihren gottverdammten Spürhunden bin wie...«

Da brüllte sein Vater nur etwas Unverständliches und trat ihm in die Eier.

59

»Urteilt Ihr nicht vielleicht ein wenig zu hart über ihn?« fragte Thomas Hart, während er dem am Spieß gebratenen Huhn, das er sich mit Becket teilte, ein Bein abriß. Grunzend nahm sich Becket das andere Bein, während sein Mund voll mit Brot war.

»Der Mann ist ein Inquisitor und ein Agent«, nuschelte er undeutlich. »Einmal hat er mir gegenüber selbst zugegeben, daß er zu den Männern gehörte, die Pater Campion befragt haben. Glaubt mir, nichts, was ich ihm angetan habe, ist schlimmer als das, was er und seinesgleichen anderen antaten.«

Pater Hart sagte zunächst nichts, sondern hob nur die Augenbrauen in die Höhe. »Oder das, was Euch angetan wurde?« bemerkte er.

Becket zuckte zusammen. »Ein Lob dafür, standhaft gewesen zu sein, kann ich für mich nicht in Anspruch nehmen«, murmelte er. »Durch ein Wunder hat Gott einen Engel gesandt, der mein Gedächtnis vor Davison und seinen Leuten versteckte – mögen sie in diesem Leben an den Blattern verfaulen und möge sie der Teufel in ihrem nächsten holen.«

»Amen«, sagte Pater Hart.

»Und nun zu ihm«, Becket wies mit dem Daumen auf Ames, »als ich ins Fleetgefängnis kam, ließ mich dieser Bastard glauben, er sei mein Freund. Inzwischen zweifle ich nicht mehr daran, daß man mich extra dorthin brachte, so daß er sich mein Vertrauen erschleichen konnte. Agenten tun das oft genug.«

»Dann wäre es besser gewesen, ihn im Stock zu lassen.«

Becket grinste wölfisch. »Nein«, sagte er. »So ist es besser. Auf diese Weise haben wir ein Druckmittel ihnen gegenüber. Wir können herausfinden, was die Königin von uns weiß. Und wenn wir schließlich mit ihm fertig sind, na schön, dann liefern wir ihn seiner Familie aus und verlangen von ihnen ein

Lösegeld, damit wir uns nach Frankreich absetzen können. Oder wir schneiden ihm die Kehle durch, was eben einfacher ist.«

»Wenn er am Leben bleibt.«

Wieder zuckte Becket mit den Schultern. Sie beendeten ihr Mahl, während die Geräusche des Londoner Morgens von der nahen Fleet Street zu ihnen heraufhallten. Dann schaffte Tom Hart die Feilen und all das übrige Schmiedewerkzeug herbei, und sie begannen, an Beckets Fußeisen zu arbeiten.

Schließlich konnte sich Becket aufrichten und seine entzündeten Fußknöchel anständig kratzen.

»Gott sei Dank«, sagte er. »Nun, Pater, seid Ihr soweit?«

»Wo gehen wir hin?«

»Ins Falcon, um das wieder anzupacken, wobei Davison uns unterbrochen hat. Und dieses Mal bitte keine Messe für Eure Freunde, Pater.«

»Ihr wißt, daß ich der einzige Priester in London bin. Wenn sie mich bitten, für sie die Messe zu lesen...«

»Nicht dieses Mal, Pater. Jemand hat uns beim letzten Mal verraten, und sie werden es wieder tun. Wir machen's auf meine Art oder überhaupt nicht.« Pater Hart sah ganz so aus, als wollte er die Sache weiter erörtern, aber dann änderte er seine Meinung.

»In Ordnung. Denkt Ihr, daß sie da sein wird?«

»Dort oder irgendwo in der Nähe. Kommt Ihr?«

»Was geschieht mit ihm?« Der Priester warf einen Blick auf das Bett. »Wann werdet Ihr ihn befragen?«

»Wenn mir danach ist, Pater. Er kann eine Weile damit zubringen, sich über die ausgleichende Gerechtigkeit und die Art, wie man die Wahrheit aus einem Gefangenen herauskriegt, ein paar heilsame Gedanken zu machen.«

»Er könnte fliehen.«

»Schließt die Tür ab. Er ist nicht der Mann, für den ich ihn halte, wenn er imstande ist, sich von diesen Fesseln zu befreien.«

Sie setzten ihre Hüte auf, legten ihre Umhänge um und ließen Ames, gefesselt und geknebelt, in der Stille mit den Hühnerknochen und ohne Feuer zurück. Wenn sie über die Ratten nachdachten, so fühlten sie sich von dem Gedanken durchaus nicht beunruhigt.

60

Die Morgendämmerung hatte sich wie eine Jungfrau aus dem antiken Griechenland erhoben. Sie trug Juwelen in allen Farben des Regenbogens aus einer dicken Eisschicht, die wie das ewige Moos auf jeder Oberfläche wuchs. Einige Augenblicke später stapfte Newton schwerfällig aus seiner Unterkunft und begann, während er sich noch das morgendliche Bier aus dem Bart wischte, in quälender Angst aufzuheulen. Er benahm sich wie eine Bauersfrau vor ihrem Hühnerstall, den der Fuchs geplündert hat. Es war wirklich amüsant, ihn dabei zu beobachten, fand Thomasina. Sie hatte neben dem Backofen in einem mit Lumpen ausgestopften Schlupfwinkel geschlafen, den sie sich selbst zurechtgemacht hatte, bis sie von dem Lärm, dem Geschrei und dem Gerenne der Gefängnisdiener geweckt worden war. Jeder Gefangene des Fleetgefängnisses wurde in den Hof hinuntergetrieben, und alle Zellen wurden wieder und wieder durchsucht. Unterdessen marschierte Newton den Hof auf und ab und drohte jedem mit Prügeln, dem Loch und noch weitaus Schlimmerem, wenn er Strangways und Anriques geholfen hatte.

Thomasina belustigte das alles, aber sie hatte auch Angst. Sie wußte, daß der Tumult im Hof am Tag zuvor nur ein Trick gewesen war, und war deshalb zum Strand gelaufen, um im Haus des Grafen von Leicester eine Nachricht zu hinterlassen. Sie hatte es kaum geschafft, wieder rechtzeitig zu den Gefängnistoren hineinzukommen, bevor sie bei Sonnenuntergang geschlossen wurden.

Nun kauerte sie still in der Ecke, während Newton herumschrie und den rechtschaffenen Mann, der der eigentliche Leiter des Gefängnisses war, mit Drohungen überschüttete. Der Zyklop schaffte es kaum, sein grimmiges Vergnügen zu verbergen und verneinte schlicht, daß er bei der Flucht seine Hände im Spiel gehabt habe. Zu ihrem großen Ärger wurde Thomasina die Sicht plötzlich von den Röcken einer Frau behindert. Sie lehnte sich ein wenig zur Seite, als sie die sanfte und dennoch entschlossene Stimme dieser Frau vernahm.

»Thomasina, du mußt aus dem Gefängnis verschwinden.«

»Warum?« Es war die Rekusantin, mit der Becket vor wenigen Tagen gesprochen hatte.

»Denk doch nach, meine Liebe. In ein paar Minuten wird der Türschließer erzählen, daß Mr. Strangways ein Bettlermädchen kannte, die ihm bei seinen Besorgungen half, dann wird Newton dich fassen und zu erfahren versuchen, wohin er verschwunden ist.«

Dieser Gedanke ließ sie nach Luft schnappen, obwohl er ihr schon früher selbst hätte kommen müssen. Das Leben bei Hof hat mich schlaff und träge gemacht, dachte sie. Früher, da wäre ich in so einer Situation schon längst auf und davon gewesen.

Zwei von Newtons Handlangern ergriffen den Zyklopen, und Newton hob bereits den Knüppel, als plötzlich ein Klingeln und Klopfen am äußeren Tor zu vernehmen war.

Nun hatte das Drama ein Ende, und Newton rannte davon, um zu öffnen. Anschließend kam er mit vier Leibgardisten der Königin zurück, die einen blonden, gepflegten Kurier in schimmerndem blauem Satin begleiteten. Seine fahlen Augen warfen einen erstaunten Blick auf die Gefangenen, die in Reih und Glied im Hof angetreten waren, und er schien von der plötzlichen Wendung des Schicksals, das ihn wie einen Kometen aus den Sternensphären des Hofes in die so irdischen Gefilde dieses Gefängnisses geschleudert hatte, völlig überwältigt zu sein. Er war eher dazu gemacht, die exklusiveren

Bereiche dieses Gefängnisses, die Knights' Commons, aufzusuchen. Thomasina erkannte in ihm einen der Edelleute der Königin wieder, obwohl sie sich nicht an seinen Namen erinnern konnte.

Aber Newton hatte ein Geständnis abzulegen, obwohl er ansonsten sicher, wie Thomasina vermutete, den ganzen Tag damit zugebracht hätte, herauszufinden, wie er sich davor drücken könnte. Ernst hörten die Gardisten seinen geflüsterten Erklärungen zu, während sein großes, pockennarbiges Gesicht vor Angst und Zorn erzitterte und seine Finger krampfhaft den Knüppel umklammerten und sich wieder von ihm lösten.

Wenige Augenblicke später waren die Leibgardisten durch das doppelte Tor wieder hinausmarschiert.

»Innerhalb der nächsten Stunde werden die Agenten hier sein«, sagte die Rekusantin und nickte lächelnd, als sich die weißhaarige Lady Dowager zu ihr gesellte. »Du mußt zu Pater Hart gehen und ihn warnen.«

Thomasina erwiderte nichts, sondern blickte die Rekusantin nur an.

»Wo wohnt er denn?« fragte sie.

Die Lady zögerte, dann tauschte sie einen Blick mit der vornehmen Dame, die kaum wahrnehmbar nickte.

»Kennst du das Tor von Whitefriars, über dem Unsere Liebe Frau angebracht ist?«

»Was ist denn das?« fragte Thomasina, die das wirklich nicht wußte.

»Eine Dame, die auf einer Schlange steht, der aber der Kopf abgehauen wurde«, erklärte ihr freundlich Lady Dowager. »Es ist eine Statue von der Mutter Christi.«

»Oh«, Thomasina überlegte angestrengt. »Ja, ich kenne sie, Mylady.«

»Von dort noch zwei Treppen hinauf, und dann nach links. Sag ihm, was du gesehen hast, und bitte ihn, für uns zu beten.«

403

Thomasina nickte. Die beiden tauschten erneut einen Blick, dann beugte sich Lady Dowager zu ihr hinab. »Kleines, du hast ein sehr kluges Gesicht. Ich denke, ich kann dir in dieser Sache vertrauen. Hier ist ein Brief für den Priester. Darin steht alles, was ich über meine arme, verlorene Schwägerin weiß. Bring ihm diesen Brief und sag ihm, daß er dich ebenfalls beschützen muß, weil die Agenten und Priesterjäger auch hinter dir her sein werden.«

Thomasina schluckte schwer, als sie das Papier nahm und unter ihr Mieder steckte. »Ihr seid so freundlich, Mylady, aber...«

»Pscht. Geh, solange noch niemand daran denkt, dich aufzuhalten. Geh durch die Küche in den Holzhof hinaus, und dann durch das kleine Tor. Viel Erfolg.« Dann griffen knochige Finger nach Thomasinas Schultern und schoben sie in die richtige Richtung.

Während sie vor Angst ganz flach atmete, flitzte Thomasina über den Hof auf die Küchentür zu und huschte unter einem Diener durch, der mit einem Becher Bier für Newton herausstolperte. Sie sauste über den fettigen Boden der Küche, wo sich die Küchenjungen gegenseitig schubsten, um auf Zehenspitzen einen Blick durchs Fenster auf den Zyklopen zu erhaschen, der gerade zum Schandpfahl gezerrt wurde. Nur rasch durch die Hintertür hinaus auf den Holzhof, und dann zu dem kleinen, verschlossenen Tor in der Mauer.

Einen Augenblick lang starrte Thomasina es an. Ihr Herz hämmerte, und sie meinte, bereits das Rufen der sie verfolgenden Agenten zu hören. Sie wagte den Versuch, die Klinke zu betätigen, aber die Tür war verriegelt, und der Riegel mit einem Vorhängeschloß abgeschlossen. Reine Zeitverschwendung. Und die Mauer war glatt und hoch. Vielleicht könnte sie einige Holzscheite von den Feuerholzstapeln aufschichten und dann darüberklettern, aber das würde sie viel zuviel Zeit kosten. In der Ferne vernahm ihr von Angst geschärftes Gehör außer dem Geräusch der Schläge, die dem Zyklopen verabreicht wurden, wie sich die großen Gefängnistore bei dem Ruf des königlichen Sicherheitsoffiziers öffneten.

Unter diesem Tor war ein kleiner Spalt von etwa fünfzehn Zentimetern. Kam sie vielleicht da durch? Sie beugte sich hinab und versuchte, ihren Kopf und die Schultern durchzuquetschen. Dann legte sie sich auf den Bauch und schlängelte sich wie ein Aal durch den von Reif bedeckten Schlamm, wobei ihr vor lauter Panik der Schweiß ausbrach, da sie befürchtete, jemand würde kommen, um Holz zu holen, und sie entdecken. Sie schwitzte noch mehr, als ihr Rock an einem Nagel hängenblieb, der ihr, während sie sich heftig wand, den alten Samt aufriß und sie obendrein noch verletzte. Doch dann rutschten auf einmal ihre Hüften hindurch und auch ihre Knie, und sie befand sich in einer schmalen Gasse hinter dem Gefängnis.

Sie rannte einfach blind drauflos. Der Hals war ihr vor lauter Schreck wie zugeschnürt. Sie bemerkte, daß sie in die falsche Richtung gelaufen war und rannte zurück. Instinktiv bewegte sie sich in westlicher Richtung, durch all diese Gassen, die vor langer Zeit einmal ihre alten Schlupfwinkel gewesen waren und alle zum Freibezirk von Whitefriars führten. Hinter ihr, das wußte sie, gab es großes Geschrei wegen eines Bettlermädchens.

61

Unter dem vergitterten Fenster von Senhor Gomes' Laden, nahe der Fleet Brücke, rührte und regte sich ein Haufen Lumpen. Dame Maria Dormer, Prinzipalin der Krankenstube und Vorsteherin der Novizinnen, stieg aus meinen Wolken herab und schälte sich aus ihrem Traumhabitus wie eine Motte aus ihrer Puppe, um wieder einmal den vertrockneten, samtenen Panzer ihres wachen Selbst anzulegen. Während sie sich murmelnd hochhievte, ächzten all ihre Gelenke vor Schmerz und ihr Kopf wegen des Branntweins. Senhor Gomes öffnete das vergitterte Tor und neigte sein Haupt über sie.

Maria räusperte sich, spuckte aus und wischte dann ihre Nase an ihrem zitternden Arm ab.

»Bin gekommen, um Geschäfte zu machen«, nuschelte sie. »Habe meinen Schein und ... und das Geld.«

Das Gold lag noch immer in der Samtbörse, die ihr Bethany gegeben hatte, und sie hatte nichts davon für den vergessen machenden Schnaps ausgegeben. Es ging Senhor Gomes nun wirklich nichts an, woher sie das Geld bekommen hatte. Also ließ er sie eintreten, und schon wenige Minuten später wurde das Gold in seine Richtung über den polierten Ladentisch geschoben, während sich ihr ein kleines, in Leder gewickeltes Paket näherte. Meine Schwiegertochter öffnete das Päckchen und fand darin das Buch vom Einhorn, das auf den Einband gestickt war. Sie warf einen Blick hinein und lächelte. Dann packte sie es wieder ein und steckte es in eine Tasche ihres Unterrocks. Sie lief rasch aus der Tür und in Richtung Westminster.

<u>62</u>

Thomasina kletterte die schmale Treppe empor und klopfte an die Tür von Pater Hart. Sie war abgeschlossen, und nichts rührte sich. Natürlich hätte sie den Brief, den sie bei sich trug, unter der Tür durchschieben können, aber sie entschloß sich, das nicht zu tun. Also setzte sie sich auf die oberste Stufe und knabberte an einer Fleischpastete, die sie in der Fleet Street gestohlen hatte. Gelegentlich meinte sie, von drinnen ein gedämpftes Grunzen zu hören, doch vermutete sie, daß es von einem Schwein aus dem Hof herrührte.

Am frühen Nachmittag kehrten sie zurück. Während sie die Treppen hochtrampelten, sprach Pater Hart, der als erster ging, über die Schulter zu Becket.

Beide blieben sofort stehen, als sie sie sahen.

»Was willst du, Kind?« fragte Hart mißtrauisch.

Becket spähte hinter Hart hervor und schien sie wiederzuerkennen.

»Sie ist eines der Kinder aus dem Fleetgefängnis«, sagte er. »Was willst du, Kleine?«

Thomasina erhob sich und legte die Hände auf den Rücken. »Ich bin mit einer Botschaft von Lady Dowager geschickt worden«, sagte sie mit hoher, ängstlicher Stimme.

Pater Hart griff hinter sie und öffnete die Tür. Becket folgte ihm, während Thomasina die Gelegenheit nutzte und hinter ihnen den Raum betrat. Sie hatte sich schon gewundert, wohin der kleine Schreiber, der mit ihnen geflohen war, wohl gegangen war, und nun war ihr klar, von wem die Grunzlaute gekommen waren.

»Wie hast du uns gefunden?« wollte Becket wissen, nachdem er sich einen Flügel von dem Hühnchen geschnappt hatte und ihn abzunagen begann.

»Mylady Dowager Dormer hat die Adresse natürlich«, sagte Pater Hart.

»Natürlich?« echote Becket. »Also?«

Thomasina übergab den Brief an Pater Hart, der ihr dafür ein Sixpence-Stück reichte. Dann wartete sie.

Pater Hart überflog eiligst den Brief. »Mylady Dowager ist die Schwägerin dieser abgefeimten Nonne. Nach dem Tod ihres Ehegatten hat sie selbst Erkundigungen eingeholt, und hier sind nun die Früchte ihrer Bemühungen«, erklärte er Becket, der ihm mit vorgestrecktem Hals über seine Schulter schielte und dabei laute Geräusche von sich gab. »Hier folgen die Beschreibungen und Namen ihrer Enkelkinder. Eines von denen ist Julia, die wir kennen.«

Becket schüttelte den Kopf. »Julia hat uns etwas verheimlicht«, murmelte er. »Sie weiß, wo die alte Hexe steckt.«

»Es reicht, daß sie versprochen hat, ihre Großmutter zu einem Treffen zu überreden.«

407

»Teuer versprochen war das.«

»Aber wenn sie es tut, war's das Silber wert.«

»Wenn sie sich nicht dazu entschlossen hat, uns an die Priesterjäger zu verkaufen.«

»Verrat ist immer möglich. Da alles nach dem Willen Gottes geschieht, warum sich sorgen?«

Becket spuckte aus, dann bemerkte er, daß Thomasina noch immer hinter ihm stand. »Warum bist du noch hier?« fragte er grob.

»Bitte, Sir«, sagte Thomasina so arglos wie nur möglich, »warum ist Mr. Anriques am Bett festgebunden?«

Becket fuhr herum und starrte auf ihren Gefangenen. »Weil er ein von Pocken zerfressener Spitzel ist, nicht wahr, Ames?«

Ames gab keine Antwort, da der Knebel in seinem Mund hervorragend angebracht war, aber er schloß die Augen.

»Gibt es sonst noch etwas, Mädchen?« fragte Pater Hart als Wink mit dem Zaunpfahl.

Thomasina hatte nicht die Absicht, ihn darum zu bitten, sie vor den königlichen Verfolgern zu beschützen, wie ihr Lady Dowager geraten hatte. Sie dachte, daß Hart ihren Schutz sehr viel nötiger brauchte als umgekehrt.

Also schüttelte sie den Kopf, hielt frech ihre Hand auf und wartete, bis Hart ihr ein paar zusätzliche Pennies gab. Dann trottete sie die Stiegen in den kleinen Hof hinab.

Dort stand sie einen Moment lang, die Hände in die Hüften gepreßt, den Kopf nach hinten geworfen, so daß sie das oberste Fenster im Auge hatte. Während sie rechnete, bewegte sie ihre Lippen. Schließlich setzte sie sich in Bewegung und spazierte gemächlich in Richtung Strand.

63

Simon Ames wußte besser als die meisten anderen, wie man einem Menschen Schmerzen verursachte, und er war durchaus nicht dankbar für seine Sachkenntnis. Er hatte sich jedoch niemals klar gemacht, wie sehr es schon schmerzte, einen ganzen Tag lang an ein Bett gebunden zu sein und dabei einen Knebel im Mund zu haben.

Becket war schrecklich vergnügt und laut und machte ständig Scherze über ihn, und das, obwohl er nichts darauf erwidern konnte und sich wahrscheinlich noch nicht einmal getraut hätte, das zu tun, falls es möglich gewesen wäre. Simon war vorher auch nie klar gewesen, was für ein brutaler Maulheld Becket eigentlich war, da er ihm bisher nur immer die freundliche Seite seines Wesens gezeigt hatte. Alle Menschen haben zwei Gesichter, dachte er bei sich und versuchte, alles mehr von der philosophischen Seite zu sehen, während sich seine Schultern zusammenkrampften und ihn sein Magen und seine Blase immer mehr peinigten. Eines dieser Gesichter zeigen wir unserer Familie und unseren Freunden, und ein völlig anderes unseren Feinden. Wenn mir damals vor fünf Jahren, als ich noch Inquisitor war, Becket als Staatsfeind vorgeführt worden wäre, wäre ich ihm mit einem ebenso abstoßenden Gesicht entgegengetreten, wie er es jetzt mir gegenüber tut.

Mit lauter, gekünstelter Stimme diskutierten Pater Hart und Becket verschiedene Foltermethoden, während sie gesalzenes Rindfleisch mit Speck aus den Garküchen der Fleet Street verschlangen. Sie tauschten die haarsträubendsten Geschichten darüber aus, was sie in ihrer wechselhaften Vergangenheit alles angestellt hatten oder andere hatten tun sehen. Sie gingen miteinander außerordentlich freundschaftlich um, ganz so, als seien sie miteinander auf das herzlichste vertraut. Ames wandte sein Gesicht von ihnen ab, denn es stand ihm nicht mehr Bewegungsfreiheit zur Verfügung. So hatte er wenigstens die Möglichkeit, ihre Stimmen nur als Gemurmel zu hören. In gewisser Weise war das sogar lustig, denn wenn sie ihm den Knebel aus dem Mund genommen und ihm etwas gegeben hätten, womit er seinen geschwollenen Mund hätte anfeuchten können, hätte er ihnen alles erzählt, was sie hören wollten, und das ohne Anstrengung oder Blutvergießen. Er hatte sowieso den Plan gefaßt, Becket alles zu erzählen, wenn dieser sein Gedächtnis wiedergefunden hätte.

Nun wußte er, daß sich Becket wieder erinnerte, und er hätte sich am liebsten selbst einen Tritt dafür verpaßt, daß er so begriffsstutzig gewesen war. Jetzt war ihm klar, wie seine Handlungen auf Becket wirken mußten, und er verstand, warum dieser auf die Idee gekommen war, ihn für einen Spitzel zu halten. Mehr noch, unter denselben Umständen hätte er dasselbe gedacht. Aber es befriedigte ihn nicht, Becket so gut zu verstehen. Er konnte sich nicht einmal dazu durchringen, Becket zu hassen, was ihn vielleicht dazu gebracht hätte, den Verrat seiner Muskeln zu ertragen, die sich vergeblich nach Bewegung sehnten und sich, so unerwartet und an den merkwürdigsten Stellen, zu brennenden Klumpen verknotet hatten. Sicher, wenn man die Sache von einem anderen Standpunkt betrachtete, war sie lächerlich aussichtslos. Doch hatte er aus den edelsten Motiven heraus gehandelt und alles aus purer Freundschaft getan. Und hier war nun Becket, der dafür plädierte, unter seinen Eiern ein kleines Feuer zu entfachen, um die Wahrheit aus ihm herauszukitzeln, falls er es nicht bereits dadurch schaffte, daß er ihm seinen Dolch in den Arsch stieß.

Warum nimmt er mir nicht den Knebel aus dem Mund, bevor mir die Kiefer brechen, fragte sich Ames in seiner Not. Warum gibt er mir nicht die Möglichkeit, ihm alles zu erklären?

Pater Hart gab seinem Bedauern darüber Ausdruck, daß die

Hexe früher eine Nonne war, worauf Becket in ein prusten-
des Gelächter verfiel, das ziemlich unangenehm und zynisch
klang.

»Nun, sie ist eben nur eine Frau«, sagte er. »Was kannst
du von ihr erwarten, wenn sie keinen Mann hat, der ihr sagt,
wo es langgeht? Natürlich muß sie eine Hure werden, das
verlangt schon ihr heißes Temperament.«

»Sie hatte einen Ehemann. Christus war ihr Mann.«

»Dann hätte der sie verprügeln müssen, als sie das erste Mal
vom rechten Weg abkam.«

Pater Hart bedachte ihn mit einem merkwürdigen Blick von
der Seite. »Glaubt Ihr nicht, daß Christus mehr ist als ein ge-
wöhnlicher Mann?«

Allzu leichtsinnig war Becket in die Aufrichtigkeit hineinge-
stolpert, und nun versuchte er alles, um sich da wieder herauszuwinden. »Natürlich. Nur erscheint es mir schwierig, eine
Jungfrau einem Mann zu übergeben, der sie nicht liebkosen
kann. Und ihr dann später vorzuwerfen, daß sie sich einem
überzeugenderen Stück Fleisch zugewandt hat.«

»Glaubt Ihr denn, daß Christus uns nicht zärtlich liebkosen
kann?«

Becket zuckte verwirrt die Achseln. Stille legte sich über
sie.

Pater Hart hatte seinen Tabaksbeutel gefunden und begann
eine Pfeife zu stopfen. »Es tut mir leid, daß Euch die bösen
Dinge, die man Euch angetan hat, Gott gegenüber so zynisch
werden ließen«, sagte er. »Und doch wart Ihr auch in seiner
Hand, als sich Euer Gedächtnis vor Euch verbarg.«

Wieder zuckte Becket die Achseln, dann begann auch er
seine Pfeife zu stopfen, um etwas mit seinen Händen anzufangen.

»Das trifft nicht unbedingt auf das zu, was mir damals widerfahren ist«, murmelte er.

Mit einem leichten Senken des Kinns akzeptierte Pater Hart
seinen Einwand. Dann fing er an, an seiner Pfeife zu ziehen,

411

während er sie gleichzeitig an dem Talglicht, das zwischen ihnen auf dem Tisch stand, anzuzünden versuchte.

»Was war es, das Euch wieder zurück zur wahren Religion brachte, Mr. Strangways?«

»Einige Tode.«

»Warum? Waren sie für Euch erbaulich?«

Becket stieß ein kurzes, bellendes Lachen aus. »Nein.«

»Was dann?«

Becket machte eine Menge Aufhebens darum, seine Pfeife anzuzünden. Es sah ganz so aus, als wollte er nicht antworten.

»Wenn Ihr es wünscht, nehme ich Euch die Beichte ab und erteile Euch die Absolution«, gab ihm Pater Hart zögernd zu verstehen.

»Einfach so, Pater?«

»Vergebung *ist* einfach, Mr. Strangways. Ihr kennt sicher die Geschichte von dem verlorenen Schaf und dem Hirten, der es eine ganze Nacht lang suchte?«

Becket nickte.

»Ich komme aus dem Norden, wo wir unsere Schafe draußen im Moor halten. Schafe sind außergewöhnlich dumme Tiere, sie gehen immer verloren, vor allem im Winter. Und die Schäfer gehen im Schneesturm hinaus, um sie wiederzufinden, sie durchsuchen jede Schneewehe und schauen unter jeden Busch. Und normalerweise finden sie sie auch wieder, denn die Schafe rufen nach ihnen.«

Becket lachte. »Ist es das, was Ihr meint? Daß ich wie ein Schaf um Hilfe blöken soll?«

Pater Hart lächelte. »Nur im übertragenen Sinn. Wir sind keine Schafe, sondern Menschen, und unser Schäfer braucht keinen Hirtenstab, um den Sinn der Welt in unseren Seelen zu erforschen, jedenfalls so lange, bis wir uns gemäß seinem Abbild über uns erheben und beabsichtigen, die seelsorgerische Aufgabe der wahren Kirche auf uns zu nehmen. Aber Gott ist kein Dieb. Die Protestanten oder zumindest die Calvinisten sagen, daß alle Menschen entweder Schafe oder Ziegen seien, heute und für alle Ewigkeit entweder auserwählt oder verdammt. Wir dagegen behaupten, daß die Dinge auf der einen Seite komplexer, auf der anderen einfacher sind. Gott hat uns den freien Willen gegeben, auf daß wir an Stärke gewinnen und uns ihm angleichen können, denn er besitzt den freiesten Willen überhaupt. Damit beschränkt er paradoxerweise seine Allmacht. Wir wenden uns ihm erst dann zu, wenn wir uns dazu entschlossen haben. Wir können gemütlich in unserer Schneewehe verharren, auch wenn uns die Kälte am Ende umbringen wird. Er wird uns niemals gegen unseren Willen retten. Aber wenn wir seine Schritte vernehmen und nach ihm rufen, wird er kommen.«

Pater Hart lehnte sich vor und schien sehr darauf bedacht, ihm etwas zu sagen, das nicht in seinen Worten enthalten war.

»Es mag Euch vielleicht merkwürdig erscheinen, wie er uns behandelt, Mr. Strangways. Ich kann nicht leugnen, daß seine Werke manches Mal weit über meinen armen Verstand hinausgehen und mir nur mehr geheimnisvoll erscheinen. Aber er sieht unseren Kampf. Er kennt unsere Herzen und die Wahrheit darin, wir können uns immer an ihn wenden und ihn rufen, und dann wird er kommen. Und hinterher können wir uns wieder abwenden, wieder sündigen, und ihn sogar verleugnen. Und dennoch, wenn wir uns wieder umwenden und wieder nach ihm rufen, wird er gewiß wieder zu uns kommen. Christus gebot uns, unseren Feinden sieben mal siebzig Mal zu vergeben, und Gott wird uns jedes Mal vergeben.«

Beckets Gesicht zuckte, als ob ihm dieses Gespräch Schmerzen bereitete. Doch Ames, der durch den Nebel seiner Erschöpfung zuhörte, erschien es sehr angenehm, auch wenn er die Eindringlichkeit des Priesters nicht verstand.

»Wir sollten uns«, sagte der Priester langsam, als würde er die Worte an einem Marktstand wählen, »gegenseitig vergeben und auch uns selbst vergeben.«

»Ha«, sagte Becket, »Ihr wollt zweifellos, daß ich Davison vergebe.«

»Ja. Unser Heiland hing an Nägeln und hat vergeben.«

»Aber auch er fragte Gott, warum er ihn verlassen hätte.«

Immer mehr Pfeifenrauch erfüllte das Zimmer. »Fragt Ihr das etwa auch?« sagte Pater Hart.

Becket wollte darauf nicht antworten. Er erhob sich, marschierte hinüber zu dem kleinen Fenster und schaute hinunter in den Hof. »Wenn wir das Buch haben, was machen wir dann mit der Hexe? Sie umbringen?« Der Themenwechsel wirkte auf den Priester wie ein Schlag ins Gesicht. Sein vorsichtiges Streben und Trachten wurde brüsk zurückgewiesen.

»Nein«, sagte er ruhig. »Sie kann immer noch bereuen.«

Becket nickte. Mit Einsetzen der Dunkelheit war auch das Zimmer dunkel geworden, und der Priester zündete mit der Talgkerze einige Binsenlichter an. Becket nahm eines mit hinüber auf die andere Seite und hielt es über Ames. Dabei beleuchtete er sein Gesicht von unten, was ihn wie ein Scheusal aussehen ließ. Heißes Fett tropfte auf eine von Ames' Händen, während sein Handgelenk sinnlos gegen den Bettpfosten schlug.

»Ralph«, sagte Pater Hart. Tief in Gedanken versunken, starrte Becket auf Ames hinab. »Ralph Strangways«, sagte der Priester ein wenig lauter.

»Hm?« Becket sah über die Schulter zu ihm.

»Wollt Ihr ihn vielleicht jetzt befragen?«

Becket schüttelte langsam den Kopf. »Laßt uns erst unser Geschäft mit der Hexe abwickeln. Wenn wir das Buch haben, bleibt uns mehr Zeit, um ihn zum Reden zu bekommen. Jetzt nicht.«

»Dann laßt ihn, um Gottes willen, aufstehen, damit er pissen kann«, sagte der Priester. »Es ist mein Bett, auf dem er liegt.«

Becket nickte, fischte den Nachttopf unter dem Bett hervor, band Ames die Füße und auch die rechte Hand los, so daß er sich in eine sitzende Position aufschwingen konnte. Die ganze Zeit über hielt er einen Dolch an Ames' Hals, ob-

414

wohl dieser vor lauter Angst und Verkrampfung viel zu sehr zitterte, als daß er etwas anderes getan hätte, als ihm befohlen ward. Als er seine Hand nach oben auf sein Gesicht zubewegte, um den Knebel in eine etwas angenehmere Position zu rücken, knurrte Becket ihn an und versetzte ihm einen Schlag.

Gefügig legte er sich wieder hin, damit sie ihn wieder an den vier Pfosten des Bettes festbinden konnten, obwohl jeder einzelne seiner Muskeln vor lauter Protest gellend schrie. Trotz seines Hungers und Durstes und trotz der Verkrampfungen seines Kiefers wußte Ames plötzlich einen der Gründe, warum Becket es mit ihm nicht eilig hatte. Ames kannte ihn als David Becket. Doch in dieser Halbwelt aus Angst und Verrat, in der sie alle lebten, war das bereits genug, um einem Mann den Mund zu verschließen. Becket spielte irgendein kompliziertes Doppelspiel mit dem katholischen Priester, und er hatte keinen Anlaß zu glauben, daß Ames ihn dabei unterstützte. Ergo mußte Ames so lange schweigen, bis es Becket schließlich genehm war, ihn freizulassen.

Alles nur Geschwätz, dachte Ames trübsinnig, und doch erleichtert. Er hat nicht die Absicht, mich zu befragen, er kann sich das gar nicht leisten. Wenn er vorhätte, mir die Kehle durchzuschneiden, hätte er es längst getan. Doch hat er einen anderen Plan – zumindest möge ihm der Allmächtige einen anderen Plan zukommen lassen. Vielleicht ist er sogar noch immer mein Freund.

Becket sah weiter auf ihn hinab. Sein Gesicht lag im Schatten, da die Kerze jetzt auf dem Brett über dem Bett stand. Seine langwimprigen grauen Augen schienen nicht zu seinem viereckigen Gesicht mit dem schwarzen Bart zu passen. Bei einer Frau hätten sie sicher zu ihren stärksten Waffen gehört, sie hätte sich den Ansatz dieser Wimpern geschwärzt und jede Andeutung von Augenschatten unter einer Creme aus Bleiweiß versteckt. Doch bei Becket führte es dazu, daß die obere Gesichtshälfte nicht mit der unteren harmonierte, so daß er, beim Allmächtigen, nun wirklich keinem Ölgemälde glich.

415

In der Hoffnung, daß Augen tatsächlich sprechen können, wie die Dichter behaupteten, versuchte Ames durch die Intensität seiner Blicke mit Becket zu sprechen und ihm wortlos zu versichern, daß er wirklich aufpassen würde, ihn nur bei dem ursprünglichen Namen des verrückten Tom zu nennen. Er brauchte keine Angst zu haben, daß er dem Priester seine wahre Identität enthüllte.

Becket blickte über die Schulter. Der Priester hatte ein kleines zusammenklappbares Kruzifix aus Metall und ein Brevier herausgeholt und sprach, während er vor der Statue meines Sohnes in Todesqualen kniete, sein Abendgebet. Becket senkte den Kopf, so daß sich sein Gesicht dem von Ames näherte, und hauchte ihn mit seinem von Knoblauch geschwängerten Atem an.

Vielleicht geschah es tatsächlich, daß etwas von einem Augenpaar zu dem anderen vermittelt wurde. Jedenfalls verhielt sich Ames völlig ruhig, als Beckets Gesicht plötzlich riesenhaft wurde und ihn seine Lippen leicht am Ohr streiften.

»Ich habe deinetwegen geweint«, sagte Becket sehr sanft. »Ich habe deinetwegen wie ein Bruder geweint, da ich die letzten vier Jahre sicher glaubte, du seist tot.«

Ich hatte keine andere Wahl, wollte Ames zu seiner Verteidigung sagen, obwohl er verstand, daß Becket so ärgerlich auf ihn war. Niemand durfte wissen, daß ich noch am Leben war, außer Walsingham und meiner Familie natürlich, denn die Durchführung des Plans durfte nicht gefährdet werden. Natürlich wagte ich nicht, dir die Wahrheit zu sagen, denn wie lange hätte es wohl gedauert, bis du es bei einer deiner Prahlereien im Suff ausgeplaudert hättest? Du mußtest denken, daß ich tot bin. Aber er konnte nichts von alledem sagen, da er schon nicht mehr wußte, wo das Tuch aufhörte, das in seinen Mund gestopft war, und seine ausgetrocknete Zunge begann. Er wandte sein Gesicht ab, aber Becket drehte es wieder zu ihm zurück, wobei sich seine Finger schmerzhaft in Ames' Nacken gruben. »Du hast mich einmal zum Narren gehalten, du Bastard«, zischte Becket. »Aber nicht zweimal.«

Seine Finger packten noch fester zu, so daß Ames nicht mehr atmen konnte und sein Blut in den Augen und Ohren zu brausen begann. Hilflos zuckend versuchte er, sich dem Griff zu entwinden, bis endlich Pater Hart kam und Beckets Hände von seinem Hals wegzerrte, so daß er wieder Luft holen und auch sehen konnte.

»Nicht«, sagte der Priester. »Wollt Ihr tatsächlich, daß er stirbt?«

Becket schien lang über diese Frage nachdenken zu müssen. »Nein«, sagte er schließlich, »ich möchte mit ihm reden.«

Der Priester nickte. »Christus hat selbst Judas verziehen«, sagte er rätselhaft. »Versichert Euch nur, daß er nicht entfliehen kann.« Becket überprüfte daraufhin die Fesseln und knüpfte eine davon, die sich durch Ames' verzweifelte Kämpfe gelockert hatte, noch einmal neu.

Wieder legten sie Hut und Umhang an und machten sich daran, ihn alleine zu lassen. Ames hoffte, daß sie ihm wenigstens ein Licht ließen, da er sich vor den Ratten fürchtete, die sich den ganzen Tag über an dem Hühnchen gütlich getan hatten. Aber Pater Hart blies alle Kerzen aus. Und dann drehte sich hinter ihnen der Schlüssel im Schloß.

64

Eine Weile lag Ames da und lauschte angestrengt in dem quälenden Geruch von Hammelfett, während sein Herz wegen des Mangels an Luft, der Angst und der Hilflosigkeit hämmerte. Und dann verlor er die Ruhe, die ihn den Tag hatte überstehen lassen. Wie ein heißer Fluß durchfuhr ihn die Panik und verschlimmerte die Schmerzen und den quälenden Durst. Ärgerlich zerrte er an seinen Fesseln, wieder und wieder, doch war es dumm und nutzlos, da er sich nur wie ein Tier in der Falle selbst Schmerzen zufügte. Und als die Krämpfe seine Wut besiegt hatten, begann er wieder zu stöhnen.

Draußen an den Fensterläden war ein Geräusch zu hören. Ames lag so bewegungslos wie ein Stein und hörte auf die Ratten und sein eigenes gedämpftes Keuchen. Wieder das leise Rütteln. Ames rollte mit den Augen und drehte den Kopf zur Seite, um durch das verschlossene Fenster zu spähen. Er sah ein Messer, es bohrte sich durch die Holzritze und rüttelte geduldig an dem Haken, der die Läden geschlossen hielt. Langsam hob es den Haken aus der Öse, so daß sachte die Fensterläden geöffnet wurden.

Alles hätte er erwartet – Becket, einen Dieb, ja sogar Francis, den kühnsten und wildesten seiner Brüder. Aber während er nach Luft rang, erblickte er ein Kind mit einer schmutzigen Haube und in Lumpen, das sich über das Fenstersims schwang und ins Zimmer hüpfte. Heftig atmend durchsuchte die Kleine die Dachkammer, während die letzte Ratte sie herausfordernd anquiekte, bevor sie rasch in ihrem Loch verschwand. Dann kam das Mädchen hinüber zum Bett.

Ames hob seinen Kopf und rief ihr durch den Knebel etwas zu, doch sie legte ihren Finger auf ihren Mund.

»Mr. Ames, ich bin gekommen, um Euch zu befreien, aber Ihr müßt mir schwören, daß Ihr leise seid, bitte.«

Verzweifelt nickte er, bereit, ihr die ganze Welt zu versprechen, dazu seinen Körper und auch sein Vermögen, ohne die Komik der Situation zu bemerken. Ihre kleinen, kalten Finger bewegten sich hurtig an den Knoten hinter seinem Kopf, dann befahl sie ihm mit beruhigenden Worten, ja nicht zu zappeln, worauf sie vorsichtig ihr Messer zwischen seine Wange und das Tuch gleiten ließ, es durchschnitt und ihm den Knebel aus dem Mund zog. Doch Ames konnte nicht sprechen, sein Mund ließ sich nicht schließen, und er war unfähig, seine Zunge zu bewegen.

Sie schnitt die Stricke durch, mit denen er gefesselt war.

Ruhig, aber zielstrebig eilte sie zu dem Bierkrug, der auf dem Tisch stand, und goß ihm einen Becher voll ein. Seine Hände waren zu taub, als daß er den Krug hätte halten können, also machte sie es für ihn. Gierig schluckend trank er die Flüssigkeit. Wegen seines gefühllosen Kiefers verschüttete er einiges. da er den Mund nicht schließen konnte.

»Ich konnte nicht früher kommen, weil ich das hier noch holen mußte«, sagte sie kühl, während sie die Zunderbüchse von der Feuerstelle holte und eine der Kerzen anzündete. Ames krümmte sich nach allen Seiten, um seine Muskeln zu strecken. Sie entfaltete ein Stück dickes Amtspapier, auf dem zwei Siegel angebracht waren, und breitete es auf dem Tisch aus. Ames legte seine nutzlose Hand darauf, um es festzuhalten, dann bohrte er mit kreisenden Bewegungen seine Fingerknöchel gegen sein Kiefergelenk und las mit zusammengekniffenen Augen.

Es war eine königliche Vollmacht der allgemeinen Art, unterzeichnet von der Königin, die ihn als ihren Diener auswies und ihm ihre gesamte königliche Macht übertrug, soviel, wie ein Mann allein überhaupt ausüben konnte.

Ames starrte im Licht der Kerze von dem Papier auf das Kind. Erstaunt darüber, daß jemand, der so jung war, so viel... Seine Augen verengten sich, um sie ein wenig genauer zu betrachten, doch war er noch immer sprachlos. Er griff nach vorn und löste ungeschickt die Bänder ihrer Haube, so daß sie ihr vom Kopf glitt. Dann drehte er ihr Gesicht so, daß das bleiche, rauchige Licht darauf fiel. Sie ließ ihn gewähren. Die Linien, die sich in ihren Augenwinkeln und um ihren Mund kräuselten, waren kaum wahrnehmbar.

»Ihr seid die *muliercula* der Königin«, krächzte er matt nach einem weiteren Schluck Bier, »die königliche Spaßmacherin.«

Sie machte einen kleinen Knicks und lächelte. »Und Ihr seid der erste Mann mit Augen, die sehen, daß ich kein Kind bin.«

Schwankend wie ein Betrunkener ging Ames zum Fenster hinüber und sah hinaus. Sie war über ein schmales Sims von einer weit entfernten Stelle gekommen, an der mehrere Dächer aufeinandertrafen. Sicher, der verrückte Tom war früher auch voller Vertrauen über die vorstehenden Simse von Dach zu Dach gesprungen, da er wußte, daß ihn seine Engel hielten. Doch für so etwas besaß Ames weder die nötige Verrücktheit noch den Mut. Ihm wurde bereits schwindlig, wenn er nur einen Blick darauf warf. Und er war viel zu kurzsichtig, als daß er mehr als nur eine verschwommene Vorstellung von dem kleinen Hof bekam, der unten in der Tiefe lag.

»Schlüssel«, sagte er zu sich selbst. »Vielleicht gibt es noch einen Schlüssel.«

Methodisch durchsuchte er den Raum, sein Magen war vor Angst und Aufregung viel zu verkrampft, als daß er überhaupt die Reste von Beckets und Harts Essen in Erwägung gezogen hätte. Außerdem hätte er niemals das essen können, was die Ratten übriggelassen hatten. Unter dem Bett entdeckte er eine kleine Kiste, die verschlossen war. Dann fand er die Feile, mit der sie Beckets Fußfesseln aufgebrochen hatten. Er nahm sie heraus, um damit das Schloß zu öffnen. In der Kiste lagen unter einem doppelten Boden Pater Harts Meßutensilien, Abendmahlskelch und Hostienteller sowie eine kleine Dose aus Metall für die Hostien. Darunter fand er eine erstaunliche Menge Gold und einen hervorragenden Branntwein, von dem er sich gleich einen bitter benötigten Schluck genehmigte. Gleich daneben befand sich ein kleines, in Leder gebundenes Notizbuch. Aus purer Gewohnheit hob er es auf und blätterte rasch die Seiten durch. Er erstarrte. Vielleicht hätte niemand außer ihm verstanden, was er da sah.

»Was ist das?« fragte Thomasina, die eifrig damit beschäftigt war, mit einem Haken das Türschloß zu öffnen. »Ist etwas nicht in Ordnung?«

»Das... das ist die Handschrift Phelippes«, stotterte Ames, während er auf das Buch mit dem Kode starrte.

»Phelippe?«

»Sir Francis Walsinghams Kodebrecher.«

»Aber es lag in der Kiste, die dem Priester gehört.«

Sie tauschten einen langen, vielsagenden Blick aus, und dann zersprang etwas in Ames. Er ließ sich mit dem Buch in der Hand auf das Bett fallen und brach in ein hilfloses Gekichere aus, das sich zunehmend zu einem hysterischen Gejohle und Gekreische steigerte. Mit seinem Ärmel wischte er sich die Lachtränen aus den Augen.

Thomasina brachte ihm noch einen weiteren Becher Bier. »Hier«, meinte sie trocken, »man sagt, daß es auch gegen Tollheit hilft.«

»Nein, ich bin ... ich bin ganz und gar nicht toll.« Nun bekam es Ames mit einem Anfall von Schluckauf zu tun und kicherte wieder. »Ich denke nur über ausgleichende Gerechtigkeit nach.«

»Hm«, meinte Thomasina und sah auf komische Art äußerst weise aus. »Nach meiner Erfahrung gibt es so etwas nicht.«

»Oh, das gibt es durchaus. Durchaus«, versicherte er ihr, wobei er noch immer gegen seine Heiterkeit ankämpfte. »Man kann daraus sogar eine ketzerische Theologie machen.«

»Mr. Ames, wenn Ihr damit fertig seid, können wir dann vielleicht darüber nachdenken, was zu tun ist?«

Ames senkte den Kopf, um sich wieder in den Griff zu bekommen. »Verzeiht mir«, sagte er ruhig. »Ich bin müde und überreizt und an so etwas überhaupt nicht gewöhnt. Gebt mir noch einen Augenblick.«

»Wieviel Zeit haben wir noch, bis Mr. Becket und sein Freund zurückkommen?«

»Die ganze Nacht«, sagte Ames, »und noch länger, denke ich.«

Er erhob sich, ging wieder zum Fenster und sah hinaus. Nun begann das Bier seine Wirkung zu tun, es erhellte seinen Verstand und verlieh ihm einige Kühnheit. Wenn ich betrunken genug wäre, könnte ich sogar Soldat werden, dachte etwas in ihm, und dann schüttelte er den Kopf über diesen idiotischen Gedanken. Sie fanden keinen Schlüssel.

»Mistress Thomasina«, sagte er höflich zu ihr, »es muß für Euch eine große Last sein, so klug und doch so klein zu sein.«

Ihr hübscher, kleiner Kopf hob sich, und sie sah ihn entsetzt an. »Ja«, sagte sie, und die Überraschung darüber war echt. »Das ist es.«

Er hob die Vollmacht auf, faltete sie sorgfältig und verbarg sie vorne in seinem Wams, dann setzte er seinen Hut auf.

»Doch die Königin kennt Euch«, sagte er. »Sie hat Euch losgeschickt, um ebenfalls das Buch vom Einhorn zu finden.«

Sie nickte. »Und um Euch zu beobachten«, fügte sie hinzu.

»Natürlich. Nun, Becket und sein hinterhältiger Freund, Pater Hart, bezahlen einer alten Hexe gerade Gold für dieses Buch. Und so, wie ich Becket kenne, plant er sicher, Pater Hart die Kehle durchzuschneiden, wenn sie erst im Falcon fertig sind.«

»Und Hart?«

»Hart weiß es, und er hat sicher eigene Vorkehrungen getroffen. Ich bezweifele nicht, daß er ein echter Priester ist, aber ich vermute, daß es ihm ziemlich gleichgültig ist, ob Davison das Buch bekommt oder nicht. Auf der anderen Seite weiß er vielleicht, daß Becket ein doppeltes Spiel spielt. Irgendwann, als Becket noch im Tower war, müssen Davisons Agenten Hart erwischt und ihn umgedreht haben.«

Sie nickte. »Was sollen wir tun?«

»Glaubt Ihr, daß dieses Sims mein Gewicht aushält?«

Wieder nickte sie, wenn auch zögernd. »Aber es ist nicht leicht, darüber zu klettern, selbst für mich nicht.«

Ames lächelte, und plötzlich fühlte er sich von einem merkwürdigen Vertrauen erfüllt. Der Priester hatte davon gesprochen, daß Becket sich in den Händen des Allmächtigen befinde. Nun, das ließ sich auf ihn genausogut anwenden. Selbst ein Verräter war fähig, die Wahrheit zu sprechen. Entweder entsprach das, was er tat, dem Willen des Allmächtigen oder

422

nicht – falls es sein Wille war, würde er niemals abstürzen, und falls nicht, dann würde er sein Ziel sowieso nicht erreichen. »Wenn ich abstürze, bringt die Vollmacht Dr. Nuñez in Poor Jewry. Erzählt ihm, was mit mir geschehen ist und was jetzt geschieht, und bittet ihn, davon Gebrauch zu machen, wenn er es für richtig hält.«

Becket hatte Ames' Gürtel mit seinem Messer darin an einen Nagel neben die Tür gehängt. Er schnallte ihn sich um, wobei er wünschte, daß er ein Schwert und bessere Kleider besäße. Erstaunlicherweise spendete ihm das Gewicht seiner Gürteltasche, in der Schreibwerkzeug wie Federn, Federmesser und Tinte aufbewahrt wurden, an seiner Hüfte den nötigen Trost, und nicht sein Dolch.

»Ihr geht vor«, sagte er zu der *muliercula*. »Zeigt mir den Weg, den wir gehen müssen.«

Sie kletterte hinaus auf das Fenstersims und fing an, darauf langsam nach vorn zu kriechen, den Blick fest nach außen gerichtet. Ames starrte auf die Straße. Ich bin kein sehr tapferer Mann, dachte er bei sich, ich bin kein Mann wie Becket, und dennoch tue ich solche Dinge. Einen Augenblick lang war er vor lauter Angst wie erstarrt, weil er daran dachte, wie weit der Weg nach unten war und wie steif und unentschlossen sich seine Gelenke anfühlten. Vor seinem geistigen Auge erblickte er seine Brüder, die groß, gutaussehend und erfolgreich waren und ihn bei allen körperlichen Unternehmungen, die er jemals angefangen hatte, weit übertrafen, so daß er durch ihre Talente sogar noch ungeschickter wirkte.

Auf die eine oder andere Art, ich muß es tun, sagte er zu sich selbst, und ich habe es schon einmal getan, damals als uns das Feuer aus Beckets Wohnung trieb. Damals hat mich der Allmächtige auch getragen und später sogar noch einmal, dort unter der London Bridge. Und diesmal wird er es wieder tun, wenn ich ihn um Hilfe anrufe, so jedenfalls hat es der Priester gesagt.

Während er atmete und dabei unzusammenhängende Gebete hervorstieß, kletterte er langsam aus dem schmalen Fenster, das selbst für seine mageren Schultern kaum groß genug war. Dann stand er auf dem Sims. Die Übelkeit schoß ihm eine Ladung Speichel in seinen Mund, während sich unter ihm der Boden nach oben zu wölben schien, um ihn zu ergreifen. Keuchend drehte er sich um und schaute auf die Mauer mit dem abgeplatzten Verputz, der schwach nach Eisen roch. Zitternd schob er sich Zentimeter für Zentimeter an ihr entlang, von Thomasina geführt, die wie ein kleiner Wasserspeier neben einem Schornstein saß und ihm Anweisungen gab.

Er erreichte das zweite Dach, klammerte sich daran fest und blieb zitternd einige Augenblicke hängen, dabei versuchte er durch schnelles Zwinkern zu verhindern, daß ihm der Schweiß in die Augen rann. Das Stroh auf dem Dach war kalt und glitschig, so als hätte das Haus nasse Haare.

Thomasina lag bäuchlings auf dem Dach, dann rutschte und schlitterte sie über das Gefälle hinunter zu einem anderen Dach, das diesmal aus Schindeln bestand und eine Regenrinne aus Blei hatte. Sie ergriff sie, hielt sich für einen Moment daran fest und kletterte sie schließlich hinunter. Dann stand sie in Hanging Sword Court, legte den Kopf zurück und blickte zu ihm empor.

Simon folgte ihr, erreichte die bleierne Regenrinne und begann unter Schmerzen an ihr hinunter zu klettern.

Ein Warnschrei ließ ihn nach oben blicken. Die Ösen, mit denen die Rinne in der Mauer befestigt war, traten heraus und begannen sich mit einem Ruck zu lösen.

Schnell rutschte Simon die restliche Rinne hinunter, wobei er sich die Hände aufriß. Dann sprang er auf den Boden hinab. Über ihnen bewegte sich zitternd die Regenrinne, aber sie blieb, wo sie war – mitten in einer Katastrophe erstarrt. Er mußte sich in das Innere seiner Wange beißen, damit er nicht wieder hysterisch zu kichern anfing.

Sie befanden sich in dem Holzhof von Hanging Sword Court, in dem Richard Brooms Schwiegersohn seinem Hand-

424

werk als Zimmermann nachging. Das Tor war verschlossen, doch gab es genügend Holz, um daraus eine Art Leiter zu errichten.

Auf der Straße ergriff er Thomasinas Hand.

»Mistress Thomasina«, sagte er, »ich bin ein ungeschickter, unbeholfener Mensch, und Ihr seid so geduldig. Wißt Ihr, wo das Falcon ist?«

Plötzlich schien ihr Gesicht alt und häßlich zu werden. Doch nickte sie.

»Wir müssen über den Fluß, aber nicht bei den Stufen von Paris Garden, sondern bei den Stufen von Barge House, und dann hinauf zum Upper Ground. Ich werde vorausgehen und sehen, was los ist. Dann warte ich auf Euch im Durchgang von Pudding Mill.«

Wieder nickte sie ihm zu und führte ihn zu dem engen Durchgang, direkt hinter dem trauernden Jesus, der in dem wunderschönen, Rettung verheißenden Fenster einer Hure stand, und auch da kämpften sie sich durch eine Menge Unrat. Dann ging es noch durch ein kleines Tor, und sie hatten die Temple Lane erreicht.

Wenige Minuten später standen sie an den Stufen von Whitefriars, wo allerdings keine Boote zu sehen waren. Vor ihnen erstreckte sich nur die holperig zugefrorene Themse.

Es brauchte ebensoviel Mut wie kurz vorher, als er sich über die Dächer wagte, aber Ames ging die Stufen hinab und trat auf das Eis. Es knirschte ein wenig, aber es hielt. Sicher würde es bald zu tauen beginnen: London hatte genug von dem winterlichen Jahrmarkt, und die Leute hatten damit aufgehört, Freudenfeuer auf dem Eis anzuzünden.

Er fühlte sich nackt und komisch auf dem Eis, fast schien es, als betrachte er sich aus weiter Ferne, eine einsame, kleine Figur, die mit einem falschen Kind an seiner Seite trockenen Fußes über einen falschen Fluß ging.

Die Spannung in ihm zerbrach. Die letzten hundert Meter rannte er, kletterte die Stufen von Barge House empor, schlich

425

die Upper Grounds hinter den ansehnlichen Hurenhäusern und den dazugehörigen Gärten entlang und trat schließlich vorsichtig auf die Straße von Pudding Mill. Dort, direkt vor ihm, huschte auch Thomasina dahin, sie flitzte mit einer Sicherheit von Schatten zu Schatten, um die er sie glühend beneidete.

Einige Augenblicke später war sie zurück, vor lauter Zorn sah ihr Gesicht so aus wie das eines Affen.

»Ja«, keuchte sie in sein Ohr. »Davisons Spürhunde sind hier. Ich habe ein Dutzend Männer um die Kneipe herum gesehen, vier an jedem Eingang, und sie wurden von einem kleinen, runden Mann und einem hochgewachsenen eleganten angeführt.«

»Munday und Ramme. Wo ist Ramme, der große elegante?«

»In der Nähe der Stufen zum Falcon.«

»Was ist mit Becket und Hart? Sind sie noch nicht aufgetaucht?«

Thomasina verzog affektiert das Gesicht. »Nach den Geräuschen zu urteilen, genießen sie gerade die Gastfreundschaft des Falcon.«

Ames grinste. Das war typisch für Becket und machte ihn wirklich unbezahlbar – inmitten eines gefährlichen Abenteuers machte er eine Pause, um sich zu betrinken und herumzuhuren. Gewiß bebte das Haus vom Lärm der Musik und war hell erleuchtet. »Beide von ihnen?«

Thomasina zuckte mit den Schultern.

»Wo ist Munday, der andere?«

Sie machte eine Geste. Ames kauerte sich im Schatten nieder und hatte große Angst vor dem, was er sich vorgenommen hatte. Aber gleichzeitig war er auf merkwürdige Weise erheitert. Der Allmächtige hatte ihn davor bewahrt, von dem Sims herunterzustürzen, und ihn hierher gebracht. Vielleicht gelang es ja... Thomasina machte sich wieder davon. Er nahm die Vollmacht aus dem Versteck unter seinem Hemd und las sie noch einmal, um sich Mut zuzusprechen.

426

65

Im Obergeschoß des Falcon gibt es ein Zimmer, das nur gelegentlich von den Höflingen benutzt wird, die dafür bezahlen können und sein Ambiente mögen. Das ist dem Hofe so ähnlich wie nur möglich. Der Boden ist ordentlich mit Binsenmatten bedeckt, auf denen wiederum türkische Teppiche und Kissen liegen, die man bei den Festen benötigt. Und dann steht da noch eine Anrichte, die, falls es gewünscht wird, mit kürzlich abgezahlten Tellern und Gedecken dekoriert wird, um eine Illusion von kultiviertem Luxus zu geben.

Aber diesen Raum zu betreten ist, als ob man einen Kristall beträte oder einen Diamanten. Denn seine Wände sind wie die Decke mit zahlreichen Spiegeln bedeckt, die von jedem, der eintritt, eine Vielzahl von blauen Spiegelbildern zurückwirft. Wenn er nicht gebraucht wird, werden in diesem Raum Bänke, Tische und alte, zerbrochene Betten aufbewahrt, außerdem der muffig gewordene Putz jener Huren, die von der Syphilis dahingerafft wurden. Man könnte sagen, daß jeder, der diesen Raum betritt und sich einen Weg zwischen den Möbeln bahnt, in eine Art staubige, wirr durcheinander geworfene Ewigkeit eintritt.

Man sagt, daß an solch einem Ort Wunder geschehen. Wären Becket und Hart fähig gewesen, mit den richtigen Augen zu sehen, dann hätten sie mich dort entdeckt, wie ich sie, verborgen durch das in den Ecken herrschende Licht, beobachtete. Aber sie konnten es nicht, und außerdem war das Binsenlicht, das sie bei sich trugen, viel zu schwach.

Schwester Maria erwartete sie dort. Sie saß auf einer halb verbrannten Bank und starrte auf die vielfachen Spiegelungen des Wracks, das sie war. Der grausamste Schmerz beim Altwerden ist, in einen Spiegel zu sehen und sich über das von der Zeit verwüstete Gesicht einer fremden Person zu wundern, das einem daraus entgegenblickt.

Für Maria war das Warten sehr beängstigend gewesen: kleine Geister und großes Bedauern hatten ihr durch die Wolken von Branntwein zugewispert, und die Schmuggelware, die sie in ihrem Unterrock trug, schien durch sämtliche Röcke zu brennen. Nur ihre Entschiedenheit, für Pentecosts Aussteuer zu sorgen, ließ sie hier ausharren. Noch schlimmer für sie war, daß sie mich sah, wie ich alles aus dem Labyrinth der Spiegel beobachtete, aber es gelang ihr nicht, meine Augen zu treffen. Und wieder einmal packte sie das Grauen über das, was sie getan hatte.

»Pater«, murmelte sie, als sie ihn sah, und wiegte sich dabei auf der Bank hin und her. »Pater, ich bin... ich bin schlecht...«

Und die Tränen glitten ihr wie die Perlen eines Rosenkranzes über die Wangen.

»Habt Ihr es...«, begann Becket, doch er hielt inne, als ihm Pater Hart auf den Fuß trat.

»Schwester«, sagte Tom Hart, ging hinüber zu ihr und umarmte sie. Maria schüttelte den Kopf und versuchte, sich ihm zu entziehen, aber er hielt sie fest in seinen Armen, während sie vor sich hinmurmelte und ihre Tränen flossen.

»Segnet mich, Pater, denn ich habe gesündigt...«

»Wollt Ihr, daß ich Euch wieder die Beichte abnehme, Schwester?«

Sie nickte. Hart schaute über die Schulter auf Becket. »Entschuldigt uns einen Augenblick«, sagte er.

Auf Beckets Gesicht waren Ärger und Ungeduld zu sehen. »Um Christi willen«, protestierte er, »sie ist betrunken. Und wie wir alle wissen, sind die Priesterjäger ihr auf den Fersen. Kann das nicht warten?«

»Um Christi willen«, sagte Hart, »hinaus.«

Becket stieß einen Seufzer aus, nahm sein Binsenlicht und stampfte zur Tür hinaus. Dort stellte er sich auf den schmalen Treppenabsatz und starrte hinauf zum Mond, der durch ein kleines Fenster hoch unter der Dachkante hereinschien.

428

Wenn er sich auf die Zehenspitzen stellte, konnte er durchgucken, obwohl das Fenster zu hoch angebracht war, als daß er etwas Nützliches hätte sehen können. Statt dessen erblickte er hinter den Stufen, die vom Falcon zum Wasser führten, das gegossene Silber, das durch die vielen Füße und Feuer ziseliert und gemeißelt war und unbeweglich durch den Londoner Abfall floß. Die Themse hatte sich durch den Frost in eine Metapher verwandelt. Und während er dies alles sah, trieben Wolken von Westen herauf, die Jagd auf den Mond machten und einen Stern nach dem anderen ausbliesen.

In dem Zimmer im Obergeschoß, ganz und gar nicht verwirrt durch die vielfachen Spiegelungen, hörte Tom Hart mit gesenktem Kopf der neuerlichen Litanei von Sünden kleinerer und größerer Art zu, die die Hexe ihm sagte. Sie sprach von Diebstahl und Gier, dem häßlichen Mord an Bethanys Kind und dem damit verbundenen Mord an Bethany selbst.

Als sie fertig war, seufzte er und schloß die Augen zum Gebet. Begierig und besorgt wartete Maria auf das *Ego te absolvo.* »Ich weiß nicht, welche Strafe ich Euch auferlegen soll, Schwester«, sagte Hart schließlich. »Ich war der Ansicht, daß Ihr damals wirkliche Reue empfunden habt, aber...«

Sie umklammerte ihre Hände so fest, daß ihre Arthritis zu brennen anfing. »Das tat ich ja. Nur, ich bin schwach...«

»Denkt Ihr das? Ich nicht. Die meisten Frauen wären viele Male an dem gestorben, was Euch widerfuhr. Auch die meisten Männer hätten das gewiß nicht überlebt. Ich denke, daß Ihr ganz und gar nicht schwach seid, sondern sehr, sehr stark. So stark, daß Eure größte Sünde der Stolz ist.«

Das traf sie sogar durch den Branntwein hindurch. »Stolz?« fragte Maria in kalter Wut. »Wie könnte ich mehr gedemütigt werden, als ich es bereits bin? Seht mich an, Pater, wie könnte ich stolz sein?«

»Sei's drum. Ich denke, daß wir die schlimmsten unserer eigenen Sünden in anderen erkennen. Nun, Ihr habt mir letzten Sommer ein großes Geschenk gemacht.«

»Ich?«

»Ja. Während ich gejagt wurde, dachte ich in meinem Stolz, daß ich nur durch meine eigene Anstrengung und Intelligenz zu fliehen imstande sei, und dann versank ich im Zweifel, weil ich mich für unzulänglich hielt. Und Ihr habt mir geholfen, so arm wie Ihr wart. Ihr habt mich vor der Gefangenschaft bewahrt, und dann sagtet Ihr mir, falls meine Gefangennahme Gottes Wille sei, ich immer gefangen würde. Und falls das nicht so sei, würde die Heilige Jungfrau mich davor bewahren. Ich war erschüttert, so viel Wahrheit aus Eurem Mund zu erfahren, der doch...«

»Ein so alter und häßlicher Mund ist?«

Hart nickte. »Ja«, gab er zu. »Und dann verlangtet Ihr von mir, daß ich Euch die Beichte abnähme, also das täte, wofür ich geweiht worden war, auch inmitten von Walsinghams Verfolgungsjagd. Das war... das war sehr heilsam. Seit damals habe ich viele Male dem Tod in die Augen geblickt, aber niemals war ich wieder so ängstlich und verzweifelt wie vorher. Und das verdanke ich Eurer Lektion.«

Sie nickte hocherfreut. »Vielleicht besitze ich ja ein wenig Weisheit«, sagte sie zufrieden.

»Dann ist es besonders schade, daß Ihr sie nicht für Euch selbst verwendet«, sagte Hart, und seine Stimme glich einer Peitsche. »Ihr gebotet mir, mich Gott wieder anzuvertrauen und auf seine Stimme zu hören. Warum könnt Ihr das nicht auch selber tun?«

Ihr Gesicht versank wieder im Schatten. »Ich versuche es.«

»Schwester, ich denke, falls Ihr dies jemals mit der Willenskraft, die Ihr in Euch habt, tatsächlich versucht hättet, dann hättet Ihr es auch geschafft. Es hätte ganz andere Möglichkeiten gegeben, um dem armen Mädchen zu helfen, das Ihr getötet habt. Es war Eure Gier und Euer Stolz, die Euch nicht daran denken ließen. Meint Ihr denn, daß Gott mit diesem Buch vom Einhorn keinen Plan verfolgt? Meint Ihr, daß er etwa kein Interesse an Euch hat?«

Nach einer Weile hob sie ihren Kopf und wirkte völlig verändert. »Nun, ja«, sagte sie, und ihre Stimme knirschte eisig. »Das denke ich durchaus. Aber welches Interesse hat er mir gegenüber gezeigt? Sein Sohn war mein Bräutigam, und er jagte mich aus dem Haus, in dem ich glücklich war. Er ließ mich zu dem werden, was ich nun bin, und aller Trost, den ich noch habe, ist das Saufen und mein kleines Mädchen Pentecost...«

»Genug«, brauste Hart auf. »Herr im Himmel, Schwester, hört Euch doch selbst einmal zu. Denkt Ihr vielleicht wie die Puritaner, daß ein Mensch, den Gott liebt, in seinem Leben glücklich und reich sein wird? Hat etwa unser Heiland so gelebt? Denkt Ihr denn, nur weil Ihr eine gute Nonne wart, was ich nicht bezweifle, daß Gott Euch vor aller Mühsal und Bedrängnis bewahrt? Denkt doch einmal darüber nach. Je härter Euer Leben ist, desto mehr ist Euch Gott gewogen.«

Mit vor Schreck geöffnetem Mund blickte ihn Maria an.

»Ich würde Euch gerne die Absolution erteilen, aber ich wage es nicht. Ich weiß nicht, welche Strafe ich Euch auferlegen soll, außer Euch anzuflehen, gegen Euren Stolz anzugehen. Und daß Ihr Gott vertraut, wie Ihr es mir gesagt habt.«

»A-aber, Ihr müßtet es tun, ich könnte sterben, jede...«

»Das können wir alle. Denkt Ihr denn, das Sakrament der Beichte sei ein geistiges Waschhaus, Madam? Meint Ihr, daß dieses *Ego te absolvo* die Seife für Eure Seele sei? Überlegt noch einmal. Gott vergibt, nicht ich. Die Kraft, Sünden einzubinden und zu vergeben, wurde dem Heiligen Petrus von Christus gegeben, und Christus kennt Euer Herz und Euren Stolz. Christus läßt sich weder durch die Tränen einer Betrunkenen täuschen, Madam, noch zeigt er sich im Fall echter Reue unbarmherzig. Ich werde mit Euch beten, daß Euch die Gnade zuteil wird, Eure Sünden hinter Euch zu lassen, aber ich werde Euch nicht die Absolution erteilen.«

»Unsere Liebe Frau vergibt mir. Die Himmelskönigin liebt mich.«

431

Hart rieb sich die Augen, die vor lauter Erschöpfung juckten. »Das tut sie, Schwester. Bittet sie um Hilfe.«

»Sie ist gläubiger als ihr Sohn.«

Der Priester schüttelte den Kopf. »Ich bete, daß Ihr bald verstehen werdet, daß aller Glaube von Christus kommt.«

Voller Wut spuckte Maria ihn an. »Du bist kein Priester, du stolzer, aufgeblasener, kleiner Mann. Ich hoffe, daß Walsingham dich erwischt und dich so lange auf die Streckfolter spannt, bis dir alle Gelenke bersten.«

»Vielleicht wird er das, Schwester.«

Beckets Kopf lugte hinter der Tür hervor. »Seid Ihr fertig?« fragte er anzüglich. »Ich warte schon mehr als eine Stunde.«

»Ja«, sagte Tom Hart. »Kommt herein.«

Ich beobachtete sie von meinen Spiegeln aus, und ich sah, daß der Zorn in Marias Seele brannte, und zwar brannte er um so heißer, als sie wußte, daß sie zum ersten Mal seit vielen Jahren die Wahrheit gehört hatte. Ich sah auch die Angst und die Selbstzweifel, die wie Leviathan in den Tiefen von Becket nagten, und ich sah den Priester, der über das, was er getan hatte, voll des Leids und der Zweifel war.

Klar zu sehen ist nicht immer ein Segen. Ich hätte zu ihnen gesprochen und sie gewarnt, wenn ich es gekonnt hätte. Haben nicht alle Mütter den Wunsch, ihre Kinder vor Schmerzen zu bewahren?

Becket saß neben dem Priester. Der knöpfte sein Wams auf und nahm den schweren Geldgürtel ab. Dann kramte Maria mit zitternden Fingern ihr Buch hervor, gab es ihnen, und jeder öffnete es, blätterte es bis zu der entsprechenden Stelle durch und las, was da mit fester, kindlicher Kursivschrift geschrieben stand.

Maria riß das Buch wieder an sich und hüllte es in ihre Röcke ein. »Zählt das Geld für mich.«

Aus dem Schankraum unter ihnen drangen gedämpftes Singen und die Musik von Laute, Tamburin und Fiedel an ihr Ohr, in die sich Frohsinn und Lachen mischten. Mit einem

Blick auf Becket schüttete Hart das Gold auf den Tisch und begann es zusammen mit Becket sorgfältig zu zählen. Wie Maria sie vorher gebeten hatte, waren auch ein paar Silberstücke darunter, die viel einfacher auszugeben waren.

Es klirrte und glitzerte, während die beiden Männer, die zu ungeduldig waren, um dem Gold die Ehrerbietung zukommen zu lassen, die der Gott Mammon forderte, es durchzählten.

Marias Augen beobachteten sie. Sie blinkten und waren hart wie Onyx. Hätten die beiden Männer ihre Blicke gehoben, hätten sie gesehen, daß jeder der Spiegel eine andere Sicht ihrer heimlichen Tätigkeit reflektierte.

Schließlich waren sie fertig. Sorgfältig legten sie das Gold wieder in den Geldgürtel zurück, den Becket über den Tisch der Hexe zuschob. Mit zitternden Händen nahm sie ihn auf, hob dann, bar jeden Schamgefühls, ihre Röcke hoch und schnallte ihn fest um ihre knochigen Hüften.

»Das Buch, Schwester«, erinnerte Hart sie.

Sie war bereits an der Tür. Rasch drehte sie sich um und warf es Becket zu, dann hatte sie den Treppenabsatz erreicht und trat eiligst den Rückzug an. Hart lief mit langen Schritten hinter ihr her und rief leise: »Ich werde Euch zu jeder Zeit anhören, Schwester, doch bedenkt meine Worte...«

Sie hielt eine Sekunde inne und sah kurz zu ihm hinauf, dann schüttelte sie lachend den Kopf und trabte hinunter ins Erdgeschoß, um dort in den Lärm und das Licht des Schankraums einzutauchen.

Becket trat hinter Hart. »Wo ist sie?« fragte er. »Wo ist sie hingegangen?«

Hart zuckte die Achseln, er fühlte wegen dem, was er getan hatte, eine tiefe Traurigkeit und nagende Angst in sich. »Gebt Ihr mir das Buch?« fragte er.

Becket hielt einen winzigen Augenblick inne, und in diesem Moment schossen ihm eine Menge verschiedener Möglichkeiten durch den Sinn, die Hart klar erkannte. Vielleicht war darunter sogar die Notwendigkeit, gegen Becket zu kämpfen. Doch zu seinem großen Erstaunen reichte ihm Becket das in Leder gebundene Buch. Hart prüfte kurz die Vorderseite, auf der er das ausschlagende, gehörnte Pferd erblickte. Dann verbarg er es im Innern seines Wamses.

»Laßt uns abhauen«, sagte er mit rauher Stimme.

Ihre Stiefel donnerten die Treppe hinab, doch verharrte Becket einen Moment vor der Tür zum Schankraum.

»Wartet einen Augenblick auf mich«, sagte er. »Ich muß auf den Abtritt.«

Kurze Zeit später sah Thomasina, wie er in den Hof des Falcon stürzte, dort den Holzstoß prüfte, dann die Tür zum Ziegenstall öffnete, einen Blick in den Abtritt warf, im Waschhaus die Tröge untersuchte und sogar den kleinen Schrank öffnete, um einen Blick auf die dort gelagerte Seife zu werfen. Dann eilte er durch den lärmenden Trubel zu Hart zurück, der bei der Tür zu den Stufen am Wasser stand und nervös mit den Fingern trommelte. Thomasina hätte ihnen vielleicht von ihrem Thron auf dem Dach des Waschhauses aus eine Warnung zurufen können, aber sie wagte nicht, die Männer, die am hinteren Hoftor warteten, auf sich aufmerksam zu machen.

66

Ames vernahm das Gemurmel männlicher Stimmen und dann eine Tür, die zugeschlagen wurde. Dann knirschten Stiefel über den Kies, der auf der Straße lag.

»Halt im Namen der Königin«, dröhnte Rammes Stimme in wildem Triumph. Unter den Stiefeln der Soldaten spritzte knirschend der Kies hervor, und aus den vorher verdunkelten Laternen ergoß sich das Licht. Ames erkannte Hart und Becket inmitten der Menge der Soldaten, die alle mit Lanzen und Hellebarden bewaffnet waren. Das Weiße in Beckets

Augen zeigte, wie er umherspähte, um einen Fluchtweg zu finden, während Pater Hart völlig entspannt und überhaupt nicht überrascht wirkte.

Ames erstarrte, sabotiert von seiner Unfähigkeit, eine Entscheidung zu treffen. Becket glaubte sowieso, daß er ein Verräter sei, flüsterte eine häßliche Stimme in seiner Brust. Und Becket hatte ihn geknebelt und einen Tag lang ans Bett gebunden, noch wenige Stunden zuvor hatte er ihn fast erdrosselt – also, warum sollte Ames sein Leben riskieren, um ihm zu helfen?

Ramme grinste, als er zu Becket kam, um ihm das Schwert abzunehmen. Becket wich vor ihm zurück. Da war etwas Kriecherisches in dem großen, starken Mann, der plötzlich so eingeschüchtert wirkte. Ames erkannte die Qual auf Beckets viereckigem, häßlichen Gesicht, und für einen kurzen Moment empfand sein Herz Mitleid für diesen Mann, der mit einem Mal völlig am Boden zerstört war.

Ames erhob sich und marschierte geradewegs zwischen die Soldaten. Ramme fingerte energisch an Beckets ledernem Wams herum und meinte bereits das Buch zu fühlen, das schon so viel Blut gekostet hatte.

»Mr. James Ramme«, sagte Ames, während er nähertrat, wobei er jede Unze eines kalten Kommandotons, derer er habhaft wurde, in seine Stimme packte. »Ihr seid Eures Amtes enthoben.«

Becket war dermaßen erstaunt, daß er einige Sekunden nur dastand und ihn anstarrte. Ames ließ sich nicht dazu herab, Notiz von ihm zu nehmen, er konzentrierte sich voll und ganz auf die Spürhunde.

Ramme kannte Simon Ames natürlich, aber er hatte ihn für tot gehalten. Er starrte ihn an und zwinkerte, während sein Gehirn verzweifelt kämpfte, um dieses Gesicht mit dem entsprechenden Namen zu verbinden. Aber er konnte ihn nirgends unterbringen. Anthony Munday, der Ames nie gesehen hatte, trat geschäftig zwischen die beiden.

435

»Wie kann ich Euch helfen, Sir?« fragte er mit bedrohlicher Höflichkeit.

Ames zog die Vollmacht hervor und wedelte ihm damit vor der Nase herum. »Die ist von der Königin«, sagte er. »Sie gibt mir die volle Autorität, um hier Anweisungen zu geben. Lest sie.«

Munday riß das Papier aus seinen Fingern und warf im Schein der Laterne einen Blick darauf, um die Wasserzeichen zu entdecken, dann befühlte er die Siegel.

»A-aber Ihr seid ... Ihr seid doch tot«, stotterte Ramme.

Munday kratzte sich am Kopf. »Das ist lächerlich«, sagte er. »Wir sind vom Staatssekretär Mr. Davison befugt.«

»Und ich von Ihrer Majestät, der Königin«, sagte Ames. »Ihr werdet freundlicherweise Mr. Becket und Mr. Hart zusammen mit mir zu ... zu dem Schloß von Mylord, dem Grafen von Leicester bringen.«

Rammes Gesicht war vor Zorn verzerrt. »Nein«, rief er. »Nein! Das ist eine Fälschung.«

»Sieht aber ziemlich echt aus«, fiel ihm Munday vorsichtig ins Wort.

»Es ist eine Fälschung. Und Ihr, Sir, wer Ihr auch immer sein mögt, Ihr seid niemals Simon Ames. Wachtmeister, nehmt diesen Betrüger fest, wir werden sie alle in den Tower schaffen.«

So gesehen war dies nur noch ein Stück Papier. Ramme klemmte seinen Stock unter den Arm und schnappte sich die Vollmacht von Munday. »Eine Fälschung«, grinste er höhnisch und zerriß sie zunächst in Hälften und dann in Viertel. »Es bedeutet Verrat, den Namen der Königin zu mißbrauchen.«

»Mr. Ramme«, stieß Ames zwischen den Zähnen hervor. »Ich werde mich nicht mit Euch streiten, und wir können dies gern in Anwesenheit der Königin klären, aber in der Zwischenzeit werde ich die Gefangenen zum Strand bringen.«

Zuerst konnte er das, was als nächstes geschah, nicht verstehen. Mit einem Schwung holte Ramme den Stock unter seinem Arm hervor und stieß zu. Sein Ende traf in den Magen von Ames, und zwar genau unter dem Brustbein, wo schon Beckets Faust einen großen Bluterguß hinterlassen hatte. Und plötzlich war ihm seine Fähigkeit zu atmen wieder abhanden gekommen. Mit Tränen in den Augen krümmte er sich zusammen, kämpfte angestrengt mit der Luft um ihn, die auf einmal so massiv war wie die Themse. Alle Soldaten beobachteten ihn und Ramme, so auch Munday.

Zu diesem Zeitpunkt trat Pater Hart entschlossen in Aktion. Becket starrte Ramme noch immer an wie ein Hase den Fuchs. Geschmeidig und sanft, fast ein wenig geziert, rammte Hart seinen Ellbogen in die Rippen des Soldaten, der gaffend neben ihm stand, und zog dessen Schwert hervor, das der unter dem Arm trug. Dann stach er dreimal zu, bevor auch nur irgend jemand die Aufmerksamkeit auf ihn richtete. Nun brach die Hölle los. Zwei Soldaten wurden von den Schwerthieben niedergestreckt, und ein dritter ging in Deckung. Becket erwachte aus seiner trancehaften Angst und stürmte durch die Menge wie ein Stier durch eine Meute von Bulldoggen. Die Laternen fielen zu Boden, eine erlosch, eine andere flackerte wild und formte überall verwirrende Schattenmonster. Becket kämpfte mit Ramme, und ein anderer Soldat schwang seine Hellebarde über dem Kopf, doch verfehlte er sein Ziel und schaute dann voll Erstaunen hinunter zu Boden, wo Simon Ames, noch immer jammernd und klagend, es geschafft hatte, ihn mit einem Dolch zur Strecke zu bringen.

Die zweite Laterne tauchte ins Wasser, dann waren Rufe zu hören und das Geräusch von Fensterläden, die aufgestoßen wurden. Ames zog seinen Dolch aus den Rippen des Soldaten und stieß wieder wie wild damit um sich.

»Lauft, Becket!« rief er. »Um Gottes willen, lauft! Ich halte sie auf.« Bitte, laß es ihn tun, dachte er verzweifelt, obwohl er sich daran erinnerte, daß es für Becket immer leichter war zu kämpfen. Zugleich wunderte er sich über Harts Aktionen.

Fäuste, Hellebarden, Stiefel, Geknurre von tiefen Stimmen und gerufene Kommandos. Simon strauchelte und fiel auf sein Gesicht. Dann war da das bellende Donnern einer Pistole, und etwas schlug gegen seine Schulter, er wälzte sich herum, schob seine Füße unter sich, fühlte Stoff und stieß zu. Dann packte ihn jemand am Kragen seines Wamses.

»Hier entlang«, zischte Becket, und Ames spürte, wie er fast ins Straucheln geriet, dann rannte er los, auch wenn seine Beine außer Kontrolle zu sein schienen. Unter seinen Stiefeln spritzte der Kies, etwas schrecklich Saures steckte ihm hinten im Hals, und seine Schulter war eisig kalt.

Er lief an eine niedrige Mauer, sprang darüber, und dann befanden sie sich inmitten von Bäumen. Dornengestrüpp und trockener Farn verfingen sich an seinen Beinen und rissen ihm die Haut auf. Er jaulte, da er immer noch nicht richtig atmen konnte, während Becket ihn weiterzerrte, ja, ihn fast richtig trug, als schien er zu wissen, wo er war und wohin er wollte.

Sie brachen zwischen den Bäumen hervor und hörten, wie hinter ihnen Rufe erklangen. Becket zog ihn, halb sitzend, hinunter an das Ufer eines Gewässers. Ihre Füße brachen durch das Eis, und mit riesigen Schritten rannten sie ans andere Ufer, während die Eisstücke ihnen die Beine zerschnitten. Und wieder Wasser und noch ein vereistes Ufer. Dann durch eine Hecke zwischen noch mehr Bäumen hindurch. Irgend etwas stimmte nicht mit Ames Rücken: Das eisige Wasser war ihm darüber gelaufen, und nun tröpfelte Eis an seinem Arm hinab.

Und wieder ein Bach, der zugefroren war, aber dieses Mal hielt das Eis. Dann ein weiteres Ufer mit noch mehr Büscheln von rasiermesserscharfem Gras, das Ames' Hände zerschnitt. Und die ganze Zeit über wunderte er sich, woher das viele Wasser auf seinem Rücken kam.

Dann schob ihn Becket durch ein Gewirr von Dornen und vertrockneten Winden und kroch ihm hinterher. Sie lagen nebeneinander und sogen den abgestandenen Geruch von Tieren und die nach Pilzen riechende Würze der feuchten, gefrorenen Erde in sich ein. Und ein Schwall von Branntweinaroma und Mundgeruch kam und ging im Rhythmus von Beckets Atem.

Aus den Bäumen senkte sich die Dunkelheit auf Ames' Kopf. Warum ist mir nur so kalt, fragte er sich. Von dem vielen Gerenne müßte mir doch richtig heiß sein.

Becket raschelte in den Blättern und lachte leise, doch ohne eine Spur von Heiterkeit. »Bei Gott, Simon«, knurrte er, »das war ein hübsches Stück Arbeit.«

»I-ich denke, ich habe mich an ei-einige Eurer L-Lektionen erinnert«, krächzte er mit klappernden Zähnen und krank vor Kälte. Warum war ihm nur so kalt? »A-aber I-Ihr hättet sofort losrennen sollen«, murmelte er, »um Euch zu retten.«

»Was?« Aus Beckets Stimme klang Belustigung. »Und vielleicht vor Neugierde sterben? Das letzte Mal, als ich Euch sah, wart Ihr an ein Bett gefesselt. Wie habt ihr Euch befreit? Warum arbeitetet Ihr nicht mit Munday und Ramme zusammen? Und weshalb hattet Ihr diese Vollmacht?«

Wo ist Thomasina, fragte sich Ames. Und warum ist meine Schulter so kalt?

»I-ich bin nicht Euer Feind«, gelang es ihm schließlich zu sagen. »Ich wünschte, Ihr wärt losgerannt und hättet mich zurückgelassen.«

»Also, löst endlich das Rätsel. Erklärt es mir.«

»J-jetzt?«

»Natürlich jetzt. Jetzt suchen sie noch ein wenig nach uns, aber dann werden sie die Hunde holen, und bis dahin muß ich wissen, was in Christi Namen hier eigentlich gespielt wird.«

Ames zitterte mittlerweile so heftig, daß er kaum noch denken konnte. Auch konnte er seine Lippen nicht ordentlich bewegen, sie fühlten sich plötzlich geschwollen an.

»K-kann nicht«, gelang es ihm zu flüstern. »Z-zu kalt.«

»Was?« Wieder raschelten Blätter, und dann riß etwas. Becket stützte sich auf seinen Ellbogen und strich mit seiner Hand leicht über Simons Körper. Als er zu der kalten Stelle auf Ames' Schulter kam, verfing sich sein Finger in etwas, und die Kälte verwandelte sich plötzlich in Feuer.

»O Gott«, sagte Becket schwach. »Warum habt Ihr mir nicht gesagt, daß Ihr getroffen seid?«

»W-wußte es nicht«, sagte Ames und schloß die Augen. Das war es also, deshalb war ihm so kalt. Eine Klaue hatte seine Schulter aufgerissen, natürlich, das war es. Warum hatte er das nicht schon früher bemerkt?

»Haltet still.«

Beckets Hände bewegten sich und griffen in die Wunde. Ames hielt mit aller Macht einen Schrei zurück.

»Nun, Ihr habt Glück«, sagte Becket. »Immerhin ein bißchen Glück. Die Wunde stammt von keiner Kugel. Ich denke, daß Euch in dem Handgemenge eine Hellebarde erwischt hat.«

Oh. Simon fühlte plötzlich in seinem Innern einen merkwürdigen Riß, der von der eisigen Klaue in seiner Schulter stammte. Ein Teil von ihm war völlig von Schmerz überwältigt, während der andere Teil in weiter Ferne ruhig dastand und alles beobachtete. Ich bin verwundet worden, sagte der entfernte Teil. Wie seltsam. So etwas ist mir noch nie passiert. Ames war mit aller Art Krankheiten vertraut, der verwirrenden Lebendigkeit von Fieber, dem erschreckenden und verräterischen Schmerz infizierter Lungen, der Erschöpfung und dem krampfhaften Durst der roten Ruhr. Gelegentlich litt er auch an den Folgen von Prügeln, aber noch niemals hatte er ein wirkliches Loch in seinem Fleisch gehabt. Es war ihm schrecklich ungewohnt, diese brennenden, bohrenden Schmerzen und gleichzeitig Kälteschauer zu verspüren. Seine Zähne klapperten, er mußte sich mit all seiner Kraft darauf konzentrieren, sie zusammen und ruhig zu halten.

Becket fluchte leise mit angehaltenem Atem und machte dabei umständliche, verhaltene Bewegungen, ständig behindert von den gierigen Dornen, die überall um sie herumstanden.

Ames lag mit dem Gesicht in den gefrorenen Blättern, er atmete pfeifend und fragte sich, wie wohl der Allmächtige selbst über das hier dachte, und aus welchem erhabenen Grund er das hier für lustig hielt.

»Wenn ich ein Licht hätte und Nadel und Faden, könnte ich es besser machen«, sagte Becket und zerrte und riß mit seinen Zähnen an der unteren Hälfte seines Hemdes herum. »Aber es muß reichen. Zieht Euer Wams aus.«

Es folgte ein schier endloser Kampf, um die vielen Knöpfe zu öffnen und seine Arme aus den Ärmeln herauszubekommen. Becket half ihm dabei und machte ihn immer wieder los, wenn er sich mit den Kleidern in den Dornen verfangen hatte.

Beckets plumpe Finger waren sehr sanft, als er herauszufinden versuchte, wie groß die klaffende Wunde war. Dann rollte er Stücke seines Hemds zusammen und band sie mit Streifen, die er aus dem Rockschoß gerissen hatte, an Ames' Schulter fest. Dieser fühlte, wie ihm plötzlich eine kleine Flasche mit scharfem Branntwein gegen die Zähne stieß, und dankbar schluckte er ihn hinunter. Während er fühlte, wie Feuer dem Feuer begegnete, wurde ihm ein wenig wärmer.

Becket spähte durch das Dickicht und warf einen Blick auf die Sterne.

»Kommt«, sagte er.

»Warum?« jammerte Ames verdrossen, weil er keine Lust mehr hatte, in den Dornen herumzustolpern.

»Ich hab es Euch gesagt. Unsere Verfolger sind weg, um Hunde zu holen. Wenn Ihr meint, in den Sümpfen von Lambeth den Hirsch spielen zu müssen, ich tue es nicht.«

Folgsam kletterte Ames aus den Dornen heraus und folgte ihm. Sein Körper war dreigeteilt, sein Kopf bestand aus Wolken, seine Schulter aus Feuer und seine Beine aus Butter.

Wieder schien Becket sich vollkommen sicher zu sein und genau zu wissen, welchen Weg er zu gehen hatte. Ames wunderte sich, wie ihm das inmitten der Bäume und Bäche gelang.

Doch das waren nur Entwässerungsgräben, die alle zugefroren waren.

Becket blickte den vereisten Graben hinab und fluchte.

»Normalerweise würde ich diesen ungefähr nur eine Meile hochlaufen müssen«, sagte er. »Dieses verdammte Wetter!«

Eine Zeitlang marschierten sie an dem Graben entlang auf eine Hecke zu, und selbst Ames hätte der Spur, die sie in den gefrorenen Blättern hinterließen, folgen können.

Becket schaute herum, um das Gelände zu erkunden, dann fand er eine durchlässige Stelle in der Hecke, kletterte durch und half auch Ames dabei.

»Wo sind wir?«

»Pscht.«

Sie durchquerten einen Obstgarten, aufmerksam beäugt von einem Esel, der in einer Ecke stand. Sie erreichten einen Steg, der über den Entwässerungsgraben führte. Ames schaute erstaunt auf die stillen Häuser, die vom Licht der Sterne erhellt wurden und hinter deren Fensterläden Licht durchschimmerte.

»Aber von hier sind wir doch gekommen. Das ist Pudding Mill.«

»Natürlich ist es das«, sagte Becket mit einem Grinsen. »Ich habe mit mir selbst gewettet, daß Ramme nicht so schlau wäre, hier einen Wachposten zurückzulassen. Und es sieht ganz so aus, als ob ich recht hatte.«

»Aber das muß er doch«, sagte Ames. »Nicht einmal Ramme kann so dumm sein.«

Ein kleiner, hübscher Schatten löste sich aus dem restlichen Dunkel und kam zu ihnen herüber. Becket griff mit der Hand nach seinem Messer, aber Ames streckte beruhigend seinen Arm aus. »Mistress Thomasina?« rief er leise.

Beim Anblick des Kindes runzelte Becket die Stirn und schaute zweifelnd von Ames auf die *muliercula*.

»Ames, was geschieht . . .«

»Ruhig.« Ames keilte seine plumpen Füße zwischen die

Pflastersteine und atmete tief ein, um sich zu beruhigen. »Mistress Thomasina, könnt Ihr uns zur Königin bringen?«

Man hörte ein leises Schnauben. »Nicht heute nacht. Diesen Weg, bitte.«

»Aber...«

»Ruhig«, sagte Ames wieder. »Ich werde es Euch später erklären. Wohin gehen wir?«

»Zu den Stufen, die zum Wasser führen. Kommt.«

»Ramme...«

»Da war ein Mann postiert. Aber nun ist er nicht mehr gefährlich.«

»Trinkt er?«

»Nein«, sagte Thomasina und fletschte die Zähne auf die gleiche Weise wie Becket. »Tot.«

Becket schüttelte den Kopf und lachte leise. Ames verstand, wie ihm zumute war. Unter dem Licht der Sterne wirkte alles sehr seltsam, als seien sie alle der Teil eines Spiels. Nur das Feuer, das in seiner Schulter brannte und das Gefühl, daß sein Körper sich wie gelähmt anfühlte, hielten ihn in der Wirklichkeit fest.

Der Mond lag unter einer Wolke begraben, so daß nur noch ein Stückchen Silber zu sehen war, das anzeigte, von wo er kalt auf sie herabschien. Leise huschten sie die Stufen zum Wasser hinunter und sahen dort die Soldaten, die geduldig warteten. Zwei standen auf den Stufen und zwei auf dem Eis. Sie versuchten, das oben liegende Gelände zu erreichen, doch warteten dort im Schatten noch weitere Männer auf sie.

Nun, da er Zeit zum Nachdenken hatte, verlor Becket seine Gelassenheit. Seine Stimme zitterte vor Angst und Hoffnungslosigkeit. »Sie wissen, daß wir uns in diesem Teil der South Bank befinden«, flüsterte er. »Wenn sie mit den Hunden kommen, sind wir geliefert.« Ames fühlte sich viel zu schwach und durchgefroren, um etwas dagegen einzuwenden, obwohl er beobachtete, wie Beckets Hände sich ineinander verkrampften und dann wieder lösten, ganz so, als seien sie blasse, fahle Tiere, die nach Trost suchten. Thomasina kniff ihre kleinen, schwarzen Augen zusammen und biß sich beim Anblick dieses dahinschmelzenden Berges von einem Mann auf die Lippen.

»Hier entlang«, zischte sie und führte sie, einer hinter dem anderen kriechend, in eine winzige Gasse, die zwischen ein paar Häusern verlief, dann in den Mühlbach, den der Müller viele Male unterbrochen hatte, um den Lauf seiner Mühle zu gewährleisten. Noch mehr kaltes Wasser, dachte Ames betrübt, als er die Beine hineingleiten ließ und dabei am ganzen Körper zitterte.

Wenigstens gab es hier keine Soldaten. Thomasina öffnete eine Tür und schloß sie hinter ihnen wieder. Um sie herum, im Lagerraum der Mühle, herrschte ein überwältigender Geruch nach Korn und Mehl, der sie fast zum Ersticken brachte. Ames ließ sich zitternd auf einen der Säcke fallen. Fürsorglich legte ihm Becket seinen eigenen Umhang um, der ganz feucht geworden war, dann kauerte auch er sich in der Nähe nieder. Plötzlich erhob Thomasina ihre Stimme, die sanft, selbstsicher und im typischen Londoner Tonfall aus dem Dunkel drang.

»Ich bin Thomasina de Paris, die Spaßmacherin und *muliercula* der Königin.« Ihre Worte wehten durch die weiche, staubige Dunkelheit, und Ames hustete. »Und in dieser Sache bin ich die allergeheimste Nachrichtenübermittlerin Ihrer Majestät.«

»Ihr beide kennt mich«, erwiderte Ames darauf, wobei er selbst hörte, daß seine Stimme vor lauter Erschöpfung ganz gedämpft klang. Wann hatte er zum letzten Mal eine Nacht durchgeschlafen? Vorgestern vielleicht. Die Nacht davor war er gefesselt im Stock gelegen. Dann war er einige Male eingenickt, als er an diesem abscheulichen Tag an das Bett gebunden war, und nun hielt ihn eine klaffende Wunde an seiner Schulter wach.

»Du bist also kein Kind?« fragte Becket.

»Nein.« Thomasinas Stimme machte unwiderruflich klar, daß dem nicht so war.

»Verzeiht mir«, sagte Becket. »Ich dachte . . .«

»Es gibt keinen Grund, warum Ihr etwas anderes hättet denken sollen, Mr. Becket. Den gleichen Fehler haben schon andere gemacht und hatten viel weniger Anlaß dazu.«

Wir sind Stimmen im Dunkeln, dachte Simon, wie merkwürdig. Ist es vielleicht das, was wir dereinst im Grabe fühlen?

Becket seufzte tief auf und schluckte den Reizhusten herunter, der durch das Mehl verursacht wurde. »Wußtet Ihr, daß Mr. Ames verletzt wurde, während er mich vor der Verhaftung gerettet hat?« knurrte er.

»Nein«, entgegnete Thomasina in scharfem Ton. »Ist es schlimm?«

»Nicht allzu sehr . . .«

»Für mich ist es schlimm genug«, sagte Ames gekränkt.

»Es gibt keinen Grund in der Welt, warum Euch diese Wunde umbringen sollte«, wies ihn Becket zurecht. »Zwar reicht sie an einer Stelle bis auf den Knochen, aber wenn Ihr einen Chirurgen findet, der sie Euch näht, werdet Ihr Euch schon in etwa einer Woche wieder besser fühlen.«

Ames fühlte, wie er sich innerlich dagegen auflehnte, seine Bedenken wegen des schrecklichen Lochs in seinem Körper aufzugeben. Doch dann fiel ihm ein, daß dies für Becket natürlich keine große Sache war. Er lebte in einer Welt, in der derlei Risiken ebenso zum Leben gehörten wie eine Erkältung.

»Wir müssen überlegen, was wir tun sollen«, sagte Thomasina.

Nach einem kurzen Augenblick erklang die dumpfe und völlig erschöpfte Stimme Beckets. »Warum? Was können wir tun? Sie haben uns wie Wild in die Enge getrieben. Wenn sie kommen und die Mühle durchsuchen, werden sie uns schnappen . . .« Seine Worte verloren sich, und Dunkelheit und Stille legten sich schwer auf sie. Ames warf einen kurzen Blick auf Becket: Dies war nicht der Mann, den er kannte, wie hätte er sonst so rasch verzweifeln können?

Becket hustete wieder, und es schien ihm die größte Mühe zu bereiten. »In der Zwischenzeit würde ich gern ein paar Fragen beantwortet bekommen.«

»Warum?« fragte Thomasina.

»Damit ich, wenn mich Davison wieder auf die Folter spannt, wenigstens etwas zu erzählen habe.«

Augen erglühten im Dunkel, als Ames und Thomasina sich ansahen. Instinktiv fühlte Ames, daß Beckets Verzweiflung die schlimmste Gefahr für sie bedeutete. Wie schon einmal wäre er sicher fähig, einen Ausweg zu finden, doch jetzt... vielleicht wollte er sich nun Ramme und Munday ergeben.

Wo anfangen? »Es geht um das Buch vom Einhorn...«, begann Ames, hörte ein Echo und bemerkte, daß Thomasina das gleiche gesagt hatte.

»Oh, natürlich, das Buch der Königin«, sagte Becket gelangweilt. »Ich weiß das. Das Ding, in dem sie ihren letzten Willen niedergelegt hat und auch ein Geständnis von damals, als sie ein vierzehnjähriges kleines Luder war und Angst davor hatte, am Kindbettfieber zu krepieren.«

Thomasina schnappte nach Luft.

»Wußtet Ihr nicht, daß das in dem Buch steht?« fragte Becket, von ihrer Überraschung ein wenig erschrocken. »Sicher ist das auch der Grund, warum sie Walsingham nicht danach suchen lassen kann. Selbst Sidney verstand das. Sie war von Lordadmiral Thomas Seymour in ihrem fünfzehnten Lebensjahr schwanger geworden und entschloß sich zu einer Abtreibung. Sie dachte, sie würde sterben, und so schrieb sie ihren letzten Willen und legte, wie ich glaube, auch schriftlich ihre Beichte ab, um ihre Seele loszusprechen.«

»Niemals«, sagte Thomasina bestimmt. »Sie würde so etwas niemals tun.«

»Sie hat es aber«, sagte Becket ebenso bestimmt. »Ich habe

446

es gelesen. Sie war ein junges Mädchen, voller Angst und Rachsucht. Und sie hatte Fieber. Sie war nicht die diplomatische, weltkluge Königin, die Ihr heute kennt. Die Hexe, die ihre Abtreibung machte, muß ihr das Buch gestohlen und es die ganze Zeit aufbewahrt haben.«

»Guter Gott«, sagte Thomasina, und es war klar, daß sie in ihrem Innersten getroffen war. »Kein Wunder...« Was kein Wunder war, sagte sie nicht.

Wo sie nun alle in der trüben Dunkelheit saßen, klang Thomasinas Stimme zwar hoch, aber doch erwachsen, dachte Ames. Wenn man nur ihre Stimme hörte, würde sie keiner für ein Kind halten.

»Nun ist es an Euch, Ames.«

»Wo soll ich anfangen?«

»Mit Eurem Tod.« Beckets Stimme klang hart und kalt.

Ames schluckte, dann preßte er seine frierenden Hände unter die Achseln. Er konnte einfach nicht warm werden, obwohl er inzwischen nicht mehr zitterte.

»David«, sagte er, »ich... ich kann gar nicht sagen, wie leid es mir tut, Euch zum Narren gehalten zu haben. Es geschah aus politischen Gründen und wegen der Staatsraison. Wenn wir einmal mehr Zeit haben, werde ich Euch die ganze Sache darlegen, aber nicht jetzt. Mir war nicht klar... also ich hatte keine Ahnung, daß Ihr darüber so viel Trauer empfinden würdet.«

Becket schnüffelte.

»Also, akzeptiert Ihr meine Entschuldigung?« fragte Ames demütig. »Ich habe Euch durch mein Mißtrauen Unrecht getan, und das war wirklich übel, aber...«

»Als wir noch im Fleetgefängnis waren und ich meine fünf Sinne noch nicht wieder beisammen hatte, habt Ihr vorgegeben, mein Freund zu sein.« Beckets Stimme klang noch immer hart. »Das war es, was mich so geärgert hat. Daß Ihr mich ausspioniert habt.«

»Ja«, sagte Ames. »Obwohl ich denke, daß dies kaum mein

447

Fehler war. Nachdem mein Onkel Hector Euch im Tower behandelt hatte, ließ er mich rufen, und ich kam aus Bristol, wo ich jetzt lebe, nach London zurück. Und all mein Handeln richtete sich darauf, Euch wieder frei zu bekommen. Aber als ich mit der Königin sprach, stellte sich heraus, daß Ihr inzwischen damit beschäftigt wart, dem Buch vom Einhorn nachzujagen. Und so zwang sie mich, auf Euch aufzupassen, wie ich es im Fleetgefängnis getan habe.«

»Wie?«

»Sie drohte, uns sonst aus England auszuweisen.«

»Eure Familie?«

»Uns alle, alle Juden hier. Meine Absicht war, in Eurer Nähe zu bleiben, und sobald Ihr ein Anzeichen gezeigt hättet, daß Ihr Euch wieder an Eure Vergangenheit erinnert, hätte ich mich Euch zu erkennen gegeben. Und dann hätten wir uns einen Plan überlegt, wie wir die Sache weiterverfolgen sollten.«

»Warum habt Ihr das nicht getan?«

»David, Ihr wart überaus sorgsam darauf bedacht, geheimzuhalten, daß Euer Gedächtnis wieder funktionierte. Heute weiß ich, daß es passierte, als Ihr Pater Hart saht, doch wußte ich das damals noch nicht, sonst hätte ich gleich mit Euch gesprochen.«

Von Beckets Seite war ein leiser Ton der Zustimmung zu hören.

»Die Königin hat mich ebenfalls beauftragt, Euch zu bewachen«, sagte Thomasina. »Sie bat mich, da ich ihre Hofnärrin bin und nur ihr allein Rechenschaft schuldig bin. Ich bin keine dieser Kreaturen von Burghley oder Walsingham, außerdem gehe ich als Kind durch und kann so mehr im verborgenen agieren. Sie wollte, daß ich Euch beide bewache, Euch, Mr. Becket, und Euch, Mr. Ames, denn sie traute Euch auch nicht ganz.«

»Obwohl sie über so viele Geiseln verfügt, damit er sich ja gut verhält?« fragte Becket.

»Selbstverständlich, Mr. Becket«, aus den Worten Thomasinas klang Belustigung. »Wenn Ihr die Königin wäret und an ihrer Stelle stündet, würdet Ihr vielleicht so jemandem trauen?«

Becket schnaubte. »Nein.«

»Sie konnte schlecht selbst nach dieser Hexe suchen, aber auch keinem von ihren üblichen Agenten trauen. Und so sind wir drei hier, ein Toter, eine Zwergin und Ihr selbst, Mr. Becket, und es sieht ganz so aus, als seien wir erfolgreich gewesen. Würdet Ihr mir jetzt das Buch geben, oder wollt Ihr es der Königin selbst überreichen?«

Es gab eine kurze, kummervolle Pause. Becket seufzte. »Damit Ihr Bescheid wißt, Mistress Thomasina, ich habe das Buch nicht. Pater Hart hat es.«

Wenn die Dunkelheit ein See gewesen wäre, wären da Beckets Worte krachend hineingestürzt und hätten eine Fontäne erzeugt. Es schien, als pulsierte die Stille, und in ihr vernahm Ames in der Ferne den schwachen Klang eines durchdringenden Geräuschs.

»Was?« Thomasinas Stimme war nur noch gewürgtes Krächzen.

»Was hätte ich machen sollen? Immerhin war er es, der über das spanische Gold verfügte. Mein Plan war... nun... es ihm später wieder abzunehmen.«

»Und Pater Hart ist...?« fragte Thomasina, vor lauter Entsetzen immer noch atemlos.

»Wer weiß? Er kämpfte, als ich noch versteinert war. Er ist es, dem wir die Chance zur Flucht zu verdanken haben, denn ich allein hätte das nicht gekonnt. Gott weiß, daß ich ihn für nichts weiter als einen gewöhnlichen Verräter hielt, aber... Vielleicht ist er inzwischen tot oder gefangen, vielleicht aber ist er ihnen entwischt. Ich habe keine Ahnung.«

»Und Ihr habt ihm das Buch überlassen?«

»Ich hatte keine andere Wahl.« Beckets Stimme klang ebenso vereist wie die Entwässerungsgräben. »Ich habe mich mehr darauf konzentriert, nicht wieder in Rammes Klauen zu geraten, da ich schon einmal zu oft in ihnen war. Ames und Hart zwischen all den Soldaten gewährten mir immerhin eine kleine Chance, die ich sofort ergriff, ohne meine Zeit damit zu verschwenden, im Wams von irgendeinem Mann nach diesem verdammten Buch vom Einhorn zu suchen. Oder was hätte ich Eurer Meinung nach tun sollen? Etwa zu Ramme sagen: »Oh, verzeiht mir, Euer Ehren, aber gewährt mir eine Minute, bevor ich wie ein Hase davonlaufe, laßt mich eben dieses Buch von dem Priester holen, der gerade meinetwegen mit drei Männern gleichzeitig kämpft...«

Thomasina erwiderte nichts auf seinen beißenden Spott. Und Ames war kaum fähig, Beckets Selbstverachtung noch länger zuzuhören.

»Pscht. Ich weiß, was wir tun können. Hört zu.«

Aus der Ferne erklang das Rufen nach den Hunden, worauf die schottischen Jagdhunde sofort Laut gaben.

67

Davison hatte auf einem Hocker Platz genommen und blickte auf das Buch in seinen Händen. Der Samt war vom ständigen Herumtragen schon ziemlich abgeschabt, und den hinteren Einband verunzierte ein langer Riß. Das gestickte Einhorn war zum Teil aufgegangen, so daß die polsternde Füllung darunter zum Vorschein kam. Der Rubin, der einmal sein Auge zierte, war ebenso wie der Goldfaden von seinem Horn bereits vor langer Zeit verkauft worden. Einige der Seiten zeigten bereits Stockflecken, während andere zusammenklebten. Einige waren herausgeschnitten.

Er blickte zu dem Mann auf dem Bett, dessen Atem gurgelte und stockend in seiner Kehle rasselte.

»Nun, Mr. Hart«, sagte er sanft, »was haben wir denn hier?«

»Ihr wißt, daß ich ein Priester bin«, sagte der Papist.

Davison neigte den Kopf. »Ich weiß«, sagte er. »Aber ich betrachte Euch nicht als meinen Vater.«

In den Augen des Priesters flackerte ein Funke von Heiterkeit auf.

»Nichtsdestotrotz«, flüsterte er, »betrachte ich Euch als meinen Sohn, obwohl Ihr verloren seid.«

Davisons Oberlippe hob sich vor Abscheu. Der Priester würde sterben, denn niemand überlebt den Stoß einer Hellebarde, die mitten in seinen Rücken gestoßen worden war. Sie hatten den Schaft absägen müssen, damit sie ihn überhaupt hinlegen konnten, während die Schneide aus seinem Bauch herausragte. An ihr zupfte er unbewußt mit seinen Fingern herum. Er würde noch nicht einmal mehr lang genug leben, um einen von seinen Verbündeten zu verraten, ebensowenig gelänge es ihm, seinen Tod angemessen in der Öffentlichkeit zur Erbauung der törichten Massen zu zelebrieren. Und er, Davison, würde nicht noch einmal auf ihn hereinfallen. »Sagt mir, was in dem Buch steht«, schlug er ihm vor.

»Lest es doch selbst.«

»Einiges an der Schrift läßt sich... nicht mehr lesen. Also, sagt es mir.«

Die Augen des Priesters ruhten für eine Weile auf ihm, und er lächelte. »Empfehlungen für den heiligen Stand der Jungfräulichkeit.«

»Und?«

»Und? Die Sünde der Königin. Eure kostbare jungfräuliche Königin ist nichts dergleichen.«

Davisons Gesicht blieb so sanft und ruhig wie ein Bild. »Glaubt *Ihr* das etwa?«

»Es ist ihre eigene Handschrift. Ihr... letzter Wille, als sie noch ein junges Ding war... Ihre Beichte.«

»Beichte?«

»Ihre Eintrittskarte zum Sterben... oder sie dachte, sie

würde sterben... weil sie schwanger war von... Thomas Seymour und das Kind... umgebracht hat.«

Davison schwieg lange Zeit.

»*Ich* habe es jetzt«, sagte er.

»Natürlich«, antwortete der Priester, »ganz... wie ich es beabsichtigt habe.«

»Warum? Warum habt Ihr mir geholfen, es in meine Hände zu bekommen?«

»Nichts... ich selbst kann es nicht... mit einem Speer im Rücken.«

»Nein, Mr. Hart. Ohne Eure Information wären wir nie zum Falcon gekommen. Warum also habt Ihr uns geholfen?«

»Warum ist... das wichtig?«

»Ich bin neugierig.« Davison fühlte sich ebenfalls unbehaglich. Wenn das Verhalten der Königin nicht so offensichtlich gezeigt hätte, daß dieses Dokument echt war, hätte er den Jesuiten in Verdacht gehabt, sich die ganze Sache selbst ausgedacht und das Buch gefälscht zu haben. Und das um so mehr, als er damit die Diener der Königin sicher leichter dazu gebracht hätte, ihren Treueeid zu brechen. Der Priester wechselte die Lage. Wie viele kluge Männer liebte er es, sich seiner Klugheit zu rühmen, selbst wenn es ihm weh tat.

»Denkt doch darüber nach. Wir, die wir den wahren Glauben haben, wissen, daß die Königin eine böse und unmoralische Isebel und eine Dirne ist... aber sie hat euch alle mit ihrem Zauber behext. Ja... ich hätte das Buch... nach Reims bringen und es dort drucken lassen können, es öffentlich bekanntmachen und... doch Ihr hättet es dann als eine augenscheinliche Fälschung vollständig ignoriert.«

Davison nickte, da dies unbestreitbar der Wahrheit entsprach.

»Aber... Ihr, Mr. Davison, seid... ebenso wie Walsingham und Burghley... fehlgeleitete Protestanten, aber selbst wir in Reims wissen, daß Ihr ehrliche Menschen seid. Ich wußte... wenn Ihr nur sehen könntet, welch eine... weiß gefärbte Reliquie sie ist... welch eine Hexe auf einem Thron der Lügen, dann würdet Ihr sicher selbst Schritte unternehmen, um sie unter Kontrolle zu bringen. Auch war ich sicher, daß Becket, gesegnet sei sein Herz, mir... in dem Augenblick die Kehle durchschneiden würde, wenn er das Buch in Händen hielt. Ein Rekusant erzählte mir, daß er ein treuer Diener der Königin ist, und das ganz und gar... Und er hat auch, wie ich glaube... früher einmal für Sidney gearbeitet. Er hätte es verbrannt oder... der Königin zurückgegeben. Ich bin glücklich, daß Ihr oder Walsingham das Buch besitzt... aber an eine Hellebarde habe ich nicht gedacht.« Der Priester seufzte. »Traurig, oder?« flüsterte er mit einem häßlichen Grinsen, während die Kraft, die seine Worte antrieb, langsam verebbte. »Kein Wunder, daß sie so viel Wert... auf ihre Jungfräulichkeit legte. Nun, Ihr werdet zweifellos dieses Buch verbrennen.«

»Zweifellos«, echote Davison, während er in die Luft starrte.

»Die Wahrheit ist hart, nicht wahr?«

Davison antwortete nicht, und wieder veränderte der Priester seine Lage, wohl in der vergeblichen Hoffnung, etwas bequemer liegen zu können. Er ließ ein schwaches Husten hören, dann verzog sich sein Gesicht vor Schmerzen. Davison lenkte seine Aufmerksamkeit von dem Buch weg, das er in den Händen hielt.

»Wollt Ihr, daß ein Arzt Euch untersucht?«

Was nun folgte, war kein Husten, sondern ein Ausbruch entstellten Gelächters.

»Solltet Ihr nicht versuchen, mich zu Eurer... Ketzerei zu bekehren, Mr. Davison?« fragte der Priester. »Dies wird Eure letzte Gelegenheit sein, meine... Seele zu retten. Wo ist Euer Glaubenseifer geblieben?«

Davison schüttelte den Kopf. »Es tut mir leid um Euch, Mr. Hart«, sagte er, »aber es steht außer Frage, daß Ihr für alle Ewigkeit verdammt seid, da Ihr Euch dem Aberglauben und

Götzendienst verschrieben habt. Dabei hättet Ihr der wahren und reinen Religion folgen können.«

Hart rollte mit den Augen. »Ist es etwa... kein Götzendienst, eine fleischliche Königin anzubeten?«

»Vielleicht ist es das. Ich jedenfalls tue es nicht.«

»Armer Mr. Davison«, sagte der Priester. »Er kennt keinerlei Glauben. Ich kann nicht die Beichte ablegen... keine letzten Riten... Aber Jesus wird sich meiner erbarmen und vielleicht sogar Eurer. Ich vergebe Euch, Mr. Davison, daß Ihr mich getötet habt...«

»Ich bedarf Eurer Vergebung nicht.«

»Dem Himmel sei Dank, daß Ihr nicht... mit unserem Heiland in der Menge standet, Mr. Davison, sonst... wäre die Ehebrecherin sicher getötet worden. Ich vergebe Euch, und ich bete, daß... Euch Christus Eure vielen Vergehen vergeben möge, vor allem die Todsünde des Stolzes im Geist. Wie ich nicht daran zweifle, daß er auch meine Sünden vergibt...«

Mit ungeheurer Anstrengung hob der Priester eine Hand und machte das Zeichen des Kreuzes. Aber er tat es für ein leeres Zimmer. Davison war, während er sprach, hinausgegangen und hatte ihn, allein und unbeaufsichtigt, zurückgelassen.

Wäre er tatsächlich allein und einsam in dem kleinen, getäfelten Zimmer zurückgeblieben, wäre Tom Hart von tiefer Sorge erfüllt gewesen. Glücklicherweise aber wußte er, daß er das nicht war, da er sah, wie ich von meinem Mond herabstieg, ihm meine Hand auf die Stirn legte und mit meinem Mantel seinen Körper umhüllte. Er lächelte mich an und nannte mich Mutter, was mir gefiel, und dann hörte er auf, gegen seine Schmerzen zu kämpfen, was ihm ein wenig Erleichterung verschaffte. Ich bin eben auch die Trösterin der Kranken und Leidenden und das Tor zum Himmel, aber noch war sein Werk nicht vollendet.

68

Ames stapfte wieder durch das schlammige, eiskalte Wasser eines Entwässerungsgrabens. Er hievte sich die Gravel Lane hinauf, rannte ein kleines Stück nach Norden, wandte sich nach rechts und zwängte sich durch eine Hecke, um sich dann zwischen den Bäumen durch das tote Unterholz zu rollen. Seine Schulter brannte wie Feuer, während ihm die Kälte gleichzeitig mitteilte, daß der weiche Schorf, der sich gebildet hatte, wieder aufgebrochen war, so daß hinter ihm sein Blut eine deutliche Spur bildete. Keuchend nach Atem ringend, lag er auf dem Rücken und schaute zu den Sternen empor. Blinzelnd versuchte er, die nebelhaften Formen zu erkennen und den Großen Bären zu finden, der sich dank der Gunst des Schicksals in einem Teil des Himmels befand, der nicht von so vielen Wolken bedeckt war. Und da war er, der Polarstern. Wenn er von seiner Position aus zum Polarstern hinauf sah, dann mußte er sich erst nach rechts wenden und dann geradeaus laufen. Becket hatte ihm gesagt, daß er an vielen Gärten vorbeikäme, die alle von Hecken eingefaßt waren. Durch die sollte er leicht hindurchschlüpfen können, da er so klein und mager war.

Er rannte im Zickzack zwischen den Bäumen durch und fand die erste Hecke. Er strich mit den Händen daran entlang und schob sich schließlich an einer Stelle, an der die Heckengärtner die Zweige nicht so dicht hatten werden lassen, auf die andere Seite. Wenn er das im Sommer versucht hätte, wäre er dort sicher nicht durchgekommen, aber jetzt im Winter und ohne sich darum zu kümmern, was mit seinen Kleidern passierte, schaffte er es leicht.

Warum tue ich das, fragte er sich unvermittelt, doch dann entschied er, daß das jetzt nicht mehr wichtig war.

Hinter der Hecke lag ein hübscher Gemüsegarten, der, ordentlich in Reihen angelegt und gedüngt, darauf wartete, im

Frühling bepflanzt zu werden. Hastig rannte er mitten hindurch, ohne sich um die Arbeit des Gärtners zu kümmern. Und da war auch schon eine weitere Hecke, aber er hörte bereits das Gebell der Hunde, die ihn zwischen den Bäumen suchten. Als er sich neben einer riesigen Rotbuche durch das Gestrüpp zwängte, hatte einer der Hunde seine Spur wiedergefunden und schlug an. Sein Atem ging wild, sein Herz hämmerte, und er war ganz krank vor Angst, so daß er nicht einmal fühlte, wie ihm die Dornen die Haut zerrissen. So ähnlich muß sich ein Hase fühlen, der gejagt wird, dachte er. Niemals wäre ihm zu der Zeit, als er mit seinen Brüdern auf die Jagd gegangen war, in den Sinn gekommen, daß ein Hase so leiden muß.

Der nächste Garten war bereits mit irgend etwas bepflanzt, so daß er darin die breite Spur seiner Fußabdrücke hinterließ. Ein paar Male hüpfte und sprang er wie wild herum, um noch mehr Abdrücke zu hinterlassen. Er war sehr stolz darauf, daß es ihm, selbst mit dem wahnsinnigen Gebell der Hunde hinter sich, gelang, so kühl zu kalkulieren.

Und wieder eine Hecke, doch waren ihre Zweige zu sehr ineinander verflochten, als daß er sich durch sie hindurchzwängen konnte. Also folgte er ihr bis zum unteren Ende, und dort war ein Tor, das von dem Garten auf den großen Gemeindeanger führte, auf dem einige Kühe standen, die bei dem Gebell der Hunde unruhig zu muhen begannen.

Da kam ihm eine köstliche Idee. Er rannte zu der Stelle, an der die Kühe lagen, noch bevor diese sich schwerfällig erhoben hatten und ihre gehörnten Köpfe herumrissen. Normalerweise hatte er Angst vor Kühen, aber nun fürchtete er sich mehr vor den Hunden, also lief er zwischen den Kühen hindurch und hielt nur einen Augenblick inne, um Atem zu schöpfen. Dann stieß er ihre knochigen Hinterteile beiseite und steuerte auf einen Baumstumpf zu, der neben dem Tor zum Pike Garden stand.

Das Tor war aus Eisen und hatte am oberen Teil viele Spitzen, aber die Hecke, die daneben stand, sah ganz so aus, als könne er darüber klettern. Und genau das tat er. Seine Hände waren naß, doch nicht von Schweiß, und die feuchte Kälte kroch ihm durch sein zerrissenes Hemd und das Wams. Die Haare auf seinem Kopf standen ihm zu Berge, als er die Hunde zwischen den Kühen sah. Sie rannten wild kläffend und bellend zwischen ihnen herum und versuchten, sie einzukreisen.

Und er hörte die Stimmen der Männer, die dem Lärm folgten. Fluchend schlugen sie auf die Hunde ein, um sie von den Kühen fortzutreiben, die auf diesen Wahnsinn mit verzweifeltem Muhen reagierten. Vor sich konnte er nun das noch weitaus bedrohlichere Bellen der Hunde in ihren Hütten hinter dem Platz für die Stierhatz hören, die nun ihrerseits Laut gaben. Dann wurden Fensterläden aufgestoßen, Frauen kreischten und Säuglinge weinten.

Er kletterte über die Hecke, wobei er zumindest auf die größten Dornen achtete. Er zitterte vor Erschöpfung, als er sich in den relativ friedvollen Pike Garden fallen ließ. Vor sich sah er vier große quadratische Wasserbecken, die von den Fischern sorgfältig eisfrei gehalten wurden. Sie sahen wie Teiche voller Tinte aus, die nur gelegentlich ein paar verstreute Sterne am Himmel widerspiegelten.

Er konnte nicht mehr rennen, spuckte häßlichen Schleim aus und suchte dann, unsicher und noch immer keuchend und schnaufend, einen Weg an den Fischbecken vorbei, die die Bevölkerung von London jeden Freitag mit Nahrung versorgten. Er achtete auf die letzte Hecke. Becket hatte ihm sehr genaue Instruktionen gegeben, da er die aggressiven Hunde selbst nur allzu gut kannte.

»Es werden dort auch einige ältere Doggen über Nacht von der Kette gelassen, damit sie sicher sind, daß sich niemand einschleicht und versucht, die Hunde zu verwunden oder zu vergiften. Ihr könnt über die Hecke klettern, aber haltet Euch um Himmels willen vom Boden fern.«

Und während ihm die Zweige ins Gesicht schlugen, kletterte er so weit hinauf, bis er die hölzernen Rückwände der Hundehütten sah. Als er sich ganz hinaufzog, entzückte das Klatschen des Wassers sein Herz. Offensichtlich waren die Leithunde in die Becken mit den Hechten gefallen; ihr verängstigtes Kläffen bestätigte das.

Die Dächer der Hundehütten fielen steil nach unten ab und waren mit spiegelglattem Eis überzogen. Er hatte keine andere Möglichkeit, als sich unsicher auf dem Dachfirst niederzulassen und sich an der Hecke festzuhalten, damit er nicht herunterstürzte.

Da hockte er nun und konnte wenigstens wieder Atem schöpfen, während die Bulldoggen, die durch den Hof strichen, seinen Gestank bemerkten und herübergerannt kamen. Sie bellten und kläfften und knurrten ihn an. Immer wieder versuchten sie, in die Höhe zu springen und ihm an die Kehle zu gehen, doch fielen sie unbeholfen wieder hinunter, da ihre Krallen von den vereisten Dächern der Hütte abglitten. Jeder Hund auf dem Platz war nun wach und zerrte kläffend, bellend und wild knurrend an seiner Kette. In den Feldern dahinter rauften sich die Jagdhunde, die mit gesträubten Haaren und angriffslustig nun ihrerseits die Bulldoggen anknurrten, die sie hinter der Hecke hören und riechen konnten. Doch weigerten sie sich klugerweise, auch nur einen Schritt weiterzugehen.

Der Lärm war unglaublich, und er wurde sogar noch stärker, als die Männer hinter den Hunden die Hecke erreichten und erkannten, wo sie sich befanden. Doch inzwischen hatten die Bulldoggenwärter bereits zu Kerzen und Fackeln gegriffen und rannten aus ihren Häusern heraus, um herauszufinden, wer oder was für diesen Aufruhr verantwortlich war. Noch immer muhten und brüllten die Kühe auf dem Feld, und mittlerweile streckte jede Seele an der South Bank ihren Kopf zum Fenster heraus und verlangte mit lautem Geschrei zu wissen, was zur Hölle da los sei.

Ames blieb da sitzen, wo er war, und schaute zur Milchstraße empor. Seine Schulter tat ihm entsetzlich weh, aber sein Kopf war völlig klar. Er konnte auch wieder richtig atmen, und über ihm glänzten wie immer die Sterne in ihrer kristallenen Objektivität. Ihr Rätsel war immer noch dasselbe, aber er hatte sich jetzt mit einem neuen, weniger philosophischen auseinanderzusetzen.

Warum, im Namen des Allmächtigen, lächle ich nur, fragte er sich.

Er war an einem toten Punkt angelangt, ganz wie Becket es vorausgesagt hatte. Die Hunde konnten nicht näher kommen, und jeder, der versuchte, den Weg zu erklimmen, den Ames genommen hatte, lief Gefahr, von ihm einen Fußtritt zu bekommen. Und so mußten Ramme und Munday um die Straße herum marschieren – genau durch die Küche eines gekränkten Haushaltsvorstands hindurch, dessen Forderungen, ihn für das zertrampelte Saatgut zu entschädigen, sie sich vom Leib halten mußten, ebenso wie die Drohungen, vor Gericht einen Prozeß gegen sie anzustrengen, bei dem es ihnen noch leid täte, überhaupt geboren worden zu sein, da der Schwager von der Frau seines Cousins ein Rechtsanwalt sei... Als sie endlich am Molestrand Dock angekommen waren, mußten sie noch bis zum Ufer hinuntergehen und dort gegen das Tor des Stierhatz-Geländes hämmern und den Besitzer davon überzeugen, daß sie hinein müßten. Doch zuvor mußten sie diesem Mann erst einmal erklären, zu welchem Zweck sie diese Erlaubnis benötigten, und ihm ihre Vollmachten zeigen, die ihnen der Geheime Staatsrat ausgestellt hatte, und die gleiche Geschichte noch einmal seinen Brüdern und dann zum dritten Mal seiner entrüsteten Frau klarmachen.

Dann mußte der Besitzer dieses Geländes die Hundewärter herbeirufen. Und die mußten dann in den großen Hof hinter dem Gelände gehen, die zwei Bulldoggen namens Bessy und True herbeirufen und sie anketten und füttern, damit sie

459

sich beruhigten, und ihnen lang und breit erzählen, was für gute Hunde sie waren, die alles ganz großartig bewacht hätten. Und schließlich mußten sie jedem einzelnen dieser hysterischen Hunde auf dem Platz erzählen, was für ein guter Hund er sei, aber nun, um Himmels willen, mit dem Bellen endlich aufhören möge. Erst danach konnten sie die beiden ehrenwerten Agenten der Königin durch das Stierhatz-Gelände geleiten, hinten an den Hütten entlang, in denen die Hunde wieder zu kläffen begannen, und weiter bis zu den Fischbecken und an die Stelle, wo Simon Ames, zitternd und von Kälte geschüttelt wie ein entflohener Affe vom Jahrmarkt auf seinem Dachfirst saß.

Sowohl Ramme wie auch Munday waren von der wilden Jagd ganz zerzaust, wobei Munday sogar humpelte. Beide waren sie grimmig vor Wut, doch als sie Simon Ames entdeckten, der offensichtlich und triumphierend allein da oben saß, erschraken sie zutiefst.

»Wo ist Becket?« fragte James Ramme.

Ames grinste sie an. »Ich habe keine Ahnung, Mr. Ramme«, sagte er. »Habt Ihr ihn denn nicht gesehen?«

Völlig außer sich ballte Ramme die Fäuste und marschierte auf die Hundehütte zu. »Kommt von da oben herunter«, brüllte er. Eine braune Bulldogge knurrte bedrohlich und stürzte sich auf ihn, wurde aber durch einen plötzlichen Ruck ihrer angepflockten Kette wieder zurückgerissen.

»Ganz sicher nicht«, antwortete Ames aufgeregt. »Der Hund könnte mich beißen.«

Der Hund stand da und riß beinah seine Kette vom Pflock. Er bellte und heulte, während die Hundewärter herbeieilten und ihn zurückzerrten. Aber da sie ihm weh taten, schnappte er nach ihnen.

Mit etwas Fleisch und vielen Flüchen gelang es ihnen schließlich, das Tier zu besänftigen und es nach hinten in die Hütte zu ziehen. Der Hund kläffte noch immer.

»Kommt jetzt herunter, Mr. Ames, oder ich werde Euch

herunterschlagen«, zischte Ramme wütend. Munday drehte sich mit einem Ruck nach ihm um.

»Ich gratuliere Euch zu Eurem wiedergefundenen Gedächtnis«, sagte Ames zufrieden. »Ich würde ja gerne herunterkommen, aber ich fürchte, daß ich nicht kann. Ich könnte ausrutschen und mich dabei verletzen. Könnt Ihr mir keine Leiter bringen?«

»Kennt Ihr ihn etwa?« fragte Munday Ramme besorgt.

Ramme zuckte mit den Schultern und winkte einen der Hundewärter herbei, dem er befahl, eine Leiter zu bringen.

»Ihr sagtet, daß Ihr ihn nicht kennt.« Mundays Stimme war vorwurfsvoll.

Der Hundewärter zögerte und hörte voller Faszination zu, bis Ramme ihm verärgert zu verstehen gab, daß er gefälligst eine Leiter holen solle. Munday bewegte die Hände, als wüsche er sie.

»Wenn Ihr ihn kennt und er wirklich Mr. Ames ist, war diese Vollmacht sicherlich echt. Sie kann sogar von der Königin selbst ausgestellt worden sein.«

»Verlaßt Euch darauf, Mr. Munday, sie war gefälscht.«

»Ich habe noch nie gehört, daß jemand das Königliche Siegel gefälscht hätte. Und die Unterschrift der Königin ist...«

»Der beste Richter in dieser Sache ist Ihre Majestät, die Königin selbst«, unterbrach ihn Ames. »Ich verlange, daß Ihr mich sofort zu ihr bringt.«

Der Hundewärter kam mit der Leiter zurück; inzwischen hatte er längst seinen gestörten Schlaf vergessen und begann sich zu amüsieren.

Sie lehnten die Leiter ans Dach, so daß nun ein bequemer Weg auf den Boden hinab führte.

»Also, kommt jetzt gefälligst herunter, oder ich komme rauf und hole Euch«, sagte Ramme.

»Natürlich, meine Herren.«

Inzwischen hatte sich all seine aus Angst geborene körperliche Kühnheit verflüchtigt. Zentimeter um Zentimeter kämpfte sich Ames unter großen Schmerzen die schlüpfrige Leiter hinunter. Dann stand er den beiden Agenten gegenüber, die fast ebenso zerschlagen und verschmutzt aussahen wie er selbst. Kleine Äste hingen in Rammes Haaren, er hatte seinen Hut verloren, und in dem sehr teuer aussehenden Damast seines Anzugs war ein großer Riß. Mundays nüchternes Grau schien die Strapazen weit besser überstanden zu haben, obwohl es von den vielen Wasserspritzern dunkler geworden war.

Ramme ergriff Ames und fesselte ihm die Hände hinter dem Rücken, so daß dieser bei dem Schmerz in seiner Schulter laut aufschrie.

Munday schaute kopfschüttelnd zu. »Das Beste wäre, ihn zu einem Chirurgen zu bringen, bevor er der Königin unter die Augen tritt«, sagte er, aber Ramme zeigte ihm grimmig die Zähne.

Ames hatte Becket wiederholt versichert, daß er, falls ihn die Hunde nicht zerrissen hatten, von den Agenten der Königin sicherlich gut behandelt und zu ihr gebracht werden würde. Und wenn es den beiden auch nur darum ginge, sich selbst zu schützen, für den Fall, daß sich herausstellte, daß er tatsächlich ihr Diener sei. Doch als er jetzt den wilden Ausdruck in Rammes Gesicht sah, war er sich dessen nicht mehr so sicher. Und wieder begannen die kalten Winde der Angst durch sein Herz zu wehen, und alles drehte sich um ihn.

Es war nicht so, daß er ohnmächtig werden wollte, er fühlte nur keinen Grund, warum er versuchen sollte, sich dagegen zu wehren, als sich die Welt plötzlich verdunkelte und er das Bewußtsein verlor. Der letzte bewußte Gedanke, den er hatte, war die Hoffnung, daß Becket seine Verzweiflungstat, als Lockvogel zu dienen, gut genutzt hatte, sonst hätte er gerne gewußt, wozu das alles gut gewesen war.

69

Die Zusammenkunft des Geheimen Staatsrates in der Ratskammer lief so nüchtern und sachlich ab wie immer, und die Angelegenheit der schottischen Gesandten sowie der Termin von Sir Philip Sidneys Begräbnis, das für den 16. Februar festgesetzt wurde, waren schnell abgehandelt. Der Rest der Zeit wurde damit verschwendet, die Königin in verschleierter Form anzuflehen, den Hinrichtungsbefehl für die Königin von Schottland zu unterschreiben. Walsingham war abwesend, er lag noch immer mit seinem Stein darnieder. Auch Davison hatte sich entschuldigen lassen, er sei wegen einer Sache mit einem papistischen Priester über alle Gebühr beschäftigt. Nur Burghley, Leicester und Hatton waren anwesend und peinigten sie.

Die Königin hatte rasende Kopfschmerzen. Sie hatte weder etwas von Thomasina gehört noch von Mr. Ames, und diese Ungewißheit schmirgelte an ihren Nerven wie Sandpapier. Ungeduldig entließ sie ihre ergebenen Ratsmitglieder. Sie wollte allein sein und ein wenig nachdenken, wie sie es so häufig tat. Gerade, als sie sich wieder gesetzt hatte, kam Mr. Davison herein und verbeugte sich tief vor ihr, bevor er niederkniete.

»Was wünscht Ihr, Mr. Davison?« fragte sie.

»Es geht um eine vertrauliche Angelegenheit«, antwortete er sanft und blickte auf die beiden Gentlemen, die hinter ihrem Thron standen.

Mit einem Fingerschnippen gab sie den beiden zu verstehen, daß sie draußen warten sollten. Ergeben gingen sie hinaus.

»Ich bin gekommen, um in der Sache des Buches vom Einhorn den vollständigen Erfolg zu vermelden«, sagte Mr. Davison mit leiser, doch scharfer Stimme.

Vor Schreck fiel ihr der Magen bis in ihre Stiefel aus rotem

Leder. Aber sie hatte während ihres Lebens schon weitaus schlimmere Dinge gehört, und die Schminke würde die grünliche Blässe auf ihren Wangen verdecken. Sie beruhigte sich wieder, obwohl sie nicht bemerkte, daß aus ihrer linken Hand, mit der sie sich an den Tisch klammerte, alles Blut gewichen war.

»Oh?«

»Ja, Eure Majestät«, sagte Mr. Davison. »Wir haben Pater Tom Hart letzte Nacht in Southwark festgenommen und erwarten jede Minute, auch seine Komplizen zu ergreifen. Er trug das Buch vom Einhorn mit sich, das sich jetzt in meinem Besitz befindet.«

»Woher wißt Ihr, daß es das ist?«

»Auf seinem Einband sind noch die Reste eines gestickten Einhorns zu sehen, das sehr fein gearbeitet ist. Und es enthält den letzten Willen Eurer Majestät.«

Sie konnte nichts dagegen tun. Pfeifend stieß sie ihren Atem aus, als hätte sie jemand in die Magengrube geboxt. So also würde ihre Regentschaft enden.

»Eine Fälschung?« fragte sie und wagte einen letzten Versuch.

»Ich denke nicht.«

Davison lag vor ihr auf den Knien, äußerlich wirkte er ehrerbietig, aber innerlich triumphierte er. Er war so stolz wie Luzifer, und mit jedem Zentimeter seiner schwarzen Strenge verachtete er ihre kindliche Lockerheit. Was wußte er? Was wußten die anderen? Auf die gleiche Weise hatten jene, die auf Keuschheit in allen Dingen pochten, ihre Cousine Maria vom schottischen Thron gestoßen. Vielleicht würde man sie nicht vom Thron stoßen, wenn sie sich kooperativ zeigte. Aber sie würden ihr sagen, was sie zu tun hatte, und sie würde das tunlichst auch zulassen müssen. Sie wäre keine regierende Königin mehr. Es würde schlimmer kommen, als wenn sie es riskiert hätte, sich einen Ehemann zu nehmen: Sie würde von all diesen Männern beherrscht werden, die nur in den Kategorien Schwarz und Weiß denken konnten, und schließlich würde alles zusammenbrechen.

Für einen Augenblick verlor sie fast die Kontrolle über sich. Am liebsten hätte sie angefangen, kreischend und weinend auf Davison einzuprügeln, der sie besiegt hatte. Sie saß auf ihrem Thron, zur Salzsäule erstarrt wie Lots Weib, doch geschah dies, weil sie sich nicht umgesehen hatte. Sei dir sicher, deine Sünden kommen alle heraus, hörte sie eine Stimme in ihrem Kopf, die in ihrem verwüsteten Innern brausend widerhallte.

Verdammt, Davison wußte, was er da in Händen hatte. Hinter dem äußeren Anstrich von Höflichkeit war sein Gesicht gerötet, und seine Augen funkelten. Sie konnte fast sehen, wie es in seinen Gedanken, ganz wie eine dieser überaus komplizierten astronomischen Uhren, surrte und klickte – er würde die Macht an sich reißen, und er würde anstelle dieses alten Geißbocks als der Oberschatzmeister fungieren, er würde in ihrem Schatten das Königreich regieren, ihre Fäden ziehen und sie wie eine Marionette für ihn tanzen lassen.

Oder er würde das Buch veröffentlichen und sie vor aller Welt der Schmach preisgeben. Das war die unausgesprochene Drohung, fest verpackt in Selbstgerechtigkeit. Bei Gott, die Papisten würden darüber in Hohngelächter ausbrechen und ihre Freude haben. Und ihre Untertanen! Wie verärgert würden sie darauf reagieren, von ihr mit ihrer Jungfräulichkeit zum Narren gehalten worden zu sein. Sie hatten sie deswegen verehrt und geliebt. Sie hatten ihr zugejubelt, als sie proklamiert hatte, daß sie, wie eine Nonne mit Jesus Christus, mit ihrem Königreich vermählt sei. Und nun stellte es sich heraus, daß sie nicht besser war als eine Dirne aus den Hurenhäusern der South Bank, diesem Elendsviertel mit seinen Fischgarküchen.

Welchen Weg die Sache auch immer nehmen würde, mit ihr war es aus. Sie zweifelte an vielen Dingen, auch wenn sie ihre Zweifel hervorragend hinter dem Nebelschleier von

Wortgewandtheit und Scharfsinn verstecken konnte. Aber hier gab es keinerlei Zweifel. Unter der Herrschaft dieser naiven, bigotten Puritaner würde das Staatsvermögen sinnlos dafür verschwendet werden, die Niederlande zu unterstützen. Und wenn König Philipp seine Flotte sandte, hätten sie weder das Geld noch die Soldaten, um ihm entgegenzutreten.

Und vom Jahre unseres Herrn 1590 an wird König Philipp in dem sitzen, was von London übriggeblieben ist. Und England wird wieder katholisch sein, dachte sie düster. Immerhin werde ich dann wenigstens tot sein, aber beim Blute Christi, es wird der Zusammenbruch von allem und der Ruin meines Volkes sein...

Sie empfand Mitleid mit den gemeinen Soldaten, die im sinnlosen Kampf mit den erfahrenen spanischen Truppen ihr Leben lassen würden. Und dann wallte in ihr auch das Selbstmitleid auf und trieb ihr die Tränen in die Augen.

Doch sie biß sich auf ihre Lippen und schluckte das alles hastig hinunter. Leg dich nicht fest, gewinne Zeit und sieh, was du tun kannst, sagte sie zu sich selbst, vielleicht gibt es ja einen Weg... Welchen? Sie hatte keine Ahnung, nur war die Zeit immer ihr Freund gewesen. Sie hatte so viele Schlachten allein dadurch gewonnen, daß sie sich weigerte, etwas zu tun oder sich auf eine der beiden Seiten zu schlagen. Immer hatte sie sich nur dann zu einer Entscheidung durchgerungen, wenn sie dazu gezwungen wurde und sich ihre Wahl nur noch auf zwei Möglichkeiten beschränkt hatte. Die Zeit wird auch diesmal mein Freund sein, dachte sie.

Sie würde nichts zugeben. Sie wartete, bis sie wieder ruhig sprechen konnte und die verräterische Flut ihrer Tränen gesunken war. Und Davison wartete mit ihr, selbstgefällig und seines Druckmittels sicher, war er doch überzeugt, die Welt bewegen zu können.

»Nun?« sagte sie hochmütig, um ihn auf diese Weise zu zwingen, seinen Preis zu nennen.

»Die Königin von Schottland, Eure Majestät«, murmelte Davison selbstzufrieden und erwartungsgemäß. »Wann soll ich Euch das Urteil über ihre Hinrichtung bringen?«

So begann es also. Als erstes würden sie das Tor zur Zitadelle zerstören, um dann ihre religiösen Freunde in den Niederlanden besser mit Truppen versorgen zu können. Ausgezeichnet. Sie würde sich mit dem Leben ihrer Cousine Zeit erkaufen.

»Bringt es mir mit meinen übrigen Papieren.«

»Dann werden Eure Majestät es unterzeichnen?«

»Ich werde entscheiden, was zu tun ist, wenn Ihr es mir bringt«, schrie sie ihn fast an. »Hinaus!«

Sie nahm den Becher neben sich, als wollte sie ihn ihm nachwerfen, doch überlegte sie dann, daß es besser sei, dies nicht zu tun. Wenn Davison plante, ihr heimlicher Herr und Meister zu sein, wollte sie viel eingeschüchterter wirken, als sie tatsächlich war. Sollte er sie doch weiter unterschätzen.

Davison erhob sich und entfernte sich rückwärts und mit vielen Verbeugungen aus dem Raum, während sie den gewürzten Wein bis zur Neige austrank. Seine Wärme machte auf die krankhafte Unruhe in ihrem Innern jedoch nicht den geringsten Eindruck.

Drury steckte den Kopf zur Tür hinein.

»Eure Majestät, werdet Ihr...«

Mit einem unartikulierten Wutschrei warf sie ihm den Becher direkt an den Kopf. Er prallte gegen seinen Schädel und fiel zu Boden, während er jaulend die betroffene Stelle betastete, um dann wieder hinter der Tür zu verschwinden.

Sie erhob sich, marschierte aufgebracht an den Stühlen vorbei, die um den Ratstisch standen, und dann wieder zurück zum Thron. Der silberne Becher lag eingedellt vor ihr. Sie gab ihm einen Tritt, und zu ihrer Zufriedenheit knallte er geräuschvoll gegen die Türfüllung.

»Bastard. Bastard von einem Puritaner.«

Als sich die Tür öffnete und Davison wieder erschien, hatte

467

sie sorgfältig die Tränen getrocknet, die ihr aufstiegen, während sie sich die Folgen überlegte, die diese Geschichte wohl hätte. Doch dann tupfte sie ihre Tränen sorgfältig mit einer Ecke ihres Taschentuchs ab, um die Farbe in ihrem Gesicht nicht zu verwischen. Sie stand am Fenster und blickte auf das Pflaster des Predigerplatzes hinaus.

Sie wandte sich um, als er hereintrat und sich mit übertriebener, fast schon ironischer Ehrerbietung vor ihr verneigte. Dann legte er ein Bündel von Papieren auf den Tisch und stellte auch eine Auswahl von Federn, ein Tintenfaß und eine Streusandbüchse bereit.

Grimmig, doch ruhig kam sie zu ihm und setzte sich. Er rückte den Stuhl für sie zurecht. Sie dankte ihm nicht. Sie nahm die Papiere. Die meisten davon betrafen öffentliche Anordnungen für die Vorbereitung von Sir Philip Sidneys Begräbnis, andere waren für einige untergeordnete Ämter vorgesehen, und ein Papier regelte die Lebensmittellieferungen nach Cornwall. Und inmitten von all dem lag auch das Urteil zur Hinrichtung von Maria Stuart, der früheren Königin von Schottland.

Ihre Feder sog die Tropfen aus dem Tintenfaß auf, und sie begann, die komplizierten Schnörkel zu malen, formte sie hierhin und dahin und schrieb die Buchstaben so sorgfältig, als sei es eine Übung gegen die Auflösung in ihrem Innern. Sie konnte hören, wie Davison neben ihr durch den Mund atmete, aufgeregt, ungeduldig und nervös. Da war es, als drittes Papier. Nein, sie würde ihrer Hand nicht erlauben zu zittern. Sie war dabei, ihre Cousine zu töten und eine gesalbte Königin hinrichten zu lassen, anstatt der vernünftigen Tradition zu folgen und sie ermorden zu lassen. Mit dieser formalen gesetzeskonformen Entfernung eines gekrönten Hauptes durch eine Axt wurden Türen und Tore geöffnet, das konnte ihr jeder Idiot bestätigen, der etwas von Geschichte verstand. Wen würde man alles noch hinrichten lassen, wenn es schon bei einer Monarchin möglich war? Vielleicht würde schließlich auch sie wegen ihrer Verbrechen der Unzucht und Abtreibung hingerichtet werden. Warum nicht?

Die Feder bewegte sich ständig weiter und zog automatisch die Bögen. Ich habe schon vorher getötet, dachte die Königin, sicher habe ich als Bevollmächtigte der Krone schon viele Male getötet, durch meine Unterschrift unter Hinrichtungsurteile oder dadurch, daß ich die Männer in den Krieg schickte. Die Hand jedes Monarchen tropft nur so von Blut, aber da wir gesalbt sind, wird uns Gott diese Sünden vergeben. Dies ist kein so übler Tod, den ich da über sie verhänge: Sie kann zu einer Märtyrerin werden, so daß ihre früheren Sünden getilgt sind. Auch ist es wirklich nicht schlecht, durch das Beil zu sterben, man ist vorgewarnt und kann vorher noch all seine Angelegenheiten in Ordnung bringen. Aber natürlich ist da die Angst ...

Sie hatte ihre Mutter nicht sterben sehen, da sie damals einfach noch nicht alt genug gewesen war, um von dem Unglück etwas mitzubekommen, außer Geflüster, den Blicken und dem ständigen Gerede. Doch war ihr Verstand durchaus in der Lage, sich die Dinge vorzustellen, auch wenn sie selbst nichts davon gesehen hatte. Und so hatte sie das Bild von dem Rasen beim Tower und dem Mann mit dem Beil, der den Hals ihrer Mutter zerhackte, viele Male, bevor sie Königin wurde, aus dem Schlaf gerissen. Schließlich glaubte sie als regierende Königin, daß sie vor diesen Dingen sicher sei. Aber das war nun nicht mehr so. Was sie Maria Stuart antaten, das konnten sie auch mit ihr machen. Sie konnte nur darum beten, daß die dummen, vorsichtigen Rechtsgelehrten in ihrem Rat das nicht bemerkten. Nun begann Davison unruhig hin und her zu rutschen, er schien nicht mehr fähig, die Spannung so lange zu ertragen, bis ihre Feder die zeremoniellen Bögen gezogen hatte.

»Die Zeit Eurer Majestät wird so häufig in Anspruch genommen«, murmelte er, während er ihr begierig zusah. »Es wäre sicher von Vorteil, darüber nachzudenken, ob man nicht

469

einen Stempel Eurer Unterschrift anfertigen lassen sollte, wie es der schottische König getan hat.«

Der pure Zorn brachte die Feder in ihrer Hand zum Erzittern. O ja, dachte sie, ein Stempel mit meiner Unterschrift, den Ihr, Mr. Davison, in Euren Händen haltet und dazu benutzt, Eure Feinde zu zerstören, ja, ich bin sicher, daß Ihr das wohl gerne hättet. Aber nur über meine Leiche, Mr. Davison. Das sagte sie allerdings nicht laut. Laß diesen ehrgeizigen Rüsselkäfer doch weiter in seinen Machtträumen schwelgen.

Schließlich war es vollbracht, alles vollkommen geformt, der triumphale Ausdruck der Macht ihres Namens. Davison stieß einen leisen Laut des Triumphes aus. Ruhig und fest blickte sie ihn an und tröstete sich mit der Vorstellung, wie er um Gnade winselte, während ihm der Henker den Bauch aufschlitzte und ihn kastrierte. Es war ein angenehmer Gedanke, doch war sie viel zu realistisch, als daß sie dachte, er könne jemals wahr werden. Genaugenommen hielt sie ihn nicht für einen Verräter, sondern für jemanden, der viel hintergründiger und gefährlicher war.

»Da habt Ihr es, Mr. Davison«, sagte sie. »Bringt es zu Mr. Walsingham. Ohne Zweifel wird ihn die Freude darüber schier umbringen.«

70

Lord Burghley wartete am Ende der Königlichen Galerie auf Davison und sah dabei durch die diamantförmigen Fenster auf die anmutigen Linien des Holbein Gate hinaus. Er konnte sich wegen seiner Gicht wieder einmal nicht bewegen, hegte aber die Hoffnung, daß sich das durch das sommerliche Wetter wieder bessern würde.

Eine Tür fiel zu, und Burghley drehte sich um. Da kam Davison, ein außergewöhnlicher Anblick, mit einer Faust als Zeichen des Siegs hoch über seinem Kopf, während die andere ein Bündel mit Papieren umklammert hielt und seine Beine auf den Binsen eine rasche, wenn auch etwas schwerfällige Gigue tanzten.

Burghley lächelte bei dem Anblick, doch wurde er sogleich wieder ernst. Es wäre nicht ratsam, über den Mann zu lachen, der so glücklich war. Mit schnellen Schritten und leuchtendem Gesicht kam Davison auf ihn zu.

»Nun?« fragte Burghley.

»*Habeo*«, sagte Davison. »Ich habe es. Seht nur.«

Er streckte ihm eines der Schriftstücke entgegen, das bis auf die achtunggebietenden, schwungvollen Schnörkel in Schrägschrift am unteren Ende in der formellen Handschrift eines Sekretärs abgefaßt war. Es befahl die Hinrichtung einer Königin.

»Gott sei Dank«, sagte Burghley inbrünstig. »Ihr habt es geschafft. Mr. Davison, Ihr seid ein Wunder. Meine Glückwünsche, ein gelungener Streich, ein wahrhaft gelungener Streich.« Er klopfte Davison auf den Rücken, und dieser akzeptierte zum ersten Mal in seinem Leben diese Vertraulichkeit, ohne dagegen zu rebellieren. Dann, als ob er sich daran erinnerte, wer er war und, vor allem, wo sie waren, hustete Burghley und hielt inne.

»Wir müssen die Sache sofort in Gang setzen«, sagte er. »Gott weiß, wie bald Ihre Majestät Ihre Meinung wieder ändert.«

»Diesmal, so denke ich, wird sie es nicht tun.«

»Vielleicht. Doch sie vermag es durchaus. Ihr kennt sie nicht, wie ich sie kenne, Mr. Davison. Für meinen Rücken war sie ein echtes Kreuz. Wie habt Ihr es angestellt? Und wie sie überredet, daß...«

»Ich brachte ihr die besseren Argumente vor, und zum Schluß fügte sie sich, wie das alle Frauen tun müssen«, antwortete Davison salbungsvoll.

»Ganz recht, ganz recht«, sagte Burghley. »Und welche Argumente waren das?«

471

»Vergebt mir«, sagte Davison. »Ich möchte sie wirklich nicht noch einmal anführen, meine Stimme ist noch immer heiser davon.«

»Hm«, meinte Burghley und wunderte sich ein wenig. Er hatte keines dieser dramatischen Geräusche vernommen, die er von der Königin zu hören erwartet hatte, wenn sie jemand dazu überredete, etwas gegen ihren Willen zu tun. Er hatte nur gesehen, wie sich Drury mit Blut am Kopf verabschiedet hatte, weil sie etwas nach ihm geworfen hatte. Davison selbst aber schien völlig unversehrt, nirgendwo war an ihm auch nur ein Tropfen Tinte zu sehen.

Aber gut. Es war vollbracht. Sie hatten das Urteil und konnten nun endlich die Schlange vernichten.

»Ich werde sofort Beale hinschicken. Außerdem müssen wir unverzüglich nach Seething Lane, um uns mit Sir Francis zu beraten«, sagte er. »Er wird entzückt sein. Wahrhaftig, Mr. Davison, Ihr seid eine wertvolle Ergänzung der Ratgeberschar Ihrer Majestät. Jeder, der sie zu einer Entscheidung überreden kann, dazu, sich nur irgendwie zu entscheiden, und schon gar, wenn es so eine wichtige Entscheidung ist wie diese hier, ist Goldes wert. Ich glaube, daß Sir Francis einen Mann gefunden hat, der bereit ist, das Amt des Henkers zu übernehmen. Und wenn wir die Sache rasch vorantreiben, können wir die Natter vielleicht schon nächste Woche tot sehen.«

»Nicht früher?«

»Sicherlich auch früher, wenn wir es schaffen. Aber inzwischen hat das Tauwetter eingesetzt, und die Straßen nach Fotheringhay sind sehr schlecht. Ich bezweifle, daß irgend jemand den Weg in weniger als zwei Tagen zurücklegen kann, auch wenn er wie der Wind reitet. Es liegt weitab von der Route der gewöhnlichen Kuriere und ist sehr isoliert. Ja, sicher, wir können Beale schicken, und vielleicht können Shrewsbury und Kent als Zeugen mit ihm reiten. Auch müssen die örtlichen Adeligen in Alarmbereitschaft versetzt werden, so daß sie es ebenfalls bezeugen. Und vielleicht möchtet auch Ihr mit in den Norden kommen. Gut, gut, Ihr habt sie also überredet ... Nie hätte ich das gedacht. Ich habe bei mir gedacht, daß sie die Absicht hegte, so lange zu warten, bis diese Frau eines natürlichen Todes stürbe.«

Davison zeigte ein affektiertes Lächeln, als sie zurück zur Königlichen Galerie gingen und dann abbogen, um durch die Königliche Ratskammer die Gemächer der Königin zu verlassen.

71

Mit den Wolken, die von Westen kamen, wurde das Wetter wärmer. Sicher, noch nicht richtig warm, tatsächlich schien es wegen des Regens, als wäre es sogar noch kälter. Aber die strenge Herrschaft des Frostes über London war gebrochen. Thomasina und Becket waren die letzten, die trockenen Fußes über die Themse gehen konnten, wobei sie geschickt und schnell hin und her springen mußten, da das Eis unter ihnen bereits zu ächzen und zu springen begann. Keiner von ihnen sprach, während sie über den Fluß liefen, denn sie mußten sich voll darauf konzentrieren, auf den Beinen zu bleiben. Auch wollten sie sich nicht gegenseitig auf den Lärm der Jäger und Hunde aufmerksam machen, der aus Richtung South Wark kam. Dort spielte Simon Ames seine Rolle als Lockvogel. Es ist schwer, den Geräuschen einer Jagd zu widerstehen. Wie sie gehofft hatten, waren die Soldaten, die sich daran gemacht hatten, den Weg über die Themse vor ihnen abzuriegeln, aufgeregt die Stufen hinaufgerannt und stürzten Richtung Süden in die Sümpfe von Lambeth. Sie hofften, wohl noch rechtzeitig zur Ermordung an Ort und Stelle zu sein. So lag innerhalb weniger Minuten das Ufer leer vor ihnen, und sie liefen die Treppen hinab. Zärtlich streckte Becket die Hände aus und ergriff die ihren, um sie zu beruhigen. Dann hüstelte er und geriet aus der Fassung, als er sich daran erinnerte, daß sie ja in Wirklichkeit kein Kind mehr war.

»Habt Ihr Kinder, Mr. Becket?« fragte sie ihn, als sie die Treppe nach Whitefriars hoch liefen.

»Soweit ich weiß nur eins.«

Seine vorsichtige Antwort brachte sie zum Lachen. »Nicht verheiratet?«

Aus Beckets Stimme war der Kummer deutlich zu hören. »Nein.«

»Und die Mutter Eures Kindes?«

»Ist mit einem anderen verheiratet, der sie besser versorgen kann.«

»Tut mir leid, das zu hören.«

»Nun, ich bin keine besonders gute Partie, wie Eliza mir erklärt hat. Und der Mann, der ihr einen Heiratsantrag machte, war ein reicher Kaufmann, der noch dazu ein Steinleiden hat. Sicher hat der ihr nicht so viel Kummer bereitet wie ich.«

»Ah«, erwiderte Thomasina weise und nickte. Sie gingen, fast wie alte Freunde, zusammen die Temple Lane entlang, hinten an den Kreuzgängen des alten Dominikanerklosters vorbei und dann durch das kleine Tor, das in den Hof hinter Crocket's Lane führte. Dort verließ Becket Thomasina, um sich bei den Abtritten zu verstecken, während sie leise die Treppen emporstieg, um zu prüfen, ob irgendwelche Spürhunde und Agenten zu sehen waren. Ein paar Augenblicke später kam sie wieder herunter, lächelte ihn an, und sie stiegen gemeinsam die Treppe zu Pater Harts Wohnung hinauf.

Becket zog einen Schlüssel hervor und öffnete die Tür. Sie gingen hinein. Thomasina drehte sich zu ihm um und blickte ihn aufmerksam an.

»Was wolltet Ihr mir erzählen?«

Becket goß sich ein wenig Branntwein ein, warf dann einen Blick auf sie und goß ihr ebenfalls ein. Sie nahm mit einem dankbaren Lächeln an.

474

»Wie lange sollen wir hier auf Pater Hart warten?« fragte sie.

»Überhaupt nicht«, sagte Becket, seufzte und brachte mit seinem Körpergewicht einen Stuhl zum Knarren. »Ich wollte mit Euch nur unter vier Augen sprechen.«

Thomasina kletterte auf das Bett, setzte sich mit überkreuzten Beinen darauf und nahm von Zeit zu Zeit einen Schluck.

»Mistress Thomasina«, sagte er und holte so tief Luft, daß klar war, darauf konnten, wenn auch widerwillig, nur schlechte Nachrichten folgen. »Mistress Thomasina... es tut mir leid, aber ich habe Ames bei der Mühle angelogen.«

»Oh?«

»Während des Kampfes beim Falcon bin ich sicher, gesehen zu haben, wie Pater Hart eine Hellebarde in den Rücken bekam. Sicher ist, daß Davison ihn und das Buch vom Einhorn hat.«

Sie ließ fast den kleinen Becher aus Horn fallen, dann legte sie ihr Gesicht in die freie Hand und jammerte. »O nein.«

»Wartet, Mistress, so schlimm ist das nicht...«

»Doch, es ist schlimm, Mr. Becket, es ist schlimm. Meine arme Herrin, meine arme Herrin... Wenn es wahr ist, daß das darin steht, was Ihr sagtet... Mein Gott, sie werden sie ans Kreuz nageln.«

»Wartet... Hört mich an.«

Weinend wiegte sie sich hin und her. »Sie werden sie von ihrem Thron stoßen, wie sie es mit der schottischen Königin getan haben... Oh, mein Gott, was wird sie nur zu mir sagen?«

»Mistress Thomasina«, rief Becket, der viel zu müde war, um geduldig zuzuhören, »benehmt Euch wie eine Erwachsene und hört mir zu.«

Thomasinas Kopf fuhr hoch, und sie starrte auf ihn. Niemand hatte je vorher so mit ihr gesprochen.

»Also«, fuhr Becket ruhig fort und goß sich noch Branntwein ein, »es ist wahr, daß Davison das Buch vom Einhorn hat. Jedoch haben wir es nicht gekauft, ohne zuvor einen Blick hineinzuwerfen. Als wir es zum ersten Mal sahen, waren der letzte Wille und die Beichte der Königin noch drin. Beim nächsten Mal, nach unserem Kauf, sah ich es wieder durch, und da waren diese beiden Seiten herausgeschnitten.«

Thomasinas Mund fiel herab. »Ihr meint...?«

Becket lächelte zynisch. »Ja, Mistress, die alte Hexe hat uns betrogen. Sie besitzt noch immer das Testament und die Beichte der Königin. Es gefiel mir, daß Pater Hart zwar das Buch besaß, aber nicht die Beichte, also ließ ich nichts darüber verlauten und ihn glauben, daß alles vollständig wäre.«

»Ja dann...«, lachte Thomasina befreit, »ist das, was Davison hat, bloß ein Buch mit Empfehlungen für den...«

»Den Zustand der Jungfräulichkeit, ja«, lachte auch Becket. »Ich denke, daß er das alles äußerst erbaulich finden wird. Aber die Beichte der Königin in bezug auf Unzucht, Unkeuschheit und Abtreibung, die hat er nicht in Händen.«

Thomasina lehnte sich nach vorn und berührte seinen Arm. »Sprecht kein so hartes Urteil über sie«, sagte sie leise, da sie den Tadel aus Beckets Stimme herausgehört hatte. »Natürlich hat sie gesündigt, aber ich denke, daß sie auch seit damals dafür bezahlt hat.«

Becket bewegte seinen massigen Körper auf dem Stuhl. »Ich sage nichts dazu«, knurrte er. »Gott weiß, daß ich niemand bin, der sich über eine Todsünde ein Urteil erlaubt.«

Thomasina trank ihren Becher aus und sprang vom Bett.

»Wo wollt Ihr hin, Mistress?«

»Zurück zum Falcon, um dort die Hexe zu finden.«

Becket schüttelte den Kopf. »Die ist längst weg. Ich habe nach ihr gesucht, mit der Ausrede, daß ich zu den Abtritten muß. Nachdem sie das Geld hatte, muß sie sich sofort verdrückt haben. Und die herausgeschnittenen Seiten hat sie mitgenommen.«

Tiefste Bestürzung ließ Thomasina wieder auf das Bett sinken. »Warum, in Gottes Namen, habe ich bloß nicht... Jetzt müssen wir noch einmal von vorn anfangen.«

Becket nickte trübsinnig. »Wir müssen unter all den alten Frauen von London eine bestimmte finden.«

»Aber – aber wo sollen wir anfangen?«

Becket zuckte mit den Schultern und trank noch einen Schluck Branntwein. »Gott weiß es, Mistress, doch ich denke, wir sollten ein wenig warten.«

»Warum?«

»Davison wird wissen, daß die wichtigen Seiten fehlen. Also wird er ebenfalls nach ihr suchen lassen.«

»Dann müssen wir schneller sein, bevor er sie entdeckt.«

Becket schüttelte den Kopf. »Nein«, sagte er, »denn seine Agenten werden alles tun, was in ihrer Macht steht, und ganz London auseinandernehmen, um sie zu finden. Und uns auch. Das weiß sie auch. Verlaßt Euch darauf, sie wird irgendwo im Untergrund verschwinden und das Falcon wie die Pest meiden. Sie wird sich von all ihren Lieblingsplätzen fernhalten und verstecken. Warten, bis Davisons Suche vorüber ist, erst dann wird sie wieder zum Vorschein kommen, um ihr Geld auszugeben. Und dann können wir sie vielleicht erwischen.«

»Was ist, wenn Davison sie zuerst findet?«

»Ich bezweifle, daß ihm das gelingt. Eine alte Frau in London? Nein. Und selbst, wenn er es schaffen sollte, was können wir tun?«

Thomasina nickte und stellte den Becher aus Horn auf den Boden. »Nun, ich kann sicher etwas dagegen tun«, sagte sie. »Ich denke, daß es an der Zeit ist, daß ich mit der Königin spreche. Wenn sie erst weiß, daß Davison zwar das Buch, aber nicht ihre Beichte besitzt, kann sie selbst Schritte unternehmen. Werdet Ihr hierbleiben?«

»Nein«, sagte Becket erschöpft und rieb sich die Augen. »Pater Hart wird Davison sicher sagen, wo sein Schlupfwinkel ist. Wenn er es nicht bereits getan hat. Tatsächlich sollten wir schleunigst von hier fort, bevor seine Bluthunde kommen und die Wohnung durchsuchen.«

»In der Kiste, die Ames aufgebrochen hat, ist Gold.«

Becket grinste. »Ausgezeichnet.« Er öffnete sie, nahm die Beutel heraus und versteckte sie unter seinem Hemd. »Wenn sich die Aufregung gelegt hat, werde ich die Hexe finden«, sagte er.

»Wieso könnt Ihr es, obwohl Davison es nicht kann?«

»Weil ich wahrscheinlich weiß, wo alte Hexen wie sie hingehen, um ihr unrechtmäßig erworbenes Gold zu versaufen.«

»Wie kann ich mit Euch in Kontakt treten?« fragte Thomasina.

»Wenn Ihr mit der Königin sprecht«, sagte Becket und fiel ihr dabei ins Wort, »besteht darauf, daß sie Ames findet und ihn aus welchem Kerker auch immer, in den ihn Davison werfen läßt, wieder herausholt. Ich denke, daß er eine peinliche Befragung nicht überleben würde.«

»Nein, sicher nicht. Das werde ich tun. Doch wie können wir uns gegenseitig Botschaften übermitteln?«

»Kennt Ihr Dr. Nuñez?«

»Ja.«

»Über ihn also. Er ist vertrauenswürdig und Simons Onkel.«

»Wenn Ihr mich finden wollt, müßt Ihr den Majordomus des Grafen von Leicester fragen, einen Mr. Benson.«

»Er wird mich hinauswerfen lassen, wenn ich es wage, den Haushalt eines Lords zu stören.«

»Mmm.« Sie ging zu Harts Kiste, holte Papier, Feder und Tinte heraus und schrieb rasch ein paar Zeilen. Trotz all seiner Not, wieder den schwarzen Berg der Angst in seinem Herzen spüren zu müssen, verbarg Becket ein halbes Lächeln beim Anblick dieses kindlichen Kopfes, der in dieser schlampigen Haube steckte und sich über das Papier beugte, während die Schrift einer Frau aus der Feder floß. Doch nahm er das Papier ohne jeden unbotmäßigen Kommentar an sich. Es war eine

Art Empfehlungsschreiben, das stolz mit Thomasina de Paris, *muliercula*, die Närrin der Königin, unterschrieben war.

»Ihr seid also Französin?« fragte er und zeigte auf den Namen.

Thomasina lachte. »Nein, Paris von Paris Garden. Ich war dort eine der Akrobaten, bevor ich zur Königin kam.«

»Und Euer Glück machtet.«

»Gewiß«, sagte sie und streckte stolz ihr Kinn vor. »Die Königin war mir eine überaus freundliche und liebevolle Herrin.«

»Ist es wahr, daß sie Sachen nach den Höflingen wirft, wenn die sie verärgern?«

Thomasina grinste schelmisch. »Natürlich. Ich habe selbst gesehen, wie ein Tintenfaß am Kopf von Lord Burghley gelandet ist.«

Becket schüttelte überrascht den Kopf. »Sidney hat mir erzählt, daß sie das täte, aber ich habe ihm nicht geglaubt. Aber gut. Wir sollten nun wohl besser gehen.«

Sie stiegen die Treppen hinunter und steuerten durch die Crocker's Lane auf das morgendliche Gewühl in der Fleet Street zu.

»Lebt wohl, Mistress Thomasina«, sagte Becket.

Fröhlich nickend sprang sie auf die Straße, dann drehte sie sich noch einmal zu ihm um und winkte ihm ernst mit der Hand zu. Er verbeugte sich vor ihr, als sei sie eine der großen Damen des Hofes. Das bewegte ihr Herz, und so sagte sie impulsiv: »Mr. Becket, die Königin wird niemals Eure Treue und Zuverlässigkeit in dieser Sache vergessen. Ich bin sicher, daß Ihr belohnt werdet.«

»Nein, Mistress«, sagte Becket übermüdet. »Ich denke, Ihr verkennt Ihre Majestät. Bei dem, was ich weiß, denke ich, daß sie mir niemals vergeben wird.«

Thomasina biß sich auf die Lippen, weil sie wußte, daß er die Wahrheit sprach, und so eilte sie die Fleet Street hinunter zu Leicesters Palast am Strand. Becket straffte seine

Schultern, drehte sich um und ging einen anderen Weg, der an der City und den Goldschmieden vorbei nach Cheapside führte, wobei sein breiter Rücken aus lauter Angst vor Davisons Agenten kribbelte.

72

Nun bedenkt nur, wie die Geschicke von Menschen und sogar Prinzen durch ein winziges Ereignis auf einmal in eine andere Richtung gehen. Ihr seid davon überzeugt, die Herren Eures Schicksals zu sein, und zu einem gewissen Teil seid Ihr das ja auch. Aber zu keiner Zeit sind Eure Pläne beständiger als ein Boot aus einer Walnußschale mit einem Segel aus Papier und einem Mast aus einem Zahnstocher, das in der Dünung des Ozeans hin und her geworfen wird.

Der Graf von Leicester ist ein mächtiger Herr, der in seinem Palast am Strand über Hunderte von Dienern gebietet. Und dem Mann, der für sie alle verantwortlich ist, dem Majordomus, wurde Thomasina in ihrer neuen Verkleidung als Bettlermädchen vorgestellt. Armer Mr. Benson! Da er in der Nacht, in der Ames und Becket aus dem Fleetgefängnis ausgebrochen waren, zu tief ins Glas geschaut hatte, fiel er drei Treppen hinunter, brach sich das Bein und verletzte sich den Kopf. Als Thomasina die Fleet Street durch Temple Bar zum Strand hinunterlief, lag die Verantwortung für Leicesters Haushalt in der Hand eines plumpen, wenn auch sehr tüchtigen Menschen, dem Stellvertreter des Majordomus, der sie niemals zuvor gesehen hatte. Darüber hinaus war das ganze Haus in hellem Aufruhr.

»Nein«, schnauzte der Koch das vermeintliche Kind an, das mit vor Zorn blitzenden Augen an der Küchentür stand. »Ich werde Mr. Benson nicht stören, ganz sicher werde ich das nicht tun. Wie kannst du es wagen, du Winzling. Verschwinde.«

»Ich habe eine sehr wichtige Botschaft für ihn«, beharrte das Bettlermädchen. »Ich muß ihn sehen.«

»Du kannst Mr. Howard sehen und Ruhe geben. Das ist mehr, als du wert bist.«

»Nein«, sagte das Bettlermädchen, »ich möchte nicht Mr. Howard sehen, ich möchte zu Mr. Benson.«

Der Koch stieß sie von der Türe weg und hob einen Korb mit verschrumpeltem Suppengemüse in die Höhe. »Sam, komm her und schäl das. Außerdem brauche ich zwei Pfund Brotkrumen und das Schweineschmalz aus dem grünen Topf.«

»Es ist außerordentlich dringend, daß ich Mr. Benson sehe«, wiederholte das kleine Bettlermädchen mit hoher, eindringlicher Stimme. »Es betrifft Ihre Majestät, die Königin, und ist sehr, sehr wichtig…«

»Wichtig für dich, damit du einen Platz auf dem Silbertablett bekommst«, spottete der Koch. »Ich kenne die Leute deiner Art. Hinaus!«

»Nein, du Narr!« schrie das Bettlermädchen. »Ich habe eine Botschaft für Mr. Benson, er kennt mich!«

Mit großen Schritten marschierte der Koch zu ihr hin und schlug sie so hart auf ihr Ohr, daß sie in den Haufen mit Feuerholz flog. Dann schleuderte er ihr einen altbackenen, kleinen Brotlaib hinterher. »Da hast du etwas zum Essen, du kleine Hexe, und nun verschwinde.«

Dummerweise drehte ihr der Koch den Rücken zu, so daß sein Hinterkopf von dem klug zerteilten Brot getroffen wurde. Das Bettlermädchen kam wieder auf die Füße, ihr Gesicht war rot vor Zorn. »Wie könnt Ihr es wagen?« schrie sie. »Wie könnt Ihr es wagen, mich anzurühren? Ich muß Mr. Benson sehen.«

Der Koch ergriff sie an ihrer zerlumpten Jacke und schleuderte sie durch die Küchentür, so daß sie auf dem Abfallhaufen landete.

»Wenn du noch mal zurückkommst, verprügle ich dich. Geh und bettel woanders.«

481

Einige Stunden später kam die Frau, die für die Vorratskammer des Grafen von Leicester verantwortlich war, mit einem heißen Milchpunsch in Mr. Bensons Krankenzimmer und fand dort ein Bettlermädchen vor, das gerade völlig außer Atem über das Fensterbrett hereinkletterte. Sie stank nach Gemüseabfällen und tierischen Eingeweiden und war von den Zweigen des Spaliers, das sie an der Seite des Hauses hinaufgeklettert war, vollkommen zerkratzt.

Die Frau wußte, was mit Dieben zu tun war. Geschickt ergriff sie das Kind, nachdem es ein paar Mal laut schreiend durch die Kammer gesaust war, drehte ihm den Arm auf den Rücken und brachte es zu Mr. Howard. Glücklicherweise war Mr. Benson zu sehr mit Laudanum vollgepumpt, als daß er von dem Lärm aufgewacht wäre.

»Sie versuchte, etwas aus Mr. Bensons Kammer zu stehlen«, berichtete die Frau, »aber ich habe sie dabei erwischt.«

Das Gesicht des Bettlerkindes war vor Wut verzerrt, während sie sich in dem mütterlichen Griff der Frau wand. »Ich bin kein Kind«, zischte sie. »Ich habe eine Botschaft für Mr. Benson. Er kennt mich.«

»Zweifellos«, erwiderte Mr. Howard und betrachtete sie voller Ekel.

»Werdet Ihr die Gendarmen holen?« fragte die Frau.

»Nein«, sagte Mr. Howard. »Ich habe viel zuviel zu tun, um das alles über mich ergehen zu lassen. Außerdem arbeitet das Kind sicher für einen ehrenwerten Mann, dem sie alles, was sie stiehlt, bringen muß. Ich denke, sie wird hungrig sein.«

»Sie sieht ziemlich drall aus.«

»Hört mich an! Ich sage Euch doch, ich habe eine wichtige Botschaft mitzuteilen.«

»Nein, Kind, jetzt wirst du mir zuhören. Es ist sehr schlimm, in die Schlafzimmer von Männern einzusteigen und dort ihre Habe zu stehlen, vor allem, wenn sie mit einem gebrochenen Bein im Bett liegen. Gott sieht alles, was du tust, und weiß, wann du sündigst. Und stehlen ist eine

Sünde. Wir sind hier christliche Leute, doch werden wir dich nicht den Ordnungshütern übergeben, wenn du uns den Namen dieses rechtschaffenen Mannes nennst, der dein Herr ist.

»Es gibt keinen solchen Mann, du fetter Schwachkopf. Ich bin auch kein Kind, verdammt noch mal, ich bin die *muliercula* der Königin...«

Die Frau, die für die Vorratskammer zuständig war, gab ihr eine schallende Ohrfeige. »Wie wagst du es, Mr. Howard zu beschimpfen, wenn er so nett zu dir ist, du böses Mädchen?« keifte sie.

»Laßt mich Mylord von Leicester sehen, der kennt mich auch.«

Beide lachten über die Verblendung dieses Kindes. »Mylord ist ein sehr großer Mann«, sagte Mr. Howard. »Und da er ein sehr wohltätiger Edelmann ist, hat er dir vielleicht irgendwann einmal etwas Geld auf der Straße zugesteckt, was jedoch nicht bedeutet, daß er dich kennt. Jetzt erzähl uns, wer dir befahl, hier aus dem Haus zu stehlen?«

»Ich habe nicht gestohlen. Ich habe versucht, eine Botschaft auszurichten.«

»Und wie lautet diese Botschaft?«

»Mir Zugang zu diesem Haus zu gewähren, so daß ich mich umziehen und dann meine Kutsche besteigen kann, auf daß ich zum Hof zurückkehre, um dort mit meiner Herrin, der Königin, zu sprechen.«

Mr. Howard wechselte einen Blick mit der Frau von der Vorratskammer, und beide schüttelten die Köpfe. Das kleine Mädchen redete wirklich wie im Fieber.

»Kind«, sagte Mr. Howard durchaus nicht unfreundlich, »du solltest deiner Sünde des versuchten Diebstahls nicht noch eine weitere hinzufügen, nämlich die Sünde der Lüge. Also, komm jetzt, Kleine, gib deinen Fehler zu, und wir werden dir vielleicht sogar einen Penny geben.«

Nun zerfetzte das Gebrüll dieses Kindes seine Ohren,

was ihn wirklich empörte. Niemand hatte ihm jemals zuvor vorgeschlagen, in solch einer Lage auch nur einen Penny herauszurücken. Und so sagte er über das Gebrüll hinweg zu der Frau von der Vorratskammer: »Sie ist in ihrer Bosheit überaus halsstarrig, aber dennoch werden wir ihr gegenüber freundlich bleiben. Züchtigt sie mit einer Birkenrute, damit sie lernt, sich sittlich zu bessern und Gottes Geboten zu folgen. Dann schließt Ihr sie über Nacht in den Holzschuppen, gebt ihr ein wenig zu essen und laßt sie anschließend wieder laufen. Wenn sie wiederkommt, werden wir sie den Ordnungshütern übergeben, die sehr viel unfreundlicher mit ihr umgehen werden.«

Der eisige Blick aus den Augen des Kindes, während die Frau von der Vorratskammer es wegzerrte, ließ ihn einen Augenblick lang zögern. Verstärkt wurde das noch durch ihre spitze Bemerkung zum Abschied, daß er sie noch auf Knien um Verzeihung bitten würde, wenn er dereinst seinen Posten verlöre und nie wieder einen neuen bekäme. Aber so viele Straßenkinder verfügen über eine höchst aggressive Reife, die weit über ihr tatsächliches Alter hinausgeht, da sie durch ihr unmoralisches Leben verdorben sind und sehr früh altern. Sicher hatte er niemals zuvor etwas so Hartnäckiges und Anmaßendes gesehen, da die meisten dieser Kinder geschickt genug waren, um schmeichlerisch ihre Unterwürfigkeit zu bekunden, damit sie, falls man sie schnappte, wieder freigelassen würden. Vielleicht war dieses Kind ja ebenso verrückt wie es bettelte – ja, vielleicht war seine Verrücktheit der Grund, warum es eine Bettlerin war. Tatsächlich bedauerte er es sogar mehr, als daß er es verdammte, und er vergab ihr ihre zotigen Worte und die Zeit, die er mit ihr verschwendet hatte.

73

Wo war inmitten all dieser Verwicklungen und Heldentaten meine Schwiegertochter geblieben? Wenn sie damals schon gewußt hätte, was ich wußte, hätte sie natürlich anders gehandelt, aber noch immer war sie in dem Gespinst der Wirklichkeit verfangen. Ihre Seele war noch immer nichts anderes als ein zertrümmertes Wrack, ihre alten Knochen schmerzten sie, und nach wie vor hatte sie steife, geschwollene Hände. Auch war ihr Gehirn noch immer völlig durcheinander und ihr Kopf voll von Tabakrauch und Branntweinschwaden.

Immerhin war ihr warm. Und Kälte war ihr bereits seit den frühesten Tagen im Nonnenkloster vertraut. Im Winter konnten die Zellen der Nonnen nicht ordentlich beheizt werden, und es wurde ihnen zur Pflicht gemacht, die Mühsal, am Morgen das Wasser in ihren Waschschüsseln vom Eis zu befreien, dem Ruhme Gottes und der Unterwerfung des Fleisches zu widmen. Was eine Menge Feuerholz sparte.

Sie dachte an den Raum mit den Spiegeln im Falcon, während sie am knisternden Feuer saß und über die Männer und ihr Gold nachdachte. Meinen Augen erschienen sie damals wie Kinder, und sie sah sie genauso. Große, laute, gefährliche Kinder. Das eine, das Pater Hart hieß, war klein und sehr hübsch, es hatte strahlende Augen, die alles zu wissen schienen. Das andere war ein ungeschlachter, großer und schwerer Kerl mit einem grübelnden Ausdruck im Gesicht und schwarzem, lockigem Haar, dessen Augen sie überhaupt nicht wahrnahmen. Wegen ihres alten, welken Fleisches ließ er sie wie jeder andere Mann völlig unbeachtet. Maria war weder ein Mann noch ein hübsches Mädchen, neben dem zu liegen er sich vorstellen konnte, also war sie gar nichts.

Ein Nichts zu sein ist sehr schmerzlich. Ich selbst war ebenfalls alt, obwohl das auf den Bildern, die ihr Menschen von mir gemalt habt, niemals zu sehen ist. Ich war in meinen mittleren Jahren, als ich meinen Sohn auf den Knien hielt und über das Gewicht seines Leichnams staunte, über die Häßlichkeit seines wächsernen Fleisches und den Geruch des Todes, der auf ihm lag. Und als der Säugling, der er einst war, und der Mann, der er wurde, zu einer Leiche verschmolzen, stach mir das wie ein Schwert mitten ins Herz. So geschieht es jeder Frau, die das Unglück hat, zu leben, um ihr Kind zu begraben. Das zeigten sie niemals. Alle Künstler malten oder schnitzten mich nur als junges Geschöpf, eben so, wie sie mich als Männer am liebsten sehen: schmal und schlank, mit sanftem Gesicht und jungfräulich. Sie zeigen niemals, daß ich um die Taille dicker wurde, wie es bei jeder Frau geschieht, daß mein Gesicht müde wurde und meine Hände hart. Denkt ihr etwa, sie ehren mich dadurch, daß sie mich als junge Frau mit diesem trägen Ausdruck im Gesicht darstellen? Nein, denn ich wurde zu etwas ganz anderem, das wohl weniger ergötzlich für einen Künstler war, aber doch weitaus achtbarer. Vielleicht sah ich so aus, wie sie mich nur einmal malten, damals, als ich mit Maria Magdalena in einem Garten stand und plötzlich voller Bestürzung den Gärtner erkannte.

Nach der Hetze dieser Zeit und den Flammen, die mit dem Wind vom Himmel kamen, wurde ich älter, wie alles Fleisch es wird, wenn es weiterlebt. Meine Haare ergrauten, meine Zähne lockerten sich und wurden gelb, bei jeder Wasserlache lauerte mir die Wahrheit auf, und der Ausdruck in den Gesichtern der Männer wurde zur Offenbarung. Doch meint ihr vielleicht, daß durch eine umgekehrte Alchimie meine inneren Gedanken ebenso alterten, wie der Raub der Zeit mein Gesicht verändert hatte? Nein, denn unsere inneren Gedanken entstammen der Seele, und die ist unsterblich und somit auch alterslos. Inmitten meiner Kämpfe mit Altersflecken und Falten war ich noch immer ein Mädchen, das über die abweisende Haltung der Männer erstaunt war, da sie mir doch einst ihren Tribut gezollt hatten. So war es auch bei Maria, und deshalb verachtete sie die Männer, die zu betrügen sie sich entschieden hatte.

Als sie ihr das Gold vorzählten, lachte Maria innerlich, denn in jeder einzelnen goldenen Krone und jedem Engel sah sie Fässer mit Branntwein aneinandergereiht, und sie sah die Mitgift für ihren kleinen Liebling Pentecost. Man würde sie mit einem Mann verheiraten können, der sie nicht über Gebühr schlug und sie aus dem Hurenhaus befreite, in das sie hineingeboren worden war. Würde ein solcher Mann sie haben wollen? Sicher würde er das, wenn die Mitgift groß genug wäre. Maria würde bei der Wahl sehr vorsichtig sein. Sie würde einen Mann für sie finden, der alt und krank genug wäre, so daß Pentecost bald zur Witwe wurde und fortan ihr Leben selbst bestimmen konnte.

Außerdem lachte sie, weil sie das Beste für sich behalten hatte. Als sie den Handel abschloß, hatte sie bei dem Gedanken, die Königin zugrundezurichten, keinerlei Skrupel verspürt —was hatte diese ketzerische Hexe schon jemals für sie getan?

Doch überlegte sie dann, und in ihrem Zorn über Pater Harts Weigerung, ihr die Absolution zu erteilen, kam Maria in ihrem benebelten Gehirn die Idee, ihn zweimal zahlen zu lassen. Daher verbarg sie, inmitten der vielen Spiegel, das Buch vom Einhorn zwischen den zerrissenen blauen und grünen Samtfetzen ihrer Röcke. Sie hatte ihren Daumennagel lang und scharf wachsen lassen, um damit die Taschen und Börsen besser entzweischneiden zu können, aber auch, um die Fruchtblase der Frauen damit zu öffnen. Es war nur die Arbeit einiger weniger Herzschläge, um mit ihrer scharfen Kralle zwischen den Seiten entlangzufahren und so die beiden letzten Blätter herauszutrennen. Die faltete sie dann und stopfte sie in die Tasche ihres Unterrocks. Dann band sie das Gold um ihre Hüften, gab den großen Jungen ihr Buch und eilte aus dem Zimmer. Sie lief die Treppe hinunter, aber wegen ihrer schlimmen Knie immer nur eine Stufe auf ein-

487

mal, den hinteren Gang entlang, dann auf den Hof, um sich so schnell, wie es ihre armen Beine zuließen, zu den Stufen von Paris Garden zu verdrücken.

Aber so einfach war es nun auch wieder nicht. An der Hintertür warteten ebenfalls Soldaten, die in Bewegung kamen, als Maria auftauchte. Sie erblickten sie im Licht der Laterne: vornüber gebeugt und häßlich und mit grauen Strähnen, die unter ihrer Haube zum Vorschein kamen; sie murmelte zahnlos vor sich hin und kicherte dabei. Hätten sie nur daran gedacht, sie aufzuhalten, wäre dies ein gewaltiger Nutzen für ihren Herrn, Mr. Davison, gewesen. Aber sie taten es nicht. Sie lagen auf der Lauer, um zwei Männer festzunehmen, mit denen sie vielleicht kämpfen mußten, und sie bereiteten sich seelisch darauf vor, das zu tun. Unsichtbar zu sein, unwichtiger als eine Laus, ist also nicht immer eine Last.

Gewöhnlich war es eine schwierige Angelegenheit, über die Themse zu kommen, aber dank des Eises konnte Maria ganz einfach von der Mole klettern und dann hinüberlaufen. Selbst dann war sie keine solche Närrin, einfach loszurennen, denn die Zeit zerstört deine Knochen ebenso wie dein Gesicht, und sie hatte Angst, sie könne sich dabei die Hüfte brechen.

Sie ging weder zu den Stufen von Whitefriars noch zu denen der City. Ich hatte mir zu der Zeit, als es ihr in den Sinn kam, das Testament und die Beichte der Königin zu behalten, einen Plan ausgedacht. Es war ein erschreckender Plan. Nun sah sie, in welchem Zustand das Eis auf der Themse war, es schien mürbe geworden zu sein und war an den Stellen, an denen es bereits dünn wurde, ziemlich dunkel. Es knackte und schwankte unter ihr. Sie ging so vorsichtig wie nur möglich, wobei sie wie ein Pony tänzelte, wenn sie es unter sich ächzen hörte. Als sie auf der anderen Seite im Schatten der Mauern angekommen war, ging sie nach links in Richtung Westen, vorbei an den Gärten der Häuser am Strand, in denen die vornehmen Herren lebten. Trotz all ihrer Furcht ließ ich sie auf dem Eis weitergehen, weil sie darauf keine Spu-

488

ren hinterlassen würde. Sie murmelte mir etwas zu und beklagte sich, als die Kälte durch die dünnen Sohlen ihrer kaputten Schuhe kroch und ihre nackten Füße und Knöchel starr vor Kälte werden ließ. Sie brauchte lange für diesen Weg. Als sie sich zwischendurch in einer der Buden vom Winterjahrmarkt versteckte, um ihre armen Knochen ein wenig auszuruhen und den letzten Rest aus ihrer Branntweinflasche zu trinken, mußte sie eingeschlafen sein. Als ich sie beim fernen Klang der Hunde wieder aufweckte, war sie vor Kälte fast steif und starr. Aber sie stand wieder auf und schlurfte weiter. Dabei sprach sie mit mir, da ich sie ermunterte. Und sie schlug sich mit ihren Armen gegen den Körper, um das träge dahinfließende Blut in ihren blauen Adern zu bewegen.

Sie fürchtete, daß es wegen ihr ein wildes Geschrei und Gezeter gäbe. Der schwere Mann, der sich selbst Strangways nannte, hatte nicht wie jemand ausgesehen, den man übers Ohr hauen konnte. Sie drückte sich nah an den Häuserwänden entlang, als sie sich keuchend an den Stufen von York und dem Hungerford House vorbeischlich, und sie fühlte wieder den brennenden Schmerz in ihrer Brust, der so oft kam, wenn sie die schweren Eimer schleppte. Und dann passierte sie die Brennöfen von Scotland Yard, wo die Männer bereits das Feuerholz zum Anheizen aufschichteten, bis sie schließlich Mrs. Twistes Wäscherei erreichte. Dort gab es eine Tür, die direkt zum Fluß hinführte, so daß man das Wasser unmittelbar aus der Themse schöpfen konnte, obwohl es auch Rohre gab, die zum Kanal von Whitehall führten. Diese Tür wurde kaum benutzt, außer zur Zeit der Sommerdürre, aber Maria war von dort den Weg zum Falcon heute schon einmal gegangen und hatte sie unverschlossen gelassen.

Rasch eilte sie durch den Siederaum, in dem das Feuer für die Waschkessel aufgeheizt wurde, das dann den ganzen Tag brannte, um immer genügend kochendes Wasser zu haben. Sie huschte weiter, wobei sie einige Holzscheite trug, die sie direkt hinter der Tür verwahrt hatte, denn hier wundert sich niemand über eine alte Frau, die Brennholz schleppt.

Natürlich wohnten sie nicht mehr im Falcon. In dem kleinen Kabuff, in dem die Kinder ihre Umhänge aufbewahrten, fand Maria die kleine Pentecost, die sich wie ein junger Hund eingerollt hatte. Sie rüttelte sie wach und nahm sie, noch gähnend und mit den Augen blinzelnd, mit hinunter in ihr eigenes Reich, das im Kellergeschoß lag, wo Urin wie Bier in Fässern reifte. Sie zeigte dem Kind nicht, was sie erbeutet hatte. Damit sie etwas Branntwein hole, gab Maria ihr den Shilling, den sie zum Feiern aufgehoben hatte. Dann wickelte sie die Mitgift ihrer Urenkelin in eine Tasche, die sie aus einem gestohlenem Hemd gemacht hatte, und versteckte sie, an eine Schnur gebunden, in dem Faß, das am frischesten war. Das brachte sie wieder zum Lachen, obwohl einen der Gestank an diesem Ort fast um den Verstand brachte und niemand freiwillig den Deckel von einem der Fässer hochgehoben hätte.

Pentecost kehrte mit der Flasche und etwas Brot und Käse zurück. Sie hatte auch einen Krug Bier mitgebracht. Einmütig nahmen sie nun zwischen den Fässern ihr Frühstück ein, und Pentecost plapperte über ihre Erlebnisse mit den kleinen Töchtern der Waschfrauen, daß Susanne dies gesagt, daß Kate Anna geschlagen hatte und ob es wohl möglich sei, daß Lizzy ein eigenes kleines Pony mit einem goldenen Zügel besäße, wie sie behauptete. Wehmütig erzählte sie auch über die kindliche Frau, die eine Artistin am Hofe sei, von der sie hoffte, daß sie bald wieder zurückkäme und ihr noch weitere Saltos zeigte. Außerdem beklagte sie sich, daß sie sich ihre Fingerknöchel beim Zerreiben der Seife verletzt und Mrs. Stevens sie angeschrien hätte, weil Blut in der Seife war.

Dann mußte Maria wieder aufstehen und sich die Schultertrage umhängen, an der sie ihre Eimer schleppte. Und auch Pentecost wollte zu ihrer Arbeit bei den Waschfrauen zurück, doch Maria hielt sie auf. »Du kommst heute mit mir«, sagte sie, während sie die Eimer auf ihrem kleinen Handwagen zählte, ihn dann bei den Griffen packte und loszog.

Das war aufregend für Pentecost. Sie hatte schon geholfen, die Unterwäsche von zahlreichen Höflingen zu waschen, aber niemals den Hof selbst gesehen. Also lief sie in ihrem blauen Röckchen, ihrer weißen Haube und dem Schürzchen stolz neben meiner Lehensfrau her. Marias Herz schmerzte beim Anblick ihrer niedlichen, eifrigen Urenkelin. Pentecosts Großmutter, die kleine Magdalena, die ein Kind von Marias Hurerei war und die Maria auf ihrem Rücken endlose feindselige Straßen entlang getragen hatte, sie hatte als Kind genauso ausgesehen. Aber Magdalena wurde mit dreizehn eine Hure und mit fünfzehn Mutter. Sie trug fünf Kinder aus, nur ein Junge überlebte, der jedoch völlig verkam, und zwei Mädchen, die selber Kinder bekamen. Eines dieser Kinder wurde die stellvertretende Puffmutter des Falcon, die andere war selbst eine versoffene Hure, die zwei Kinder bekam, von denen nur Pentecost überlebte, die bei ihrer Geburt ihre Mutter tötete. Wenn man darüber nachdachte, hatte Maria mit dem einen Mädchen so viele Kinder auf ihrem Rücken getragen, und sie war die letzte in einer langen Reihe, von der sie wußte. Pentecost mußte eine Mitgift haben, und sie würde sie auch bekommen: Das war alles, was Maria während des letzten Jahres gedacht hatte, seit sie begann, den heißen, brennenden Schmerz in ihrer Brust zu fühlen, und wußte, daß sie bald sterben würde. Wenn mir am Ende Maria schließlich doch durch meine gebenedeiten Finger rutschte und in der Hölle landete, würde sie wissen, daß sie ihr Bestes für dieses Kind getan hatte. Ihre Mutter und Großmutter hatte Maria durch ihre eigene Zügellosigkeit und Trunksucht umgebracht, aber Pentecost würde sie retten, selbst wenn die ganze Welt sich gegen sie verschwor. Ich, die gesegnete Jungfrau, hatte das meiner Schwiegertochter versprochen, ich hatte bei meiner Unbeflecktheit geschworen, daß es ihr gelingen würde.

491

Um ihren Rücken zu schonen, hatte Maria ihre Route bei Hof sorgfältig geplant. So ging sie als erstes in die Zimmer, die am weitesten entfernt lagen, den weiten Weg die Cannon Row entlang, fast bis in die Nähe von Westminster Hall. Pentecost und ihre Urgroßmutter eilten in die Zimmer hinein und wieder hinaus. Ein jedes war vollgestopft mit Betten, Kleidern und Schmuck. Die meisten Höflinge waren um diese Zeit schon nicht mehr da, sondern auf der Jagd nach einem Amt oder einer Vormundschaft, um damit ihren Weg durch die vielen Schichten des Hofes ein wenig zu ölen.

Sie stahl niemals etwas. Ja, die Versuchung war überall, wohin sie nur schaute: Schmuck und Juwelen, kostbare Wämse, Mieder und mit Schmuck besetzter Kopfputz, die unachtsam herumlagen, Kleider und Röcke, die entweder an den Wänden hingen oder sorgfältig gefaltet in offenen Truhen lagen und die sie für ein Jahr sicher gut ernährt hätten, außerdem goldene Teller und Bestecke. Mit meiner Hilfe berührte sie nichts. Wie ich Maria sagte, als sie zum ersten Mal an Diebstahl dachte, würde sie, falls nach ihrer Runde etwas vermißt würde, ihre Unsichtbarkeit verlieren und wäre die erste, die man verdächtigte. Papiere und Schriftstücke waren etwas anderes, die konnten verlegt werden, und warum sollte eine alte Frau so etwas wollen? Aber Schmuck und Juwelen? Nun, selbst alte, häßliche Weiber mögen so etwas. Manchmal aß Maria die Essensreste auf, die von faulen Dienern auf den Tellern übriggelassen worden waren, und einmal fand sie unter einem Bett ein Stückchen angeknabbertes Gebäck aus Marzipan, das sie für Pentecost mitnahm. Aber das war nicht gestohlen, damit beugte sie nur der Verschwendung vor. Natürlich nahm sie sich ein paar Kleinigkeiten aus der Wäsche, natürlich, jeder tat das: Hemden, die ihre Kennzeichen verloren hatten, Kerzenstümpfe, Brennholz und Rosenwasser sowie ein wenig Seife aus den Lieferungen, die sie ihrer Enkelin im Falcon gab. Jedoch zeigte Julia für ihre Geschenke niemals Dankbarkeit.

Sie gingen hinein und hinaus, wobei sie den Handkarren am Ende der Steinernen Galerie stehenließen, wo eine zu lange Treppenflucht war, um ihn nach unten zu bringen. Dort machten sie sich daran, die Eimer zu leeren, bevor sie die Gemächer des Großkämmerers und Haushofmeisters in dem Teil des Palastes ansteuerten, der die Wohnstatt des Prinzen hieß. Dort entdeckten sie einen jungen Gentleman, der in der Nähe des Fensters, das auf den Königlichen Obstgarten hinausging, auf und ab wanderte. Robert Carey stand noch immer unter Hausarrest und durfte die Wohnung seines Vaters nicht verlassen, auch wenn er sich bis zum Verrücktwerden langweilte. Bei dem Geräusch von Pentecosts Geschnatter blickte er lächelnd auf und marschierte dann weiter in seinem Gefängnis herum. Sowohl Pentecost wie auch Maria dachten, daß er ein hübscher junger Mann mit sehr anständigen Beinen war, aber für ihn war Maria ebenso unsichtbar wie für alle anderen. Seine Laute lag verlassen auf dem Fenstersitz, und nach der Menge des zusammengeknüllten Papiers zu schließen, hatte er versucht, einen Brief zu schreiben, der zweifellos an die Königin gerichtet war und in dem er sich selbst erniedrigte und um Verzeihung bat. Solche Dinge sind bei Hof nötig.

Maria knickste und gab Pentecost einen Schubs, so daß sie das gleiche tat. Er nickte und wandte ihnen dann den Rücken zu, während sie ihre Arbeit verrichteten und wieder hinausschlurften.

Schließlich kamen sie zur Königlichen Galerie, jenem Bereich des Palastes, in dem die Königin mit ihren Hofdamen lebte. Von Maria wurde erwartet, daß sie leise an der Tür zum Schlafgemach der Königin kratzte, so daß ihr dann eine ihrer Zofen den königlichen Harn herbeibrachte. Ja, auch der wurde in den allgemeinen Eimer geschüttet, obwohl Maria gelegentlich daran dachte, ihn gesondert in Flaschen abzufüllen. Sie hätte sie an das dumme, gemeine Volk wie Heiligenreliquien verkaufen können oder auch wie einen heiligen Tropfen meiner Milch. Vielleicht hätte sie das tun sollen, obwohl sie damit Gefahr gelaufen wäre, wegen Zauberei und Schwarzer Kunst gegen die Königin angeklagt zu werden. Wer wußte schon, welch ein machtvolles Gift gegen sie selbst aus ihren eigenen Ausscheidungen erzeugt werden konnte, meinten die Ärzte. Das Horn des Einhorns würde sie kaum davor bewahren können, kamen sie gemeinsam zum Schluß und strichen sich dabei mit großer Wichtigkeit die Bärte.

An diesem Morgen eilte Maria mit ihren Eimern und den übrigen Sachen die geheiligte Galerie der Königin hinab, vorbei an den in Rot gekleideten Soldaten, die sie mit einem Nicken durchließen. Höflinge bezahlten ein Vermögen, um dort hineinzukommen; Maria machte das jeden Morgen, und manchmal wagte sie sich sogar weiter, als es ihr eigentlich zustand. Hinter dem Schlafgemach der Königin lagen die Archive, Registraturen und die Bibliothek. Genau in die Bibliothek nahm Maria die kleine Pentecost mit, wobei sie inständig zu mir betete, daß niemand darin sei.

Es war niemand drin, außer mir selbst, der heiligen Jungfrau. Ich stand mit einem Lächeln bei den Regalen, um meine Billigung kundzutun. Maria stellte die Eimer neben der Tür ab, so daß sie rechtzeitig gewarnt wäre, falls jemand hereinkäme, und nahm Pentecost bei der Hand. Sie kannte den Weg. Gelegentlich borgte sie sich ein paar Bücher aus – nein, sie stahl sie nicht, sie brachte sie alle wieder ordentlich zurück, nachdem sie sie gelesen hatte. Wenn man es einmal gelernt hat, wird Lesen zu einer Gewohnheit, die man nur schwer wieder aufgeben kann.

Pentecost und sie gingen an den Regalen vorbei und schauten nach einem Buch, das staubig genug war, um seine Unbenutztheit zu zeigen, das aber zugleich auch niedrig genug lag, so daß Pentecost es gleichfalls erreichen konnte. Ich wies mit meinem silbernen Finger darauf, um ihnen zu helfen. Es war ein Buch, wunderbar in rotes Leder gebunden und auf lateinisch in schroffen, altmodischen Lettern gedruckt, die es als eine gelehrte Abhandlung über das Heilige Sakrament auswiesen, verfaßt von Henricus Rex. Das brachte mich zum Lächeln, denn, wahrhaftig, sie hätten keine bessere Wahl treffen können, selbst wenn sie die ganze Bibliothek abgesucht hätten. Die Nonnen aus Marias Mädchenzeit hatten zu Beginn der Regentschaft von Heinrich VIII., dem Vater der Königin, aus Loyalität ein Exemplar davon für ihre Klosterbibliothek gekauft, obwohl ich bezweifle, daß auch nur eine von ihnen sich jemals die Mühe gemacht hat, das Buch zu lesen. Es zu besitzen war genug, denn König Heinrich schrieb es als Erwiderung auf den Ketzer Luther als Verteidigung des Heiligen Sakraments und wurde dafür vom Papst in tiefer Dankbarkeit als Fidei Defensor, Verteidiger des Glaubens, ausgezeichnet.

Maria nahm die zusammengefalteten Blätter, die sie aus dem Buch vom Einhorn herausgeschnitten hatte, und ließ sie zwischen die Seiten der Abhandlung gleiten. Danach stellte sie das Buch wieder in die Lücke zurück. Wo kann man ein Stück Papier am besten verstecken? Natürlich in einer Bibliothek. Maria wußte, daß es Männer gab, die auf der Suche danach ganz London durchkämmten, und die, falls sie es fänden, alles an sich nähmen, was sie an den verschiedensten Stellen versteckt hatte, auch das Gold für Pentecosts Mitgift. Dies war der beste Platz, den sie sich vorstellen konnte, ein Platz, der für einen Normalsterblichen unerreichbar war, es sei denn, er wäre ein Ratgeber der Königin. Aber der Frau, die die Nachttöpfe leerte, war er ungehindert zugänglich.

Woher sollte sie wissen, daß einer der Ratgeber der Königin ihr schlimmster Feind war? Ich habe ihr nie etwas davon gesagt. Sie hatte Angst vor den Spürhunden, und sie hatte auch Angst vor den Männern, die sie übers Ohr gehauen hatte. Doch war ihr kein anderer Platz eingefallen, der nicht durchsucht werden würde. Denn wenn die Spürhunde auf der Suche sind, dann kann man sich ziemlich sicher sein, daß sie finden, was sie suchen.

»Siehst du es?« fragte sie Pentecost. »Wirst du dich an das Buch erinnern können?«

Die Augen des kleinen Mädchens waren rund und weit, und ihr Mund formte ein O. Sie nickte vor lauter Ehrfurcht, an einem Ort mit so vielen Büchern zu sein. So zwecklos es auch mit Magdalena und ihren Kindern gewesen war, hatte Maria trotz allem der Kleinen das Alphabet beigebracht. Sie konnte inzwischen auch Worte entziffern, aber noch keine Bücher lesen, erst recht nicht auf latein.

»Diese Papiere tragen die Ehre der Königin in sich, wie das Ei das Küken«, sagte Maria zu ihr. »Vergiß niemals, wo sie sind. Wenn ich sterben sollte, mußt du einen Weg finden, wie du wieder herkommen kannst, und dann die Papiere holen. Dann behalte sie so lange, bis du einen katholischen Priester findest, dem du sie für so viel Geld, wie du nur kriegen kannst, verkaufst. Sie sind Tausende Pfund wert. Verstehst du das?«

Wieder nickte Pentecost, und ihre Verwunderung stoppte den üblichen Wasserfall ihres Geschnatters. Maria nannte ihr noch den Namen des Buches und forderte sie auf, ihn zu wiederholen, dann ließ sie das Kind auf die Stelle in dem Regal blicken, wo es stand, wobei sie sie gleichzeitig so stark in ihren Arm zwickte, daß es weh tat. Pentecost sollte sich gut daran erinnern können.

Dann eilten sie wieder aus der Bibliothek und liefen den Gang entlang, wo die Zofe der Königin bereits ungeduldig mit dem silbernen Nachttopf in der Hand auf sie wartete. Maria murmelte irgend etwas Unzusammenhängendes, als diese wissen wollte, wo sie denn gewesen sei. Nachdem sie ihre Röcke hochgehoben hatte, um der Frau zu zeigen, daß sie nichts gestohlen hatte, eilten sie weiter. Vorsichtig mit den Eimern, immer vorsichtig mit den Eimern, obwohl Gott wußte, daß die faulen, jungen Gentlemen sich in die Ecken verdrückten und sie wie die Hunde ständig vollpißten. Maria beendete ihre Runde so schnell, wie sie konnte, denn sie befürchtete, daß die Königin aus der Kapelle zurückkäme, bevor sie fertig war, und sie nach den vielen Jahrzehnten noch erkannte.

Dann kam der schwierigste Teil, den schweren Handkarren die Treppen hinunter und wieder hinaufzuschieben, dann weiter über den Predigerplatz, an den Küchen vorbei, durch den Holzhof und schließlich zurück in die Wäscherei. Dort erst konnte Maria wieder Atem schöpfen und sich hinsetzen, damit das Brennen in ihrer Brust nachließ. Und dann würde sie ihre Arbeit damit beenden, daß sie die Eimer in die Filtersiebe kippte.

Sie sehnte sich danach zu schlafen, denn sie war die ganze Nacht über aufgewesen. Aber sie zeigte statt dessen Pentecost das Paket, das in seinem nassen Versteck hing, und sagte ihr, daß es ihr gehörte und sie es nehmen müsse, wenn ihre Urgroßmutter einmal tot sei.

Die Augen des Kindes füllten sich mit Tränen, obwohl es kein Segen war, eine alte Hexe zur Urgroßmutter zu haben. Und dann fragte sie mit zitternder Stimme, warum Maria denn sterben müsse. Also erzählte ihr Maria, was sie bereits wußte, daß wir nämlich alle sterben müßten, und daß ihre Zeit nahe sei, wenn man bedachte, wie lange sie schon gelebt hatte und wie alt sie war. Pentecost kam zu ihr, legte ihre Arme um Maria und sagte ihr, wie lieb sie sie habe.

Wie sollte Maria ihr erklären, daß sie eigentlich einen Pfuhl der Bosheit liebte, eine Hexe, verdammt wegen ihrer Sünden und so böse, daß nicht einmal ein Priester ihr die Absolution erteilen wollte? Nein, dazu war sie zu feige, also akzeptierte sie, daß Pentecost sie auch weiterhin liebte. Und sie bat mich dafür um Vergebung.

Nachdem Pentecost davongehopst war, um zu sehen, ob Mrs. Twiste irgendwelche Arbeit für sie hätte, saß Maria noch eine lange Zeit da und trank. Dann ließ sie sich auf ihre Knie nieder und betete zur Himmelskönigin, daß Pentecost weiter lebe und all die Dinge, die Maria für sie versteckt hatte, auch fände, daß sie viel Glück habe in ihrem Leben und ihre Kinder

497

dazu erzöge, rechtschaffen und tugendhaft zu sein und keine Huren und Wegelagerer zu werden wie ihre eigenen Kinder. Wenn wenigstens Pentecost es aus der Gosse schaffte, wäre Marias Leben kein völliger Fehlschlag. Maria betete nicht zu Gott, dem Allmächtigen, und auch nicht zu ihrem widerspenstigen Gemahl, meinen Sohn Jesus Christus, da sie diese beiden für viel zu erhaben hielt, um auf ihre Gebete zu hören. Außerdem haben sie ihr bislang nie ein Zeichen dafür gegeben, daß sie sie vernahmen. Sie betete zu mir, der Himmelskönigin, wie sie es immer tat, und auch zur heiligen Maria Magdalena, weil wir sie wahrscheinlich viel besser verstanden und uns bei unserem Herrgott für sie verwendeten. Vielleicht haben wir sie erhört. Sie begann, den Rosenkranz aufzusagen, mit Hilfe der Perlen, die sie um ihren Hals trug und die alles waren, was ihr von ihrer früheren Heirat geblieben war, das Leibgedinge einer Witwe, wenn Ihr so wollt. Ich habe viele Gesichter und viele Verkleidungen, ich trete als Himmelskönigin auf, als Theotokos und als die Heilige Sophia, die Amtsträgerin Gottes und die Heilige Weisheit. Seitdem die Protestanten sich erhoben und mich aus der Religion vertrieben haben, ist der Glaube plötzlich weniger freundlich als früher und Gott selbst viel unbeherrschter und fordernder. Als Maria noch ein Kind war, konnten unfruchtbare Frauen und Frauen, deren Säuglinge bei der Geburt gestorben waren, auf eine Pilgerreise zum Schrein von Walsingham gehen und mir Geschenke bringen – nichtssagende, hübsche Sachen wie Armbänder, Ringe und Halsketten oder Bahnen von weißem oder blauem Stoff, je nachdem, was sie sich leisten konnten. Mittlerweile lachen die Geistlichen darüber und nennen es Aberglaube. Und? Einige von diesen Frauen gebaren lebende Kinder – wen kümmert es, was sie dafür taten, um sie zu bekommen? Wer sind diese Geistlichen, die über sie zu lachen wagen? Es gab einmal eine Zeit, in der auch Männer der Himmelskönigin die Ehre erwiesen und dadurch, wie ich es sehe, sehr viel freundlicher und gütiger waren. Ist es so schlimm, zur Heiligen Weisheit zu beten? Was sie die reformierte Religion nennen, zwingt – neben der Tatsache, daß es böse Ketzerei ist – der Menschheit eine Welt in schwarz und weiß auf. Sie schätzen diese Simplizität des Glaubens. Warum?

Wieder einmal hatte Maria zu viel Branntwein getrunken, was sie, wie immer, dazu veranlaßte, Selbstgespräche zu führen und zu beten, manchmal ganze Liturgien und lange Gebete auf lateinisch, jedoch immer zur falschen Zeit. Die Frauen in der Wäscherei glaubten dann, daß sie Zaubersprüche murmelte. Schließlich vergaß sie, an welcher Stelle sie mit ihrem Rosenkranz war, und legte sich ins Sägemehl. Eingehüllt in meinen Mantel schlief sie ein.

74

Mittlerweile hatte Becket viel von seinem Gold bei einem Goldschmied in der Cheapside gelassen. Ein wenig davon behielt er zurück und kaufte sich bei einem Waffenschmied ein neues Schwert. Dann marschierte er frech in das jüdische Ghetto.

Doktor Nuñez fand ihn, als er in der Halle wartete und sich sehr genau die kostbaren Gemälde ansah, auf denen die Lebensgeschichte König Davids von der Ermordung Goliaths bis zu seinen Problemen mit Absalom dargestellt war.

»Mr. Becket«, krächzte Doktor Nuñez, während er sofort einen schrecklichen Verdacht in seiner Brust aufkeimen fühlte, »wie... wie geht es Euch? Und wo ist Simon?«

»Ich bin völlig wiederhergestellt, Doktor«, sagte Becket mit einer höflichen Verbeugung. »Simon jedoch befindet sich in schrecklicher Gefahr.«

Nuñez brachte ihn eilends in sein Arbeitszimmer, dann schickte er einen Diener nach Wein und Gebäck. Becket informierte ihn über das meiste, was geschehen war, vor allem darüber, was Simon für ihn getan hatte.

»Ihr wißt also nicht, ob er die Verfolgungsjagd überlebt hat?« fragte ihn Doktor Nuñez, der entsetzt war über die Tollkühnheit seines Neffen, aber auch stolz auf seinen Mut.

Becket schüttelte den Kopf. »Wenn er das getan hat, wozu ich ihm riet, sollte er aus dem ganzen lebend herausgekommen sein«, sagte er. »Ob er aber noch...« Er zuckte mit den Schultern.

»Warum, in Gottes Namen, ist er nicht mit Euch zusammen geblieben?«

»Er wurde an der Schulter verwundet, Doktor, von einer Hellebarde. Nicht schlimm, aber genug, um unheimlich zu bluten und damit die Hunde auf seine Spur zu locken. Er war es, der meinte, er sollte den Lockvogel spielen, nicht ich. Ich habe ihn nicht dazu gezwungen – tatsächlich war ich dagegen, denn ich fürchtete, mir damit seinen Tod auf mein Gewissen zu laden. Aber er bestand darauf, daß es die einzige vernünftige Möglichkeit sei.«

Nuñez nickte, auf seinem Gesicht lag ein Ausdruck, als blickte er in weiteste Fernen. Er saß an seinem Schreibtisch, von dem er den Oberschenkelknochen eines Schweins, eine tote Taube und ein Skalpell beiseite räumte und Feder und Papier zu sich hin zog.

»Ihr wißt nicht, wo ihn Ramme und Munday hingebracht haben?«

»Ich vermute in den Tower.«

Wieder nickte Nuñez, und dabei strich seine Rechte ständig über seinen Bart. Er sah ziemlich besorgt aus. »Und seine Mission?«

Becket breitete seine Hände aus. »Wir sitzen in der Klemme«, sagte er. »Ich weiß, daß die Hexe die Papiere noch immer haben muß, aber wo sie damit hingegangen ist, das weiß Gott allein.«

»Sie muß ein hervorragendes Schlupfloch haben, da sie nicht zu fassen ist.«

»Gewiß. Ich glaube, ich sollte mit der Suche im Falcon beginnen, aber ich wage es nicht, dorthin zu gehen, da Davisons Leute diesen Ort sicher bewachen, um mich aufzuspüren. Seine Agenten durchsuchen die ganze City. Ich sah, wie sie den Haushalt der Fants auseinandernahmen, als ich gerade vorbeikam. Davison will mich und meint ohne Zweifel, daß ich derjenige bin, der die Beichte Ihrer Majestät herausschnitt.«

»Beichte?«

Becket erklärte die Sache, und Nuñez, der kein Zeichen der Verwunderung zeigte, nickte wieder.

»Ich wußte, daß alles nicht so war, wie es schien«, sagte er voller Zurückhaltung, »als ich sie damals mit den anderen Ärzten in der Zeit von Alençons Werbung untersuchte.«

»Guter Gott«, sagte Becket schockiert, da ihn bei der Vorstellung, daß Doktor Nuñez die intimen Körperteile der Königin gesehen hatte, etwas schwindelte.

»Wir berichteten, daß sie unberührt sei und all das besäße, was zu einer Frau gehört, das war alles. Es war ausreichend. Ich habe es niemals erwähnt. Aber es erklärt eine Menge, eine ganze Menge. Ich werde sie nunmehr viel besser behandeln können, da ich weiß, daß eine sehr alte Wunde ihr diese Magenkrämpfe verursacht.« Er machte sich einige Notizen, nicht auf lateinisch, sondern auf Hebräisch, das sich leichter vor neugierigen Augen verbergen ließ. Dann begann er, einen Brief zu schreiben. Becket trat unruhig von einem Fuß auf den anderen.

»Ich gehe jetzt wohl besser«, sagte er.

»Warum könnt Ihr nicht hier bleiben?« fragte Nuñez. »Ihr benötigt einen Platz zum Schlafen und, wie immer, ist mein Haus auch Euer Haus.«

»Ihr ehrt mich, Sir, aber ich wage nicht zu bleiben. Denkt selbst darüber nach. Wenn Mr. Davison Simons Namen kennt, wird er hier demnächst alles durchsuchen.«

»Ah, ja. Ja, das wird er tun.« An seinem Schreibtisch läutete Nuñez eine silberne Glocke und schrieb noch rascher. Er schien aus dem Gedächtnis zu chiffrieren, während er weitermachte. »Wir sollten uns besser auf ihn vorbereiten.«

Als der Diener kam, wurde ihm aufgetragen, Mrs. Nuñez und den Hausverwalter zu holen. Becket blieb entschlossen. »Ich werde morgen wiederkommen«, sagte er. »Falls ein Kind, das kein Kind ist, sondern eine winzige Frau, hierher kommt, laßt sie bitte ein und bittet sie, auf mich zu warten. Wenn ich ohne Gefahr eintreten kann, stellt eine Kerze in das Fenster neben der Tür, wie Ihr es gewöhnlich an Samstagen tut.«

Doktor Nuñez nickte zerstreut. Als Becket zur Tür ging, sah er, wie Mrs. Nuñez und der Verwalter in das Arbeitszimmer des Doktors eilten, und hörte auch ihre raschen feurigen Tiraden in eindringlichem Portugiesisch. Als Becket Aldgate hinter sich gelassen hatte, kochte es in Nuñez Haushalt schon wie in einem Kupferkessel. Er eilte rasch weiter, an Houndsditch vorbei die lange Mauer entlang, an der die Londoner Tuchwalker ihre Gestelle errichten, um darauf im Sommer das neue Tuch zu dehnen. Beim Dolphin Inn nahe dem Bishopsgate mietete er sich ein Pferd und folgte den Leuten, die sich aus London hinaus aufs Land begaben. Es waren Boten und Kaufleute, aber auch Lastentierkolonnen und Kutschen, gewöhnliche Träger und Männer mit Hakenbüchsen, die auf das Artilleriefeld gingen, um sich dort im Schießen zu üben. Andere Männer marschierten mit ihren Bögen hinaus zum Spitalplatz, um dort das gleiche zu tun, ebenso Frauen mit ihren Hunden. Währenddessen lief eine riesige Schafherde von der ungefähren Länge einer Meile mit lautem Mäen genau gegen den Strom, da die Tiere in die City getrieben wurden, um dort verspeist zu werden. Becket war robuster als die meisten Menschen, aber da er zwei Nächte nicht geschlafen hatte, bemerkte er von all dem fast nichts, sondern döste auf dem Rücken seines Pferdes dahin. Hätte er sich zu Fuß aus der City geschlichen, wäre er von den beiden Agenten, die Aldgate beobachteten, sicher gesehen worden. Aber da er auf einem Pferd saß und halb eingeschlafen war, ließen sie ihn ein-

502

fach durch. Maria hätte dazu gesagt, daß es wiederum nur der Schutz meines Mantels war, der ihn rettete.

Hinter ihm flossen die Briefe aus dem Arbeitszimmer von Doktor Nuñez so zahlreich hinaus wie Herbstblätter auf einem Fluß. Sie waren an Mr. Walsingham, Mr. Davison und an Sir Horatio Palavicino in den Niederlanden gerichtet, ebenso an den Grafen von Leicester und die Königin – kurz, der Arzt bot seinen gesamten, höchst bemerkenswerten Einfluß auf, um seinen Neffen wiederzufinden, der sich in der Gewalt des Staates befand. Als er damit halb fertig war, erschienen, angeführt von Mr. Ramme, die Agenten. Mr. Ramme sah ziemlich beunruhigt und erschöpft aus und hatte dunkle Ringe um die Augen.

Es war typisch für Doktor Nuñez, daß er Mr. Ramme in sein Haus einlud und ihm etwas zu essen anbot, was dieser jedoch zurückwies. Also offerierte er ihm einen Becher gewürzten Weins, den Ramme allerdings erst trank, nachdem Doktor Nuñez davon gekostet hatte. Die Agenten arbeiteten sich systematisch durch das Haus, während Leonora aufgeregt hinter ihnen her flatterte und sie händeringend anflehte, ja vorsichtig zu sein.

Sie fanden natürlich nichts. Nichts von Nuñez' Korrespondenz mit halb Europa, nichts über seine geschäftlichen Unternehmungen, nichts über die wichtige Angelegenheit der Königin, lediglich eine Menge Beweise für die hohe Wertschätzung, die Doktor Nuñez bei ihr genoß, sowie Briefe von Sir Francis Walsingham, mit denen er Nuñez für seine Hilfe dankte, zum Schutze der Königin eingetreten zu sein. Selbst Ramme, der sicher gewesen war, dort Beweise eines Verrats zu finden, begann sich zu fragen, ob es wohl klug war, das Haus eines so bemerkenswerten Dieners der Königin zu durchsuchen, selbst wenn es sich dabei um einen Juden handelte, der in England nur geduldet war. Als schließlich der Hoflieferant Ihrer Majestät für Lebensmittel, Mr. Dunstan Ames, mit sechs Dienern als Gefolge erschien und ihn nach der Gesundheit und dem Verbleib seines Sohns Simon auszufragen begann, fühlte sich Ramme sogar noch stärker beunruhigt. Davison schien es egal zu sein, wie sehr er die mächtigen Männer im Umkreis des Hofes beleidigte, wenn er sagte, daß er sich der königlichen Gunst ebenso gewiß sei wie der Graf von Leicester. Schließlich war er es gewesen, der Ihre Majestät dazu überredet hatte, das Todesurteil der Königin von Schottland zu unterzeichnen. Aber Ramme wußte nur allzu genau, wie wechselhaft die Neigungen und Vorlieben Ihrer Majestät sein konnten.

Spät am Nachmittag verließen die Agenten das Haus. Am Abend säuberten und schrubbten die Diener, überwacht von der wütenden Leonora, jeden Zentimeter, um sämtliche Spuren zu beseitigen. Derweil schrieben Nuñez und sein Schwager noch weitere Briefe und überlegten, wie sie in die Nähe der Königin kommen konnten.

Genau zu diesem Zeitpunkt klopfte ein Bettlermädchen mit abstoßend schmutzigem Gesicht an der Hintertür und fragte demütig, ob es Doktor Nuñez sprechen könne. Nuñez ging, noch ganz in Gedanken, zu ihr hinaus, blieb dann wie angewurzelt stehen und starrte sie an.

»Mistress Thomasina?« fragte er. »Seid Ihr es?«

Sie blickte zu ihm auf, und ihr Gesicht verzerrte sich zu jenem affenartigen Ausdruck, der das äußere Zeichen ihrer Sehnsucht und Weigerung war, sogleich in Tränen auszubrechen.

»Ja«, sagte sie nur.

»Ah, das Kind, das kein Kind ist. Bitte, Mistress, tretet ein. Wir haben auf Euch gewartet.«

Das tat sie. Und obwohl sie sich weigerte, Platz zu nehmen, trank sie zwei Becher mit gewürztem Wein und aß ein wenig Fasanenpastete. Sie schien sehr erschöpft, so daß sie Leonora Nuñez in ihrem besten Gästezimmer zu Bett brachte, nachdem sie sich in einem Sitzbad gewaschen und aus ihren bunten Lumpen herausgeschält hatte. Zu ihrem Kummer

504

und ihrem schmerzlichen Bedauern hatte Leonora keine Kinder, doch Dunstan, ihr Bruder, hatte vierzehn, von denen fünf Mädchen waren. Also wurde ein Diener ins Haus der Ames geschickt, der mit einer sehr schönen Jacke, einem bestickten Mieder und einem Rock mit blauer Stickerei zurückkam. So konnte sich Thomasina wieder in der Art kleiden, die ihrer gesellschaftlichen Stellung entsprach.

Sie schlief bis zum Mittag des nächsten Tages, als Becket völlig ausgeruht das Haus betrat. Er hatte im Angel Inn in Islington übernachtet und bis kurz vor Sonnenuntergang durchgeschlafen.

Nachdem sie ordentlich angezogen war, hielten sie in ihrem Schlafzimmer Rat und eilten anschließend zielstrebig in das Arbeitszimmer von Doktor Nuñez.

»Doktor«, sagte Thomasina und ließ sich sehr artig auf einem Kissen nieder, »woher kommt die Seife, die Ihr in Gebrauch habt?«

»Die Seife?« wiederholte Nuñez. Thomasina war eine Frau, aber niemals hätte er bei der Spaßmacherin der Königin ein Interesse an Hausfrauenangelegenheiten vermutet.

»Ja«, sagte Thomasina herrisch, die offenbar ziemlich wütend war und Mühe hatte, höflich zu bleiben. »Die Seife.«

Nuñez war ebenfalls erregt, da er wegen seines Neffen sehr viel besorgter war, als er sich eingestand. Walsingham hatte, ebensowenig wie der Graf, auf seinen Brief geantwortet. Nur Davison hatte geschrieben, doch nur um abzustreiten, daß er den Mann in Gewahrsam hatte.

»Also ... aus Sevilla«, sagte er, um ihr ihren Willen zu lassen. »Ich importiere sie aus Spanien, da man dort die beste Seife macht.«

»Und was bedeutet der Stempel darauf?« Sie zeigte das Seifenstück, das ihr Leonora für ihre Toilette gegeben hatte. Es duftete nach Rosen und sah ziemlich benutzt aus.

Nuñez blickte auf den Stempel und hustete ein wenig. »Ah«, sagte er. »Der Stempel zeigt, daß diese Seife hier ... nun ...

505

für die Lieferung an den Hof gedacht war. Mein Schwager versorgt den Hof mit Waren.«

»Auch mit Seife?«

»Ja.«

»Mit der gesamten Seife?«

Was, im Namen des Allmächtigen – er sei gesegnet – war denn mit der Seife los? Wieso war das plötzlich so wichtig?

»Ja.«

Thomasina legte das Seifenstück auf seinen Schreibtisch und blickte bedeutungsvoll auf Becket. Der sah ziemlich verwirrt aus, ganz so, als würde er weitaus mehr mit Doktor Nuñez als mit ihr übereinstimmen. Er schien auch kein Verlangen zu haben, sich dazu zu äußern, und so fuhr Thomasina nach einem irritierenden Schnalzgeräusch fort: »Verzeiht mir, Doktor, in der nächsten Minute wird alles klar sein. Versorgt Euer Schwager auch das Falcon in Southwark?«

Nuñez runzelte die Stirn. »Nein, warum sollte er? Er versorgt den Hof.«

Sie lächelte triumphierend. Es war das erste Mal, daß er das sah.

»Erzählt dem Doktor, was Ihr im Falcon gesehen habt, Mr. Becket.«

Becket zuckte die Achseln. »Nur den gleichen Stempel wie auf der Seife hier. Das war im Hurenwaschhaus, wo ich nach der Hexe geschaut habe. Obwohl die Seife dort gröber war als diese hier, sie war grau und gekörnt und roch weniger süß.«

Nuñez hatte noch immer keine Ahnung, auf was sie hinauswollten.

»Das Falcon hat die Seife vielleicht aus ergaunerten Lieferungen bezogen«, sagte er, »und deshalb ist das ...«

»Woher bekommen die denn so etwas?« fragte Thomasina.

Nuñez schüttelte verwundert den Kopf. »Ich bin keine Frau, ich weiß nichts über die Variationen von Seifen.«

»Ich gleichfalls nicht, denn bevor ich die Hofnärrin der Königin wurde, wußte ich gar nichts von diesen Dingen. Und seither weiß ich auch nur, daß man damit sauber wird«, sagte Thomasina. »Können wir Eure Frau fragen?«

Da nach ihr geschickt wurde, erschien Leonora. Sie sah ebenso verwirrt aus wie ihr Mann und betonte, nach der Beschreibung müsse es sich um Wäscheseife handeln, und daß es eine Schande wäre, wie die Königin überall am Hof von unehrlichen Dienern betrogen würde und...

»Bei Gott, das ist es!« rief Thomasina.

Leonora bedachte sie mit einem strengen Blick, der besagte, daß jemand, der wie ein Kind aussah, dennoch in ihrem Haus Gott nicht lästern dürfe. Und als Nuñez mit angehaltenem Atem auf portugiesisch fluchte, bekam er von ihr dafür den gleichen strafenden Blick.

Thomasina sprang auf die Füße und schwenkte ihre kleine Faust über dem Kopf. »Das war's. Dort habe ich sie gesehen. Sie ist das alte Weib in der Wäscherei, Pentecosts Großmutter. Ich wußte, daß ich sie gesehen habe.«

Nach einer Weile hatte sie sich so weit beruhigt, um die Sache zu erklären, während Leonora gegangen war, um vor dem Sabbath ihre nörgelnden Dienstmägde beim Hausputz zu beaufsichtigen.

»Ihr sagt«, knurrte Becket, »daß die alte Hexe, die das Buch vom Einhorn besaß und uns gestern abend übers Ohr gehauen hat, in der Hofwäscherei arbeitet? Gütiger... güter Himmel.« Er dachte einen Augenblick nach, dann grinste er. »Natürlich, das ist ein hervorragender Schlupfwinkel. Wo gäbe es einen besseren? Ich denke, daß Davison und seine kostbaren Spürhunde es kaum wagen, in den Herrschaftsbereich des Hofes einzudringen.«

»Die alte Frau, die Ihr gesucht habt, soll die ganze Zeit über am Hof gewesen sein?« fragte Nuñez, der über eine schnelle Auffassungsgabe verfügte. »Ich dachte, daß sie eine Engelmacherin und Hexe im Falcon sei.«

»Nun, warum nicht beides? Sie ist eine Hexe, soviel ist sicher. Und wir haben sie im Falcon getroffen, aber nachdem sie

507

das Geld in Händen hatte, ist sie dort abgehauen. Ich habe mir das Hirn zermartert, wohin sie ging, um sich zu verstecken. Aber das macht Sinn. Und sicher waschen sich die Huren im Falcon mit der gleichen Seife wie die Königin, jedenfalls so ziemlich der gleichen.« Er lächelte wieder. »Jetzt haben wir sie«, sagte er. »Alles, was wir noch tun müssen, ist, sie zu ergreifen und mit ihr zu sprechen.«

»Das tut Ihr«, sagte Thomasina. »Ich muß sofort zurück zur Königin.«

Es war ausschließlich die Gastfreundschaft Leonoras, die weiteres Unheil verhinderte, denn sie bestand darauf, daß sie den Freunden ihres lieben Neffen – möge ihn Gott, der Allmächtige, ebenso erretten, wie er Daniel aus der Löwengrube errettet hatte – nicht erlauben könne, hungrig ihr Haus zu verlassen. Und so setzten sie sich zu einem Abendessen nieder, das aus Brot, Kaninchen, Rindfleisch, gesalzenem Fisch, Fasan und einer Sperlingspastete bestand sowie einer Torte mit gekochten Stachelbeeren und Honigwaffeln.

Gerade als sie sich von der Tafel erhoben, eilte der Königliche Hoflieferant für Lebensmittel, Dunstan Ames, mit einigen Neuigkeiten vom Hof herbei. Die Königin, so sagte er, habe sich wieder mit ihrem alten Magenleiden zu Bett begeben, aber als er fragte, ob Doktor Nuñez benötigt werde, wurde ihm unverblümt mitgeteilt, daß sie mittlerweile einen Arzt habe, der kein Jude sei. Burghley habe einen neuen Gichtanfall erlitten und sich in sein Haus zurückgezogen. Und nun, da das Todesurteil der Königin von Schottland unterzeichnet war, hätte sich alle Welt nach Fotheringhay begeben. Seit Tagen schon habe niemand mehr Walsingham zu Gesicht bekommen, aber sein Stellvertreter, Mr. William Davison, sei, ebenso wie seine Diener, stark an diesem Ort beschäftigt. Und obwohl er zu den schlimmsten Feinden der Königin von Schottland gehörte, verfiele Mr. Davison angesichts ihrer Enthauptung merkwürdigerweise nicht in ein sieghaftes Frohlocken. Aber er hatte die Gentlemen ausgetauscht, die die Königin bewachten. Darüber hinaus machte ein Gerücht die Runde, wonach die Spaßmacherin der Königin, Mistress Thomasina de Paris, einen Anschlag auf das Leben der Königin geplant habe und daß gegen sie nun ein Haftbefehl vorliege.

Nuñez seufzte, strich seinen Bart und ließ sich schwer auf einen Stuhl fallen. »Also hat es schon angefangen«, sagte er.

Becket setzte sich ebenfalls, besah seine Hände, die von purpurfarbenen Narben geziert waren, und rieb sie aneinander, als seien sie plötzlich zu Eis erstarrt.

»Christus, hab Erbarmen«, flüsterte er. »Armer Simon.«

»Ob Mr. Ames Davison von mir erzählt hat?« fragte Thomasina, die ihre plötzliche Bedrücktheit nicht teilte, da sie viel zu wütend und besorgt um sich selber war. »Warum hat er mich verraten?«

Sie schämte sich ihrer eigenen Naivität, als Becket sie anstarrte, als sei sie verrückt geworden.

»Davison hatte genügend Zeit, um ihn zu brechen«, sagte er. »Gott weiß, ich hatte gehofft, wir hätten es noch vorher geschafft, für ihn eine Kaution zu stellen, aber da man ihn des Verrats beschuldigt...«

Dunstan Ames hielt seinen Kopf in den Händen. Nuñez ging zu ihm hinüber und tätschelte ihm die Schulter, während er in ratterndem Portugiesisch auf ihn einredete. Nach einer Weile hob Dunstan den Kopf und nickte.

Nuñez räusperte sich. »Mr. Becket, ich sagte zu ihm, daß die Königin in den nächsten Tagen unsere Ausweisung befehlen wird. Natürlich werden wir uns darauf vorbereiten und auch eine Nachricht an Simons Frau senden, damit sie mit ihren Kindern sofort in die Niederlande aufbricht.«

»In der Zwischenzeit«, sagte Dunstan, »scheint die einzige Hoffnung, die noch bleibt, um meinen Sohn und uns alle zu retten, darin zu liegen, daß wir so rasch wie möglich die Seiten finden, die aus dem Buch vom Einhorn herausgeschnitten wurden.«

»Ja, aber ich verstehe das nicht«, protestierte Becket. »Es ist klar, daß Davison das Buch hat, aber es enthält nichts Belastendes. Wieso gehorcht ihm dann noch die Königin?«

»Er muß ihr das Buch gar nicht gezeigt haben, oder?« sagte Dunstan. »Wenn er weiß, was darin steht, braucht er es gar nicht mehr.«

»Oh, arme Herrin«, sagte Thomasina und schlug die Hand vor den Mund. »Das ist schrecklich. Schrecklich. Gott möge Davisons Gedärme verfaulen lassen und ihn mit Blattern, Pest und Lepra strafen. Möge er aus dem Schwanz bluten und . . .«

»Meine liebe Mistress Thomasina«, sagte Nuñez. »Bitte. Flucht nicht in meinem Haus.«

Thomasina schwieg verlegen.

»Mir ist klar«, fuhr Nuñez fort, »daß wir uns hier am Scheitelpunkt der Macht befinden. Davison versucht, der erste Ratgeber der Königin zu werden, ihr Meister, der wie bei einer Marionette an ihren Fäden zieht. Es ist ein Spiel, bei dem es keinen Weg zurück gibt. Solange noch einer von uns in Freiheit ist, kann er sich seines Zugriffs auf die Königin nicht sicher sein. Doch ist er niemals sicher, da sie nicht die närrische, alberne Frau ist, für die er sie hält. Doch während er sein Fundament ausbaut, hat er bestimmt das Bedürfnis, all jene zu töten, die nicht seine Handlanger sind.«

»Ich muß sie warnen, aber wie?« sagte Thomasina.

»Was hattet Ihr denn geplant?«

»Ich wollte zum Palast des Grafen von Leicester, dort meine Kutsche holen und dann genau so an den Hof zurückkehren, wie ich ihn verlassen habe.«

»Ich denke, daß Ihr nicht weiter als bis zum Schloßtor kämt«, sagte Simons Vater ernst. »Danach wärt Ihr sofort im Tower.«

»Wie habt Ihr es geschafft, für Simon diese Vollmacht zu holen, die Ramme zerrissen hat?« fragte Becket.

»Durch die Wohnung des Haushofmeisters, Mylord Hunsdon. Er ist ihr Halbbruder und kennt mich.«

Becket und Nuñez sahen sich bedeutungsvoll an. Auch Thomasina war durchaus nicht langsamer im Kombinieren als sie.

»Ah«, sagte sie, »ja, natürlich. Aber wenn er ihr Bruder ist, wird Davison ihn dann nicht durch einen anderen ersetzen?«

»Mylord Hunsdon ist kein Ratgeber, sondern ein Höfling und ein weithin bekannter Salonlöwe«, sagte Nuñez. »Ich vermute, daß ihn Davison im Augenblick nicht für gefährlich hält.«

»Nun, dann ist es also das, was ich tun muß. Nicht jetzt bei Tageslicht, aber sobald es Nacht wird.«

»Was geschieht mit dem alten Weib, das all den Ärger verursacht hat?« fragte Dunstan. »Werdet Ihr sie finden, Becket?«

»O natürlich«, sagte Becket. »Sicher finde ich sie jetzt.«

<u>75</u>

Robert Carey hatte Schwierigkeiten mit dem Schlafen. Sein Vater hatte ihm, in voller Absicht, wie er dachte, ein niedriges Rollbett in sein eigenes Schlafzimmer bei Hof gestellt und seinen Diener auf einen Strohsack verbannt. Sie schnarchten nun die ganze Nacht hindurch, aber für Carey war die Sache schrecklich unbequem, da seine langen Beine weit über das Bettende hinausragten. Selbst jetzt, da sich Lord Hunsdon nach Norden begeben hatte – unter Zurücklassung der Warnungen, was er alles mit seinem jüngsten Sohn anstellen würde, falls dieser während seiner Abwesenheit weitere Schwierigkeiten machte –, verbrachte Carey des Nachts endlose Stunden damit, die Streifen des Mondlichts über die Wände gleiten zu sehen. Alle vier Stunden hörte er den Wechsel der Soldaten, die vor der Tür zum privaten Garten der Königin Wache standen, auch wenn sie sehr vorsichtig mit ihren Stiefeln scharrten, während sie ihre Hellebarden ablegten. Ein Geräusch, das durch die dazwischen liegende Steinerne Galerie zusätzlich gedämpft wurde.

Er war allein und langweilte sich. Außerdem beunruhigten ihn die Nachrichten über die Veränderungen bei Hofe, die ihm die Diener seines Vaters überbrachten. Zuerst waren sie gar nicht ins Auge gefallen. Erst als sich die meisten wichtigen Männer nach Norden zur Hinrichtung der schottischen Königin begaben, wurde es offensichtlich. Er hoffte von ganzem Herzen, daß sein Vater im Palast bliebe, denn er konnte, wann immer er es wünschte, mit der Königin sprechen. Aber mittlerweile ging das Gerücht, daß sich ihr niemand mehr nähern könnte, der nicht in der Gunst von Mr. Davison stand. Die Diener, denen Hunsdon die Bewachung Careys befohlen hatte und die ihn aus allen Schwierigkeiten heraushalten sollten, überlegten ganz offen, ob sie nicht nach Norden reiten und den Haushofmeister zurückholen sollten, für den Fall, daß die Königin ihn brauchte. Aber es blieb, wie gewöhnlich bei Hof, alles schattenhaft und im dunklen, wie üblich gab es nur viele Gerüchte und eine Menge Unruhe, aber keine echten Fakten.

Am Ende des Zimmers, dort, wo die Fenster hinaus auf den Obstgarten von Whitehall gingen, ertönte ein leises Kratzen. Dann ein sanftes Poltern und wieder ein Kratzen.

Er erhob sich und eilte zum Fenster, um es zu öffnen. Er hielt einen Dolch in seiner Hand, wobei er sich wunderte, daß ein Mörder diesen Umweg wählte, um sich der Königin zu nähern, aber eigentlich vermutete er zynisch, daß wohl nur irgendein Höfling in der Gegend umherstreifte.

Unter ihm hing etwas an einem Abflußrohr, das wie ein Kind aussah und einen Rock an den Gürtel gebunden hatte.

»Guter Gott, Mistress Thomasina«, platzte er heraus.

Sie warf ihm einen finsteren Blick zu und fiel fast herunter.»Helft mir hoch«, zischte sie. »Rasch, bevor ich hinunterfalle. Und seid bloß still.«

Er hatte gehört, daß Thomasina wegen böswilligen Verlassens nicht mehr in der Gunst der Königin stand, aber... Er konnte dem Wunsch nicht widerstehen, endlich herauszufinden, was geschehen war, außerdem meinte er, es sicher mit Thomasina aufnehmen zu können, falls sie tatsächlich verrückt geworden war und die Absicht hatte, die Königin zu töten.

Vorsichtig öffnete er Fensterladen und Fenster und lehnte sich heraus, um ihre Hand zu ergreifen. Sie war schwerer, als sie aussah. Aber er packte sie, und sie kletterte die Wand empor, glitt durch das Fenster und landete dann, leise keuchend, aber sanft auf dem Boden.

»Ich habe keine Übung mehr darin«, sagte sie. »Wo ist Mylord Hunsdon?«

»Fort, um dabei zuzusehen, wie die Königin von Schottland geköpft wird.«

»Verdammt soll er sein«, sagte Thomasina nicht sehr damenhaft, während sie dastand und ihren hübschen Samtrock wieder losband. »Ist denn an diesem Hof niemand mehr loyal?«

Carey runzelte die Stirn. »Warum, ist etwas geschehen?«

»Es ist eine blutige Palastrevolution in Gang, du Dummkopf. Wie kannst du hier leben und nichts davon wissen?«

»Mistress, ich bin in Ungnade gefallen und seit einer Woche in diesen Zimmern unter Arrest. Ich weiß nur das, was mir mein Diener erzählt. Psst.«

Besorgt betrachtete er den Mann, der ihnen den Rücken zuwandte und so schnarchte, als ob er ein ganzes Dach durchsägen wollte.

In hastigem Flüstern berichtete ihm Thomasina von den Ereignissen, wobei sie jedoch die genaue Ursache für Davisons Macht über die Königin verschwieg. »Jetzt bringt mich hinein, ich muß die Königin sehen«, sagte sie.

Carey war entsetzt. »Aber, Mistress Thomasina, mir ist seit Tagen verboten, sie zu sehen. Sie würde mich niemals bei sich vorlassen.«

»Wer hat Wache heute nacht?«

»Woher soll ich das wissen? Wenn es Drury ist oder der

Graf von Cumberland oder vielleicht auch ein anderer meiner Freunde, könnte ich sie wahrscheinlich beschwatzen, mich durchzulassen. Aber wenn Davison die Macht übernommen hat, wie Ihr sagt, habe ich keinen Zweifel daran, daß er sie durch seine eigenen Leute bewachen läßt.«

»Bringt mich zu ihnen.«

»Aber...«

»Könnt Ihr denn nicht sehen, was geschieht? Was ich der Königin zu sagen habe, wird Davisons Aktionen stoppen. Doch muß ich es ihr von Angesicht zu Angesicht sagen. Wenn ich offen zu ihr gehe, wird mich Davison festnehmen lassen. Also muß ich mich heimlich einschleichen.«

Carey blies die Wangen auf. »Sich in das Schlafgemach der Königin schleichen! Guter Gott, Weib, wißt Ihr, was Ihr da von mir verlangt?

»Ja«, sagte sie und sah ihm direkt in die Augen. »Wenn es daneben geht, werden sie Euch hängen, strecken und vierteilen. Und mich werden sie verbrennen.«

Carey schluckte hart. »Nun also, in Gottes Namen. Aber können wir nicht warten, bis mein Vater zurückkehrt?«

»Guter Gott«, grinste Thomasina höhnisch. »Glaubt Ihr denn, daß Davison, sobald er sich einmal verschanzt hat, es noch zuläßt, daß die Königin auch nur einen ihrer Verwandten oder früheren Freunde sieht? Eure Familie wird sofort an die Luft gesetzt und ohne Zweifel wegen Verrat vor Gericht gestellt werden. Ich rechne damit, daß Davison eine Meute von gierigen Verwandten hat, die alle daran interessiert sind, sich zu bereichern. Und das alles nur wegen seiner verdammten Tugendhaftigkeit.«

Carey blinzelte. Er hatte sieben Jahre am Hof gedient. Er hatte gelernt, seine Füße still zu halten, während sich all die anderen bewegten, gegeneinander kämpften und herumwirbelten, um in ihrer fieberhaft glitzernden Gier einen Platz zu ergattern, auf dem das Lächeln der Königin Gold wert war und innerhalb eines Augenblicks mit so unwesentlichen Din-

514

gen wie Charme, Eleganz oder Intelligenz ein riesiges Vermögen zu machen war. Wie das ging, hatte Sir Walter Raleigh bewiesen. Aber durch all das segelte die Königin wie eine Galeone zwischen Fährschiffen, die unumstrittene Herrin über alles und so heiß erfleht wie der Wind. Der Gedanke, daß ein Mann fähig war, sie seinem Willen zu unterwerfen... Diese Vorstellung lag ihm so fern, daß es Carey große Schwierigkeiten bereitete, sie zu begreifen.

»Seid Ihr sicher, daß dies kein Trick der Königin ist, ihm soviel Freiheit zu geben, daß er sich selbst zu Fall bringt?« fragte er.

»Wenn es ein Trick ist, bezweifele ich, daß die Königin ihn genießt. Er hält sie wie in einem Schraubstock. Das ist der Grund, warum sie das Todesurteil der Königin von Schottland unterzeichnete, denn eigentlich hatte sie sich entschieden, das niemals zu tun.«

»Woher wißt Ihr, daß sie sich dazu entschlossen hatte?«

»Sie sagte es mir. Es gibt viele politische Gründe, warum sie vorhatte, ihre Cousine am Leben zu lassen. Wenn man sie nicht dazu genötigt hätte, hätte sie das Urteil nie unterschrieben.«

Carey war wieder still und versuchte zu überlegen, wie er sich entscheiden sollte.

Thomasina verstand ihn falsch. Sie erhob sich und band ihren Rock wieder hoch. »Ich war wirklich eine Närrin«, sagte sie erschöpft. »Ich dachte, daß wenigstens die Familie der Königin mich unterstützen würde. Aber ich hatte gehofft, ihren Bruder vorzufinden, nicht so einen Laffen von Neffen, dessen Schwert so weich ist wie eine gekochte Bohne. Wenn Ihr zuviel Angst habt, um mir zu helfen, dann gewährt mir zumindest eine Stunde, bis Ihr Davisons Wachen ruft.«

Sie war bereits auf halbem Weg zur Tür, als er sie einholte und sie härter an der Schulter packte, als er eigentlich wollte. Sie drehte sich zu ihm um.

Einen Augenblick lang war er zu verärgert, um etwas zu

515

sagen, aber schließlich flüsterte er: »Gebt mir wenigstens die Möglichkeit, mich anzuziehen. Wenn ich mit bloßen Füßen und nur im Hemd in das Schlafgemach der Königin einbreche, wird *sie* mich hängen.«

Thomasina schüttelte seine Hand von ihrer Schulter und stemmte ihre kleinen Fäuste in ihre schmalen Hüften. Hastig warf er sich in sein schwarzsamtenes Wams und zog sich die Beinkleider an. Es amüsierte sie, daß er sich die Zeit nahm, eine schmale Halskrause sowie seine Ringe anzulegen und seine lockigen, dunkelroten Haare zu kämmen. Nachdem er fertig war, hatte er sich ausstaffiert, als wolle er ihr als Kammerherr aufwarten, anstatt bei ihr einzubrechen.

Bei dem Schwertgürtel zögerte er zunächst, doch dann zuckte er mit einem ärgerlichen Knurren die Achseln. »Wenn es zum Schwertkampf kommt, können wir uns gleich ergeben«, sagte sie säuerlich.

»Das weiß ich, Mistress«, antwortete er, »aber vielleicht braucht Ihr Zeit, um mit ihr zu sprechen, und die kann ein Schwert immer gewähren.«

Dann grinste er plötzlich wie ein Junge, der sich in aller Eile auf's Äpfelklauen einläßt. »Gott, Mistress, dies ist eine herrliche Nacht«, sagte er. »Wollt Ihr Euch von mir führen lassen?«

Sie zögerte einen Moment, und dann nickte sie.

76

Trotz seiner vielen Geschäfte hatte Mr. William Davison doch ein sehr scharfes Auge auf die Annehmlichkeiten des Lebens. Seine sündhafte junge Cousine war noch nicht beerdigt worden, sondern lag in der Krypta von St. Maria Rounceval bei Charing Cross. Ihre Eltern und ihr Onkel vom Land waren noch nicht eingetroffen. Trotz seiner zahlreichen Verpflichtungen hatte er sich natürlich die Zeit genommen, ihrem

Leichnam die Ehre zu erweisen. Er hatte nicht die Absicht, für ihre Seele zu beten, da er der Meinung war, daß sie bereits abgeurteilt zur Hölle gefahren sei. Armes Kind. Ich hätte ihr gegenüber Barmherzigkeit gezeigt, aber Davisons strengem Gott war dieses Wort völlig unbekannt. Doch er vermochte durchaus sein Haupt zu neigen, ein Loblied auf die Gerechtigkeit Gottes anzustimmen und ihm auf die gleiche Weise zu danken wie einst im Tempel die Pharisäer, dafür, daß er nicht so sündhaft und dumm war wie Bethany.

Der Sarg war geschlossen, da die Art und die Umstände ihres Todes ihre Schönheit fast vollständig zerstört hatten und ihre Haut nicht mehr diesen samtigen Cremeton hatte, der einst die Königin so bezaubert hatte.

In der Krypta fand Davison eine andere Ehrenjungfrau vor, die mit Bethany das Zimmer geteilt hatte und nun leise weinend bei einer der Trauerkerzen stand. Sie war ein niedliches, kleines Ding mit hellblonden Haaren und rosig weißer Haut. Davison brauchte eine neue Spionin aus dem Kreis der Hofdamen um Ihre Majestät, damit er sich seiner Macht über sie auch sicher blieb. Und so lächelte er das Mädchen mit soviel Mitgefühl an, wie er aufbringen konnte.

»Kann ich Euch helfen, Sir?« fragte sie höflich.

»Wißt Ihr, wer ich bin?« fragte Davison.

»Ja, Sir, ich denke, daß Ihr Mr. Davison seid, der Stellvertreter von Sir Francis Walsingham.« Sie machte einen hübschen Knicks. »Ich bin Alicia Broadbelt.«

»Genauso ist es. Ich bin außerdem Mistress Bethanys Cousin.«

Ihre Tränen begannen erneut zu fließen, und bebend verschränkte Alicia ihre Hände.

»Oh, es ist eine Tragödie, Sir, es ist so traurig. Die arme Bethany. Wenn wir es nur gewußt hätten.«

»Hm. Ich weiß gar nicht, wie sie das Fieber bekam, das sie getötet hat«, log Mr. Davison. »War es die Pest?«

Alicia wurde so dunkelrot wie eine Rote Rübe, dann

517

schaute sie auf die abgenutzten bemalten Fliesen auf dem Boden. »Nein, Sir«, murmelte sie.

»Was war es dann? Ich habe das Gerücht gehört, daß sie schwanger war. War sie deswegen in Schwierigkeiten?«

»Oh, Sir, sie ging zu einer Abtreiberin.«

»Und woher wißt Ihr das, Mistress Alicia?« sagte Mr. Davison streng. »Schließlich kann jedes unglückliche Mädchen, das schwanger ist, ihr Kind verlieren und daran sterben.«

»Nein, Sir, da gab es ein Papier, einen Zettel, den wir fanden, als wir der Königin halfen, sich für den Empfang des schottischen Botschafters anzukleiden.«

»Was für einen Zettel?«

»Ich habe ihn hier, Sir. Ich wollte ihn ihr in den Sarg legen, so daß sie Gott am Tag des Jüngsten Gerichts alles erklären kann. Aber der Deckel ist verschlossen, also wollte ich das Blatt statt dessen an der Kerze verbrennen.«

»Gebt es mir«, sagte Davison sogleich, nur aus purer Neugier, denn er hatte keinen Grund zu glauben, daß es mehr als eine bedeutungslose Notiz war. Vielleicht, so dachte er, war es Bethanys letzter Wille.

Widerstrebend, aber daran gewöhnt zu gehorchen, überreichte ihm Alicia den Zettel, den Maria unter den Becher gelegt hatte, der auf der Truhe neben Bethanys Krankenbett stand. Davison las ihre Worte, während sein Kinn auf seiner Halskrause ruhte und sein Mund sich zu einer schmalen Linie der Mißbilligung verzog.

Maria hatte folgendes auf den Zettel geschrieben: »Dieses Kind wurde von einer Engelmacherin von ihrer Last befreit. Aber die pfuschte. Holt einen Doktor.«

»Woher kam das?« polterte er Alicia an.

Sie krampfte ihre Hände zusammen und löste sie wieder. »Sir, es tut mir leid, aber ich weiß es nicht. Es lag neben ihrem Bett.«

»Wer konnte in ihrer Kammer gewesen sein? Vielleicht einer der Gentlemen?«

»Nein, Sir, natürlich nicht. Keiner von ihnen hätte das gewagt.«

»Also war es eine Frau. Die Vorsteherin über die Jungfrauen?«

»Nein, Sir, die hätte selbst einen Doktor gerufen und nicht bloß eine Botschaft zurückgelassen. Jede von uns hätte das getan, wenn wir nur davon gewußt hätten. Als uns klar war, was geschehen war, haben wir sofort einen Doktor gerufen. Und der war sehr wütend. Er sagte auch, daß die Botschaft richtig sei. Und er wollte wissen, wer sie dort hingelegt hatte, denn es braucht eine Engelmacherin, um zu wissen, was eine Engelmacherin getan hat. Aber er konnte sie nicht mehr retten, obwohl er sie schröpfte, ihr eine tote Taube auf die Füße legte und alles.«

»Es braucht eine Engelmacherin, um zu wissen, was eine Engelmacherin getan hat«, murmelte Davison. »Hm.« Maria hatte einen schmutzigen Daumenabdruck an einer Ecke des Papiers hinterlassen, und Davison untersuchte ihn sorgfältig. Er hielt ihn nach oben gegen das Licht, drehte ihn um und schnupperte ein wenig daran. Seine Nase kräuselte sich, und er runzelte erstaunt die Stirn.

»Wer könnte sonst noch in der Kammer gewesen sein? Etwa ihre Dienerin?«

»Nein, Sir. Wir alle teilen uns Kitty als Zofe, und sie holte gerade die Halskrausen von der Wäscherei ab. Deshalb war Bethany ja allein, das arme Ding, das arme Kind, ganz allein und...«

»Nehmt Euch zusammen, Mistress Alicia. Denkt nach. Wenn es bei Hof eine Hexe gibt, ist das eine ernste Sache. Wißt Ihr, was in der Heiligen Schrift steht? – ›Du sollst nicht zulassen, daß eine Hexe am Leben bleibt.‹ Sie könnte die Königin verzaubern oder sogar vergiften.«

»Oh, Sir, daran habe ich nie gedacht.«

»Nun, dann denkt jetzt darüber nach. Wer sonst hätte in Bethanys Kammer kommen können?«

Alicias sanfte, weiße Stirn runzelte sich, als sie ihre Gedanken zu dieser ungewohnten Übung zwang. Die Königin behandelte die meisten ihrer Ehrenjungfrauen mit Verachtung, weil sie tatsächlich nichts als dumme, alberne Gänse waren, die ihr nur dienten, um einen Ehemann zu ergattern.

»Nun, nur noch die Frau, die für die Nachttöpfe zuständig ist.«

»Ahhh«, sagte Davison. »Wie sieht die aus?«

Alicias Falten gruben sich noch tiefer ein. »Ich kann mich nicht erinnern. Am Morgen kommt sie immer murmelnd mit ihren Eimern herein.«

»Ist sie alt, jung?«

»Alt, Sir. Sehr alt. Alt und schmutzig. Sie sieht aus wie ein leerer, lederner Sack.«

Davison lächelte zufrieden. »Und wo wohnt sie?«

Alicia schüttelte den Kopf. »Nun, Sir, ich weiß es nicht. Sie ist die einzige Frau, die sich um die Nachttöpfe kümmert.«

»Also, woher kommt sie dann? Und wo bringt sie die Eimer hin?«

Es war Alicia niemals in den Sinn gekommen, sich zu fragen, wohin wohl die Gallonen von Ausscheidungen gingen, die der Hof Tag für Tag produzierte, und so schüttelte sie nur verblüfft und verwirrt ihren Kopf.

»Macht nichts«, sagte Davison mit ungewohnter Nachsicht. »Ihr habt mir wirklich sehr geholfen, Mistress, ich stehe tief in Eurer Schuld.«

»Ja, aber was hat das mit der alten Frau zu tun?«

»Denkt daran, was der Doktor gesagt hat. Daß es eine Engelmacherin braucht, um das Werk einer Engelmacherin zu erkennen. Sicher ist die Frau mit den Nachttöpfen die Hexe, die diese Notiz über Bethanys Zustand hinterlassen hat.«

»Oh.« Alicias Augen und Mund formten drei runde Os, als sänge sie in der Kapelle. »Ohh. Ja, ich verstehe. Sie sieht schon sehr böse aus und murmelt die ganze Zeit vor sich hin, keine Wörter, sondern Zaubersprüche.«

»Genau. Jede Hexe ist eine Gefahr für unsere Seelen.«

»Ja, Sir.«

»Beunruhigt Euch nicht länger damit, Mistress Alicia. Ihr habt mir, wie es sich gehört, Euer Herz ausgeschüttet, und das ist alles, was Ihr tun müßt. Ich werde dafür sorgen, daß die Hexe nicht mehr an den Hof kommt.«

»Ja, Sir. Werdet Ihr sie verbrennen?«

»Unglücklicherweise wird sie in diesen gottlosen Zeiten wahrscheinlich gehenkt werden.«

Alicia nickte, ihre Augen waren noch immer weit aufgerissen. »Wie schrecklich«, sagte sie.

Davison eilte rasch in seine Wohnung, die in Whitehall lag. Nur zur Klarstellung: Er hatte noch nicht erkannt, was Maria mit dem Buch vom Einhorn verband, doch die Tatsache, daß eine Frau, die Nachttöpfe ausleert, auch lesen und schreiben kann, war eine höchst interessante Abweichung von allem Normalen.

Er wünschte, sie zu befragen. Vielleicht hielt er sie auch für eine Spionin, nicht nur für eine Hexe. Auf jeden Fall durchkämmten seine Männer ganz London, um eine alte Frau zu suchen, die vor zwei Nächten aus dem Falcon entwischt war. Aber diese würde ihm nicht entwischen, wenn er nur herausfinden konnte, wohin sie gegangen war. An diesem Abend konnte er nichts anderes tun, als sich in Geduld zu üben. Aber er würde in Erfahrung bringen wohin der Inhalt der Nachttöpfe kam, dann würde er die Alte gefangennehmen und sie über ihre Aktivitäten ausfragen. Er hatte keinen Zweifel daran, daß Maria ihm alles sagen würde, was er zu wissen wünschte.

Er suchte auch nach Becket, doch hatte er in diesem Fall eine Niete gezogen, da Becket sich von seinen früheren Schlupfwinkeln geflissentlich fernhielt. Nicht einmal Laurence Pickering, der König der Diebe, wußte, wo er war. Aber Davison hatte Vertrauen, daß sein Gott Becket zu ihm brächte.

77

Carey streckte seinen Kopf hinter der Tür der Schlafkammer hervor und flüsterte eindringlich mit den beiden Männern, die sein Vater zurückgelassen hatte, um ihn zu bewachen, und die draußen schliefen. Zur selben Zeit versuchte auch sein Diener, unter heftigem Augenblinzeln wach zu werden; er verlangte zu wissen, was geschehen war.

Nun drängten sich alle in die Schlafkammer, in der Carey in rasender Eile mit vom südschottischen Dialekt gefärbter Stimme sprach und ihnen erzählte, daß zwar die Königin befohlen hatte, er dürfe ihr nicht unter die Augen treten, er aber Wind von einem tödlichen Anschlag auf sie bekommen hätte. Und als ihr getreuer Untertan könne er sich nicht einfach zurücklehnen und zulassen, daß sie ermordet würde. Deshalb schlage er vor, jetzt in der Nacht in ihr Schlafgemach einzudringen.

Die beiden Männer sahen sich gegenseitig an und wirkten zutiefst unglücklich.

»Ja, Sir«, sagte der eine, »aber mein Herr hat gesagt, daß Ihr hierbleiben müßt. Wir müssen Euch hier festhalten und dürfen nicht zulassen, daß Ihr noch in weitere Schwierigkeiten geratet.«

»Um Himmels willen, Selby«, fuhr ihn Carey an. »Du weißt, daß ich niemals ein solches Risiko auf mich nähme, es sei denn, es ginge um das Leben der Königin. Du *weißt* das.«

»Gewiß, Sir, aber...«

»Du kommst dadurch nicht in Schwierigkeiten. Ich werde allen klar machen, daß ich dir befohlen habe, mir zu helfen.«

»Gewiß, Sir, aber...«

»Aber was, Heron?«

»Wie sollen wir denn da hineinkommen, um sie zu sehen, Sir?«

»Du gehst nicht hinein und ich auch nicht. Wir gehen nur mit, um Davisons Leute von ihrer Tür zu verscheuchen, und dann wird Mistress Thomasina mit ihr sprechen. Wir bewachen die Tür, damit sie niemand unterbricht. Das ist alles. Glaubst du vielleicht, daß Mistress Thomasina der Königin etwas tun könnte?«

Unbehaglich betrachteten die Männer sie und erkannten vielleicht zum ersten Mal, daß sie kein Kind war.

»Nein, Sir, aber...«

»Aber was, Selby?«

»Wie sollen wir das denn anstellen? Ich meine, die Wachen von der Tür wegbekommen. Sollen wir ihnen die Kehle durchschneiden, meint Ihr das, Sir?«

Carey zuckte zurück. »Nein«, sagte er entschieden. »Unter gar keinen Umständen dürft ihr denen die Kehle durchschneiden. Verstanden? Es wird kein Blut vergossen.«

»Gewiß, aber sie werden bestimmt nicht so nett sein zu uns, Sir.«

»Hast du Angst, Heron?«

»Nein, Sir, ich doch nicht, Sir.«

»Wenn du Angst hast, kannst du hierbleiben und abstreiten, daß du von der Sache überhaupt gewußt hast.«

»Nein, Sir. Ich hab keine Angst, bin nur ein bißchen vorsichtig.«

»Daran ist nichts Falsches, solange du tust, was man dir sagt. Nun, Mistress Thomasina, ist da nicht eine Tür, die vom Privatkabinett in das Schlafgemach der Königin führt?«

Thomasina überlegte. »Da ist eine, aber die ist verschlossen und über Nacht von der Innenseite ihres Gemachs verriegelt. Auch die Tür, die vom Kabinett auf die Königliche Galerie führt, ist abgeschlossen. Das Schloß ist solide, wir würden es nie schaffen, es rechtzeitig aufzubekommen.«

Carey zog die Luft durch die Zähne. »Wie schade. Nun gut, es war kaum anzunehmen, daß es sich auf die einfache Art machen ließe. Doch wenn Davison nichts an der Verteilung der Wachen geändert hat, stehen lediglich zwei Männer am Übergang von der Steinernen zur Königlichen Galerie. Dazu zwei am entgegengesetzten Ende und die zwei Gentlemen in der Mitte, die in dem Alkoven neben der Tür ihre Rollbetten haben.«

Heron und Selby nickten, und ihre Augen verengten sich auf eine sehr geschäftsmäßige Art.

»Sir, Sir«, sagte Careys Diener, »und was soll ich machen?«

»Du versteckst dich, Michael. Halt dich aus allem heraus. Wenn du Rufe oder Lärm hörst, dann versteck dich irgendwo. Dasselbe tust du, wenn du hörst, daß ich gefangengenommen wurde. Was auch geschieht, wenn ich bis zum Morgen nicht zurück bin, dann verläßt du den Hof und reitest nach Fotheringhay, um meinen Vater zu holen.«

»Und was kann er tun?« fragte Thomasina.

Carey lächelte sie traurig an. »Seine Lehnsmänner herbeirufen und auf diese Weise mit Davison fertig werden. Er wird Hilfe bekommen. Ich denke, daß die restlichen Ratsmitglieder Mr. Davisons Vorgehensweise nicht gutheißen.«

»Aber das bedeutet Bürgerkrieg.«

Für einen Moment antwortete niemand.

»Das Beste wäre, Davison bereits jetzt zu stoppen«, sagte Carey, »und das ist auch das, was wir tun werden. Sobald wir die Mittel und Wege dazu ersonnen haben. Also, das Hauptproblem sind die zwei Männer am Eingang zur Königlichen Galerie. Wenn ich an denen erst einmal vorbei bin, glaube ich, auch die beiden vor der Tür Ihrer Majestät erledigen zu können, vor allem, da mir die Spaßmacherin der Königin zur Seite steht. Mit ein wenig Glück und wenn alles glatt geht, werden die Männer am Ende der Königlichen Galerie nicht die Zeit finden, überhaupt etwas zu tun. Schwierig ist nur, daß die beiden bei der Steinernen Galerie im Stehen wachen. Die werden wach sein. Und daher brauchen wir etwas, das sie ablenkt.«

Thomasina lächelte verstohlen, dann zupfte sie ihn an seinen aus verschiedenfarbigen Stoffstreifen zusammengesetzten Beinkleidern. »Nun, Mr. Carey«, sagte sie spitzbübisch, »Ihr vergeßt mich.«

Kurze Zeit später marschierte eine sonderbare Prozession die Steinerne Galerie hinab, beleuchtet von dem Licht eines Halbmondes, der auf der einen Seite durch die Facetten der geschliffenen Fensterscheiben fiel. Auf beiden Seiten der Galerie hingen Wandteppiche mit Szenen aus dem Trojanischen Krieg und der Geschichte Achills, die der Vater der Königin einst für Unsummen gekauft hatte. Doch waren sie längst nicht so kostspielig gewesen wie die Gobelins, die für die wichtigsten ausländischen Botschaften angeschafft worden waren. Die leuchteten nur so mit ihren goldenen und silbernen Fäden und strotzten nur so von in höchstem Maß verwickelten Allegorien, wobei jede einzelne den Wert einer voll ausgestatteten und bewaffneten Galeone besaß. Wahrhaftig, in dieser Galerie waren gewebte und bemalte Stoffe und Wandbehänge im Wert von zwei oder drei Klöstern angesammelt.

Die Türen, die von und zu den Gemächern der Königin führten, waren in einer Weise angelegt, wie man es üblicherweise nur in Festungsbauten tat, aber die Königin lebte hier auch in einer hervorragend ausgeklügelten Festung. So war der Durchgang, der von der Steinernen Galerie in die Galiere der Königin führte, so eng, daß jeweils nur eine Person auf einmal hindurchpaßte. Dies war dadurch erreicht worden, daß der Teil des Privatkabinetts, der von der einen Tür bis zur nächsten reichte, mit Brettern verschalt worden war.

Carey hatte entschieden, daß Anschleichen nichts nützte, da die beiden Männer am unteren Ende der Königlichen Galerie sowieso wach waren. Und falls sie noch schliefen, war es auch nicht notwendig.

Und so schritt er voran. In einer Hand trug er eine Kerze, in der anderen ein silbernes Tablett, auf dem ein mit einem Tuch bedeckter silberner Kelch stand. Hinter ihm trottete Thomasina her, die versuchte, nicht allzu verschreckt auszusehen.

Die beiden Männer waren wach, doch waren es nicht die üblichen Soldaten Ihrer Majestät, wie Carey sich gewünscht hatte, da Sir Walter Raleigh ein überaus loyaler Diener der Königin war – gewiß auch einer der Gründe, warum sie ihn so schnell zum Oberkommandanten ihrer Wache gemacht hatte. Aber nun war er nach Fotheringhay geeilt, um dort wie ein Straßenkind die Hinrichtung der Königin von Schottland zu begaffen.

Das bedeutete, daß diese Männer nicht mit den routinemäßigen Abläufen bei Hofe vertraut waren und ihnen auch nicht klar war, was normal und was ungewöhnlich war. Was sie erblickten, waren ein Gentleman und ein Kind, die beide auf sie zukamen, wobei die Kleider und das Verhalten dieses Gentlemans in jedem Detail zu verstehen gab, daß er ein Höfling war. Konnte ein Mann, der eine Kerze, einen Kelch und ein Mundtuch trug, böse Absichten haben?

Sie betrachteten ihn und hielten ihm ihre gekreuzten Hellebarden entgegen, um ihm den Weg zu versperren. Das Kind schlüpfte unter den Schäften hindurch, fing an, ein paar Saltos zu schlagen und Überschläge zu machen, und bewegte sich dabei langsam, aber zielstrebig die Königliche Galerie hinab.

»Was macht Ihr hier, Sir?« fragte einer der Soldaten sehr höflich.

»Hey, du«, zischte der andere, »bleib sofort stehen.«

Thomasina nahm keine Notiz von ihm und machte mit ihren akrobatischen Sprüngen weiter.

»Ich bringe den Nachttrunk für Ihre Majestät«, sagte Carey und brachte dabei sein schauspielerisches Talent zur Geltung, um möglichst angespannt und verärgert auszusehen, da er, der ein Amt zu versehen hatte, daran gehindert wurde, seine Pflicht zu tun. Vielleicht preßte er seine Stimme ein wenig mehr als üblich, so daß sie dadurch stärker wie die eines Akademikers klang.

»Niemand hat uns etwas davon gesagt«, sagte der Soldat.

»Warum sollten sie?« antwortete Carey. »Ihre Majestät nimmt immer um diese Zeit einen heißen Punsch zu sich.«

»Bisher hat sie das nie getan.«

Carey wirkte auf übertriebene Weise höchst entsetzt. »Wollt Ihr damit sagen, daß ihr während meiner Krankheit niemand ihren Trank brachte?«

»Hey«, sagte der andere mit jenem erstickten Klang von jemand, der flüsternd zu schreien versucht. »Du kleines Mädchen dort, hör jetzt auf damit.«

Thomasina hielt inne und blickte von der Mitte der Königlichen Galerie zurück.

»Sie hat nicht danach verlangt«, sagte der erste Mann zu Carey und schien leicht beunruhigt zu sein.

Carey schüttelte bedenklich den Kopf. »Ihr solltet mich besser rasch durchlassen, bevor sie Euch in den Tower steckt.«

»Könnte ja Gift drin sein«, gab der Soldat zu bedenken, der Thomasina gerufen hatte.

»Ihr seid ein treuer Untertan, wie ich sehe«, sagte Carey lächelnd, »und ein Mann von schneller Auffassung. Natürlich ist es kein Gift, aber seht her, ich werde es Euch beweisen.« Und er gab dem Soldaten die Kerze, die er halten sollte, nahm einen Schluck aus dem Kelch und bot ihn auch ihnen an.

Argwöhnisch beobachtete der Soldat, ob er irgendwelche Zeichen eines Zusammenbruchs zeigte. Dann schüttelte er den Kopf. »Also gut. Wenn Ihr davon trinkt, dann glaube ich Euch. Ihr könnt passieren.«

Carey ergriff seine Kerze wieder und marschierte zwischen den beiden Hellebarden durch. Er hielt seinen Rücken sehr steif und völlig gerade, auch wenn er den prickelnden Drang verspürte, sich nach den beiden umzudrehen, die ihn, wie er wußte, genau beobachteten. Nun waren ein dumpfer, weicher Aufprall und ein gedämpftes Poltern zu hören. Jetzt konnte er endlich den Blick zurückwerfen und sehen, wie Selby und Heron ihn angrinsten und mit nach oben gestreckten Daumen auf die beiden flach hingestreckten Soldaten zeigten. Selby zog sie nacheinander in das kleine Kabinett, dann ergriff er mit Heron die Hellebarden, und sie standen still.

Carey erwartete von den beiden Gentlemen, die vor der Tür der Königin schliefen, mehr Schwierigkeiten. Er hoffte von ganzem Herzen, daß er wenigstens einen von ihnen kannte, vielleicht Drury oder den Grafen von Cumberland. Der eine war bereits aufgewacht, hatte sich auf seinem Rollbett gegenüber der Tür zum königlichen Schlafgemach aufgesetzt und blickte verständnislos in das Licht von Careys Kerze.

Unglücklicherweise handelte es sich dabei wirklich um einen Gentleman, den Carey kannte, jedoch um keinen Freund.

»Was, zum Teufel, machst du hier? Solltest du nicht...«

Thomasina agierte wie eine kleine Katze, die über einen Hund herfällt. Sie sprang neben seinen Kopf, legte ihm ihre Hand auf den Mund und ließ ihn das kleine Messer spüren, das sie an seine Halsschlagader preßte.

»Sei still, oder ich schneide dir die Kehle durch«, zischte sie im Tonfall eines Londoner Straßenräubers. Der Mann erstarrte zu Eis, und um die Pupillen in seinen Augen zeigte sich blankes Weiß.

Der andere Gentleman, der noch schlief, drehte sich grunzend um. Carey stellte die Kerze, das Tablett und den Kelch auf dem Boden ab, ging zu seinem Bett hinüber und drehte den Mann auf den Bauch, so daß sein Gesicht in dem Kopfkissen lag. Er kniete sich auf seinen Rücken und fesselte seine Hände mit den Schnüren, die er von den Vorhängen des Obersten Schatzmeisters abgeschnitten hatte. Als sich der Mann aus Angst zu ersticken aufbäumte, zerrte ihn Carey an seinen Haaren vom Kissen hoch und stopfte ihm ein Taschentuch in den geöffneten Mund. Dann zog er das Kissen unter ihm hervor und ließ ihn wieder zurück auf die Matratze fallen.

Die Augen des anderen Gentleman rollten wie wild. Thomasina fühlte, wie er sich zitternd unter ihrer Hand wand, die glitschig von seinem Speichel war. Plötzlich biß er sie, und als sich ihr Griff dadurch löste, gelang es ihm, einen halb erstickten Schrei loszulassen. Ganz in der Nähe begann einer der vielen Schoßhunde der Königin zu bellen.

Carey packte ihn, boxte ihn fest in den Bauch, um ihn ruhig zu stellen, dann stopfte er auch ihm ein Taschentuch in den Mund. Einen Augenblick später lag er, gleichfalls ohne Kissen, gefesselt auf dem Bauch, wobei er heftig durch die Nase schnaubte.

»Ich bitte um Entschuldigung, Gentlemen, wirklich, das tue ich«, sagte Carey in aller Form. »Ihr könnt später beide Satisfaktion von mir verlangen.«

Thomasina zischte ihn an. Inzwischen bellten alle drei Hunde der Königin wie eine Miniaturausgabe des Zerberus. Die beiden anderen Soldaten vom gegenüberliegenden Ende der Königlichen Galerie rannten mit ihren Hellebarden auf sie zu.

Carey gab Thomasina die Kerze und schob die beiden Rollbetten mit ihren hilflosen Fahrgästen an, so daß sie die Galerie hinabrollten, genau in die Richtung der beiden Soldaten.

»Geht hinein. Jetzt. Ich halte sie auf«, rief er ihr zu.

Thomasina nickte. Sie wußte, daß die Tür von innen verschlossen war. Also schlug sie mit ihrer kleinen Faust dagegen und rief: »Lady Bedford, laßt mich ein, schnell, *laßt mich ein...*«

Schatten krochen die Königliche Galerie entlang. Die beiden Rollbetten trudelten aus, wobei eines von ihnen umfiel und den darauf liegenden Gentleman herunterwarf, der prompt einige unterdrückte Verzweiflungsschreie ausstieß. Die Soldaten schwangen ihre Hellebarden, zwischen denen Carey wie wild herumtanzte, sein Schwert und den Dolch aus der Scheide riß und mit den gekreuzten Klingen den einen Mann ablenkte und dem anderen gleichzeitig auswich.

»Laßt mich ein!« Thomasinas Stimme erhob sich zu einem

Geschrei, das das Kläffen der Hunde übertönte. »Laßt mich, sonst wird die Königin STERBEN!«

An der Stelle, an der die Königliche Galerie in die Steinerne Galerie überging, starrten Heron und Selby angstvoll ins Dunkel, doch gelang es ihnen nicht, herauszufinden, was passierte. Sie hatten von Carey die strikte Order erhalten, sich in keinen Kampf einzumischen, sondern sich darauf zu konzentrieren, jeden aufzuhalten, der durch den Thronsaal kam.

Carey duckte sich und bewegte seinen Körper in ständigem Zickzack hin und her. Er benutzte jedoch seine Waffen nur zur Verteidigung, wobei er ständig darauf bedacht war, in die Nähe des Audienzsaals und damit weg vom königlichen Schlafgemach zu kommen. Früher oder später, dachte Thomasina, während sich ihr Bauch vor Angst zusammenkrampfte, wird einer von ihnen begreifen, was er vorhat, und hierher zurückkommen. Bitte, Gott, laß sie die Tür öffnen...

Carey trat einem der Männer in die Eier und schaffte es um Haaresbreite, daß ihm der Kopf nicht von der schwirrenden Schneide der Hellebarde des anderen abgeschlagen wurde. Der Mann, den er getreten hatte, sank langsam in die Knie. Er stützte sich auf den Schaft seiner Hellebarde, während sein Gesicht wie bei einem betenden Ritter früherer Zeiten in Bewegung war.

Thomasina hob die Faust, um wieder gegen das Holz der Tür zu schlagen. Als sich ihre Augen jedoch auf die Tür richteten, hatte sich die einen Spalt geöffnet, und eine Frau schaute heraus. Mit den papierenen Lockenwicklern und der schief auf dem Kopf sitzenden Nachthaube sah sie mehr als aufgeregt aus.

»Oh, Mylady Bedford«, sagte sie, »bitte, bitte, laßt mich ein. Ich muß die Königin sehen.«

»Was in Gottes Namen ist da los? Wer ist das dort hinten auf der Galerie?«

»Es ist Robin Carey, Madam, Euer jüngster Bruder.« Sie brüllten beide über den Lärm der Hunde hinweg.

»Warum kämpft er mit der Wache der Königin?«

»Um mir Zeit zu geben, Ihre Majestät zu sehen. Bitte, laßt mich hinein, bitte. Ihr könnt mich später verhaften lassen, Ihr könnt mich in den Tower werfen, mich schlagen oder sonst etwas, aber, bitte, Ihr müßt mich einlassen. Ich muß mit ihr sprechen.«

Die Worte purzelten aus Thomasinas Mund, ohne daß sie darüber nachdachte, und sie wunderte sich, daß ihr Gesicht plötzlich naß war.

Die Augen der Gräfin von Bedford wurden schmal. Sie war die intelligenteste unter den Hofdamen der Königin und ähnelte Elisabeth in mancherlei Weise. Und sie hatte ihr viele Jahrzehnte lang treue Dienste geleistet.

»Kommt herein«, sagte sie und öffnete die Tür.

Thomasina stürzte durch die Tür, schloß sie und verriegelte sie sofort wieder, dann versuchte sie, wieder zu Atem zu kommen, um die Königin angemessen zu begrüßen.

Ein außergewöhnlicher Anblick bot sich ihren Augen. Die Königin stand neben ihrem Prunkbett, ihre kurzen grauroten Haare ragten aufrecht empor, sie trug nur ein Hemd, und auf ihrem Gesicht lag ein wild entschlossener Ausdruck. In ihrer Faust hielt sie einen kurzen, mit Juwelen verzierten Dolch. Zwischen ihr und der Tür stand Alicia, die Ehrenjungfrau, die nun in ihrem Bett schlief, und schlotterte vor Angst, während sie in jeder ihrer beiden Hände einen Kelch hielt. Lady Bedford fuchtelte mit ihrem Tafelmesser herum, und auch Felipe und Eric bewachten die Königin. Sie kläfften und knurrten und hatten dabei ihre lächerlichen Rückenhaare aufgestellt. Francis sprang derweil mit einem Satz hinter den Bettvorhängen hervor, doch verschwand er gleich wieder.

Das Ganze wirkte, als sei es eine Szene aus einem Theaterstück. Einen Augenblick lang stand Thomasina bloß da und hielt Maulaffen feil, bis ihr klar wurde, daß alle Anwesenden in dem Gemach der Königin gewillt waren, für sie zu kämpfen, auch wenn sie von dieser Kunst nicht das geringste verstanden – sowohl die Frauen wie auch die Hunde. Es war gleichzeitig rührend komisch und großartig, und Thomasinas Brust schwoll vor lauter Stolz an.

Schließlich erkannte Felipe Thomasina, hörte sofort mit dem Knurren auf und begann, mit dem Schwanz zu wedeln. Eric bellte munter weiter, bis Alicia ihr Arsenal an Kelchen fallen ließ und ihn auf den Arm nahm.

Die Königin sprach als erste.

»Was hat das alles zu bedeuten, Mistress Thomasina?« Ihre Stimme klang trocken und kalt, sie verriet nicht die kleinste Spur von Angst. Sie sah auch nicht wie eine Frau aus, sondern wirkte vielmehr wie eine alte Wölfin, die in die Enge getrieben worden war.

Thomasina ließ sich augenblicklich auf die Knie fallen und schluckte heftig, bevor sie antwortete.

»Es geht um das Buch vom Einhorn, Eure Majestät. Ich bin gekommen, um Euch davon zu berichten.«

»Davon, daß Ihr versagt habt?«

»Nein, Eure Majestät.«

»Davison hat es. Ist das kein Mißerfolg?«

»Nein, Eure Majestät. Weil er nicht alles davon hat.«

Sie konnte nicht mehr sagen, da sie nicht sicher war, wie weit die anderen Frauen darüber unterrichtet waren, was wirklich geschah. Aber die Königin verstand. Sie ließ sich plötzlich auf einer Ecke ihres Bettes nieder und warf den juwelenbesetzten Dolch auf den bestickten Bettüberwurf.

»Seid Ihr sicher?«

»Ja, Eure Majestät. So sicher ich sein kann, ohne es zu sehen.«

Die Königin blickte von Thomasina auf die mit Läden verschlossenen Fenster. Ihr Gesicht wirkte ohne die Schminke nackt, und ihre feine, trockene und von Falten durchzogene Haut war zu wenig Schutz, um die Gedanken dahinter zu verbergen. Jedoch welche Gedanken das waren, ließ sich viel schwerer erraten. Das Kaminfeuer war fast niedergebrannt, und sein Licht entstellte mehr, als es enthüllte.

»Alicia«, sagte die Königin zu dem blassen blonden Mädchen, das damit beschäftigt war, die Hunde zu beruhigen, »geh und mach das Feuer an, und dann gieße für mich und Mistress Thomasina etwas Wein ein. Mylady Bedford, es ist alles in Ordnung. Wir haben gute Nachrichten.«

Die Hofdamen schauten sich gegenseitig an und entspannten sich.

»Aber mein Bruder, Madam...«, sagte Lady Bedford.

»Euer Bruder?«

»Robin Carey, Eure Majestät«, sagte Thomasina. »Er half mir, Davisons Leute in der Königlichen Galerie zu umgehen. Im Augenblick kämpft er gerade mit ihnen.«

»Was? Warum könnt Ihr nicht einfach zu mir kommen?«

»Sie behaupten, ich sei eine Verräterin, Eure Majestät, und daß ich mir Euer Wohlwollen verscherzt hätte. Ich hörte, daß sogar ein Haftbefehl gegen mich vorliegt.«

»Guter Gott«, sagte die Königin schroff, dann verfiel sie in Schweigen.

Hinter der Tür wurde das Geräusch von umstürzenden Möbeln laut, man hörte das Klappern von Metall und dann einen stumpfen Schlag, dem weitere folgten.

Die Königin schlüpfte mit ihren schmalen Schultern in einen Schlafrock aus rosa Samt, der mit Pelz besetzt war, und zog ihn eng um sich.

»Öffnet die Tür«, befahl sie Lady Bedford, die sogleich den Riegel aufschloß.

Elisabeth schritt hinaus auf die Königliche Galerie, im Gefolge die drei von der eigenen Wichtigkeit absolut überzeugten kleinen Hunde.

Carey war von den beiden Soldaten überwältigt worden, denen einer der beiden Gentlemen, der nicht fest genug gefesselt gewesen war, zu Hilfe kam. Nun wurde er von zwei Männern

533

festgehalten, während der dritte mit den Fäusten auf ihn ein-schlug.

»Hört mit diesem schändlichen Treiben auf!« brüllte die Königin, die, mit den Händen auf den Hüften, wie der Geist König Heinrichs. Auch Selby und Heron hörten sofort damit auf, sich an die Soldaten heranzuschleichen, und glotzten sie voller Entsetzen an.

Die Kämpfer hielten inne und drehten sich zu ihr um. Auf einmal sahen sie wie Schafe aus.

Dem festen Griff entronnen, sank Carey dankbar auf die Knie, legte die Hände auf seinen Bauch und keuchte, wenn auch sehr edel und leise, vor Schmerzen.

In diesem Augenblick wurden donnernd die Türen des Audienzsaals aufgestoßen, eine Schar von Soldaten und Edelleuten stürmte in den verschiedensten Formen des Unbekleidetseins herein und wedelte dabei mit einer Vielzahl von Waffen. Mit einem einzigen Blick brachte die Königin sie dazu, dort, wo sie gerade waren, abrupt stehenzubleiben. Das ließ die Männer in den hinteren Reihen auf die vorderen prallen, so daß einige zu Boden fielen. Alle starrten sie an, wobei sie nicht so sehr das sahen, was sie war, nämlich eine alte Frau in einem rosafarbenen Schlafrock, die nicht geschminkt war und sich auch nicht auf die Wirkung ihrer Staatsrobe verlassen konnte. Das, was sie sahen, war ihre erhabenste Herrin und souveräne Herrscherin.

»Wie Ihr sehen könnt«, sprach die Königin mit einer Stimme, die sie normalerweise benutzte, um zu den Teilnehmern eines Wettstreits auf dem Turnierplatz zu sprechen, »sind wir bei ausgezeichneter Gesundheit, und es ist weit und breit kein Mörder zu sehen. Wir danken Euch für Eure heldenhafte Loyalität, um uns zu Hilfe zu eilen, aber Ihr könnt nun alle wieder in eure Betten zurückkehren.«

Einige der Soldaten hoben ein Gemurmel an, und einer der etwas kühneren Edelleute trat einen Schritt vor und fragte, ob die Königin etwas benötigte.

Die Königin starrte ihn an. »Wir benötigen nichts von Euch, Mylord von Oxford, und wir vergeben Euch auch Euer unverhülltes Schwert in Anwesenheit der Monarchin, da es zu unserem Schutz gezogen wurde. Und nun verlaßt uns bitte!« Murmelnd und miteinander tuschelnd, zerstreute sich der Rettungstrupp. Nun richtete die Königin ihre Aufmerksamkeit auf das noch immer vor Schreck erstarrte Tableau, das, weiter hinten auf der Königlichen Galerie, zu sehen war.

»Wie könnt Ihr es wagen, einen von unseren Edelleuten zu schlagen?« sagte die Königin. »Wenn er Bestrafung benötigt, so werden wir das selbst veranlassen.«

Carey hob seinen Kopf und schaffte es, die langsam nachlassenden Schmerzen mit einem spöttischen Blick zu vereinen.

Fest erwiderte die Königin seinen Blick und zeigte nicht das kleinste Bißchen Zuneigung. »Mr. Carey«, sagte sie.

»Ja, Eure Majestät«, krächzte er immer noch atemlos.

»Geht es Euch gut?«

»Nun... ja, Eure Majestät.« Es hing von der Definition des Wortes »gut« ab, aber es ging ihm sicherlich besser, als er erwarten durfte, denn er sah, daß er weder tot noch verletzt war.

»Hebt Euer Schwert auf. Und dann kommt und bewacht mein Schlafgemach für mich«, sagte die Königin.

Carey erhob sich unter großen Schwierigkeiten, wobei er sich um die Mitte ein wenig krümmte. Er schaffte es sogar, sein Schwert aufzuheben, ebenso den langen dünnen Dolch zum Duellieren, der ihn zwanzig Pfund gekostet hatte. Er steckte ihn in die Scheide zurück, die er hinten am Rücken trug. Dann taumelte er zu der Stelle, wo die Königin stand, versuchte so wachsam und munter auszusehen wie nur möglich und fiel vor ihr auf die Knie. Eric legte seine Pfoten auf Careys Beine und wedelte ihn entzückt und voller Freude an, worauf Carey ihm ziemlich abwesend seinen haarigen Kopf streichelte.

Die beiden Soldaten sowie der Gentleman, der sich aus Careys Fesseln befreit hatte, standen da und starrten auf die merkwürdig kleine, aber keineswegs schwache Königin in dem rosa Samt und dem dunklen Pelz.

»Ihr«, sagte sie zu dem Soldaten. »Geht zurück auf Euren Posten und erlaubt keinem, hier durchzugehen.«

»Und Ihr... Wer, zum Teufel, seid Ihr?« fragte sie, da sie die beiden nicht sofort erkannte.

»Eure Majestät«, sagte Carey undeutlich, »das sind die Leute meines Vaters, John Selby und Archibald Heron.«

»Hm. Ausgezeichnet. Ihr seid beide vorübergehend meiner Garde zugeordnet. Falls *irgend jemand* versucht, die Königliche Galerie vom Audienzsaal aus zu betreten, so tötet ihn.«

Beide neigten unbeholfen ihre Köpfe.

»Gewiß, Madam, wir machen es besser als die armen Tölpel, die Ihr vorher hattet.«

»Was?« fragte die Königin. »Was meint er, Robin?«

Carey übersetzte es ihr.

»Aha. Hm. Danke. Tut das.«

Die Königin betrachtete mit außerordentlicher Mißbilligung den Gentleman, dem es gelungen war, sich aus Careys Fesseln zu befreien.

»Mr. Pearce«, sagte sie, »Ihr könnt mir ein wenig Wein aus dem Salon holen.« Dann warf sie einen Blick auf den noch viel unglücklicheren Gentleman, dessen Knoten richtig festgebunden waren und der noch immer schwache Versuche unternahm, sich zu befreien. »Was Euch betrifft, Mr. Williams, Ihr könnt so verbleiben, wie Ihr seid, damit Ihr Euch merkt, nicht soviel zu trinken, bevor Ihr Euch zu Bette begebt. Was, wenn das die Spanier gewesen wären?«

Carey mußte lächeln. Mr. Williams sah aus, als wollte er gleich zu weinen anfangen.

Nachdem ihr Pearce von der Anrichte im Salon einen Krug Wein gebracht und ihn auf Knien Thomasina übergeben hatte, rauschte die Königin in ihr Schlafgemach zurück.

Ihr folgten Thomasina und die Hunde. Danach wurden die Riegel verschlossen, und dann schob Carey vorsichtig das leere Rollbett neben die Tür und ließ sich, mit dem Schwert auf den Knien, darauf nieder. Er hoffte von ganzem Herzen, daß er für den Rest der Nacht nichts weiter tun mußte, als bedrohlich auszusehen.

78

Ein sehr großer, finster blickender Gentleman kam am nächsten Tag in die Wäscherei des Hofes und verbrachte eine Stunde damit, mit Mrs. Twiste zu besprechen, wieviel es wohl koste, die Hemden seines edlen Herren, der demnächst an den Hof käme, hier waschen zu lassen. Sogleich unternahm Mrs. Twiste mit ihm einen Besichtigungsgang durch sämtliche Wasch- und Trockenräume, wobei er von der Vielzahl der herbeieilenden Frauen und Mädchen dieses Orts zu seiner großen Freude angestarrt und mit Knicksen bedacht wurde.

Beckets kleine Erkundung fand am Morgen statt, als Maria gerade ihre Runde machte, um die Nachttöpfe zu leeren. Davison und seine Männer kamen am Nachmittag und verpaßten ihn nur um eine halbe Stunde. Sie fanden ihre Tasche mit dem Geld in dem Faß, also war es doch kein so gutes Versteck gewesen, wie sie gedacht hatte. Das zeigte ihnen, daß sie im wahrsten Sinne des Wortes, aber auch bildlich gesprochen, auf Gold gestoßen waren. Doch fand nur die Hälfte davon seinen Weg auf Davisons Schreibtisch, da Munday es als erster entdeckt hatte.

In der Zwischenzeit wurde die Nachricht verbreitet, daß die Königin mit einer Migräne und Magenschmerzen im Bett liege und am heutigen Tag an keinem Gottesdienst teilnehmen werde. Wieder summten und schwirrten am Hof die Gerüchte über den Gesundheitszustand Ihrer Majestät und den

Tumult in der Königlichen Galerie, der in der Nacht dort statt-
gefunden hatte. Doch bildeten diese Geschichten lediglich die
Verzierung der tatsächlichen Verwirrung und Spannung, die
über dem Hof lag. Davison bahnte sich gelegentlich in aller
Eile einen Weg hindurch, höflich, aber kühl, und wollte weder etwas bestätigen noch etwas abstreiten.

Und wo war Maria? Natürlich in einer der Kneipen in der
Nähe von Charing Cross. Sie feierte meine Schlauheit und ihr
großes Glück, die ihr endlich eine Mitgift für Pentecost eingebracht hatten, womit sie das Kind zu retten vermochte. Jeder Hornbecher, den sie austrank, war sicher ihr letzter, ein
Abschied von Ausschweifung und Liederlichkeit. Und jede
Pfeife, die sie rauchte, bedeutete dasselbe. Gott erbarme sich
unser, die wir uns selbst in der Traumwelt der Zeit zum Narren halten und ständig belügen. Ich hatte nicht den leisesten
Zweifel, daß Maria die Mitgift Pentecosts vertrunken und ver-
raucht hätte, wie sie es vorher mit jedem Penny gemacht hatte,
den ich ihr zu verdienen gab.

Und wo war Simon Ames? Unnötig, es zu beschreiben, da
wir schon einmal ähnliche Nachforschungen angestellt hatten, um Becket dabei zu beobachten, wie er die Gastfreundschaft des Tower genoß. Meint ihr vielleicht, daß er nicht
peinlich befragt wurde? Gott, welche Naivität. Aber wenn
ihr annehmt, daß dieser Mann leicht zu knacken war, nun,
dann beweist ihr noch einmal eure Naivität, da so unschein-
bare Außenseiter wie er oft aus härterem Holz geschnitzt und
viel verstockter sind als die großen Raufbolde von der Art eines Mr. Becket. Außerdem kannte Simon das Spiel der Inquisitoren viel besser als all die anderen Opfer, denn er hatte
einst selbst auf der anderen Seite mitgespielt.

Jedoch war sein Wissen nicht gut für ihn, und so mußten sie
ihn noch nicht einmal in den Keller des White Tower bringen.
Es war sein Körper, der ihn verriet, nicht seine Zunge. Er erwachte aus seiner Ohnmacht im Lanthorne Tower, fühlte sich
fiebrig, und seine Schulter brannte vor Schmerzen. Im Laufe

des Vormittags begann er zu phantasieren, und obwohl das meiste Portugiesisch war, das weder Munday noch Ramme verstanden, hörten sie doch den Namen von Mistress Thomasina heraus, was Davison dazu veranlaßte, die Suche auszuweiten und sie miteinzuschließen.

Während der gesamten Zeit, in der seine Familie versuchte, ihm zu helfen, lag Simon hustend und brennend vor Fieber in einer kleinen Zelle im Tower. Munday saß die ganze Zeit neben ihm, um herauszufinden, was er sagte. Gegen Abend hatten sie große Angst, daß er stürbe, und so riefen sie selbst einen Chirurgen, der die Wunde wieder öffnete, säuberte, ausbrannte und danach verband. Todkrank lag Simon darnieder und sagte in dieser Nacht kein einziges Wort mehr, während Thomasina mit der Königin sprach und mit ihr Pläne schmiedete. Auch am nächsten Tag, als das Fieber wieder anstieg, blieb er still.

Als an diesem dunstigen Tag der Sonnenuntergang den Himmel über dem St. James Park, dem Spring Garden und dem alten Spital für die Aussätzigen leicht rötlich färbte, hievte sich Maria von ihrer Bank in der Kneipe hoch und torkelte zur Tür. Aus dem Norden, weit hinter dem alten Kreuz der Königin Eleanor, das vor lauter Taubendreck ganz weiß war, hörte man das Geschrei der Falken aus dem königlichen Marstall und das Wiehern und Stampfen der Pferde, die darauf warteten, gefüttert zu werden.

Sie rülpste und wartete, bis das Brennen nachließ, dann schlenderte sie gemächlich nach Whitehall hinunter und sang sogar beim Gehen. Bei einem Brunnen wusch sie sich das Gesicht in einem Eimer und erkannte, daß ich mich in ihm widerspiegelte. Aber sie versuchte, meinem Blick auszuweichen und machte einen Umweg um die Lagerhallen, als sie plötzlich das Gesicht eines Straßenräubers entdeckte, das von den Steinen der Londoner Straßenkinder zu Brei geschlagen worden war.

Vielleicht warf sie aus Spaß ja auch ein paar Steine auf den toten Mann, aber ohne Zweifel verfehlte sie ihn, da sie sich nur schwer entscheiden konnte, auf welches der beiden Bilder von diesem Klotz sie wohl zielen sollte. Das beeinträchtigte jedoch nicht ihre Laune, denn sie war an diesem Abend so glücklich wie eine Lerche, sie schwappte beinah über von dem vielen Branntwein und ihrer Zufriedenheit, die Mitgift für Pentecost zusammen zu haben.

Und so marschierte sie am Tor vorbei, das zum Hof führte, jenem Bereich, in dem sich die Bittsteller in einer Schlange anstellten und darauf warteten, durchsucht zu werden und ihre teuren Empfehlungsschreiben den Leibgardisten der Königin zeigten, bevor man ihnen erlaubte, durch das Holbein-Gate oder das Schloßtor weiterzugehen. Jetzt warteten nur wenige Leute, da die Nachricht vom Unwohlsein der Königin die Runde gemacht hatte und deshalb niemand einen flüchtigen Blick auf sie in ihrem Thronsaal oder bei der feierlichen Prozession in die Kapelle erhaschen konnte. Ohne Zweifel wurde Maria um so verzweifelter von den Bittstellern bei Hofe beneidet, als sie kühn auf das Tor zuschritt und von einem der Leibgardisten mit einem Nicken durchgeschleust wurde. Er hatte offenbar absolut nicht den Wunsch, ihre stinkenden Lumpen zu durchsuchen. Vielleicht sang sie gerade eins dieser albernen Kinderlieder, während die Wachen sie voller Ekel betrachteten. Sie marschierte vorbei und schwang dabei ihre Schürze, die voller Urin war, und ihren Rock, um den es noch schlimmer bestellt war. Und so wirkte sie unter all diesen herausgeputzten, hübschen Höflingen wie ein lebendes Gespenst. Die Königin hatte ihr für eine anständige Bedienstetentracht mehr als zehn Meter Kammgarnstoff gegeben, aber sie hatte ihn so schnell vertrunken, wie sie nur konnte.

Maria ging an zwei Gebäuden vorbei und dann um die hintere Seite der Schloßküche herum zum Holzhof. Nun kann es geschehen, daß ein Mensch viel größere Schwierigkeiten hat, den Hof von Whitehall zu betreten als ein Wagen. Die Königin erlaubte nicht, daß die Kohle von Newcastle in den Kaminen bei Hof verfeuert wurde, da sie so schmutzig war und sie ihren Geruch verabscheute. Aber die Klafter Holz, die der Hof verbrannte, konnten weder durch das Holbein Gate noch durch das Schloßtor transportiert werden. Statt dessen wurden sie auf Ochsenkarren zwischen den Gebäuden der alten Einsiedelei von St. Katherine befördert, hinten an den Brennöfen von Scotland Yard vorbei, und dann einen schmalen Weg am Fluß entlang direkt auf den Holzhof. Gelegentlich fiel solch ein Karren auch in den Fluß oder, wie man sagte, auf das Konto der Hofverwaltung vom Grünen Tuch.

Und so marschierte Maria über den Holzhof, wo die Männer gerade die Lasten abluden, aber gleichzeitig eine Ladung Brennholz unter einer Packleinwand verstauten. Sie merkte nicht, wie bekannt ein besonders massiger Mann mit schwarzen Haaren aussah, der in Hemdsärmeln den Wagen lenkte. Maria ging durch das Haupttor in Mrs. Twistes Wäscherei, wo Thomasina vor so langer Zeit zugesehen hatte, wie die Hemden der Höflinge sortiert und mit einer Kennziffer versehen wurden.

Es war dort merkwürdig still. Maria kam durch die Tür und ging dann weiter in die Halle, in der am Ende des Tages oft die Kinder mit ihren Müttern saßen und Äpfel aßen, die sie auf den Feuern unter den Waschkesseln rösteten. Niemand war da. Als sie sich umdrehte, weil sie Stiefelschritte hinter sich gehört hatte, standen zwei Gentlemen da, einer klein und plump in grauem Kammgarn, der andere groß und elegant in rotem Samt.

»Halt«, sagte der Große, der natürlich Mr. Ramme war.

Alles, was er sah, war eine wehrlose, verachtenswerte alte Hexe, die schwankend neben einem Putzeimer stand und sie verständnislos ansah.

»Wa ... as?« sabberte ihr faltiger Mund.

»Du bist verhaftet im Namen Ihrer Majestät, der Königin.«

Dumme Bastarde, sie so zu unterschätzen. Sie hatten keine

541

Männer zu ihrer Unterstützung dabei und sich noch nicht einmal die Mühe gemacht, Hand an ihre Beute zu legen, bevor sie ihre pompösen Reden im Namen der Königin begannen. Maria hob den Eimer voller Lauge hoch, die zum Aufwischen des Bodens benötigt wurde, und warf ihn in die Richtung der beiden Männer, was den einen dazu veranlaßte, in wildes Geschrei auszubrechen, da ihm das Zeug in den Augen brannte, während der andere laut den Schaden an einem weiteren seiner kostspieligen Anzüge beklagte.

Maria raffte ihre Röcke und rannte los. Da es keinen Sinn hatte, in Mrs. Twistes Kontor zu laufen, da sie sicher von der Sache wußte und ihr ebenso sicher eins mit dem Kerzenhalter über den Kopf geben würde, um nicht selbst in Schwierigkeiten zu kommen, stürmte Maria direkt auf die beiden verwirrten Männer los und haute dem einen im Vorbeigehen noch kräftig mit der Faust in den Bauch. Als sie den Gang hinunter floh, prallte sie mit dem bulligen Mr. Becket zusammen, der gerade von seiner vorgetäuschten Beschäftigung im Holzhof herbeigeeilt war, um sie sich ebenfalls zu schnappen. Und er hielt sie fest.

»Schwester Maria«, zischte er, »laßt mich Euch helfen.«

Es war jammerschade, aber sie hatte nun wirklich keinen Grund, ihm das zu erlauben. Sie hatte mehr Veranlassung, ihn zu fürchten, da sie ihn und seinen Freund betrogen hatte. Und nun war er ohne Zweifel erschienen, um mit ihr abzurechnen. Also rammte ihm Maria ihr Knie zwischen die Beine und ließ ihn, als er sich jammernd und kopfschüttelnd gegen die Wand lehnte, stehen.

Dann rannte sie, hüpfend und springend wie ein Lämmchen, die enge Treppe hinab – die Angst, der Branntwein und ein Gefühl des Triumphs milderten ihre Schmerzen, ganz so als hätte sie vom Brunnen der Unsterblichkeit getrunken. Sie fühlte auch nicht dieses Brennen in ihrer Brust, das sie gewöhnlich immer beim Rennen verspürte. Tatsächlich fühlte sie sich stark und flink.

Unten im Keller, dort, wo der gesamte Urin des Hofes gesammelt wurde, sah sie sofort, daß die Deckel der Fässer geöffnet waren. Also hatten sie Pentecosts Mitgift gefunden, ihre Augen sollten verdammt sein. Wut und Gestank trieben Maria die Tränen in die Augen und brachten sie zum Husten. Schon konnte sie das Klappern der genagelten Stiefel hinter sich auf den Treppenstufen hören.

Da war eine Klappe im Boden. Nicht die kleinste Kleinigkeit von den Ausscheidungen des Hofes wurde verschwendet, nicht einmal das Zeug, das aus ihnen herausgefiltert wurde. Nirgendwo sonst als am Hof dieser pedantischen Königin würde jemand wertvolle Fässer für dieses Zeug verschwenden, selbst wenn sie bereits ziemlich am Ende waren, vom Alter geschwärzt und einige von ihnen sogar noch mit den Initialen von Heinrich VIII. versehen. Hier kam nicht nur der menschliche Abfall hinein, sondern über eine Schütte, die im Holzhof stand, auch Berge von Dung von den Pferden und Ochsen, die bei Hof ihren Dienst versahen. Die Königin ist eine sehr feinfühlige Dame, die, trotz eines möglichen Schadens für ihre Gesundheit, regelmäßig seit ihrer Kindheit einmal im Monat badet und keine schlechten Gerüche erträgt. Kein Misthaufen sollte auch nur einen Zentimeter besudeln, an dem sie vorbei ging oder auf den sie blickte, also mußten alle unanständigen Gerüche erfaßt und gefangengenommen werden, bevor sie in die Nähe ihrer Nase kamen.

Daher wurden unter dem Fußboden der Wäscherei Fässer mit menschlicher und tierischer Scheiße gelagert. Irgendein kluger Kopf, der sein Gehirn durch Lesen und Rechthaberei völlig verdorben hat, würde vielleicht eine hübsche Parabel daraus machen, aber ich werde es nicht tun. Im allgemeinen rollten sie die Fässer, die vorher fest vernagelt wurden, nachts hinaus, aber nur, wenn der Wind aus der richtigen Richtung blies, luden jeweils eins davon auf ein Boot, bedeckten es mit einer Persenning und brachten es flußabwärts an die Mündung der Themse, wo es die Hersteller von Schießpulver aufhäufen, um auf diese Weise Salpeter zu gewinnen. Mindestens einmal pro Woche bewegte sich ein Boot flußabwärts, das diese ominösen Fässer geladen hat. Einmal zerschellte eines an einer Brücke und erregte die Bürger der City von London über die Maßen.

Aber seit drei Monaten war die Themse jetzt zugefroren, und niemand wagte etwas anderes zu tun, als diese Fässer zu stapeln und darum zu beten, daß bald das Tauwetter einsetzte. Denn kein Wagen konnte sich schnell genug wegbewegen, um der wachsam empfindlichen Nase der Königin zu entkommen, und dann wäre der Teufel losgewesen.

Einiges von dem Gestank konnte über die Rutsche und durch die vergitterten Fenster entweichen, die auf die Themse hinausgingen, aber durchaus nicht alles. Oben wisperten die kleinen Mädchen miteinander über den schrecklichen Keller, sie fingen sich gegenseitig und quietschen wie wild bei dem Gedanken, daß Mrs. Twiste, falls sie zu sehr von ihnen geärgert würde, sie dazu zwänge, dort hinunter zu gehen. Mrs. Twiste hätte niemals im Traum an so etwas gedacht, da sie der festen Ansicht war, daß Birkenruten sehr viel bessere Dienste leisteten. Aber so ging die Legende, die zweifelsohne ihre Autorität untermauerte.

Auch Maria war noch nie dort unten gewesen, da kein Mensch von Verstand das jemals freiwillig versucht hätte. Selbst sie bedauerte die Männer, die das Geld, das dafür bezahlt wurde, so nötig brauchten, daß sie die Fässer flußabwärts beförderten. Aber sie wußte auch, daß am Ende dieses Ortes, der so weit wie nur möglich vom Hof entfernt war, eine Tür zum Fluß führte, durch die man die Fässer auf die Boote rollte.

All das dachte sie innerhalb eines Lidschlags. Also ging Maria zu der Bodenklappe, schob die Riegel zurück und mußte bei dem Geruch sofort husten. Sie band ihre Röcke in der Taille fest und kletterte vorsichtig auf den Deckel des Fasses, das direkt unter der Schütte stand. Sie tauchte hinein in das

Dunkel und den Höllengestank. Hier war auch ich, die Kaiserin der Hölle. Sie versuchte, leise zu sein und die Bodenklappe geräuschlos fallen zu lassen. Aber während sie hinabstieg und sich ihren Weg durch die eng zusammenstehenden Fässer suchte, konnte sie Husten und Würgen nicht unterdrücken. Die schlechte Luft bewirkte, daß sich ihr der Kopf drehte, der ja bereits durch den Branntwein wie ein Kreisel herumwirbelte. Die Luft hier war schlechter als die schlimmsten Faulgase der Moore. Sie mußte eine Pause einlegen, um sich hinter einem der Fässer zu erbrechen, womit sie den unbeschreiblichen Schleim auf dem Boden noch vermehrte. Als sie schließlich an die Tür kam, wo ein Gefälle hinab zum Fluß führte, zerschlug sie mit einem Hieb den Riegel. Doch die Tür ließ sich trotzdem nicht öffnen. Sie war auch von der anderen Seite verriegelt.

Ramme und Munday rissen nun die Bodenklappe auf und leuchteten in diese Hölle hinab. Für einen Moment herrschte Stille, als ihnen ihre Nasen erzählten, was dort unten los war.

»Sie würde niemals ...«, ließ sich Rammes Stimme vernehmen.

»Sie ist. Seht, hier sind ihre Stiefelabdrücke.«

»Oh, Jesus. Warum geschieht so etwas immer, wenn ich neue Kleider anhabe?«

»Die sind bereits ruiniert. Ihr geht als erster.«

»Nach Euch, Mr. Munday.«

Und wieder gab es eine kurze Pause.

»Laßt es *ihn* machen«, sagte Munday, und Ramme rief lachend etwas die Treppen hinauf.

Sie hörte das Stampfen von drei Paar Füßen, dann ein gedämpftes Knacken, das vom langsamen Spannen des Hahns einer Pistole herrührte.

»Du«, sagte Ramme mit so viel Verachtung in seiner Stimme, daß jeder ehrbare Mann ihm dafür ins Gesicht geschlagen hätte.

»Ja, Sir«, kam die geknurrte Antwort von Becket, und seine Stimme bebte deutlich vor Angst und Unterwürfigkeit. Maria hatte so etwas noch nie gehört. Er hörte sich an wie ein geprügelter Hund.

»Geh da hinunter und hol die alte Hexe raus.«

Die Stiefel kamen bis an den Rand der Klappe, dann war ein Seufzen und ein Schluckgeräusch zu hören.

»Dort hinunter?«

»Mach schon, Mann, wir haben heute noch andere Dinge zu tun. Finde sie und bring sie rauf.«

»Holt mir eine Leiter. Ich bin zu schwer für dieses Seil.«

Nun, das verschaffte Maria ein wenig Zeit. Sie fand ein Faß, auf das kein anderes gestapelt war und das nahe genug an der Wand stand. Sie lehnte ihren Rücken gegen die rauhe, nasse Wand und stieß mit ihren Füßen gegen das Faß. Es bewegte sich nicht. Sie keuchte und schwitzte, dann versuchte sie es mit einem anderen, das älter und unten bereits verrottet war und zumindest ins Wanken geriet. Der Deckel fiel hinunter, so daß ein Schwall des Gestanks daraus entwich und sie dazu brachte, sich erneut zu übergeben.

Von der Bodenklappe wurde nun eine Leiter hinabgelassen, die unter Beckets massiger Gestalt quietschte. Er hatte ein Tuch um sein Gesicht gebunden, womit er sich gegen Pest, Fleckfieber und all die anderen Krankheiten zu schützen beabsichtigte, die durch schlechte Luft verursacht wurden.

Maria nahm ihr Messer in die Hand und versteckte sich hinter einem der Fässer. Und Becket kam, ohne Schwert, aber groß und häßlich wie ein Troll. Sie eilte von Faß zu Faß, zwischen denen durchzukommen, trotz des Gewichtsverlustes, den er Ramme zu verdanken hatte, für Becket unmöglich war. Bei dem Versuch, sie zu fangen, warf er ein Faß um, und dann konnte auch er nicht anders und mußte sich übergeben.

Maria kroch hinter ihn, während sie ständig mit sich selbst sprach, und stach mit ihrem Dolch auf ihn ein. Sie machte dies mehr schlecht als recht, so daß das Messer gegen sein

Brustbein stieß und es verletzte. Er schrie voller überraschter Wut auf, dann wirbelte er herum und stürzte sich mit einer Leichtigkeit auf sie, die niemand erwartet hätte, faßte sie bei den Handgelenken, quetschte und zerbrach sie fast, so daß sie laut aufschrie.

Eine leichte Drehung ihrer Hand genügte, und schon konnte er ihr das Messer entwinden. Aber er schnitt ihr nicht die Kehle durch, wie sie vermutet hatte. Sie hatte das selbst einst vor langer Zeit bei dem rechtschaffenen Mann getan, der als erster ihr kleines Mädchen vergewaltigt hatte. Becket zerrte sie nah an sich heran, so daß der hundeartige Geruch seines Atems eine willkommene Abwechslung zu der Luft war, die sie atmete. Und dann knurrte er: »Wo ist die Tür?«

Maria spuckte ihn an und versuchte, ihn mit dem Kopf zu stoßen, aber er schüttelte sie so heftig, daß ihr die Zähne klapperten und ihr Blick verschwamm. »Die Tür, du dumme, alte Hexe.«

Sie machte ein Zeichen mit dem Kopf. »Die ist von draußen verriegelt.«

»Scheiße«, murmelte er. Doch dann sah sie seine schimmernden Zähne und begriff, daß er grinste. »Komm. Die kann ich zweifellos eintreten.«

»Was ist dort unten los? ertönte Rammes Stimme voller Ungeduld, ganz so, als ob er Verdacht schöpfte.

»Aaah«, rief Becket wenig überzeugend. »Die Hexe hat mich niedergestochen. Ich kann nicht ... aargh.«

Von oben war Gemurmel zu hören, während Becket Maria halb trug und halb zwischen den Fässern hindurch schob, wobei er ein weiteres umstieß, das ihnen den Weg versperrte.

Füße erschienen auf der Leiter. Becket bewegte sich schneller. Er quetschte noch immer ihren dürren Arm zusammen, während sie mit der Faust auf ihn einschlug. Auf dem Weg zu der Tür glitten seine Füße auf der Rutsche für den Abtransport der Fässer aus. Die Holztür wölbte sich zwar, als er dagegen trat, aber sie hielt.

Ramme stand nun am Fuße der Leiter, und sein Schwert, das von oben durch das Licht der Dämmerung und einige Fackeln beleuchtet wurde, glänzte.

»Bring sie her, du fetter Narr«, sagte Ramme in einem gelangweilten, doch leicht verärgerten Ton.

Aus Beckets Kehle drang ein leises Knurren, dann schubste er die Hexe in die Ecke neben der Tür. Er drehte sich um und ging auf Ramme zu.

»Wann wirst du lernen zu gehorchen?« grinste ihn Ramme höhnisch an. »Du sitzt in der Falle wie eine Kanalratte. Oder willst du vielleicht noch einen Tag neben deinem Freund, dem kleinen Juden, aufgehängt werden?«

Becket sprang über ein Faß und warf sich brüllend auf ihn. Wie er glauben konnte, mit dieser Mini-Klinge gegen einen Mann antreten zu können, der ein Rapier trug, weiß ich nun wirklich nicht, aber als er mit seiner großen Hand Marias Dolch in die Höhe hob und mit einem Funkenregen gegen Rammes langen Stahl krachte, beugte sich der allmächtige Gott selbst vom Himmel herab.

Es war ein Blitzstrahl. Ihr fragt euch vielleicht, wie es in einem Keller zu einem Blitzschlag kam? Nun, sollte Gott, der Herr, der die Sterne und das Meer gemacht hat, vor einem einfachen Keller zurückschrecken? Und es gibt mehr als einen Weg, um eine Flamme zu entzünden – oder habt Ihr niemals die Lichter über einem Moor tanzen sehen? Dieser Blitz besaß die gleiche grüne Farbe.

Direkt auf die Funken folgte ein gewaltiger Blitz, der wie ein Feuer vom Himmel an allen Stellen zugleich anfing und auch alle Stellen im Keller erreichte – eine winzige Sekunde der Hitze, die Augenbrauen versengte und kurz die Bärte der Männer entzündete. Dann folgte ein krachendes Brüllen der Luft, das die verriegelte Tür zum Fluß aufsprengte und ihnen fast die Rippen brach. Wild wirbelnd schoß der Wind herein, schleuderte die Tür wieder gegen die Steine und zerschmetterte ihre dicken Planken zu Kleinholz. Das Tageslicht drang wie ein Leuchtfeuer herein. Maria konnte keine Luft in ihre Lungen bekommen, da sie bei Gottes Blitzschlag zu Boden gefallen und mehr erschreckt war als je zuvor in ihrem Leben. Sie war sich sicher, daß Jesus Christus, ihr verlorengegangener Ehegemahl, sie nun aufsuchte, um sie zu schlagen.

Ramme und Becket starrten sich mit offenen Mündern an, und für eine Sekunde glitzerte in ihren Augen der gegenseitige Haß. Beide schwankten, dann ließ Ramme aus purer Angst sein Rapier fallen. Todesfurcht zeichnete sich auf seinem Gesicht ab. Dann schoben sich breite Schultern über ihn, als Becket die Vorderseite seines zerfetzten roten Wamses packte, ihn nahe an sich heranzog, ihn einmal unter dem Brustbein zwischen die Rippen stach und dann den Dolch bis zum Heft in die Seite seines Halses stieß, so daß das Blut daraus hervorquoll. Ramme taumelte und fiel in die Jauche, die überall hin geplatscht war, seine Glieder zuckten heftig, als ob sie erst jetzt zu lernen schienen, was gleich darauf schon verloren war. Becket beugte sich über ihn und zog den Dolch heraus.

Maria drehte sich herum. Sie krabbelte auf Händen und Knien, und durch den Mord verwandelte sich ihre Todesfurcht in den Instinkt eines Tiers. Auf ihrem Hintern schlitterte sie die Faßrutsche hinunter und trat auf das Eis. Becket konnte ihr folgen, wenn er wollte, sie kümmerte sich nicht darum. Sie mußte nur schleunigst fliehen, sie mußte meinem Sohn entkommen, der sie mit Zorn und Rache verfolgte. Sie brauchte sich nicht um die Agenten zu kümmern, die die Mitgift ihres Lieblings gestohlen hatten, auch nicht um Becket, den sie durch ihren Betrug in Schwierigkeiten gebracht hatte. Sie dachte nur daran, ihrem Tod zu entfliehen und der Ewigkeit in der Hölle.

Außerdem meinte sie, vor sich auf dem Eis jemanden gesehen zu haben. Ihr zerrüttetes Gehirn entdeckte die Gestalt Unserer Lieben Frau, der Himmelskönigin, den Stern des

Morgens, das Tor zum Meer, und sie formte mich aus einem Gemisch aus Nebel, den Reflexionen des Eises und ihrem Wunschdenken, wie sie es immer getan hatte. Es war der Traum von mir, zu dem sie rannte, mit weit ausgebreiteten Armen, wie ein Kind, das sich nach Trost sehnt.

So lief Maria achtlos und unbekümmert auf das Eis der Themse. Hinter sich hörte sie Becket, der ihr zurief, daß das Eis nicht sicher sei, da es bereits zu tauen begann, es sei zu dünn, und sie solle stehenbleiben... Zu dünn für dich, du fetter Sack, dachte sie triumphierend, während sie weiterlief. Doch dann brach der eine Fuß durch harte Eisschollen in das kalte Wasser, und auch der andere trat ein Loch. Langsamer lief sie durch das zerbrochene Glas, das sich mit dem eisigen Wasser vermischte, und sie schrie und schrie, als sie niederstürzte und sich weiterkämpfte. Selbst, wenn es jemand gewollt hätte, hätte sie niemand mehr retten können. Und ich bin schließlich nicht mein Sohn, der übers Wasser gehen kann.

Sie hörte einen schwachen Schrei, der vom Ufer her drang, und ein dünnes, verzweifeltes Weinen aus einem höher gelegenen Fenster, und sie wußte, daß es Pentecost war. Ihre Röcke blähten sich auf und hielten sie für eine lange, von Todesangst zerfressene Sekunde, während die eisige Luft in ihre Lungen eindrang.

Dann wurde Maria von der flammenden Kälte der Gezeiten ergriffen, die, an ihrem Tiefstand, sie in ihren schwarzen Armen wiegten. Es zog sie unter das brechende Eis, drehte sie um und wirbelte sie in die Tiefe hinab, die schwarze Kälte, die ihr auf paradoxe Weise das Herz starr werden ließ und ihre Schmerzen linderte. Es rollte sie das endlose Flußbett entlang, das mit dem Abfall von London gewürzt war, und schneller und schneller einen harten, mit groben Steinen versehenen Tunnel entlang. In einem Strudel wurde ihr Rock zerrissen, der ihr vom Körper herabfiel, dann erfaßte sie ein anderer Wirbel und drehte sie wieder, bis auch ihre Unterröcke verschwunden waren. Nun hatte sie nur noch ihr Korsett und das Unterhemd an, und die altmodischen Stahlstützen schützten ihre Brust, während sie sich um den harten Kern ihrer selbst drehte und weiter und weiter getragen wurde, bis ihre Brust erglühte und die Funken ihre Augenlider verbrannten. Als sie in der Hölle war, glaubte sie, daß sie nun wieder sicher atmen könne, auch wenn ihr Verstand von dem Eis und dem Gewirbel zerrüttet war. Und dennoch war sie so voller Angst, ohne Erteilung der Absolution verurteilt zu werden, daß sie nicht zu atmen wagte. Noch immer preßte sie ihr kleines Leben wie mit Krallen fest an ihre Brust.

Ich kam in meiner Verkleidung als Schwarze Madonna, als die Königin der Hölle, zu ihr. Ich hob sie auf einen anderen Wirbel, und ihr Kopf stieß durch eine Eisschicht, die so dünn war wie gesponnener Zucker bei einem Bankett. Und sie keuchte und atmete und würgte und keuchte wieder.

Und wieder nahm ich meine Schwiegertochter und rollte sie wie eine Kugel durch den Fluß, hinein in die schlammigen Tiefen, mit schmerzenden Lungen und dem Hals voller Steine. Wieder hinauf und von Eis und Abfall geprügelt und geschlagen, der arme Kopf verletzt und blutend vom Eis, aber er erreichte einen Ort zum Atmen und dann wieder einen. Schließlich vernahm sie das Tosen des befreiten Flusses an der Brücke, an der sich das Eis stapelte und durch die Schleuse der Brückenpfeiler zu diamantenen Schollen geschliffen wurde. Dort sollte auch sie zu Hackfleisch zerkleinert werden. Nein, dachte sie, nein. Zuerst muß ich die Absolution für meine Sünden erhalten, oh, edle Dame, helft mir. Und natürlich kam ich ihr zu Hilfe, der süße Tropfen des Ozeans, selbst die Kaiserin der Hölle erbarmte sich ihrer. Und ein wirbelnder Strudel der Gezeiten schob sie durch brechende Spiegel aus Eis zu der Stelle, wo sich drei Kräne über den Stufen von Vintry erhoben. Die Tide spülte sie die Stufen empor und ermöglichte ihr, sich dort festzuhalten und an ihnen hinaufzukriechen. In ihrem armen, erschöpften Her-

551

zen zerriß etwas und verbrannte das Innere ihrer Brust, brannte feurige Spuren ihren linken Arm hinab, und schließlich senkte sich der blaue Saum meines Mantels über ihr Gesicht.

79

Arme Pentecost, die aus dem Fenster starrte und den Blitz sah, eines der vielen neugierigen Gesichter, die zusammen das Publikum bildeten. Sie schrie und weinte, als sie ihre Urgroßmutter hilflos im Eis versinken sah, und verbarg ihr Gesicht in dem Mieder von Mrs. Twiste, denn Mrs. Twiste hatte sie in ihrem Kontor in Sicherheit gebracht. Mrs. Twiste war eine gute Frau, obwohl Maria sie oft verflucht hatte, weil sie versucht hatte, sie vom Trinken abzuhalten. Sie ließ Pentecost sogar ihre saubere Schulter völlig mit Rotz verschmieren, während sie weinte und zitterte. Sie strich ihr über das Haar und sagte zu ihr: »Na, na, sei ruhig, meine Kleine.«

Drunten im Keller saß Becket ganz und gar in der Falle. Wenn der Fluß voller Wasser gewesen wäre, hätte er sicher versucht zu schwimmen, so viel Angst hatte er vor dem Tower. Hätte ihm die Hexe nicht ohne jeden Zweifel bewiesen, daß das Eis ihn nie trüge, wäre er vielleicht losgerannt, obwohl er wußte, daß es bereits taute. Aber so feige war er nun wieder nicht, den Tod bewußt zu suchen, obwohl er sich selbst geschworen hatte, daß Ramme ihn niemals mehr lebend kriegen würde. Nun war alles, was er tun konnte, zitternd auf Rammes toten Körper zu blicken. Nach einer Weile, die er brauchte, um sich aufzuraffen, kletterte Mr. Munday die Leiter mit einer Pistole herab, deren Zündschnur in der schlechten Luft sofort zu zischen begann und grün und blau flackerte.

Becket blickte von der Seite auf Munday, der sich mit der freien Hand ein Taschentuch vor das Gesicht hielt.

»Mr. Munday«, flüsterte er, »ich bitte Euch, erschießt mich und bringt mich nicht in den Tower!«

»Warum sollte ich Euch erschießen, Sir?« Mundays Stimme klang gepreßt und dumpf.

»Um sich meiner zu erbarmen, Mr. Munday. Nehmt die Pistole in beide Hände, sonst verfehlt Ihr Euer Ziel, und dann betätigt den Abzug. Ich werde mich nicht bewegen.« Becket flehte ihn an und machte sich nicht mehr die Mühe, die Todesangst in seiner Stimme zu verbergen.

»Hatte sie die fehlenden Seiten?« fragte Munday.

Becket nickte.

»Und was ist mit Eurem Freund, dem Juden?«

Becket sackte in sich zusammen. »Habt Ihr ihn?«

»Natürlich.«

»Ich hätte gedacht, er würde sterben.«

Munday schwieg für eine Sekunde, da er nicht wünschte, über Ames' Fieber zu sprechen. »Er ist zäher, als er aussieht«, sagte er nachdenklich.

Getrieben von seinem Instinkt, da er nichts sehen konnte, steckte Becket das kleine Messer in seinen Gürtel, lehnte sich mit seinem breiten Rücken in die Ecke und verbarg sein Gesicht in den Händen. Seine Schultern vibrierten, während er versuchte, sich zu beherrschen.

Nicht unfreundlich, aber mitleidslos beobachtete Munday ihn. Er fand es interessant, wie Männer sich in Extremsituationen verhielten. Da er ganz sicher nie jemanden geliebt hatte, empfand er die Gefühle anderer Menschen als höchst seltsam. Er registrierte, daß sich Becket um seinen Freund sorgte, und wußte, daß dies eine bessere Waffe in seinen Händen war als ein Gewehr. Und er konnte, wenn er sich bemühte, sehr gut mit Worten umgehen. Er überlegte, dann begann er vorsichtig: »Wenn ich Euch erschieße, Sir, oder wenn Ihr versucht, auf das Eis zu laufen und dann ertrinkt, an wem, glaubt Ihr, wird wohl der Staatssekretär, Mr. Davison, seine Wut auslassen?«

»Oh, Jesus«, sagte Becket fast unhörbar. Einen Augenblick später fühlte er sich wieder als aufrechter Mann und er selbst. Er fischte das Messer aus seinem Gürtel und überreichte es Munday. »Also«, sagte er, so freudlos wie ein Kind während einer Hungersnot, »dann laßt uns die Sache zu Ende führen.«

Er stieg vor Munday die Leiter hinauf, wobei er mit zusammen gekniffenen Augen nach oben blickte, als wünschte er sich, ein Gerüst zu besteigen, um daran aufgehängt zu werden. Und hinter ihm folgte der teilnahmslose Spion mit dem glitzernden Dolch.

80

Natürlich hatten sie an Pentecost gedacht. Der berühmte Sekretär des Geheimen Staatsrats, Mr. William Davison höchstselbst, hatte sie in eine der Amtsstuben bei Hofe gebracht. Auf seine Anweisung hin hatte Mrs. Twiste ihr den kleinen zerlumpten Rock und die Jacke ausgezogen und sie an die Spürhunde weitergereicht, die sie sorgfältig untersuchten. In einer der Taschen ihres Unterrocks fanden sie ein Elfenbeinfigürchen von mir, das mich als Himmelskönigin zeigt und ihren kostbarsten Besitz darstellte. Das Kind selbst wurde nackt von der Frau von Mr. Davison nach irgendwelchen Papieren oder Schriftstücken untersucht, die sie vielleicht bei sich verbarg. Und dann wurde mein Liebling Pentecost, da Davison seiner lieben Frau keine weiteren Befehle gegeben hatte, gewaschen und in ein Hemd, ein Leibchen, einen Unterrock, einen Rock und eine Jacke gesteckt, die allesamt viel sauberer und besser als ihre alten Sachen waren und sie warmhielten. Zum Schluß bekam sie sogar noch eine bestickte Haube aus Mrs. Davisons eigenem Nähkorb. Dann setzte Mrs. Davison sie an einen Tisch und gab ihr das beste Essen, das sie jemals in ihrem Leben gegessen hatte: Wildpastete, frisches Brot, Hühnerbrust in Knoblauchsoße und ein Turm aus Honigkuchen, durch den sie sich schmatzend und zielstrebig durchaß wie eine Raupe durch ein Blatt. Insgesamt erschienen ihr diese Ereignisse äußerst merkwürdig und überstiegen alles, was sie sich vorstellen konnte. Aber wie jedes Kind hatte sie sich an die Verrücktheiten der Erwachsenen gewöhnt, und so öffnete sie ihren Mund nur, um »bitte, Madam« oder »danke, Madam« zu sagen. Denn die Welt war für sie völlig fremd geworden und hatte nichts mehr mit ihr zu tun. Ein leerer Ort, an dem es ihre Urgroßmutter nicht mehr gab. Gott weiß, daß keiner von uns die Liebe unserer Kinder verdient.

Und als sie dann hereingeführt wurde und auf der anderen Seite von Davisons Schreibtisch stand, über den sie gerade so hinüberschauen konnte, war sie gar nicht besonders verängstigt. Da sie lediglich wußte, daß er ein sehr wichtiger und angesehener Gentleman war, und sie das wirkliche Ausmaß seiner Macht nicht kannte, knickste sie vor ihm und wartete ab, was er von ihr wollte. All die dunklen Vorahnungen, unter denen ein Erwachsener in ihrer Situation gelitten hätte, blieben ihr erspart.

Mr. Davison versuchte, sie anzulächeln. Das hätte sicher besser ausgesehen, wenn seine Augen auch gelächelt hätten, aber die hatten seit langem jeder Art von Spaß und Humor abgeschworen. Pentecost tat er leid, da sie meinte, daß er unter Bauchschmerzen leide.

»Ah . . . Pentecost«, sagte er.

Sie machte wieder einen Knicks und beobachtete ihn.

Davison räusperte sich. »Pentecost«, sagte er, »weißt du etwas von Gott?«

Wieder knickste sie vor ihm. »Ja, Sir«, sagte sie. »Gottvater hat mich und die ganze Welt gemacht.«

»Hast du deinen Katechismus gelernt?«

»Ja, Sir. Also, einiges davon.«

»Sag auf, was du weißt.«

»Ja, Sir. Aber Ihr müßt Eure Rolle spielen. Ihr müßt mich fragen, wie ich heiße.«

Davison lächelte dünn. »Wie heißt du?«

»Pentecost, Sir.«

»Wer hat dir deinen Namen gegeben?«

»Meine PatenundPatinnen bei meiner Taufe, woichzueinemMitgliedvonChristuswurde, ein Kind Gottes und einErbedeshimmlischenKönigreichs...«, leierte Pentecost herunter, froh darüber, den Quatsch, den zu lernen ihre Urgroßmutter sie gezwungen hatte, einmal gebrauchen zu können.

Davison hob seine Hand. »Ich sehe, daß du das kannst. Aber weißt du auch, was es bedeutet?«

»Bedeutet, Sir?«

Er seufzte. »Gehst du zur Kirche?«

Sie schüttelte den Kopf.

»Warum nicht?«

»Weil der Herr Christus dort ist.«

Davison hustete. »Oh?«

»Ja. Er war früher mal der Mann von meiner Urgroßmutter, seht Ihr, aber er hat sie sitzenlassen, und deswegen haßt sie ihn.« Pentecost machte eine Pause und schloß ihre Augen. »Haßte sie ihn«, korrigierte sie sich sorgfältig.

Davison zu überraschen war nicht leicht, aber ihre Worte bewirkten, daß er die Augen ein wenig zusammenkniff. »Oh? Hm... wie kann das sein?«

»Meine Großmutter war mal eine Nonne«, erklärte Pentecost freundlich. »Das bedeutet, daß sie mit Herrn Christus verheiratet war.« Pentecost runzelte die Stirn. »Ist er denn wirklich ein Herr?«

»Das ist er, natürlich, Unser Herr.«

»Oh. Das tut mir leid. Dann muß meine Großmutter eine Lady gewesen sein, wenn sie mit ihm verheiratet war. Ich glaube, daß sie das einmal war.«

»Äh?«

»Also war mein Herr Jesus ihr Mann, aber anstatt sie zu behalten und auf sie zu achten, wie das ein guter Mann tun sollte, und anstatt ihr seine kleinen Kinder zu geben, wie es

Mrs. Twistes Mann, bevor er gestorben ist, getan hat, hat mein Herr Jesus meine Urgroßmutter hinausgeworfen, sie verlassen und dem Hunger preisgegeben. Was, wie ich finde, ziemlich gemein von ihm war. Findet Ihr nicht auch, Mr. Davison?«

Hätte es Davison nicht die Stimme verschlagen, hätte er Pentecost wegen ihrer blasphemischen Äußerungen sicher ausgeschimpft.

»Und deswegen besuchen wir nicht die Häuser von meinem Herrn Jesus, denn obwohl er so reich ist und Gott sein Vater ist, hat er niemals meiner Urgroßmutter auch nur einen Penny gegeben, um ihr zu helfen. Und deswegen war sie immer auf der Straße und immer so traurig.«

»Sie war eine Hexe«, gelang es Davison sehr schroff zu sagen.

Pentecost nickte. »Ja«, sagte sie, »sie half den Mädchen im Hurenhaus und auch den Frauen im Kindbett. Sie versucht ... sie hat versucht eine gute Hexe zu sein.«

»So etwas ist nicht möglich«, sagte Davison nachdrücklich. »Pentecost, deine Urgroßmutter hat dich in schrecklicher Sünde und Verderbtheit aufgezogen, aber immerhin weißt du, daß Gott unser Vater ist und alles weiß, was wir tun.«

Pentecost runzelte die Stirn. »Also, er ist der Vater von meinem Herrn Jesus, aber nicht meiner. Ich habe meinen Vater nie gesehen, aber ich bin sicher, daß er ein reicher Höfling ist und ein großer, feiner Mann mit einem schwarzen Bart, der Ringe an seinen Fingern trägt und einen Anzug aus Samt und ...« Dies war die Geschichte, die sie sich selbst ausgedacht hatte, und den Vater, den sie wollte, hatte sie sich sorgfältig unter den Besuchern des Falcon ausgewählt. Jedoch war Davison nicht mehr imstande, ihr zuzuhören.

»Genug!« schrie er. »Sei ruhig, du böses Kind. Gott ist unser Vater im Himmel, er weiß alles, was du tust, und wenn du so böse und schlecht bist wie deine Urgroßmutter, wirst du wie sie in der Hölle enden.«

Pentecost schwieg still. Hier hatte Davison sein Ziel verfehlt. Ich beobachtete sie, erhellte eine der Zimmerecken mit meiner Gegenwart, aber nur für die, die Augen hatten zu sehen, was keinem der beiden in diesem Raum vergönnt war. Aber ich konnte die Beruhigung in ihrem kleinen Herzen sehen. Denn hatte ihr der ehrenwerte Gentleman nicht gerade einen Weg genannt, wie sie wieder mit ihrer Urgroßmutter zusammen sein konnte?

»Nun, Pentecost«, sagte Davison, der sich jetzt wieder besser im Griff hatte, »ich werde dir nun einige Fragen stellen, die du mir ehrlich beantworten mußt. Gott sieht auf dich, und er weiß es, wenn du lügst. Wenn du lügst, kommst du in die Hölle.«

Und da bin ich wieder mit meiner Großmutter zusammen, dachte Pentecost mit großer Freude.

»Ja, Sir«, sagte sie bescheiden, aber mit lauter Stimme.

»Gab dir deine Großmutter irgendwelche Papiere, die du für sie verstecken solltest?«

»Nein, Sir«, sagte sie ohne Zögern.

»Hat sie die Papiere selbst versteckt?«

»Nein, Sir.«

»Aber sie hatte doch Papiere, nicht wahr? Lüg mich nicht an, denn ich weiß, daß sie welche hatte.«

Pentecost nickte vorsichtig. »Aber sie sagte, daß sie der Königin gehören.«

Davison zog die Nase hoch. »Ich bin Diener der Königin«, sagte er, »und deswegen suche ich in ihrem Auftrag nach den Papieren.« Diese schwarze Lüge hätte vielleicht einen Erwachsenen zum Narren gehalten, aber nicht Pentecost. Ich versicherte ihr, daß sie beide logen, selbst wenn das bedeutete, daß der schreckenerregende Gentleman vom Hof ihr vielleicht in die Hölle folgen könnte.

»Ja, Sir«, sagte sie unsicher. Sie wünschte sich so sehr, daß ihr jemand sagte, worum es bei diesen Papieren ging. Vielleicht war es eine Karte, mit der man einen Schatz finden konnte.

558

»Wo sind die Papiere?«

Pentecosts Brauen zogen sich zusammen. »Ich weiß es nicht, Sir. Meine Urgroßmutter hatte sie.«

»Deine Urgroßmutter hatte sie?«

»Ja, Sir«, log Pentecost glücklich, wobei sie an das Buch in der Bibliothek der Königin dachte. Ich lächelte ihr zu, denn keine Mutter wäre durch ihre Zungenfertigkeit getäuscht worden. Aber Mr. Davison ließ sich täuschen.

»Bei sich? Wo? In ihrer Unterrocktasche?«

»Ja, Sir«, sagte Pentecost mit einem Lächeln. Es gefiel ihr, daß sie den ehrbaren Gentleman zufriedenstellen konnte, doch fragte sie sich, ob Gott wohl bald käme und sie zur Hölle brachte, damit sie ihre Großmutter wiederfände. »In ihrer Tasche.«

Davison schlug zum Zeichen größter Entschlossenheit mit der Hand auf die Tischplatte. »Bist du dir ganz sicher? Daß deine Urgroßmutter die Papiere bei sich hatte? In der Tasche ihres Unterrocks?«

»O ja, Sir«, sagte Pentecost fröhlich. »Sie sagte auch, daß sie wichtig wären.«

Davison schnaubte. »Ich verstehe.«

»Ist Gott Euer Vater, Sir?« fragte Pentecost, die klare Verhältnisse schaffen wollte.

»Ja«, sagte Davison, der ihr keine besondere Beachtung mehr schenkte.

»Dann müßt Ihr der Bruder von meinem Herrn Jesus Christus sein. Warum war er so gemein zu meiner Urgroßmutter?«

Davison starrte sie an. »Du bist eine richtige kleine Heidin«, sagte er. »Wir werden für dich einen Platz in einer Wohlfahrtsschule finden, damit du ordentlich in der Wahren Religion unterrichtet wirst.«

»Die kenne ich schon, Sir«, sagte Pentecost und knickste, denn endlich konnte sie von ihren langweiligen Lektionen Gebrauch machen. »Hört zu. Ihr sagt: Was haben deine Taufpaten und Taufpatinnen für dich gemacht? Dann sage ich:

DannhabensieinmeinemNamendreiDingeversprochenundge-
lobt. Erstmals, daß ich dem TeufelundallseinenWerkenent-
sage und demPrunkunddenEitelkeiten dieser bösen Welt
und...«

»Wie kannst du dann hier stehen und diesen gottesläster-
lichen Unsinn schwatzen?« fragte Davison. »Ich habe noch
nie etwas so Schlimmes gehört. Herr Christus, also wirklich.
Wenn du mein Kind wärest, hätte ich dich gezüchtigt und dir
wegen dieser Worte deinen Mund mit Seife ausgewaschen.«

Pentecost starrte ihn in großer Verwirrung an, denn sie
hatte keine Ahnung, daß sie den ehrenwerten Gentleman
verärgert hatte.

Er holte die kleine geschnitzte Madonna aus Elfenbein hervor, die sie und ihre Großmutter getreulich so lange Zeit bei
sich getragen hatten, und klopfte damit voller Ekel auf den
Schreibtisch. »Dieses... dieses Ding. Das war euer Götzenbild, nicht wahr?«

Pentecost sperrte den Mund auf, da sie das Wort nicht einmal kannte. »Das ist meine HeiligeJungfrauMaria«, sagte sie.
»Sie ist sehr schön und sie hat...«

»Ruhe«, donnerte Davison. »Man hat dir beigebracht, aus
Ehrfurcht vor dieser geschnitzten Statuette zu knien und dich
vor ihr zu verbeugen.«

»Also ja, Sir«, sagte Pentecost und sah für ihr Spielzeug
Schlimmes voraus. »Aber wißt Ihr, sie ist nicht wirklich die
Heilige Jungfrau, sie ist nur ein Bild von ihr. Meine Urgroß-
mutter sagte, sie erinnert uns an unsere...«

Davison war an derlei Haarspaltereien nicht interessiert.
»Es war euer heidnisches Götzenbild, euer Bild von der ewi-
gen Verdammnis. Und deine Großmutter hat dir beigebracht,
es anzubeten.«

Vor lauter Verwirrung schwieg Pentecost still. Sie fragte
sich langsam, ob der Gentleman vielleicht verrückt war.

»Sie trägt den kleinen Jesus im Bauch«, sagte sie schüchtern. »Man kann das Türchen aufmachen und ihn sehen.«

Da er vermutete, daß die Papiere der Königin darin versteckt waren, öffnete Davison die kleine Tür in meinem Bauch und sah nach. Vor ihm taten sich die Bilder der Leidensgeschichte Christi auf, wunderschön in Eitemperafarben gemalt, der Himmel und das Gewand der trauernden Jungfrau waren aus zerstoßenem Lapislazuli hergestellt, das Blut Christi und die Umhänge der Soldaten aus Karminlack. Nur der kleine Jesus war nicht mehr da, er war in Mrs. Davisons Nähkorb gefallen, als sie selbst die kleine Statue untersucht hatte.

Davisons Gesicht verzerrte sich angesichts der häßlichen Wahrheit, die Pentecosts Madonna stillschweigend vermittelte: Eine einfache Frau sollte Christus in ihrem Bauch und damit auch seine Leidensgeschichte getragen haben. Schon bei dem Gedanken daran wurde ihm schlecht.

»Diese heidnische Statue«, sagte er streng, »kann nichts für dich tun, Pentecost. Sie ist nichts als ein Götzenbild und eine Puppe, ein Spielzeug eben. Sie hat keine Macht, außer der Macht des Bösen.«

Pentecost wußte nun, daß ihre Madonna verloren war. Rasch legte sie sich die Hände ganz fest auf ihren Mund, so daß sie nicht laut zu schreien begann.

Auf eine sehr würdevolle Art nahm Davison die Madonna, stand von seinem Schreibtisch auf und ging zu dem Feuer, das im Kamin brannte.

»Jetzt werde ich dir zeigen, daß du dieses Ding nicht anbeten mußt, denn es ist nichts weiter als ein Stückchen Elfenbein, mit netten Schnitzereien versehen. Nichts weiter.«

Er hielt Pentecosts Madonna an das Feuer, wobei er ihr Gesicht beobachtete. Wenn er nachgedacht hätte, wäre ihm vielleicht eingefallen, sie gegen die Papiere der Königin auszutauschen, aber dazu fehlte ihm der Verstand.

»Bitte, Sir«, rief Pentecost, während ihr die Tränen übers Gesicht liefen, »o bitte, verbrennt sie nicht, sie ist doch so hübsch...«

561

Davison schleuderte die Madonna in die Flammen und rieb sich zufrieden die Hände.

Elfenbein entwickelt beim Brennen tiefschwarzen Rauch und einen abscheulichen Gestank. Einen Augenblick lang leuchtete ich in den Flammen ebenso klar wie am Himmel, aber dann bröckelten schwarz die zarten, leicht abgenutzten Linien meines Gesichts ab, die geschnitzten Falten meines Gewands und die Filigranarbeit auf meiner Krone und meinem Kragen, die Tür zu meinem Bauch krümmte sich und zerbrach in tiefem Schwarz. Dann verbrannte das Bild von dem gekreuzigten Christus und verschwand, und alles, was schließlich übrigblieb, war ein wenig glühende Asche.

Pentecost stieß den Atem aus, den sie in der Hoffnung angehalten hatte, daß die Himmelskönigin etwas täte, um ihr Spielzeug zu retten. Dann verzog sie das Gesicht und begann, hilflos in ihre Hände zu weinen. »Ich... Ich...«, schnüffelte sie. »Ich wollte doch nur fragen, ob ich... ob Ihr...«

»Was?« fragte er ungeduldig und wünschte, er könnte sie zum Schweigen bringen.

»... ob Ihr mir vielleicht die Himmelskönigin zeigen könntet... w-weil meine Großmutter immer sagte, daß sie die ist, die... die... so l-lieb war...«

Davison rollte mit den Augen. »Wenn du dich, und ich denke, daß du das tust, auf die Jungfrau Marie beziehst, dann sieht es wirklich so aus, als ob du noch sehr viel lernen mußt, um dich vor Unwissenheit und heidnischem Aberglauben zu schützen. Dein Götzenbild ist verbrannt, aber du bist ein böses Kind, Pentecost, und es tut mir sehr leid für dich, daß deine Unschuld mißbraucht wurde.«

Die meisten seiner Worte verstand Pentecost gar nicht, aber sie fühlte, wie der Schmerz über den Verlust ihres Spielzeugs in ihr aufstieg, Schmerz in solch einem Überfluß, daß sie gar nicht wußte, was sie damit tun sollte. Er erfüllte ihren ganzen Bauch, ihre Brust und ihren Kopf, aus dem er dann herausschwappte und durch das ganze Zimmer floß, ein Schmerz, der mehr vom Verlust ihrer Urgroßmutter herrührte als von dem ihres Spielzeugs.

Davison merkte, daß er anfing zu schwitzen, als sie mit aller Kraft und viel Rotz immer weiter weinte. Seine eigenen Kinder hatten viel zuviel Angst vor ihm, als daß sie so unbändig weinten; noch niemals hatte er derlei Geräusche von ihnen gehört, selbst dann nicht, wenn sie geschlagen wurden. Richtig, er hatte erwachsene Männer ähnlich heulen und weinen gehört, aber das geschah immer im Dienste der Wahren Religion. Dieses undankbare Geheule zerrte an seinen Nerven, und als er aufstand und ihr befahl, sofort damit aufzuhören, und dann um den Schreibtisch kam und versuchte, sie zu beruhigen, schrie sie beim Anblick seines Gesichtsausdrucks gellend auf, wich langsam in eine Ecke zurück und brach dort zusammen. Sie rollte sich zusammen, schob sich dicht an die blasse Eichentäfelung und schrie und brüllte so sehr, daß er nach seinem Schreiber läutete. Der Schreiber trat ein und hatte ebensowenig Ahnung, was zu tun war.

Schließlich konnte der Soldat, der unerschütterlich vor der Tür stand, den Lärm nicht länger ertragen. Er kam herein, in voller Montur mit seiner Hellebarde, und betrachtete das Bild, das sich ihm bot: der Ratsherr der Königin ballte seine Hände zu Fäusten zusammen und öffnete sie wieder, und sein Schreiber brüllte aus Leibeskräften, während er mit den Armen wedelte: »Pscht, pscht oder du wirst verhauen.« Und dann dieses kleine Geschöpf, das zusammengekauert in der Ecke saß und hysterisch schrie. Er war selbst Vater von sechs Kindern und verlor nun die Geduld. Er warf all seine Hoffnungen auf Auszeichnungen und Pension über Bord, lehnte seine Hellebarde gegen die Wand, nahm seinen Helm ab und legte ihn auf den Schreibtisch. Dann schob er Mr. Davison mit seiner Schulter ein wenig zur Seite, kauerte sich neben Pentecost, schloß sie in seine Arme, bettete sie an seiner mit Lederflicken besetzten Schulter und eilte zur Tür.

»Ich trete aus Euren Diensten, Sir«, knurrte er Mr. Davison an. »Ich hätte niemals gedacht, so etwas bei einem gottesfürchtigen Mann zu erleben. Guten Tag.«

Damit stapfte er hinaus auf den Gang, bis er ein Vorzimmer fand, in dem er sich hinsetzte und Pentecost so lange in seinen Armen wiegte, bis sie ihre Tränen hinunterschluckte und kaum noch weinte. Und dann hielt er sie noch, bis auch ihr Schluckauf nachließ und sie sich ihre Nase mit dem Saum ihrer neuen, weißen Schürze putzen konnte.

Schließlich verklang sogar der Schluckauf, und dann bat Pentecost ihn, ob er sie zurück zu Mrs. Twiste bringen könnte. Daraufhin trug sie der Soldat in die Wäscherei und übergab sie direkt in die Arme von Mrs. Twiste.

»Es tut mir leid, diesen Tag erlebt zu haben, Mistress, an dem ein Ratsherr der Königin sich so weit erniedrigte, ein kleines Mädchen zu drangsalieren«, sagte er steif zu Mrs. Twiste, »aber ich glaube, daß sie nicht verletzt wurde, sondern bloß schrecklich unglücklich ist.«

Mrs. Twiste nickte und dankte ihm. Dann setzte sie meinen Liebling auf ihren eigenen Stuhl und gab ihm gewürzten Wein zu trinken, der vor lauter Zucker so dick war, daß er mehr einem Bonbon als einem Getränk ähnelte. Schließlich sanken Pentecosts geschwollene Augenlider erschöpft herab, und sie fiel auf der Stelle in Schlaf.

81

Davison schickte jeden verfügbaren Mann aus, um an den Ufern des Flusses und bei den Brückenpfeilern Ausschau nach der Leiche der Hexe zu halten. Schließlich kehrten zwei von ihnen mit einer Tragbahre zurück, auf der der verwelkte, fast gefrorene Körper einer alten Frau lag, den man zusammengerollt auf den Stufen von Vintry gefunden hatte. Davison durchsuchte sie persönlich, während sie in den blutverschmierten Fetzen ihres Hemds und Korsetts dalag, aber ihr Rock und die Unterröcke waren unwiderbringlich im Fluß verschwunden. An keiner Stelle ihres Körpers waren die Papiere oder auch nur Fetzen davon zu finden. Doch obwohl sie blau angelaufen war und sich nicht bewegte, kämpfte ihr Puls darum, weiter zu schlagen. So kam Davison auf den Gedanken, vielleicht von dem Jesuiten, der sich in einem verschlossenem Zimmer in Walsinghams Haus in der Seething Lane nach an sein Leben klammerte, etwas Brauchbares zu erfahren.

Auf Befehl Walsinghams war ein Chirurg gerufen worden, der die Schneide der Hellebarde herausholen und die Wunde zunähen sollte. Der Mann hatte zunächst dagegen protestiert und gesagt, daß er noch nie gehört hätte, daß ein Mensch eine derartige Verletzung überlebt habe. Für ihn bestünde daher kein Anlaß, ihm noch größere Schmerzen zu bereiten. Aber natürlich hatte er zum Schluß gehorcht, denn er brauchte das Gold und war nicht sonderlich daran interessiert, einen Papisten vor Schmerzen zu bewahren.

Als sie Maria in die kleine Schlafkammer brachten und sie, in Decken gehüllt, auf ein Klappbett legten, befand sich Tom Hart auf der anderen Seite und hatte die Beine an seinen geschwollenen Bauch gezogen. Sein Gesicht sah ebenso alt und eingefallen aus wie das ihre, er atmete kaum und lag vollkommen still. Unter halb geschlossenen Lidern sah er zu, wie man sie einpackte, um sie wieder aufzuwärmen, es wurde sogar eine Kohlepfanne herbeigeschafft, so daß es in der Kammer rasch ganz dumpf und stickig wurde.

Ich hatte die ganze Zeit neben ihm gesessen, um ihm Gesellschaft zu leisten. Manchmal war ich für ihn sichtbar und manchmal nicht, je nachdem, ob sein Fieber stieg oder fiel. Nun breitete ich lächelnd meine Arme aus, um ihm zu zeigen, daß dies durch meinen Willen geschah. Er verstand mich. Bei allen, was er tat, war Hart ein tapferer Soldat in der Truppe meines Sohnes, und nun mußte er die letzte Spur seiner Courage gegen die unerträglichen Schmerzen und die Übelkeit in seinem Bauch aufbieten, um Maria die Absolution zu erteilen und damit nachzuholen, was er in der Nacht, als er sie in dem Spiegelzimmer im Falcon getroffen hatte, versäumt hatte zu tun.

Er wußte nicht, ob sie ihn hörte oder nicht, aber ich hörte ihn, und ich sprach die Worte des Glaubens, die zum ersten Mal der Zenturio an meinen Sohn gerichtet hatte. Und vielleicht betete Maria meine Worte so leise nach, daß Hart sie nicht hören konnte. Vielleicht vergab sie meinem Sohn. Nur sie wußte, daß ihr nun endlich die Absolution erteilt worden war, und sie wußte, daß sie nicht in der Hölle enden würde. Das Fegefeuer dagegen erschien ihr als gerecht, und sie würde es getrost auf sich nehmen.

Der Diener, der das Kohlenbecken gebracht hatte, hatte vergessen, ein Fenster zu öffnen, um die Gase entweichen zu lassen. Doch da die Tür geschlossen war, zeigte sich bald ein blauer Dunst in der Luft, den mein Mantel sichtbar machte. Langsam schlossen sich Tom Harts Augen, und die starre Linie seiner Lippen entspannte sich. Selbst die Farbe in seinem Gesicht wurde besser, während er schlief. Niemand kam. Sie atmeten immer langsamer, während ihre Lippen in einem merkwürdigen Anschein von Gesundheit immer röter wurden. Schließlich lagen sie beide vollkommen still.

82

Wir kommen nun zu einer Zäsur, nicht zum Ende der Geschichte. Für Becket begann eine Zeit heftigster Schmerzen und großer seelischer Qual, obwohl seine Leiden die eines Feiglings waren, der voller Angst auf das starrt, was vor ihm liegt. Nichts von dem, was er befürchtete, geschah tatsächlich. Munday besaß alle Instinkte eines Höflings und eine Menge kühlen, gesunden Menschenverstand. Er war sich absolut sicher, daß da mehr passiert war, als ihm sein Herr und Meister erzählt hatte oder als dieser selbst wußte, und war, ohne Ramme als Mitwisser, mächtig genug, um allein zu entscheiden, wie er seine Gefangenen im Tower behandelte. Für Ames ließ er wieder einen Chirurgen und einen Arzt kommen, versorgte ihn mit Medizin und Büchern zum Lesen, und er achtete darauf, daß seine Zelle sauber, trocken und von einem Feuer erwärmt war. Nach einer sorgfältigen, wenn auch demütigenden Untersuchung seines Körpers wurde Becket anständig behandelt, aber weiter in Einzelhaft gehalten. Er hätte es sich durchaus gutgehen lassen können, wenn er nicht über ein so lebendiges Erinnerungsvermögen verfügt hätte. Rammes Leichnam wurde unter heftigem Protest von den Dienern eines Beerdigungsunternehmens aus dem Keller geholt und zu der Krypta von St. Maria Rounceval gebracht, wo Bethanys sterbliche Überreste nur einen Tag vorher zu Grabe getragen worden waren.

Nachdem Thomasina der Königin die Wahrheit über Davisons Tun gesagt hatte, war ihre erste Reaktion, ihn unverzüglich in den Tower werfen zu lassen und den Hinrichtungsbefehl wieder aufzuheben. Jedoch erkannte sie nach neuerlichem Überdenken, daß damit zuviel vom Denken der Königin enthüllt worden wäre. Auch würden ihre strengen Ratgeber, die diese Hinrichtung vorbereiteten, sicher einen Weg finden, um ihre Befehle zu ignorieren. Sie hatte es sich zur Regel gemacht, niemals Befehle zu geben, von denen sie wußte, daß sie mißachtet würden.

Den Tag nach dem Kampf verbrachte sie in der Königlichen Galerie damit, alles zu vertuschen, was geschehen war. Carey wurde, nachdem sie ihn ihres Wohlwollens versichert hatte und alles aufgeklärt worden war, zurück in die Gemächer seines Vaters geschickt. Die beiden Männer aus Berwick erhielten eine Belohnung. Wie sie zu Thomasina sagte, konnte sie nichts gegen Davison unternehmen, bis sie nicht sicher wußte, wo ihr Testament und ihre Beichte geblieben waren. Sie war überzeugt, daß er beides gegen sie verwenden würde, wenn er es fand. Bevor die Papiere sichergestellt waren, mußte sie mit ebenso großer Umsicht handeln wie damals, als der Lordadmiral Thomas Seymour gefangengenommen und sie verhört worden war.

Sie versuchte noch immer verzweifelt zu vermeiden, daß Maria, die Königin der Schotten, hingerichtet würde, und versteifte sich auf die fixe Idee, daß die Frau irgendwie ein paar Tage vorher sterben sollte. Am Sonntag schrieb sie sogar an Marias Gefängniswärter, Sir Amyas Paulet, daß nun zu tun erforderlich sei, was er dem Sicherheitsausschuß versprochen hatte, und zwar Maria heimlich des Nachts zu ersticken. Paulet schrieb einen Brief zurück, der in seiner halsstarrigen, sich streng an die Gesetze haltenden Weigerung, etwas zu tun, das ihm unrecht erschien, schlichtweg wunderbar war. Darauf geriet die Königin in Wut und fluchte, daß dieser dumme Mensch einfach nicht verstand, daß es völlig unwichtig war, *wie* die Hexe von Schottland starb, solange sie es in einer Weise tat, die ihre englische Cousine von jeder Schuld freisprach. Sie ließ sogar gegenüber Davison verlauten, daß sie davon geträumt hätte, ihn mit einem Schwert zu durchbohren. Das hätte ihm eine Warnung dahingehend sein können, daß seine Macht über sie doch nicht so groß war, wenn er den Hirngespinsten und Phantasien einer Frau überhaupt Beachtung geschenkt hätte.

Und so wartete die Königin wie schon so oft – nicht ruhig und geduldig, sondern voll Grimm –, bis die Ereignisse ihr zeigten, was Gott von ihr zu tun verlangte.

Am Morgen des achten Februar im Jahre des Herrn 1587, einem Mittwoch, betrat eine plumpe, gebeugte Frau in mittleren Jahren, die einmal die große, schlanke Königin von Schottland gewesen war, in einem Kleid aus schwarzem Satin und einem weißen Schleier auf ihrem Haupt, die Halle des Schlosses von Fotheringhay. Dort wartete ein Publikum von dreihundert ihrer schlimmsten Feinde darauf, sie sterben zu sehen. Ihre Hofdamen entledigten sie ihrer Robe. Darunter trug sie Dunkelrot, die Farbe des Blutes, des Muts und des Märtyrertums: ein rotes Mieder, einen roten Unterrock und rote Ärmel. Ihre Augen wurden mit einem weißen, goldbestickten Tuch verbunden, dann kniete sie, während sie lateinische Gebete sprach, vor dem Richtblock nieder. Um sie herum war das jammernde Gequengel ketzerischer Theologen zu hören, die entschlossen waren, ihrer Seele selbst im Tode keine Ruhe zu gönnen. Sie breitete die Arme aus, befahl sich in Gottes Hand, und dann schlug ihr der Scharfrichter mit zwei Hieben und einigen Sägebewegungen den Kopf ab.

So errang Davison einen großen Sieg.

83

Es schien, als hielte der Hof den Atem an. Die Königin blieb äußerlich ungerührt, auch wenn sie, wie sie zugab, ihre alten Schmerzen plagten. Und sie weigerte sich, ihrem Geschäft des Herrschens nachzugehen.

Einige Tage nach diesem Mittwoch suchte Thomasina in Begleitung die Wäscherei auf, um herauszufinden, wie es Pentecost ging. Mrs. Twiste hatte sie im Augenblick zu sich genommen, da sie die Kleine nicht wieder zu ihrer unmöglichen Tante ins Falcon zurückschicken wollte.

Obwohl sie nicht wußte, daß Davison Pentecosts Madonna verbrannt hatte, brachte Thomasina ihr die Modepuppe mit, mit der sie oft vor der Königin gespielt hatte, da Ihre Majestät dieses Spiel nicht mehr zu mögen schien. Sie schenkte Pentecost die Puppe und bat sie, gut auf sie zu achten, so daß sie ihr niemand stehlen würde. Pentecost quietschte und lachte vor lauter Freude unbeschwert, wie es ihrem Alter entsprach. Dann drückte sie sie fest an ihre Brust und erklärte, daß es nirgendwo auf der Welt eine so hübsche Puppe gäbe.

»Halte sie vom Feuer fern«, sagte ihr Thomasina. »Siehst du ihr hübsches rosa Gesicht? Es besteht aus Wachs und wird wie eine Kerze schmelzen, wenn du es vergißt und sie zu warm werden läßt.«

Da sie wußte, wie kleine Mädchen sind, hatte Thomasina auch ein Kistchen mitgebracht, in dem sie die Puppe aufbewahren konnte, und das entzückte Pentecost fast ebenso sehr wie die Puppe selbst. Es war ein stabiles, prachtvolles Kästchen aus schwarzem Eichenholz, das mit rotem Satin gefüttert war und außerdem einen Schlüssel hatte, den man an einem Bändchen tragen konnte.

»Das wird mein Schatzkästlein sein«, verkündete Pentecost, während sie es zwischen den Decken des Strohsacks vergrub, auf dem sie schlief.

»Du kannst darin die Briefe von deinen Verehrern aufbewahren, wenn du älter bist«, sagte Thomasina mit einem Lächeln.

»Oder die Papiere der Königin«, stimmte Pentecost zu.

Thomasina hielt auf dem Weg zu der Tür inne, kam zurück und setzte sich vor Pentecost auf den Fußboden.

»Die Papiere der Königin?« flüsterte sie und wagte kaum zu atmen, da sie Pentecost nicht mit einem allzu stark gezeigten Interesse verschrecken wollte.

»Ja«, sagte Pentecost. »Kann man ihren Rock ausziehen? Oh, sieh nur, ja, das kann man, und sie hat einen Reifrock und ein...«

»Die Papiere, die deine Urgroßmutter hatte?«

»Ja. Und ihre Schuhe sind aus Samt und haben Ledersohlen. Oh, ich wünschte, daß ich auch so schöne Schuhe hätte. Schau, und ihr Unterrock ist bestickt. Sie ist bestimmt genauso schön wie die Königin, schau nur, die Stickereien...«

»Pentecost, meine Kleine, wenn du die Papiere der Königin hast... Wenn du sie hast, kannst du sie mir vielleicht geben? Die Königin wird dir dafür geben, was du dir wünschst.«

Pentecost hörte sofort auf, an dem Unterrock der Puppe

herumzuspielen und sah sie an. Ihr Mund öffnete sich. »Oh«, sagte sie und dann skeptisch, »würde sie das tun?«

»Ja«, sagte Thomasina.

»Mr. Davison sagte, daß er die Papiere will, aber er war schrecklich und hat meine Madonna verbrannt, weil er gesagt hat, sie ist ein Götzenbild, aber das *war sie nicht*. Und er hat gesagt, daß ich in die Hölle komme und daß meine Urgroßmutter eine Hexe war und jetzt in der Hölle ist. Und da habe ich gedacht, daß ich da auch hin will, und hab ihn angelogen und ihm gesagt, daß meine Urgroßmutter sie hatte, als sie... als sie... in den Fluß gefallen ist...«

Es sah ganz so aus, als würden gleich wieder die Tränen fließen.

»Mr. Davison ist selbst ein böser Mann«, sagte Thomasina sofort. »Die Königin haßt ihn. Wenn du die Papiere findest und sie dann der Königin gibst, wirst du sie sehr glücklich und Mr. Davison sehr traurig machen.«

»Deshalb habe ich ihn angelogen, weißt du«, meinte Pentecost, die ihren eigenen Gedanken nachhing, »damit ich endlich meine Urgroßmutter wiederfinde.«

Thomasina legte ihren Arm um Pentecost und drückte sie an sich. »Mein Schatz«, sagte sie, »keiner von uns weiß, wer in den Himmel oder in die Hölle kommt, aber meiner Meinung nach wird Mr. Davison todsicher in der Hölle landen. Und deine Urgroßmutter findet sich vielleicht im Himmel wieder. Aber, wo immer sie auch hingekommen ist, wenn du stirbst und auch dorthin willst, kommst du auch dorthin.«

»Kann ich die Königin sehen?« fragte Pentecost.

»Ja. Wenn du die Papiere hast und sie ihr gibst, sicher.«

»Aber ich muß nicht erst sterben?«

»Nein.«

Pentecost lachte. Sie legte die Puppe in das Kästchen und strich ihr die Kleider glatt. Dann deckte sie sie mit einem Stück Leinen zu und sagte ihr, daß sie nun still liegen müsse und nicht herumzappeln und auch nicht schnarchen dürfe, sondern ein liebes Mädchen sein solle. Das dauerte alles so lange, daß Thomasina sie am liebsten geschüttelt hätte. Dann machte sie den Deckel zu, verschloß ihn und bat Thomasina, ihr das Band mit dem Schlüssel daran um den Hals zu binden. Schließlich stand sie auf, reichte Thomasina ihre Hand, und zusammen gingen sie den Gang hinunter bis zum Eingang in die Wäscherei, wo die beiden Kammerfrauen Thomasinas standen und mit der Frau hinter dem Pult plauderten.

Nun formierte sich eine kleine Prozession. Thomasina und Pentecost gingen durch den Holzhof an der Hinterseite der Küche vorbei und dann durch die Hintertür in die Küche bei der Großen Halle. Pentecost nahm genau den Weg, den ihre Urgroßmutter immer gegangen war, wenn sie die Nachttöpfe geleert hatte. Nach einem langen Rundgang durch den gesamten Hof, neugierig beobachtet von vielen Herren und einigen Damen, erreichten sie endlich die Königliche Galerie.

Pentecost legte ihren Zeigefinger an die Lippen. »Hier wohnt die Königin«, sagte sie. »Da mußt du ruhig sein.«

Thomasina nickte ernsthaft und bedachte ihre kichernden Kammerfrauen mit einem finsteren Blick. »Ihr bleibt hier«, sagte sie zu ihnen, worüber diese sehr enttäuscht waren.

Thomasina und Pentecost gingen die Königliche Galerie entlang, wobei Pentecost sich nur auf Zehenspitzen fortbewegte. Vorbei am Schlafgemach der Königin bis ans andere Ende, wo Carey so knapp der tödlichen Klinge einer Hellebarde entkommen war, bis zur Bibliothek.

Sie traten ein, und Pentecost betrachtete die Bücher um sich herum.

»Meine Urgroßmutter konnte lesen«, flüsterte sie im Bewußtsein ihrer eigenen Wichtigkeit. »Sie konnte sogar Latein lesen. Sie konnte alle diese Bücher hier lesen.«

Thomasina nickte und hoffte, daß Pentecost nicht das wilde Hämmern ihres Herzens vernahm. Das kleine Mädchen marschierte auf Zehenspitzen durch den Raum, ließ ihre Finger über die Borde gleiten, die genau in ihrer Höhe lagen, bis sie auf einmal innehielt und ein Buch aus dem Regal nahm. Es war ein schmaler Band, wundervoll in rotes Kalbsleder gebunden und mit Blattgold verziert. Sie ließ es beinahe fallen, als sie versuchte, es zu öffnen, so daß Thomasina rasch beisprang und ihr dabei half, die beiden zusammengefalteten, fleckigen Seiten herauszunehmen, die der Königin soviel Leid verursacht hatten.

Die *muliercula* war völlig überwältigt. Mit den Seiten in der Hand stand sie einige Minuten da und zitterte vor Ergriffenheit. Soll ich einen Blick darauf werfen, fragte sie sich. Soll ich lesen, was die Königin als vierzehnjähriges Mädchen geschrieben hat, als sie glaubte, sterben zu müssen?

Nein, kam die Antwort. Du hast kein Recht, in ihrer Beichte herumzuschnüffeln. Thomasina gab Pentecost die Papiere zurück und sagte ihr, sie solle sie in ihrem Leibchen verstecken. Durch die geschlossene Bibliothekstür hörte sie aus der Ferne den Klang der Trompeten und hastige Schritte, die anzeigten, daß die Königin aus der Kapelle zurückkehrte. Sie wußte, daß die Königin eine Zusammenkunft mit dem Staatsrat hatte, der in der Prozession hinter ihr schritt, um ihr die Bestätigung der Hinrichtung der Königin von Schottland zu übergeben. Ihren Übermut und Triumph mühsam zurückhaltend, bat Thomasina Pentecost, zu bleiben, wo sie war, und nichts anderes zu tun als zu warten. Sie selbst schlüpfte hinaus auf die königliche Galerie, um dort die Königin zu erwarten.

Die Leibgardisten vor ihr reihten sich auf beiden Seiten der Galerie auf. Als sich die Königin umdrehte, um den Ratssaal zu betreten, erblickte sie ihre *muliercula*. Gemäß dem Versprechen, das sie ihr damals gegeben hatte, als sie Thomasina darum bat, für sie Nachforschungen anzustellen, beschuldigte Elisabeth sie wegen ihres teilweisen Versagens in keiner Weise, sondern empfing sie genauso freundlich wie immer. Jetzt blieb sie stehen und zögerte.

Thomasina lief zu ihr, und die Leichtigkeit und Freude in ihrem Herzen ließ sie in die Luft springen, sie hopste und schlug während des Laufens rasch ein paar Saltos, bevor sie sich atemlos vor der Königin auf die Knie fallen ließ.

»Eure Majestät«, sagte sie, »bitte, darf ich um eine dringende private Audienz bitten?«

»Jetzt, Thomasina?« fragte die Königin, die der Ratssitzung mit wenig Freude entgegensah.

»Oh, ja, Eure Majestät. Jetzt.«

Die Augen der Königin verengten sich nach einer Sekunde des Zögerns und während die königlichen Ratgeber ärgerliche Blicke tauschten, nickte sie. »Wo?«

»In Eurem Schlafgemach, Eure Majestät. Allein.«

Die Königin nickte kurz, dann drehte sie sich um und eilte auf die Tür ihres Schlafgemachs zu, wobei sie unter ihren Hofdamen eine ziemliche Aufregung verursachte, da diese nicht darauf vorbereitet waren, ihr die Tür zu öffnen. Schließlich lösten sie das Problem, während die Königin geduldig wartete und nur kurz das Mädchen anknurrte, das in der Eile, mit der es den Türgriff erreichen wollte, fast hinfiel. Dann schloß sich die Tür. Thomasina ging zurück in die Bibliothek, nahm Pentecost bei der Hand und führte sie durch die Tür. Dort hielt sie für einen Augenblick inne, spuckte auf den Zipfel ihrer Schürze und rieb ihr den kleinen Milchschnurrbart und die Brotkrumen, die noch von ihrem Frühstück übrig waren, weg. Dann glättete sie die ein wenig schlampig bestickte Mütze des Mädchens und ging mit ihr die Königliche Galerie entlang.

Das Stimmengewirr aus Klatsch und Rätselraten erstarb, als Thomasina Pentecost ruhig, an all den hohen Edelleuten und Damen vorbei, zu der Tür des Königlichen Gemachs führte. Hinter den Königlichen Ratgebern stand Davison und erblickte, inmitten seines Triumphes, Pentecost, was ihn sehr verwunderte.

Thomasina wartete, bis eine der Ehrenjungfrauen die Tür für sie öffnete, dann brachte sie Pentecost hinein und schlug mit dem Absatz ihres Fußes die Tür hinter sich zu.

Die Königin stand am Fenster und sah in den Garten hinaus, wo der Brunnen wegen der eisigen Kälte stillgelegt war. Wieder war sie in schwarzen Samt und Satin gekleidet, die mit Perlen und silberner Handarbeit wunderschön bestickt waren, trug Perlen in den Ohren und eine lange Perlenkette um den Hals. Der vordere Einsatz ihres Unterkleids war ein wallendes Gewirr aus silberdurchwirktem Brokat. Ihre Halskrause wie auch der spinnwebenzarte Schleier aus feinstem Batist wirkten wie ein Glorienschein, wenn das bei einem sterblichen Wesen überhaupt möglich ist. Das milchige Licht des Winters ließ die Diamanten der kleinen Krone, die sie in ihre rote Perücke gesteckt hatte, wie Regenbögen funkeln.

Pentecost blickte zu ihr empor und fand all das, was sie sich von einer Begegnung mit der Himmelskönigin erhofft hatte. Der Raum duftete süß, das Bett war mit Vorhängen aus den edelsten Stoffen und Silberbrokat ausgestattet, der Boden bedeckt mit weißen Matten und die Wände versehen mit Tapeten und türkischen Teppichen. Es war interessant, daß die Königin Tiere mochte, denn da stand auch ein Korb, in dem drei haarige Schoßhunde schnarchten, aber das war eigentlich zu erwarten gewesen. Und die Himmelskönigin war, auch wenn sie fast so alt war wie Pentecosts Urgroßmutter, groß und ungebeugt und so prächtig und schön wie ein Bild in einer Kirche.

Pentecost stand der Mund offen, doch dann atmete sie voller ehrfürchtiger Scheu tief durch. »Oh«, flüsterte sie Thomasina zu, »sie ist so schön. Sie ist viel schöner, als ich gedacht habe.«

»Psst«, machte Thomasina. »Weißt du, du mußt vor der Königin niederknien, und du mußt warten, bis sie dich anspricht.«

»Oh, ja«, sagte Pentecost hingerissen und ließ sich mit einem ungraziösen Plumps auf die Knie fallen. »Tut mir leid. Ohhh, sieh doch. Sie hat eine Krone aus Sternen auf.«

Wieder lächelte die Königin, die mehr Gefallen an dieser,

575

ohne jede Berechnung vorgebrachten Bewunderung fand, als sie zugeben wollte. Thomasina ließ sich sehr viel anmutiger auf ihre Knie nieder, half Pentecost wieder auf, die sich in ihrem neuen Unterrock verfangen hatte, und führte sie zur Königin.

»Gib Ihrer Majestät das, was du hast.«

Umständlich holte Pentecost die Papiere aus ihrem Leibchen hervor und hielt sie mit einem schüchternen Lächeln nach oben. »Thomasina hat gesagt, wenn ich Euch das geben würde, wärt Ihr glücklich«, sagte sie, wobei sie ganz vergaß, daß sie eigentlich warten sollte, bis die Königin das Wort an sie richtete.

Langsam nahm die Königin die Papiere, entfaltete sie, las ein paar Worte und knüllte sie dann an der harten Front ihres Mieders zusammen. Ihr Gesicht war gerötet, und ihre Augen blitzten auf, bevor sie zu sprechen begann.

»Ist das richtig?« fragte Pentecost besorgt. »Sind es die, die Ihr gewollt habt?«

Die Königin faltete die Papiere mit zitternden Fingern zusammen und steckte sie in ihr Mieder.

»Ja«, sagte sie und zwinkerte mit den Augen. »Es sind die, die ich wollte.«

Pentecost lächelte zurück. »Thomasina hat gesagt, daß Ihr mir alles gebt, was ich mir wünsche, Eure... Eure Majestät.«

Amüsiert blickte die Königin auf sie. Sie streckte Pentecost ihre Hand entgegen, die diese auch nahm, selbst wenn sie sich ein wenig merkwürdig anfühlte, da sie durch den Puder so trocken und durch die Ringe so schwer war. Zusammen gingen sie auf den geschnitzten, mit Brokatkissen gepolsterten Sessel der Königin zu, der beim Feuer stand. Die Königin ließ sich darauf nieder, während Pentecost direkt vor ihr stehenblieb und eine Haarlocke zwirbelte, die aus ihrer Mütze gerutscht war.

»Nun, Pentecost, ich bin nicht die Himmelskönigin, nur die

Königin von England«, sagte Elisabeth. »Ich kann dir viele Dinge geben, aber nicht deinen Herzenswunsch erfüllen.«

»Kann ich eine Mitgift haben?« sagte Pentecost rasch, ohne diesem Unsinn irgendwelche Aufmerksamkeit zu schenken. Die Königin blickte sie traurig und ein wenig ärgerlich an, so daß sie erklärend hinzufügte: »Also, meine Urgroßmutter hat immer gesagt, daß ich eine Mitgift brauche, dann kann ich einen alten Mann mit sehr viel Geld heiraten und brauche keine Hure zu werden wie meine Tante Julia im Falcon.«

Die Königin hustete ein wenig und sagte, daß durchaus Vorkehrungen für eine Mitgift getroffen werden könnten.

»Und kann ich auch ein schönes Kleid aus braungelbem Satin und rosa und purpurnem Samt und mit gestickten Vögeln haben, damit ich, wenn ich es anhabe, so aussehe wie der Sonnenuntergang?« fragte Pentecost mit wachsendem Zutrauen.

»Das denke ich wohl«, sagte die Königin. »Ich kann meinen Schneider dir ein Kleid aus der Königlichen Garderobe machen lassen.«

»Und die Arche Noah aus Zucker und mit Tieren aus Marzipan, immer zwei und zwei und bemalt, und ein Haus aus Marzipan und Bonbons und eine Krone aus Diamanten, so wie Eure, und ein weißes Pony mit goldenem Zaumzeug und ein richtiges Bett mit Vorhängen und noch ein anderes Kleid aus weißem Satin und eine rote Samttasche und ein Buch, in dem Bilder sind, und einen kleinen Hund und einen Ball und einen Pelzmantel und ein Schloß und einen Prinzen und eine Schachtel mit Liebesperlen und eine andere Schachtel mit Zuckerwerk und eine gezuckerte Orange und...«

Wieder lachte die Königin und gebot ihr, damit aufzuhören. »Meine Liebe«, sagte sie, »wenn du so viele Süßigkeiten hättest, würdest du sie dann alle auf einmal essen?«

»So viele, wie ich kann«, sagte Pentecost nun besorgt. »Aber ich könnte ja ein paar für später aufheben und sie dann morgen essen«, fügte sie wenig überzeugend hinzu.

»Ich würde dir keine Geschenke geben wollen, die dich

krank werden lassen oder zuviel Neid erwecken. Also, hier ist nun meine Gabe für dich, Pentecost: Wegen des großen Dienstes, den du uns heute erwiesen hast, werden wir dir ein Kleid und auch eine Mitgift gewähren, die du so klug verlangt hast. Und wir werden dafür sorgen, daß für dich ein guter Mann gefunden wird, den du, wenn die Zeit gekommen ist, heiraten kannst, was in den nächsten Jahren noch nicht der Fall sein wird. Bis dahin werden wir uns um dich ebenso wie um all unsere treuen Untertanen kümmern. Und nun wirst du mit Thomasina gehen, und die Hofdamen werden dir aufwarten und dir Essen und Trinken bringen. Und du mußt eine Liste von all den Dingen machen, die du dir wünschst und die Thomasina für schicklich hält. Und danach werden wir dir das nächste von deiner Liste geben. Denn wenn du all deine Herzenswünsche auf einmal erfüllt bekommen würdest, was tätest du dann?«

»Sie genießen«, sagte Pentecost, der überhaupt nicht philosophisch zumute war, aus tiefstem Herzen.

»Das wirst du ohne Zweifel«, sagte die Königin. »Nun, du bist ein gutes Kind und hast mich glücklicher gemacht, als du verstehst. Küß meine Hand, und dann geh mit Thomasina, um deine Liste zu machen. In der Zwischenzeit werde ich mich meinen Ratgebern widmen.« Aus dem letzten Wort war ein gewisser Grimm herauszuhören, den Thomasina wohl verstand, der aber an Pentecost unbemerkt vorbeiging, denn sie ärgerte sich schrecklich darüber, daß sie die Himmelskönigin nicht darum gebeten hatte, ihr ihre Urgroßmutter aus der Hölle zurückzuholen.

Doch war sie schon weise und ehrfürchtig genug, um zu wissen, wann sie aufhören mußte, also machte sie einen Knicks und küßte die elegante Hand der Königin. Und dann sprang sie hoch und küßte obendrein ihre rosafarbenen und weißen Wangen. Thomasina nahm sie bei der Hand und führte sie aus dem Gemach hinaus. Sie ließen die Königin zurück, die ruhig beim Feuer sitzenblieb.

Nach einer Weile nahm sie die beiden gefalteten Blätter aus ihrem Mieder, strich sie glatt und las sie mit großer Sorgfalt, wobei ihre Lippen stumm die Worte formten. Langsam und bedächtig hielt sie sodann beide Blätter in die Flammen und sah zu, wie das goldene Feuer sie an einer Ecke erfaßte. Sie hielt sie hoch und beobachtete, wie sie vollständig verzehrt wurden, bis nur noch spröde, schwarze Asche übrig war, die sie zurück in die Feuerstelle warf.

Ein paar Minuten später schwebte die Königin so majestätisch wie eine riesige schwarzweiße Gewitterwolke, die vom offenen Meer her kommt, aus ihrem Schlafgemach.

84

Wäre ich Homers Schatten, könnte ich versuchen, den Zorn der Königin zu beschreiben, der sie erfaßte, als ihr von ihren Ratgebern ungemein selbstzufrieden berichtet wurde, daß die schottische Königin, die Viper, tot sei. Sie war gegen ihren Willen in diese Richtung gezwungen worden, ähnlich einer Klinge aus Damaszenerstahl, die nun, da die Spannung nachließ, mit verheerenden Auswirkungen in ihre ursprüngliche Lage zurückschnellte. Sie brüllte und schrie, fluchte und malte blutige, erschreckende Gemälde aus ihren Worten. Sie brachte Burghley und Davison dazu, zitternd vor ihr niederzuknien, und stellte sie beide am Ende der Sitzung unter Arrest. Burghley erlaubte sie jedoch aufgrund seines Alters und seines langen Dienstes, sich nach Theobalds zurückzuziehen. Nach einer weiteren Standpauke empfing sie ihn dann im März wieder bei Hofe.

Davison zerfetzte sie öffentlich, und zwar (metaphorisch gesehen) vom Scheitel, über den schrecklichen Geschmack, den er bei seinen Kleidern zeigte, bis zu den Sohlen seiner blutbefleckten Stiefel, von seiner armseligen Bildung, mit der er immer gerne prahlte, über seinen Mangel an Klugheit bis zu seiner verdammten Selbstgerechtigkeit und dem durch seinen Hochmut bedingten Fehlen jeden Respekts für ihre Souveränität. Im Verlauf ihrer Schmährede versäumte sie auch nicht, ihm mitzuteilen, daß sie soeben seine Waffe gegen sie eigenhändig verbrannt habe.

Und so marschierte Davison mit vor Schreck versteinertem Gesicht zum letzten Mal aus dem Ratssaal, bewacht von vier Soldaten. Es trieben keine Eisschollen mehr die Themse hinab, so daß er mit einem Boot zum Verrätertor gebracht wurde, genauso, wie einst die Königin unter der Regentschaft ihrer Schwester. Bei ihm war Sir Walter Raleigh, der Hauptmann der Königlichen Garde, der das persönliche Schreiben Ihrer Majestät mit sich trug, mit dem sie die Freilassung von David Becket und Simon Ames forderte.

Im Tower rief dieser Umschwung eine Aufregung hervor, die alle in Schrecken versetzte. Man benötigte eine Bahre für Ames, der zwar nicht mehr im Fieber lag, doch noch immer sehr krank und schwach war. Während sie darauf warteten, befragte Raleigh Becket in seiner Zelle, wobei er mehr begriff, als Becket annahm.

Raleigh hatte ein ziemlich zynisches Verständnis davon, wie man einen Mann belohnt, und gleichzeitig verfügte er über das dramatische Talent eines Theaterdirektors. Also ließ er Davison aus dem Vorzimmer holen, wo dieser still gesessen hatte. Becket marschierte aus seiner Gefängniszelle heraus und sah zu, wie Davison hineinging und sich auf das Bett setzte. Feierlich übergab Raleigh die Schlüssel an Becket, der die Tür zuschlug und hinter dem ehemaligen Geheimen Rat der Königin verschloß.

Becket wurde später wegen des Mordes an Mr. Ramme der Prozeß gemacht, doch nachdem etwa die Hälfte der Beweise gehört worden war, empfahl der Richter der Jury einen Freispruch. Zu dieser Zeit konnte Simon Ames bereits, wenn auch noch rekonvaleszent und bandagiert, selbst den Fortgang des Geschehens verfolgen und sich daran delektieren.

Es ging das Gerücht, daß Walsingham auch den Chef seines Kurierdienstes, Mr. Hunnicutt, verloren hätte, der sich in einem plötzlichen Anfall von Wahnsinn selbst erhängt hatte. Keine Untersuchungskommission fand jemals die Wahrheit darüber heraus.

Pentecost wurde zum Mündel von Thomasina de Paris erklärt, die fortan für sie und ihre Erziehung sorgte. Robert Carey wurde aus der Obhut seines Vaters entlassen und erhielt aus dem Staatsschatz ein Geschenk aus Gold, wodurch er es schaffte, ein paar seiner dringlichsten Gläubiger zu bezahlen, und somit nicht ins Fleetgefängnis mußte. Dank Thomasina hatte er etwas herausgefunden, das ihm bislang nicht bewußt gewesen war, nämlich daß ihn der Hof langweilte und daß sein Spielinstinkt nach mehr verlangte als nach Primero mit hohen Einsätzen.

Als ein tapferer Mann gesucht wurde, der dem pflichtvergessenen Sohn der Königin von Schottland, König James, ein Kondolenzschreiben überbringen sollte, meldete er sich freiwillig für diese Aufgabe. Unglücklicherweise hatte er niemals die Gelegenheit, die Unschuld der Königin am Tod ihrer Cousine zu erklären, da ihn König James nicht in seinem Reich empfangen wollte und die schottischen Adeligen den Plan hatten, ihn aus dem Hinterhalt zu überfallen und umzubringen. Jedoch ergaben sich während der paar Monate, die er damit zubrachte, sich auf dem herrschaftlichen Besitz Widrington nahe Berwick die Beine in den Bauch zu stehen, ganz andere Dinge.

Davison wurde dank der juristischen Ansichten der beiden Cecils, Sir Francis Walsinghams und selbst Sir Walter Raleighs, nicht aufgehängt, auch wenn die Königin den Entschluß gefaßt hatte, daß zu tun. Wagemutig vertrat Raleigh gegenüber der Königin die Meinung, daß sich Davison, falls er aufgehängt würde, nur wichtig vorkäme. Es war auch Raleigh, der zu beleidigender Vergebung und erniedrigendem Vergessen riet. Und so wurde als Folge davon Davison in der Sternkammer wegen seines Verbrechens, die Königin von Schottland hinrichten zu lassen, der Prozeß gemacht. Ihm wurde eine Geldbuße von zehntausend Pfund auferlegt, danach lebte er für den Rest seines Lebens völlig zurückgezogen. Damit er sich selbst nicht als Märtyrer fühlte, zahlte ihm die Königin bis zu seinem Tod auch weiterhin sein Gehalt.

PROLOG

Zu der Zeit, als das passierte, was schließlich zum Tod Marias wie auch dem der schottischen Königin führte, hatte sie nur wenig Ahnung von dem Tag geschweige denn dem Jahr unseres Herrn, da ihr Verstand bereits völlig von Bier, Ale und Branntwein vernebelt war. Der königliche Knabe saß damals schon ein Jahr lang auf dem Thron, aber für Maria hatte es keine besondere Bedeutung, was er überhaupt tat. Wieder einmal hatten sie die Liturgie geändert, doch sie hatte bereits lange vorher ihrem untreuen Ehegemahl den Rücken zugekehrt. Statt dessen erwies sie mir, der Himmelskönigin, ihre Reverenz, denn Anbetung war eine Gewohnheit, die durch das Kloster allzu tief in ihr verwurzelt war, als daß sie darauf hätte verzichten können. Und so flehte sie mich ketzerisch um Vergebung und um Brot oder Trost an, und manchmal erinnerte sich Maria daran, daß ich im Traum zu ihr kam und ihr über das Haar strich.

Es war Herbst oder Winteranfang, und Maria fror und begann schon zu hungern. Es gibt einen Hunger, der entsteht, wenn man eine Mahlzeit versäumt, und dann gibt es noch einen, bei dem jede Mahlzeit, die man zu sich nimmt, zu klein ist. Dann scheint sich dein Magen zu verknoten, jeder Zentimeter deines Körpers ist mit der Gier nach Essen ausgefüllt, und jeder Traum, den du hast, ist ein vereiteltes Bankett. Sie hatte diesen Hunger bereits früher verspürt und wußte, daß er wiederkommen würde, aber das machte ihn nur schlimmer. Es spielt keine Rolle, ob man ihn zu Krümeln verarbeitet oder jeden einzelnen Bissen auskostet und einen kleinen Teil davon sogar für später aufhebt, es ist egal, wie sehr man ihn streckt – ein Laib für einen Penny reicht niemals aus, um dir den Bauch zu füllen. Zu dieser Zeit hatte sie beinahe den Geschmack von Fleisch vergessen, und selbst weißes Fleisch war zu teuer für sie, obwohl sie manchmal der kleinen Magdalena ein wenig gab, wenn die vor Bauchkrämpfen weinte. Maria war zu alt, um ihr Abendessen als Hure zu verdienen, es sei denn mit Männern, die zu verzweifelt und zu arm waren, als daß sie mit etwas anderem als Brot bezahlen konnten. Und die kleine Magdalena war mit fünf oder sechs Jahren noch zu jung. Natürlich hätte sie sich prostituieren können, aber ihre Mutter brachte es nicht übers Herz, sie so früh zu verderben. Sie hatte noch immer die Hoffnung, eine Mitgift aufzutreiben und sie zu verheiraten.

Maria hatte jedoch ihre Fähigkeiten als Krankenpflegerin, und ihr Ruf als Hebamme und Engelmacherin wurde stetig größer. Wer weiß? Hätte sie nicht ihr ganzes Geld vertrunken, hätte sie vielleicht reich werden können.

Eines Tages kam eine Frau mit einer Samtmaske zu ihr. Es war nichts Merkwürdiges daran, daß eine feine Dame eine Maske trug, um ihre Haut gegen Wind und Kälte zu schützen, und außerdem war es nur ehrenhaft, wenn sie ihr Haar unter einer Haube verbarg. Sie flüsterte in dem weichen, gewinnenden Dialekt der westlichen Provinzen und fragte, ob es stimme, daß Maria eine Hebamme und Engelmacherin sei, worauf ihr Maria herausfordernd sagte, daß dies wohl stimme.

Vielleicht würde sie jemanden zum Abtreiben brauchen, sagte sie.

Zwei Tage später stand sie um Mitternacht vor Marias Tür und hämmerte hysterisch dagegen. Die Hexe müsse jetzt sofort kommen und würde auch sehr gut bezahlt werden. Die Hälfte des Lohns bezahlte sie in Gold sogleich an Ort und Stelle, und Maria steckte es in Magdalenas Leibchen und sagte ihr, falls sie Angst vor Ungeheuern habe, solle sie sich unter ihrem Bett verstecken. Und sie sagte der Kleinen auch, falls sie, ihre Mutter, nicht wiederkäme, solle sie das Gold irgendwo vergraben, wo sie es sicher wiederfände. Nur ein Stück solle sie zu einem Goldschmied bringen und es in Pennies umwechseln, womit sie sich kaufen könne, was sie sich nur wünschte. Magdalena nickte mit blassem Gesicht. Sie versuchte, ihre Mutter anzulächeln, während die Dame mit der Samtmaske stöhnte und nervös ihre Laterne schwenkte.

Und so machte sich Maria mit ihr auf den Weg. Ihr war ein wenig schwindlig vor Hunger, aber nicht, weil sie getrunken hatte. Sie gingen zu einem Privatboot, das sie selbst ziemlich schlecht und sehr langsam ruderte. Maria ließ sie sich abplagen, auch wenn sie es komisch fand, eine Dame, wie sie selbst einmal eine gewesen war, dabei zu beobachten, wie sie schwitzend ein Boot durchs Wasser bewegte.

In der Mitte des Flusses bat sie Maria, sich einen Sack über den Kopf zu ziehen und nicht bloß die Augen zu verbinden, was sie so gemacht hätte, daß sie noch ein wenig hätte vorbeischielen können. Der Sack war aus schwarzem Wolltuch, vielleicht der Rest eines Reitkleids für eine feine Dame, mit einem Zugband, das sie um ihren Hals legte. Maria bekam es mit der Angst zu tun und hielt sich an beiden Seiten des Bootes fest, sie fürchtete, daß die Lady es zum Kentern brächte, so daß sie ertrinken würden. Sie hatte immer Angst vor Wasser gehabt, und das, wie sich später herausstellen sollte, aus gutem Grund. Nur das Versprechen auf Gold und ihr leerer Bauch hielten sie davon ab, loszuschreien, als die Lady einen falschen Ruderschlag tat und das Boot sich im Kreis zu drehen begann.

Maria fand niemals heraus, wo sie hingefahren waren. Es hätte überall in London sein können. Mit ihrem Gesicht, das in dem Sack steckte, konnte sie nur Wolle riechen, nichts anderes, das ihr einen Hinweis hätte geben können.

Als sie gegen einen Bootssteg schrammten, sprang die Lady

heraus und band, während sie Maria allein ließ, das Boot fest. Maria streckte ihre Hände aus. Sie hatte Angst, allein zurückgelassen zu werden, doch die Lady nahm ihren Arm und half ihr heraus. Doch da schwankte das Boot so stark, daß beide fast in den Fluß gefallen wären.

Sie führte Maria einen langen Weg entlang, Treppen hinauf und Gänge hinunter, dann wieder über Treppen, eine größere Straße entlang und durch einen weiteren Gang. Schließlich kamen sie durch einen Hintereingang in ein Zimmer mit Bodenfliesen, das vielleicht eine Küche war. Dann ging es viele Stufen nach oben, bis sie in einem Zimmer waren, in dem es nach Blut stank und wo irgendein Tier vor sich hin wimmerte und vor Schmerzen stöhnte.

Maria war keine Närrin. Sie wußte, was sie sehen würde, wenn die maskierte Dame ihr den Sack abnahm und sie endlich wieder anständig atmen konnte. Sie blinzelte und ließ sich Zeit. Das erste, was sie sah, war ein Tisch, der neben einem Bett stand, darauf eine Schüssel, eine silberne Tasse, eine Kerze, Feder und Tinte. Das Bett war einfach und ohne Zierrat, es war das Bett eines Dienstmädchens und hatte eine Strohmatratze und einfache, grobe Leintücher, aber die Person, die darin lag, war alles andere als ein Dienstmädchen.

Sie war etwa vierzehn oder fünfzehn und trug nur ein weißes Hemd aus sehr feinem Leinen, das hübsch bestickt war. Ihre Haare waren fest unter eine Haube gesteckt, ihre langen, schlanken Finger wirkten weich und trugen keine Ringe, und ihr Gesicht verbarg sie unter einer dieser Masken aus Samt, die man am Hof auf Bällen benutzte. Aber ihre Augenbrauen waren, ebenso wie ihre Wimpern, von rötlicher Farbe und ihre Augen so tief dunkelbraun, daß sie fast schwarz wirkten, während ihr Gesicht ein blasses Oval bildete.

Da sie nicht das zweite Gesicht besaß, erkannte Maria nicht, was sie später einmal sein würde. Sie wußte lediglich, daß sie eine bedeutende Edeldame war, die zumindest einige Schwierigkeiten, in denen sie sich befand, selbst über sich gebracht hatte. Denn sie lag in den schlimmsten Geburtswehen, und ihr Blut hatte bereits die Laken durchtränkt. Unter heftigem Stöhnen drehte und wand sie sich, doch kam kein Wort über ihre Lippen. Ihre Kammerfrau beugte sich über sie, um ihr mit einem Leinentuch den Hals trockenzutupfen.

»Also«, sagte Maria kühl, »wer hat das getan?«

»Es – es ist einfach geschehen. Ich war mir noch nicht einmal sicher, daß sie schwanger war, und dann...« Die Kammerfrau schien sehr nett zu sein, wenn auch nicht mit allzuviel Verstand gesegnet.

»Was habt Ihr getan?« fragte Maria die edle Dame vor sich auf dem Bett direkt. »Dies ist keine gewöhnliche Fehlgeburt.«

Arrogant drehte sie ihren Kopf weg, da sie nicht antworten wollte. Maria ging zum Bett, packte ihr Gesicht und gab ihr eine Ohrfeige. »Hör zu, du dummes, kleines Luder«, zischte sie. »Ich muß wissen, wann und womit du es getan hast, bevor ich dich anfasse.«

Die hochwohlgeborene junge Dame preßte ihre Lippen zusammen und zitterte vor Schreck und Wut, daß Maria gewagt hatte, sie zu schlagen. Die Kammerfrau stand nur mit weit aufgerissenem Mund da.

»Wenn du mir nicht die Wahrheit sagst, dann gehe ich wieder nach Hause«, sagte Maria und holte sich den Sack, um ihn sich wieder aufzusetzen. »Bringt mich zurück.«

»Nein, nein, sie braucht Eure Hilfe!« rief die Kammerfrau in höchster Not.

Maria zuckte die Achseln. »Was kümmert es mich, wenn die Tochter eines hohen Herrn stirbt? Das ist nicht meine Sache«, sagte sie. »Große Herren haben wenig genug für mich getan.«

»Aber...«

»Ich helfe den armen Huren, die nicht anders können, wenn sie etwas zu essen haben wollen, aber ich sehe keinen Grund, so einem dummen Ding zu helfen, das alles hat, was es sich nur wünscht, es jedoch für angebracht hält, alles wegzuwerfen, nur weil es sie zwischen ihren Beinen juckt.«

587

»Nein, Ihr versteht nicht, sie ist...«

»Seid still«, flüsterte das Mädchen, worauf die Frau schluckte und sofort den Mund hielt. »Du, Hexe, warum mußt du diese Dinge wissen?«

»Glaubst du, daß das in dir drin nur ein Haufen Fleisch ist?« fragte Maria. »Wie sehr hast du dir selbst weh getan, bevor die Schmerzen begannen?«

Das Mädchen war klug genug, sehr leise zu flüstern, so daß es für jeden schwierig sein würde, ihre Stimme wiederzuerkennen. »Ich habe eine Stricknadel benutzt und die Kohlenzange, um es offen zu halten. Ich habe die Nadel so weit nach oben geschoben, bis Blut und Wasser kamen. Und es kümmert mich auch nicht, ob ich sterbe, gute Frau, es war meine Kammerfrau, die Euch zu mir gebracht hat, es geschah nicht durch meinen Befehl.«

»Oh, mein Liebes«, rief die Kammerfrau, weinte salzige Tränen und kam wieder ans Bett, um ihre feuchte Stirn über der Maske abzuwischen.

Die vornehme junge Dame schlug die Hand der Kammerfrau weg. Maria erkannte, daß sie bereits wütend gewesen war, bevor sie ihr die Ohrfeige gegeben hatte. Wenn sie jetzt zu betteln angefangen oder von irgendeinem raffinierten, skrupellosen Mann erzählt hätte, der sie überwältigt, verführt oder sie sogar vergewaltigt hatte – dann wäre Maria aus dem Zimmer gegangen und hätte sie sterben lassen. Aber statt dessen sagte sie klar und deutlich: »Ihr habt wirklich recht, ich bin eine Närrin. Ihr könnt Euch nun entfernen, meine Kammerfrau wird Euch für Eure Mühe bezahlen.«

Dann legte sie ihren Kopf wieder in die Kissen und sprach kein Wort mehr, denn es kam eine weitere Schmerzwelle und noch mehr Blut. Das besänftigte Maria mehr als jedes Wort, außerdem war sie, wie ich vermute, so widerspenstig, daß, falls das Mädchen befohlen hätte zu bleiben, sie sicher gegangen wäre.

Statt dessen entledigte sich Maria ihrer Jacke, rollte ihre

Hemdsärmel hoch und sagte der Frau, daß sie heißes Wasser, Handtücher und Nadel und Faden holen solle. Maria hatte auch etwas von ihrem eigenen Faden mitgebracht, der aus Sehnen und Gedärmen hergestellt war und den sie in einem Beutel zusammen mit ihren Haken, den Nadeln und ihrer Schere aufbewahrte. Die Ärzte in ihrer Weisheit erklären uns, daß Krankheiten über die schlechte Luft in eine Wunde eindringen, aber wenn wir Weihrauch verbrennen, habe sie keine Kraft mehr. In Klöstern haben sie eine andere Tradition, sie waschen sich wie Pontius Pilatus ihre Hände vorher und nicht nachher, was, wie die Ärzte betonen, ganz klar ihren Aberglauben beweist.

Also, abergläubisch wie sie war, wusch sich Maria die Hände und betete zu mir, bevor sie das Mädchen untersuchte. Sie hatte sich selbst Schaden zugefügt, aber erreicht, was sie gewollt hatte. Sie war innen offen, und das Kind bereit zu kommen.

Und schließlich kam es auch, ein winziges Ding von nur knapp zwanzig Zentimetern, das sich zusammenkrümmte und starb. Vielleicht taufte Maria es noch rechtzeitig, vielleicht aber auch nicht. Sie legte es in die Schüssel. Mit steinernem Gesicht sah seine Mutter es an und bemerkte, daß es ein Sohn war. Die Kammerfrau warf ihn ins Feuer. Dann verließ sie mit grauem Gesicht das Zimmer.

Maria tat ihr Bestes, um das Mädchen an den Stellen zu nähen, wo es sich innen verletzt hatte. Es ertrug alles ohne ein einziges Wort, doch als Maria ihr sagte, daß sie nun fertig sei, flüsterte sie: »Gebt mir meine Jungfräulichkeit zurück.«

»Niemand kann das«, sagte Maria, »du hast sie schon vor Monaten verloren.«

»Ich weiß.« An den Rändern ihrer Maske war ein wachsweißes Gesicht mit höchst entschlossenem Ausdruck zu sehen. »Näht mich wieder zu. Der Schein ist alles, was zählt.«

»Ah.« Maria verstand sie nun. Sie zögerte einen Augenblick. Warum sollte die hochwohlgeborene Hure nicht wegen ihrer Sünden leiden, wie auch Maria es getan hatte? Aber es sah ganz so aus, als hätte sie bereits genug gelitten und würde das auch in Zukunft noch tun, denn niemand wußte, was in ihrem Innern noch passieren würde. Also nickte Maria und tat, worum sie gebeten worden war. Sie erwies sich als ausgezeichnete Näherin, als sie hier und da ein wenig schnitt, um Kanten zu haben, die gut verheilen würden und die sie mit einem Faden aus Därmen nähte. Als sie halb fertig war, verlor das Mädchen das Bewußtsein, was eine Gnade für sie und auch für Maria war.

»Wird sie wieder gesund?« fragte die Kammerfrau, als sie zurückkam, um dem Mädchen Wein zu bringen, aber Maria keinen Tropfen davon anbot, obwohl diese sich einer Ohnmacht nahe fühlte, da sie so lange nichts zu trinken bekommen hatte.

Sie zuckte die Achseln. »Vielleicht«, sagte sie. »Sie ist jung und stark. Sie sollte vorsichtig sein, wenn sie heiratet, denn ich habe keine Ahnung, ob sie jemals wieder schwanger werden kann oder was passiert, wenn sie es tatsächlich wird.«

»Warum sollte das wichtig sein?« flüsterte das Mädchen und schlug die Augen wieder auf.

»Damit ein Kind durchpaßt, muß alles da unten schön weich und nachgiebig sein«, sagte Maria, »damit es sich gut dehnen kann. Aber du hast jetzt Narben, und Narben sind härter als unversehrtes Fleisch. Also wird es sich schlechter dehnen.«

Sie nickte, daß sie verstanden hatte, während sich ihre umschatteten Augen halb schlossen. Und erstaunlicherweise spielte die Andeutung eines Lächelns um ihren Mund.

»Ich werde niemals heiraten.«

»Hah«, sagte Maria. »Als ob du das entscheiden könntest. Das Beste, was du machen kannst, ist zu versuchen, deine Eltern dazu zu bekommen, dir einen Mann auszusuchen, der Knaben liebt oder am liebsten zu Huren geht.«

Sie lächelte Maria an, aber sie war zu müde und auch zu

vorsichtig, um zu sagen, was sie sich dachte. Sie winkte kurz mit der Hand, um ihrer Kammerfrau zu sagen, daß sie den Lohn bezahlen und die Hexe wieder fortbringen sollte. Maria zog sich gehorsam den Sack wieder über den Kopf und ließ sich auf einem anderen Weg zum Boot zurückbringen und auf ebenso beschwerliche Art von der Kammerfrau über den Fluß rudern.

Aber Maria kümmerte sich nicht darum, denn in ihrem Innern frohlockte sie. Die hochwohlgeborene Hure meinte vielleicht, sich hinter der samtenen Maske verstecken zu können, aber Maria würde wissen, wen sie behandelt hatte. In ein paar Jahren würde die vornehme Dame ohne Zweifel verheiratet sein, und wenn sie gut versorgt war, sich selbst wieder sicher fühlte und ihre kindische Dummheit vergessen hatte, dann würde die Hexe noch einmal zurückkommen, mit ihr handelseinig werden und für ihre kleine Magdalena eine Mitgift aushandeln.

Da war nämlich ein Buch gewesen, das unter dem Kopfkissen hervorgeschaut hatte. Als das Mädchen in Ohnmacht fiel, nahm Maria das Buch an sich und stopfte es in die Tasche ihres Unterrocks. Alles, was sie zu diesem Zeitpunkt sah, war, daß es in blauen Samt gebunden und auf der Vorderseite mit einem Pferd bestickt war. Maria hoffte, daß ihr Name darin stünde oder der ihrer vornehmen Familie und sie so an eine Mitgift für ihren Liebling käme.

Die Dumme war in diesem Fall jedoch Maria. Es handelte sich um das berüchtigte Buch mit Empfehlungen zum Stand der Jungfräulichkeit, und auf seiner Vorderseite war kein Pferd, sondern ein Einhorn zu sehen, das unglaublich schön und sorgfältig aus weißer Seide und Silberfäden gearbeitet war. Als Auge hatte es einen Rubin, und sein Horn bestand aus goldener Plattstickerei. Dort hinein hatte das Mädchen Zitate des Heiligen Augustinus und des Heiligen Paulus geschrieben, aber am Ende, wo ein paar Seiten leer gewesen waren, hatte sie ihren letzten Willen zu Papier gebracht, da sie glaubte, bald sterben zu müssen. Darüber hinaus hatte sie in ihrer Wut auf den Mann, der sie ruiniert hatte, den Grund dafür genannt, warum sie dem Tod ins Auge blicken mußte. Und sie hatte seinen Namen genannt, um auch ihn zu vernichten. Das Ganze war in großen Schnörkeln mit ihrem Namen unterschrieben – Prinzessin Elisabeth. Maria las es und schnappte nach Luft. So wußte eine Hexe lange im voraus die Antwort auf ein Rätsel, das noch viele Geheime Ratgeber zur Verzweiflung bringen sollte, denn die Prinzessin vermachte ihren Anspruch auf den Thron ihrer Cousine Maria von Schottland, Anspruch auf den englischen Thron (in Ermangelung direkter Erben sowohl ihres Bruders wie auch ihrer Schwester, die damals beide noch lebten und die sie aus damaliger Sicht auch überleben würden).

Prinzessin Elisabeth muß sich zu Tode erschreckt haben, als sie herausfand, daß ihr Buch verschwunden war, aber was konnte sie tun? Maria nähte das Buch in den Wollsack ein, den sie über den Kopf gezogen bekommen hatte, und verbarg es an verschiedenen Orten. Wenn Elisabeth als Prinzessin oder auch später als Königin an einer feierlichen Prozession teilnahm, war Maria immer sorgfältig darauf bedacht, ja nicht in die Nähe dieses Ortes zu kommen, sondern betrank sich anderswo bis zur Bewußtlosigkeit.

Gott allein weiß, was mit Maria los war, warum sie trotz ihres ständigen Suffs, ihres Hungers und des Befehls an alle guten Christen, daß eine Hexe nicht am Leben bleiben dürfe, so lange lebte. Zu sehen, daß das Mädchen, dem sie mit ihrer Nähnadel wieder zur Tugendhaftigkeit verholfen hatte, erwachsen wurde – das war Überraschung genug, obwohl Elisabeth danach über ein Jahr lang krank war und auch später oft über Bauchschmerzen klagte. Sie als Herrscherin zu sehen – nun, das gelang Maria kaum, da sie allzu sehr mit Trinken und Überleben beschäftigt war. Wann immer Wetten abgeschlossen wurden, ob die Königin diesen oder jenen Freier zum Mann nähme, wettete Maria dagegen und gewann immer. Und sie gab stets alles aus, was sie eingenommen hatte. Nachdem Magdalena, alt und im Delirium der Syphilis, im Hinterzimmer des Falcon gestorben war, trank Maria eine Woche lang. Aber dann besann sie sich auf ihre Urenkelin, die damals erst vier Jahre alt und noch unversehrt war. Magdalena hatte niemals eine Chance, da sie im Schatten der Sünde lebte, die ihre Mutter auf sich geladen hatte, und sogar daran starb. Aber Pentecost... Pentecost war Marias Liebling, und Pentecost würde eine Mitgift kriegen, komme da, was wolle. Und deswegen hatte sie in diesem Wirtshaus den Jesuitenpater auf lateinisch angesprochen und ihn vor den Priesterjägern der Königin gerettet. Alles, was sie wollte, war eine Mitgift für ihren Liebling.

Und durch meine Hilfe, durch die Gnade der Himmelskönigin, und als Preis für ihr eigenes Leben siegte Maria.

Nun urteilt selbst, ob ihr anders gehandelt hättet?

HISTORISCHER HINTERGRUND

Die Ereignisse in diesem Buch spielen in der Zeit zwischen dem Tod Sir Philip Sidneys im Oktober 1586 in den Niederlanden und der Hinrichtung von Maria, der Königin der Schotten, am 8. Februar 1587 (moderne Zeitrechnung) – ein Jahr vor dem Angriff der Spanischen Armada und vier Jahre nach den Ereignissen, die ich in *Das Auge des Feuerdrachen* beschrieben hatte.

Elisabeth I. regierte seit 1558. Sie strafte damit die Voraussagen der meisten bedeutenden Männer ihrer Zeit Lügen, wonach eine zarte, schwache Frau aller Wahrscheinlichkeit nach nicht dazu fähig wäre, allein zu regieren. Ihre Thronbesteigung war das Ergebnis von Zufällen in Genetik und Tradition. Wie jeder König seiner Zeit, wünschte sich ihr Vater Heinrich VIII. unbedingt einen Sohn als Nachfolger. Seine erste Frau, Katharina von Aragon, hatte ihm nur eine Tochter, Maria Tudor, geboren, aber keine Söhne, die das Babyalter überlebten. Also kam Heinrich zu der ihm sehr bequemen Schlußfolgerung, dies sei nur deswegen geschehen, weil Gott sich darüber ärgerte, daß er die Frau seines Bruders geheiratet hatte. Also beschloß er, sich von dieser Frau scheiden zu lassen. Der Papst teilte seine Meinung jedoch nicht (da Katharinas Neffe, Kaiser Karl, zu dieser Zeit einen entscheidenden Einfluß auf Rom hatte) und verbot die Scheidung. Um seine Geliebte, Anna Boleyn, heiraten zu können, sagte sich der König von der römisch-katholischen Kirche los, machte

595

sich selbst zum Oberhaupt der Kirche von England und ermöglichte sich so die gewünschte Scheidung.

Doch unglücklicherweise machte Anna den Fehler, am 7. September 1533 einer Tochter namens Elisabeth das Leben zu schenken. Als sie wenig später mit ihrem Sohn eine Fehlgeburt erlitt, ließ Heinrich sie unter dem Vorwand des Ehebruchs hinrichten.

Kurz danach starb Heinrich, dem es trotz weiterer Ehen nicht gelungen war, mehr als ein Kind zu zeugen, und das war Edward. Gemäß der gesetzlichen Erbfolgeregelung sowie Heinrichs persönlichem Willen wurde der protestantische Edward VI. – obwohl er noch ein Kind war – zum König gekrönt. Nach seinem Tod folgte ihm seine Halbschwester Maria (die katholisch war), und, als diese gleichfalls ohne Nachkommen starb, bestieg Elisabeth den Thron.

Mit großer Sicherheit wurde angenommen, daß Elisabeth sich sobald wie möglich verheiraten würde. Sie hatte eine Menge Bewerber zur Auswahl, die sie, wie es schien, mit dem größten Vergnügen zum Narren hielt, denn sie heiratete keinen von ihnen. Wahrscheinlich hatte sie nicht die Absicht, die Macht in die Hände irgendeines Mannes zu legen. Mitte der achtziger Jahre des Jahrhunderts war klar, daß sie keinen Erben mehr gebären würde, wodurch die Frage nach ihrem Nachfolger für ihre Ratsmitglieder eine ebenso beständige Quelle der Befürchtungen wurde wie vorher die Wahl eines Ehemanns.

Nach dem Abstammungsrecht war klar, daß Maria, die Königin der Schotten, ihre Nachfolgerin sein würde. Maria von Schottland war katholisch und mit der ultrakatholischen Familie der Guisen verwandt, die in Frankreich herrschten. Sie war wegen einer aufsehenerregenden Reihe von Verfehlungen aus Schottland verjagt worden. Zu diesen Fehlern gehörten zum Beispiel die Ermordung ihres Ehemanns Darnley und ihre Heirat mit Bothwell, einem Edelmann, der sie – wie sie behauptete – entführt und vergewaltigt hatte und ebenfalls in den Mord an Darnley verwickelt war. Seit Mai 1568 war sie Elisabeths Gefangene und eine beständige Quelle von Schwierigkeiten und Verdruß. Ihr zehn Monate alter Sohn, den sie bei ihrer Flucht aus Schottland verlassen hatte, bestieg als James VI. von Schottland den Thron und wurde als Protestant erzogen. Schließlich trat er als James I. von England die Nachfolge Elisabeths an, die bis zu ihrem Tod nie einen Anlaß gesehen hatte, sich in bezug auf dieses Thema in irgendeiner Weise festlegen zu lassen.

Im 16. Jahrhundert war die Religion ein ebenso provozierender Stein des Anstoßes wie in diesem Jahrhundert die Politik. In der modernen westlichen Kultur, die vom Atheismus geprägt ist, entwickelte sich die Religion zu einer Sache privater und persönlicher Entscheidungen. Der Glaube an Gott wird heute oft bestenfalls nur noch als eine etwas absonderliche Art der Selbsttäuschung angesehen. Im 16. Jahrhundert war die Religion jedoch von allergrößter Bedeutung. Sowohl Katholiken wie auch Protestanten waren gleichermaßen davon überzeugt, daß sie allein den wahren Weg zur Erleuchtung kannten, und jeder, der nicht mit ihnen übereinstimmte, für alle Ewigkeit in der Hölle landete. Königin Elisabeth selbst scheint in dieser Angelegenheit sehr viel vernünftiger gewesen zu sein als viele ihrer Untertanen und erklärte in aller Deutlichkeit, daß sie nicht die Absicht habe, Fenster in die Seelen der Menschen einzubauen. Aber nicht einmal sie konnte vermeiden, daß die Auseinandersetzung zwischen den Extremisten zu ausweglosen Situationen führten. Unter der Regentschaft Elisabeths hatten Katholiken und Protestanten wahrscheinlich mehr Ähnlichkeit mit den islamischen Fanatikern unserer Zeit, als wir heute vielleicht annehmen.

Elisabeths Geheimdienstchef (auch wenn es in der damaligen Zeit so etwas offiziell überhaupt nicht gab) war Sir Francis Walsingham. Selbst ein Protestant extremistischer Prägung, pirschte er sich heimlich, still und leise über Jahre an die schottische Königin heran. Im Sommer des Jahres 1586 hatte er es endlich geschafft, sie in ein sorgfältig ausgeklügeltes, mit seinen eigenen Agenten durchsetztes Komplott zu verstricken, dessen Kopf ein katholischer Edelmann namens Sir Anthony Babington war. Dieser wurde hingerichtet, und nach etwas, das man nur als Schauprozeß bezeichnen kann, wurde im Herbst 1586 auch Maria, die Königin der Schotten, zum Tode verurteilt. Jedoch weigerte sich Elisabeth über Monate hinweg, das Hinrichtungsurteil zu unterzeichnen, wofür sie – damals wie heute – von selbstgerechten und gönnerhaften Männern aufs heftigste kritisiert wurde. Schließlich erreichte Walsinghams Protégé, William Davison, daß sie das Todesurteil unterschrieb, wodurch die schottische Königin den Märtyrertod erlitt, den sie wahrscheinlich inzwischen selbst ersehnte.

Elisabeths Verhalten in dieser Zeit war – selbst für eine Frau, die unter höchster Anspannung und höchstem Druck stand und die tatsächlich um ihr Leben fürchten mußte – so ungewöhnlich, daß ich mich zu fragen begann, wie sie dazu gebracht werden konnte, ihre königliche Cousine hinrichten zu lassen. Eine Verbindung zu irgendwelchen vagen Gerüchten um einen Skandal in ihrer Beziehung zu Thomas Seymour, dem Admiral von England, die sie im Alter von fünfzehn Jahren gehabt haben soll, wurde ein Teil der Antwort, womit die Handlung zu diesem Buch geboren war. Ich möchte jedoch betonen, daß es *keinerlei Hinweise* darauf gibt, daß die zentrale These meines Buches der historischen Wahrheit entspricht – außer Andeutungen und vielsagenden, zufälligen Anhaltspunkten gibt es in dieser Hinsicht ganz und gar nichts.

Ich habe nicht die Absicht, auch nur zu versuchen, eine Bibliographie zu liefern. Ich habe so viele Informationsquellen benutzt, daß ich die Hälfte davon schon vergessen habe. Drei Umzüge in den vergangenen vier Jahren haben einige meiner Notizen tiefer begraben als das alte Troja. Wer, zum Beispiel, war der Verfasser dieses wunderbaren Aufsatzes über die Elisabethanischen Gefängnisse in London, auf den ich meine Beschreibung vom Fleetgefängnis aufbaute? Wer auch immer es war, ich möchte ihm für seine Genauigkeit und seinen lebendigen Stil danken. Janet Arnolds und Jean Hunnisetts Bücher vermittelten mir die phantastischen Konstruktionen der Kleider, die Königin Elisabeth trug. Die Bücher von David Starkey, David Loades und Simon Thurley waren echte Fundgruben, die mich im Überfluß mit Informationen über das Leben bei Hof versorgten. Und die restaurierten Bauteile aus der Tudorzeit im Palast von Hampton Court sollte sich jeder ansehen, der sich für die Grundlagen des Lebens bei Hofe interessiert. Marina Warners Buch *Alone of All Her Sex* (»Die einzigartige Vertreterin ihres Geschlechts«) über die Jungfrau Maria hat mir bei der Figur der Madonna sehr geholfen.

Wie schon früher haben *Stowe's Survey of London* und das Buch *A to Z of Elizabethan London* der Topographical Society, zusammengetragen von Adrian Prockter und Robert Taylor, mich und meine Charaktere durch diese fremde und doch so vertraute Stadt geleitet.

Leena Lander

Leena Lander ist eine der bedeutendsten Schriftstellerinnen der finnischen Gegenwartsliteratur. Die mehrfach preisgekrönte Autorin schreibt auch für Hörfunk, Fernsehen und Theater.

Roman
280 Seiten
btb 72216

Die Åland-Inseln am Ende des 17. Jahrhunderts: Mehrere der Hexerei angeklagte Frauen warten im Kerker auf ihren Prozeß. Richten soll sie Nils Psilander, dem schon nach kurzer Zeit Zweifel an den Vorwürfen kommen. In seiner Verunsicherung bittet er den Priester Bryniel Kjellinus um Hilfe...

Pascal Mercier
Perlmanns Schweigen
Roman
640 Seiten
btb 72135

Pascal Mercier

Perlmann, dem Meister des wissenschaftlichen Diskurses, hat es die Sprache verschlagen. Und während draußen der Kongress der Sprachwissenschaftler wogt, verzweifelt Perlmann in der Isolation des Hotelzimmers. In ihm reift ein perfider Mordplan... »Ein philosophisch-analytischer Kriminal- und Abenteuerroman in bester Tradition.«
Frankfurter Allgemeine Zeitung

Arturo Pérez-Reverte
Der Club Dumas
Roman
470 Seiten
btb 72193

Arturo Pérez-Reverte

Lucas Corso ist Bücherjäger im Auftrag von Antiquaren, Buchhändlern und Sammlern. Anscheinend eine harmlose Tätigkeit, bis Corso feststellt, daß bibliophile Leidenschaften oft dunkle Geheimnisse und tödliche Neigungen nach sich ziehen. Für literarische Leckerbissen, die wie Thriller fesseln, gibt es in Spanien seit Jahren nur noch einen Namen –
Arturo Pérez-Reverte.

Aus Freude am Lesen

Kerstin Ekman

Kerstin Ekman wurde neben Selma Lagerlöf und Elin Wägner als dritte Frau in die Schwedische Akademie gewählt. Unbestritten eine der bedeutendsten schwedischen Schriftstellerinnen der Gegenwart, bestechen ihre Romane durch ihre brillante Mischung aus Thriller und tiefgründigem Psychogramm.

Roman
550 Seiten
btb 72062

Mittsommernacht 1974: Zusammen mit ihrer kleinen Tochter reist Annie Raft nach Nordschweden, um dort ihren Geliebten zu treffen. Auf ihrer Suche nach ihm stürzt in der Dämmerung ein junger Mann an ihnen vorbei, und kurz darauf findet Annie zwei verstümmelte Leichen. Jahre später trifft sie denselben Mann wieder – es ist der Freund ihrer Tochter.

<u>Kerstin Ekman bei btb</u>
Hexenringe. Roman (72056)
Springquelle. Roman (72060)